영혼의 미로

1

EL LABERINTO DE LOS ESPÍRITUS
by Carlos Ruiz Zafón

Permissions for use of photographs:
p.43: Vista aérea de Barcelona, 17 de marzo de 1938, Archivio Storico dell'Aeronautica Militare Italiana
p.139: Contraluz en las aceras de la Gran Vía de Madrid, 1953 © Fons Fotogràfic F. Català-Roca – Arxiu Històric del Col·legi d'Arquitectes de Catalunya
p.317: ≪Día del libro, 1932≫, Barcelona © Gabriel Casas i Galobardes. Fons Gabriel Casas de l'Arxiu Nacional de Catalunya

This Korean edition is published by arrangement with
DragonStudios LLC c/o Antonia Kerrigan Literary Agency
through MOMO Agency, Seoul.

영혼의 미로

1

카를로스 루이스 사폰
장편소설

엄지영 옮김

EL
LABERINTO
DE LOS
ESPÍRITUS

Carlos
Ruiz Zafón

문학동네

일러두기

1. 주석은 모두 옮긴이주이다.
2. 본문 중 고딕체는 원서에서 이탤릭체로 강조한 부분이다.
3. 프랑스어와 영어, 이탈리아어 등은 괄호 안에 그 의미를 밝혔다.

잊힌 책들의 묘지

이 책은 '잊힌 책들의 묘지'라는 문학의 우주에서 서로 뒤얽히면서 전개되는 연작소설의 일부다. 이 연작소설을 구성하는 각각의 작품은 그 자체로 완결된 독립적이고 자족적인 이야기를 들려주지만, 서사와 주제를 서로 연결시켜주는 인물들과 스토리라인을 통해 하나로 결합된다.

'잊힌 책들의 묘지' 연작을 구성하는 각각의 작품은 순서대로 읽어도 좋지만, 그에 따르지 않아도 무방하다. 독자는 서로 다른 길과 문을 통해 이야기의 미로로 들어가 탐험을 즐길 수 있을 것이다. 무수히 많은 길을 하나로 이으면 결국 이야기의 중심에 다다를 테니까 말이다.

모든 소설은 픽션의 산물이다. ‘잊힌 책들의 묘지’에 속한 네 권의 소설 또한 20세기 바르셀로나를 배경으로 하고 있지만 예외는 아니다. 몇몇 장면의 특징이나 연대기, 상표나 시대적 상황 등이 서사의 논리에 맞게 각색된 경우가 종종 있다. 예를 들어 소설의 흐름에 어울리도록 페르민은 수구스 캐러멜이 스페인에서 인기를 끌기 몇 년 전에 그 맛을 즐기고, 몇몇 인물은 프란시아역의 둥근 지붕 아래서 기차를 내린다.

차례

다니엘의 책 … 011

디에스 이라이 **1938년 3월 바르셀로나** … 041

가면무도회 **1959년 마드리드** … 105

키리에 **1959년 12월 마드리드** … 137

거울의 도시 **1959년 12월 바르셀로나** … 315

다니엘의 책

1

그날 밤 꿈속에서 나는 '잊힌 책들의 묘지'로 돌아가고 있었다. 다시 열 살로 돌아간 나는 오래전 내가 쓰던 침실에서 잠이 깼는데, 어머니의 얼굴마저 기억에서 사라지고 없는 느낌이 들었다. 꿈속에서 이러저런 사실이 밝혀질 때 늘 그렇듯이 나는 그것이 내 탓, 순전히 내 탓이라는 것을 알고 있었다. 그도 그럴 것이 어머니의 한을 풀어주지 못한 나는 그 얼굴을 떠올릴 면목이 없었기 때문이다.

잠시 후 고통스러운 나의 비명소리를 듣고 아버지가 놀라 방으로 뛰어들어왔다. 꿈속의 아버지는 여전히 젊었고, 세상 모든 문제의 해답을 쥐고 있었다. 아버지는 들어오자마자 나를 안아서 달래주었다. 새벽빛이 바르셀로나를 창백하게 물들이기 시작할 무렵 우리는 거리로 나섰다. 무슨 이유에서인지는 모르겠지만 아버지는 현관까지만 나를 데려다주었다. 아버지가 손을 놓는 순간,

이제부터 나 혼자 가야 한다는 사실을 깨달았다.

길을 걷기 시작했지만 몇 걸음 옮기기도 전에 옷과 구두는 물론 살갗까지 무겁게 느껴졌던 기억이 난다. 한 걸음 내딛을수록 더 힘이 들었다. 람블라스 거리에 이를 무렵 도시 전체가 영원히 끝나지 않을 순간 속에 멈춰버린 느낌이 들었다. 지나가던 행인들도 그곳에서 걸음을 멈춘 채 옛날 사진 속 인물처럼 얼어붙은 듯 꼼짝도 하지 않는 것 같았다. 비둘기 한 마리가 희미한 날갯짓의 잔영을 남긴 채 하늘을 가로질러 날아갔다. 미세한 먼지들이 고운 가루로 변한 빛처럼 반짝거리며 허공에 떠 있었다. 카날레타스 분수대에서 솟아오르는 물은 햇빛을 받아 유리눈물* 목걸이처럼 보였다.

마치 물속에서 걸음을 옮기려고 애쓰는 것처럼, 나는 마법에 걸려 시간 속에 멈추어버린 바르셀로나 속으로 천천히 들어갈 수 있었다. 그러다 마침내 '잊힌 책들의 묘지' 입구에 다다랐다. 나는 녹초가 된 채 입구 앞에 멈추어 서 있었다. 움직일 수도 없을 만큼 걸음을 무겁게 만든 그 보이지 않는 쇠사슬의 정체가 무엇인지 도무지 감이 오지 않았다. 커다란 노커를 잡고 몇 차례 문을 두드렸지만 아무도 나오지 않았다. 주먹으로 나무대문을 여러 번 두드려보았다. 열어달라고 그렇게 애원을 했건만 관리인은 모른 척했다. 나는 기진맥진해 털썩 무릎을 꿇고 말았다. 내 걸음을 무겁게 만들었던 마법을 돌아보는 순간 모든 것이 놀라울 정도로 확실해

* 녹은 유리를 물에 떨어뜨리고 급랭시켜서 만든 구슬.

졌다. 도시와 나의 운명은 영원히 그 마법 속에 갇혀 있을 것이고, 따라서 나는 어머니의 얼굴을 절대 기억해내지 못할 것이라는 사실 말이다.

모든 희망을 포기하려던 찰나, 우연히 그것을 발견했다. 내 이름의 머리글자가 파란색으로 수놓아진 교복 상의 주머니에 그 금속조각이 들어 있었다. 열쇠였다. 얼마나 오래 나도 모르게 그 열쇠를 주머니에 넣고 다녔는지 의아했다. 열쇠는 녹이 잔뜩 슨데다 내 의식만큼이나 무거웠다. 나는 두 손으로 열쇠를 잡고 간신히 열쇠구멍까지 들어올렸다. 그런 다음 젖 먹던 힘까지 짜내 열쇠를 돌렸다. 힘이 달려서 더는 못하겠다는 생각이 든 순간, 갑자기 자물쇠가 철컥이는 소리를 내더니 육중한 대문이 안쪽으로 스르르 열렸다.

오래된 저택으로 회랑이 꾸불꾸불 이어져 있었다. 군데군데 켜진 촛불이 희미하게나마 길을 밝혀주었다. 어둠 속으로 들어가자 등뒤로 대문 닫히는 소리가 들렸다. 나는 양쪽 벽에 천사와 전설 속 동물의 프레스코화가 걸린 복도를 조심스럽게 살펴보았다. 그것들이 어둠 속에서 나를 엿보고 있다가 내가 지나갈 때 같이 움직이는 것 같았다. 복도 끝에 이르자 아치문이 나타났는데, 그 안으로 커다란 둥근 천장이 보였다. 나는 입구에 멈추어 섰다. 눈앞으로 끝없는 환영 같은 미로가 나타났다. 세상의 모든 책으로 만들어진 영원의 도시에는 나선형 계단과 터널, 다리와 아치문이 복잡하게 얽혀 어마어마한 크기의 둥근 천장을 향해 소용돌이치듯 올라가고 있었다.

그곳, 건물 아래쪽에서 어머니가 나를 기다리고 있었다. 어머니는 두 손을 가슴 위에 포갠 채 뚜껑이 열린 석관 속에 축 늘어져 있었다. 살갗은 몸을 감싼 하얀 옷만큼이나 창백했다. 입술을 꾹 다물었고 눈도 지그시 감고 있었다. 어머니는 안식을 얻지도 못한 채 구천을 떠도는 영혼들의 세계 속에서 꼼짝도 않고 누워 있었다. 나는 천천히 손을 뻗어 어머니의 얼굴을 어루만졌다. 살갗이 대리석처럼 차가웠다. 바로 그 순간 어머니가 눈을 번쩍 떴다. 어머니는 기억에 사로잡힌 듯한 눈빛으로 나를 빤히 쳐다보았다. 검붉은 빛을 띤 입술이 떨어지면서 어머니의 목소리가 흘러나왔다. 화물열차라도 지나가는 것처럼 엄청난 굉음이 덮쳐왔고 내 몸이 공중으로 날아올랐다. 나는 끝없이 추락했고, 그러는 동안에도 어머니의 말이 온 세상을 녹여버릴 듯 사방에 메아리치고 있었다.

다니엘, 너는 진실을 말해야 돼.

나는 어둠에 잠긴 침실에서 번쩍 눈을 떴다. 온몸이 식은땀에 젖어 있었다. 고개를 돌려보니 옆에 베아가 누워 있었다. 그녀는 나를 꼭 껴안고 얼굴을 어루만졌다.

"또 악몽을 꾼 거야?" 그녀가 중얼거리듯 말했다.

나는 고개를 끄덕이면서 깊은 한숨을 내쉬었다.

"계속 무슨 말을 하더라고. 꿈을 꾸는지."

"뭐라고 했지?"

"알아들을 수는 없었어." 베아는 거짓말을 했다.

내가 바라보자 그녀는 미소를 지어 보였다. 하지만 얼굴에는 연민의 정 같기도 하고, 꾹 참고 있다는 듯한 표정이 어른거렸다.

"잠깐이라도 눈을 좀 붙여. 자명종이 울리려면 아직 한 시간 반이나 남았다고. 더군다나 오늘은 화요일이야."

화요일에는 내가 훌리안을 학교에 데려다주어야 한다. 나는 눈을 감고 자는 척했다. 몇 분 뒤 다시 눈을 떴을 때 베아의 얼굴이 보였다. 그녀는 일어나 나를 지켜보고 있었다.

"왜 그래?" 내가 물었다.

그녀는 몸을 숙여 내 입술에 가볍게 입을 맞추었다. 그녀에게서 계피향이 났다.

"사실은 나도 잠이 안 와서." 그녀가 넌지시 말했다.

나는 천천히 그녀의 옷을 벗기기 시작했다. 이불을 젖히고 바닥에 내던지려는 순간, 침실 문밖에서 누군가 살금살금 걷는 소리가 들렸다. 베아는 자기 허벅지를 쓰다듬던 내 왼손을 붙잡고는 팔꿈치를 괴고 몸을 일으켰다.

"얘, 무슨 일이니?"

훌리안이 문 앞에 서서 우리를 지켜보고 있었다. 아이의 눈가에 수치심과 두려움의 빛이 스쳐가는 것이 보였다.

"내 방에 누가 있어요." 아이는 기어들어가는 목소리로 말했다.

베아가 한숨을 내쉬면서 아이를 향해 두 팔을 벌렸다. 그러자 훌리안은 재빨리 엄마의 품에 달려들었다. 그 모습을 보자 불순한 생각이 머릿속에서 싹 사라졌다.

"주홍왕자 말이니?" 베아가 물었다.

훌리안은 풀죽은 표정으로 고개를 끄덕였다.

"지금 당장 아빠가 네 방에 가서 발길질로 그놈을 내쫓을 거야. 다시 못 오게 단단히 혼을 내줄 테니까 걱정하지 마."

아이는 간절한 눈빛으로 나를 쳐다보았다. 하긴 그 정도 능력을 가진 영웅도 못 된다면 아버지라고 있어봐야 무슨 소용이겠는가? 나는 아이에게 미소를 지으며 한쪽 눈을 찡긋해 보였다.

"발길질로." 나는 최대한 무서운 표정을 지으며 그녀의 말을 되풀이했다.

내 말을 듣자 훌리안은 희미한 미소를 지었다. 나는 침대에서 벌떡 일어나 복도를 따라 아이의 방으로 갔다. 그 방에 들어서자 저 나이 때 내가 살던 방의 모습이—물론 지금보다 몇 층 아래였지만—불현듯 떠올랐다. 그래서 아직 꿈을 꾸는 것이 아닌지 잠시 혼란스러웠다. 나는 침대 끝에 걸터앉아 곁에 있던 작은 램프를 켰다. 훌리안의 방은 많은 장난감—그중 일부는 한때 내 것이었다—으로, 그리고 무엇보다 책으로 둘러싸여 있었다. 나는 매트리스 아래 숨어 있던 용의자를 금세 찾아냈다. 나는 검은 표지로 된 자그마한 책을 꺼내 첫 장을 넘겼다.

영혼의 미로 VII
아리아드나와 주홍왕자

글·그림 빅토르 마타익스

그런데 더이상 그 책을 숨길 곳을 찾기가 어려웠다. 머리를 짜내 새로운 곳에 숨겨놓아도 아이는 귀신같이 냄새를 맡고 책을 찾아냈다. 내친김에 책장을 넘기는데, 불현듯 과거의 기억이 되살아났다.

하는 수 없이 나는 다시 주방 찬장 위에 책을 올려놓고—아이가 머지않아 찾아내리라는 것을 알면서도—방으로 갔다. 아이는 여전히 엄마의 품에 안겨 있었다. 둘은 졸음을 이기지 못하고 함께 잠들었다. 나는 어둠 속에 몸을 숨긴 채 문간에 서서 두 사람을 말없이 지켜보았다. 새근거리는 그들의 숨소리를 들으며 대체 내가 어쩌다 이런 행복을 누리는 지상 최고의 행운아가 되었는지 생각해보았다. 나는 부둥켜안은 채 세상모르고 잠든 두 사람을 가만히 바라보았다. 그러던 어느 순간, 아이와 엄마가 그렇게 부둥켜안은 모습을 처음 봤을 때 느꼈던 두려움이 악몽처럼 되살아났다.

2

여태껏 아무한테도 말한 적이 없지만 훌리안이 태어난 그날 밤, 자기가 어떤 곳에 도착했는지 잘 모르는 이들이 축복받은 평온을 누리듯이 엄마의 품에 안겨 편안히 잠든 아이의 모습을 처음 본 그날 밤, 나는 세상이 끝나는 곳까지 쉼없이 내달리고 싶은 충동을 느꼈다. 그 당시만 해도 여전히 미숙한 인간에 지나지 않던 나에게 산다는 것은 분명 너무 버겁고 힘든 일이었을 것이다. 하지만 그 어떤 변명을 늘어놓아도 그 순간 옹졸하고 비겁한 생각에 사로잡혔던 스스로에 대한 수치심은 가실 길이 없어 뒷맛이 씁쓸해진다. 더구나 꽤나 많은 세월이 흐른 뒤에도 그런 사실을 제일 먼저 알아야 될 이에게 선뜻 고백할 용기가 나지 않았다.

어떤 기억이든 침묵 속에 묻어버리려고 할수록 오히려 뇌리에 박혀 떠나지 않는 법이다. 내 경우는 천장이 엄청나게 높은 어느 방의 기억이 그렇다. 꼭대기에 달린 전등에서 흘러나오는 누런빛이 침대 주위를 희미하게 비추고 있었다. 침대에는 열일곱이 채 될까 말까한 어린 여자가 남자 아기를 품에 안고 누워 있었다. 어렴풋이 정신을 차린 베아가 고개를 들고 미소를 지었다. 그녀의 얼굴을 보자 갑자기 내 눈에 눈물이 가득 고였다. 나는 침대 앞에 무릎을 꿇고 그녀의 무릎에 머리를 파묻었다. 내 손 위로 와닿는 그녀의 손길이 느껴졌다. 그녀는 남은 힘을 다해 내 손을 꼭 붙잡았다.

“겁내지 마.” 그녀가 속삭이듯 말했다.

하지만 나는 무서웠다. 그리고 한순간, 그 방과 내 몸을 제외한 어디로든 달아나고 싶었다. 그때 느낀 수치심은 이후로 나를 계속 따라다녔다. 문간에서 그 장면을 목격한 페르민은 여느 때와 마찬가지로 내가 입 밖에 내기도 전에 무슨 생각을 하는지 틀림없이 꿰뚫어보았다. 그는 내게 말할 틈도 주지 않고 내 팔을 붙잡더니 베아와 아이를 자기 약혼녀인 베르나르다에게 맡기고는 나를 복도 쪽으로 끌고 갔다. 복도는 길게 이어지다가 어둠 속으로 뾰족하게 자취를 감추었다.

"다니엘, 아직 살아 있지?" 그가 불쑥 물었다.

나는 그사이 지쳐 가쁜 숨을 몰아쉬면서 고개를 끄덕였다. 내가 다시 방으로 돌아가려고 하자 페르민이 앞을 가로막았다.

"저기, 다음에 들어갈 때는 좀더 마음을 단단히 먹도록 해. 다행히 베아는 아직까지도 정신이 반쯤 나가서 네가 어떤 상황인지 눈치채지 못했을 거야. 제안 하나 하자면 이럴 땐 시원한 공기를 마시면 좀 나아진다고. 그러면 충격에서 벗어나 기운을 차리고 새롭게 시도할 수 있지."

페르민은 대답을 기다리지도 않고 내 팔을 붙들더니 복도를 따라 계단으로 나를 데려갔다. 그 계단은 바르셀로나와 하늘 사이 어딘가에 걸려 있는 난간으로 이어졌다. 살을 에는 듯한 차가운 바람이 내 얼굴을 스치고 지나갔다.

"눈을 감고 숨을 깊게 세 번 쉬어봐. 허파가 구두에 닿을 듯이 천천히." 페르민이 말했다. "그건 내가 어느 항구의 작은 사창가에서 안내직원이자 경리로 일할 때 알게 된 티베트 승려한테 배운 방법이야. 말이 승려지 그것 말고는 아무것도 모르는 건달이었지만……"

나는 그가 시킨 대로 깊게 숨을 세 번 쉰 다음, 추가로 세 번을 더 쉬었다. 페르민과 그의 티베트 스승을 믿고 맑은 공기를 마음껏 들이마셨다. 갑자기 머리가 어질했지만 페르민이 옆에서 나를 잡아주었다.

"이런 때 너까지 정신을 놓으면 큰일이야. 조금만 더 정신을 집중해봐. 지금 이 상황에서는 차분한 마음을 갖는 것이 가장 중요해. 그렇게 얼이 빠져서는 절대 안 돼."

나는 살며시 눈을 떴다. 내 발아래로 텅 빈 거리와 잠든 도시가 내려다보였다. 새벽 세시가 다 되어가고 있었다. 산파블로병원은 몽롱한 어둠 속에 잠겨 있었고, 촘촘히 모인 병원의 둥근 지붕과 높은 탑, 아치문이 카르멜로산부터 밀려내려오는 안개 속에서 아라베스크 무늬를 이루고 있었다. 나는 병원 건물에서만 볼 수 있는 바르셀로나의 모습을 말없이 응시했다. 자기를 지켜보는 사람들이 무엇을 소망하고 두려워하는지 따위는 관심조차 없는 듯한 저 바르셀로나를. 추위가 뼛속으로 스며들자 마침내 정신이 맑아지기 시작했다.

"아저씨 눈에는 내가 겁쟁이로 보이겠죠." 내가 말했다.

페르민은 나를 빤히 쳐다보더니 어깨를 으쓱했다.

"너무 심각하게 생각하지 말라고. 내 말은 네가 지금 혈압이 낮고 많이 긴장했다는 것뿐이니까. 결국 같은 뜻이지만. 어쨌거나 네가 책임질 일도 없을뿐더러 비웃음을 살 이유도 없어. 다행히 문제를 해결할 방법이 있지."

말을 마친 그는 입고 있던 비옷의 단추를 끌렀다. 놀랍게도 그 안에서 신기한 물건들이 엄청나게 쏟아져나왔다. 그의 비옷은 온갖 잡동사니의 박물관이자 걸어다니는 약재상, 수천 개의 벼룩시장과 그저 그런 경매에서 건진 골동품과 유물을 모아놓은 전시장이나 마찬가지였다.

"페르민, 이 많은 물건을 어떻게 몸에 지니고 다니는 거죠?"

"고급 물리학의 원리를 이용한 거지. 보다시피 내가 좀 마른 편이잖아. 몸 대부분이 근섬유와 연골섬유로 이루어져 있으니 이런 물건을 많이 지니고 다닐수록 중심을 더 잘 잡을 수 있을 뿐만 아니라 어떤 힘에도 쉽게 흔들리지 않지. 그런데 은근슬쩍 다른 말로 상황을 빠져나갈 생각은 애당초 하지 않는 게 좋을 거야. 아이들처럼 딱지를 바꾸거나 사랑의 밀어나 속삭이려고 여기 올라온 건 아니니까."

페르민은 내게 경고한 뒤 비옷에 달린 그 많은 주머니 중 하나에서 양철로 된 병을 꺼내 뚜껑을 열기 시작했다. 그러곤 낙원의 향을 맡기라도 하는 듯이 그 안에 코를 대고 킁킁대더니 흡족한 미소를 지었다. 곧바로 병을 건넨 그는 엄숙한 표정으로 내 눈을 빤히 바라보면서 고개를 끄덕였다.

"당장 마시라고. 그러지 않으면 평생 후회하게 될 테니까."

나는 마지못해 그 병을 받았다.

"이게 뭐죠? 다이너마이트냄새가 나는데……"

"말도 안 되는 소리. 그건 죽은 사람뿐만 아니라 운명이 지운 책임 앞에서 공포에 질린 애송이도 살려내는 혼합액이야. 나 혼자서 제조 비법을 알아냈다니까. 우선 아니스 데 모노*와 다른 증류주, 길거리에서 카사야[**]를 파는 애꾸눈 노파한테 구한 싸구려 브랜디를 섞는 거야. 그런 다음 라타피아 데 몬세라트와 아로마스 데 몬세라트[***]를 몇 방울 떨어뜨려 카탈루냐만의 독특한 풍미를 더하면 완성이지."

"맙소사."

"자, 어서 마셔. 지금이 바로 누가 용감하고 누가 기대에 못 미치는지 판가름나는 아주 중요한 순간이니까. 결혼식 피로연에 난입한 병사들처럼 단숨에 쭉 들이켜라고."

나는 하는 수 없이 휘발유에 설탕을 섞은 맛이 나는 끔찍한 혼합액을 삼켰다. 안에 든 독한 증류주 때문인지 속이 타들어가는 듯했다. 하지만 내가 정신을 차리기도 전에 페르민은 다시 한번 더 마시라는 손짓을 했다. 속이 뒤집어져서 거부감이 들었지만 그나마 독주가 들어간 뒤 온몸이 나른해지고 속에서 기운이 솟구치는 것에 고마워하면서 나는 다시 한번 쭉 들이켰다.

"어때?" 페르민이 물었다. "마시니까 훨씬 기분이 좋지 않아? 아무튼 이건 승자들만 먹을 수 있는 신비의 명약이라니까."

나는 확신에 찬 표정으로 고개를 끄덕였다. 그러곤 숨을 헐떡거리며 셔츠의 목 단추를 끌렀다. 페르민은 그 틈을 타서 자신이 만든 혼합액을 한 모금 마신 뒤, 병을 다시 비옷 주머니 속에 집어넣었다.

---

* 미나릿과 식물의 한 종류인 아니스로 만든 술.

** 증류주의 일종.

*** 각각 증류주의 일종.

"사실 감정을 다스리는 데는 화학적 요법만한 것이 없지. 하지만 너무 재미를 들이지 않도록 조심해야 해. 독주는 쥐약이나 너그러운 마음과 다를 바가 없으니까 말이야. 기댈수록 효과가 떨어진다고."

"걱정 마세요."

페르민은 비옷의 다른 주머니 위로 삐져나온 아바나산 시가 두 개를 손으로 가리켰다. 하지만 이내 고개를 저으며 내게 윙크를 했다.

"이 코이바* 두 개는 장차 장인 역할을 대신할 구스타보 바르셀로 씨의 시가상자에서 가까스로 훔친 건데, 오늘을 위해 여태껏 간직해두고 있었지. 하지만 나중을 위해서 그대로 두는 게 좋을 것 같군. 오늘 네 컨디션이 좋지도 않지만, 무엇보다 세상에 오늘 데뷔한 어린 아들을 혼자 내버려둘 수는 없잖아."

페르민은 다정하게 내 등을 두드려주더니 잠시 아무 말도 하지 않았다. 아마 자기가 준 혼합액이 내 혈관을 타고 온몸으로 퍼져나가기를, 그리고 알코올의 영향으로 몽롱하면서도 평온해진 마음이 말없이 나를 사로잡고 있던 공포감을 완전히 가려버릴 때까지 기다리는 것 같았다. 대개 감각이 마비되기 전에는 눈동자가 초점을 잃고 멍하게 풀어지면서 동공이 확대되기 마련이다. 내 눈에서 그런 낌새를 알아차린 페르민은 밤을 새워 준비한 것이 분명한 이야기를 늘어놓기 시작했다.

---

* 쿠바의 최고급 시가 브랜드.

"다니엘. 하느님, 또는 하느님이 없으면 그 자리를 대신하는 분께서는 운전면허시험에 통과하는 것보다 아버지가 돼서 자식을 낳는 게 더 쉽도록 만들어놓았어. 그래서 이 세상의 수많은 바보와 백치, 얼간이가 자기도 자식을 낳을 자격이 충분하다고 여기는 불행한 사태가 벌어진 거지. 결국 그들은 부권이라는 메달을 자랑하면서 아랫도리를 제멋대로 놀리고 그렇게 싸지르는 불쌍한 아이들의 인생을 영원히 망쳐버리지. 나 또한 나의 생식기능과 사랑하는 베르나르다가 필수조건으로 요구하는 신성한 혼인서약서가 허용하는 한 최대한 빨리 그녀를 임신시킬 생각이야. 너를 뒤따라 아버지가 되는 막대한 책무의 여로에 동참할 거라고. 그러한 과업을 앞둔 사람의 자격으로 나는 다음과 같이 마땅히 선언해야 할 뿐만 아니라 실제로 선언하는바, 다니엘 셈페레 히스페르트, 이제 막 성년기에 들어선 풋내기인 너는 비록 스스로에 대해, 그리고 가장으로서 자신의 현실적 능력에 대해 믿음이 부족하지만 모범적인 부모이고 또 앞으로도 그렇게 될 거야. 물론 전반적으로 아직 세상물정을 잘 모르는 철부지에 불과하지만."

그가 일장연설을 늘어놓는 동안 나는 정신이 멍해졌다. 나의 친구가 만든 폭발력 있는 혼합액을 마신 탓일 수도 있고, 불꽃놀이처럼 화려한 그의 언변 때문이었는지도 모른다.

"페르민, 지금 아저씨가 한 말의 의미를 제대로 이해했는지 잘 모르겠어요."

그는 한숨을 내쉬었다.

"다니엘. 내가 말하고자 했던 바는, 지금 이 순간 네가 바지에

똥을 지릴 정도로 겁에 질려 있고, 이 모든 상황이 버겁다는 건 알겠지만 천사 같은 네 아내도 이미 말한 것처럼 지레 겁을 먹어서는 안 된다는 거야. 아이가 태어나면 복이 넝쿨째 굴러온다고 하잖아. 게다가 네 아이는 아들이잖아. 따라서 영혼에 최소한의 신중함과 절도가 배어 있고 머릿속에 약간의 뇌만 있다면 누구든 아이의 인생을 망치지 않고 결코 부끄럽지 않을 아버지가 될 방법을 찾을 거라는 말이야."

나는 그 왜소한 남자를 곁눈질로 힐끔 쳐다보았다. 그는 나를 위해서라면 자신의 인생을 통째로 바칠 각오가 되어 있었을 뿐만 아니라 내가 딜레마에 빠질 때마다, 혹은 이따금씩 실존적인 무기력증에 빠질 때마다 해결의 조언을 아끼지 않았다.

"아저씨 말처럼 쉽게 풀리면 좋을 텐데요."

"다니엘, 우리 삶에서 가치가 있는 일이라면 그 어떤 것도 쉽지 않아. 내가 젊었을 때 세상을 잘살아가기 위해서는 세 가지만 잘할 줄 알면 된다고 생각했지. 첫째, 구두끈을 잘 묶는 것. 둘째, 세심하게 여자의 옷을 벗기는 것. 마지막으로 셋째, 탁월한 생각과 솜씨로 쓰인 책을 매일 몇 페이지씩 음미하면서 읽는 것. 그때만 해도 흐트러짐 없는 자세로 걷는 사람, 상대를 정답게 대하고 부드럽게 애무할 줄 아는 사람, 그리고 말이 어우러져 만들어내는 음악을 들을 줄 아는 사람은 남들보다 더 오래 살고, 무엇보다 더 잘사는 것 같았어. 하지만 살다보니 그것만으로는 부족하다는 것을 알게 됐지. 삶은 우리에게 지구상에서 임시거처를 차지하면서 먹고 싸는 두 발 동물 이상의 존재가 되기를 갈망할 기회를 가끔

준다는 것을 깨달았다고. 이제껏 그토록 무심하던 운명이 바로 오늘 너에게 그런 기회를 주기로 한 것 같군."

나는 아직 어리둥절한 표정으로 고개를 끄덕였다.

"하지만 내 능력이 미치지 못하면 어쩌죠?"

"다니엘. 너와 나 사이에 공통점이 있다면 우리에게 과분한 여인을 만나는 행운의 축복을 누린다는 거야. 한 가지 분명한 사실은, 삶이라는 여행에서 가방에 무엇을 넣고 얼마나 높이 올라갈지 정하는 것은 여자라는 점이야. 우리 남자들은 그저 최선을 다해 여자 말을 잘 따르기만 하면 되는 거지. 안 그래?"

"아저씨 말을 전적으로 믿을 수만 있다면 좋을 텐데, 쉽지가 않네요."

페르민은 별일 아니라는 듯이 고개를 저었다.

"두려워하지 말라니까. 독한 혼합액을 연거푸 마셨으니 안 그래도 부족한 이해력으로 내 화려한 언변을 따라가기가 당연히 어려웠을 테지. 잘 알겠지만 이런 문제라면 내 경험이 훨씬 더 풍부해. 그러니 성인聖人이 한 무더기로 와도 나한테는 못 당할 거라고."

"그 문제라면 딱히 반박할 말이 없어요."

"잘 생각했어. 멋모르고 나섰다가는 한 방에 나가떨어질 테니까. 그건 그렇고, 너는 정말 나를 믿고 있어?"

"물론이죠, 페르민. 잘 아시겠지만, 아저씨와 함께라면 세상 끝까지 갈 각오가 되어 있어요."

"그렇다면 내 말을 있는 그대로 믿어주기 바라. 그리고 앞으로는 너도 널 철저히 믿어야 할 거야. 나처럼."

나는 그의 눈을 쳐다보면서 천천히 고개를 끄덕였다.

"이제 정신이 돌아와?" 그가 물었다.

"그런 것 같아요."

"그럼 우선 얼굴에서 슬픈 표정부터 거둬. 네 불알이 제대로 붙어 있는지 확인하고, 당장 방으로 가서 베아와 어린 아들을 남자답게 안아주라고. 조금 전에 두 사람이 너를 남자로 만들어주었으니까. 잘 새겨들어. 몇 년 전 어느 날 밤에 레알광장 아치문 아래서 내가 만난 소년, 이후로도 여러 차례 나를 놀라게 했던 그 아이는 이 모험의 서막에 남겨두어야 해. 다니엘, 앞으로 우리가 함께 헤쳐나가야 할 사연이 참 많아. 더구나 우리를 기다리는 것은 이제 애들 장난이 아니라고. 그래도 나와 끝까지 함께할 생각이야? 어쩌면 세상 끝이 바로 코앞에 있을지도 모르는데?"

아무리 생각해도 그를 껴안는 것 말고는 달리 좋은 수가 떠오르지 않았다.

"페르민, 아저씨 없이 내가 뭘 할 수 있겠어요?"

"종종 실수를 저지르겠지. 노파심에서 하는 말이지만, 네가 방금 마신 거 있잖아? 그 혼합액을 복용할 경우 가장 흔하게 나타나는 부작용은 일시적으로 수치심이 줄어들면서 감정활동이 아주 활발해진다는 거야. 그 점을 명심해. 그러니까 이제 방에 들어갈 때 베아의 눈을 똑바로 바라보라고. 네가 그녀를 진심으로 사랑하고 있다는 것을 금방 알 수 있도록."

"그거라면 그녀도 잘 알고 있어요."

페르민은 천천히 고개를 내저었다.

"아무튼 내가 시킨 대로 하라고." 그가 잘라 말했다. "부끄러운 마음이 든다면 그걸 굳이 말로 할 필요는 없어. 남자들은 원래 그런 방면에 서툰데다, 테스토스테론이 분비된다 해도 말이 청산유수로 나오지는 않는 법이니까. 하지만 그녀가 느낄 수 있도록 해야지. 그런 건 말보다는 행동으로 보여주는 거야. 그것도 어쩌다 한 번씩이 아니라, 매일같이."

"한번 해볼게요."

"한번 해보는 정도가 아니라 잘해야 된다니까, 다니엘."

페르민의 화려한 언변에 넘어가 청년기를, 영원할 것 같으면서도 언제 사라질지 모르는 영혼의 도피처를 빼앗겨버린 나는 운명이 기다리는 방으로 무거운 발걸음을 옮겼다.

오랜 세월이 지난 후 나는 새벽이면 산타아나 거리의 오래된 서점 뒷방으로 숨어들었다. 우리 집안의 숨겨진 내막을 어디서부터 풀어나가야 할지도 모른 채 또다시 빈 종이와 마주할 때마다 그날 밤의 기억이 다시금 떠오르곤 했다. 수개월, 아니 수년 동안 작업에 매달렸지만 건질 만한 내용은 단 한 줄도 쓸 수가 없었다.

어느 날, 치차론* 한 근을 먹고 불면증에 시달리던 페르민은 이를 기회 삼아 꼭두새벽녘에 나를 찾아오기로 마음먹었다. 낡은 자동차처럼 잉크가 새는 만년필을 들고 빈 종이 앞에서 괴로워하는

* 돼지 삼겹살이나 껍데기를 튀겨 만든 요리.

내 모습을 본 그는 말없이 옆에 앉더니 발치 여기저기 흩어져 있던 구겨진 종이 더미를 찬찬히 살펴보았다.

"다니엘, 내가 이런 얘기를 한다고 기분 나쁘게 듣지는 마. 그런데 지금 네가 뭘 하는지 조금이라도 생각해본 적이 있어?"

"아뇨." 나는 사실대로 인정했다. "그런데 타자기를 쓴다면 모든 게 바뀔지 모르겠어요. 광고에서 전문가들은 모두 언더우드를 사용한다고 하니까요."

페르민은 광고를 떠올리며 세차게 머리를 흔들었다.

"타자기로 치는 것과 손으로 쓰는 것은 전혀 달라. 천문학적으로 말하면 몇 광년이나 떨어진 셈이라고."

"격려해주셔서 아주 고맙습니다. 그런데 이 시간에 여긴 웬일이시죠?"

페르민은 자기 배를 툭툭 쳤다.

"돼지고기를 통째로 튀겨먹었더니 속에서 난리가 났어."

"베이킹소다라도 좀 드릴까요?"

"미안하지만 사양할게. 이런 말은 좀 그렇지만 그것만 먹으면 발기가 지속되는 바람에 한숨도 못 잔다니까."

펜을 놓으면서 나는 여러 번에 걸쳐 단 한 문장이라도 쓸 만한 글을 써보려던 시도 또한 포기했다. 그러곤 곧바로 그의 눈을 쳐다보았다.

"여긴 아무 일도 없어, 다니엘? 네가 부질없이 소설이라는 성을 습격하겠다고 애쓰는 건 그렇다 치고. 그러니까 내 말은……"

나는 어깨를 으쓱했다. 늘 그랬던 것처럼 페르민은 적절한 순간에 나타나 짓궂은 피카루스 엑스 마키나*의 역할을 했다.

"오랫동안 머릿속에 맴돌던 게 하나 있는데, 그걸 어떻게 이야기해야 할지 모르겠어요." 나는 용기를 내서 말했다.

그 순간 그가 갑자기 손으로 입을 가리더니 짧지만 시원하게 트림을 했다.

"만약 방중술 문제라면 숨기지 말고 시원하게 털어놔. 그 방면으로는 나도 의사 면허가 있는 사람만큼은 아니까 말이야."

"아니에요. 잠자리 문제가 아니라고요."

"애석하군. 사람들이 잘 모르는 두어 가지 새로운 기술이 있는데……"

"페르민." 내가 그의 말을 자르며 나섰다. "아저씨가 보기에, 지금까지 내가 제대로 산 것 같아요? 혹시 내 삶이 기대에 미치지 못하거나 그러지는 않나요?"

내 말을 듣자 페르민은 말문이 막히는지 시선을 내리깔며 한숨을 내쉬었다.

"설마 네가 이렇게 수렁에 빠진 시기의 발자크 같은 게 그런 이유는 아니겠지? 영적인 추구라느니 어쩌고 하는 것 때문에……"

"그러니까 사람들은 자기 자신과 세계를 더 잘 이해하기 위해서 글을 쓰는 게 아닐까요?"

"아니. 만약 자신이 무엇을 하고 있는지 안다면 굳이 그럴 필요가 없을 테지. 그런데 네 경우에는……"

---

* picarus ex machina, 연극에서 문제를 해결하기 위해 등장하는 악인.

"아저씨가 고해신부였다면 정말 답답했을 거예요. 그러지 말고 좀 도와주세요."

"너는 성인이 아니라 소설가가 되려는 걸로 알고 있었는데."

"솔직히 말해주세요. 아저씨는 내가 어렸을 때부터 나를 쭉 지켜봐왔잖아요. 혹시라도 실망했던 적은 없나요? 아니면 기대했던 다니엘의 모습대로 자랐나요? 어머니가 원하셨을 대로 큰 건가요? 제발 사실대로 말해주세요."

페르민은 눈을 희번덕거렸다.

"다니엘, 사실이라는 건 사람들이 무언가를 안다고 생각할 때 내뱉는 헛소리일 뿐이야. 며칠 전 우리가 카피톨극장에서 봤던 날카로운 이름에 뾰쪽한 가슴을 가진 멋진 여성의 브래지어 사이즈 같은 사실에 대해서라면 나도 꽤나 많이 알고 있지."

"킴 노백*이죠." 내가 덧붙여 말했다.

"하느님과 중력의 법칙의 영광이 영원히 계속되기를. 참, 다니엘. 너를 보고 실망한 적은 없어. 지금껏 단 한 번도. 너는 아주 좋은 사람일 뿐만 아니라 좋은 친구니까. 굳이 내 생각을 알고 싶다면, 좋아. 말해주지. 고인이 되신 네 모친, 이사벨라 부인이 지금 살아 계신다면 너를 매우 자랑스러워했을 거야. 좋은 아들을 두었다고 말이야."

"하지만 좋은 소설가는 아니죠." 내가 웃으며 말했다.

"이봐, 다니엘. 물론 네게도 소설가가 될 재능이 있어. 내가 도

---

* 미국의 유명 배우.

미니크회 수도사가 될 능력만큼. 너도 그걸 잘 알고 있고. 하늘 아래 있는 어떤 펜이나 언더우드로도 그 사실을 바꿀 수는 없어."

나는 한숨을 내쉬고 깊은 침묵에 빠졌다. 페르민은 생각에 잠긴 채 내 모습을 살펴보고 있었다.

"다니엘, 혹시 알고 있어? 솔직히 여태껏 너와 함께 지내면서 많은 일을 겪었지만 나는 여전히 길거리에 널브러져 있던 과거의 그 처량한 인간에 지나지 않아. 그때 네가 나를 불쌍히 여겨 집으로 데려갔지. 너 또한 여전히 정처 없이 떠돌아다니다가 우연히 미스터리한 사건과 수없이 맞닥뜨리던 그때의 그 가엾은 아이와 다를 바가 없어. 혹시라도 문제를 해결하면 어머니의 얼굴을, 세상이 앗아간 진실에 대한 기억을 기적처럼 되찾을 수 있다고 믿는 아이 말이야."

나는 아픈 곳을 찌르는 그의 말을 곰곰이 되씹어보았다.

"그게 사실이라면 너무 끔찍한 거 아닌가요?"

"그보다 더 안 좋을 수도 있었겠지. 너는 소설가가 될 수 있을 거야. 네 친구 카락스처럼."

"그렇다면 당장 그를 찾아가서 이 이야기를 써달라고 설득해야 할지도 모르겠군요." 내가 말했다. "우리의 이야기를요."

"네 아들 훌리안이 가끔 그런 말을 하더군."

나는 곁눈질로 페르민을 흘끔거렸다.

"훌리안이 뭐라고 했다고요? 훌리안이 카락스에 대해 뭔가 알고 있다는 건가요? 그럼 아저씨가 아이한테 카락스 이야기를 했단 말이에요?"

그러자 페르민은 마치 제물로 바쳐진 양 같은 표정을 지었다.

"내가?"

"우리 아이한테 뭐라고 하셨죠?"

페르민은 크게 숨을 내쉬며, 별일 아니라는 듯 말했다.

"그냥 이것저것. 별 의미 없이 고작 몇 마디 한 게 다야. 그런데 탐구심이 워낙 강한 아이라 눈을 반짝거리며 내 얘기를 듣고 있다가 모든 걸 끼워맞춰 결론을 내리더라니까. 네 아이가 영리한 게 내 탓은 아니잖아. 어쨌거나 너를 닮지 않은 건 분명해."

"맙소사…… 그럼 아저씨가 아이한테 카락스 이야기를 했다는 거 베아도 알아요?"

"너희 부부생활에 내가 끼어들면 안 되겠지만, 베아가 모르거나 눈치채지 못하는 일은 거의 없는 것 같던데."

"페르민, 앞으로 아이한테 카락스 이야기만은 절대 하지 말아주세요."

그는 손을 가슴에 얹고 진지한 표정으로 고개를 끄덕였다.

"이제부터는 입을 다물도록 하지. 만에 하나 깜박 잊고 엄숙한 침묵의 서약을 깨뜨리는 날에는 평생 씻지 못할 불명예를 안게 될 거야."

"그리고 기왕 말이 나온 김에, 앞으로 킴 노백 이야기도 일절 꺼내지 마세요. 나는 누구보다 아저씨를 잘 알고 있으니까요."

"그 문제라면 나는 세상의 모든 죄를 없애주시는 하느님의 어린양만큼이나 결백하다고. 따지고 보면 그 말을 꺼낸 건 내가 아니라 그 아이니까. 네 아이는 빈틈이 없을 정도로 영리하다고."

"정말 아저씨는 구제불능이에요."

"네 말은 물론 천부당만부당하지만, 겸허하게 받아들이지. 창의력이 점점 부족해지다보니 짜증이 나서 내뱉은 말일 뿐, 진심은 아니라는 것을 알고 있으니까. 그럼 전하, 카락스 말고 입 밖에 내면 안 되는 이름이 또 있사옵니까? 바쿠닌, 아니면 메이 웨스트?*"

"페르민, 날 좀 그만 괴롭히고 가서 주무시는 게 어때요?"

"위험에 처한 너를 혼자 두라고? 절대 그럴 순 없지. 독자 중 제정신이 박힌 어른이 적어도 한 명은 있어야 되니까."

페르민은 책상 위에서 내 손길을 기다리는 빈 종이와 만년필을 살펴보기 시작했다. 그러곤 그것들이 수술용 도구라도 되는 것처럼 한동안 홀린 듯이 하나하나 뜯어보았다.

"그럼 어떻게 시작할 건지는 생각해두었어?"

"아뇨. 안 그래도 그 고민을 하고 있는데 아저씨가 와서 쓸데없는 소리를 늘어놓은 거라고요."

"무슨 헛소리야? 내가 없으면 너는 쇼핑리스트조차 못 쓸 위인이라고."

마침내 확신이 섰는지 그는 우리 앞에 놓인 엄청난 과제에 맞서려는 듯 이내 비장한 표정을 지으며 소매를 걷어올렸다. 그러곤 옆자리에 앉더니, 말없이도 마음이 통하는 사이처럼 나를 빤히 쳐

* 미하일 알렉산드로비치 바쿠닌은 러시아의 아나키스트 철학자이자 혁명가, 메이 웨스트는 미국의 유명 배우이자 극작가다.

다보았다.

"먼저 리스트 말인데, 잘 들어. 이런 소설을 쓰는 일이라면, 내가 수도사들이 고행할 때 입는 옷을 짓고 입는 방법만큼 아는 건 아니지만, 어떤 이야기든 시작하기 전에 우선 말하고 싶은 것이 무엇인지 리스트를 작성하는 편이 좋을 것 같아. 말하자면 목록을 만드는 거지."

"일종의 로드맵 같은 건가요?" 내가 넌지시 말했다.

"로드맵이란 어디로 가야 할지 모르는 자들이 머릿속으로 대충 그려보는 지도를 뜻해. 자기가 어디론가 가고 있다는 것을 스스로는 물론 다른 멍청이들에게 납득시키기 위해서."

"나쁘지 않네요. 자기기만은 그 어떤 불가능해 보이는 일도 해결할 수 있는 비결이죠."

"알겠지? 우리가 힘을 합치면 무적의 콤비가 될 거야. 너는 받아적고, 나는 생각을 하고."

"그럼 생각나는 게 있으면 어서 말해보세요."

"저 잡동사니 속에 우리가 지옥에 다녀올 만큼 잉크가 많은지 확인해봐."

"이제 출발해도 될 정도로 많아요."

"그렇다면 이제 어디서부터 목록을 만드는 게 좋을지 결정하는 일만 남았군."

"아저씨의 첫 만남부터 이야기를 풀어나가는 게 어떨까요?"

"누구와의 만남 말이냐?"

"페르민, 그게 누구겠어요? 당연히 바르셀로나라는 신기한 나라의 앨리스죠."

순간 그의 얼굴에 그림자가 스치고 지나갔다.

"그 이야기라면 누구한테도 한 적이 없는 것 같은데. 다니엘, 너한테도 말이야."

"그럼 미로 속으로 들어가기에 그보다 좋은 문은 뭐죠?"

"남자라면 무덤까지 가져갈 비밀이 있는 법." 페르민이 말을 막고 나섰다.

"하지만 비밀이 너무 많으면 일찍 무덤으로 들어간다고요."

페르민은 놀라서 눈썹을 치켜올렸다.

"누가 그런 말을 했지? 소크라테스? 아니면 내가 그랬니?"

"아니요. 몇 초 전에 다니엘 셈페레 히스페르트라는 호모파르디쿠스*가 처음 말한 거예요."

페르민은 흡족한 미소를 짓더니 레몬맛 수구스** 껍질을 벗겨 입안에 넣었다.

"오랜 세월이 걸리기는 했지만 어쨌든 스승에게 배워나가기 시작하는구나, 이 못된 녀석아. 너도 하나 줄까?"

나는 그가 내민 캐러멜을 받았다. 그건 내 친구 페르민이 가장 아끼는 재산인데다, 또 그런 보물을 나눠준다는 것은 그만큼 나를 존중한다는 의미였기 때문이다.

"다니엘, 너 혹시 사랑과 전쟁에서는 모든 것이 허용된다는 말

---

* Homo pardicus, '얼간이 인간'이라는 뜻.

** 미국의 과일맛 캐러멜.

들어본 적 있어? 흔히들 하는 말인데."

"가끔요. 보통 사랑보다는 전쟁을 더 좋아하는 사람들이 그런 말을 하더군요."

"그렇지. 결국 그건 새빨간 거짓말이니까."

"그렇다면 이건 사랑 이야기인가요, 아니면 전쟁 이야기인가요?"

페르민은 어깨를 으쓱했다.

"그 둘의 차이가 뭐지?"

깊은 밤 페르민은 두어 개의 수구스, 그리고 시간의 안개 속으로 언제 사라질지 모르는 기억의 마법을 빌려 우리 이야기의 처음과 끝을 엮어낼 실을 하나하나 잇기 시작했다……

훌리안 카락스 지음

파리: 뤼미에르출판사, 1992

에밀 드 로지에 카스텔렌 편집

『영혼의 미로』('잊힌 책들의 묘지' 제4권) 발췌

디에스 이라이

1938년 3월
바르셀로나

* 디에스 이라이(Dies Irae)는 '진노의 날'을 뜻하는 라틴어로, 진혼미사곡 중 하나다.

1

바다가 심하게 출렁여 그는 잠에서 깼다. 밀항자가 눈을 뜨니 끝없이 이어진 듯한 어둠이 희미하게 보였다. 배가 몹시 흔들리는 데다 초석냄새가 코를 찌르고 파도가 사납게 배를 할퀴고 지나갔다. 그제야 육지를 떠났다는 실감이 났다. 그는 침대 삼아 누워 자던 자루를 옆으로 치우고 천천히 몸을 일으켰다. 그러면서 배의 화물칸에 길게 이어진 기둥과 아치를 쭉 살펴보았다.

눈앞의 모든 것이 꿈결인 듯 아득하게 보였다. 마치 물속에 가라앉은 대성당에 수백 군데의 박물관과 궁에서 약탈한 물건 같은 것들이 빼곡히 들어차 있는 듯했다. 반투명 천으로 덮인 고급 승용차들의 실루엣이 그림과 조각상 사이로 길게 이어졌다. 커다란 괘종시계 옆으로 새장도 하나 눈에 띄었는데, 그 안에는 화려한 깃털을 과시하는 앵무새 한 마리가 그를 밀항자로 의심하는지 무서운 눈초리로 노려보고 있었다.

그 너머로 미켈란젤로의 다비드상 모조품이 보였는데, 누군가가 즉흥적으로 과르디아 시빌*의 삼각모자를 머리에 씌어놓았다. 그 뒤로 시대별로 유행한 드레스를 입혀놓은 마네킹들이 끝없이 이어지는 비엔나왈츠를 추다 굳어버린 듯 유령처럼 늘어서 있었다. 옆으로는 오래된 포스터 액자들이 사방에 유리가 달린 고급 장의용 마차—안에는 관이 있었다—에 기대어 세워져 있었다. 그중 하나는 스페인내전 발발 전에 아레나스**에서 열린 투우경기 광고였다.

페르민 로메로 데 토레스라는 이름이 기마투우사의 명단에 올라 있었다. 그는 다정한 눈길로 그 이름을 찬찬히 쳐다보았다. 곧 전쟁의 잿더미 속에 묻어버려야 할 이름으로 알려져 있던 그 밀항자는 소리 없이 입술을 움직여 그 이름을 읊조렸다.

페르민
로메로 데 토레스

좋은 이름이군. 그는 속으로 중얼거렸다. 음악적인 리듬이 살아 있고, 오페라에 나올 법한 이름이야. 평생 동안 영원히 밀항자로 살아가야 할 처량하면서도 서사시적인 존재에 걸맞은 이름이지. 페르민 로메로 데 토레스, 쇠약해져 비쩍 마른 몸에 코만 커

* 스페인의 국가헌병대.

** 바르셀로나에 있는 투우경기장.

다란 남자는—머지않은 미래에 그 이름을 차지할 그는—이틀 전 밤 발렌시아에서 출발한 그 상선 깊숙한 곳에 숨어서 시간을 보냈다. 기적적으로 배에 몰래 탄 그는 온갖 종류의 화물 사이에 있던 커다란 궤짝 안으로 숨어들었다. 겉으로는 다른 화물과 비슷하게 보이도록 위장했지만 안에는 오래된 소총이 가득 들어 있었다. 일부는 습기가 차지 않도록 자루에 넣고 매듭을 지어 밀봉해두었지만, 나머지는 아무 포장도 없이 차곡차곡 포개어져 있었다. 그래서인지 적을 쓰러뜨리기보다 자칫 몸을 잘못 기대 가엾은 민병대원*이나 자기 얼굴에 쏠 가능성이 높아 보였다.

움츠렸던 다리를 뻗고 선체의 벽에서 스며든 한기와 습기로 인해 뻣뻣해진 몸을 풀기 위해 페르민은 삼십 분마다 한 번씩 먹을 것을 찾아, 먹을거리가 없으면 소일거리를 찾아 화물 컨테이너와 보급품 사이를 돌아다니곤 했다. 그렇게 배 안을 배회하던 중 그곳 사정에 훤한 생쥐와 친구가 되었다. 처음에는 경계하는 빛이 역력하던 생쥐도 차츰 시간이 지나면서 조심스럽게 다가오기 시작했다. 그러곤 포근한 그의 무릎에 안긴 채 페르민이 식량상자에서 구해온 딱딱한 치즈조각을 함께 나눠 먹기도 했다. 그 치즈는—말이 치즈지 기름기가 많은데다 가죽처럼 질겼다—이상하게도 비누맛이 났다. 페르민의 식도락적 지식의 범위 안에서 소나 그 어떤 반추동물의 손발로 치즈를 만들었다는 증거는 전혀 없는

* 스페인내전 당시 프랑코가 이끌던 파시스트 군대에 맞서기 위해 시민들이 자발적으로 조직한 군대의 대원.

데도 말이다. 하지만 현명한 사람이라면 입맛에는 정답이 없다는 말을 인정하는 법이었다. 설령 정답이 있다 해도 그런 식으로 하루하루를 근근이 연명하다보니 그 속담이 분명하게 뒤바뀌고 말았다. 그렇게 몇 달 동안 배고픔에 시달리면서 살아간 덕분에 페르민과 생쥐는 먹을 것이 생기면 마치 진수성찬이라도 대하는 것처럼 맛있게 먹었다.

"생쥐군. 요즘처럼 전쟁이 벌어질 때 좋은 점이 있다면, 그건 아무리 꿀꿀이죽 같은 음식이라도 매일매일 신의 성찬처럼 여겨진다는 거지. 심지어 똥덩어리를 꼬챙이 꿰어놓아도 파리의 '블랑제리'에서나 맡을 수 있는 기막힌 향기가 나기 마련이라네. 이것처럼 구정물에 빵부스러기와 톱밥을 섞어 거의 군대식으로 만든 식사는 우리의 정신을 강하게 단련시키고 미각을 발달시켜줘. 그래서 며칠 동안 굶다보면 벽에 바른 코르크조차 이베리코돼지 껍질 맛이 날 정도라니까."

밀항자가 어디에서 훔쳐온 음식을 나눠 먹는 동안 생쥐는 차분하게 그의 말을 들었다. 어쩌다 배불리 먹은 날이면 생쥐는 그의 발치에서 잠이 들곤 했다. 그럴 때마다 페르민은 생쥐를 내려다보며 그들이 서로 좋은 친구가 된 것은 닮은 구석이 많기 때문이라고 생각했다.

"이보게 친구. 너와 나는 꼭 닮은꼴이라네. 직립 유인원이 몰고 온 재앙을 철학으로 견뎌내고, 거기서 살아남기 위해 짜낼 수 있는 모든 수단을 동원했으니 말이야. 머지않은 미래에 영장류가 이 땅에서 모조리 사라져서 공룡, 매머드, 도도새와 함께 영원히 지하에 묻히면 좋겠어. 그렇게만 되면 너희처럼 먹고 자고, 또 아무하고나 화간하면서 부지런하고 평화롭게 살아가는 동물들이 이 땅을 물려받을 게 아닌가. 아니면 적어도 바퀴벌레와 딱정벌레와 더불어 이 세상을 차지하게 되겠지."

설령 그와 생각이 달라도 생쥐는 겉으로 티를 내지 않았다. 그들의 공존은 어느 한쪽이 지배적인 역할을 맡는 것이 아니라 우정, 즉 신사협정에 기초한 것이었다. 낮시간 동안 그들은 배의 밑창에 메아리치는 선원들의 발소리와 목소리를 들을 수 있었다. 선원이 그 아래로 내려오는 일은 매우 드물었는데, 몰래 물건을 훔치려는 경우가 대부분이었다. 그럴 때마다 페르민은 다시 소총궤짝 안에 몸을 숨겨야 했다. 그러고 나면 화약냄새와 출렁이는 파도를 자장가 삼아 짧은 단잠을 즐겼다. 배에 탄 지 이틀째 되던 날, 그는 리바이어던의 뱃속에 숨겨진 놀라운 물건들을 살펴보기 시작했다. 틈날 때마다 성경을 공부하던 현대판 요나 페르민은 호화 장정의 성경이 가득 들어 있는 상자를 발견했다. 적어도 그로서는 가슴이 두근거릴 정도로 놀라우면서도 신기한 발견이었다. 달리 읽을 문학작품이 없던 터라, 그는 빌리는 셈 치고 한 부를 꺼냈다. 그리고 짐짝에서 슬쩍한 양초에 불을 붙인 뒤 언제 봐도 신약보다 흥미진진하고 무시무시한 구약성서 중 마음에 드는 부분을 골라 자신과 친구를 위해 큰 소리로 읽기 시작했다.

"자, 여기 주목해주시기 바랍니다. 이제부터 형언하기 어려울 만큼 심오한 상징을 담고 있을 뿐만 아니라, 그 유명한 그림 형제도 바지에 오줌을 지릴 정도로 무시무시한 근친상간과 사지절단

이야기로 흥미를 돋우는 우화 한 편을 들려드릴 테니까요."

두 친구는 그렇게 바다라는 안식처에서 몇 시간, 며칠을 보냈다. 1938년 3월 17일 새벽, 눈을 뜬 페르민은 생쥐 친구가 자기 곁을 떠난 것을 알아차렸다. 어쩌면 전날 밤 요한계시록 이야기를 듣고 겁이 난 나머지 달아났을 수도 있고, 아니면 그들의 동행이 끝에 다다랐음을 직감하고는 조용히 떠난 것인지도 모른다. 뼛속까지 파고드는 냉기에 휩싸인 채 또 하룻밤을 보내고 온몸이 뻣뻣해진 페르민은 진홍빛의 새벽 숨결이 스며드는 현창 너머 바깥이 내다보이는 곳으로 비칠비칠 걸어갔다. 흘수선에서 겨우 두 뼘 위에 달려 있는 둥근 유리창을 통해서 와인빛 바다 위로 해가 떠오르는 광경을 살펴볼 수 있었다. 탄약상자와 밧줄로 묶어놓은 녹슨 자전거 더미를 피해 화물칸을 가로지르던 그는 마침내 반대쪽 끝에 이르러 그 주위를 훑어보았다. 항구 등대의 뿌연 불빛이 선체를 훑고 지나가자 순간 화물칸의 모든 유리창을 통해 섬광이 쏟아져들어왔다. 저 너머 망루와 둥근 지붕, 그리고 첨탑 사이를 유령처럼 떠다니는 안개 속으로 바르셀로나의 모습이 어렴풋하게 드러나고 있었다. 페르민은 혼자서 조용히 미소를 지었다. 추위는 물론, 마지막 기항지에서 벌어진 싸움과 소동으로 온몸에 든 멍도 다 잊은 채.

"루시아……" 그는 지옥과 같은 상황에서도 삶에 대한 희망의 끈을 놓지 않게 해준 그 얼굴을 떠올리며 중얼거렸다.

그는 발렌시아를 떠날 때 상의 안주머니에 넣어둔 봉투를 꺼내며 한숨을 쉬었다. 잠시 몽상에 잠겨 있던 그는 찬물을 뒤집어

쓴 듯이 번뜩 정신이 들었다. 배는 생각했던 것보다 항구에 훨씬 더 가까이 있었다. 긍지 높은 밀항자라면 몰래 배에 올라타는 것이 가장 어려운 일은 아니라는 점을 잘 안다. 가장 큰 난관은 위기 상황을 무사히 벗어나 발각되지 않고 배에서 내리는 것이다. 성한 몸으로 땅을 밟겠다는 희망을 품은 이상, 우선 효과적인 탈출계획을 세우는 것이 급선무였다. 갑판 위에서 요란한 발소리가 나면서 선원들의 움직임이 분주해졌다. 그 순간 페르민은 배가 선회하는 것을 느꼈다. 속도를 줄이면서 항구 입구로 접근하고 있는 것이 분명했다. 그는 다시 편지를 주머니에 집어넣고 자기가 머물렀던 흔적을 서둘러 없애기 시작했다. 쓰다 남은 양초 토막과 잠자리로 사용한 포댓자루, 조용히 생각에 잠겨 읽곤 하던 성경책과 치즈 비슷한 것, 고약한 냄새를 풍기는 비스킷 부스러기는 모두 어딘가에 감추었다. 그런 다음 먹을 것을 찾으려고 열었던 모든 궤짝의 뚜껑을 닫고 닳아빠진 구두 뒤축으로 다시 못질을 했다. 너덜너덜해진 신발을 멍하니 내려다보던 페르민은 육지에 무사히 내려 약속을 지키고 나면, 제일 먼저 시체안치소에서 훔친 것 같지 않은 것으로 구두 한 켤레를 구하기로 마음먹었다. 화물칸에서 바쁘게 움직이는 사이 그는 둥근 유리창을 통해 배가 바르셀로나항에 점점 가까이 진입하고 있는 것을 확인할 수 있었다. 그는 다시 한번 유리창에 얼굴을 바싹 갖다대고 밖을 보았다. 산꼭대기에서 맹금류처럼 도시 위에 군림하고 있는 몬주익성과 군 교도소의 실루엣을 보자 등골이 오싹해졌다.

"조심하지 않으면, 저기서 네 인생은 끝장나고 말 거야……"

그는 중얼거렸다.

저멀리 뾰족한 크리스토퍼 콜럼버스의 동상이 희미하게 보였다. 동상은 예나 지금이나 아메리카대륙과 발레아레스제도를 착각한 듯 손으로 잘못된 방향을 가리키고 있었다. 착각한 발견자 동상 뒤로, 루시아가 기다리는 구시가지 중심지로 올라가는 람블라스 거리의 입구가 있었다. 그는 이불 속 그녀의 모습과 향긋한 냄새를 떠올렸다. 하지만 죄책감과 수치심이 머리를 스치고 지나가면서 그 모습도 이내 사라지고 말았다. 그는 자신의 입으로 한 맹세를 어겼던 것이다.

"이런 한심한 놈 같으니." 그는 속으로 중얼거렸다.

그녀를 마지막으로 본 지도 벌써 열세 달 칠 일이 지났다. 그로서는 마치 십삼 년처럼 길게 느껴지는 시간이었다. 그가 은신처로 돌아가기 전에 마지막으로 몰래 본 모습은 이 도시의 수호성인인 자비의 성모상의 실루엣이었다. 성모상은 항구 맞은편 대성당의 둥근 지붕 위에 세워져 있어서 언제든지 바르셀로나의 지붕 위로 날아오를 것만 같은 모습이었다. 그는 이미 자비의 성모께 자신의 영혼과 가련한 육신을 맡겼다. 아홉 살 때 동네 예배당을 시립도서관으로 착각하고 들어간 이후로 교회 문턱을 넘은 일이 없지만, 페르민은 자신의 말을 들어줄 수 있고 또 들어주고자 하는 이라면 누구한테든 서원했기 때문이다. 만약 성모께서—권능을 가진 천상의 존재라면 누구든—자신의 운명을 주재해 심각한 사고나 치명적인 부상 없이 좋은 항구로 자신을 인도해주기만 한다면, 앞으로 영성적 명상으로 삶을 다시 이끌 뿐만 아니라 기도서 출판산업의 열렬한 고객이 될 거라고 말이다. 그는 마음속으로 서원을 마친 뒤 두 번 성호를 긋고 다시 소총궤짝 안에 숨었다. 그러곤 마치 관 속의 시신처럼 무기를 침대 삼아 누웠다. 뚜껑을 닫으려던 찰나, 그는 화물칸 천장까지 쌓아올린 상자더미 위에서 자기를 내려다보는 생쥐 친구를 발견했다.

"Bonne chance, mon ami(행운을 비네, 친구여)." 그가 속삭이듯 말했다.

잠시 후, 그는 살에 닿는 차가운 금속의 촉감에 몸서리를 치며 화약냄새가 코를 찌르는 어둠 속으로 가라앉았다. 이미 운명의 주사위는 던져진 셈이었다.

2

잠시 후 엔진의 굉음이 잦아들자 페르민은 배가 항구의 고요한 바다 위에 멈춘 채 가볍게 흔들리고 있는 것을 알아차렸다. 계산에 따르면 배가 선착장에 도착하기에는 너무 이른 시간이었다. 밀항하는 동안 두어 번 기항한 적이 있던 터라, 그는 접안작업의 각종 신호는 물론 불쾌한 소리도—가령 밧줄이 풀리는 소리와 앵커 체인에서 나는 망치 소리부터 배가 선착장으로 끌려갈 때 선체의 압력으로 인해 선박골조가 삐걱대는 소리에 이르기까지—어느 정도 귀에 익은 상태였다. 하지만 그날은 갑판에서 평소와 다르게 들려오는 분주한 발소리와 고함소리 외에 그 어떤 신호와 소리도

들을 수가 없었다. 어떤 이유에서인지 선장은 예정보다 더 일찍 배를 멈추기로 결정한 듯했다. 거의 이 년 동안 전쟁을 겪으면서 페르민은 예상치 못한 일이 생길 때마다 달갑지 않은 상황에 마주하게 된다는 사실을 깨우친 터라 이를 꽉 물고 다시 성호를 그었다.

"성모님, 그동안 고집해온 불가지론과 현대과학의 악의적인 의견을 모두 버리겠나이다." 그는 관짝이나 다름없는 상자에 낡은 소총과 함께 갇힌 채 중얼거렸다.

그의 기도는 곧바로 답을 얻었다. 다른 배, 더 작은 배인 듯한 것이 접근하다 선체를 긁고 지나가는 소리가 들렸던 것이다. 잠시 후 선원들이 웅성거리는 가운데 갑판에서 군인처럼 일사분란하게 움직이는 발소리가 들렸다. 페르민은 침을 꿀꺽 삼켰다. 그들이 배에 올라탄 게 분명했다.

3

'삼십 년을 바다에서 보냈지만, 사고는 언제나 육지에 도착할 때 일어난단 말이야.' 아라에스 선장은 선교에서 선 채 이제 막 좌현의 계단으로 올라온 한 무리의 사람들을 지켜보며 생각했다. 그들은 위협적으로 총을 휘두르면서 선원들을 옆으로 밀쳐냈다. 아마 자기들 우두머리인 듯한 사람에게 길을 터주려고 그러는 것 같았다. 아라에스 선장은 얼굴과 머리카락이 햇빛과 바닷바람 때문에 구릿빛으로 그을린데다 눈은 언제나 눈물이 고인 듯 촉촉한 전형적인 뱃사람이었다. 젊었을 때만 해도 그는 모험을 찾아 바다로 나간다고 생각했다. 하지만 나이가 들수록 모험은 언제나 항구에서, 그것도 음흉한 계략을 품고 자기를 기다리고 있다는 사실을 깨닫게 되었다. 바다에는 두려워할 것이 전혀 없었다. 하지만 육지에 발을 디디기만 하면, 특히 근래에 더더욱 그는 구역질에 시달리곤 했다.

"베르메호, 지금 당장 무선으로 항구측에 연락하게. 우리 배가 잠시 억류중이라 좀 연착할 것 같다고."

옆에 서 있던 일등항해사 베르메호는 갑자기 얼굴이 하얗게 질리더니 온몸을 벌벌 떨기 시작했다. 최근 몇 달 동안 폭격과 전투를 겪으면서 증세가 심해진 듯했다. 그전에 과달키비르강을 오가는 유람선에서 갑판장을 하던 베르메호는 안타깝게도 이런 일을 감당할 만큼 담력이 세지 못했다.

"선장님, 누가 우리 배를 억류시켰다고 할까요?"

아라에스는 방금 갑판 위로 올라온 자에게 시선을 집중했다. 검은색 우비 차림에 장갑을 끼고 중절모를 쓴 남자는 그들 중 유일하게 무장을 하지 않은 듯 보였다. 아라에스는 천천히 갑판을 가로질러오는 그를 주의깊게 살펴보았다. 완벽하리만큼 침착하고 냉정한 그 걸음걸이나 태도는 모두 빈틈없이 계산된 것이 틀림없었다. 선글라스 뒤에 가려진 눈으로 선원들의 얼굴을 훑어보는 그의 얼굴에는 아무 표정이 없었다. 마침내 갑판 한복판에 멈춰 선 그는 선교를 쳐다보더니 파충류 같은 미소를 흘리며 모자를 벗어 인사를 건넸다.

"푸메로." 선장이 중얼거렸다.

베르메호는 그 남자가 갑판 위를 구불구불하게 걸어온 후로 몸이 10센티미터는 쪼그라든 것 같았다. 베르메호는 백지장처럼 창백한 얼굴로 선장을 바라보았다.

"누구라고요?" 그가 간신히 입을 열었다.

"비밀경찰*이야. 어서 갑판으로 내려가서 선원들에게 쓸데없는 짓 하지 말라고 이르게. 그리고 내가 한 말을 무선으로 항구측에 전하도록."

베르메호는 고개를 끄덕였지만 움직일 기미가 보이지 않았다. 아라에스가 눈을 부릅뜨고 그를 노려보았다.

"베르메호, 당장 내려가. 제발 바지에 오줌 지리지 말고."

"네. 알겠습니다, 선장님."

아라에스는 잠시 선교에 그대로 머물러 있었다. 청명한 하늘에 맑은 햇볕이 내리쪼이는 가운데 구름 몇 조각이 빠르게 지나가고 있었다. 수채화가가 봤다면 감탄을 금치 못할 만큼 좋은 날씨였다. 잠시 그는 선실 옷장 안에 숨겨놓은 권총을 가져올까 생각했다. 그런 순진한 생각을 한 자신이 스스로도 어이가 없어 입술에 쓴웃음이 피어올랐다. 그는 숨을 깊이 들이마신 뒤, 닳아 해진 상의 단추를 채우고 선교를 나서 계단으로 내려갔다. 그러곤 손가락

---

* 프랑코 정권 당시 반체제인사를 탄압하기 위해 만든 조직으로, 정식 명칭은 사회수사대(Brigada de Investigación Social)다.

사이에 끼운 담배를 문지르는 오랜 지인을 향해 걸어갔다.

4

"아라에스 선장님, 바르셀로나에 오신 것을 환영합니다."

"고맙습니다, 대위님."

푸메로는 미소를 지었다.

"지금은 소령입니다."

아라에스는 푸메로의 선글라스에서 눈을 떼지 않은 채 고개를 끄덕였다. 선글라스 때문에 날카로운 눈이 어디를 향하고 있는지 가늠하기가 어려웠다.

"축하합니다."

푸메로는 그에게 담배 한 대를 건넸다.

"고맙습니다만 사양하겠습니다."

"이래 봬도 고급입니다." 푸메로가 재차 권했다. "미국에서 건너온 순한 담배죠."

아라에스는 담배를 받아 주머니에 집어넣었다.

"소령님, 서류와 면허증을 조사하실 겁니까? 카탈루냐 자치정부에서 발급한 각종 허가증과 검인 등, 필요한 모든 것은 다 갖추고 있습니다만……"

푸메로는 그런 것 따위는 관심이 없다는 듯 담배연기를 길게 내뿜으며 어깨를 으쓱했다. 그러곤 희미한 미소를 지으며 벌겋게 타오르는 담뱃불을 바라보았다.

"물론 규정에 맞게 다 준비해두었겠죠. 그보다, 이 배에 어떤 물건을 싣고 있는지 말해주시겠습니까?"

"보급품과 의약품, 무기와 탄약입니다. 경매에 내놓으려고 압류한 물품도 있고요. 그럼 발렌시아에서 정부 검인을 받은 수하물 목록을 보여드리죠."

"역시 그러실 줄 알았습니다, 선장님. 하지만 그건 선장님과 항만 및 세관 당국 사이의 문제죠. 나야 그저 국민의 공복公僕일 뿐이니까요."

아라에스는 속을 들여다볼 수 없는 그의 검은 렌즈에서 한시도 눈을 떼지 않기로 다짐하면서 조용히 고개를 끄덕였다.

"소령님께서 뭘 찾고 계신지 말씀만 하시면 기꺼이……"

그 말이 끝나기도 전에 푸메로는 자기와 같이 가자고 손짓했다. 두 사람이 갑판을 걸어가는 동안 선원들은 가슴을 졸이며 그들을 지켜보았다. 몇 분 뒤 갑자기 걸음을 멈춘 푸메로는 마지막 담배 한 모금을 깊숙이 빤 다음 꽁초를 배 밖으로 휙 던져버렸다. 그러곤 난간에 몸을 기대고 마치 바르셀로나에 처음 와본 사람처럼 풍경을 바라보았다.

"선장님, 그 냄새가 나죠?"

아라에스는 말을 꺼내지 못하고 잠시 머뭇거렸다.

"무슨 말씀인지요, 소령님?"

푸메로는 다정하게 그의 팔을 툭 쳤다.

"숨을 깊이 들이마셔보세요. 천천히. 그럼 내가 말하는 냄새가 뭔지 알 겁니다."

아라에스는 베르메호와 눈빛을 교환했다. 선원들도 어리둥절한 표정으로 서로 멀뚱멀뚱 바라보기만 했다. 푸메로는 몸을 획 돌리더니 선원들에게도 깊이 숨을 쉬어보라고 손짓했다.

"아무도 없나? 냄새를 맡은 사람이 아무도 없다는 건가?"

선장은 억지미소를 지어보려 했지만 입술은 여전히 굳게 닫혀 있었다.

"나는 분명히 그 냄새를 맡을 수 있습니다. 그런데 선장님은 못 맡는다니, 참 이상한 일도 다 있군요." 푸메로가 말했다.

아라에스는 떨떠름한 표정으로 고개를 끄덕였다.

"그렇지 않아요. 선장님도 당연히 그 냄새를 맡을 수 있어요. 저나 여기 있는 모든 이들처럼 말입니다. 내가 말한 건 생쥐 냄새예요. 당신이 배 안에 숨겨놓은 구역질나는 생쥐 말이오." 푸메로가 말했다.

아라에스는 눈을 찌푸린 채 당황해서 어쩔 줄 몰랐다.

"분명하게 말씀드리지만……"

푸메로가 손을 들어 그의 말을 막았다.

"생쥐 한 마리가 숨어들면 없앨 방법이 없죠. 쥐약을 놓으면 녀석은 그걸 먹어버립니다. 쥐덫을 설치하면 그 위에다 똥을 싸버리지요. 쥐새끼를 없애는 것이 이 세상에서 가장 어려운 일일 겁니다. 원체 겁이 많은데다 어디든 잘 숨으니까 말이죠. 더구나 녀석은 자기가 당신보다 훨씬 더 영리하다고 생각하거든요."

푸메로는 자신의 말을 음미하는 듯 잠시 침묵했다.

"선장님, 쥐새끼를 없애는 유일한 방법이 있는데, 뭔지 아십니까? 어떻게 하면 놈을 단번에 끝장낼 수 있겠습니까?"

아라에스는 고개를 가로저었다.

"잘 모르겠습니다, 소령님."

푸메로는 이를 드러내며 환한 미소를 지었다.

"물론 모르실 겁니다. 평생을 바다에서 보냈으니 알 리가 없죠. 그건 선장님이 아니라 내가 할 일이니까요. 혁명이 나를 세상에 끌어낸 이유가 바로 그거란 말입니다. 자, 선장님, 잘 보세요. 잘 보고, 배우란 말입니다."

아라에스가 무슨 말을 꺼내기도 전에 푸메로는 뱃머리 쪽으로 갔다. 부하들이 그 뒤를 쫓아갔다. 선장은 그제야 자신이 착각하고 있었음을 깨달았다. 푸메로는 무장을 하고 있었다. 그는 수집가들이 탐낼 만큼 근사한 권총을 손에 쥐고 있었다. 그는 반짝거리는 권총을 휘두르며 갑판을 가로질러갔다. 앞에 걸리적거리는 선원이 있으면 누구든 가리지 않고 난폭하게 밀쳐내며 선실로 들어가는 입구도 외면하고 지나쳤다. 그는 어디로 가야 할지 잘 알고 있었다. 그가 신호를 내리자 부하들이 화물칸으로 내려가는 해치를 겹겹이 둘러쌌다. 그러곤 그의 명령이 떨어지기만을 기다렸다. 푸메로는 쇠로 된 뚜껑 위로 몸을 숙이더니 옛친구 집의 대문을 노크하듯이 손마디로 살짝 두드렸다.

"깜짝손님 왔다!" 그가 노래하듯 말했다.

그의 부하들이 해치를 들어올리자 한낮의 햇빛이 쏟아져들어가면서 배 안의 모습이 훤히 드러났다. 아라에스는 숨기 위해 선교로 돌아왔다. 그는 이 년 동안 전쟁을 겪으면서 너무나 많은 것을 보고 알게 되었다. 그가 마지막으로 본 것은 손에 권총을 든 채 고양이처럼 입술을 핥으면서 배의 화물칸 속으로 사라지는 푸메로의 모습이었다.

5

화물칸에 갇혀 며칠 동안 답답한 공기만 들이마시던 페르민은 시원한 바람의 향기가 해치를 통해 숨어 있던 무기궤짝의 틈새로 스며들어오는 것을 느꼈다. 고개를 옆으로 기울이자 궤짝의 뚜껑과 가장자리 사이 벌어진 틈으로 뽀얀 먼지가 이는 빛이 부채꼴로 화물칸에 퍼져나가는 모습이 보였다. 회중전등 불빛이었다.

희뿌연 불빛이 화물 여기저기를 훑고 지나가더니 마침내 자동차와 미술작품을 덮고 있던 천이 모습을 드러냈다. 분주한 발소리와 배의 밑창에 울려퍼지는 금속성 메아리는 점점 더 가까워지고 있었다. 페르민은 이를 악문 채, 조금 전 자신의 은신처로 돌아온 과정을 머릿속으로 되짚어보았다. 혹시 화물칸 통로에 자루나 양초, 아니면 음식 찌꺼기나 발자국을 남겨놓았을지도 모를 일이다. 하지만 아무리 생각해도 그런 실수를 저지른 것 같지는 않았다. 나를 찾지는 못할 거야. 그는 속으로 중얼거렸다. 절대로.

바로 그 순간, 어디선가 들은 귀에 익은 목소리가 들렸다. 콧노래를 흥얼거리듯 자신의 이름을 부르는 걸걸한 목소리에 그는 다리에 힘이 풀렸다.

푸메로.

목소리와 발소리는 매우 가까운 곳에서 들렸다. 페르민은 어두운 방에서 나는 이상한 소리 때문에 겁에 질린 아이처럼 두 눈을 질끈 감았다. 그런 상황에서 아이가 눈을 감아버리는 것은 그렇게 하면 자기를 지킬 수 있다고 믿어서가 아니라, 침대 옆에 우뚝 서 있다가 자기를 향해 천천히 몸을 구부리는 검은 그림자를 볼 엄두가 나지 않기 때문이다. 그 순간, 페르민이 숨어 있는 궤짝 바로 옆으로 아주 느리게 스쳐지나가는 발소리가 들렸다. 장갑을 낀 손가락이 마치 뱀처럼 궤짝 뚜껑을 부드럽게 쓰다듬었다. 푸메로는 휘파람으로 노래를 부르고 있었다. 페르민은 계속 눈을 감은 채 숨을 참았다. 이마에서 식은땀이 흘러내리는 가운데 손을 떨지 않으려고 주먹을 꽉 쥐었다. 그는 손가락 하나 움직이지 않았다. 조금이라도 움직였다가는 소총을 넣어둔 자루에 몸이 스치면서 부스럭거리는 소리가 날 수 있었기 때문이다.

어쩌면 그의 생각이 틀렸는지도 모른다. 어떻게 하든 저들은 그를 찾아낼 테니까 말이다. 따지고 보면 아무리 후미진 곳이라도 남의 눈에 띄지 않게 숨어 하루 더 살아남을 수 있는 장소는 이 세상에 없을 것이다. 어쩌면 이쯤 모든 것을 운명에 맡기는 것이 좋을지도 몰랐다. 그렇다면 뚜껑을 발로 차서 연 다음 베고 있던 소총 하나를 꺼내 휘두르면서 그와 맞선다고 해도 거리낄 것이 없었다. 몬주익성의 지하감옥에서 이 주 동안 천장에 매달려 있다가 푸메로와 그 졸개들의 손에 죽느니, 차라리 이 초 만에 총알로 온몸이 벌집이 돼서 죽는 편이 훨씬 나을 테니까.

그는 방아쇠를 찾아 더듬거리다 총 하나를 손으로 움켜잡았다. 그런데 그때까지도 거기 총알이 장전되어 있지 않을 수도 있다는 생각은 하지 못했다. 어떻게 되든 상관없어. 그는 생각했다. 그의 사격 솜씨라면 자신의 발을 반쯤 날려버리거나 콜럼버스 동상의 눈을 명중시키거나, 둘 중 하나였다. 그 생각을 하면서 그는 희미한 미소를 지었다. 두 손으로 총을 꽉 쥔 채 가슴께로 들어올려 공이치기를 보았다. 한 번도 총을 쏘아본 적이 없었지만 속으로 각오를 다졌다. 어떤 일이든 처음 할 때 행운이 찾아오는 법이잖아. 어차피 밑져야 본전이니 한번 부딪쳐보는 거야. 그는 천천히 공이치기를 세운 뒤, 프란시스코 하비에르 푸메로의 머리를 날려 천당에든 지옥에든 보내버릴 준비를 했다.

하지만 발소리가 이내 멀어지면서 영광의 기회를 빼앗기고 말았다. 그 순간, 위대한 연인은—실제로 위대한 연인이든 장래에 위대한 연인이 될 사람이든—최후의 순간에 영웅이 될 운명이 아니라는 사실이 떠올랐다. 그는 숨을 깊게 들이마시면서 가슴에 손을 얹었다. 옷이 제2의 피부가 된 것처럼 살갗에 딱 달라붙어 있었다. 푸메로와 그 부하들의 발소리는 점점 멀어지고 있었다. 페르민은 화물칸의 그림자 속으로 사라지는 그들의 실루엣을 떠올리며 안도의 미소를 지었다. 누군가가 밀고한 것이 아니라 그저 통상적인 검문에 불과했던 것인지도 모른다.

바로 그때, 발소리가 뚝 멎었다. 죽음과 같은 정적이 주변을 휩싸고 있는 동안 페르민의 귀에는 자기 심장 뛰는 소리밖에 들리지 않았다. 소리 죽여 한숨을 내쉬는데, 그의 얼굴 바로 위에서 무언가 작고 가벼운 것이 살금살금 기어다니는 듯 궤짝 뚜껑 긁히는 소리가 희미하게 들렸다. 그러곤 달콤하면서도 시큰한 예의 냄새가 콧속으로 스며들었다. 여행 동반자인 생쥐가 친구의 냄새를 맡았는지 뚜껑 틈새로 코를 킁킁거리고 있었다. 페르민이 쉿 소리로 생쥐를 쫓으려던 순간, 귀청이 찢어질 만큼 요란한 소리가 화물칸 안에 울려퍼졌다.

어디선가 발사된 큰 구경의 탄환이 그 자리에서 생쥐의 작은 몸을 갈기갈기 찢어놓았고, 페르민의 얼굴 5센티미터 위에 있던 뚜껑을 관통하며 구멍을 냈다. 갈라진 틈 사이로 떨어진 핏방울이 그의 입술 위로 튀었다. 갑자기 오른쪽 다리가 간지러웠다. 페르민은 천천히 아래를 내려다보았다. 총알이 다리를 스치듯 지나가면서 바짓가랑이 부분을 꿰뚫고 궤짝에 또다른 구멍을 냈다. 한 줄기 희뿌연 빛이 은신처의 어둠을 뚫고 탄환의 궤도를 따라올라가고 있었다. 다시 발소리가 다가오더니, 그가 숨어 있던 곳 앞에서 멎었다. 푸메로는 궤짝 앞에 무릎을 꿇고 앉았다. 궤짝과 뚜껑 사이에 난 작은 틈으로 푸메로의 반짝이는 눈동자가 언뜻 보였다.

"원래 천한 것들끼리 친구가 되는 법이지. 안 그런가? 자네 동료 아만시오가 어디서 너를 찾으면 되는지 우리한테 다 불었거든. 그자가 내지르던 비명소리를 너도 들었으면 좋았을 텐데. 불알에 전선을 두어 번만 대면, 자네 같은 용사들도 방울새처럼 노래를 부르듯이 다 실토하기 마련이니까."

그의 눈빛을 보자 페르민의 머릿속으로 악몽과도 같은 기억이 떠올랐다. 만약 페르민이 소총으로 가득찬 그 관 속에 갇힌 채 얼마 남지 않은 용기마저 잃어버렸다면, 공포에 질려 바지에 오줌을 지리고 말았을 것이다.

"네 친구 생쥐보다 냄새가 더 지독하군. 우선 목욕부터 해야겠어." 푸메로가 속삭이듯 말했다.

그 부하들이 요란한 발소리와 함께 분주하게 움직이면서 화물칸에 있던 상자를 이리저리 치우고 물건을 넘어뜨리기 시작했다. 그사이 푸메로는 자리에서 한 발짝도 움직이지 않았다. 그는 마치 새둥지 앞에 다가간 뱀처럼 눈을 부라리며 어둠에 잠긴 궤짝을 집요하게 들여다보았다. 잠시 후, 누군가 망치질을 하는지 궤짝 안이 울리기 시작했다. 처음에는 그들이 궤짝을 부수려는 줄로만 알았다. 하지만 정신을 차리고 보니 못의 뾰족한 끝이 뚜껑 가장자리를 뚫고 들어오고 있었다. 그들은 가장자리에 못질을 해서 궤짝을 완전히 봉하는 중이었다. 뚜껑 옆에 벌어진 약간의 틈마저 이내 사라져버렸다. 그는 숨어 있다가 졸지에 갇혀버리는 신세가 되고 말았다.

그러더니 어디론가 밀고 가려는지 궤짝이 천천히 움직이기 시작했다. 푸메로의 명령이 떨어지기가 무섭게 선원들이 화물칸으로 우르르 몰려내려왔다. 앞으로 자신의 운명이 어떻게 될지는 충분히 예상할 수 있었다. 십수 명의 사람들이 지렛대로 궤짝을 들어올리고, 캔버스천으로 된 끈으로 여러 겹 두르는 소리가 들렸다. 그러더니 쇠사슬 끄는 소리와 함께 크레인이 궤짝을 공중으로 번쩍 들어올렸다.

6

아라에스와 선원들은 갑판에서 6미터 위에 매달린 채 바람에 흔들리는 궤짝을 말없이 바라보고 있었다. 푸메로는 얼굴에 흡족한 미소를 띠고 선글라스를 고쳐 쓰면서 화물칸 밖으로 나왔다. 그러곤 선교 쪽을 쳐다보면서 약을 올리려는 듯이 군대식으로 경례를 붙였다.

"괜찮으시다면, 선장님이 이 배에 태우고 있던 쥐새끼를 이 세상에 단 하나뿐인 완벽하게 효과적인 방법으로 없애도록 하겠습니다."

푸메로는 크레인 기사에게 궤짝이 자기 얼굴 높이에 오도록 몇 미터 내리라고 손짓했다.

"마지막으로 남길 말이나 회개할 말이 있거든 해보게."

선원들은 말없이 궤짝을 쳐다보았다. 그 안에서는 겁에 질린 작은 짐승처럼 흐느끼는 소리밖에 들리지 않는 것 같았다.

"이봐, 울지 말라고. 그렇게 슬퍼할 일은 아니잖아. 더군다나 이제부터는 자네도 외롭지 않을 걸세. 자네를 간절히 기다리는 친구가 얼마나 많은지 곧 보게 될 테니까……"

궤짝이 다시 공중으로 높이 올라가고 크레인은 뱃전 쪽으로 방향을 돌렸다. 궤짝이 바다에서 10미터 위에 매달려 있을 때 푸메로는 다시 선교 쪽으로 고개를 돌렸다. 아라에스는 멍한 눈으로 그를 보면서 나직이 중얼거렸다.

'개자식.' 푸메로는 선장의 입 모양을 보고 무슨 말인지 알아차렸다.

그가 고개를 끄덕이자, 200킬로그램의 소총과 약 50킬로그램의 페르민 로메로 데 토레스가 든 궤짝이 바르셀로나항의 얼음처럼 차갑고 어두운 물속으로 떨어졌다.

7

허공으로 떨어진 페르민은 궤짝의 벽에 붙을 틈조차 없었다. 바다에 떨어지는 순간 궤짝 안의 소총들이 공중으로 떠오르며 뚜껑에 세게 부딪쳤다. 몇 초 동안 궤짝은 바닷물 위에서 부표처럼 흔들흔들 떠 있었다. 그사이 페르민은 몸 위에 쌓인 소총을 치우느라 안간힘을 썼다. 초석과 휘발유 냄새가 코를 찔렀다. 푸메로의 총알이 내놓은 구멍을 통해 바닷물 밀려들어오는 소리가 들렸다. 눈 깜짝할 사이에 차가운 바닷물이 차오르기 시작하면서 한기가 몸속으로 파고들었다. 갑자기 공포가 엄습해 몸을 웅크리며 궤짝 바닥에 발을 디디려고 했다. 하지만 그 순간, 소총이 한쪽으로 쏠리면서 궤짝이 기우뚱했다. 그 바람에 페르민은 총 위에 거꾸로 박히고 말았다. 칠흑 같은 어둠 속에서 그는 물이 쏟아져들어오는 구멍을 찾으려고 아래 있던 총을 손으로 더듬어 밀쳐내기 시작했다. 간신히 십수 정의 총을 밀쳐냈지만 그것들은 곧바로 다시 그를 덮쳤다. 그는 여전히 기울고 있던 궤짝 밑바닥으로 내동댕이쳐졌다. 발목까지 찼던 물이 금세 손가락 사이에서 찰랑거렸다. 그가 총알구멍을 찾아 두 손으로 있는 힘껏 막았을 때, 물은 이미 무릎높이까지 차오른 터였다. 바로 그때 배의 갑판 위에서 총성이 나면서 궤짝에 둔중한 충격이 느껴졌다. 그의 뒤쪽으로 구멍이 세 개나 더 생겼다. 그 구멍으로 스며드는 녹색 빛에 쏟아져들어오는 바닷물이 보였다. 물은 순식간에 허리께까지 차올랐다. 그는 두려움과 분노의 비명을 지르며, 한 손으로 구멍 하나를 막으려고 안간힘을 썼다. 그러나 갑자기 궤짝이 요동치면서 그는 뒤로 밀려나고 말았다. 궤짝 안으로 물이 쏟아져들어오는 소리에 사나운 짐승이 자기를 집어삼킬 것처럼 그는 몸서리를 쳤다. 물이 가슴까지 차오르자 추위로 인해 숨을 쉬기조차 어려웠다. 다시 사방이 깜깜해지는 걸로 봐서는 궤짝이 바닷속으로 가라앉고 있는 것이 분명했다. 그의 오른손이 수압에 밀리기 시작했다. 얼음처럼 차가운 바닷물이 어둠 속에 흘러내리던 그의 눈물마저 쓸어가버렸다. 페르민은 마지막일지도 모르는 공기를 조금이라도 들이마시려고 애를 썼다.

나무궤짝은 물결에 휩쓸려 쉴새없이 바닥으로 곤두박질쳤다. 궤짝 윗부분에 한 뼘 정도의 공기층이 남아 있었다. 페르민은 위로 올라가 숨을 쉬기 위해 허우적거렸다. 잠시 후 궤짝이 바다 밑바닥에 닿아 기우뚱하더니 펄에 처박혔다. 페르민은 있는 힘을 다해 주먹과 발로 뚜껑을 쳤지만 단단히 못질을 해둔 탓에 꿈쩍도 하지 않았다. 얼마 남지 않은 공기마저 틈새로 빠져나가고 있었다. 살 속을 파고드는 추위와 암흑 때문에 모든 것을 포기하고 싶었다. 더군다나 점점 숨이 가빠지고 있었고, 수압으로 인해 머리가 빠개질 것만 같았다. 이제 살 수 있는 시간이 몇 초밖에 남지 않았다는 생각이 들자 심한 공포감이 그를 사로잡았다. 그는 소총한 자루를 들고 개머리판으로 사정없이 뚜껑 가장자리를 치기 시작했다. 네번째 치자 총이 부서지고 말았다. 어둠 속을 이리저리 더듬던 끝에 총이 든 자루 하나가 손끝에 스쳤다. 아마 자루 안에 있던 공기방울 덕분에 둥둥 떠다닌 모양이었다. 페르민은 두 손으로 그 총을 잡고 불가능한 기적이 일어나기를 기도하면서 있는 힘껏 뚜껑을 치기 시작했다.

자루 안에 있던 총이 발사되자 둔중한 진동이 발생했다. 아주 근접한 거리에서 발사된 탓에 궤짝에 주먹만한 구멍이 났다. 구멍을 통해 한 줄기 빛이 새어들어왔다. 머리보다 손이 먼저 움직였다. 그는 같은 지점에 총을 겨누고 연거푸 방아쇠를 당겼다. 하지만 자루 안에 들어찬 물 때문인지 단 하나의 총알도 발사되지 않았다. 페르민은 다른 자루에 든 총을 잡고 방아쇠를 당겼다. 처음 두 번은 불발이었지만 세번째에는 팔이 뒤로 세게 밀쳐지는 것을 느꼈다. 잠시 후 그는 구멍이 더 커진 것을 확인할 수 있었다. 그는 쇠약해져 비쩍 마른 몸이 빠져나갈 정도로 구멍이 커질 때까지 계속 방아쇠를 당겼다. 나무가 쪼개지면서 구멍 가장자리가 삐쭉삐쭉해진 탓에 빠져나갈 때 살갗이 심하게 긁혔다. 그렇지만 저

위 수면에 어른거리는 흐릿한 빛을 보자, 칼이 잔뜩 박힌 벌판도 지나갈 수 있겠다는 생각이 들었다.

항구의 바닷물이 워낙 탁한 탓에 눈이 따가웠지만 페르민은 계속 눈을 부릅뜨고 있었다. 빛과 그림자가 어우러지면서 만들어낸 바닷속 숲이 초록빛 어둠 속에서 흔들리고 있었다. 여기저기 뒹구는 쓰레기와 가라앉은 배들의 잔해, 그리고 수백 년 동안 켜켜이 쌓인 진흙이 발아래 펼쳐져 있었다. 그는 고개를 들어 저 위에서 쏟아져내려오는 희미한 빛의 기둥을 쳐다보았다. 항구에 떠 있는 상선의 선체가 수면에 거대한 그림자를 드리우고 있었다. 배가 떠 있는 곳의 수심은 적어도 15미터 이상 될 듯싶었다. 배 뒤편으로 올라가면 발각되지 않고 살아남을 수 있을 것 같았다. 그는 부서진 궤짝을 박차고 헤엄을 치며 올라가기 시작했다. 수면을 향해 천천히 올라가는 도중, 유령처럼 물속에 숨어 있는 광경이 순간 눈에 띄었다. 의당 해초나 버린 그물이겠거니 했지만, 자세히 보니 어둠 속에서 흐느적거리는 시신들이었다. 손에는 수갑이 채워졌고 발목에 묶인 쇠사슬 끝에는 돌덩어리나 시멘트덩어리가 달려 있었다. 그야말로 해저 공동묘지나 다름이 없었다. 시신 사이를 미끄러지듯 돌아다니는 뱀장어들이 얼굴의 살을 다 파먹었고 머리카락은 물결을 따라 이리저리 휘날리고 있었다. 남자와 여자는 물론 아이의 시신도 간간이 눈에 띄었다. 발 주변으로는 여행가방과 보따리 등이 진창에 반쯤 파묻혀 있었다. 몇몇 시신은 부패가 너무 심해서 너덜너덜해진 옷가지 사이로 앙상한 뼈가 삐져나와 있었다. 시신들은 박물관의 전시품처럼 길게 늘어서 이어지다 어둠 속으로 자취를 감추었다. 페르민은 눈을 질끈 감았다. 잠시 후 그는 마침내 물 밖으로 나왔다. 수면 위로 고개를 내미는 순간, 그는 숨을 쉰다는 것이 자신의 인생에서 가장 놀라운 경험이라는 사실을 깨달았다.

8

페르민은 따개비처럼 선체에 딱 달라붙은 채 가쁜 숨을 몰아쉬었다. 20미터 앞에 항로표지 부표가 떠 있었다. 부표는 작은 공간이 있는 둥근 받침대 위에 등 하나가 얹힌 원통 모양이라 작은 등대처럼 보였다. 하얀색 바탕에 빨간 줄무늬가 그려진 부표는 바다를 표류하는 금속섬처럼 물결에 가볍게 흔들리고 있었다. 그때 페르민의 머리에 좋은 생각이 떠올랐다. 만약 저 부표까지 갈 수만 있다면, 그 안에 숨어 때를 기다리다가 남의 눈에 띄지 않고 육지까지 헤엄쳐갈 수 있을 것 같았다. 아직까지는 누구에게도 발각되지 않았지만 굳이 위험한 길을 택하고 싶지는 않았다. 그는 여전히 숨이 가빴지만 있는 힘껏 공기를 들이마시고 다시 바닷물 속으로 들어갔다. 그러곤 남은 힘을 다해 되는대로 팔을 휘저으며 부표를 향해 헤엄쳤다. 그동안 아래를 보지 않으려고 의식적으로 애썼다. 아까는 헛것을 봤을 뿐이라고, 또 해류를 따라 흐느적거리던 오싹한 형체는 쓰레기 사이에 걸린 어망일 뿐이라고 애써 태연한 척하면서 말이다. 몇 미터 앞에서 물 위로 나온 그는 서둘러 부표 뒤로 돌아가 몸을 숨겼다. 그러곤 갑판 위를 살펴보자 얼마간은 무사할 것 같은 느낌이 들었다. 푸메로를 포함해 배에 타고 있던 모든 이는 그가 이미 죽은 것으로 여기는 듯했다. 그가 부표의 받침대 위로 올라가려는 순간, 선교에서 미동도 않고 자기를 지켜보고 있는 시선을 느꼈다. 한동안 그에게서 눈을 떼지 않았다. 누구인지 알 수 없지만 복장으로 봐서는 배의 선장인 듯했다. 그는 황급히 부표의 작은 공간으로 숨어들자마자 바닥에 쓰러졌다. 추위에 몸이 벌벌 떨렸다. 잠시 후면 자기를 잡으러 오는 소리가 들릴 것이 분명했다. 어쩌면 그 궤짝 안에서 익사하는 편이 차라리 나았을지도 몰랐다. 이제 까딱하면 감방에 갇혀 푸메로와 시간을 보내야 할 테니까.

그 순간을 기다리는 시간은 마치 영원과도 같았다. 이젠 모든 게 끝장이라고 체념하는 그때, 갑자기 배의 엔진이 요란한 굉음을 내면서 우렁찬 고동소리가 들렸다. 그는 작은 공간에 난 유리창을 통해 조심스럽게 밖을 살폈다. 배가 선착장 쪽으로 천천히 움직이는 것이 보였다. 그는 유리창으로 들어오는 아늑한 햇볕을 받으며 바닥에 드러누웠다. 온몸에서 힘이 쭉 빠지는 것 같았다. 어쩌면 신앙심이 없는 자들의 성모께서 그를 불쌍히 여겨 구해주신 것인지도 몰랐다.

9

페르민은 저녁노을이 하늘을 온통 붉게 물들이고 항구의 가로등이 바다 위로 빛의 그물을 던질 때까지 그만의 작은 섬 위에 계속 누워 있었다. 한동안 선착장을 살펴보던 그는 마침내 결정을 내렸다. 어시장 앞에 줄지어 있던 어선 쪽으로 헤엄쳐간 다음, 계류용 밧줄이나 정박한 배의 선미에 있는 트롤망 도르래 줄을 타고 육지로 올라가는 것이 가장 좋은 방법이었다.

그 순간 내항에 짙게 깔린 안개 사이로 희미한 형체가 어른거리는 것이 보였다. 두 사람을 태운 작은 배 한 척이 천천히 다가오고 있었다. 한 명은 노를 저었고, 다른 한 명은 선미에서 손전등을 높이 들고 안개를 노란빛으로 물들이며 땅거미가 내린 바다 위를 살펴보고 있었다. 페르민은 침을 꿀꺽 삼켰다. 바닷속으로 뛰어들어 저녁 어스름 속에 자기를 숨겨달라고 신께 빌 수도 있었다. 그러면 한번 더 도망칠 기회가 생기니까 말이다. 속으로 기도를 마쳤지만 이제 그의 몸에는 더이상 버틸 힘이 남아 있지 않았다. 그는 두 손을 들고 부표에서 나와 다가오는 보트 앞에 섰다.

"손 내려요." 손전등을 든 사람의 목소리였다.

페르민은 눈을 가늘게 뜨고 그쪽을 바라보았다. 보트 끝에 서 있는 사람은 몇 시간 전 선교에서 그를 지켜보던 바로 그 남자였다. 페르민은 그의 눈에서 시선을 떼지 않고 고개를 끄덕였다. 그리고 그가 내민 손을 잡고 보트로 뛰어내렸다. 노를 젓던 이가 모포 한 장을 건네 처참한 몰골의 조난자는 그걸 몸에 둘렀다.

"난 아라에스 선장입니다. 이 사람은 일등항해사 베르메호고."

페르민은 뭔가 말을 하려 더듬거렸지만 선장이 가로막았다.

"이름 밝힐 필요 없어요. 그건 우리가 상관할 바 아니니까."

선장은 보온병을 꺼내 그에게 따뜻한 와인을 한 잔 따라주었다. 페르민은 양철컵을 두 손으로 잡고는 단숨에 와인을 들이켰다. 선장이 따라주는 와인을 세 잔째 마시고 나서야 몸에 온기가 돌았다.

"이제 좀 괜찮아졌나요?" 선장이 물었다.

페르민은 고개를 끄덕였다.

"당신이 내 배에서 뭘 했는지, 그리고 그 똥개 같은 푸메로와 어떤 관계인지 묻지 않겠소. 하지만 조심해서 다니는 게 좋을 겁니다."

"안 그래도 최대한 조심하고 있습니다. 정말이에요. 하지만 운이 따라주지 않아서……"

아라에스가 가방을 건넸다. 페르민은 그 안을 빨리 훑어보았다. 안에는 마른 옷가지—그의 몸보다 적어도 여섯 사이즈는 커 보였다—와 돈이 들어 있었다.

"선장님, 제게 왜 이걸 주시는 거죠? 밀항하다 들키는 바람에 오히려 당신을 난처하게 만들었는데 말입니다……"

"주고 싶어서 그런 것뿐이오." 그가 대답하자, 베르메호도 옆에서 맞장구를 쳤다.

"이 은혜를 어떻게 갚아야 할지……"

"다시는 내 배에 몰래 타고 밀항하지만 않으면 됩니다. 자, 어서 옷부터 갈아입어요."

아라에스와 베르메호는 그가 물에 젖은 누더기를 벗는 모습을 말없이 지켜보았다. 그러곤 자기들이 가져온 낡은 선원 제복을 입도록 옆에서 거들어주었다. 너덜너덜해진 겉옷을 버리려던 순간, 페르민은 주머니를 뒤져 몇 주 동안 지니고 다니던 편지를 꺼냈다. 물에 젖어 잉크가 다 번졌고 봉투는 축축한 종이쪼가리가 되어 손가락 사이에서 흐물흐물 풀어졌다. 그걸 본 페르민은 눈을 감고 울음을 터뜨렸다. 아라에스와 베르메호는 놀란 표정으로 서로를 멀뚱히 쳐다보았다. 선장이 페르민의 어깨 위에 손을 얹었다.

"너무 상심하지 말아요. 그래도 최악의 순간은 지나갔잖아요."

페르민은 고개를 내저었다.

"그게 아니에요…… 그런 게 아니라고요."

그는 느릿느릿 옷을 입으면서 남은 편지조각을 새 옷의 주머니 속에 집어넣었다. 두 은인이 망연자실하게 자기를 바라보고 있는 것을 알아차린 페르민은 눈물을 훔치며 미소를 지었다.

"죄송합니다."

"피골이 상접하도록 말랐군요." 베르메호가 혀를 끌끌 차며 말했다.

"지금은 한창 전쟁중이니까요." 페르민은 미안한 마음에 일부러 더 기운 넘치고 낙관적인 투로 말했다. "하지만 제게도 이제 행운이 찾아오는 모양입니다. 앞으로는 맛난 음식도 배불리 먹고 명상을 하면서 살 것 같은 예감이 들어요. 소금에 절인 돼지고기를 많이 먹어 살도 찌우고, 황금시대*의 시 중에서 주옥같은 작품을 다시 골라 읽을 겁니다. 모르시야[**]와 계피빵을 이틀 정도 왕창 먹으면 살이 쪄서 부표처럼 변할 거예요. 믿기 힘드시겠지만, 기회만 되면 소프라노 가수보다 더 빨리 몸이 불 겁니다."

"아무렴 그러시겠죠. 그런데 어디 갈 데는 있습니까?" 아라에스가 물었다.

선장처럼 새 옷을 빼입은데다—물론 배는 없지만—따뜻한 와인을 마셔 속이 후끈해진 페르민은 힘차게 고개를 끄덕였다.

"기다리는 여자라도 있는 건가요?" 베르메호가 물었다.

그 말을 듣자 페르민은 쓸쓸히 웃었다.

"그렇기는 한데, 나를 기다리는 건 아니에요." 그가 대답했다.

"그렇군요. 편지는 그 여인에게 전할 건가요?"

페르민은 말없이 고개만 끄덕였다.

"아, 그래서 목숨을 걸고 바르셀로나로 돌아온 겁니까? 편지 한 통 전하려고요?"

페르민은 어깨를 으쓱했다.

"그럴 만한 가치가 있는 여자니까요. 게다가 친한 친구에게 꼭 전해주겠다고 약속을 했거든요."

"그럼 친구분은 돌아가셨나요?"

페르민은 고개를 숙였다.

"가끔은 전하지 않는 편이 더 좋은 소식도 있는 법이죠." 아라

---

* 스페인 문화의 절정기였던 16세기와 17세기.

** 스페인식 순대.

에스가 나서며 말했다.

"어쨌든 약속은 약속이니까요."

"그녀를 만난 지 얼마나 됐죠?"

"일 년 좀 넘었을 겁니다."

선장은 한동안 그를 빤히 바라보았다.

"요즘 같은 시기에 일 년은 참 긴 시간이죠. 요새 사람들은 금방 잊어요. 그런 습관이 꼭 바이러스처럼 세상에 퍼지는 것 같더군요. 하지만 이런 난세에는 그래야 살아남기 좋으니까요."

"차라리 나도 그 바이러스에 감염되었으면 좋겠네요. 그거야말로 내가 바라는 거니까요."

10

보트가 그를 아타라사나스 선착장 계단에 내려주었을 때, 이미 날은 어두워지고 있었다. 페르민은 라발 지구—당시에는 바리오 치노*였다—쪽으로 걸어가던 항만 노동자들과 선원들 틈에 끼어 항구의 자욱한 안개 속으로 사라졌다. 행인들 속에 섞여들어간 페르민은 그들이 나직하게 주고받는 대화를 엿들을 수 있었다. 전날 파시스트군 전투기들이 도시 상공을 날아다녔다고 했다. 그런 일이야 일 년 내내 계속되었지만, 왠지 그날 밤 대규모 공습이 있을

* '중국인 구역'이라는 의미로, 매춘과 마약, 범죄로 악명이 높은 곳을 일컫는다.

것 같다는 얘기였다. 그들의 목소리와 눈빛은 두려움으로 가득차 있었다. 하지만 그날 이미 죽을 고비를 수차례 넘긴 페르민은 밤에 어떤 일이 닥친다고 해도 두려울 것이 없었다. 그때 우연히 리어카를 밀며 서둘러 집으로 가던 과자장수와 마주쳤다. 페르민은 그를 멈춰 세운 뒤, 리어카에 실린 짐을 하나하나 꼼꼼히 살펴보았다.

"설탕 절임 아몬드가 있습니다. 전쟁 전에 팔던 거랑 똑같아요. 한번 맛보시겠습니까, 손님?" 장사꾼이 말했다.

"수구스만 있다면 뭐든 드리죠." 페르민이 딱 부러지게 말했다.

"그거라면 딸기맛 한 봉지 남았어요."

페르민의 눈이 휘둥그레졌다. 그 달콤한 캐러멜 이름을 언급만 했는데도 입에 침이 고이기 시작했다. 아라에스 선장이 돈을 준 덕분에 한 봉지를 통째로 살 수 있었다. 그는 그 자리에서 마치 사형수처럼 허겁지겁 봉지를 뜯었다.

언제나 그에게 람블라스 거리의 희미한 가로등 불빛은 입에 넣자마자 느껴지는 수구스 캐러멜의 맛처럼 아무리 힘들어도 하루 더 살아볼 만하다는 생각이 들게 하는 것 중 하나였다. 그런데 그날 밤 페르민은 람블라스 거리를 따라 걷는 동안 한 무리의 야경꾼이 사다리를 들고 돌아다니며 인도를 비추던 가로등을 하나씩 끄고 있는 것을 알아차렸다. 그는 한 명에게 다가가 분주하게 일하는 모습을 곁에서 지켜보았다. 사다리를 내려오다 그의 시선을 느낀 야경꾼은 걸음을 멈추더니 곁눈질로 그를 흘끔거렸다.

"안녕하세요, 선생님?" 페르민은 정겨운 목소리로 말을 꺼냈다. "무슨 이유로 도시 전체를 암흑천지로 만들고 있는지 여쭤봐도 되겠습니까?"

야경꾼은 대답 대신 검지로 하늘을 가리키고는 사다리를 들고 다음 가로등으로 이동했다. 페르민은 서서히 어둠에 잠겨가는 람블라스 거리의 낯선 모습을 지켜보면서 한동안 자리를 뜨지 않았다. 주변의 카페와 상점이 하나둘씩 문을 닫기 시작했고, 대로 양편으로 늘어선 건물 정면은 희미한 달빛으로 물들고 있었다. 그는 막연한 불안감에 휩싸인 채 걸음을 옮기기 시작했는데 몇 발짝 가지 않아 야간행렬 같은 것이 눈에 띄었다. 손에 보따리와 모포를 든 사람들이 지하철 입구 쪽으로 향하고 있었다. 몇몇은 촛불이나 기름램프를 들었고 어떤 이들은 그냥 어둠 속을 걸어가고 있었다. 지하철 계단을 지나치는 순간 페르민은 다섯 살도 채 되지 않은 남자아이에게 시선이 갔다. 아이는 어머니인지 할머니인지 구분이 잘 안 갔지만—흐릿한 빛 속에서 그 불쌍한 영혼들은 다 실제보다 나이가 들어 보였다—어떤 여인의 손을 꼭 잡고 있었다. 페르민은 아이에게 윙크를 하고 싶었지만 아이는 한순간도 하늘에서 눈을 떼지 않았다. 아이는 수평선 위에 거미줄처럼 뒤엉킨 시커먼 구름을 응시하고 있었다. 마치 그 안에 숨겨진 비밀스러운 무언가가 보이기라도 하는 것처럼 말이다. 페르민은 아이의 눈길을 따라갔다. 차가운 바람이 인燐과 나무 타는 냄새를 싣고 도시로 밀려오고 있는 듯했다. 엄마가 아이를 끌고 지하철 통로로 이어진 계단을 내려가려던 순간, 아이가 페르민을 힐끗 쳐다보았다. 페르민은 온몸의 피가 얼어붙는 듯했다. 노인에게서나 볼 수 있는 극심한 공포와 절망감이 다섯 살짜리 아이의 눈에 어른거리고 있었다. 페르민은 아이의 눈을 피해 걸음을 옮기기 시작했다. 그때 지하철 입구를 지키고 있던 지역 경찰관이 손으로 그를 가리켰다.

"지금 들어가지 않으면 나중에는 자리가 없을 겁니다. 대피소는 벌써 만원이라고요."

페르민은 고개를 끄덕이고는 걸음을 재촉했다. 그렇게 그는 유령도시처럼 변한 바르셀로나 속으로, 깊이를 알 수 없는 어둠 속으로 들어가고 있었다. 그나마 발코니와 건물 입구에 켜놓은 양초와 기름램프의 깜박거리는 불빛 덕분에 사물의 윤곽이 어렴풋이 보였다. 마침내 산타마리아대로에 이르자 저멀리 좁고 어두컴컴한 현관의 아치문이 어렴풋하게 보였다. 땅이 꺼질 듯이 한숨을 내쉰 그는 루시아를 만나기 위해 그곳으로 향했다.

11

좁은 계단을 따라 천천히 올라가던 페르민은 한 걸음 한 걸음 옮길 때마다 굳은 결심과 용기가 점점 사라지는 것을 느꼈다. 사실 그는 그녀를 만나 슬픈 소식을 전해야만 했다. 그녀가 그토록 사랑하는 남자가, 사랑스러운 딸의 아버지이자 그녀가 일 년 전부터 얼굴이라도 보고 싶어하던 그 남자가 일 년 전 세비야의 감옥에서 결국 세상을 떠났다는 사실을 말이다. 4층 층계참에 이르렀을 때 페르민은 문을 두드릴 엄두도 내지 못한 채 문 앞에 멍하니 서 있었다. 그는 층계에 걸터앉아 두 손에 얼굴을 파묻었다. 그는 십삼 개월 전에 바로 그 자리에서 루시아가 했던 말을 하나도 빠짐없이 다 기억하고 있었다. 그때 루시아는 그의 손을 붙잡고 눈을 빤히 쳐다보며 말했다. '만일 나를 사랑한다면, 그에게 아무 일도 일어나지 않도록 해줘요. 그리고 무사히 이곳으로 데려오세요.' 페르민은 주머니에서 찢어진 편지봉투를 꺼내 어스름 속에서 망연히 바라보았다. 그러더니 갑자기 주먹을 움켜쥐어 그 조각들을 구기고는 어둠 속으로 내던져버렸다. 그가 자리에서 벌떡 일어나 도망치듯이 계단을 내려가려던 찰나, 등뒤에서 문이 열렸다. 그는 걸음을 멈추었다.

일고여덟 살쯤 되어 보이는 여자아이가 문턱에 서서 그를 바라보고 있었다. 손에 책을 든 아이는 손가락 하나를 책갈피 삼아 책 사이에 끼워놓고 있었다. 페르민은 아이를 향해 미소를 지으며 손을 들어 인사를 건넸다.

"알리시아구나. 잘 있었어? 나 누군지 알겠니?" 그가 말했다.

여자아이는 못 믿겠다는 듯이 그를 쳐다보면서 고개를 갸우뚱 기울였다.

"뭘 읽고 있지?"

"『이상한 나라의 앨리스』요."

"정말? 한번 봐도 될까?"

아이는 그에게 책을 보여주었지만, 만지지는 못하게 했다.

"이건 내가 제일 좋아하는 책이에요." 그렇게 말하면서도 아이는 여전히 의심을 거두지 않는 눈치였다.

"나도 아주 좋아하는 책이란다." 페르민이 말했다. "구멍으로 떨어지고 정신나간 이들이나 수학문제에 맞닥뜨리는 장면을 보면 작가가 꼭 내 이야기를 쓴 것만 같아."

아이는 그 특이한 손님의 말이 우스웠던지 웃음이 나오려는 듯했지만, 입술을 깨물어 참았다.

"네. 하지만 이 책은 나를 위해서 쓴 거라고요."* 아이가 짓궂은 표정을 지으며 말했다.

"물론 그렇지. 엄마는 집에 계시니?"

아이는 아무 대답을 하지 않았지만, 문을 조금 열어주었다. 페르민은 문을 향해 한 걸음 내딛었다. 아이는 몸을 홱 돌리더니 아무 말 없이 안으로 들어가버리고 말았다. 페르민은 문턱에 멈추어 서서 안을 들여다보았다. 집안은 깜깜했지만 좁은 복도 끝 어딘가에서 기름램프 불빛이 깜박거리고 있었다.

"루시아?" 페르민이 이름을 불렀다.

그의 목소리는 곧 어둠 속으로 사라져버렸다. 그는 손마디로 문을 두드리고 기다렸다.

"루시아? 나야……" 그가 다시 큰 소리로 외쳤다.

기다려도 아무 대답이 없어 그는 안으로 들어갔다. 복도를 따라 걸어갔지만 방문은 모두 닫혀 있었다. 복도 끝에 이르자, 식당

---

* 알리시아(Alicia)는 앨리스(Alice)의 스페인식 이름이다.

겸 거실이 나타났다. 식탁 위에 놓인 기름램프의 노란 불빛이 어둠을 부드럽게 어루만지고 있었다. 창문 앞 의자에 등을 보이고 앉아 있는 나이든 여인의 실루엣이 눈에 들어왔다. 페르민은 그 자리에 멈춰 섰다. 그제야 그녀를 알아보았다.

"레오노르 부인……"

그가 방금 노인이라 생각했던 그 여자의 나이는 기껏해야 마흔다섯 살쯤 되었을 터였다. 그동안 마음고생이 얼마나 심했는지 얼굴에는 주름이 자글자글했고, 증오심을 주체하지 못해 남몰래 울다 지친 듯 생기 없이 멍한 눈이었다. 레오노르는 말없이 그를 쳐다보았다. 페르민은 의자를 가져다 그 옆에 앉았다. 그는 그녀의 손을 잡고 희미하게 미소 지었다.

"그 아이가 자네와 결혼했어야 하는 건데. 인물은 없어도, 머리는 좋으니 말이야." 그녀가 중얼거리듯 말했다.

"레오노르 부인, 루시아는 어디 있죠?"

부인은 시선을 돌렸다.

"데려갔어. 두 달 전쯤에."

"어디로요?"

레오노르는 아무 대답도 하지 않았다.

"누가 데려간 거죠?"

"그 남자가……"

"푸메로 말입니까?"

"에르네스토에 대해서는 물어보지도 않고, 다짜고짜 그 아이부터 찾더라고."

페르민은 그녀를 꼭 안아주었다. 하지만 레오노르는 꿈쩍도 하지 않았다.

"제가 찾아볼게요, 레오노르 부인. 어떤 일이 있어도 그녀를 찾아서 집으로 데려올게요."

여인을 고개를 내저었다.

"죽었을 거야. 그렇지? 내 아들 말이야."

페르민은 아무 말도 하지 않았다.

"그건 잘 모르겠어요, 레오노르 부인."

그녀는 사나운 눈빛으로 그를 노려보더니 그의 뺨을 때렸다.

"당장 나가."

"레오노르 부인……"

"당장 나가라니까." 그녀가 울먹이며 말했다.

페르민은 자리에서 일어나 몇 걸음 뒤로 물러났다. 어린 알리시아가 복도에서 그를 지켜보고 있었다. 페르민이 살짝 웃어 보이자 아이는 그를 향해 천천히 다가왔다. 그러더니 그의 손을 덥석 잡더니 꽉 힘을 주었다. 페르민은 아이 앞에 무릎을 꿇고 앉았다. 아이에게 엄마의 친구라고 말할 생각이었다. 아니, 부모에게 버림받은 애잔한 눈빛을 사라지게 할 수만 있다면 어떤 말이라도 꾸며내고 싶었다. 레오노르 부인이 손으로 눈물을 훔치는 순간, 하늘에서 무언가 떨어지는 듯 요란한 소리가 아득하게 들렸다. 페르민은 창가로 고개를 돌렸다. 유리창이 부르르 떨리는 모습이 눈에 들어왔다.

12

페르민은 창가로 가서 유리창 앞에 드리워진 얇은 커튼을 젖히고 하늘을 올려다보았다. 좁은 골목을 첩첩이 에워싼 처마들 사이로 하늘이 손바닥만하게 보였다. 소리는 더 요란해지고 점점 더 가까워졌다. 처음에는 바다에서 폭풍이 몰려오는 줄 알았다. 그는 시꺼먼 구름이 선착장을 덮치면서 정박중인 배의 돛을 날려버리는 모습을 상상했다. 하지만 여태껏 불이 번쩍이면서 금속음이 나는 폭풍은 단 한 번도 본 적이 없었다. 밤하늘을 뒤덮고 있던 안개가 흩어지면서 그 사이로 맑은 하늘이 모습을 드러냈다. 그 순간, 그는 보았다. 그것들은 거대한 강철곤충처럼 어둠 속에서 나타나 대형을 이루며 날고 있었다. 그는 침을 꼴깍 삼키고 레오노르 부인과 오들오들 떨고 있던 알리시아에게 눈길을 돌렸다. 아이는 여전히 손에 책을 들고 있었다.

"여기서 나가는 게 좋겠어요." 페르민이 중얼거리듯 말했지만 레오노르 부인은 고개를 가로저었다.

"곧 지나갈 거야. 어젯밤처럼." 부인이 들릴락 말락 한 목소리로 말했다.

페르민은 다시 하늘을 살펴보았다. 그때 예닐곱 대의 비행기가 대형에서 이탈하는 것이 눈에 들어왔다. 그는 창문을 열고 밖으로 고개를 내밀었다. 엔진소리가 굉음을 내며 람블라스 거리 초입을 향하고 있는 것 같았다. 바로 그 순간, 마치 하늘에서 드릴로 구멍을 뚫기라도 하는 것처럼 기분 나쁠 정도로 날카로운 소리가 들렸다. 알리시아는 손으로 귀를 막고 탁자 아래로 달려가 숨었다. 레오노르 부인이 팔을 뻗어 아이를 안으려고 했지만 무언가가 그녀를 막았다. 포탄이 그 건물에 떨어지기 직전, 휘파람처럼 날카로운 소리가 점점 더 커져서 벽이 우는 것만 같았다. 페르민은 고막이 찢어질 것만 같았다.

바로 그 순간, 갑자기 주변이 조용해졌다.

갑작스러운 충격으로 건물이 심하게 흔들리기 시작했다. 마치 구름에서 떨어진 기차가 지붕부터 건물 전체를 담배종이처럼 쉽게 꿰뚫고 지나가는 느낌이었다. 레오노르 부인이 무슨 말을 하려는 듯 입술을 달싹거렸지만 전혀 알아들을 수가 없었다. 순간 부인의 등뒤에 있던 벽이 뽀얀 먼지구름을 일으키며 무너져내렸고, 그녀가 앉아 있던 의자 주변이 불바다로 변하면서 그녀를 집어삼키고 말았다. 페르민은 시간마저 멈춰버릴 만큼 커다란 폭음에 넋이 나간 듯 멍하니 선 채 그 장면을 바라만 보고 있었다. 폭발할 때 발생하는 흡인력으로 가구가 두 동강이 난 채 공중에 붕 떴다가 이내 화염에 휩싸였다. 휘발유에 불이 붙었을 때처럼 뜨거운 돌풍이 거세게 불어와 그의 몸을 창문 쪽으로 날려버렸다. 그 힘이 얼마나 세던지 그는 유리창을 깨고 발코니 철제난간에 부딪혔다. 아라에스 선장이 준 코트에서는 연기가 났고 피부에 화상을 입었다. 그가 일어나서 코트를 벗으려고 할 때 발아래 바닥이 심하게 흔들리기 시작하더니 건물 중심부의 골격이 이내 잿더미와 불덩어리로 변하면서 무너져내렸다.

페르민은 몸을 일으켜 연기가 나는 코트를 벗어던졌다. 그는 거실 안을 들여다보았다. 거무스름한 연기가 시큼한 냄새를 풍기며 아직 버티고 선 벽을 핥고 있었다. 폭발이 일어나면서 중심부가 폭삭 내려앉았지만 포탄구멍 앞쪽 방들과 건물 정면은 그대로 남아 있었다. 층계의 일부가 구멍 가장자리를 따라 아슬아슬하게 이어져 있었다. 그가 걸어들어왔던 복도는 통째로 날아가고 없었다.

"개자식들!" 그가 침을 뱉으며 말했다.

귀청이 떨어질 것처럼 날카로운 굉음이 그의 말을 덮었다. 멀지 않은 곳에서 또 폭발이 일어났는지 강한 충격파가 살 속으로 파고들었다. 황과 전기, 타는 살 냄새가 뒤섞인 매캐한 바람이 거리를 휩쓸고 다녔다. 페르민은 바르셀로나 상공에 피어오르는 화염을 보았다.

13

근육에 극심한 통증이 느껴졌다. 그는 휘청거리며 거실에 들어갔다. 알리시아는 폭발의 충격 때문에 벽으로 날아가, 부서진 안락의자와 거실 귀퉁이 사이에 끼어 있었다. 몸에 먼지와 재를 잔뜩 뒤집어쓴 모습이었다. 페르민은 그 앞에 무릎을 꿇고 앉아 아이의 어깻죽지를 잡았다. 그의 손길이 닿자 알리시아가 부스스 눈을 떴다. 눈에는 핏발이 선 채 동공이 유난히 커져 있었다. 페르민은 아이의 눈동자에 어른거리는 자신의 비참한 몰골을 보았다.

"할머니는 어디 있어요?" 알리시아가 간신히 말했다.

"어디 가실 데가 있어서⋯⋯ 하여간 넌 나와 같이 가야 해. 너하고 나, 둘이서 말이다. 당장 여기서 나가자꾸나."

알리시아는 고개를 끄덕였다. 페르민은 아이를 안고 혹시 다치거나 부러진 데가 없는지 손으로 확인했다.

"아픈 데는 없니?"

아이는 머리에 손을 갖다댔다.

"곧 괜찮아질 거야⋯⋯ 준비됐어?" 페르민이 말했다.

"내 책⋯⋯"

페르민은 잿더미 속을 뒤져 책을 찾았다. 책은 반쯤 그을렸지만 그런대로 온전했다. 페르민이 책을 건네자 알리시아는 그것이 행운의 부적이라도 되는 것처럼 품에 꼭 안았다.

"절대 잃어버리면 안 돼, 알았지? 다 읽고 이야기가 어떻게 끝나는지 나한테 알려줘야 하니까."

페르민은 아이를 안고 자리에서 일어났다. 알리시아가 생각보다 무거웠을까, 아니면 힘이 다 빠져서였을까. 아이를 안고 빠져나가기가 그리 쉽지 않았다.

"꽉 붙잡아."

그는 몸을 돌려 폭발로 생긴 커다란 구멍 가장자리를 돌아서 타일이 깔린 복도의 벼랑길을 따라 계단으로 갔다. 거기서 아래를 내려다보니 포탄이 건물 지하까지 뚫고 지나간 모양이었다. 1층과 2층이 불길에 휩싸여 있었다. 계단통을 자세히 내려다보니 불길이 조금씩조금씩 위로 올라오고 있었다. 그는 알리시아를 있는 힘껏 붙잡고 재빨리 계단 위로 뛰어올라가기 시작했다. 우선 옥상까지 올라가면 옆 건물 지붕으로 뛰어내릴 수 있을 거야. 그렇게 만 되면, 일단은 살아남을 수 있을 테지. 그는 속으로 중얼거리며 뛰어갔다.

14

옥상 출구는 떡갈나무로 만든 단단한 문이었다. 하지만 폭발로 인해 경첩에서 빠진 상태라 페르민이 발로 차니 쉽게 열렸다. 옥상으로 나가자, 그는 알리시아를 바닥에 내려놓고 한숨 돌리기 위해 건물 정면 가장자리에 털썩 주저앉았다. 깊게 숨을 들이마셨다. 공기에서 성냥 타는 냄새가 났다. 눈앞에 펼쳐진 광경이 너무도 처참해 페르민과 알리시아는 한동안 할말을 잃고 멍하니 바라보기만 했다.

바르셀로나는 시뻘건 불기둥과 하늘에 촉수처럼 흐느적거리며 올라가는 시커먼 연기로 뒤덮인 채 짙은 어둠에 잠겨 있었다. 거기서 두 블록 떨어진 람블라스 거리에는 거대한 불길과 연기가 강물처럼 시내 중심부를 향해 흘러가고 있었다. 페르민은 아이의 손을 잡아끌었다.

"자, 어서 가자. 여기서 머뭇거릴 시간이 없어."

그들이 몇 발짝 떼기도 전에 또다시 귀를 찢을 듯한 폭음이 하늘에 울려퍼지면서 발아래 건물이 심하게 흔들렸다. 페르민이 뒤를 돌아본 순간, 카탈루냐광장 근처에서 커다란 불길이 치솟았다.

일순 번갯불 같은 섬광이 도시의 모든 지붕을 붉게 물들이며 지나갔다. 빛의 폭풍이 사그라지면서 하늘에서 재가 비처럼 쏟아져내렸고, 곧이어 요란한 비행기 소리가 다시 들렸다. 전투기 편대가 저공비행을 하면서 도시 상공을 뒤덮은 짙은 연기를 뚫고 지나갔다. 비행기 동체 밑면에 반사된 화염이 언뜻 보였다. 페르민은 비행기가 가는 방향을 눈으로 좇았다. 잠시 후, 라발 지구의 지붕들 위로 폭탄이 비 오듯 쏟아지기 시작했다. 그들이 있던 옥상으로부터 50미터 정도 떨어진 곳에 일렬로 이어진 건물들이 마치 다이너마이트를 설치해놓은 것처럼 연이어 폭발했다. 그 충격파로 인해 수백 개의 유리창이 박살나고 인근 지역 옥상에 있던 것들은 죄다 하늘로 튀어올랐다. 옆 건물에 있던 비둘기집은 처마에 부딪힌 뒤 거리 반대편으로 떨어졌고, 물탱크도 무너지면서 허공으로 날아가 보도에 부딪히고 엄청난 소리와 함께 터졌다. 거리에서 공포에 질린 사람들의 비명소리가 들렸다.

페르민과 알리시아는 온몸이 굳어 한 발짝도 움직일 수가 없었다. 그들은 한동안 그 자리에서 꼼짝도 않은 채, 도시를 쑥대밭으로 만드는 수많은 비행기를 쳐다보았다. 페르민은 항구 쪽으로 고개를 돌렸다. 반쯤 가라앉은 배들이 군데군데 눈에 띄었다. 불이 붙은 거대한 기름막이 수면 위로 퍼져나가며 바닷속에 뛰어들어 필사적으로 헤엄치는 이들을 집어삼키고 있었다. 선착장에 줄지어 선 창고와 계류장에서도 거대한 불길이 치솟고 있었다. 연료탱크가 연쇄폭발하면서 일렬로 늘어서 있던 거대한 화물 크레인도 처참하게 쓰러졌다. 엄청난 크기의 철골구조가 선착장에 계류중이던 화물선과 어선을 덮쳐 하나씩 수장시켰다. 저멀리 황과 디젤이 타면서 생긴 짙은 연기를 뚫고 전투기들이 바다 위를 선회하고 있었다. 다시 공습을 할 모양이었다. 페르민은 눈을 감고 그 더럽고 뜨거운 바람에 땀을 식혔다. '야 이 개자식들아! 나 여기 있다. 한 방에 나를 날려버리란 말이다!'

15

전투기들이 다시 도시 상공으로 몰려오는 소리만이 귀를 가득 채웠다. 바로 그때 갑자기 옆에서 아이의 목소리가 났다. 눈을 뜨자 알리시아가 보였다. 아이는 있는 힘껏 그를 끌어당기며 공포에 질린 목소리로 비명을 지르고 있었다. 페르민은 몸을 돌렸다. 건물에서 그나마 남아 있던 부분마저 파도에 휩쓸려가는 모래성처럼 허물어지고 있었다. 그들은 옥상 한쪽 끝으로 달려가기 시작했다. 거기서 옆 건물 앞에 막아놓은 담장을 뛰어넘었다. 페르민은 땅에 떨어지면서 굴렀다. 왼쪽 다리에 찌르는 듯한 통증이 느껴졌다. 알리시아가 계속 손을 잡아당겨 그가 일어나도록 도와주었다. 그는 허벅지를 만져보다가 손가락 사이에 피가 흥건히 묻어 있는 것을 알아차렸다. 하늘에서 환한 불빛이 일자 그들이 방금 뛰어넘은 담장이 모습을 드러냈다. 담장 위에 박아놓은 유릿조각들이 피로 얼룩져 있었다. 울컥 구역질이 올라오면서 눈앞이 흐릿해졌다. 그는 깊이 숨을 들이마시고 계속 움직였다. 알리시아는 여전히 그를 잡아당기고 있었다. 페르민은 다리를 질질 끌면서 아이를 따라 갔다. 그의 발걸음을 따라 타일바닥 위에 검붉은 빛으로 반짝거리는 흔적이 남았다. 그들은 마침내 옥상을 가로질러 또다른 담장에 이르렀다. 그 너머의 건물은 아르코 델 테아트로 거리에 면해 있었다. 그는 옆 건물 옥상이 어떤지 살펴보기 위해 담장 앞에 쌓여 있던 나무궤짝을 밟고 올라갔다. 그 너머에는 불길한 기운을 풍기는 건물이 서 있었다. 창문이 모두 밀폐되어 있는데다 정면은 수십 년간 늪지에 잠겨 있던 듯 장엄한 느낌마저 주는 오래된 건물이었다. 젖빛 유리로 된 거대한 원형 지붕이 탑처럼 꼭대기에 얹혀 있었고, 그 위에 우뚝 솟은 피뢰침 끝에는 용의 실루엣이 가늘게 떨리고 있었다.

찢어진 다리가 욱신거리며 쓰라렸다. 그는 쓰러지지 않기 위해 담장 윗부분을 꽉 붙잡았다. 뜨뜻미지근한 피가 구두 안으로 스며들자, 다시 구역질이 일었다. 이런 상태라면 언제 의식을 잃을지 모를 일이었다. 알리시아는 겁에 질린 표정으로 그를 쳐다보았다. 페르민은 억지로 미소를 지어 보였다.

"별거 아냐. 조금 긁힌 것뿐이야." 그가 말했다.

저멀리 전투기 편대가 바다 위를 선회하더니 방파제를 넘어 다시 도시로 몰려오기 시작했다. 페르민은 알리시아에게 손을 내밀었다.

"꽉 잡아."

아이는 천천히 고개를 저었다.

"여기는 안전하지 않아. 우선 맞은편 건물 옥상으로 넘어간 다음, 거리로 내려갈 방법을 찾아야 돼. 그다음에 지하철로 가는 거야." 말은 그렇게 했지만, 그도 속으로는 자신이 없었다.

"안 돼요." 아이가 중얼거렸다.

"알리시아, 어서 내 손을 잡아."

한동안 머뭇거리던 아이는 결국 그에게 손을 내밀었다. 페르민은 아이를 번쩍 들어 나무궤짝 위에 올려놓았다. 그는 거기서 다시 아이를 담장 윗부분 가장자리에 올려놓았다.

"뛰어내려." 그가 명령하듯 말했다.

알리시아는 책을 가슴에 꼭 껴안고 머리를 흔들었다. 그 순간 기관총소리가 나면서 그들 뒤에 있는 건물들 지붕에 벌집처럼 구멍이 뚫리기 시작했다. 그는 아이를 밀었다. 알리시아는 맞은편 건물 옥상에 무사히 내려선 뒤 몸을 돌려 페르민에게 손을 뻗었다. 하지만 친구는 거기 없었다. 페르민은 계속 담장 반대쪽의 윗부분을 붙잡고 있었다. 얼굴이 백지장처럼 변하면서 눈꺼풀이 무거워지기 시작했다. 정신이 가물가물 흐려지는 듯했다.

"어서 뛰어." 그는 마지막 남은 힘을 다해 소리를 질렀다. "뛰라니까."

말을 마치자마자, 페르민은 무릎이 꺾이며 뒤로 쓰러지고 말았다. 바로 머리 위를 지나가는 전투기 소리가 들렸다. 눈을 감기 전, 그는 포탄이 하늘에서 비처럼 쏟아지는 광경을 보았다.

16

알리시아는 옥상을 가로질러 커다란 원형의 유리지붕을 향해 필사적으로 달렸다. 포탄이 어디서 터지는 건지—어느 건물 정면인지, 아니면 공중인지—몰랐다. 그때 느낄 수 있었던 것은 뒤에서 자신을 거칠게 밀치는 팽팽한 공기의 장벽과 자기 몸을 허공으로 들어올렸다가 무지막지하게 앞으로 몰아대는, 귀가 먹먹해질 정도로 강한 바람뿐이었다. 금속파편 덩어리들이 돌풍을 타고 몸을 스치며 지나갔다. 바로 그 순간 주먹만한 물체가 엉덩이를 찌르는 느낌이 들었다. 그 충격으로 공중에서 몸이 빙그르르 돌더니 이내 유리지붕 쪽으로 날아가버렸다. 알리시아는 조각난 유리막 사이를 뚫고 허공으로 떨어졌다. 그때 책이 손에서 미끄러지고 말았다.

깊이를 알 수 없는 어둠 속으로 계속 추락하던 아이는 끝내 차양천막 위에 떨어졌다. 천막이 충격을 흡수했지만 결국 무게를 버티지 못하고 휘청하다가 꺾이면서 아이는 나무연단 비슷한 것 위로 떨어졌다. 아이는 바닥에 벌러덩 누운 채, 15미터 정도 되는 높은 원형 지붕 유리창에 자기 몸이 떨어지며 뚫린 구멍을 보았다. 옆으로 몸을 기울이려고 했지만, 오른쪽 다리가 마비된 듯 아무 감각이 없었고 허리 아래쪽이 마음대로 움직이지 않았다. 이리저리 두리번거리던 중 잃어버렸다고 생각한 책이 연단 가장자리에 떨어져 있는 것을 알아차렸다.

두 팔로 바닥을 짚고 책을 향해 힘겹게 기어갔다. 손끝이 책등에 닿으려던 순간, 다시 폭발이 일어나면서 건물이 흔들리기 시작했다. 그 진동으로 책은 다시 허공에 떨어졌다. 알리시아는 가장자리까지 기어가 책이 펄럭이며 아득한 심연 속으로 사라지는 모습을 지켜보았다. 구름을 물들인 불빛이 사방으로 퍼져나가면서 어둠을 환히 밝혔다. 알리시아는 놀란 듯 눈을 몇 번 깜박였다. 방금 본 것이 틀리지 않는다면 알리시아는 거대한 나선 구조물, 즉 엄청난 규모의 대성당처럼 복도와 통로, 아치문과 회랑이 복잡하게 뒤얽힌 끝없는 미로를 중심으로 우뚝 솟은 탑의 꼭대기에 떨어진 셈이다. 하지만 원래 알고 있던 대성당과 달리 그것은 돌로 만들어진 건물이 아니었다.

전체가 책으로 이루어져 있었다.

유리천장에서 한 줄기의 빛이 쏟아지면서, 헤아릴 수 없이 많은 책이 사방을 둘러싼 가운데 구조물 안팎을 드나들면서 서로 이어지고 교차하는 계단과 다리가 아이의 눈앞에 나타났다. 저 아래 깊은 곳에서 천천히 움직이는 빛의 거품이 어렴풋하게 보였다. 흔들리던 빛이 갑자기 멈췄다. 눈을 가늘게 뜨자 등불을 들고 위를 쳐다보는 백발의 남자가 보였다. 알리시아는 엉덩이를 찌르는 듯한 통증과 함께 눈앞이 흐릿해지는 것을 느꼈다. 잠시 후 눈을 감자 시간감각마저 완전히 사라졌다.

정신을 차리고 보니 누군가의 품에 가만히 안겨 있었다. 눈을 반쯤 뜬 채 알리시아는 어디론가 내려가고 있다는 것을 알아차렸다. 끝없이 이어진 복도는 수십 개의 회랑으로 갈라지고, 벽에 책이 가득 들어찬 회랑은 사방으로 뻗어 있었다. 알리시아를 품에 안은 것은 미로의 바닥에서 얼핏 보았던 백발의 남자였다. 가까이서 본 남자의 얼굴은 독수리와 비슷하게 생겼다. 구조물의 제일 밑층에 도착하자 그 관리인은 알리시아를 데리고 둥근 천장으로 덮인 커다란 복도를 따라갔다. 그러곤 한구석에 있던 간이침대에 아이를 뉘었다.

"이름이 뭐니?" 그가 물었다.

"알리시아요." 아이가 더듬거리며 대답했다.

"난 이사크라고 해."

남자는 심각한 표정으로 욱신거리는 엉덩이 상처를 살펴보기 시작했다. 그는 아이에게 담요를 덮어준 뒤, 손으로 머리를 받친 채 시원한 물 한 잔을 가져와 입술에 대주었다. 알리시아는 물을 벌컥벌컥 들이켰다. 관리인은 아이의 머리를 베개 위에 살포시 눕혀주었다. 이사크는 미소를 지어 보였지만 망연자실한 눈빛이었다. 방금 전 알리시아가 꼭대기에서 본 미로는 세계의 모든 도서관을 모아 만든 대성당 같은 모습으로 이사크의 등뒤에 나타났다. 이사크는 침대 옆으로 의자를 가져다 앉으며 아이의 손을 꼭 잡았다.

"이제 좀 쉬어야지."

그가 램프를 끄자 저 높은 곳에서 번쩍하는 불빛이 간간이 새어들어올 뿐 그곳은 이내 푸르스름한 어둠에 잠겨버렸다. 기하학적으로 불가능한 구조의 책미로는 아득히 먼 곳에서 모습을 감추었다. 알리시아는 지금 꿈을 꾸고 있는 게 아닌가 하는 생각이 들었다. 할머니 집 거실에서 포탄이 터졌고, 할머니와 그 아저씨는 화염에 휩싸인 건물에서 절대 못 빠져나왔을 것 같았다.

이사크는 아이를 지켜보면서 서글픈 생각이 들었다. 요란한 폭격과 사이렌소리, 바르셀로나를 불바다로 만드는 죽음의 냄새가 벽을 통해 새어들어왔다. 가까운 곳에서 폭발음이 들리고 벽과 바닥이 흔들리며 뿌연 먼지구름이 일었다. 알리시아는 간이침대에서 부들부들 떨었다. 관리인은 촛불을 켜 알리시아가 누워 있던 침상 옆 탁자 위에 올려놓았다. 촛불 덕분에 둥근 천장 아래 홀 중앙에 세워진 놀라운 구조물이 희미하게나마 그 모습을 드러냈다. 이를 본 순간 알리시아는 눈을 반짝거렸지만 금세 정신을 잃고 말았다. 이사크는 한숨을 내쉬었다.

"알리시아, '잊힌 책들의 묘지'에 온 것을 환영한다." 마침내 그가 말했다.

17

페르민이 눈을 뜨자 온통 순백색으로 빛나는 무한한 천상의 세계가 보였다. 하얀 제복을 입은 천사가 그의 허벅지에 붕대를 감고 있었고, 발 디딜 틈조차 없는 복도에는 들것이 끝없이 이어져 있었다.

"여기가 연옥*인가요?" 그가 물었다.

그 말을 듣고 간호사가 눈을 치켜뜨더니 곁눈질로 그를 살펴보았다. 그녀는 열여덟 살도 안 되어 보였다. 페르민의 머리에 첫번째로 떠오른 것은 그녀가 하늘나라의 천사라면 영세식이나 첫영성체 때 나눠주던 판화 속 천사보다 외모가 훨씬 더 수려하다는 것이었다. 그런 불순한 생각이 들었다는 것은 몸상태가 양호해졌든지, 아니면 영원한 형벌이 코앞에 닥쳤든지 둘 중 하나를 의미할 뿐이었다.

"지금 이 순간부터 신앙을 멀리했던 불경스러운 태도를 버리고 성경, 그러니까 신약이든 구약이든 천사님께서 더 적절하다고 여기시는 순서에 따라 글자 그대로 믿고 따르도록 하겠습니다."

환자가 의식을 회복하고 말도 하는 것을 확인한 간호사는 의사에게 눈짓을 했다. 그러자 일주일간 한숨도 못 잔 것처럼 초췌한 의사가 페르민이 누워 있는 들것으로 다가왔다. 의사는 손으로 그의 눈꺼풀을 들어올리고 눈을 검사했다.

"내가 죽었습니까?" 페르민이 물었다.

"엄살 부리지 말아요. 지쳐서 심신이 허약해진 상태지만 전체적으로는 멀쩡하니까요."

"그런 여긴 연옥이 아니라는 말씀입니까?"

"꿈도 야무지군요. 여긴 클리니코병원이라고요. 그러니까 지옥인 셈이죠."

무슨 영문인지 종잡을 수가 없던 페르민은 의사가 상처를 살펴

---

* 작은 죄를 용서받지 못한 영혼들이 천국에 가기 전에 머무는 장소.

보는 동안 어쩌다 여기까지 오게 되었는지 기억을 되살리려고 정신을 집중했다.

"지금은 좀 괜찮습니까?" 의사가 물었다.

"솔직히 말해, 좀 걱정이 되는군요. 꿈에 예수그리스도가 저를 찾아와서 오랜 시간 동안 깊은 대화를 나눴거든요."

"무엇에 대해서요?"

"주로 축구 얘기였죠."

"그건 우리가 진정제를 투여했기 때문일 겁니다."

페르민은 안도의 한숨을 내쉬며 고개를 끄덕였다.

"주님께서 아틀레티 데 마드리드* 팬이라고 밝히셨을 때 그런 느낌이 들더군요."

의사는 가벼운 미소를 짓고는 간호사에게 중얼거리며 몇 가지 지시사항을 전했다.

"내가 여기 들어온 지 얼마나 됐죠?"

"여덟 시간 정도 됐을 거예요."

"그럼 그 아이는요?"

"누구요? 아기 예수 말인가요?"

"아뇨. 나랑 같이 있던 여자아이 말이에요."

간호사와 의사는 마주보면서 시선을 교환했다.

"미안합니다만, 당신 곁에 여자아이는 없었어요. 내가 아는 바에 따르면 당신은 라발 지구의 어느 건물 옥상에서 피를 흘리고

* 마드리드를 연고로 하는 프로축구팀.

쓰러져 있다가 기적적으로 발견된 겁니다."

"그럼 나랑 같이 데려온 여자아이는 없다는 얘긴가요?"

의사는 고개를 숙였다.

"살아 있는 아이라면, 없습니다."

페르민이 일어나려고 하자, 간호사와 의사가 만류했다.

"박사님, 지금 당장 여기서 나가야 됩니다. 거기 그 어린것이 혼자 남아 있단 말이에요. 내가 보살펴주지 않으면 그 아이는……"

의사가 간호사에게 고개를 끄덕이자, 그녀는 계속 끌고 다니던 의료카트에서 재빨리 병을 꺼내 주사약을 준비했다. 페르민이 고개를 내저었지만 의사는 아랑곳하지 않고 그의 팔을 꽉 붙잡았다.

"아직 내보내드릴 수 없어요. 좀더 인내심을 갖고 기다려보세요. 상태가 악화되지 않도록 하는 것이 우리의 임무니까요."

"걱정 마세요. 고양이는 목숨이 아홉 개라지만 나는 그보다 더 많으니까 말입니다."

"당신은 어째 정치인보다 더 부끄러운 줄 모르는군요. 그래서 하는 말인데, 제발 간호사들이 붕대 갈아줄 때 엉덩이 좀 꼬집지 마세요. 알겠습니까?"

페르민은 오른쪽 어깨에 따끔한 주삿바늘을 느꼈다. 한기가 혈관을 타고 온몸으로 퍼져나가는 것 같았다.

"박사님, 다시 한번만 더 물어봐주실 수 있나요? 알리시아라는 아이예요."

의사는 그제야 자기 사냥감을 들것에서 편히 쉬도록 놓아주었다. 갑자기 근육이 젤라틴처럼 흐물흐물해지고 동공이 커지면서 눈앞의 세상이 마치 물에 번진 수채화처럼 보였다. 갈수록 정신이 아득해지는 가운데 의사의 목소리도 메아리처럼 울리면서 점점 희미하게 들리더니 솜 같은 구름 사이로 떨어지는 느낌이 들었다. 그러더니 하얀 복도가 빛의 입자로 산산조각나면서 화학의 천국을 약속하는 향유香油 속으로 사라지는 듯했다.

18

페르민은 오후 중반에 퇴원했다. 병원은 시시각각 늘어나는 부상자를 더이상 수용할 여력이 없어서 병세가 위급하지 않은 환자를 내보낼 수밖에 없었다. 페르민은 세상을 떠난 이에게 빌린 옷을 입고 목발을 짚은 채 클리니코병원 입구에서 라발로 돌아가는 전차를 탔다. 페르민은 라발 지구에서 내리자마자 카페와 식료품점 등 문을 연 가게가 있으면 닥치는 대로 들어가 혹시 알리시아라는 여자아이를 봤는지 큰 소리로 물어보았다. 사람들은 비쩍 마른 초라한 몰골의 남자를 보고 속으로 혀를 끌끌 차면서 말없이 고개를 저었다. 저 가여운 인간도 이미 죽은 딸아이를 부질없이 찾아다니는 것이겠거니 생각하면서 말이다. 그도 그럴 것이 1938년 3월 18일 바르셀로나 거리에서 발견된 시신만 해도 구백 구가 넘었고, 그중 백 명가량이 어린아이였기 때문이다.

땅거미가 질 무렵, 페르민은 람블라스 거리를 따라 끝에서 끝까지 걸었다. 폭격으로 탈선한 전차가 넘어진 채 방치되어 있었다. 여전히 연기가 나는 객차 안에는 시신들이 나뒹굴고 있었다. 몇 시간 전에 북적거리던 카페들도 이제는 싸늘하게 굳은 시신이 여기저기 널브러져 있어 공포영화의 한 장면 같았다. 사방에 유혈이 낭자한 가운데 사람들은 다친 이들을 병원으로 옮기고 천으로 시신을 덮어주거나, 공포에 질린 채 어디론가 달아나고 있었다. 그런 와중에 페르민은 인상착의를 설명하면서 아이의 행방을 수소문했지만, 모두 고개를 절레절레 흔들 뿐이었다.

페르민은 리세오 오페라하우스 바로 앞 보도에 일렬로 널브러진 시신들을 목격했을 때조차 희망을 잃지 않았다. 시신들은 모두 기껏해야 겨우 여덟아홉 살로 보였다. 페르민은 그 앞에 무릎을 꿇었다. 바로 옆의 여인은 가슴에 주먹 크기의 시커먼 구멍이 난 남자아이의 발을 어루만지고 있었다.

"아이가 죽었어요. 다 죽었다고요." 페르민이 미처 물어보기도 전에 여인이 말했다.

시민들이 나서 거리에 나뒹굴던 잔해와 부스러기를 밤새 치우는 동안, 폭격으로 무너진 수십 채의 건물에서는 점차 불길이 가라앉았다. 그러는 사이에도 페르민은 라발 지구 전체를 집집마다 돌아다니며 알리시아의 행방을 물었다.

새벽 무렵 한 걸음도 더 걷지 못할 만큼 지친 페르민은 벨렌교회 앞 계단에서 털썩 주저앉았다. 잠시 후 지역 경찰관이 곁에 앉았다. 숯검정으로 시커메진 얼굴에 제복은 피로 얼룩져 있었다. 왜 그렇게 서럽게 우는지 경찰관이 묻자 페르민은 그를 와락 껴안으며 울먹이는 목소리로 말했다.

“그저 죽고 싶은 생각뿐입니다. 하늘이 정한 운명에 따라 보살펴야 될 어린 여자아이가 있었는데, 내가 내팽개치고 말았지 뭡니까. 결국 지켜주지 못했습니다. 하느님이든 사탄이든 눈곱만큼이라도 체면이 있다면 이 빌어먹을 놈의 세상은 내일, 아니 모레 영원히 없어져버릴 겁니다. 이런 세상은 망해도 싸죠.”

벌써 몇 시간째 폐허더미 속에서 시신을 꺼내느라 잠시도 쉬지 못한 경찰관은—시신 중에는 자신의 아내와 여섯 살짜리 아이도 있었다—그 하소연을 잠자코 듣고만 있었다.

“안됐군요.” 그가 마침내 입을 열었다. “하지만 희망을 잃지 말아요. 우리가 이런 끔찍한 세상에서 조금이라도 배운 것이 있다면, 운명이라는 게 언제나 우리 눈앞에 있다는 사실일 겁니다. 소매치기나 매춘부, 아니면 복권장수처럼 말이죠. 운명은 대부분의 경우 그런 모습으로 우리 앞에 나타나니까요. 언젠가 당신 스스로 운명을 찾아나서기로 마음먹는다면(운명은 절대 당신의 집으로 찾아오지 않는다는 점을 명심하세요), 운명이 당신에게 또다른 기회를 주리라는 것을 알게 될 겁니다.”

가면무도회

1959년
마드리드

마우리시오 발스 이 에체바리아 장관님

그리고

엘레나 사르미엔토 데 폰탈바 부인이

여러분을 기쁜 마음으로

가면무도회에

초대합니다.

본 행사는
1959년 11월 24일
오후 7시부터
소모사과스에 위치한

팔라세테 비야 메르세데스에서

개최될 예정입니다.

본 초대장을 받은 분들께서는
11월 1일 이전까지 국민교육성 의전실로
참석 여부를 알려주시기 바랍니다.

1

그 방은 늘 짙은 어둠 속에 잠겨 있었다. 벽에 드리워진 휘장은 조금의 빛도 새어들어오지 못하도록 가장자리를 꿰매놓았고 오랜 세월 동안 한 번도 걷힌 적이 없었다. 방안에서 어둠을 몰아내는 것은 벽에 붙은 구리램프의 불빛뿐이었다. 가물가물 흔들리는 누런 불빛 속에서 침대의 윤곽이 어렴풋이 드러났다. 얇은 베일이 드리워진 캐노피 뒤로 미동도 않는 그녀의 모습이 희미하게 보였다. '마치 영구차 같군.' 발스는 속으로 중얼거렸다.

마우리시오 발스는 아내 엘레나의 실루엣을 말없이 바라보았다. 그녀는 침대 위에서 꼼짝도 않고 누워 있었다. 십 년 전, 휠체어에 앉을 수조차 없게 된 이후로 그녀에게 침대는 감옥이나 다름이 없었다. 서서히 뼈가 약해지는 병으로 인해 엘레나 부인의 골격은 세월이 흐르면서 완전히 뒤틀려버렸다. 결국 빈사지경에 이르러 사지가 뒤틀린 그녀는 도저히 사람의 몰골이라고 볼 수도 없을 정도였다. 마호가니로 만든 십자고상이 침대 머리맡에서 그녀를 내려다보고 있었다. 잔인스럽기 짝이 없는 하늘은 그녀에게 죽음의 축복마저 내려주지 않았다. '다 내 잘못이야. 하느님이 나를 벌주려고 저러시는 거라고.' 발스는 생각했다.

발스는 사방으로 울려퍼지는 악단의 화음과 저 아래 정원에 천 명은 족히 넘게 모인 손님들의 목소리 사이에서 아내의 가쁜 숨소리를 들었다. 야간당번 간호사가 침대 옆 의자에서 일어나 발스에게 살금살금 다가왔다. 간호사의 이름은 기억나지 않았다. 밤에 병상을 지키는 간호사들은 아무리 돈을 많이 준다고 해도 보통 두세 달을 넘기지 못하고 그만두기 일쑤였다. 그렇다고 그들을 탓할 수는 없는 노릇이었다.

"잠들었습니까?" 발스가 물었다.

간호사는 고개를 내저었다.

"아뇨, 장관님. 하지만 오늘은 의사가 평소보다 빨리 저녁주사를 놓아드렸습니다. 부인께서 오후 내내 안절부절 불안해하셔서요. 지금은 많이 좋아지셨습니다."

"여긴 내가 있을 테니까 나가봐요." 발스가 지시했다.

간호사는 고개를 끄덕이며 문을 닫고 나갔다. 발스는 침대로 다가갔다. 그는 얇은 명주베일을 젖히고 침대 모서리에 걸터앉았다. 그러곤 잠시 눈을 감은 채 아내의 거친 숨소리를 들었다. 그녀의 몸에서 뿜어나오는 악취가 콧속으로 스며들었다. 그녀가 손톱으로 이불을 긁는 소리가 들리자, 그는 입술에 억지웃음을 흘리고 얼굴에 이미 차갑게 굳어버린 평온과 애정의 표정을 보이며 고개를 돌렸다. 아내가 이글거리는 눈빛으로 자기를 노려보고 있었다. 유럽에서 가장 유명하고 비싼 의사들도 치료법은커녕 이름조차 모르던 그 병은 그녀의 손을 흉하게 이지러뜨리더니 마침내 까칠까칠한 혹처럼 만들어버렸다. 얼핏 보면 독수리나 파충류의 발과 비슷했다. 발스는 이제 손이라고 할 수 있을지도 의문인 아내의 오른손을 잡고 분노와 고통의 빛이 번쩍이는 눈을 마주보았다. 어쩌면 증오의 눈빛인지도 모르지. 발스는 차라리 그런 것이기를 바랐다. 그 가엾은 여자가 여전히 자기와 세상에 눈곱만큼의 애정을 품고 있을지도 모른다는 생각이 들 때마다 그는 가슴이 찢어질 것만 같았다.

"잘 자요, 여보."

엘레나는 이 년 전쯤 이미 성대의 기능을 거의 다 잃어버린 터라 한 마디라도 하려면 엄청나게 힘이 들었다. 그래도 그녀는 이불 아래 뒤틀린 몸속 가장 깊은 곳에서 끌어올리는 듯한 거친 신음소리로 남편의 인사에 답하곤 했다.

"듣자 하니 오늘 몸이 좋지 않았다고 하더군. 하지만 곧 약기운이 돌 테니 푹 잘 수 있을 거야." 그가 말했다.

발스는 미소를 잃지도, 혐오감과 두려움을 일으키는 그 손을 놓지도 않았다. 하루도 빠짐없이 매일 반복되는 장면이었다. 그가 그녀의 손을 잡고 나직한 목소리로 몇 분 동안 말을 하면, 그녀는 이글거리는 눈빛으로 그를 노려보곤 했다. 그러다 모르핀이 몸 전체로 퍼지면서 통증과 분노를 가라앉히면 발스는 2층 구석에 있는 방에서 해방될 수 있었다. 적어도 다음날 밤 다시 그곳으로 돌아올 때까지는 말이다.

"모두 오셨어. 메르세데스는 처음 보는 롱드레스를 입었는데, 사람들 말로는 영국 대사의 자제와 춤을 췄다고 하더군. 모두 당신 안부를 묻더라고. 사랑을 듬뿍 담아서 말이야."

하나 마나 한 의례적인 말을 늘어놓는 동안 그의 시선은 침대 옆 빨간 벨벳으로 덮인 철제테이블 위의 작은 트레이를 향하고 있었다. 그 안에는 금속의료기기와 주사기가 담겨 있었는데, 모르핀 유리병이 희미한 빛을 받아 보석처럼 반짝거렸다. 그의 목소리가 멈추고 그가 내뱉은 공허한 말은 곧 허공으로 사라져버렸다. 계속 그의 시선을 쫓던 엘레나는 이제 얼굴이 눈물로 범벅이 된 채 애원하는 눈빛으로 그를 뚫어지게 쳐다보았다. 발스는 아내를 보며 깊은 한숨을 내쉬었다. 그러곤 몸을 숙여 그녀의 이마에 입을 맞추었다.

"사랑해." 그가 속삭이듯 말했다.

그 말을 듣자, 엘레나는 얼굴을 돌리며 눈을 감았다. 발스는 그녀의 뺨을 부드럽게 쓰다듬으며 자리에서 일어섰다. 그는 베일을 친 다음 양복 단추를 채우고 손수건을 꺼내 입술을 닦으면서 방을 가로질렀다. 그러곤 손수건을 바닥에 떨어뜨리고 방을 나갔다.

2

며칠 전, 마우리시오 발스는 딸 메르세데스를 탑 꼭대기에 있는 자기 사무실로 불렀다. 생일선물로 무엇을 받고 싶은지 본인에게 직접 물어볼 생각이었다. 아이처럼 천진난만한 웃음과 아버지에 대한 어리광이 아직 남아 있기는 했지만, 아름다운 도자기인형이나 동화책을 선물할 나이는 이미 지난 터였다. 그런데 메르세데스는 가장 받고 싶은 선물이 있다면 보름 뒤 자기 이름을 딴 별장에서 열릴 가면무도회에 참석하는 것뿐이라고 했다.

"그럼 네 엄마와 한번 상의해보마." 발스는 거짓말을 했다.

메르세데스는 아빠를 껴안고 입을 맞추며 이미 이루어진 것이나 다름없는 그 무언의 약속을 확실하게 매듭지었다. 아버지와 이야기를 나누기도 전에 메르세데스는 이미 무도회에서 입을 의상을 점찍어두었다. 엘레나 부인이 파리의 고급 의상실에서 맞추어놓고 한 번도 입어보지 못한 와인빛의 눈부신 드레스가 바로 그것이었다. 엄마가 한 번도 제대로 살아보지 못하고 도둑맞은 인생의 유산처럼 남은 수백 점의 또다른 의상과 패물과 마찬가지로 그 드레스 역시 저택 3층의 오래된 부부용 스위트룸에 딸린 호화롭고도 쓸쓸한 드레스룸 옷장 속에서 십오 년째 썩고 있었다. 오래전부터 메르세데스는 다들 자기가 방에서 잠든 것으로 여길 때쯤 엄마의 방에 숨어들어가 문 옆의 옷장 네번째 서랍에 숨겨놓은 열쇠를 몰래 꺼내곤 했다. 멋모르고 그 사실을 알린 야간당번 간호사가 딱 한 명 있었는데, 그녀는 오히려 급료도 받지 못한 채 가차없이 해고당했다. 메르세데스가 엄마 화장대에서 몰래 팔찌를 훔쳐 정원의 천사상 분수대 뒤에 파묻어놓고, 그 간호사의 소행이라고 덮어씌웠기 때문이었다. 그 사건 후로 간호사들은 입도 뻥긋하지 못했을 뿐 아니라, 하루 온종일 어둠에 싸인 그 방에서 그녀를 보고서도 모르는 척하기 급급했다.

한밤중, 메르세데스는 손에 열쇠를 든 채 저택의 서쪽 끝에 있는 엄마의 드레스룸에 숨어들어가곤 했다. 그 널찍한 방은 다른 방에서 외떨어져 발걸음이 뜸한 탓인지 문을 열면 냉기와 먼지, 나프탈렌냄새가 코끝을 스쳤다. 그녀는 손에 촛불을 들고 구두와 보석, 드레스와 가발로 가득찬 유리장식장 사이를 돌아다녔다. 의상과 과거의 기억이 잠든 무덤에는 구석마다 거미줄이 쳐져 있었다. 귀한 공주처럼 풍족한 고독 속에서 자란 어린 메르세데스는 방을 가득 채운 그 놀라운 물건들이 사실 어떤 인형의 것일지도 모른다고 상상했다. 마법에 걸려 여기저기 망가진 그 인형은 화려한 의상과 반짝거리는 보석으로 멋을 부리지도 못한 채 2층 복도 끝 골방에 영원히 갇혀 있을 거라고 말이다.

메르세데스는 가끔 촛불을 바닥에 내려놓은 뒤, 그중 한 드레스를 꺼내 입고 오래된 오르골 태엽을 감아 〈셰에라자드〉 환상곡에 맞춰 어둠 속에서 홀로 춤을 추었다. 커다란 무도회장에서 모두의 감탄과 부러움이 섞인 시선을 받으며, 허리를 감싼 아빠와 멋지게 춤을 추는 장면을 상상하면서 그녀는 짜릿한 즐거움을 느끼곤 했다. 동쪽 하늘에서 부옇게 밝아오는 새벽빛이 커튼 틈 사이로 스며들어오기 시작할 무렵, 그녀는 옷장에 열쇠를 갖다놓고 서둘러 침대로 돌아갔다. 그러곤 하녀가 일곱시에 깨우러 올 때까지 자는 척했다.

가면무도회 날, 그녀의 몸에 꼭 맞춘 듯 어울리는 그 드레스가 원래 다른 사람을 위해 만들어졌으리라고 생각한 이는 아무도 없었다. 오케스트라의 연주에 맞춰 수차례 파트너를 바꿔가며 무도회장 위를 미끄러지듯 돌아다니는 동안 그녀는 수백 명에 달하는 내빈의 시선이 집중되는 것을 느꼈다. 그들은 정욕과 동경의 눈빛으로 그녀의 몸을 애무했다. 사람들의 입에 자기 이름이 오르내리는 것을 눈치챈 그녀는 지나가다 우연히 자기를 화제로 삼은 대화를 엿들을 때마다 속으로 회심의 미소를 지었다.

그토록 고대하던 파티였지만 밤 아홉시가 다 되어갈 무렵에는 어쩔 수 없이 무도회장을 떠나 본채의 계단으로 향하고 있었다. 아빠와 단 한 곡이라도 춤을 추고 싶었지만 그는 무도회장에 나타나지 않았을뿐더러 그가 어디 있는지 본 사람도 전혀 없었다. 마우리시오는 딸이 가면무도회에 참석하는 대신 늦어도 아홉시까지는 방으로 돌아가겠다는 다짐을 받아두었다. 메르세데스는 아빠의 뜻을 거스를 생각은 없었다. '내년이면 괜찮겠지.'

돌아가는 길에 메르세데스는 아빠와 함께 정부에서 일하는 두 사람의 이야기를 우연히 들었다. 그날 밤 내내 넋을 잃고 자기를 바라보던 노신사들이었다. 두 남자는 마우리시오가 가엾은 아내의 재산으로 어떻게 그 많은 것을 사들일 수 있었는지 속닥거리고 있었다. 물론 봄처럼 따뜻한 마드리드의 가을밤에 어떻게 어린 딸을 야한 차림으로 사교계의 거물들 앞에 내놓을 수 있는지도 도마위에 올랐다. 샴페인을 마시고 왈츠를 춘 탓에 머리가 어질어질하던 메르세데스는 그들에게 한마디 쏘아붙이려고 몸을 돌렸다. 바로 그 순간 누군가 앞에 불쑥 나타나 부드럽게 그녀의 팔을 붙잡았다.

지난 십 년 동안 그녀를 그림자처럼 따라다니며 큰 위안을 주던 가정교사 이레네였다. 그녀는 메르세데스에게 따뜻한 미소를 지어 보이며 뺨에 입을 맞추었다.

"저 사람들이 뭐라고 하든 신경쓰지 마." 이레네가 그녀의 팔을 붙잡으며 말했다.

메르세데스는 미소를 지으며 어깨를 으쓱했다.

"너 오늘 너무 예쁘다. 제대로 좀 보자꾸나."

메르세데스는 고개를 숙였다.

"정말 눈부시게 아름다운 드레스구나. 네 몸에도 딱 맞고."

"이건 엄마 거예요."

"오늘밤이 지나면 영원히 네 게 될 거야."

칭찬을 듣자 메르세데스는 화끈 달아오른 얼굴로 고개를 끄덕였다. 물론 속으로는 죄책감 때문에 뒷맛이 씁쓸했다.

"그런데 이레네 선생님, 혹시 아빠 보셨어요?"

이레네는 고개를 저었다.

"다들 아빠만 찾더라니까요……"

"그럼 모두 기다려야 되겠네."

"나는 아홉시까지만 있겠다고 아빠와 약속을 했어요. 신데렐라보다 세 시간이나 더 일찍 들어가야 한다고요."

"그럼 내가 호박으로 변하기 전에 어서 서둘러야겠구나……"

가정교사가 건성으로 농담을 했다.

둘은 등불이 줄줄이 매달린 길을 따라 정원을 가로질렀다. 불빛 아래 낯선 이들은 독이 묻은 단검처럼 반짝거리는 샴페인잔을 손에 든 채, 옆을 지나는 그녀를 잘 안다는 듯이 야릇한 미소를 지었다.

"이레네 선생님, 아빠가 무도회장으로 내려오실까요?" 메르세데스가 물었다.

가정교사는 그들을 훔쳐보고 이야기를 엿들으려는 자들로부터 충분히 멀어지고 나서야 대답했다.

"잘 모르겠어. 나도 오늘 하루종일 마우리시오 씨를 본 적이 없거든……"

메르세데스가 무어라고 대꾸하려던 순간 뒤에서 수런거리는 소리가 들렸다. 두 사람이 뒤를 돌아보자 악단이 갑자기 연주를 멈췄고, 조금 전 악담을 퍼붓던 남자들 중 하나가 연설이라도 하려는지 연단 위로 올라가 사람들 앞에 섰다. 누구인지 궁금하던 차였는데 마침 가정교사가 귓속말로 알려주었다.

"저 사람은 호세 마리아 알테아라는 사람인데, 내무성 장관이야……"

부하직원이 그에게 마이크를 건네주자, 웅성거리던 장내 분위기가 가라앉으면서 경건한 침묵이 흘렀다. 악단의 단원들도 엄숙한 표정으로 장관을 쳐다보았다. 알테아는 기대에 찬 사람들의 고분고분한 표정을 보며 미소를 지었다. 숨죽인 채 자신을 응시하는 수백 명을 둘러보니 내심 만족스러운 듯했다. 순종적인 군중에 대해 익히 아는 연설가답게 마침내 그는 차분하면서도 권위적인 태도로 천천히 마이크를 입술에 가져가 연설을 시작했다.

3

"친애하는 신사 숙녀 여러분, 우선 여기 계신 귀빈 여러분께 몇 말씀 드리게 되어 기쁘고 영광스럽게 생각하는 바입니다. 우리는 조국 스페인이 전쟁의 폐허에서 새롭게 태어나도록 헌신적인 노고를 아끼지 않은 여러 위대한 인물 중 한 분께 진심어린 감사의 뜻을 전하기 위해 오늘 이곳에 모였습니다. 특히 민족해방의 십자군*이 영광스러운 승리를 거둠으로써 우리나라가 세계 정상의 자리에 오른 지 이십 년째를 맞이하는 올해 이런 자리를 마련할 수 있어 더욱 뜻깊다고 할 수 있습니다. 오늘날의 스페인은 하느님이 보우하사 총통 각하의 영도하에 많은 은덕을 입고 있으며, 우리를 친히 댁으로 초대해주신 분처럼 용기 있는 인물들의 피와 땀으로 만들어졌습니다. 위대한 우리 조국의 발전과 불멸의 문화를 이루는 데 커다란 기여를 함으로써 오늘날 우리가 자랑스럽게 여길 뿐 아니라 모든 서방세계가 부러워하는 나라를 만드신 분, 그런 분이 가장 가까운 친구 중 하나라는 것이 저는 늘 자랑스럽고

* 스페인내전 당시 반란을 일으켜 공화국을 전복한 프랑코 장군의 군대가 스스로를 칭하는 말. '국민군'으로 통칭된다.

고맙기까지 합니다. 그분은 바로 마우리시오 발스 이 에체바리아 씨입니다."

그 순간 우레와 같은 박수갈채가 정원을 가득 메운 사람들 사이에 울려퍼졌다. 하인들과 경호원들, 악단의 단원들도 모두 열렬한 박수와 환호를 보냈다. 알테아는 인자한 미소를 띠고 아버지처럼 푸근한 표정으로 고개를 끄덕임과 동시에 군중에 축복을 내리는 추기경 같은 손짓으로 좌중의 흥분을 가라앉히면서 화답했다.

"마우리시오 발스 씨에 대해 어떤 말이 더 필요하겠습니까? 흠잡을 데 없이 눈부신 그의 업적은 우리의 거국적 혁명과 더불어 시작되었으며, 우리 청사青史에 길이 남을 것입니다. 하지만 감히 말씀드리건대 존경해 마지않는 마우리시오 씨가 탁월한 능력을 발휘한 것은 아마도 문화와 예술 분야로, 그는 우리 문화를 새로운 반열에 올려놓는 성과를 거두었습니다. 우리의 마우리시오 씨는 스페인 국민들에게 평화, 정의, 번영을 가져다준 체제의 기반을 공고히 다지는 데 기여하는 것으로 만족하지 않았고, 사람은 결코 빵만으로 살 수 없다는 것을 깨닫고서 스스로 문학예술 분야에서 가장 독보적인 존재가 되었습니다. 불후의 명작을 남긴 작가이자 우리 문단에서 없어서는 안 될 존재이면서, 우리의 문학과 언어를 세계만방에 알리는 데 커다란 공을 세운 로페 데 베가* 연구소의 설립자일 뿐 아니라—올해만 해도 스물한 개국 수도에 지부를 세웠을 정도입니다—지칠 줄 모르는 탁월한 출판인이자 우

---

* 스페인의 황금시대를 대표하는 극작가.

리 시대의 가장 뛰어난 문화와 위대한 문학의 발굴자이자 옹호자이며 예술과 사상을 이해하고 실천하는 새로운 방법을 설계한 건축가이기도 합니다…… 오늘 우리를 초대하신 마우리시오 씨가 현재는 물론 미래 세대의 스페인 국민의 교육과 양성에 얼마나 큰 기여를 했는지는 필설로 다 할 수 없을 정도입니다. 그가 국민교육성 장관으로서 아끼지 않은 노고 덕분에 지식과 창조의 구조는 근본적으로 괄목상대한 발전을 거듭해왔습니다. 따라서 마우리시오 발스 씨가 없었더라면 오늘날 우리가 누리는 스페인의 문화는 언감생심 꿈도 꾸지 못했을 것입니다. 그의 공적과 탁월한 안목은 대대손손 우리와 함께할 것이고, 그가 남긴 불후의 명작 또한 영원히 스페인 문단의 최고봉으로 추앙받을 것입니다."

그가 감정이 복받친 듯 잠시 말을 멈추자, 다시 박수갈채가 터져나왔다. 그러면서도 사람들은 알테아가 입이 마르도록 칭찬하는 장본인이 어디 있는지 두리번거리며 주위를 살펴보기 시작했다. 그날 밤 그를 본 사람이 아무도 없었던 것이다.

"더이상 길게 말하고 싶지는 않군요. 여러분이 마우리시오 씨에게 직접 감사와 존경의 뜻을 표하고 싶다는 것을 잘 알고 있으니까요. 저도 그중 하나입니다. 하지만 저의 내각 동료이자 친애하는 친구인 마우리시오 발스 씨에게 국가원수이신 프랑코 총통 각하께서 진심어린 애정과 감사의 뜻을 담아 보낸 메시지를 함께 나누는 것으로 만족해야겠습니다. 조금 전 총통 각하께서, 그러니까 엘 파르도 궁*에서 제게 전갈을 보내셨는데 아쉽게도 국정 현안으로 금일 가면무도회에는 참석하실 수 없다고 합니다."

자리에 있던 사람들은 아쉬운 듯 한숨을 내쉬고 어리둥절한 표정으로 서로의 얼굴을 바라보았다. 무거운 침묵이 흐르는 틈을 이용해 알테아는 주머니에서 쪽지를 꺼내 읽기 시작했다.

"'전 세계에 이름을 떨친 스페인 국민이자 대체 불가능한 조력자로 우리 조국과 문화 발전을 위해 오랜 세월 노고를 아끼지 않은 친애하는 동지 마우리시오에게. 카르멘**과 나는 지난 이십 년에 걸친 모범적인 헌신에 대해 마우리시오 씨에게 모든 스페인 국민을 대신해서 진심어린 감사와 애정을 표하고자 합니다……'"

알테아는 고개를 들고 목소리를 높이며 '프랑코 총통 각하 만세!' '스페인 만세!'라는 말로 연설을 마무리지었다. 그러자 거기 모인 이들은 일제히 힘차게 구호를 따라 외쳤다. 오른팔을 높이 들어 경례를 하고 감격의 눈물을 흘리는 이들도 적지 않았다. 알테아는 정원에 쩌렁쩌렁 울려퍼지는 박수에 동참했다. 그는 연단에서 내려오기 전 악단 지휘자에게 고개를 끄덕해 신호를 보냈다. 박수 소리가 잦아들며 웅성거리는 소음에 분위기가 깨지지 않도록 지휘자는 낭랑한 왈츠곡을 시작했다. 왈츠 덕분에 한껏 고양된 분위기는 밤 내내 잦아들지 않을 듯했다. 하지만 총통이 오지 않을 거라는 사실이 분명해지자 많은 이가 가면을 바닥에 내던지고 출구로 나가기 시작했다.

---

* 과거 스페인 왕실의 별궁으로 내전 이후에는 프랑코가 거주했고, 현재는 영빈관으로 사용되고 있다.

** 프랑코의 아내 카르멘 폴로 데 프랑코.

4

발스는 알테아의 연설이 끝나면서 악단의 연주 속으로 서서히 사라지는 박수와 환호의 메아리를 들었다. '훌륭한 친구이자 존경하는 동료' 알테아는 오랜 세월 동안 그의 등에 칼을 꽂으려고 부단히 애를 썼다. 아마도 총통이 가면무도회에 참석하지 못한다는 전갈을 읽으면서 내심 고소했을 것이다. 발스는 알테아와 그를 따르는 하이에나 무리에게 나지막이 욕을 퍼부었다. 이미 사람들은 새로운 백인대장*들을 두고 독이 묻은 꽃이라며 수군거리고 있었다. 정권의 음지에서 자라난 그들이지만 이제는 행정부 내 핵심 요직을 독식하다시피 하고 있었다. 그들 대부분은 그 시각 정원을 어슬렁거리면서 발스의 샴페인을 마시거나 그의 카나페를 우물거리고 있었다. 그의 피냄새를 맡으면서 말이다. 발스는 손가락 사이에 끼고 있던 담배를 입으로 가져갔지만 불이 꺼진 채 재만 남아 있었다. 복도 반대쪽 끝에서 그 광경을 지켜보던 개인 경호실장 비센테가 다가와 자기 담배를 한 대 권했다.

"고맙네, 비센테."

"축하드립니다, 마우리시오 장관님." 그의 충직한 경호원이 속삭이듯 말했다.

발스는 씁쓸한 웃음을 지으며 고개를 끄덕였다. 언제나 충직하고 정중한 비센테는 다시 원래 위치로 돌아가 벽 앞에 부동자세로

* 고대 로마에서 백 명으로 조직된 부대의 우두머리.

서 있었다. 한동안 자세히 살피지 않으면 벽과 하나가 되어 벽지 속으로 사라진 것처럼 보일 정도였다.

발스는 담배를 한 모금 길게 빨고는 푸르스름한 연기 사이로 펼쳐진 넓은 복도를 응시했다. 메르세데스는 그곳을 초상화 갤러리라고 부르곤 했다. 4층 전체를 둘러싼 그 복도에는 그림과 조각품이 군데군데 전시되어 있어, 관람객이 없을 뿐 거대한 미술관처럼 보였다. 발스의 소장품을 관리해주는 프라도미술관*의 큐레이터 레르마는 거기서 담배를 피우지 말라는 둥, 직사광선을 받으면 그림이 손상될 수 있다는 둥, 틈날 때마다 잔소리를 했다. 발스는 레르마의 건강을 기원하며 또 한 모금을 빨았다. 그는 레르마의 의중을 훤히 꿰뚫고 있었다. 감히 입 밖에 꺼내지는 못했지만, 집이 아무리 궁전같이 으리으리하고 주인이 제아무리 최고의 권세를 누린다고 해도 개인의 주택에 처박아두기에는 아까운 작품들이라는 말이었다. 한마디로 저런 수준이라면 대중, 그러니까 의식에 참여해 박수를 치고 장례식에 길게 줄을 늘어서는 어중이떠중이가 마음껏 감상하고 즐길 수 있도록 미술관에 갖다놓아야 가치가 살 거라는 주장이었다.

발스는 이따금씩 초상화 갤러리에 군데군데 비치된 주교좌**에 앉아 소중한 작품을 감상하곤 했다. 그곳의 작품 중 다수는 임대했거나, 전쟁통에 줄을 잘못 댄 이들의 소장품을 몰수해온 것이었

---

* 마드리드에 위치한 세계적인 미술관.

** 성당에서 주교가 예식 때 앉는 고급 팔걸이의자.

다. 다른 작품들은 국민교육성 관하의 미술관이나 귀족 저택 등지에서 영구임대 형식으로 가져왔다. 그는 지나간 어느 해 여름 오후마다 열 살도 채 되지 않은 메르세데스를 무릎에 앉히고 저 놀라운 작품들에 숨겨진 이야기를 하나하나 들려주었고, 그 장면을 떠올릴 때마다 흐뭇한 미소가 입가에 피어올랐다. 발스는 그 시절의 추억을 떠올리면서, 소로야, 수르바란, 고야, 벨라스케스* 이야기에 매료된 듯 호기심으로 반짝이던 딸아이의 눈빛을 떠올리면서 마음의 위안을 얻곤 했다.

한때 발스는 희미한 빛과 그림이 어우러져 만들어내던 꿈결 같은 분위기에 잠겨 앉아서 메르세데스와 함께했던 시간, 기쁨으로 충만하던 그 시절만은 절대 사라지지 않기를 바란 적이 있었다. 사실 메르세데스가 스페인 회화의 황금시대에 관한 멋들어진 설명을 들으러 오후에 그를 찾아온 지도 오래되었다. 하지만 그 갤러리를 도피처로 삼아 찾아가는 것만으로도 여전히 마음을 달랠 수 있었고, 덕분에 메르세데스가 이미 그는 몰라볼 정도로 자랐다는 사실, 화려한 드레스를 입고 탐욕과 욕망, 질시와 적의의 시선을 받으며 춤추는 어엿한 여인으로 성장했다는 사실을 종종 잊곤 했다. 머지않아 딸에게 어울리지 않는 어둠의 세계, 담장 밖에서 호시탐탐 그 아이를 노리는 험악한 세계로부터 메르세데스를 보

* 모두 스페인의 대표적인 화가.

호해줄 수 없는 날이 올지도 모른다.

그는 조용히 담배를 마저 피우고 자리에서 일어났다. 정원에서 악단의 연주와 사람들의 목소리가 살짝 젖힌 커튼 사이로 새어들어오고 있었다. 그는 고개도 돌리지 않은 채 탑으로 이어지는 계단으로 걸어갔다. 어둠 속에서 나타난 비센테가 소리 없이 그의 뒤를 따라갔다.

5

사무실 자물쇠에 열쇠를 꽂자마자 그는 문이 열려 있다는 것을 알아차렸다. 그는 손으로 열쇠를 쥐고 멈춰 선 채 뒤를 돌아보았다. 계단 끝에서 기다리던 비센테가 그의 눈빛을 읽고 양복 안에서 권총을 뽑아들며 조용히 문 쪽으로 다가갔다. 발스가 몇 걸음 물러서자, 비센테는 문에서 멀리 떨어져 벽에 바짝 기대라고 손짓했다. 발스가 안전한 곳으로 피한 것을 확인한 비센테는 권총의 공이치기를 뒤로 당긴 뒤 매우 천천히 문손잡이를 돌렸다. 그러자 장식이 조각된 참나무문이 제 무게를 이기지 못하고 어두운 안쪽으로 천천히 움직이기 시작했다.

비센테는 권총을 겨눈 채 어둠 속을 빠르게 훑어보았다. 유리창으로 스며드는 푸르스름한 빛에 사무실의 윤곽이 어렴풋이 드러났다. 커다란 책상, 해군제독 의자, 타원형의 책장과 바닥에 덮인 페르시아 양탄자, 그 위에 놓인 가죽소파가 눈에 들어왔다. 어둠 속에서는 그 어떤 움직임도 감지되지 않았다. 비센테는 손으로 벽을 더듬으며 스위치를 찾아 불을 켰다. 방안에는 아무도 없었다. 비센테는 권총을 내리고 상의 안쪽에 다시 집어넣으며 몇 발짝 들어갔다. 발스는 문 앞에 서서 그 모습을 지켜보았다. 비센테가 몸을 돌리며 고개를 저었다.

"오늘 오후에 나오면서 문 잠그는 걸 깜박한 모양일세." 발스는 그렇게 말하면서도 왠지 기분이 찜찜했다.

비센테는 사무실 한복판에 서서 주변을 샅샅이 훑어보았다. 안으로 들어온 발스는 천천히 책상으로 다가갔다. 비센테가 창문의 잠금장치를 확인하고 있을 때, 발스는 무언가를 알아차렸다. 갑자기 발스의 발걸음소리가 멎자 비센테가 뒤를 돌아보았다.

장관의 시선은 책상 위에 고정되어 있었다. 책상 가운데 깔린 가죽패드 위에 크림색의 2절봉투 하나가 놓여 있었다. 발스는 손등의 털이 곤두서는 느낌이 들면서, 얼음장 같은 냉기가 살 속으로 파고드는 것 같았다.

"괜찮으십니까, 장관님?" 비센테가 물었다.

"잠시 혼자 있고 싶네."

경호원은 잠시 망설였다. 그사이에도 발스는 책상 위 봉투에서 눈을 떼지 못했다.

"만약을 대비해 밖에서 대기하고 있겠습니다."

발스는 고개를 끄덕였다. 비센테는 문을 향해 내키지 않는 발걸음을 옮겼다. 그가 문을 닫고 나가자, 발스는 마치 그 봉투가 자신의 목을 노리는 독사라도 되는 것처럼 책상 앞에 꼼짝도 않고 선 채로 그것을 노려보고 있었다.

그는 책상을 돌아서 안락의자에 앉으며 주먹으로 턱을 받쳤다. 일 분가량 뜸을 들이다 마침내 봉투를 향해 손을 뻗었다. 안에 무엇이 들었는지 손으로 더듬거리는 동안 가슴이 심하게 두근거렸다. 그는 봉인된 부분에 손가락을 넣어 봉투를 열었다. 풀로 봉한 부분에 아직 눅눅한 기운이 남아 있어서 비교적 쉽게 열렸다. 그는 봉투 아래쪽 귀퉁이를 쥐고 위로 들어올렸다. 그러자 내용물이 책상 위로 미끄러지듯 떨어졌다. 발스는 한숨을 내쉬며 눈을 감았다.

책은 검은색 가죽으로 장정되어 있었고, 표지에는 아무런 제목도 없었다. 다만 아래로 내려가는 나선형 계단의 이미지를 천장에서 내려다본 듯한 삽화만 그려져 있었다.

손이 떨려 그는 주먹을 꽉 쥐었다. 그 순간 책 사이에 끼워진 쪽지가 눈에 들어왔다. 그는 책에서 쪽지를 빼냈다. 누르스름한 종이였는데, 빨간 줄이 쳐져 있고 두 단으로 나뉜 걸로 봐서는 회계장부에서 찢어낸 듯했다. 각 단에는 숫자 목록이 있고 제일 밑에 빨간 글씨로 다음과 같은 글이 적혀 있었다.

너의 시대는 저물고 있다.

이번이 너의 마지막 기회다.

발스는 숨이 턱 막히는 것 같았다. 자기도 모르는 사이에 그는 책상 가운데 서랍을 뒤져 숨겨둔 권총을 움켜잡았다. 그는 총구를 입에 대고 공이치기를 뒤로 당겼다. 총에서 기름과 화약 맛이 났다. 구역질이 울컥 올라왔지만, 그는 두 손으로 권총을 움켜잡은 채 뺨을 타고 흘러내리는 눈물을 참기 위해 눈을 질끈 감았다. 그 순간, 계단을 올라오는 발걸음소리에 이어 아이의 목소리가 들렸다. 메르세데스가 사무실 문 앞에서 비센테와 이야기를 나누고 있었다. 그는 권총을 서랍에 집어넣고 양복 옷소매로 눈물을 훔쳤다. 비센테가 손마디로 살짝 문을 두드렸다. 발스는 심호흡을 하며 잠시 뜸을 들였다. 경호원이 다시 노크를 했다.

"장관님? 따님이 오셨습니다."

"들어오라고 하게." 그가 떨리는 목소리로 말했다.

문이 열리고 와인빛 드레스를 입은 메르세데스가 매혹적인 미소를 지으며 안으로 들어왔다. 하지만 아버지의 눈빛을 보자마자 얼굴에서 미소가 싹 사라졌다. 비센테는 문턱에 선 채 걱정스럽게 그를 지켜보고 있었다. 발스는 고개를 끄덕이며 둘이 있게 해달라고 눈짓을 했다.

"아빠, 괜찮으세요?"

발스는 활짝 웃으며 자리에서 일어나 메르세데스를 안았다.

"물론 괜찮고말고. 네 모습을 보니 기분이 더 좋아지는구나."

메르세데스는 자기를 꽉 껴안는 아빠의 손길을 느꼈다. 그는 메르세데스가 어렸을 때 늘 그랬듯이 아이의 머리에 얼굴을 묻고 향기를 맡았다. 마치 그 향긋한 살내음이 세상의 모든 불행으로부터 자기를 보호해줄 수 있으리라고 믿는 것처럼. 마침내 그 품에서 놓여났을 때, 메르세데스는 아빠의 눈이 벌겋게 충혈된 것을 알아차렸다.

"무슨 일이에요, 아빠?"

"아무 일도 아니야."

"아빠, 내 눈을 속일 수는 없어요. 다른 사람은 몰라도 내 눈은 절대……"

발스는 빙긋이 미소를 지었다. 책상 위의 시계가 아홉시 오분을 가리키고 있었다.

"아빠. 보시다시피, 전 약속을 지켰어요." 그녀가 아빠의 마음을 미리 읽고 말했다.

"난 네가 약속을 어길 거라고 생각하지 않았단다."

메르세데스는 까치발을 하고 책상을 힐끗 보았다.

"뭘 읽고 계셨어요?"

"아무것도 아냐. 별 시답지 않은 거란다."

"좀 봐도 돼요?"

"글쎄다. 너 같은 소녀가 읽을 만한 게 아니라서."

"전 이제 소녀가 아니라고요." 메르세데스는 어린아이처럼 짓궂은 미소를 짓고 화려한 드레스와 몸매를 과시하기 위해 한 바퀴 돌면서 대꾸했다.

"그거야 나도 알지. 넌 이제 다 큰 어른이니까 말이다."

메르세데스는 아빠의 뺨에 살며시 손을 갖다댔다.

"그래서 슬퍼지신 거예요?"

발스는 딸의 손에 입을 맞추면서 고개를 저었다.

"그럴 리가 있나."

"조금도요?"

"글쎄. 솔직히 말해서 조금은 그래."

메르세데스가 웃자, 발스도 따라 웃었지만 입에서는 여전히 화약냄새가 났다.

"모두들 무도회에서 아빠를 찾더라고요……"

"오늘밤에 일이 좀 복잡해지는 바람에 그렇게 됐어. 너도 잘 알겠지만, 내가 하는 일이 늘 그렇잖니."

메르세데스는 눈치 빠르게 고개를 끄덕였다.

"그럼요. 저도 잘 알죠……"

그녀는 아빠의 사무실을, 책과 닫힌 벽장으로 가득찬 은밀한 그 세계를 돌아다니며 책장에 꽂힌 책의 등을 손가락 끝으로 어루만졌다. 그러다 자기를 바라보는 아빠의 멍한 시선을 눈치채고 걸음을 멈췄다.

"아빠, 대체 무슨 일이에요? 왜 아무 말씀도 안 하시는 거죠?"

"메르세데스, 아빠가 이 세상 그 누구보다 너를 사랑하고 얼마나 자랑스럽게 여기는지 잘 알지?"

하지만 메르세데스는 그 말을 곧이곧대로 믿을 수가 없었다. 아빠의 목소리가 마치 실에 매달린 듯 가늘게 떨리는데다 평소의 차분하고 당당하던 모습도 온데간데없이 사라져버렸기 때문이었다.

"물론이에요…… 나도 아빠를 사랑해요."

"그러면 됐어. 그게 가장 중요한 거니까. 무슨 일이 있더라도 말이다."

그는 딸을 향해 희미한 미소를 지어 보였다. 하지만 메르세데스는 그의 눈가가 촉촉이 젖은 것을 보았다. 아빠가 눈물을 흘리는 모습을 본 적이 없던 그녀는 당장 세상이 무너지기라도 할 것처럼 덜컥 겁이 났다. 그는 눈물을 훔치며 등을 돌렸다.

"비센테한테 들어오라고 전해주렴."

메르세데스는 문 앞에서 걸음을 멈추었다. 그녀의 아빠는 여전히 등을 돌린 채 창문으로 정원을 내려다보고 있었다.

"아빠, 무슨 일이 있는 거죠?"

"아니라니까 그러네. 아무 일도 없을 테니까 걱정하지 마."

문을 열고 나가자 볼 때마다 소름이 끼칠 정도로 차갑고 속을 알 수 없는 표정을 지은 채 이미 문밖에서 기다리고 있는 비센테의 모습이 보였다.

"그럼 편히 쉬세요, 아빠." 그녀가 속삭이듯 말했다.

"그래. 너도 잘 자거라."

비센테는 그녀에게 정중히 고개를 숙이고 사무실 안으로 들어갔다. 메르세데스가 안을 보려고 고개를 돌렸지만, 비센테가 면전에서 부드럽게 문을 닫아버렸다. 메르세데스는 문에 귀를 바싹 대고 방안의 소리를 엿들었다.

"여기 왔다 간 모양이네." 아빠의 목소리가 들렸다.

"절대 그럴 리 없습니다." 비센테가 말했다. "경호원들이 모든 출입구를 물샐틈없이 지키고 있었으니까요. 위층으로 올라올 수 있는 사람은 하인들 외에 없습니다. 게다가 모든 층계마다 요원을 배치해두었고요."

"그가 여기 왔다 갔다니까. 더구나 그자는 목록을 가지고 있어. 그걸 어떻게 손에 넣었는지 모르겠군. 어쨌든 목록을 쥐고 있다고…… 오, 맙소사!"

메르세데스는 침을 꼴깍 삼켰다.

"착오가 생긴 게 틀림없습니다, 장관님."

"그럼 자네 눈으로 직접 확인해보게……"

그러곤 오랜 침묵이 흘렀다. 메르세데스는 숨을 참았다.

"장관님, 숫자는 모두 맞습니다. 도무지 이해가 가지 않는군요……"

"비센테, 결국 때가 온 거야. 이제 더이상 숨을 수가 없을 것 같군. 지금이 유일한 기회야. 자네를 믿어도 되겠나?"

"물론입니다, 장관님. 그럼 언제?"

"동틀 무렵."

방안에는 다시 침묵이 흘렀다. 잠시 후, 메르세데스는 문으로 다가오는 발걸음소리를 들었다. 그녀는 서둘러 계단을 내려가 곧장 방으로 뛰어들어갔다. 안에 들어오자마자 문에 몸을 기댄 채 바닥으로 주저앉고 말았다. 온 집안에 저주가 서려 있다는 생각이, 그동안 너무 오랜 세월 그들이 연기해온 혼란스러운 동화도 그날 밤으로 대단원의 막을 내릴 것 같다는 예감이 들었다.

6

그녀는 그날 새벽을 생각할 때마다 냉기가 감도는 잿빛 새벽을 떠올릴 것이었다. 마치 돌연 무너져내린 겨울이 숲가에서 꾸역꾸역 밀려나온 자욱한 안개의 늪 속에 비야 메르세데스를 가라앉히기로 작정한 듯했다. 한 줄기 금속성 빛이 방 유리창을 스칠 무렵 그녀는 잠에서 깼다. 지난밤 그녀는 드레스를 입은 채 침대에 쓰러져 곯아떨어졌다. 창문을 열자 눅눅하면서도 차가운 새벽공기가 그녀의 얼굴을 핥고 지나갔다. 짙은 안개가 뱀처럼 어젯밤 무도회의 남은 흔적들 사이를 기어다니며 정원 위를 미끄러지듯 움직이고 있었다. 하늘을 뒤덮은 먹구름은 곧 닥쳐올 폭풍우를 잔뜩 머금은 채 어디론가 천천히 흘러가고 있었다.

메르세데스는 신발도 신지 않고 복도로 나왔다. 집안은 무거운 침묵 속에 가라앉아 있었다. 그녀는 어두운 복도를 따라 건물 동쪽을 돌아 아빠의 침실로 향했다. 그런데 당연히 아빠의 방문 앞을 지키고 있어야 할 비센테나 경호원들의 모습이 이상하게도 그날따라 보이지 않았다. 몇 년 전 신뢰하는 총잡이들의 보호를 받으며 아빠가 은둔생활을 시작한 후로 방문 앞은 언제나 경호원들이 지키고 서 있었다. 아빠는 누군가가 벽에서 튀어나와 자기 등을 칼로 찌르기라도 할까봐 두려워하는 듯했다. 하지만 왜 그렇게까지 철저하게 경호를 시키는지 물어볼 엄두는 나지 않았다. 가끔 아빠의 멍한 표정과 분노와 원한으로 얼룩진 눈빛만 봐도 이유를 알 것 같았으니까.

그녀는 노크도 하지 않고 아빠의 침실 문을 열었다. 침대는 잔 흔적이 없이 깨끗하게 정리되어 있었다. 하녀가 매일 밤 침실로 가져오는 찻잔 또한 손도 대지 않고 마우리시오의 침대 옆 작은 탁자 위에 놓여 있었다. 그녀는 가끔 아빠가 잠을 자기는 하는지, 저 탑 꼭대기 사무실에서 거의 매일같이 밤을 새우는 건 아닌지 궁금했다. 그때 정원에서 한 무리의 새들이 푸드덕 날아오르는 소리에 정신이 번쩍 들었다. 창문으로 다가가자 차고 쪽으로 걸어가는 두 사람의 형체가 보였다. 메르세데스는 유리창에 얼굴을 바짝 갖다댔다. 그중 한 명이 갑자기 몸을 돌리더니 그녀가 있는 쪽을 쳐다보았다. 마치 그녀가 자기를 보고 있다는 것을 직감한 듯했다. 메르세데스는 무표정한 얼굴로 자기를 쳐다보는 아빠에게 미소를 지어 보였다. 아빠의 얼굴은 창백한데다 그 어느 때보다 더 늙어 보였다.

마침내 마우리시오 발스는 고개를 숙이면서, 작은 가방을 들고 있던 비센테와 함께 차고 안으로 들어갔다. 갑자기 공포감이 엄습해왔다. 수천 번도 넘게 메르세데스의 꿈속에 나타난 장면이었다. 물론 그녀로서는 그 꿈이 무슨 의미인지 알 턱이 없었다. 그녀는 강철처럼 단단한 새벽어둠을 헤치고 카펫과 가구에 부딪혀가며 계단으로 내려갔다. 정원으로 나오자 살을 에는 삭풍이 얼굴을 때렸다. 그녀는 대리석층계를 뛰어내려가 맨땅에 널브러진 가면과 넘어진 의자, 그리고 안개 속에서 여전히 깜박거리며 흔들리는 등을 헤치고 차고로 달려갔다. 그때 차에 시동이 걸렸고 자갈길을 굴러가는 바퀴 소리가 들렸다. 메르세데스가 저택 정문으로 이어지는 진입로로 나왔을 때 차는 이미 속도를 내며 저멀리 사라지고 있었다. 그녀는 바닥에 깔린 날카로운 돌멩이에 발이 베인 줄도 모르고 차를 쫓아갔다. 차가 안개 속으로 영원히 사라지기 직전, 아빠가 마지막으로 고개를 돌려 뒤창 너머로 절망적인 눈빛을 보내는 것을 보았다. 그녀는 엔진소리가 저멀리 사라지고 쇠창살이 달린 정문이 앞을 가로막을 때까지 계속 달렸다.

한 시간 후, 매일 아침 그녀를 깨우고 옷을 입혀주는 하녀 루이사가 수영장 가장자리에 앉아 있는 그녀를 발견했다. 피로 물든 물 위에 발이 대롱거리고 있었다. 수영장은 종이배처럼 이리저리 떠다니는 수십 개의 가면으로 뒤덮여 있었다.

"메르세데스 아가씨, 이게 무슨 일이래요……"

루이사가 모포에 감싸서 집안으로 데려가는 동안 메르세데스는 몸을 벌벌 떨었다. 그들이 대리석층계에 도착할 무렵 진눈깨비가 흩날리기 시작했다. 사나운 바람이 나무 사이로 불어닥치면서 줄에 매달아놓은 등이 날아가고 의자와 탁자가 넘어졌다. 메르세데스는 그 장면 또한 여러 차례 꿈꿨던 터라 이제 집안이 몰락하기 시작했음을 직감했다.

키리에

1959년 12월
마드리드

* 키리에(Kyrie)는 '주여, 우리를 불쌍히 여기소서'라는 뜻의 라틴어로, 진혼미사의 첫번째 곡이다.

1

오전 열시가 막 지났을 무렵, 폭우로 한 치 앞도 안 보이는 그란 비아[*]를 따라 달리던 검은색 패커드[**]가 오래된 이스파니아호텔 정문 앞에서 멈추었다. 호텔 객실 창문 위로 빗물이 줄줄 흘러내렸지만, 알리시아는 날씨만큼이나 차갑고 음울해 보이는 두 명의 전령이 비옷을 몸에 두르고 정모를 쓴 채 차에서 내리는 모습을 볼 수 있었다. 알리시아는 시계를 힐끔 쳐다보았다. 근사한 레안드로가 십오 분도 채 기다리지 않고 자기 사냥개들을 푼 것이었다. 삼십 초 후 전화벨이 울렸다. 알리시아는 첫 벨소리에 수화기를 들었다. 물론 누가 건 전화인지 잘 알고 있었다.

"그리스 양, 안녕하세요? 급하니까 용건부터 전할게요." 안내

* 마드리드 시내 중심부를 관통하는 대로.

** 미국의 고급 승용차 브랜드.

데스크에서 마우라의 쉰 목소리가 들렸다. "방금 떡대 두 명이 왔는데, 아무래도 비밀경찰 같더라고요. 하여간 그 두 명이 거들먹거리면서 당신에 대해 묻더니, 곧장 엘리베이터를 타고 올라갔어요. 일단 15층으로 올라가라고 했어요. 몸을 피하려면 단 몇 분이라도 시간을 벌어야 할 것 같아서요."

"그런 데까지 마음을 써주셔서 고맙습니다, 호아킨 씨. 그런데 오늘 뭘 하시죠? 무슨 좋은 일이라도?"

마드리드가 함락된 직후 호아킨은 카라반첼*에 수감되었다. 그로부터 십육 년 후에 출소했을 때는 이미 너무 늙은데다 폐가 심하게 상해 있었다. 그가 체포되었을 때 임신 육 개월이던 아내는 어찌어찌 결혼을 법적으로 무효화시킨 뒤 훈장을 받은 중령과 결혼해서 아이 셋을 낳고 변두리의 허름한 주택에서 살고 있었다. 그녀와의 짧고 덧없는 결혼생활로 그에게 남은 것은 라켈이라는 딸 하나였다. 하지만 라켈은 자기가 이 세상에 태어나기 전에 아버지를 여읜 걸로 알고 있었다. 어느 날 마우라는 잠깐이라도 슬쩍 라켈을 보려고 아이가 일하던 고야 거리의 직물상점 앞에서 기다린 적이 있었다. 그런데 라켈은 퇴근하는 길에 행색이 초라한 그를 보고 거지인 줄 알고 동냥을 주었다. 그때부터 마우라는 이 스파니아호텔 지하의 보일러실 바로 옆 지저분한 방에서 비참한 생활을 했다. 주로 야간근무를 했지만 기회만 되면 밤낮을 가리지

* 1939년 프랑코의 파시스트 군대가 마드리드를 점령했을 때 포로로 잡힌 공화파 병사가 수감된 교도소.

않고 일했다. 그는 수위실에서 책장이 너덜너덜해질 때까지 싸구려 추리소설을 읽고 또 읽으면서 쉴새없이 셀타스 코르토스*를 피워댔다. 당시 그의 모습을 보면 마치 죽음이 모든 것을 제자리로 돌려놓기를, 그대로 머물러야 했던 1939년으로 자기를 다시 데려가주기를 기다리는 것 같았다.

"소설을 읽는 중입니다. 마르틴이라는 사람이 쓴 『자주색 튜닉』인데, 좀 황당무계한 작품이에요. 『저주받은 자들의 도시』 시리즈 중 한 권으로 나온 건데, 426호실의 뚱보 투델라한테서 빌렸어요. 라스트로 벼룩시장에서 늘 신기한 물건을 구해오는 그 친구 말이에요. 하여간 당신의 고향 바르셀로나에서 펼쳐지는 작품이죠. 아마 보면 구미가 당길 겁니다."

"아니라고는 못하겠네요."

"그러시겠죠. 아무튼 그 두 남자를 조심하세요. 물론 당신 혼자서 능히 해결하리라 믿습니다만, 워낙 그놈들 인상이 더러워서요."

알리시아는 전화를 끊고 자리에 앉아 레안드로의 사냥개들이 냄새를 맡고 주둥이를 들이밀 때까지 조용히 기다렸다. 길어야 이삼 분 뒤면 나타날 거야. 그녀는 속으로 계산했다. 일부러 방문을 조금 열어두고 담배를 피워 물었다. 그러곤 문이 마주보이는 곳에 의자를 놓고 앉아서 기다리기로 했다. 엘리베이터로 이어지는 길고 어두운 복도가 눈앞에 보였다. 먼지와 오래된 나무, 그리고 복도를 덮은 닳아빠진 카펫 냄새가 방안으로 밀려들어왔다.

---

* 짧고 필터가 없는 저가 담배.

이스파니아호텔은 계속 내리막길을 걷고 있던 탓에 폐허나 다름이 없었지만 고상한 분위기를 풍겼다. 1920년대 초에 지어진 호텔은 마드리드의 호화스러운 건물들 사이에서 황금기를 구가했지만, 스페인내전 후에는 거의 못 쓰게 되었다. 그후 이십 년 동안 내리막길을 걷던 끝에 결국 가난뱅이와 패배자, 아무 연고도 없는 떠돌이가 주마다 방세를 내고 머무는 묘지로 전락하고 말았다. 수백 개의 객실 중에서 절반가량은 손님이 없어 오랜 세월 텅 빈 채 방치되고 있었다. 여러 층이 폐쇄된데다, 투숙객들 사이에서는 길고 어두컴컴한 복도에서 일어난 사건들의 괴담이 돌았다. 가령 아무도 버튼을 누르지 않았는데도 엘리베이터가 저절로 멈추더니 안에서 몇 초 동안 누르스름한 빛이 비치며 침몰한 여객선의 내부 같은 것이 보인다는 이야기였다. 마우라도 자신의 경험담을 알리시아에게 말해준 적이 있다. 새벽에 전화교환대의 벨이 자주 울리는데, 확인해보면 전쟁 이후로 손님이 투숙한 적이 없는 방에서 걸려온 전화였다. 그럴 때 전화를 받으면 보통은 아무 소리도 나지 않았다. 다만 언젠가 한 번 여인이 흐느끼는 소리가 들린 적이 있었다. 그가 무엇을 도와드리면 되겠느냐고 묻자 어두운 저음의 또다른 목소리가 수화기를 통해 흘러나왔다. '우리와 함께 가요.'

"그때 이후로 열두시가 넘으면 어느 방에서 전화가 와도 받고 싶은 마음이 싹 사라지더라고요." 언젠가 마우라가 털어놓았다. "가끔 이곳이 일종의 은유가 아닌가 하는 생각이 들 때가 있어요. 그러니까 내 말은, 이 호텔이 나라 전체의 은유라는 겁니다. 사람들이 흘린 피 때문에, 우리 손에 묻힌 피 때문에 이 나라는 저주를 받은 것 같다고요. 우리가 아무리 끈질기게 다른 이에게 책임을 전가하려고 애를 써도 말이에요."

"그 어떤 추리소설도 당신의 시적 기질을 누그러뜨리지 못한 모양이군요. 지금 스페인에 가장 절실한 것은 당신 같은 사상가가 나서서 테르툴리아*라는 훌륭한 민족예술을 부활시키는 겁니다."

"마음껏 비웃으세요. 그리스 양, 당신은 정부에서 월급을 받으니 그런 말을 할 수 있죠. 더구나 당신처럼 중요한 인물이라면 더 좋은 곳으로 이사를 가고도 남을 만큼 벌 텐데, 굳이 이런 지하감옥 같은 곳에서 썩을 이유가 뭐 있겠습니까. 여기는 당신처럼 세련되고 고상한 분이 있을 곳이 아닙니다. 여기는 살기 위해서가 아니라 죽으러 오는 곳이니까요."

"거봐요, 당신은 시인이에요."

"제기랄! 이제 그만 좀 해요!"

마우라의 철학적 사고와 견해도 나름의 일리가 있었다. 시간이 흐르면서 이스파니아호텔은 특정한 집단들 사이에서 자살호텔로 알려지기 시작했다. 그로부터 수십 년이 지난 후, 이미 긴 세월 폐쇄되어 있던 호텔을 영원히 허물어버리기 위해 해체 전문가들이 층층마다 돌아다니며 폭약을 설치할 때 여러 객실의 침대와 욕조에서 오랫동안 미라가 된 채 방치된 시신들이 발견되었다는 소문

* 예술적 정치적 견해가 비슷한 사람들이 여러 사안에 대해 의견을 교환하거나 자신이 창작한 작품을 발표하는 모임. 프랑스의 살롱 문화와 비슷하다.

이 돌았다. 그중에는 과거 프런트 야간직원의 시신도 있다고 했다.

2

그녀는 어두운 복도에서 불쑥 모습을 드러낸 두 남자를 보았다. 그들은 순진한 사람들을 겁주기 위해 동원된 꼭두각시였다. 전에도 그들을 본 적이 있지만 굳이 이름을 기억하려고 애쓰지는 않았다. 저런 비밀경찰의 앞잡이는 모두 비슷비슷해 보였다. 문 앞에 멈춰선 그들은 짐짓 경멸하는 눈초리로 방안의 이것저것을 둘러보았다. 그러곤 알리시아의 눈을 노려보면서 늑대처럼 탐욕스러운 미소를 흘렸다. 레안드로가 첫 교육시간에 가르쳐준 미소가 틀림없다.

"이런 데서 어떻게 사는지 이해가 안 가는군요."

알리시아는 어깨를 으쓱하고는 손으로 창문을 가리키며 담배를 마저 피웠다.

"전망이 좋아서죠."

레안드로의 부하 중 하나가 피식 웃자 다른 한 명은 못마땅하다는 듯이 혼잣말로 뭐라고 중얼거렸다. 그들은 방으로 들어오면서 화장실을 힐끗 보더니 뭐라도 찾으려는 심산인지 방안을 위아래로 샅샅이 훑어보았다. 둘 중 나이가 적은 남자는 초짜 티를 풀풀 풍겼는데, 이를 만회하려는 듯 거들먹거리며 벽 앞에 수북이 쌓인 책을 흥미롭게 살펴보았다. 남자는 경멸에 가까운 냉소를 노골적으로 드러내며, 방의 절반을 차지한 책의 등을 하나하나 검지로 쓸어내렸다.

"이중에서 괜찮은 연애소설이 있으면 한 권 빌려주시지요."

"글을 읽을 줄 아는지 미처 몰랐네요."

그러자 신참이 몸을 홱 돌리더니 험악한 표정을 지으며 그녀에게 한 걸음 다가섰다. 옆에 있던 상관이 그를 붙잡으며 진저리난다는 듯 한숨을 내쉬었다.

"자, 이제 그만하고 얼굴에 분이라도 바르시죠. 그분들이 열시부터 당신을 기다리고 있습니다."

하지만 알리시아는 자리에서 일어날 기미를 보이지 않았다.

"나는 원치 않게 병가를 냈어요. 레안드로의 명령으로 말이죠."

남자로서 체면을 구긴 신참은 씩씩거리며 90킬로그램이 넘는 거구를 이끌고 알리시아 바로 앞에 다가섰다. 그러곤 감방과 야간 수색작전에서 갈고 닦은 미소를 지어 보였다.

"이봐요, 아가씨. 내가 오늘따라 기분이 영 엉망이라서 심사를 건드리지 않는 게 좋을 거요. 의자에서 끌어내기 전에 당장 일어나라고."

알리시아는 그의 눈을 빤히 쳐다보았다.

"문제는 오늘 당신의 기분이 어떤지가 아니라, 당신이 그럴 만한 용기가 있느냐는 거겠죠."

레안드로의 심복은 잠시 험악스레 그녀를 노려보았다. 하지만 그때 옆에 있던 상관이 팔을 잡아끌자 그는 돌연 상냥한 미소를 지으며 휴전의 표시로 두 손을 들어올렸다. '오늘은 이걸로 끝이겠군.' 알리시아가 속으로 중얼거렸다.

상관으로 보이는 남자가 시계를 힐끗 보더니 고개를 저었다.

"자, 그리스 양. 이건 우리 잘못이 아니라고요. 일이 어떻게 돌아가는지는 당신도 잘 알잖아요."

'알고말고. 알아도 너무 잘 알지.' 알리시아는 생각했다.

알리시아는 팔걸이에 손을 짚고, 안락의자에서 일어났다. 두 심복은 그녀가 비틀거리며 다른 의자로 걸어가는 모습을 지켜보았다. 그 의자에는 가는 끈과 가죽띠로 된 마구馬具 같은 것이 놓여 있었다.

"도와드릴까요?" 신참이 능글맞은 목소리로 물었다.

알리시아는 두 남자를 거들떠보지도 않고, 마구처럼 생긴 물건을 집더니 문을 열어둔 채 화장실 안으로 들어갔다. 상관으로 보이는 자는 시선을 돌렸지만, 신참은 거울에 비친 알리시아의 모습이 보이는 각도를 찾으려고 눈을 두리번거렸다. 그는 그녀가 치마를 벗은 다음 마구처럼 생긴 물건을 집어 야릇한 코르셋을 입듯 엉덩이와 오른쪽 다리에 끼우는 모습을 보았다. 그녀가 호크를 채우자 그것은 제2의 살갗처럼 몸에 착 달라붙어 마치 로봇인형을 보고 있는 듯한 느낌마저 들었다. 바로 그 순간 알리시아가 고개를 들어 거울 속에서 눈이 마주쳤다. 차갑고 아무 표정도 없는 눈빛이었다. 그는 흐뭇한 미소를 지었다. 한동안 그대로 꼼짝도 않던 그는 마침내 방안으로 고개를 돌렸다. 그런 와중에도 알리시아의 옆구리에 난 검은 얼룩을 놓치지 않고 보았다. 살 속으로 파고드는 듯한 상처들이 복잡하게 뒤엉킨 자국이었다. 마치 벌겋게 달아오른 드릴로 엉덩이 부위를 다시 조립한 것처럼 보였다. 신참 요원은 상관이 무서운 얼굴로 자기를 노려보고 있다는 것을 알아차렸다.

"멍청한 자식 같으니." 그는 못마땅한 듯이 부하를 보며 중얼거렸다.

그 직후, 알리시아가 화장실에서 나왔다.

"다른 옷은 없어요?" 상관이 물었다.

"이 옷에 무슨 문제라도 있나요?"

"그런 건 아닌데, 조금 더 점잖은 옷이 어떨까 싶어서요."

"왜요? 회의에 다른 사람도 올 건가요?"

대답 대신 그는 벽에 기대어놓은 지팡이를 그녀에게 건네주면서 손으로 문을 가리켰다.

"아직 화장도 안 했는데요."

"안 해도 아주 예쁩니다. 화장을 하고 싶으면 차에서 해요. 더 이상 지체할 수가 없어서 말이죠."

알리시아는 그가 건넨 지팡이를 뿌리친 채 그들을 방에 남겨두고 약간 절뚝거리면서 복도로 걸어갔다.

그로부터 몇 분 후, 그들을 태운 검은색 패커드는 비를 뚫고 마드리드의 거리를 달리고 있었다. 뒷좌석에 앉은 알리시아는 그란비아 양편으로 늘어선 건물 꼭대기의 첨탑과 원형 지붕, 조각상의 윤곽을 말없이 쳐다보았다. 천사가 모는 사두마차와 거무죽죽하게 변한 파수把守 석상들이 저 높은 곳에서 세상을 굽어보고 있었다. 납빛 구름으로 잔뜩 뒤덮인 하늘에서 거대하고 칙칙한 건물들이 구불구불하게 밀려내려온 것만 같았다. 그녀의 눈에는 차곡차곡 쌓인 건물들이 마치 도시 전체를 집어삼킨 뒤 돌로 굳어버린 괴물처럼 보였다. 그 아래로 대형 극장의 차양, 카페와 고급 상점의 진열창이 빛 속에서 반짝이고 있었다. 땅 위에서는 괴물들의 입김으로 그린 자그마한 점 같은 사람들이 우산을 받쳐든 채 어디론가 총총 걸음을 옮기고 있었다. 도시를 보면서 알리시아는 생각했다. 마우라 말처럼, 이런 날에는 이스파니아호텔에 드리워진 어둠이 구석구석 퍼져나가 결국 나라 전체가 한 줄기 빛조차 들지 않는 암흑천지가 되겠다는 생각이 누구나 절로 들 거야.

3

"당신이 추천한 새 요원에 대해 알려주시죠. 이름이 그리스라고 했나요?"

"알리시아 그리스입니다."

"알리시아라고요? 그럼 여자란 말입니까?"

"그런 게 문제가 됩니까?"

"글쎄요. 문제가 되려나? 그 사람 이야기를 여러 번 듣기는 했지만 늘 그리스라고만 했단 말이오. 여자인 줄은 꿈에도 몰랐죠. 여자라고 문제삼는 이들이 분명 있을 거라고요."

"당신의 상관들 말입니까?"

"우리의 상관들이죠, 레안드로 씨. 이제 로마나 같은 실수를 더

이상 되풀이해서는 안 됩니다. 안 그래도 엘 파르도 궁에서 촉각을 곤두세우고 있는 상황인데."

"죄송한 말씀이지만, 그 경우 실책이라면 애당초 왜 하필 내 부하를 데려가려 했는지, 그 이유에 대한 명확한 설명이 없었다는 것뿐입니다. 무슨 일인지만 알았더라도 다른 요원을 골랐을 겁니다. 그건 리카르도 로마나에게 적합하지 않은 임무였으니까요."

"내게는 제반 규정을 결정할 권한은커녕 정보를 통제할 권한도 없습니다. 임무에 대한 모든 지침은 상부에서 내려오니까."

"그건 저도 잘 알고 있습니다."

"그건 그렇고, 그리스에 대해 좀 알려주세요."

"스물아홉 살인데, 내 아래에서 일한 지 올해로 십이 년이 됩니다. 여덟 살 때 부모를 다 잃었으니까 전쟁고아인 셈이죠. 그후로 바르셀로나에 있는 파트로나토 리바스 고아원에서 자랐는데, 열다섯 살 때 징계사유로 인해 쫓겨났고요. 그후 이 년 동안 거리에서 살았는데, 먹고살 방도가 없으니까 암거래상이자 잡범인 발타사르 루아노 밑에 들어가 일했습니다. 이 작자는 청소년 도둑 패거리를 이끌다 결국 과르디아 시빌에 붙잡혀 다른 많은 이들처럼 캄포 데 라 보타*에서 처형되었죠."

"듣기로는 그녀에게 상처가……"

"그건 특별히 문제될 게 없습니다. 그녀는 어떤 상황이 닥치든

* 바르셀로나 해안가에 위치한 옛 빈민가로, 스페인내전 직후 수많은 처형이 이루어졌다.

혼자 힘으로 살아남을 수 있는 능력이 있어요. 장담하건대 자기 몸 하나는 충분히 지킬 수 있습니다. 말씀하신 상처는 바르셀로나 폭격* 때 입은 건데, 임무 수행에 한 번도 장애가 된 적이 없습니다. 알리시아 그리스는 이십 년 동안 내 손을 거쳐간 요원들 중에서도 단연 최고라고 할 수 있습니다."

"그런데 왜 약속한 시간에 나타나지 않는 거죠?"

"물론 그 일로 상당히 불쾌하실 줄 압니다. 그래서 다시 한번 사과드립니다. 사실 알리시아는 종종 다루기가 힘들 때가 있어요. 하긴 이 바닥에서 내로라하는 요원은 대부분 그렇죠. 한 달 전에 그녀가 담당하던 사건을 두고 저와 마찰이 있었습니다. 통상적인 갈등이긴 하지만, 그냥 넘어갈 수는 없어서 한시적인 무급 정직처분을 내렸죠. 그녀가 오늘 약속시간에 나타나지 않은 것도 따지고 보면 제게 뿔이 났다는 것을 표현하는 방식일 뿐입니다."

"이런 표현이 어떨는지 모르겠지만, 당신과 그녀는 업무적인 관계라기보다 사적인 관계 같군요."

"우리 분야에서는 둘 중 하나라도 빠지면 일이 제대로 돌아가지 않습니다."

"내 말은 그렇게 규율을 무시하고 제멋대로 구는 태도가 우려스럽다는 거예요. 이번 임무에서는 그 어떤 실수도 허용해서는 안 됩니다."

---

* 프랑코 반란군을 지원하기 위해 이탈리아군 항공대가 1938년 3월 16일부터 18일까지 사흘 동안 공화파의 최후 거점인 바르셀로나를 공습한 사건. 게르니카 다음으로 큰 사상자를 냈을 만큼 피해 규모가 엄청났다.

"더이상 실수는 없을 겁니다."

"아무쪼록 그렇게만 된다면 좋을 텐데. 잘못하면 우리 목이 다 날아가게 생겼소. 내 목하고 당신의 목이 말이에요."

"그 일은 제게 맡겨주십시오."

"그리스에 대해 좀더 말해보죠. 뭐가 그렇게 뛰어나다는 겁니까?"

"알리시아 그리스는 남들이 못 보는 것을 볼 줄 압니다. 한마디로, 정신세계가 남다르다고 할 수 있죠. 모두가 닫힌 문을 보고 있을 때 그녀 혼자 열쇠를 봅니다. 다른 이들이 실마리를 놓친 상황에서 그녀는 단서를 찾아냅니다. 말하자면 타고난 재능이라고 할 수밖에 없어요. 하지만 가장 큰 장점을 꼽으라면, 무엇보다 그녀가 오는 것을 아무도 눈치채지 못한다는 점일 겁니다."

"그럼 소위 '바르셀로나 인형' 사건도 그런 방법으로 해결한 겁니까?"

"정확히는 밀랍신부죠. 그건 알리시아가 저와 함께 일한 후로 처음 맡은 사건이었습니다."

"나는 그 지방장관에 관한 소문이 정말인지 늘 궁금했습니다."

"그건 아주 오래전에 일어난 사건인데요."

"하지만 지금 시간이 좀 있잖아요. 안 그래요? 최소한 그 아가씨를 기다리는 동안 말입니다."

"그럼 얘기해보죠. 그 사건은 1947년에 일어났습니다. 당시 저는 바르셀로나로 발령이 나서 거기에 가 있었죠. 그런데 경찰이 삼 년 전부터 도시 이곳저곳에서 젊은 여성의 시신을 일곱 구 이상 발견했다는 정보를 입수했습니다. 시신들은 공원 벤치와 전차 정거장, 그리고 파랄렐로대로의 카페 등지에서 앉은 채 발견되었죠. 다만 한 구는 엘 피노 교구 교회의 고해소에서 무릎을 꿇은 채 발견되었습니다. 온통 하얀 옷을 입고 얼굴에는 곱게 화장이 되어 있었어요. 더구나 피가 한 방울도 묻어 있지 않은데다 방부제 냄새가 났습니다. 처음 봤을 땐, 정말 밀랍인형인 줄 알았어요. 그 때문에 사건에 그런 이름이 붙게 된 거죠."

"시신의 신원은 밝혀졌던가요?"

"시신 중에서 실종신고가 된 여성은 아무도 없었어요. 그런 이유로 당시 경찰에서는 그 여성들이 매춘부일 가능성이 높다고 추정했는데, 나중에 모두 사실로 밝혀졌습니다. 그후로 몇 달 동안 더이상 시신이 나타나지 않았기 때문에 바르셀로나 경찰은 그 사건을 종결시켰습니다."

"그런데 또 시신이 나타났군요."

"그렇습니다. 마르가리타 마요프레라는 여성이었죠. 그녀는 오리엔테호텔 로비 의자에 앉은 채 발견되었습니다."

"그런데 그 마라가리타라는 여성이 바로……"

"마르가리타 마요프레는 엘리사베스 거리의 고급 비밀클럽에서 일하던 여자였습니다. 그곳은 말하자면 비싼 요금을 받고 손님이 원하는 독특한 성적 취향을 제공하는 업소였죠. 그런데 수사 결과 당시 지방장관이 그 업소의 단골이었던데다 사망한 여인을 가장 좋아했다는 사실이 밝혀졌습니다."

"그 여자한테 그렇게 빠진 이유가 뭡니까?"

"마요프레는 지방장관이 그 어떤 요구를 해도 가장 오랫동안 의식을 잃지 않고 버텼던 모양이에요. 그래서 그녀를 가장 마음에 들어했던 것 같습니다."

"원 참, 그런 자가 장관이라니."

"그런 관계가 밝혀지면서 경찰은 그 사건의 재수사에 착수하기로 결정했습니다. 그런데 문제가 워낙 민감한 사안이다보니 일이 저한테 넘어오더군요. 때마침 알리시아가 제 밑으로 들어와서 그녀에게 사건을 맡겼죠."

"나이도 어린 여자가 감당하기에는 너무 끔찍한 일을 맡긴 건 아닙니까?"

"물론 어리지만 아주 특이한 여자였죠. 어떤 일이 있어도 쉽게 흔들리지 않았으니까요."

"그래서 어떻게 됐습니까?"

"금방 끝났습니다. 알리시아는 며칠 밤 동안 노숙을 하면서 라발 지구의 주요 매음굴의 입구와 출구를 감시했죠. 그런데 경찰이 일제단속을 벌일 때마다 손님들이 비밀출입구를 통해서 몰래 빠져나간다는 사실을 알게 됐습니다. 손님들뿐만 아니라, 거기서 일하는 남자와 여자도 마찬가지였고요. 알리시아는 그들을 추적하기로 결심했습니다. 그들은 경찰의 눈을 피해 건물 입구나 카페, 심지어는 하수구에 숨기도 했답니다. 물론 대부분은 잡혀 하룻밤 동안 경찰서에서 콩밥을 먹거나 구태여 말할 필요는 없지만 더 험한 꼴을 당하기도 했죠. 하지만 몇몇은 계속 경찰의 추적을 따돌리고 달아났는데, 결국 한곳으로 모여들더랍니다. 호아킨 코스타 거리와 페우 데 라 크레우 거리가 만나는 곳이 바로 거기였습니다."

"거기에 뭐가 있죠?"

"겉으로 봐서는 특별한 것이 전혀 없습니다. 곡물창고가 두어 개 있고, 또 식료품점과 차고가 하나 있어요. 그리고 직물공장이 있는데, 루파트라는 자가 주인입니다. 그자는 여자 종업원들에게 과도한 체벌을 가하는 버릇 때문에 경찰과 여러 차례 마찰을 일으킨 적이 있습니다. 그에게 심하게 구타당한 어느 종업원은 한쪽 눈을 실명하고 말았죠. 그런데 루파트는 마르가리타 마요프레가 일하던 업소에 단골로 드나들었습니다. 그녀가 어느 날 갑자기 자취를 감출 때까지 말이죠."

"일처리가 아주 빠른 여자로군요."

"그래서 알리시아는 우선 용의선상에서 루파트를 제외했습니다. 그자가 난폭하기는 하지만, 공장에서 지척에 있던 그 업소에 자주 드나들었다는 것을 제외하면 사건과 직접적인 관련은 없다고 판단한 거죠."

"그래서요? 다시 원점으로 되돌아간 겁니까?"

"어떤 사건이든 표면적인 논리가 아니라 내적인 논리를 따른다는 것이 알리시아의 지론입니다."

"논리라뇨? 그런 사건에 무슨 논리가 있다는 거죠?"

"알리시아는 그걸 허상의 논리라고 하더군요."

"레안드로 씨, 나는 지금 무슨 소리를 하는 건지 도통 알아듣지를 못하겠습니다."

"간단히 말씀드리자면 이런 겁니다. 알리시아는 사회와 공공생활에서 벌어지는 모든 일이 일종의 연출이라고 생각하고 있어요. 다시 말해 우리가 현실이라고 여기는 것이 사실은 허상에 지나지 않는다는 거죠."

"마르크스주의적인 발상이로군요."

"그 점에 대해서는 염려 놓으세요. 알리시아는 내가 아는 사람들 중에서 가장 마르크스주의에 회의적이니까요. 그녀에 따르면, 이 세상의 모든 이데올로기와 교리는 죄다 인간의 사고에서 비롯된 염증에 불과하다는 거죠. 결국 다 허상이라는 겁니다."

"갈수록 태산이로군. 레안드로 씨, 나는 지금 당신이 왜 웃는지도 모르겠다고요. 그렇게 재미있는 것 같지도 않은데. 그 아가씨 말이야, 이야기를 들을수록 마음에 들지 않는군요. 그건 그렇고, 얼굴은 예쁜가요?"

"제가 무슨 호스티스 에이전시라도 운영하는 줄 아십니까?"

"레안드로 씨, 그냥 농담으로 던진 말인데 그렇게 화를 낼 것까진 없잖습니까. 그래서 그 사건은 어떻게 됐나요."

"알리시아는 일단 용의선상에서 루파트를 제외한 다음, 그녀의 말에 따르면 양파 껍질 벗기듯 하나둘씩 파헤치기 시작했죠."

"그것도 그녀의 이론입니까?"

"알리시아는 모든 범죄가 양파나 다름이 없다고 해요. 여러 꺼풀을 벗겨내야 그 안에 무엇이 숨어 있는지 알 수 있다는 거죠. 물론 그 과정에서 눈물깨나 흘리겠지만 말입니다."

"레안드로 씨, 나는 당신이 모아놓은 별종들 이야기를 듣다가 가끔 놀랄 때가 있어요."

"그때그때 임무마다 적합한 도구를 찾아서 벼리는 것이 제 역할입니다."

"그러다 그 칼에 베이지 않도록 조심하시오. 어쨌든 그 양파 이야기나 더 들어봅시다. 그건 상당히 마음에 드는군요."

"알리시아는 사라진 여자들이 마지막으로 목격된 그 사거리 주변의 모든 상점과 공장을 양파 껍질 벗기듯 하나하나 조사하기 시작했습니다. 마침내 그 차고 건물이 '박애의 집'이라는 자선단체 소유라는 사실을 알아냈죠."

"또 막다른 골목에 이르렀구먼."

"이 경우, 죽음이 핵심인 셈입니다."*

"또 무슨 소리를 하는 거요?"

"차고 건물에는 시정부 소유의 장례마차 일부가 보관되어 있습니다. 관과 장례용 조각상을 모아둔 창고도 있고요. 그 당시에 시립장의사를 실질적으로 운영한 주체가 바로 그 '박애의 집'이었습니다. 묘를 파는 인부부터 잡일을 하는 아이에 이르기까지 일꾼 대부분은 가족과 사회로부터 버림받은 이들이었어요. 가령 고아나 죄수, 걸인 같은 사람들 말입니다. 간단히 말하자면, 세상에 의지할 곳이 전혀 없어 결국 거기로 모여든 불행한 인간들이죠. 알리시아는 특유의 수많은 수완을 발휘해서 거기 행정실의 타자수로 들어가게 되었습니다. 얼마 뒤, 그녀는 경찰의 야간 일제단속

* '막다른 골목'을 스페인어로 하면 vía muerta, 즉 '죽은 길'이 된다.

이 있는 날이면 인근 매음굴에서 일하던 몇몇 여자가 장의사 차고로 숨어든다는 사실을 알아냈어요. 그 여자들로서는 거기서 일하는 불행한 이들한테 장의마차에 좀 숨겨달라고 부탁하기가 어렵지 않았을 겁니다. 물론 그 대가로 호의를 베풀었죠. 무사히 고비를 넘기고 몸을 숨겨준 이들의 욕망도 채워주고 나면 동이 트기 전에 서둘러 업소로 다시 돌아가는 식이었죠."

"그렇지만……"

"물론 모든 여자들이 다 그러지는 못했어요. 알리시아는 거기서 일하던 이들 중에서 아주 특이한 인물을 찾아냈습니다. 키메트라고 하는 남자인데, 알리시아처럼 전쟁고아였죠. 워낙 어리게 생긴데다 사근사근해서 과부들이 서로 먼저 입양해서 집으로 데려가려고 난리였답니다. 그 키메트라는 자는 학교 다닐 때 성적이 뛰어난 모범생이었을 뿐만 아니라, 장례기술까지 능숙했다고 해요. 그런데 알리시아의 눈길을 끈 것은 그의 독특한 취향이었습니다. 그는 물건을 수집하는 취미가 있었고, 도자기인형을 찍은 사진 앨범을 책상 속에 보관하고 있었어요. 그리고 결혼해서 가정을 이루는 게 꿈인데, 자기 기준에 맞는 참한 여자, 그러니까 몸과 마음이 순결한 여자를 찾고 있더랍니다."

"그것도 허상인가요?"

"그보다는 미끼라고 하는 편이 옳을 것 같습니다. 무언가 이상한 낌새를 눈치챈 알리시아는 매일 밤 녀석을 감시하기 시작했죠. 곧 모든 의혹이 사실로 밝혀졌습니다. 경찰의 추적을 피해 도망친 여자들이 키메트를 찾아가 도움을 청하면 그는 우선 여자의 신장,

안색, 용모, 체격을 꼼꼼히 훑어보았답니다. 그러고는 자신이 정한 기준에 맞으면 몸을 요구하는 대신 그녀와 함께 기도를 했고, 자기와 성모마리아의 도움만 있으면 아무도 그녀를 찾지 못할 거라고 장담했다고 합니다. 늘 최고의 은신처는 관이라고 이야기했대요. 아무리 경찰이라도 안에 누가 있는지 보려고 관뚜껑을 열지는 않을 거라는 얘기죠. 여자들은 어린아이처럼 순수한 키메트의 표정과 부드럽고 상냥한 태도에 혹해서 관 속에 그냥 드러눕더랍니다. 심지어 그가 못질을 하려고 뚜껑을 닫을 때 미소까지 지어 보였다고 하더군요. 그런 뒤 놈은 여자들이 그 안에서 질식사할 때까지 내버려둔 거죠. 그러고는 옷을 모두 벗기고 음부의 털을 민 뒤 머리부터 발끝까지 깨끗이 씻겼습니다. 그리고 몸안의 피를 모두 뽑아낸 다음, 심장에 방부처리용액을 주입하고 펌프질을 한 거죠. 방부액이 온몸에 돌도록 말이죠. 그렇게 여자들이 밀랍인형으로 다시 태어나면 화장을 해주고 흰옷을 입혔습니다. 알리시아에 따르면 시신에 입힌 옷은 모두 거기서 200미터 떨어진 론다 데 산페드로의 웨딩드레스숍에서 만든 거랍니다. 더구나 한 직원이 매장에서 키메트를 여러 차례 응대했다고 증언했고요."

"알리시아는 보석 같은 존재로군요."

"키메트는 시신 옆에서 이틀 밤을 보내곤 했습니다. 시신에서 죽은 꽃 냄새가 날 때까지 자기 나름대로 부부생활을 흉내내려고 했던 거죠. 그러고는 새벽이 되기 전, 거리에 인적이 뜸한 틈을 이용해 여자들의 시신을 영구차에 태워 영생의 세계로 보내준 다음 사람들 눈에 띄는 곳으로 데려다놓은 겁니다."

"하느님 맙소사…… 바르셀로나에서나 일어날 수 있는 일이군요."

"이 모든 사실을 밝혀낸 것 외에도, 알리시아는 하마터면 키메트의 여덟번째 피해자가 될 뻔한 여성을 관에서 구해냈습니다."

"그런데 놈이 왜 그런 짓을 했는지 이유는 밝혀졌습니까?"

"알리시아가 밝혀낸 바에 따르면 키메트는 어렸을 때 카데나 거리의 아파트에서 꼬박 일주일 동안 자기 어머니 시신 옆에 있었답니다. 아파트에 악취가 진동하자 이웃 주민들이 수상히 여길 때까지 말이죠. 그의 어머니는 남편이 자기를 버리고 떠난 것을 알고 비관한 나머지 독약을 먹고 자살한 것으로 보입니다. 하지만 확인된 사실은 아닙니다. 안타깝게도 캄포 데 라 보타 교도소에 수감된 첫날 밤 키메트는 감방 벽에 유서를 쓰고 스스로 목숨을 끊었습니다. 유언에는 자신이 죽고 나면 온몸을 제모하고 깨끗이 씻긴 다음 몸속에 방부처리용액을 주입하고 흰옷을 입혀달라고 쓰여 있었습니다. 그리고 유리관에 넣어 자신의 밀랍신부 중 하나를 골라 엘 시글로 백화점 쇼윈도에 같이 전시해달라고 당부했고요. 정확한 건 아니지만, 어머니가 그 백화점에서 점원으로 일했던 것으로 보입니다. 호랑이도 제 말하면 온다더니만 그리스 양이 곧 도착할 모양입니다. 그 이야기를 하니까 괜히 입맛이 씁쓸해지는군요. 기분전환도 할 겸 브랜디 한 잔씩 하는 게 어떻겠습니까?"

"레안드로 씨, 마지막으로 한 가지 부탁할 게 있어요. 기왕이면 내 부하가 당신네 요원과 같이 움직였으면 하는데. 로마나 경우처럼 예고도 없이 모습을 감추는 일은 없으면 해서 말이죠."

"내가 보기에 그건 좋은 생각이 아닌 것 같군요. 우리는 우리만의 방식이 있으니까요."

"레안드로 씨, 그건 협상할 수 있는 조건이 아닙니다. 게다가 알테아 장관도 나와 같은 의견이고요."

"그렇지만……"

"레안드로 씨, 알테아 장관은 원래 이번 사건에 엔다야를 투입할 생각이었습니다."

"그것 또한 좋은 생각이 아닙니다."

"그건 나도 알아요. 그래서 일단 내 방식대로 사건을 처리할 수 있게 해달라고 장관을 설득했는데, 한 가지 조건을 내걸더군요. 내 부하더러 당신네 요원을 감독하라는 겁니다. 그 조건을 수락하지 않으면 이번 일을 엔다야에게 맡기겠다는 거예요."

"무슨 말인지 알겠습니다. 그럼 누구를 생각중이십니까?"

"바르가스라는 사람이요."

"그 사람이라면 이미 은퇴했을 텐데요."

"법적으로는 은퇴한 걸로 되어 있죠."

"그럼 징계를 내리는 겁니까?"

"당신네 요원한테?"

"아뇨. 바르가스 씨에게 말입니다."

"그보다는 한 번의 기회를 더 주자는 거죠."

4

패커드는 폭우가 쏟아지는 넵투노광장을 돌아 산헤로니모 거리로 들어섰다. 팔라세호텔의 프랑스풍 흰 실루엣이 눈에 들어왔다. 차가 호텔 정문 앞에 멈추자 도어맨이 뒷좌석 문을 열어주기 위해 커다란 우산을 받쳐들고 달려왔다. 비밀경찰 요원 둘이 뒤를 돌아보더니 알리시아에게 위협인지 애원인지 모를 눈빛을 보냈다.

"괜한 소란을 피우지 않겠다고 약속하면 우리는 여기서 물러가겠소. 하지만 엉뚱한 생각을 품고 있다면 우리가 저 위까지 끌고 올라가는 수밖에."

"걱정하지 마세요. 두 분을 곤란에 빠뜨리지는 않을 테니까요."

"약속할 수 있어요?"

알리시아는 고개를 끄덕였다. 이렇게 궂은 날일수록 차를 타고 내리기가 여간 힘들지 않았지만, 저 두 남자에게 나약한 모습을 보여주기는 싫었다. 그래서 자리에서 일어날 때 엉덩이가 바늘로 찌르는 듯이 아파도 일부러 미소를 지어 보였다. 도어맨은 우산을 펼쳐든 채 입구까지 그녀를 따라갔다. 안에는 한 무리의 수위와 안내인이 그녀를 약속장소까지 호위하기 위해 기다리고 있는 것처럼 보였다. 호텔 입구에서 대식당으로 올라가는 두 개의 층계를 보자, 아까 남자가 건넨 지팡이를 뿌리친 것이 후회스러웠다. 그녀는 핸드백에서 약통을 꺼내 알약 하나를 삼켰다. 그리고 계단을 올라가기 전에 숨을 크게 들이마셨다.

이 분여에 걸쳐 수십 단을 올라간 끝에 대식당 문 앞에 도착했다. 거기서 숨을 고르기 위해 잠시 멈춰 섰다. 거기까지 따라온 수위는 그녀의 이마가 땀으로 번들거리는 것을 눈치챘다. 알리시아는 마지못해 그에게 웃음을 지어 보였다.

"괜찮으시다면 여기부터는 나 혼자 갈게요."

"그렇게 하십시오, 손님."

수위는 조심스럽게 자리를 떴다. 굳이 뒤를 돌아보지 않아도 알리시아는 그가 여전히 자기를 지켜보고 있다는 것을, 또 안으로 들어갈 때까지 눈을 떼지 않으리라는 것을 잘 알고 있었다. 그녀는 손수건으로 땀을 닦으며 안을 훑어보았다.

식당에서는 소곤거리는 소리나 도자기찻잔을 휘젓는 티스푼의 달그락거리는 소리조차 나지 않았다. 마침내 팔라세호텔의 식당 전경이 그녀의 눈앞에 펼쳐졌다. 거대한 원형 지붕 위에 쉴새없이 부딪치는 굵은 빗방울이 자아내는 다양한 형상과 무늬가 아래로 춤추듯 떨어지는 가운데 식당은 환상적인 분위기에 젖어들고 있었다. 그녀는 그 원형 지붕을 볼 때마다 벨에포크*라는 명목으로 수백 개의 대성당에서 훔쳐서 만든 장미창** 천장처럼 공중에 매달린 거대한 유리버드나무와 닮았다는 생각을 했다. 그 누구도 레안드로를 취향이 형편없다고 비난할 수는 없을 것이다.

색색의 방울 같은 유리천장 아래 한 테이블만 제외하고 나머지

---

* 19세기 말부터 1차세계대전 발발 전까지 사회, 정치, 경제, 문화 면에서 비약적인 발전을 거듭해 번성했던 시대. 스페인의 벨에포크는 특히 건축 분야가 두드러진다.

** 13, 14세기 유럽의 고딕건축에서 볼 수 있는 꽃 모양의 둥근 창.

는 텅 비어 있었다. 그 테이블에는 두 사람이 앉아 있었고, 대여섯 명의 웨이터가 그들의 대화는 엿듣지 못하지만 손짓은 보일 만큼 거리를 두고 서서 그들을 부지런히 지켜보고 있었다. 어쨌든 팔라세호텔은 그녀가 임시로 묵고 있는 이스파니아와 달리 초호화 호텔이었다. 부르주아적인 습성에 물든 레안드로는 말 그대로 그곳에 살면서 일했다. 그는 오래전부터 814호 스위트룸에 머물렀고, 그 식당에서 즐겨 업무를 처리했다. 알리시아가 보기에는 그렇게 함으로써 자신이 프랑코의 스페인이 아니라 프루스트*의 파리에 살고 있다고 믿으려는 것 같았다.

그녀는 눈을 가늘게 뜨고 테이블의 두 사람을 살펴보았다. 늘 그랬듯이 레안드로 몬탈보는 문을 보고 앉아 있었다. 그는 중키에 부유한 회계사처럼 부드럽고 둥글둥글한 모습이었다. 면도날처럼 날카로운 눈매를 커다란 뿔테안경으로 가린 덕분에, 사르수엘라**를 즐겨 보는 시골 공증인이나 퇴근 후 미술관에 들르는 것이 낙인 성공한 은행원처럼 너그러우면서도 사근사근한 인상이었다. '근사한 레안드로.'

그의 옆자리에는 산골 사람처럼 우락부락한 인상과 전혀 어울리지 않는 영국식 정장을 입고 머리와 콧수염에 포마드를 발라 곱게 빗어넘긴 채 브랜디잔을 든 남자가 앉아 있었다. 그의 얼굴을 보니 어딘가 몹시 낯익은 데가 있었다. 그는 당시 신문에서 자주

---

* 『잃어버린 시간을 찾아서』를 쓴 프랑스 소설가 마르셀 프루스트.

** 사설과 노래, 춤으로 이루어진 스페인의 악극.

보이던 인물, 그러니까 배경에 독수리가 그려진 깃발이 있고 당연히 말을 타는 그림이 나오는 사진에서 노련하게 포즈를 취하는 인물 중 하나였다. 힐 데 뭐라고 했는데…… 그녀는 속으로 중얼거렸다. 튀긴 빵 위원회인가 뭔가의 사무총장이지.

그때 레안드로가 고개를 들고 멀리서 그녀를 보며 미소를 지었다. 그는 마치 어린애나 강아지를 부르듯이 그녀에게 자기 테이블로 오라고 손짓했다. 알리시아는 다리를 절뚝거리지 않기 위해 하체에 힘을 꽉 주었다. 그 바람에 허리가 끊어질 듯이 아팠지만 천천히 걸음을 옮겨 식당을 가로질러갔다. 그 테이블로 걸어가는 동안 그녀는 다른 두 남자가 식당 반대쪽 끝 어두운 곳에 서 있는 것을 알아차렸다. 정부에서 나온 자들이 분명한데, 무장을 하고 있었다. 그들은 마치 먹이를 기다리는 파충류처럼 자리에서 미동도 않고 서 있었다.

"알리시아, 바쁜 와중에도 우리와 커피 한잔할 틈을 내주다니 고맙군. 아침은 먹었나?"

알리시아가 미처 대답하기도 전에 레안드로가 눈썹을 치켜뜨자, 벽 앞에 서 있던 웨이터 두 명이 다가와 서빙을 준비했다. 그들이 갓 짜낸 오렌지주스를 잔에 따라주는 동안, 알리시아는 자기를 요모조모 뜯어보는 거물의 시선을 느꼈다. 그의 눈에 자신이 어떻게 보일지 짐작하기란 어렵지 않았다. 사람이나 사물을 관찰하는 일이 직업인 이들을 포함해 대부분의 사람은 단순히 보는 것과 주의깊게 살피는 것을 구분하지 못하는 경우가 허다하다. 그래서 뻔히 보이는 것만을 주시하는 나머지, 지엽적인 것 이상의 중요한 사실은 읽어내지 못한다. 레안드로는 남의 눈에 띄지 않을 정도의 기량은 평생 동안 갈고닦아야 얻을 수 있다고 입버릇처럼 말하곤 했다.

날카로우면서도 온순한 인상을 주는데다 몇 군데 그늘진 주름이 있던 탓에 얼굴만 봐서는 그녀의 나이를 가늠하기 어려웠다. 알리시아는 레안드로가 자신의 책략과 음모를 상연하기 위해 꾸며낸 이야기에서 맡은 역할에 어울리도록 매일 외모를 바꾸었다. 알리시아는 그가 만든 대본에 따라 빛도 어둠도 될 수 있었고, 풍경도 인물도 될 수 있었다. 특별히 임무가 없는 날이면 그녀는 내면의 세계로 사라져, 레안드로가 투명한 어둠이라고 부르는 곳에 틀어박혀 지냈다. 그녀의 검은 머리와 창백한 얼굴빛은 싸늘한 햇살과 실내 홀에 잘 어울렸다. 그녀는 어스름한 빛 속에서 초록빛이 감도는 두 눈을 반짝이며, 갸날프지만 그냥 지나치기 힘든 자신의 몸에 시선이 쏠리지 않도록 남들을 쏘아보았다. 별수 없이 거리에 나갈 때면 사람들의 은밀한 시선을 끌지 않으려고 일부러 헐렁한 옷으로 몸을 감추곤 했다. 하지만 지금처럼 가까이에서는 이목이 집중되기 때문에 우울한 기운이 역력하게 드러났다. 레안드로의 말을 빌리면 어렴풋이 불안한 기운도. 그는 멘토로서 가급적 그런 모습을 드러내지 말라고 가르쳤다. '알리시아, 너는 야행성동물이지만 우리 모두는 환한 대낮에도 드러나지 않게 숨어서 활동해야 해.'

"알리시아. 여기 계신 이분은 마누엘 힐 데 파르테라 씨야. 현재 경찰청장님이시지."

"만나뵙게 돼서 영광입니다, 청장님." 알리시아는 읊조리듯 말하면서 손을 내밀어 악수를 청했다. 그녀에게 물어뜯기기라도 할 것 같았는지, 그는 손을 잡지 않았다.

힐 데 파르테라는 그녀가 자신을 파멸시킬 만큼 요사스러운 여자인지, 아니면 정확히 분류하기가 어려운 부류의 여자인지 감이 오지 않는다는 듯이 그녀를 유심히 관찰하고 있었다.

"청장님께서 극도의 신중함과 신속함을 요하는 꽤 민감한 사건의 해결을 위해 친히 우리 도움을 요청하셨네."

"물론 도와드려야죠." 알리시아가 별안간 천사같이 나긋나긋한 목소리로 대답하자, 레안드로는 테이블 밑에서 발로 그녀를 툭 찼다. "저희는 힘닿는 데까지 청장님을 도와드리기 위해 늘 최선의 노력을 다하고 있습니다."

힐 데 파르테라는 의심과 욕망이 뒤엉켜 뒤숭숭한 마음으로 계속 그녀를 관찰하고 있었다. 사실 그와 비슷한 연배의 남자들은 알리시아를 볼 때마다 두 가지 감정 사이에서 갈피를 못 잡고 우왕좌왕하기 일쑤였다. 레안드로는 이를 일컬어 그녀의 자태가 풍기는 향수, 혹은 그녀의 외모가 낳는 부작용이라고 했다. 하지만, 레안드로의 판단에 따르면, 이는 그녀가 아직 정확하게 휘두를 줄 모르는 양날의 검이었다. 이번에는 힐 데 파르테라가 그녀 앞에서 거북하고 불편해하는 기색이 역력하자 알리시아는 칼날이 곧 자기를 향할 것이라고 확신했다. '이제 공격이 시작되겠군.' 그녀는 생각했다.

"그리스 양, 혹시 사냥에 대해 좀 압니까?" 마침내 그가 물었다.

그녀는 옆에 있던 레안드로의 눈치를 살피느라 잠시 머뭇댔다.

"알리시아는 도시에서 나고 자랐습니다." 레안드로가 끼어들어 말했다.

"사냥을 하면 많은 것을 배울 수 있어요." 청장의 설교가 계속되었다. "나는 총통 각하와 여러 차례 함께 사냥을 나가는 영광을 누렸죠. 사냥을 하는 이라면 누구든 받아들여야 할 원칙을 알려주신 분이 바로 총통 각하였습니다."

알리시아는 깊은 감명을 받은 것처럼 연신 고개를 끄덕였다. 그사이 레안드로는 토스트에 잼을 발라 그녀에게 건넸다. 알리시아는 그것이 무엇인지 보지도 않고 넙죽 받았다. 경찰청장은 아랑곳하지 않고 자기 이야기에만 정신이 팔려 있었다.

"무릇 사냥을 하는 사람이라면 꼭 알아두어야 할 것이 하나 있어요. 가장 결정적인 순간에는 사냥감과 사냥꾼의 역할이 서로 뒤섞인다는 겁니다. 사냥, 그러니까 진정한 의미의 사냥은 대등한 존재들 사이의 대결이라고 할 수 있죠. 피를 쏟을 때까지는 자신이 정말 누구인지 모르는 법이니까요."

그가 말을 멈추었다. 자신이 방금 한 말에 대해서 그녀가 깊게 생각하기를 바라는 것처럼 말이다. 알리시아는 짐짓 감탄하는 표정을 지으며 물었다.

"그것도 총통 각하께서 하신 말씀인가요?"

레안드로는 경고의 표시로 테이블 아래에서 알리시아의 발을 밟았다.

"그럼 솔직하게 말하리다. 나는 아가씨가 별로 마음에 들지 않는군요. 전에 당신에 관해서 들은 이야기는 물론, 당신의 목소리도 마음에 들지 않아요. 그리고 아침 반나절 동안이나 사람을 기다리게 만들어도 된다는 식의 사고방식도. 그건 당신의 하잘것없는 시간이 내 시간보다 더 소중하다는 거나 마찬가지니까 말이오. 그리고 사람을 보는 눈매도 그렇지만, 상관한테 비꼬는 투로 말하는 것도 상당히 거슬리는군요. 살면서 나를 가장 짜증나게 만드는 게 누군지 아시오? 그건 바로 자기 분수를 모르는 사람들이에요. 그보다 더 성가신 게 있다면, 그런 자들에게 제 분수를 일깨워줘야 한다는 것이죠."

알리시아는 다소곳이 고개를 숙였다. 식당 안의 온도가 갑자기 10도 정도 떨어진 것 같았다.

"청장님, 아무쪼록 용서해주시기 바랍니다. 저는 그저……"

"내 말 끊지 말아요. 그럼에도 불구하고 내가 여기서 당신과 이야기를 나누는 이유는 당신의 상관을 전폭적으로 신뢰하기 때문이에요. 무슨 이유인지는 잘 모르겠지만, 저 사람은 이번에 맡기려는 임무에 당신이 가장 적임자라고 하는군요. 하지만 내 말 똑똑히 새겨듣기 바랍니다. 지금 이 순간부터 당신은 내 명령에 따라야 합니다. 나는 여기 있는 몬탈보 씨처럼 인내심이 많지도, 마음이 너그럽지도 않아요."

말을 마친 힐 데 파르테라는 그녀를 빤히 쳐다보았다. 검은 눈동자에 금방이라도 터질 것 같은 빨간 모세혈관이 거미줄처럼 검은 눈동자의 각막을 뒤덮고 있었다. 알리시아는 사냥터에서 깃털 모자와 장군 군화를 신고 국가원수에게 온갖 아부를 떠는 그의 모습을 떠올렸다. 사냥이라고 해봐야 한 무더기의 하인들이 사냥감을 사정거리 내에 풀어놓으면 개국공신들이 쏘아 죽이는 식일 터였다. 그들은 그 사냥감들을 사타구니에 문대고 화약냄새와 사육조류의 피냄새를 풀풀 풍기면서 자신들이 무슨 강인한 정복자라도 된 양 하느님과 조국의 영광을 운운하며 으스댈 것이었다.

"알리시아가 일부러 청장님 기분을 상하게 하려고 그런 건 절대 아닙니다." 레안드로가 말했다. 그 상황을 은근히 즐기는 게 분명했다.

알리시아는 심각하고 침통한 표정으로 고개를 끄덕이며 그의 말에 동의했다.

"굳이 말할 필요는 없겠지만, 지금부터 내가 하는 말은 기밀사항입니다. 그러니 오늘 우리가 나눈 이 대화는 아예 없었던 걸로 해야 됩니다. 그리스 양, 이 점이나 그 밖의 문제에 대해 의문점이 있습니까?"

"전혀 없습니다, 청장님."

"좋습니다. 그럼 당장 그 토스트부터 먹어치우고, 본론으로 들어갑시다."

5

"마우리시오 발스 씨에 대해 뭘 알고 있죠?"

"장관 말입니까?" 알리시아가 물었다.

그녀는 널리 알려진 마우리시오 발스의 화려한 경력에 대해 머릿속에 줄줄이 떠오르는 수많은 모습을 생각하느라 잠시 말을 멈췄다. 단정하고 도도한 인상에 당대 최고의 인사들과 함께한 자리에서도 언제나 가장 눈에 띄는 위치에 서서 사진을 찍는가 하면, 온갖 영예를 누릴 뿐만 아니라 반박의 여지가 없는 분명한 지혜를 설파함으로써 정계 인사들로부터 찬사와 박수갈채를 받던 인물. 사는 동안 본인의 표현대로라면 스페인 인텔리겐치아의 도움과 자신의 노력으로 성인의 반열에 오른 마우리시오 발스는 전형적인 스페인 문인, 예술과 사상계 신사의 화신이었다. 그는 헤아릴 수도 없이 많은 상을 받았을 뿐만 아니라, 사람들에게 존경과 흠모의 대상이 되었다. 이견의 여지 없이 스페인의 문화, 정치계 엘리트의 상징적 인물로 평가받던 발스 장관은 늘 언론과 체제홍보를 앞세우고 다녔다. 그가 마드리드의 주요 장소에서 강연회를 하는 날이면 언제나 명사들이 줄을 이었다. 일간지에 주요 문제로 기고문을 실으면, 사람들은 이를 교리처럼 받아들였다. 그를 우려먹고 살던 기자들은 그의 비위를 맞추려고 갖은 노력을 다했다. 그가 이따금씩 시낭송회를 열거나 자신의 유명한 극작품에서 뽑은 대사로 연극계의 대배우들과 2인극을 하면 금세 좌석이 매진되곤 했다. 그의 문학작품은 성공의 본보기로 여겨졌고, 그의 이름은 이미 거장의 반열에 올라 있었다. 마우리시오 발스라는 이베리아의 찬란한 지성이 전 세계를 비추고 있던 것이다.

"언론에 나오는 정도는 우리도 다 알고 있습니다." 레안드로가 끼어들었다. "그런데 솔직히 말씀드리면, 요즘 들어 과거에 비해 소식이 좀 뜸한 것 같습니다."

"뜸한 정도가 아니라, 전혀 없죠." 힐 데 파르테라가 고개를 끄덕이며 말했다. "그런데 말이오, 아가씨. 그러니까 지금으로부터 삼 년 전인 1956년 11월부터 국민교육성 장관(본인이 좋아하는 표현으로는 문화성 장관이지만) 마우리시오 발스가, 이렇게 말해도 될지 모르겠는데, 스페인 언론에서 가장 아끼던 인물이 홀연 종적을 감추었을 뿐만 아니라 그 어떤 공식 석상에도 일절 모습을 드러내지 않았습니다. 그 사실은 아직 모르고 있던 게 아닌지."

"청장님 말씀을 들으니 이제야……" 알리시아는 그의 말을 인정했다.

레안드로는 그녀 쪽으로 몸을 돌리고 힐 데 파르테라와 의미심장한 눈빛을 교환하더니, 그녀에게 자세한 내막을 알려주었다.

"알리시아, 한 가지 확실한 점은 장관님이 탁월한 지성과 흠잡을 데 없는 재능을 더이상 우리와 나누지 못하는 게 단지 우연이나 개인의 선택 때문이 아니라는 거야."

"레안드로, 당신은 그분을 접할 기회가 있었다고 알고 있습니다만." 그때 힐 데 파르테라가 끼어들며 말했다.

"오래전에 그런 영광을 얻은 적이 있었죠. 하지만 제가 바르셀로나에 있을 때, 잠깐 스치듯 만났을 뿐이에요. 우리나라 지식인층의 가치와 심오한 의미를 본보기로 보여줄 줄 아는 위대한 분이셨습니다."

"장관님께서도 분명 전적으로 동의하실 겁니다."

예의바른 미소를 지은 뒤 레안드로는 다시 알리시아에게 시선을 고정시키며 말을 계속했다.

"안타깝지만 고명하신 장관님의 진가나 부러울 정도인 그 자부심에 대해 말하려고 오늘 이 자리에 모인 건 아니야. 여기 청장님이 계신 자리에서 이렇게 말해도 좋을지 모르겠지만, 나는 마우리시오 발스 씨가 그토록 긴 시간 종적을 감춘 것이 모종의 의혹, 그러니까 그의 목숨을 노리는 검은 음모가 오랫동안 계속되어왔다는 사실과 관련이 있다고 봐. 이렇게 말한다고 해서 경솔한 것은 아니라고 생각하네."

알리시아는 눈썹을 치켜뜨면서 레안드로와 눈빛을 교환했다.

"경찰청에서 착수한 수사에 미력이나마 보태기 위해, 그리고 내무성 동료들의 요청에 힘입어 우리는 이를 도와줄 요원을 한 명 파견했지. 물론 공식적으로 우리가 그 수사에 참여하기로 되어 있는 것도 아니고, 사건의 세부정보도 파악하지 못했지만 말이야." 레안드로가 자초지종을 설명했다.

알리시아는 입술을 깨물었다. 레안드로는 눈빛으로 아직 질문할 때가 아니라는 신호를 주었다.

"그런데 아직 분명하게 밝힐 수 없는 이유로 그 요원이 우리와 연락을 끊고 보름 전쯤 종적을 감추었어." 레안드로의 말이 계속되었다. "이것이 그 임무와 관련해 청장님이 몸소 협조를 요청하게 된 배경이야."

레안드로는 경찰청장을 보며 이제 본론을 말해달라고 눈짓했다. 힐 데 파르테라는 목을 가다듬더니 침울한 표정을 지었다.

"지금부터 내가 하는 이야기는 기밀사항이기 때문에, 절대 이

자리 밖으로 새어나가서는 안 됩니다."

알리시아와 레안드로는 동시에 고개를 끄덕였다.

"당신 상관이 이미 말했듯이, 1956년 11월 2일, 마드리드 예술협회*에서 발스 장관을 기리는 행사가 열리는 도중 그의 목숨을 노린 공격이 있었지만 미수로 그쳤습니다. 그런데 그때가 처음이 아닌 것 같았어요. 아무튼 그 사건은 비밀에 부치기로 했습니다. 당시 내각은 물론 발스 장관 본인도 그것이 최선이라고 뜻을 모은 겁니다. 괜히 가족과 주변 사람들을 놀라게 하고 싶지 않았던 거죠. 그때 시작된 수사가 지금도 계속되고 있는 셈입니다. 경찰청과 과르디아 시빌 특별조사단의 철저한 수사에도 불구하고 이 사건은 물론 경찰에 알려지기 전 발생했을지 모르는 비슷한 사건들의 정황을 전혀 밝혀내지 못했어요. 물론 그때부터 장관에 대한 경호나 보안조치가 강화되었고, 새로운 명령이 나올 때까지 공식석상에 모습을 드러내는 일도 전부 취소되었죠."

"그동안의 수사 결과는 어떻습니까?" 알리시아가 끼어들며 물었다.

"우리는 마우리시오 씨가 받은 익명의 편지에 집중했습니다. 장관은 오래전부터 그런 편지를 받은 것 같은데, 대수롭지 않게 여긴 모양이죠. 암살 미수 사건이 일어난 직후 장관은 오랫동안 협박편지를 받았다는 사실을 경찰에 알렸습니다. 초동수사를 통해 경찰은 세바스티안 살가도라는 자가 일련의 편지를 보냈을 가

* 1880년 마드리드에서 창립된 비영리 민간예술단체.

능성에 무게를 두었죠. 그자는 강도 및 살인 죄로 바르셀로나 몬주익 교도소에서 복역하다 이 년 전쯤 출소했습니다. 다들 알다시피 발스 장관은 이 정권에서 처음 일할 당시, 그러니까 1939년에서 1944년 사이에 바로 그 교도소의 책임자였습니다."

"그런데 장관님은 익명의 편지를 받았다는 사실을 왜 조금 더 일찍 경찰에 알리지 않았던 거죠?" 알리시아가 물었다.

"조금 전에 말한 것처럼, 처음에는 별로 대수로운 일이 아니라고 여겼다더군요. 물론 나중에는 일찌감치 경찰에 신고하지 못한 걸 적잖이 후회하는 눈치였지만. 수사 초기 당시, 장관은 그 편지의 내용이 워낙 수수께끼 같아서 의미를 제대로 파악할 수가 없었다고 진술했습니다."

"협박편지라고 판단하셨는데, 어떤 내용입니까?"

"대부분 모호한 표현이에요. 가령 '진실'은 결코 숨길 수 없다거나, '죽음의 아이들'을 위한 '심판의 시간'이 다가오고 있다, 그리고 '그'—아마 편지를 쓴 자를 가리키는 걸로 추정됩니다만—가 '미로의 입구에서' 당신을 기다릴 것이다, 이런 내용이 주를 이루고 있어요."

"미로라고요?"

"말한 바와 같이, 수수께끼 같은 편지라서 파악하기가 어렵습니다. 다만 발스 장관과 편지를 쓴 자, 두 사람만 아는 내용일 가능성도 있어요. 장관도 본인 입으로는 무슨 말인지 이해할 수 없다고 밝혔지만 말입니다. 어쩌면 정신이상자의 소행일지도 몰라요. 그럴 가능성도 배제할 수는 없습니다."

"발스가 교도소장으로 있을 때, 세바스티안 살가도는 몬주익성에 갇혀 있었다고요?"

"그렇소. 살가도의 기록을 확인한 결과, 1939년 교도소에 수감된 걸로 나와 있었습니다. 마우리시오 발스가 교도소장으로 임명된 직후죠. 나중에 장관은 그가 요주의 인물이었다고 어렴풋하게 기억을 하더군요. 장관의 진술이 맞는다면 세바스티안 살가도가 협박편지를 보낸 장본인일 가능성이 높다는 우리의 추정이 더욱 힘을 얻는 거죠."

"그가 출소한 건 언젠가요?"

"이 년도 채 지나지 않았을 겁니다. 그런데 그 날짜가 마드리드 예술협회의 암살 기도는 물론 그 이전의 협박과 맞아떨어지지 않아요. 세바스티안 살가도가 외부에 있던 어떤 인물과 공모했거나, 아니면 누군가 수사에 혼선을 초래할 목적으로 그를 이용했거나 둘 중 하나입니다. 수사가 진척될수록 경찰 내에서도 두번째 가설이 더 힘을 받고 있는 실정이에요. 내가 가져온 기록을 보면 알겠지만, 편지는 모두 바르셀로나의 푸에블로 세코 우체국에서 발송된 것으로 확인됐습니다. 몬주익 교도소의 재소자들이 보낸 편지는 모두 그 우체국으로 운반되니까요."

"그 우체국의 소인이 찍힌 편지 중에서 교도소에서 보낸 것과 그렇지 않은 것을 어떻게 구별하죠?"

"교도소에서 보낸 편지는 우편행낭에 넣기 전에 모든 봉투에 관인을 찍어 구분하지요."

"수형자들의 우편물은 검열하지 않나요?" 알리시아가 물었다.

"원칙적으로는 그렇습니다. 하지만 책임자들 말에 따르면, 실제로는 특정한 경우에 한해 검열한다고 하더군요. 어떤 경우든 장관에게 보내는 협박편지가 발견되었다는 기록은 전혀 없습니다. 내용이 워낙 모호하다보니 검열관이 미처 알아차리지 못했을 가능성도 있지만."

"만약 외부에 한 명, 아니면 다수의 공범이 있었다면 그들이 살가도에게 편지를 전달했을 수도 있지 않을까요? 그렇게 하면 그가 교도소에서 편지를 보낼 수 있으니 말이죠."

"그럴 수도 있겠죠. 살가도는 한 달에 한 번씩 면회가 가능했으니까요. 하지만 굳이 그렇게까지 할 필요가 있겠습니까. 편지를 보낼 목적이라면 검열관에게 적발될 위험을 피해 보통우편을 이용하는 것이 훨씬 간단할 텐데요." 힐 데 파르테라가 말했다.

"편지를 감옥에서 보냈다는 기록을 꼭 남기고 싶었던 게 아니라면 굳이 그렇게까지 할 이유는 없었겠죠." 알리시아가 말했다.

힐 데 파르테라가 그녀의 말에 수긍하며 고개를 끄덕였다.

"그런데 이해가 안 되는 게 하나 있어요." 알리시아의 말이 계속 이어졌다. "살가도가 이 년 전 석방될 때까지 계속 몬주익에 수감되어 있던 것이 사실이라면 최고형인 삼십 년 형을 받았다는 말이잖아요. 그런데 지금 어떻게 밖에 있죠?"

"그 문제라면 당신은 물론 그 누구도 쉽게 납득하기가 어려울 거예요. 당시 세바스티안 살가도는 형기가 아직 십 년도 더 남아 있었던 걸로 추정되는데, 예기치 않게 국가원수 명의의 특별사면을 받고 석방되었습니다. 그리고 한 가지 더. 사면은 발스 장관의 상신과 협조로 이루어졌습니다."

알리시아는 어이없다는 웃음을 피식 흘렸다. 힐 데 파르테라는 무서운 눈초리로 그녀를 바라보았다.

"발스 씨가 무슨 이유로 그렇게 했을까요?" 어색한 분위기를 바꿔보려고 레안드로가 물었다.

"경찰의 수사가 미진하다는 구실로 그는 우리의 조언을 무시했어요. 장관은 살가도를 석방하면 협박편지와 암살 기도로 추정되는 사건에 연루된 인물이나 그 정체와 행방을 밝혀낼 수 있을 거라고 판단했습니다."

"계속 그럴 것으로 추정된다고 말씀하시는데요……" 알리시아가 대담하게 말했다.

"이 사건에는 분명한 게 하나도 없기 때문이오." 힐 데 파르테라가 말했다. "그렇다고 해서 사건 당사자인 장관의 말을 내가 의심한다거나, 우리가 의심해야 된다는 건 아닙니다."

"물론입니다. 그럼 다시 살가도의 석방 문제로 돌아와서, 이후에 장관님이 바라던 결과가 나왔나요?" 알리시아가 물었다.

"아닙니다. 우리는 그가 출소한 후로 이십사 시간 밀착 감시했어요. 교도소에서 나오자마자 그는 바리오 치노의 싸구려 여관에 방을 잡고 한 달 치 월세를 선불로 내더군요. 그것 말고는 매일 노르테 기차역에 가서 중앙홀에 있는 수하물 임시보관함을 몇 시간 동안 쳐다보거나 감시하는 것이 유일한 일이었어요. 그러다 가끔 산타아나 거리의 오래된 중고서점에 들르기도 했고요."

"'셈페레와 아들' 서점." 알리시아가 중얼거리듯 말했다.

"맞아요. 거기 가봤어요?"

알리시아는 고개를 끄덕였다.

"살가도라는 친구는 책하고는 전혀 어울리지 않는 것 같은데요." 레안드로가 나서며 말했다. "그가 기차역 수하물 보관함에서 무엇을 찾으려고 했는지는 알아냈습니까?"

"우리는 그가 1939년 경찰에 체포되기 전 저지른 범죄의 전리품 같은 것을 거기 숨겨놓았을 거라는 의혹을 품었죠."

"의혹이 사실로 밝혀졌나요?"

"석방되고 보름이 지난 뒤, 살가도는 마지막으로 '셈페레와 아들' 서점을 들른 다음 늘 그랬듯이 곧장 노르테 기차역으로 향했어요. 그런데 그날은 로비에 앉아 수하물 보관함을 지켜보는 대신 그곳으로 다가가 자물쇠에 열쇠를 꽂더군요. 그러고는 보관함에서 여행가방 하나를 꺼내 열었습니다."

"그 안에 뭐가 들어 있었죠?" 알리시아가 물었다.

"공기." 힐 데 파르테라가 짧게 대답했다. "안에는 아무것도 없었어요. 훔친 물건, 아니면 무엇이든 간에 그 안에 숨겨놓았던 것이 감쪽같이 사라지고 없었습니다. 바르셀로나 경찰은 그가 역에서 나오는 순간 체포할 계획이었습니다. 그런데 살가도는 빗속에서 힘없이 쓰러지고 말았어요. 형사들은 그가 서점에서 나오자마자, 점원 두 명이 기차역까지 그를 따라왔다는 사실을 알아냈습니다. 살가도가 바닥에 쓰러지자 그중 하나가 옆에 무릎을 꿇고 앉아 있다 잠시 후 자리를 떠났어요. 경찰이 현장에 도착했을 무렵 그는 이미 사망한 상태였습니다. 어떤 면에서는 하늘의 심판을 받았다고 할 수도 있겠죠. 도둑이 도둑을 당한 셈이니까요. 그런데 부검 결과, 그의 등과 옷에 바늘 같은 것에 찔린 자국이 몇 군데 있었고 혈액에서는 스트리크닌*이 소량 검출되었습니다."

"그렇다면 서점에서 따라 나온 두 점원의 소행일까요? 미끼가 더이상 쓸모가 없어졌다고 판단했거나, 아니면 경찰의 감시망이 좁혀지면서 자신들의 안전이 위협받고 있다고 판단해 공범들이 그를 제거했을 수도 있죠."

"우리도 처음에 그 가능성에 무게를 두었지만, 곧 배제했습니다. 사실 당시 기차역에 있던 사람이라면 누구라도 살가도가 눈치채지 못하는 사이에 그를 살해할 수 있었어요. 더구나 경찰이 두 점원의 동태를 철저하게 감시하고 있었는데, 두 사람과 살가도 간에 그 어떤 신체접촉도 없었다고 합니다. 아마도 이미 사망한 채로 쓰러지기 전까지는 말이죠."

"그렇다면 살가도가 역으로 떠나기 전에 서점 안에서 어떤 식으로든 독극물을 투여했을 수도 있지 않을까요?" 레안드로가 물었다.

이번에 그의 질문에 대답한 것은 알리시아였다.

"그건 아니에요. 스트리크닌은 몸속으로 들어가는 즉시 효과가 나타나거든요. 그 정도 나이를 먹은 사람의 경우, 더구나 이십 년 동안 지하감옥에서 보낸 사람의 신체조건을 감안하면 약효는 훨씬 더 빨리 나타날 거고요. 바늘에 찔리고 불과 일이 분만 지나도

---

* 마전과 식물의 씨에 함유되어 있는 맹독성 알칼로이드.

사망에 이르죠."

힐 데 파르테라는 흐뭇한 표정을 짓고 싶었지만 꾹 참고 그녀를 바라보았다.

"맞아요." 그가 말했다. "그날 역에 제3의 인물이 있었을 가능성이 가장 높습니다. 경찰의 눈에 띄지 않게 숨어 있다가 결정적 순간에 살가도를 제거한 거죠."

"혹시 두 서점 점원에 대해서 알아낸 건 없나요?"

"하나는 다니엘 셈페레인데, 서점 주인의 아들이에요. 다른 한 명은 페르민 로메로 데 토레스라는 이름인데, 그의 호적에 뭔가 흐릿한 흔적이 있는 걸 보면 필시 문서를 위조한 것이 분명합니다. 아마 신분을 위장하려고 그랬겠죠."

"그 두 사람이 사건과 어떤 연관성이 있죠? 그리고 거기서 뭘 했던 건가요?"

"그 점에 대해서는 분명하게 밝혀진 바가 없습니다."

"그들을 심문하지 않았나요?"

힐 데 파르테라는 고개를 저었다.

"다시 발스 장관으로부터 특별지시가 내려왔어요. 우리 의견과는 상반되는 내용이었죠."

"혹시 살가도의 공범, 혹은 공범들에 대한 단서는 없었나요?"

"그 또한 답보상태에 머물러 있어요."

"어쩌면 지금쯤 장관님 생각이 바뀌었을지 몰라요. 이제는 청장님 뜻에 동의하실지도……"

힐 데 파르테라는 베테랑 경찰답게 음흉한 미소를 보였다.

"마침 그 이야기를 하려던 참이었습니다. 지금으로부터 정확히 아흐레 전이에요. 소모사과스의 저택에서 열린 가면무도회 다음 날 새벽, 마우리시오 발스 씨는 개인 경호실장 비센테 카르모나와 함께 승용차를 타고 어디론가 떠나버렸습니다."

"집을 떠났다고요?" 알리시아가 물었다.

"그때 이후로 그를 보거나 소식을 들은 사람이 아무도 없어요. 어떤 흔적도 남기지 않고 홀연히 종적을 감춘 거죠."

식당 안에 무거운 침묵이 한동안 계속되었다. 알리시아는 레안드로의 눈치를 살폈다.

"부하들이 쉬지 않고 애쓰고 있지만, 현재까지 아무런 성과도 거두지 못했어요. 마우리시오 발스 씨가 차에 타는 순간 정말 하늘로 증발이라도 한 건지……"

"장관님이 자택을 떠나기 전에 어디로 간다든지 하는 메모나 표시는 남기지 않았나요?"

"네. 지금까지 우리가 추정한 바를 말씀드리죠. 장관님은 우리가 모르는 어떤 이유 때문에 누가 자기에게 협박편지를 보냈는지 마침내 알아냈을지도 모릅니다. 그래서 심복인 경호원을 대동하고 그자를 직접 찾아가기로 마음먹은 거죠."

"어쩌면 그렇게 해서 함정에 빠졌는지도 모르겠군요." 레안드로가 결론지었다. "'미로의 입구.'"

힐 데 파르테라는 거듭 고개를 끄덕였다.

"하지만 장관님이 누가 협박편지를 보냈는지, 그리고 왜 보냈는지 처음부터 몰랐다고 단정할 수는 없지 않을까요?" 알리시아가 다시 끼어들며 말했다.

그러자 레안드로와 힐 데 파르테라가 못마땅한 표정으로 그녀를 바라보았다.

"장관님은 용의자가 아니라, 피해자란 말이오. 착각하지 말아요." 힐 데 파르테라가 힐난조로 말했다.

"그럼 저희가 어떻게 도와드리면 되겠습니까?" 레안드로가 물었다.

힐 데 파르테라는 깊게 숨을 들이마시고 잠시 뜸을 들였다.

"사실 우리 전담 부서가 활용할 수 있는 수단은 매우 제한되어 있어요. 더구나 사태가 이 지경에 이를 때까지 이 일에 대해 까맣게 몰랐고. 물론 우리가 몇 가지 실수를 저질렀을 수도 있다는 점은 인정하지만, 문제가 세상에 알려지기 전에 해결하려고 최선의 노력을 다하고 있습니다. 그러던 차에 몇몇 상관이 사건의 성격을 감안할 때 당신 부서의 도움을 받으면 우리가 미처 생각하지 못한 점을 찾아내서 문제를 최대한 빨리 해결할 수 있을 거라고 하더군요."

"청장님도 그렇게 생각하십니까?"

"레안드로 씨, 솔직히 말해 나는 이제 누구를, 그리고 무엇을 믿어야 할지조차 모르겠어요. 그렇지만 우리가 가까운 시일 안에 발스 장관을 무사히 구해내지 못한다면 결국 알테아가 판도라의 상자를 열어 그의 오랜 친구 엔다야를 이 사건에 끌어들일 게 분명합니다. 어쨌든 당신이나 나나 그렇게 되는 건 바라지 않으니까 말이오."

알리시아가 캐묻는 듯한 눈초리를 보내자 레안드로는 살짝 고개를 흔들었다. 힐 데 파르테라는 숨죽여 쓴웃음을 지었다. 블랙커피처럼 검게 충혈된 눈에는 벌겋게 핏발이 서 있었고, 얼굴은 일주일째 하루에 두 시간도 채 못 잔 사람처럼 초췌해 보였다.

"지금 나는 아는 범위 내에서 모두 말하고 있어요. 하지만 내가 들은 말이 모두 사실인지는 확실히 알 수가 없군요. 더이상은 분명하게 말하기 어렵습니다. 지난 아흐레 동안 우리는 암중모색을 거듭하고 있습니다. 우리로서는 일분일초가 아까운 상황이죠."

"장관님이 아직 살아 있다고 보세요?" 알리시아가 물었다.

힐 데 파르테라는 고개를 떨어뜨리고 한동안 침묵을 지켰다.

"그렇다고 생각하는 것이 나의 의무입니다. 그리고 이번 일이 밖으로 새어나가거나, 우리 손을 떠나기 전에 장관님을 무사히 찾아내는 것도요."

"무슨 일이 있어도 우리는 청장님을 따를 겁니다." 레안드로가 힘주어 말했다. "이번 수사에서 미력이나마 도움이 되도록 우리도 최선을 다할 테니까 믿어주십시오."

힐 데 파르테라는 고개를 끄덕이며 주저하는 눈빛으로 알리시아를 쳐다보았다.

"당신은 바르가스라고, 내 부하와 함께 일하게 될 겁니다."

알리시아는 잠시 멈칫했다. 그녀가 도와달라는 눈빛을 보냈지만, 레안드로는 찻잔만 뚫어지게 내려다보고 있었다.

"청장님, 죄송한 말씀이지만 저는 혼자 일하는 게 익숙합니다."

"이번만은 바르가스와 함께 일해야 됩니다. 그 문제에 대해서는 더이상 왈가왈부하지 마세요."

"물론입니다." 레안드로는 이글거리는 눈빛으로 자기를 노려보는 알리시아를 외면하고 말했다. "그럼 언제부터 시작할 수 있겠습니까?"

"어제부텁니다."

청장이 까딱까딱 손짓을 하자 요원 하나가 테이블로 다가와 두툼한 봉투를 내밀었다. 힐 데 파르테라는 그것을 테이블 위에 올려놓고 자리에서 일어섰다. 어떻게든 그 식당을 서둘러 떠나고 싶다는 기색이 역력했다.

"세부적인 내용은 사건 기록에 모두 나와 있습니다. 앞으로 내게 보고하는 것 잊지 말아요."

그는 레안드로와 악수를 나눈 뒤 알리시아는 거들떠보지도 않고 단호히 자리를 떠났다.

알리시아와 레안드로는 그가 수행원들을 대동하고 대식당을 가로질러 나가는 모습을 지켜보다 다시 자리에 앉았다. 한동안 그들은 아무 말도 하지 않았다. 알리시아는 허공만 바라보고 있던 반면, 레안드로는 크루아상을 조심스럽게 썰어 버터와 딸기잼을 바른 뒤 눈을 감고 천천히 먹기 시작했다.

"도와주셔서 고맙군요." 알리시아가 말했다.

"그렇게 비꼬지 마. 바르가스는 아주 뛰어난 수사관이라고 들었어. 만나보면 마음에 들 거야. 뭔가를 배울 수도 있을 테고."

"퍽도 운이 좋네요. 바르가스란 사람은 누구죠?"

"경찰 내에서도 손꼽히는 베테랑급 형사야. 한때는 중량급 인사였지. 본청과 이견이 생기는 바람에 한동안 대기발령을 받은 상태야. 들리는 말로는 무슨 일이 있었다고 하더라고."

"그럼 천덕꾸러기라는 거네요? 나를 얼마나 하찮게 봤으면 그런 사람을 붙여주는 거죠?"

"아니야. 그는 경찰 내에서도 톱클래스라고. 정말이야. 다만 현 정권에 대한 충성심과 믿음이 여러 차례 의심을 받은 것 같아."

"설마 나더러 그 사람을 개과천선시키라는 건 아니겠죠?"

"지금 상부에서 우리한테 바라는 건 공연히 소란 피우지 말고 자기들 이미지를 좋게 만들어달라는 것뿐이야."

"대단하군요."

"그나마 다행인 줄 알아. 이보다 더 심각해질 수도 있었으니까." 레안드로가 서둘러 그녀의 말을 막았다.

"더 심각해진다는 건 '그의 오랜 친구' 엔다야라는 사람을 끌어들이는 상황 말이죠?"

"그런 셈이지."

"엔다야가 누구예요?"

레안드로는 시선을 돌렸다.

"모르는 게 좋을 거야."

두 사람 사이에 한동안 침묵이 흘렀다. 레안드로는 그 틈을 이용해 커피를 한 잔 더 따라 마셨다. 그는 커피를 마실 때, 한 손으로 찻잔을 들어 턱까지 들어올리고 홀짝거리는 눈꼴사나운 습관이 있었다. 알리시아가 다 외우다시피 한 그 습관은 그런 날일수록 유독 밉살스럽게 보였다. 그녀의 눈빛을 알아차린 레안드로는 아빠처럼 인자한 미소를 지어 보였다.

“그렇게 무서운 눈초리로 노려보지 마.” 그가 말했다.

“내가 보름 전에 사직해서 더이상 활동하지 않는다는 걸 왜 청장님께 말씀드리지 않았죠?”

레안드로는 찻잔을 테이블에 놓고 냅킨으로 입술을 닦았다.

“알리시아. 자네를 난처하게 만들 생각은 없었어. 하지만 우리가 보드게임 동아리 회원이 아니라는 것쯤은 알아주었으면 좋겠어. 여기는 서류 한 장 달랑 내고 들어왔다가 마음대로 나갈 수 있는 데가 아니라고. 이런 대화를 나눈 게 벌써 몇번째야. 솔직히 말해서 자네가 그렇게 나올 때마다 나도 괴로워 미칠 지경이야. 사실 자네에 대해서라면 자네 자신보다 내가 더 잘 알기 때문에, 그리고 자네의 능력을 아주 높이 평가하기 때문에 쉬면서 미래에 대해 생각하라고 보름씩이나 휴가를 준 거라고. 자네가 지쳐 있다는 건 나도 충분히 이해해. 그건 나도 마찬가지니까. 가끔 우리가 하는 일이 내키지 않을 때가 있다는 것도 잘 알아. 나도 그럴 때가 종종 있으니까. 하지만 좋든 싫든 그게 우리 일이고 우리 의무야. 그 정도쯤은 자네도 잘 알고 여기 들어왔겠지.”

“여기 들어왔을 때 나는 고작 열일곱 살이었어요. 내가 원해서 들어온 것도 아니고요.”

레안드로는 수제자를 보며 뿌듯해하는 스승처럼 흐뭇한 미소를 지었다.

“알리시아, 자네는 한 번도 열일곱 살이었던 적이 없는 애늙은이 같아.”

"저번에 내가 그만두는 걸로 결정했잖아요. 분명히 그렇게 합의했어요. 보름이 지났다고 해서 변한 건 하나도 없어요."

미소 짓던 레안드로의 표정이 커피처럼 싸늘하게 식었다.

"이게 마지막 부탁이야. 이번 일만 끝나면 자네 마음대로 해도 좋아."

"싫어요."

"알리시아, 이번 일은 자네의 도움이 꼭 필요해. 나를 애원하거나 강요하도록 만들지는 말아줘."

"그럼 로마나한테 맡기세요. 그 사람은 점수를 못 따서 안달이니까."

"그 이야기가 왜 안 나오나 했네. 나는 말이야, 자네하고 리카르도 사이에 대체 뭐가 문제인지 도무지 이해가 안 돼."

"한마디로 하자면 성격이 전혀 맞지 않아요." 알리시아가 넌지시 말했다.

"사실 리카르도 요원은 몇 주 전에 내가 경찰에 파견을 보냈는데, 아직 복귀를 시키지 않았어. 그런데 이제는 그가 사라졌다는 거야."

"설마 그럴 리가요. 그럼 지금 어디 있는 거죠?"

"정말 자의로 모습을 감추었다면 그런 사실을 알릴 리가 없겠지."

"로마나는 어떤 일이 있어도 사라질 사람이 아니에요. 그에게 아무런 연락이 없다면 분명 무슨 이유가 있을 거예요. 다시 말해 무언가를 찾아냈다는 거죠."

"내 생각도 그래. 하지만 그에게서 아무 소식도 없는 이상, 우리는 그저 이런저런 추측만 할 수 있을 뿐이야. 그런데 문제는 우리더러 그러라고 돈을 준 게 아니라는 거지."

"그럼 무엇을 하라고 돈을 준 거죠?"

"문제를 해결하라고. 그리고 이건 굉장히 심각한 문제야."

"그렇다면 나도 사라질 수 있잖아요?"

레안드로는 고개를 저었다. 그는 짐짓 서글픈 표정으로 한동안 그녀를 바라보았다.

"알리시아, 자네는 왜 나를 미워하는 거지? 나는 자네를 늘 딸처럼, 아니면 좋은 친구처럼 대했는데 말이야. 그렇지 않아?"

알리시아는 자신의 멘토를 빤히 쳐다보았다. 가슴에 맺힌 응어리 때문에 쉽사리 입이 떨어지지 않았다. 그녀는 지난 보름 동안 머릿속에서 그를 지워버리려고 애를 썼다. 그런데 다시 그를 마주하는 순간, 레안드로가 절망의 구렁텅이에서 건져주지 않았더라면 스무 살도 넘기지 못했을 가엾은 소녀로 되돌아가 팔라세호텔의 거대한 원형 지붕 아래 앉아 있는 기분이 들었다.

"나는 당신을 미워하지 않아요."

"어쩌면 자네 자신을 미워하고 있는지도 모르지. 아니면 자네가 지금 하고 있는 일이나 자네를 부려먹는 자들, 그리고 매일 조금씩 우리의 속을 썩어 문드러지게 하는 주변의 허접한 문제들을 증오하고 있거나. 자네 마음이 어떤지 충분히 이해할 수 있어. 사실 나도 다 겪어본 일이니까."

레안드로의 얼굴에 다시 미소가 피어올랐다. 모든 것을 용서하고 이해할 수 있다는 따뜻한 미소였다. 그는 자기 손을 알리시아의 손에 포개더니 꽉 쥐었다.

"마지막 문제를 해결할 수 있도록 나를 도와줘. 이번 일만 끝나면 놓아주겠다고 약속할게. 영원히 사라질 수 있도록 말이야."

"그렇게 간단한 건가요?"

"간단한 일이야. 약속할게."

"무슨 속셈이죠?"

"그런 거 없어."

"늘 무슨 꿍꿍이속이 있었잖아요?"

"이번에는 없어. 아무리 내 곁에 붙잡아두고 싶어도 자네가 싫으면 어쩔 수 없는 노릇이지. 물론 마음이 아프겠지만 어쩌겠어."

레안드로는 그녀에게 손을 내밀었다.

"우린 친구잖아."

알리시아는 잠시 망설였지만 결국 손을 내밀었다. 그는 그녀의 손을 입술로 가져가 입을 맞추었다.

"이 모든 일이 끝나고 나면 자네가 그리울 거야. 자네도 내가 보고 싶겠지. 물론 지금은 전혀 그렇지 않겠지만. 자네와 나는 호흡이 참 잘 맞았어." 레안드로가 말했다.

"유유상종이죠."

"앞으로 뭘 할 건지 생각해봤어?"

"언제요?"

"여기서 풀려나면 말이야. 자네 말대로, 사라졌을 때."

알리시아는 어깨를 으쓱했다.

"아직 생각해본 적이 없어요."

"그보다는 거짓말을 잘하도록 가르친 것 같은데, 알리시아."

"나는 다른 일에는 아무짝에도 쓸모가 없을 것 같아요." 그녀가 말했다.

"예전부터 글을 쓰고 싶어했잖아……" 레안드로는 그녀를 넌지시 떠보았다. "제2의 라포레트*가 등장하는 건가?"

알리시아가 심드렁한 표정으로 쳐다보자 그는 빙긋이 미소 지었다.

"우리에 대해서 쓸 거야?"

"아뇨. 그럴 리가요."

레안드로는 고개를 끄덕거렸다.

"잘 알겠지만, 좋은 생각은 아닐 거야. 우리는 음지에서 일하는 존재들이니까. 남의 눈에 띄지 않게 말이지. 우리가 하는 일이 대부분 그렇잖아."

"그런 거라면 나도 잘 알아요. 그러니까 굳이 상기시켜줄 필요는 없다고요."

"어쨌든 정말 아쉽긴 하네. 우리가 하는 일이라면 쓸 이야기가 참 많을 텐데. 안 그래?"

"세상을 보는 것." 알리시아가 중얼거리듯 말했다.

"뭐라고?"

"앞으로 하고 싶은 게 있다면 여행을 하면서 세상을 보는 거예요. 내가 있어야 할 자리를 찾는 거죠. 정말 그런 게 있다면 말이

---

* 스페인내전 이후에 활동한 작가 카르멘 라포레트 디아스.

지만."

"자네 혼자서?"

"그럼 다른 사람이 필요한가요?"

"그렇지는 않을 거야. 우리 같은 사람들한테는 고독이 최고의 친구니까."

"나는 혼자 사는 게 잘 어울려요."

"그러다보면 언젠가 사랑하는 사람이 나타나겠지."

"무슨 볼레로 제목 같네요."

"알리시아, 이제 가보는 게 좋겠어. 내 예상이 틀리지 않는다면, 지금 바르가스가 밖에서 기다리고 있을 테니까."

"그와 함께 움직이는 건 실수예요."

"알리시아, 이런 식의 방해는 자네보다 내가 더 짜증스러워. 그들은 자네는 물론 나도 절대 믿지 않아. 그러니까 이럴 때일수록 요령을 발휘해보라고. 바르가스를 겁주지 말고. 나를 봐서라도 말이야."

"나는 항상 요령을 발휘하고 있어요. 아무도 겁을 주지는 않는다고요."

"무슨 말인지 자네도 잘 알잖아. 게다가 지금 우리는 경찰과 경쟁하려는 게 아니야. 그럴 생각도 없고. 경찰은 자기 나름의 방법과 절차에 따라 수사를 할 테니까."

"그럼 나더러 뭘 하라는 거죠? 바보같이 웃으면서 설탕 조림 아몬드나 건네주라는 거예요?"

"내 말은 자네 장점을 최대한 발휘하라는 뜻이야. 경찰이 주목하지 않을 것에 주목하라고. 그리고 절차가 아니라 직감을 따르도록 해. 간단히 말해서 경찰이 하지 않을 만한 일을 하라는 거지. 경찰은 경찰일 뿐, 우리 알리시아 그리스는 아니니까 말이야."

"칭찬인가요?"

"물론이지. 동시에 명령이기도 하고."

알리시아는 테이블에 있던 사건 기록 봉투를 집어들고 자리에서 일어났다. 그 순간 레안드로는 알리시아가 엉덩이에 손을 갖다 댄 채 고통을 숨기기 위해 이를 악물고 있는 것을 알아차렸다.

"주사는 얼마나 맞고 있지?" 그가 걱정스러운 얼굴로 물었다.

"최근 보름 동안은 한 번도 안 맞았어요. 가끔 두 알 정도 약을 먹죠."

레안드로는 한숨을 내쉬었다.

"이미 여러 번 이야기를 했지만, 알리시아. 그러면 안 되는 거 잘 알잖아."

"하지만 지금 그러고 있는걸요."

그녀의 멘토는 나직이 중얼거리며 고개를 흔들었다.

"오늘 오후에 자네 호텔로 400그램 정도 갖다주지."

"싫어요."

"알리시아……"

그녀는 몸을 홱 돌리더니 절뚝거리지도 않고 테이블을 떠났다. 하지만 입술을 깨문 채 고통과 분노의 눈물을 속으로 삼키고 있었다.

6

알리시아가 팔라세호텔을 나왔을 때, 억수같이 내리던 비는 멈추고 바닥에서 수증기가 피어오르고 있었다. 흘러가는 구름 사이로 새어나온 거대한 빛의 기둥들이 마드리드 시내를 꿰뚫고 있었다. 마치 탐조등이 교도소 마당을 쓸고 지나가는 듯한 모습이었다. 그중 한 줄기 빛이 코르테스광장에 내리쬐자, 호텔 입구에서 몇 미터 떨어진 곳에 주차된 포드 자동차가 반짝거렸다. 검은색 코트를 입은 은발의 남자가 보닛에 몸을 기댄 채 담배를 피우며, 지나가는 사람들을 물끄러미 쳐다보고 있었다. 그녀는 그가 나이에 비해 근육이 탄탄하고 건장하지만 오십대 중반 정도일 것으로 추정했다. 그는 군대에서 유익한 시간을 보내고 책상에 거의 앉아 있지 않는 사람처럼 체격이 단단했다. 공기 중에서 그녀의 냄새를 맡기라도 한 듯 그는 알리시아 쪽으로 고개를 돌리더니 미남 배우처럼 미소를 지었다.

"아가씨, 뭐 도와드릴 거라도 있습니까?"

"그러면 좋죠. 내 이름은 그리스예요."

"그리스? 당신이 그리스란 말입니까?"

"알리시아 그리스예요. 레안드로 몬탈보 팀 소속의 그리스죠. 그럼 당신이 바르가스인가요?"

남자는 어정쩡하게 고개를 끄덕였다.

"그런데 내가 들은 바로는……"

"막판에 허를 찔리셨군요." 그녀가 그의 말을 끊었다. "잠깐 한숨 돌리시죠?"

경찰관은 황급히 마지막으로 담배를 한 모금 빨고는 뿌연 연기 너머로 그녀를 찬찬히 뜯어보았다.

"아뇨. 괜찮아요."

"아주 좋습니다. 그럼 어디서부터 시작하는 게 좋을까요?"

"괜찮으시다면 지금 소모사과스로 가야 해요. 우리를 기다리고 있거든요."

알리시아는 고개를 끄덕였다. 바르가스는 꽁초를 길가에 휙 던지고는 차를 돌아서 걸어갔다. 그녀는 조수석에 앉았다. 운전석에 앉은 그는 자동차 열쇠를 무릎 위에 올려둔 채, 멍하니 앞만 바라보고 있었다.

"당신에 대해서 많은 이야기를 들었습니다." 마침내 그가 입을 열었다. "그런데 이렇게…… 젊은 분인 줄은 상상도 못했어요."

알리시아는 그를 차갑게 쏘아보았다.

"문제가 되지는 않겠죠?" 경찰관이 머뭇거리며 물었다.

"문제요?"

"당신과 나 말입니다." 바르가스가 말했다.

"그게 문제가 될 이유는 전혀 없죠."

그는 의심이라기보다 호기심이 어린 눈초리로 그녀를 바라보았다. 알리시아는 그토록 레안드로를 짜증나게 만들던 고양이처럼 귀여운 미소를 지어 보였다. 바르가스는 혀를 끌끌 차더니, 작은 소리로 투덜거리면서 차에 시동을 걸었다.

"멋진 차네요." 잠시 후 알리시아가 입을 열었다.

"예우 차원에서 경찰청 본부가 특별히 보낸 차예요. 상부에서 이번 사건을 아주 심각하게 보고 있다는 표시로 알아두세요. 운전할 줄 아세요?"

"이 나라에서 여자들은 남편이나 아버지의 동의서가 없으면 은행계좌 하나도 못 만들어요." 알리시아가 대꾸했다.

"무슨 뜻인지 잘 알겠습니다."

"과연 그럴까요?"

그들은 몇 분 동안 아무 말도 하지 않았다. 그사이 바르가스가 곁눈질로 알리시아를 계속 흘끔거렸지만 알리시아는 모르는 척했다. 신호등에 걸리거나 보행자들이 길을 건널 때마다 그는 경찰답게 꼼꼼하면서도 간헐적으로 그녀를 관찰하면서 순차적으로 요모조모 뜯어보았다. 그러다 그란 비아에서 차가 막히자 은으로 만든 화려한 담뱃갑을 꺼내 열어 그녀에게 건넸다. 외국에서 수입한 고급 담배였다. 그녀는 사양했다. 바르가스는 담배 한 개비를 입에 물고 금색 라이터로 불을 붙였다. 알리시아는 거기에 뒤퐁 로고가 장식되어 있을 것으로 확신했다. 바르가스는 화려하고 비싼 물건을 좋아하는 듯했다. 알리시아는 그가 담배에 불을 붙이는 사이 무릎 위에서 깍지를 낀 자기 두 손을 엿보고 있다는 것을 눈치챘다. 아마 결혼반지를 끼고 있는지 확인하려는 것 같았다. 바르가스의 손가락에는 커다란 결혼반지가 반짝거리고 있었다.

"가족은 어떻게 되죠?" 바르가스가 물었다.

알리시아는 고개를 내저었다.

"당신은요?"

"스페인과 결혼한 사이죠." 그가 대답했다.

"대단히 모범적인 분이군요. 그럼 그 반지는 뭐죠?"

"옛날 거예요."

"나 같은 사람이 레안드로 밑에서 어떤 일을 하는지 궁금하지 않은 모양이네요?"

"내가 그런 것까지 알아야 합니까?"

"아뇨."

"그럼 됐어요."

차가 마침내 시내를 벗어나 카사 데 캄포*로 향하는 동안, 두 사람 사이에는 다시 거북한 침묵이 흘렀다. 그러는 사이에도 바르가스는 계속 그녀를 조금씩 뜯어보고 있었다. 그의 눈매는 금속처럼 차가웠고 회색 눈동자는 방금 주조한 동전처럼 반짝거렸다. 알리시아는 자신의 파트너가 높은 분들의 눈 밖에 나기 전에 정권의 열렬한 신봉자였는지, 아니면 그저 돈을 벌기 위해 일했는지 궁금했다. 첫번째 부류의 인간들은 사회의 각계각층에 우글거리고 있었을 뿐만 아니라 깃발과 선언문의 비호 아래 곪은 종기처럼 사방으로 퍼져나가고 있었다. 반면 두번째 부류의 사람들은 입을 다문 채 단지 체제가 굴러가도록 만들었다. 그녀는 그가 경찰로 일하는 동안 사람들의 목숨을 얼마나 많이 앗아갔을지, 그리고 그런 일에 대해 죄책감은 느끼는지, 그 수를 헤아리는 것도 어려울 정도인지 궁금했다. 어쩌면 흰머리가 늘어나면서 양심의 가책이 커지는 바

* 마드리드 서쪽에 위치한 최대 규모의 공원.

람에 그의 야망이 좌절되었을지도 모르는 일이다.

"무슨 생각을 그렇게 골똘히 해요?" 바르가스가 물었다.

"당신이 자신의 직업을 좋아하는지 생각하고 있었어요."

그러자 바르가스가 킬킬거리며 웃었다.

"내가 이런 일을 좋아서 하는 건지 궁금하지 않아요?"

"내가 그런 것까지 알아야 되나요?"

"그렇지는 않겠죠."

"그럼 됐어요."

아무리 대화를 나눠봐야 가망이 없다는 것을 깨달은 알리시아는 힐 데 파르테라가 넘긴 봉투에서 문서를 꺼내 훑어보기 시작했다. 얼핏 보아서는 엄청난 내용이 담겨 있는 것 같지 않았다. 경찰관들의 의견. 장관 개인 수행비서의 진술서. 미수로 그쳤지만 발스 암살 기도로 추정되는 사건에 대한 두 쪽 분량의 기록. 처음에 수사를 맡은 수사관들이 사건을 조사한 절차 및 방법 개요. 발스의 개인 경호원인 비센테 카르모나와 관련된 기록 발췌문. 건네받은 자료만 보면 힐 데 파르테라가 레안드로와 자기를 별로 신뢰하고 있지 않는 듯했다. 레안드로도 넌지시 말했지만 불신의 골이 그보다 더 깊은 것 같았다. 만약 그런 게 아니라면 힐 데 파르테라 부서 최고의 요원들이 지난 한 주 동안 빈둥거리고 놀았든지, 둘 중 하나였다.

"기대 이하인가요?" 그녀의 마음을 훤히 읽은 것처럼 바르가스가 물었다.

알리시아는 카사 데 캄포의 숲을 뚫어지게 바라보았다.

"딱 기대한 만큼이네요." 그녀가 중얼거리듯 말했다. "이제 누구를 만날 건가요?"

"마리아나 세도를 만날 예정이에요. 지난 이십 년 동안 발스의 개인 비서였죠. 장관의 실종 신고를 한 사람도 그녀였어요."

"비서치고는 굉장히 오래 있네요." 알리시아가 말했다.

"소문에 따르면 그녀는 단순한 비서 이상이었다고 해요."

"그럼 연인관계?"

바르가스는 고개를 저었다.

"내가 볼 때 마리아나의 관심은 다른 데 있던 것 같아요. 들리는 말로는 그녀가 실제로 모든 일을 좌지우지한답니다. 그러니까 발스 씨의 사무실에서는 그녀가 동의하지 않으면 어떤 일을 할 수도, 결정을 내릴 수도 없다는 거예요."

"몹쓸 남자 뒤에는 언제나 더 못된 여자가 있기 마련이죠. 사람들이 그러잖아요."

바르가스가 빙긋이 미소 지었다.

"나는 그런 말을 들어본 적이 없는데요. 당신이 상당히 무례하다는 말은 이미 들었습니다. 조심하라고 하더군요."

"그 밖에 뭘 더 조심하라고 하던가요?"

바르가스는 고개를 돌리며 눈을 찡긋했다.

"엔다야가 누구죠?" 알리시아가 물었다.

"누구요?"

"엔다야. 누구예요?"

"로드리고 엔다야 말이에요?"

"그럴 거예요."

"왜 그 사람에 대해 알고 싶어하는 거죠?"

"배움에는 끝이 없는 법이니까요."

"혹시 몬탈보 씨가 이번 사건과 관련해서 엔다야 이야기를 꺼냈어요?"

"네. 대화 도중에 그 이름이 나와서요. 누구죠?"

바르가스는 한숨을 내쉬었다.

"엔다야는 인간 백정이에요. 그 인간에 대해서라면 차라리 모르는 게 약일 겁니다."

"혹시 그와 친분이 있나요?"

바르가스는 아무 대답도 하지 않았다. 그후 두 사람은 한 마디도 하지 않고 목적지에 도착했다.

7

그들을 태운 차가 제복 차림의 정원사들이 군데군데 보이는 큰길을 따라 십오 분 동안 달리자, 넓은 사이프러스 가로수길이 나타났다. 그 길은 비야 메르세데스의 쇠창살이 달린 정문으로 이어졌다. 하늘은 납빛 구름으로 잔뜩 흐렸고 자동차 앞유리에 비가 한두 방울씩 떨어지고 있었다. 저택 앞에서 대기하고 있던 하인이 차가 통과하도록 대문을 열어주었다. 정문 바로 옆에 초소가 하나 있었는데, 총을 든 경비원이 지키고 있었다. 바르가스가 인사를 건네자 그는 답례로 고개를 까딱했다.

“전에도 여기 온 적이 있는 모양이네요.” 알리시아가 물었다.

“지난 월요일부터 두어 번 왔었죠. 들어가보시면 마음에 들 겁니다.”

차는 동산들과 호수들 사이로 구불구불하게 이어진 자갈길을 따라 미끄러지듯 달렸다. 알리시아는 조각상으로 꾸며진 정원과 연못, 분수와 가을바람에 시든 꽃잎이 떨어진 장미 정원을 말없이 쳐다보았다. 장난감처럼 작은 기차레일이 관목과 죽은 꽃 사이로 언뜻언뜻 보였다. 저택 부지 가장자리에는 기차역을 축소시켜놓은 듯한 건물이 어렴풋하게 보였다. 객차 두 량이 딸린 증기기관차가 플랫폼에서 가랑비를 맞으며 서 있었다.

“딸을 위해 만들어준 장난감이랍니다.” 바르가스가 설명했다.

곧 저택이 그들 앞에 윤곽을 드러냈다. 방문객을 압도하고 위축시킬 목적으로 세운 것처럼 지나치게 큰 건물이었다. 본관을 중심으로 양옆 100미터에는 커다란 주택이 두 채 세워져 있었다. 바르가스는 중앙현관으로 이어지는 층계 앞에 차를 세웠다. 제복을 입은 집사가 우산을 받쳐든 채 층계 아래에서 기다리고 있었다. 그는 본관에서 50미터 떨어진 건물로 가라고 손짓했다. 바르가스가 차고로 이어지는 길을 따라 차를 모는 동안, 알리시아는 저택 주변을 자세히 살펴볼 수 있었다.

“이 정도 규모의 저택을 유지하려면 엄청난 돈이 들 텐데, 누가 내는 거죠?” 그녀가 물었다.

바르가스는 어깨를 으쓱했다.

"당신하고 내 돈으로 내는 걸지도 모르죠. 그리고 발스 부인이 부친으로부터 어마어마한 재산을 물려받았다고 하더군요. 엔리케 사르미엔토라는 사람이죠."

"은행가 말인가요?"

"신문에 나온 표현을 빌리자면 십자군전쟁* 때 자금을 지원한 은행가 중 하나라더군요." 바르가스가 말했다.

알리시아는 레안드로가 사르미엔토를 비롯해 스페인내전 당시 국민군측에 자금을 지원한 은행가들에 대해 말하는 것을 들은 적이 있었다. 그들은 패배자들로부터 강제로 몰수한 재산을 국민군에 빌려주었다고 했다. 누이 좋고 매부 좋은 격이었다.

"장관의 아내가 아프다고 들었는데요." 알리시아가 말했다.

"아프다는 건 완곡한 표현이고……"

차고 관리인이 그들을 보더니 한쪽 문을 열어 안에다 차를 대라고 했다. 바르가스가 창문을 내리자 관리인이 그를 알아봤다.

"아무데나 세우세요, 형사님. 자동차 열쇠는 그냥 꽂아두시고요……"

바르가스는 고개를 끄덕이며 차고 안으로 차를 몰았다. 강철기둥이 차고의 아치형 천장을 떠받치며 저 깊은 어둠 속으로 늘어서 있었다. 고급 승용차들이 벽 쪽에 일렬로 세워져 있었고, 크롬 도금이 된 차체의 광택이 안쪽으로 갈수록 희미하게 사라져갔다. 바르가스는 이스파노수이사**와 캐딜락 사이에서 빈자리를 찾았다.

---

* 프랑코측에서 스페인내전을 이르는 말.

그들을 쫓아온 차고 관리인은 오케이 사인을 했다.

“오늘은 근사한 차를 몰고 오셨네요, 형사님.” 두 사람이 차에서 내리자 그가 말했다.

“이 아가씨를 모시고 가라고 위에서 포드를 내주더군.” 바르가스가 말했다.

차고 관리인은 생김새가 난쟁이와 생쥐의 기이한 혼종 같았다. 허리춤에 걸친 더러운 넝마쪼가리와 비바람을 막아주는 시커먼 기름때 때문에 마치 파란색 작업복 안에 들어가 간신히 서 있는 것처럼 보였다. 알리시아를 머리에서 발끝까지 훑어본 그는 황공한 듯이 굽실 허리를 굽혔다. 그러고는 그녀가 눈치채지 못할 줄 알았는지 바르가스에게 음흉한 미소를 지으며 눈을 찡긋했다.

“루이스라고, 아주 좋은 친구예요.” 바르가스가 말했다. “바로 여기, 차고에서 살죠. 정비공간 구석 헛간에서 말이에요.”

그들은 발스의 굴러다니는 수집품을 지나 출구로 향했다. 그사이 루이스는 뒤에서 걸레에 침을 묻혀가면서 포드에 광을 내느라 여념이 없었다. 그러면서도 부드럽게 흔들거리는 알리시아의 몸매와 가녀린 발목을 흐뭇한 표정으로 바라보고 있었다.

집사가 그들을 맞이하러 나왔고, 바르가스는 그가 건넨 우산을 그녀에게 양보했다.

“마드리드에서 먼 걸음을 하셨는데, 불편한 점이 없으셨기를 바랍니다.” 집사가 엄숙하게 말했다. “마리아나 씨가 기다리고 계

** 스페인의 자동차회사.

십니다."

집사는 차가우면서 어딘가 거들먹거리는 듯한 미소를 짓고 있었다. 평생 저런 일을 한 사람들에게서 보이는 표정이었다. 그런 이들은 세월이 지날수록 주인의 귀족 혈통에 피가 물들어 자기도 다른 사람들을 무시할 특권을 부여받았다고 믿기 시작한다. 그들이 저택으로 걸어가는 동안, 알리시아는 집사가 자기를 몰래 엿보고 있다는 것을 알아차렸다. 그녀가 이 쇼에서 맡은 역할이 무엇인지 표정이나 옷을 통해 알아내려는 눈치였다.

"아가씨는 형사님의 비서인가요?" 집사가 여전히 그녀에게서 눈을 떼지 않은 채 물었다.

"저분은 내 상관입니다." 바르가스가 대답했다.

그 순간 집사는 거만한 태도가 싹 사라지고 이내 굳은 표정으로 변해버렸다. 사진이라도 찍어두고 싶을 정도로 가관이었다. 그는 내내 입술을 굳게 다문 채, 땅만 보고 걸었다. 정문을 열자 바닥에 대리석이 깔린 널찍한 현관홀이 나타났다. 그곳으로부터 계단과 복도, 회랑이 갈라지고 있었다. 집사는 그들을 서재로 데리고 갔다. 서재 안에는 중년 여성이 문을 등진 채 비가 내리는 정원을 바라보면서 기다리고 있었다. 인기척이 들리자 그녀는 몸을 돌려 그들에게 얼음같이 차가운 미소를 지어 보였다. 집사는 문을 닫고 밖으로 나갔다. 순간 당황했던 것을 떠올리며 가슴을 쓸어내렸을 것이다.

"마리아나 세도입니다. 마우리시오 장관님의 개인비서죠."

"저는 경찰청 소속의 바르가스입니다. 이분은 제 동료인 알리시아 그리스 양이고요."

마리아나는 그녀를 찬찬히 뜯어보기 시작했다. 얼굴부터 아래로 시선을 옮기며 입술 빛깔, 옷, 구두에 이르기까지 알리시아의 모든 것을 살펴보았다. 그러자 인사하면서도 경멸에 찬 미소가 입가에 살짝 번졌지만, 상황이 요구하는 대로 즉시 침착하고 슬픈 표정을 지었다. 그녀는 손짓으로 그들에게 자리에 앉으라고 했다. 두 사람이 가죽소파에 앉자 마리아나는 쟁반 위에 김이 모락모락 나는 찻주전자와 찻잔 세 개가 놓여 있는 테이블 옆으로 의자를 옮겼다. 그녀가 찻잔에 차를 따르기 시작했을 때 알리시아는 그 억지미소 뒤에 감추어진 진짜 얼굴이 무엇인지 짐작해보았다. 발스의 영원한 수호자인 그녀의 얼굴에 독한 기운이 서려 있다는 생각이 들었다. 어딘지 동화에 나오는 계모와 탐욕스러운 사마귀 사이의 이미지 같았다.

"뭘 도와드려야 할지 말씀해보세요. 최근 며칠 동안 여러 형사님과 만났는데, 아직도 할말이 남아 있을지 모르겠네요."

"인내심에 감사드립니다, 마리아나 씨. 가족이나 당신에게 특히 어려운 시기라는 것을 저희도 잘 알고 있습니다."

마리아나는 참을성 있는 몸가짐을 잃지 않고 차가운 미소를 흘리며 고개를 끄덕였다. 한 치의 흐트러짐도 없이 계산된 충직한 하인의 태도였다. 그렇지만 눈에서는 하찮은 이들을 대해야 한다는 짜증이 배어나왔다. 알리시아는 아예 외면하고 바르가스만 쳐다보는 것 또한 그녀를 내심 얼마나 경멸하는지 단적으로 보여주는 예였다. 알리시아는 바르가스가 사소한 점 하나 놓치지 않는 것을 보고, 이야기는 그에게 맡기고 자기는 듣고만 있기로 했다.

"마리아나 씨. 경찰의 수사 기록과 당신의 진술서에 따르면 마우리시오 발스 장관님의 실종 신고를 한 당사자였다고……"

비서는 고개를 끄덕거렸다.

"가면무도회가 열리던 날, 마우리시오 장관님은 상주직원 여럿에게 하루 휴가를 주었죠. 나는 그 기회를 이용해 대녀代女와 함께 시간을 보내려고 마드리드로 갔습니다. 마우리시오 장관님이 그 다음날 특별히 제가 필요한 일이 있다는 말씀은 없으셨어요. 하지만 이른 시간, 오전 여덟시쯤 여기 도착해서 평소처럼 편지와 장관님의 하루 일과를 정리하기 시작했죠. 아홉시에 사무실로 올라갔지만 장관님은 안 계셨어요. 잠시 후 어느 하녀가 내게 알려주더군요. 장관님께서 아침 일찍 경호 책임자인 비센테 카르모나와 함께 차를 타고 떠나는 걸 따님인 메르세데스 양이 봤다고 했습니다. 순간 의아한 생각이 들었어요. 그날 일과표를 살펴봤을 때 마우리시오 장관님이 자필로 써놓은 약속이 하나 눈에 띄었거든요. 장관님은 오전 열시 여기 비야 메르세데스에서 파블로 카스코스 씨와 비공식적 회합을 가지기로 되어 있었습니다. 그분은 아리아드나의 영업이사예요."

"아리아드나라고요?" 바르가스가 물었다.

"그건 마우리시오 장관님이 소유하신 출판사 이름입니다." 비서가 알려주었다.

"경찰 진술서에는 그런 내용이 나오지 않던데요." 알리시아가 나서며 말했다.

"실례지만 뭐라고 하셨죠?"

"마우리시오 씨가 그날 오전 잡아놓았다는 그 약속 말입니다. 경찰에 제출한 진술서에는 그런 내용이 일절 언급되어 있지 않더군요. 그 이유를 말씀해주시겠습니까?"

마리아나는 그게 무슨 시답잖은 질문이냐는 듯 퉁명스러운 미소를 지어 보였다.

"만남이 성사되지 못했으니까, 별 의미가 없다고 판단해서 말하지 않은 것뿐이에요. 그런 것까지 다 말해야 되는 건가요?"

"방금 말씀하셨으니까 됐습니다." 바르가스가 상냥하게 말했다. "그런 상황에서는 하나도 빠짐없이 모두 진술하기 어렵죠. 바로 그런 이유로 우리는 마리아나 씨가 생각나는 대로 하나씩 다 말씀해주시기를 당부드리는 겁니다. 그럼 계속하시죠."

발스의 비서는 바르가스의 사과를 흔쾌히 받아들이고 하던 말을 계속했다. 하지만 여전히 알리시아는 외면한 채 바르가스만 쳐다보았다.

"말씀드렸다시피, 마우리시오 씨가 사전에 제게 알리지도 않고 자리를 비우셔서 이상한 생각이 들었어요. 그래서 하인들에게 물어봤더니 장관님은 그날 방에서 주무시지 않고 사무실에서 밤을 새우셨다고 하더군요."

"당신은 밤에도 여기, 그러니까 저택 본관에 있나요?" 알리시아가 중간에 끼어들었다.

마리아나는 불쾌한 표정을 지으며 입술을 꽉 깨문 채 고개를 내저었다.

"물론 그렇지는 않죠."

"말을 끊어서 죄송합니다. 계속 말씀해주시죠."

발스의 비서는 짜증이 나는 듯 한숨을 내쉬었다.

"잠시 후, 아홉시경 저택의 보안 책임자인 레부엘타 씨가 와서 장관님이 그날 오전에 비센테 카르모나와 함께 어디 가기로 했다는 소식은 전혀 듣지 못했다고 하더군요. 게다가 수행원 없이 둘이서만 외출하는 것은 극히 이례적인 경우라는 말도 덧붙였어요. 내 요청으로 레부엘타 씨는 국민교육성 직원들과 논의한 다음 내무성 쪽과 이야기를 나누었죠. 그런데 마우리시오 씨의 행방에 대해 아는 이는 아무도 없더랍니다. 하지만 장관님이 어디 있는지 확인되면 지체 없이 우리에게 알려준다고 약속했대요. 그러고 아무 소식도 듣지 못한 채 삼십 분이 지났을 때였을 거예요. 마우리시오 씨의 따님 메르세데스 양이 울면서 나를 찾아왔더라고요. 깜짝 놀라 무슨 일이냐고 물었더니, 아버지가 집을 떠났는데 왠지 다시는 돌아올 것 같지 않다는 거예요……"

"메르세데스 양이 왜 그런 생각을 했을까요?" 바르가스가 물었다.

마리아나는 어깨만 으쓱했다.

"그때 당신은 뭘 했죠?"

"내무성에 전화를 걸어 헤수스 모레노 씨와 이야기를 나누다가, 잠시 후에는 경찰청장 힐 데 파르테라 씨와 상의를 했어요. 그 나머지는 당신들이 아는 바대로입니다."

"당신이 그전부터 장관님 앞으로 온 익명의 편지를 처음 언급한 건 그때였습니까?"

마리아나는 잠시 뜸을 들였다.

"그래요. 힐 데 파르테라 씨하고 또 그의 부하인데, 가르시아라던가…… 하여간 두 사람과 대화를 나누던 중에 그 편지 얘기가 나왔던 겁니다."

"가르시아 노발레스일 겁니다." 바르가스가 그의 이름을 알려주었다.

마리아나는 고개를 끄덕거렸다.

"물론 경찰은 그 편지의 존재를 이미 알고 있었습니다. 몇 달 전부터 편지가 올 때마다 경찰에 사본을 보냈으니까요. 그런데 그날 오전, 사무실에서 장관님의 수첩을 살펴보던 중 사무실에서 그 편지들이 따로 보관된 서류철을 발견했습니다."

"장관님이 그 편지들을 보관하고 있다는 것을 알고 있었나요?" 알리시아가 물었다.

마리아나는 고개를 저으며 말했다.

"나는 마드리드 예술협회 사건이 일어나고 수사가 시작된 후로 경찰에 알려 보여주고 다 파기한 줄 알았어요. 그런데 잘못 알고 있었던 겁니다. 마우리시오 씨는 계속 그 편지들을 살펴보고 계셨어요. 그래서 당신 상관들에게 그 사실을 알렸던 겁니다."

"마우리시오 씨가 편지의 존재를 경찰이나 보안당국에 그렇게 늦게 알린 이유가 뭐라고 보세요?" 알리시아가 다시 물었다.

마리아나는 바르가스에게서 고개를 돌리더니 무서운 눈초리로 그녀를 노려보았다.

"이봐요, 아가씨. 당신은 마우리시오 장관님처럼 중요한 지위에 있는 사람이 편지를 얼마나 많이 받는지 전혀 모르는 것 같군요. 평소 엄청나게 많은 사람과 협회가 편지를 보낸다고요. 물론 엉뚱하거나 정신나간 내용이 담긴 편지도 종종 오지만, 그런 것들은 그분 손에 들어가기 전에 내가 미리 걸러내죠."

"하지만 그 편지들은 걸러내지 않았고요."

"네."

"경찰에서는 세바스티안 살가도를 협박편지를 보낸 가장 유력한 용의자로 보고 있는데, 혹시 그 사람과 아는 사이입니까?"

"아뇨. 당연히 모르죠." 비서가 알리시아의 말을 가로막고 대답했다.

"그럼 그의 존재는 알고 있었나요?" 알리시아도 물러서지 않았다.

"네. 장관님이 그를 사면했을 때와 경찰이 협박편지에 대한 수사 결과를 보고했을 때 그 이름을 보았던 걸로 기억합니다."

"그랬군요. 그런데 그보다 전에 마우리시오 씨가 살가도라는 이름을 언급한 걸 들은 적이 있습니까? 어쩌면 수년 전에요."

마리아나는 한동안 침묵을 지켰다.

"그랬을지도 모르죠. 확실치는 않아요."

"그의 이름을 언급한 적이 있을 거라는 말입니까?" 알리시아가 되물었다.

"잘 모르겠어요. 아마 그랬을지도 몰라요. 그랬던 것 같아요."

"그럼 그게 언제쯤……?"

"1948년 3월이에요."

알리시아는 놀란 듯 눈을 찌푸렸다.

"날짜는 그렇게 분명하게 기억하면서 어떻게 살가도라는 이름을 들은 적이 있는지는 모르겠다는 거죠?" 알리시아가 계속 몰아붙였다.

마리아나는 얼굴이 벌게졌다.

"1948년 3월, 마우리시오 씨가 제게 몬주익 교도소 후임 소장인 루이스 볼레아 씨와 비공식 회합을 주선해달라고 부탁했어요."

"무슨 목적으로 만나려 했던 거죠?"

"제가 보기에는 그냥 비공식적으로, 그러니까 의례적인 인사차 만나는 것 같았어요."

"그럼 말한 대로 의례적인 회합이 이루어지는 동안 당신은 내내 그 자리를 지키고 있었습니까?"

"내내는 아니고, 어쩌다 한 번씩 들어갔어요. 아시다시피 사적인 대화를 나누는 자리였으니까요."

"그렇다면 대화의 일부라도 들을 기회가 있었겠군요. 우연히 말입니다. 커피를 들고…… 방을 들락거리면서…… 어쩌면 마우리시오 씨의 사무실 입구에 있는 당신 책상에서……"

"아가씨 말하는 투가 왠지 거슬리는군요."

"어떤 말씀을 하셔도 우리가 장관님을 찾는 데 큰 도움이 될 겁니다, 마리아나 씨." 바르가스가 끼어들며 말했다. "제발 부탁드립니다."

비서는 잠시 망설였다.

"마우리시오 씨는 당신께서 교도소장으로 재직하셨을 당시 교도소에 수감되어 있던 몇몇 재소자에 대해 볼레아 씨에게 물어보셨어요. 그들이 여전히 수감되어 있는지, 아니면 이미 석방되었거나 이감되었는지, 아니면 사망했는지 상세히 알려달라고 하시더군요. 이유는 말씀하지 않았고요."

"혹시 그때 언급된 이름 중에서 기억나는 게 있나요?"

"여럿 나왔던 것 같은데, 워낙 오래전 일이라."

"그때 나온 이름 중에서 살가도는 없었나요?"

"네, 있었던 것 같아요."

"그 밖에 다른 이름은요?"

"분명하게 기억나는 건 마르틴이라는 이름이에요. 다비드 마르틴이요."

알리시아와 바르가스는 서로 눈빛을 교환했다. 그는 수첩에 그 이름을 적었다.

"또 기억나는 이름은 없나요?"

"프랑스, 아니면 다른 외국의 성이 하나 있었는데, 정확히 기억이 나지 않는군요. 말씀드렸다시피, 워낙 오래전 일이라서 말이죠. 그런데 지금 와서 그런 게 뭐가 중요하다는 겁니까?"

"그건 우리도 모릅니다, 마리아나 씨. 어쨌든 모든 가능성을 열어두고 수사를 해야 하니까요. 다시 그 편지 이야기로 돌아가서…… 처음 그 편지를 보여드렸을 때 마우리시오 씨의 반응은 어땠죠? 그때 장관님이 하신 말씀 중에서 무언가 특이한 점은 없었습니까?"

비서는 고개를 저었다.

"특별한 말씀은 없었어요. 그다지 대수롭지 않게 여기는 눈치였으니까요. 편지를 서랍 속에 넣으시면서 앞으로 그런 편지가 또 오면 아무한테도 알리지 말고 자기한테 가져오라고만 하셨어요."

"열어보지도 않고요?"

마리아나는 고개를 끄덕였다.

"마우리시오 씨가 그 편지의 존재에 대해 아무한테도 말하지 말라고 당부했나요?"

"그럴 필요가 없었죠. 마우리시오 씨의 일이라면 제3자에게 말하지 않는 것이 내 원칙이었으니까요."

"장관님은 평소 비밀을 지켜달라고 당부하는 습관이 있었나요, 마리아나 씨?" 알리시아가 물었다.

발스의 비서는 입술을 꽉 깨문 채 아무 대답도 하지 않았다.

"더 물어볼 게 있나요, 형사님?" 마리아나는 초조한 듯 바르가스에게 고개를 홱 돌리며 말했다.

대충 빠져나가려는 속셈이었지만, 알리시아는 이를 모른 체하고 그녀가 자신을 정면으로 보도록 몸을 앞으로 숙였다.

"마우리시오 씨가 세바스티안 살가도에 대한 사면을 국가원수에게 요청하려고 했던 걸 알고 있었죠?" 알리시아가 물었다.

비서는 적대감과 경멸감을 애써 숨기지도 않고 알리시아를 위아래로 훑어보았다. 그리고 애원하는 눈빛으로 바르가스를 쳐다보았지만 그는 수첩만 응시하고 있었다.

"물론 알고 있었죠."

"그걸 알고 놀라지 않았나요?"

"내가 놀랄 이유가 있었을까요?"

"마우리시오 씨가 그 이유는 말해주셨나요?"

"그건 인도주의적인 차원에서 결정한 일입니다. 그분은 세바스티안 살가도라는 사람의 병이 너무 깊어서 살날이 얼마 남지 않았다는 소식을 들었어요. 마우리시오 씨는 그가 감옥에서 죽도록 내버려두길 원하지 않았죠. 그가 다시 사랑하는 가족에게 돌아가 그들의 품속에서 세상을 뜨기를 바랐으니까요."

"경찰 수사 기록에 따르면, 세바스티안 살가도는 이십 년 동안 복역한 후 찾아갈 가족은커녕 친구도 없었다고 합니다." 알리시아가 대담하게 말했다.

"마우리시오 씨는 과거의 상처를 치유함으로써 민족화해를 이루어내자고 줄기차게 주장해온 분입니다. 당신은 이해하기 어려울지도 모르겠지만, 이 세상에는 기독교의 자비심과 관용의 정신으로 축복받은 사람들도 있어요."

"그렇다면 당신이 여기서 일하는 동안, 마우리시오 씨가 살가도와 비슷한 처지의 사람들에 대한 사면을 요구한 적이 있나요? 수년 동안 소장으로 근무했던 교도소에 복역중이던 수백, 수천 명의 정치범 가운데 누군가의 사면을 요청한 적이 있습니까?"

마리아나는 독이 묻은 칼처럼 날카롭고 차가운 미소를 흘렸다.

"아뇨."

알리시아와 바르가스는 서로의 얼굴을 잠깐 쳐다보았다. 그는 알리시아에게 이제 그만 저 여자를 놓아주자는 눈빛을 보냈다. 이런 식으로 가다가는 아무것도 얻지 못할 것이 분명했다. 알리시아는 다시 몸을 앞으로 숙이며, 마리아나의 떨떠름해하는 눈을 또 한번 똑바로 쳐다보았다.

"이제 거의 다 끝나갑니다, 마리아나 씨. 오랜 시간 협조해주셔서 감사드립니다. 그런데 조금 전에 장관님이 아리아드나의 영업이사와 약속을 했다고 하셨는데……"

"카스코스 씨 말이군요."

"네, 맞아요. 카스코스 씨. 고맙습니다. 그런데 무슨 문제로 그를 만나려고 했는지 아시나요?"

마리아나는 어떻게 그런 어리석은 질문을 할 수 있느냐는 의구심을 애써 피하려는 듯한 눈초리로 그녀를 쳐다보았다.

"당연히 출판사와 관련된 문제죠."

"그렇겠군요. 장관님은 평소에도 자기 사업체 임직원을 이 저택으로 불러 문제를 논의하는 편인가요?"

"무슨 말씀인지 모르겠군요."

"마지막으로 그런 일이 있었던 것이 언제인지 기억나세요?"

"솔직히 말해 기억이 안 납니다."

"카스코스 씨와의 회합 말인데요, 그 약속을 잡은 것도 당신이었죠?"

마리아나는 고개를 저었다.

"이미 말씀드렸지만, 그 약속은 장관님이 자필로 수첩에 기록하셨습니다."

"마우리시오 씨가 당신에게 알리지 않고 약속이나 회의일정을 직접 잡는 게 자주 있는 일입니까? 그 일정을 '자필로' 직접 메모하는 일이?"

비서는 차가운 눈빛으로 그녀를 노려보았다.

"아뇨."

"그런데 경찰 진술서에는 이런 사실을 언급하지 않았더군요."

"그 일이 그렇게까지 중요한 건지 몰랐다고 말씀드렸을 텐데요. 카스코스 씨는 마우리시오 씨의 직원이자 사업 파트너일 뿐입니다. 두 분이 만나기로 했다고 해서 이상하다는 생각은 하지 않았습니다. 더구나 그런 만남이 처음도 아니고요."

"아, 그런가요?"

"두 분은 전에도 여러 차례 만난 적이 있습니다."

"여기서 말입니까?"

"내가 알기로는 그렇지 않아요."

"그럼 예전에 약속을 잡은 건 당신입니까, 아니면 마우리시오 씨 본인입니까?"

"기억이 안 나네요. 그건 수첩을 봐야 알 것 같아요. 그런데 그게 왜 중요한 거죠?"

"같은 질문을 드려서 미안합니다만, 그날 오전 카스코스 씨가 여기 찾아왔을 때 장관님이 그와 이야기를 나누고 싶어한다고 당신에게 말하던가요?"

마리아나는 잠시 그날 오전의 상황을 떠올리는 듯했다.

"아뇨. 그때는 장관님의 행방을 찾느라 정신이 없어서, 그런 중간급 간부와 문제를 처리하는 것이 급선무라는 생각은 들지 않았어요."

"카스코스 씨가 중간급 간부인가요?" 알리시아가 물었다.

"네."

"참고로 여쭤보자면, 마리아나 씨 본인의 직급은 어떤 수준인가요?"

바르가스는 이제 그만하라고 발로 그녀를 살짝 건드렸다. 비서는 굳은 얼굴로 자리에서 벌떡 일어났다. 이제 조사는 끝났으니까 어서 나가달라는 표시였다.

"미안하지만 이제 더 도와드릴 게 없다면." 그녀는 정중하면서도 단호하게 손으로 문을 가리키며 말했다. "마우리시오 씨의 업무는 그분이 안 계실 때도 내가 처리해야 하니까요."

바르가스는 고개를 끄덕이며 소파에서 일어나 마리아나의 뒤를 따라 나갈 채비를 했다. 문으로 걸어가려던 순간 여전히 소파에 앉아 있는 알리시아의 모습이 눈에 들어왔다. 그녀는 조금 전까지만 해도 전혀 거들떠보지 않던 차를 조용히 마시고 있었다. 바르가스와 비서는 그녀 쪽으로 몸을 돌렸다.

"마리아나 씨, 사실 마지막으로 한 가지 더 도와주실 일이 있습니다." 알리시아가 말했다.

그들은 마리아나의 뒤를 따라 미로와 같은 복도를 통해 탑으로 이어지는 층계에 도착했다. 발스의 비서는 길을 앞장서서 걷는 내내 뒤를 돌아보지 않았다. 그 뒷모습에서 손에 만져질 것만 같은 싸늘한 적개심이 느껴졌다. 저택 정면을 핥고 흘러내리는 빗물이 커튼과 유리창에 어른거리면서 음산한 분위기를 연출하고 있었다. 비야 메르세데스 전체가 호수에 잠긴 듯한 느낌이 들 정도였다. 길을 따라가던 중 그들은 발스가 다스리는 작은 제국의 수많은 하인, 직원과 마주쳤다. 그들은 마리아나를 보면 곧바로 고개를 숙이며 인사를 했고, 걸음을 멈추고 옆으로 물러나면서 정중하게 허리를 굽히는 이들도 여럿 있었다. 알리시아와 바르가스는 하인 무리와 장관 수행원들 사이에 서열과 직급에 따라 이루어지는 의식과 예절을 지켜보면서 가끔 당황한 표정으로 서로 눈빛을 교환했다.

탑의 사무실로 이어지는 나선형 계단에 이르자 마리아나는 벽에 걸린 기름램프를 들고 불꽃을 조절했다. 그들이 그 둥그런 노란 불빛에 휩싸인 채 계단을 올라가는 동안 그림자가 벽에 길게 드리워졌다. 사무실 문 앞에 이르자 마리아나는 몸을 홱 돌리더니 이번에는 바르가스는 거들떠보지도 않고 표독스러운 눈으로 알리시아를 노려보았다. 알리시아는 가만히 웃으며 그녀에게 손바닥을 내밀었다. 마리아나는 입을 앙다물고 열쇠를 건넸다.

"아무것도 만지지 말고, 원래 있던 대로 놓아두세요. 다 끝나면 나가기 전에 집사에게 열쇠를 돌려주고요."

"협조해주셔서 감사합니다……" 바르가스가 말했다.

마리아나는 아무 대답도 없이 뒤돌아 두 사람만 어둠 속에 남겨둔 채 등불을 들고 계단으로 내려가버렸다.

"아주 잘하셨습니다." 바르가스가 기다렸다는 듯이 말했다.

“두고 보세요. 이제 저 여자가 가르시아 노발레스에게 연락해서 우리를 작살내달라고 할 테니까요. 특히 당신을요.”

“지금 전화하고 있을 거예요.” 알리시아가 말했다.

“어쩐지 당신과 일하면 재미있을 것 같은 예감이 드는군요.”

“불 있어요?”

바르가스는 라이터를 꺼내 알리시아가 자물쇠에 열쇠를 꽂을 수 있도록 불을 비춰주었다. 열쇠를 돌리자 문손잡이에서 철커덕 하는 쇳소리가 났다.

“쥐덫 같은 소리가 나는군요.” 바르가스가 말했다.

알리시아는 불빛 너머로 그를 보며 미소를 지었다. 바르가스로서는 차라리 외면해버리고 싶을 만큼 교활한 미소였다.

“이 문을 넘어들어오는 자는 모든 희망을 버릴지어다……”*

바르가스는 불을 끄고 문을 활짝 밀어젖혔다.

8

공기 중에는 잿빛 분위기가 감돌고 있었다. 납빛 구름으로 짙게 흐린 하늘과 눈물처럼 흘러내리는 빗물이 창문을 단단히 막고 있었다. 알리시아와 바르가스는 안으로 발을 디뎠다. 마치 호화

* 단테의 『신곡』 중 「지옥」에 나오는 구절, ‘여기 들어오는 너희는 모든 희망을 버릴지어다’를 패러디한 것이다.

요트의 내부로 들어가는 느낌이었다. 사무실은 타원형이었다. 고급 목재로 만든 커다란 책상이 한가운데를 차지하고 있었다. 주변에는 나선형의 책장이 벽면 대부분을 차지하고 있었는데, 탑의 천장 꼭대기에 달린 채광창을 향해 올라가며 매듭이 지어지는 듯했다. 책상 맞은편의 벽에만 책이 없었는데, 거기에는 수십 개의 작은 사진 액자가 빼곡히 걸려 있어 벽화를 그려놓은 것 같았다. 알리시아와 바르가스는 그곳을 살펴보기 위해 천천히 다가갔다. 거기 걸려 있는 사진은 모두 같은 얼굴로, 갓난아기 시절부터 청소년기를 거쳐 청년기에 이르기까지 한 사람의 일대기를 보여주고 있었다. 창백한 얼굴과 금발의 소녀는 두 사람의 눈앞에서 성장하면서 수백 장의 사진 속에 삶의 흔적을 남겨놓았다.

"장관에게 자기 자신보다 더 소중한 사람이 있는 모양이군요." 알리시아가 말했다.

바르가스가 벽에 걸린 인물사진을 뚫어지게 보고 있는 동안, 알리시아는 발스의 책상으로 다가가 해군제독 의자를 꺼내 앉았다. 그리고 책상 위에 깔린 가죽패드 위에 손을 얹고 방안을 둘러보았다.

"거기 앉으니까 세상이 어떻게 보여요?" 바르가스가 물었다.

"조그맣네요."

알리시아가 탁상용 스탠드를 켜자, 따뜻하고 고운 불빛이 방안을 가득 채웠다. 그녀는 책상의 첫번째 서랍을 열었다. 세공된 나무상자 하나가 눈에 띄었다. 그때 바르가스가 다가와 책상 모서리에 걸터앉았다.

"그게 만약 시가상자라면 몬테크리스토* 하나만 피워보고 싶군요." 바르가스가 말했다.

알리시아가 상자를 열었지만, 안은 텅 비어 있었다. 상자 안쪽은 파란 벨벳으로 대놓았고 무언가에 눌린 자국이 있었다. 모양으로 봐서는 권총 같았다. 바르가스는 몸을 숙여 상자 가장자리를 어루만진 뒤, 손가락 끝의 냄새를 맡더니 고개를 끄덕거렸다.

알리시아는 두번째 서랍을 열었다. 거기에는 작은 상자들이 전시품처럼 가지런히 정렬되어 있었다.

"작은 관이 늘어서 있는 것 같네요." 알리시아가 말했다.

"그럼 안에 있는 시신을 보여줘요." 바르가스가 농담삼아 한마디 던졌다.

그녀는 한 상자를 열었다. 뚜껑 끝에 하얀 별 모양의 상표가 달린 검은색 만년필이 들어 있었다. 알리시아는 상자에서 꺼낸 물건을 손바닥 위에 놀려놓고 무게를 재면서 미소를 지었다. 뚜껑을 열어 반대쪽 부분을 천천히 돌려보았다. 현자들과 귀금속 세공사들이 손잡고 만든 듯한 황금과 백금의 펜촉이 그녀의 손바닥 위에서 반짝거렸다.

"팡토마스**가 가진 마법의 만년필인가요?" 바르가스가 물었다.

"거의 그런 것 같네요. 이건 몽블랑에서 최초로 만든 만년필이에요." 알리시아가 설명했다. "1905년도산인데, 어마어마하게 비

---

* 쿠바산 시가.

** 프랑스의 범죄소설 시리즈 '팡토마스'의 주인공 악인.

싼 물건이죠."

"그런 걸 다 어떻게 아는 거죠?"

"레안드로 씨도 똑같은 만년필을 가지고 있으니까요."

"왠지 당신한테 더 잘 어울리는 것 같은데요."

알리시아는 만년필을 상자 속에 집어넣고 서랍을 닫았다.

"나도 알아요. 레안드로 씨가 그걸 내게 선물하기로 약속했어요. 내가 은퇴하는 날 말이죠."

"그런데 그게 언제쯤……?"

"머지않았어요."

그녀가 마지막으로 세번째 서랍을 열려고 했지만 잠겨 있었다. 알리시아가 바르가스를 쳐다보았지만 그는 고개를 저었다.

"열쇠가 필요하면 내려가서 당신 친구 마리아나 씨한테 부탁해 보세요."

"'마우리시오 씨의 업무' 때문에 그렇게 바쁘다는데, 성가시게 하고 싶지는 않군요……"

"그래서요?"

"경찰청 본부에서 강제진입법을 배웠을 텐데요."

바르가스는 한숨을 내쉬었다.

"정 그렇다면, 저리 좀 비켜봐요."

바르가스는 서랍 앞에 무릎을 꿇고 앉더니 양복 주머니에서 상아 손잡이가 달린 나이프를 꺼냈다. 그러고는 양날의 톱니칼을 폈다.

"호사가들의 수집품에 대해 당신만 알고 있다고 생각하면 착각이에요." 바르가스가 말했다. "가만히 있지 말고 종이칼이나 줘요."

알리시아가 종이칼을 건네주자, 바르가스는 그것으로 책상과 서랍 사이의 틈을 벌리면서 톱니칼을 자물쇠에 밀어넣었다.

"보아하니 이게 처음은 아닌 것 같군요." 알리시아가 말했다.

"축구하러 가는 사람이 있으면, 열쇠를 따는 사람도 있기 마련이죠. 누구나 하나쯤은 취미가 있는 게 좋으니까……"

서랍을 여는 데 이 분이 넘게 걸렸다. 찰카닥하는 쇳소리와 함께 자물쇠가 열리면서 종이칼이 서랍 안으로 빠졌다. 바르가스는 자물쇠에서 톱니칼을 꺼냈다. 날에는 긁힌 자국은커녕, 우그러진 곳도 하나 없었다.

"단강鍛鋼인가요?" 알리시아가 물었다.

바르가스는 날 끝을 바닥에 눌러 능숙하게 접은 다음 다시 양복 주머니에 집어넣었다.

"나중에 기회가 되면 만져보게 해줘요." 알리시아가 말했다.

"얌전히 굴면 그러죠." 바르가스는 서랍을 열면서 대답했다.

그들은 기대에 찬 표정으로 서랍 안을 보았다. 하지만 텅 비어 있었다.

"힘들게 장관의 서랍을 열었는데 헛수고였군요."

그녀는 아무 대답도 하지 않았다. 그 대신 바르가스 옆에 무릎을 꿇고 앉더니 서랍 안을 조심스럽게 더듬기도 하고 손마디로 두드려보기도 했다.

"단단한 참나무군요." 바르가스가 말했다. "요즘은 이런 나무로 가구를 잘 안 만드는데……"

알리시아는 곤혹스러운 듯 미간을 찌푸렸다.

"여기 있어봐야 아무것도 안 나올 것 같아요." 바르가스가 몸을 일으키며 말했다. "차라리 본부로 가서 살가도의 편지를 조사해보는 게 좋을 거예요."

알리시아는 그의 말을 못 들은 것처럼 아무 대꾸도 하지 않았다. 그녀는 여전히 서랍 안과 그 위칸 바닥을 손으로 더듬고 있었다. 두번째 서랍 바닥판과 세번째 서랍 양쪽 벽 끄트머리 사이에 손가락 두 개 정도 들어갈 틈이 있었다.

"이것 좀 꺼내게 도와줘요."

"자물쇠 여는 것도 모자라 이제는 아예 책상 전체를 분해하려고 하는군요." 바르가스가 투덜거렸다.

바르가스는 그녀에게 물러서라고 손짓을 하더니 서랍을 통째로 꺼냈다.

"봤어요? 아무것도 없잖아요."

알리시아는 서랍을 잡고 뒤집어보았다. 뒤판에 책 비슷한 것이 두 조각의 절연테이프로 붙어 있었다. 그녀는 십자 모양으로 붙어 있던 테이프를 조심스럽게 떼어내고 책을 꺼냈다. 바르가스는 테이프의 접착면을 손으로 만져보았다.

"최근에 붙인 게 분명해요."

알리시아는 책을 책상 위에 올려놓았다. 그러곤 다시 해군제독 의자에 앉더니 책을 스탠드 불빛 아래로 가져갔다. 바르가스는 바로 옆에 무릎을 꿇고 앉아 흥미롭다는 듯이 그녀를 빤히 쳐다보았다.

책은 이백 페이지 정도였고 검은색 가죽으로 장정되어 있었다.

표지와 책등에는 그 어떤 제목도 없었다. 대신 표지에 나선 모양이 금박으로 새겨져 있어서 보고 있으면 마치 책 속으로 내려가는 나선형 계단에 서 있는 듯한 착각이 들었다.

알리시아는 책장을 넘겨보았다. 처음 세 페이지는 흰 종이에 체스의 비숍, 졸, 여왕이 하나씩 펜화로 그려져 있었는데, 어렴풋하게나마 사람의 형상을 하고 있었다. 특히 여왕은 검은 눈에 눈동자가 세로로 되어 있어서 파충류 같은 인상을 주었다. 알리시아가 한 페이지를 넘기자 드디어 책의 제목이 나왔다.

영혼의 미로 VII
아리아드나와 주홍왕자

글·그림 빅토르 마타익스

제목 아래에는 검은 펜으로 그린 멋진 삽화가 왼쪽 페이지까지 이어져 있었다. 건물에 사람 얼굴이 달려 있고 구름이 뱀처럼 지붕을 감고 도는 어느 도시의 그림인데, 보기만 해도 섬뜩했다. 길거리에 피워놓은 모닥불에서 연기가 피어오르고, 화염에 휩싸인 거대한 십자가가 산 정상에서 도시를 굽어보고 있다. 알리시아는 그 그림에서 어렴풋하게나마 바르셀로나의 모습을 알아보았다. 하지만 그것은 무언가 다른 바르셀로나, 아비규환의 수라장으로 변한 바르셀로나를 어린아이의 눈에 비친 대로 그린 그림이었다.

그녀는 몇 페이지를 넘기다 성가족 대성당*으로 보이는 삽화에 눈길이 멎었다. 그림 속에서 건물은 살아 움직이는 것처럼 보였다. 미완성의 대성당은 승천하는 용의 모습이었고, 예수 탄생 주랑현관에서 솟아오른 네 개의 첨탑은 유황빛 하늘을 배경으로 물결치듯 올라가면서 입에서 불을 내뿜고 있는 듯했다.

"전에도 이런 것 본 적 있어요?" 바르가스가 물었다.

알리시아는 느릿느릿 고개를 저었다. 이 분 동안 그녀는 삽화들이 빚어내는 기이한 세계 속에 빠져들었다. 빛을 싫어하는 존재들이 모여든 서커스 유랑극단. 구름을 뚫고 하늘로 올라가는 영혼과 묘의 무리 속에 우뚝 선 채 끝없이 펼쳐진 공동묘지. 난파선의 잔해와 수많은 시신이 수면 아래 군데군데 떠다니는 해안가에 좌초된 배. 유령도시처럼 음산한 바르셀로나에 군림하듯, 대성당의 천장 꼭대기에 우뚝 서서 발아래로 복잡하게 얽힌 거리를 굽어보는 실루엣. 바람에 하늘거리는 튜닉으로 몸을 휘감고 늑대의 눈에 천사의 얼굴을 한 주홍왕자.

알리시아는 그 이미지들이 뿜어내는 불길하고 사악한 힘에 사로잡힌 채 마침내 책을 덮었다. 그제야 손에 든 것이 그저 어린아이들을 위한 동화에 지나지 않는다는 것을 깨달았다.

* 안토니오 가우디가 설계한 바르셀로나의 대성당.

9

탑의 계단을 내려가던 도중, 바르가스가 그녀의 팔을 살며시 붙잡으며 멈춰 세웠다.

"우리가 찾아낸 이 책을 가져갈 거라고 마리아나 씨에게 이야기하는 게 좋지 않을까요."

알리시아가 손을 빤히 내려다보자 바르가스는 미안하다는 표정을 지으며 손을 슬쩍 뺐다.

"자기를 더이상 성가시게 하지 말라고 한 것 같은데요."

"그렇다면 이 책을 보고서에 포함시키기라도……"

알리시아는 아리송한 눈빛으로 그를 쳐다보았다. 그녀의 초록색 눈동자가 연못에 빠진 동전처럼 어둠 속에서 반짝거리는 탓인지, 바르가스는 유령이라도 본 듯 오싹한 느낌이었다.

"그러니까 내 말은 증거를 남겨두자는 거예요." 바르가스가 덧붙여 말했다.

"무슨 증거요?" 알리시아의 말투는 냉정하고 매서웠다.

"경찰이 수색 과정에서 찾아낸 거라는……"

"엄밀히 말하면 경찰이 아니라, 내가 찾은 거죠. 사실 당신은 서랍 자물쇠를 연 것밖에 없잖아요."

"잠깐만요……"

그가 말을 마치기도 전에 알리시아는 미끄러지듯 계단을 내려갔다. 바르가스는 어둠 속을 더듬으며 그녀의 뒤를 쫓아갔다.

"알리시아……"

그들이 정원으로 내려갔을 때, 부슬부슬 내리던 이슬비가 옷에 유릿가루처럼 달라붙었다. 어느 하녀가 나와 그들에게 우산을 건네주었다. 하지만 바르가스가 미처 우산을 펴기도 전에 알리시아는 그를 기다리지 않고 차고 쪽으로 성큼성큼 걸어갔다. 바르가스는 서둘러 쫓아가 그녀에게 우산을 씌워주었다.

"고맙다고요? 천만의 말씀입니다." 그가 말했다.

바르가스는 그녀가 입술을 꽉 깨문 채 다리를 약간씩 절며 걷는다는 것을 눈치챘다.

"왜 그래요?"

"아무것도 아니에요. 오래전에 부상을 입어서…… 오늘처럼 습한 날이면 통증이 재발하지만, 그렇게 심하지는 않아요."

"괜찮으면 여기서 기다려요. 내가 차를 빼올 테니까요." 그가 말했다. 하지만 알리시아는 이번에도 그의 말을 무시한 채 저 먼 곳을 멍하니 바라보고 있었다. 그녀의 시선이 머무는 곳에는 나무들 사이로 건물 한 채가 있었는데, 안개처럼 내리는 보슬비 때문에 환영처럼 보였다.

"왜 그래요?" 바르가스가 물었다.

그녀는 우산을 받쳐든 그를 남겨둔 채 혼자서 걷기 시작했다.

"나참!" 바르가스는 투덜거리며 다시 그녀의 뒤를 쫓아갔다.

그가 그녀를 따라잡았을 때, 그녀는 말없이 정원 후미진 곳에 파묻힌 온실처럼 보이는 것을 손으로 가리켰다.

"저기 누가 있었어요." 그녀가 말했다. "우리를 엿보고 있었다고요."

"대체 누가요?"

알리시아는 잠시 걸음을 멈추고 머뭇거렸다.

"먼저 차고로 가세요. 나도 곧 따라갈 테니까요."

"괜찮겠어요?"

그녀는 고개를 끄덕였다.

"그러면 우산이라도 가져가요……"

바르가스는 약간 절뚝거리면서 비를 맞고 걸어가는 그녀의 모습을 바라보았다. 그녀는 정원의 그림자가 되어 안개 속으로 사라졌다.

10

하얀 돌길이 그녀의 발아래 펼쳐져 있었다. 잘 다듬은 포석의 틈 사이에 이끼가 줄을 지어 살고 있었다. 알리시아가 보기에는 공동묘지에서 훔친 묘비로 만든 길 같았다. 오솔길은 버드나무 사이로 구불구불하게 이어졌다. 빗물을 머금은 나뭇가지가 그녀를 붙잡으려는 듯 지나가는 그녀의 몸을 부드럽게 애무했다. 나무 너머로 그 건물이 어렴풋이 보였다. 조금 전까지만 해도 온실인 줄 알았던 건물은 가까이서 보니 신고전주의풍의 별채였다. 저택 둘레로 이어진 작은 기차레일이 그 건물 앞으로도 지나가고 있었다. 더구나 별채 정문 바로 앞에는 작은 기차역처럼 플랫폼도 만들어 놓았다. 알리시아는 철길을 건너 현관으로 이어지는 계단을 올라갔다. 문은 열려 있었다. 걸음을 옮길 때마다 엉덩이가 욱신거렸다. 마치 가시철조망으로 뼈를 감아놓기라도 한 것처럼 찌르는 듯한 통증이 느껴졌다. 잠시 멈춰 서서 숨을 고르다 문을 밀었다. 희미한 금속성 소리와 함께 문이 열렸다.

처음 든 생각은 그곳이 오랫동안 방치된 무용실이라는 것이었다. 먼지가 뽀얗게 쌓인 마름모꼴 패턴의 나무바닥에는 발자국이 남아 있었고 얼음꽃 같은 유리구슬이 주렁주렁 달린 샹들리에 두 개가 천장에 매달려 있었다.

"아무도 안 계세요?" 그녀가 말했다.

하지만 대답 대신 그녀의 목소리만 메아리가 되어 울려퍼졌다. 발자국은 계속 이어지다 짙은 그림자 속으로 자취를 감추었다. 그 너머로 어두운 빛깔의 나무장식장이 벽 전체를 차지하고 있었는데, 납골당처럼 칸칸이 나누어져 있었다. 알리시아는 발자국을 따라 몇 걸음 앞으로 나아갔다. 하지만 무언가 자기를 지켜보고 있는 느낌이 들어 걸음을 멈추었다. 상아색 얼굴에 박힌 유리눈이 어둠 속에서 모습을 드러내면서, 간악한 표정으로 기분 나쁜 웃음을 흘리고 있었다. 그 인형은 빨간 머리에 검은색 실크드레스를 입고 있었다. 2미터 앞으로 다가가자 그 인형만 있는 게 아니라는 것을 알 수 있었다. 칸마다 화려한 옷을 입혀놓은 인형이 하나씩 있었다. 못해도 백 개는 족히 넘을 듯싶었다. 모두 눈 한 번 깜박이지 않고 정면을 응시하면서 미소 짓고 있었다. 인형들은 어린아이 크기였는데, 어둠 속에서도 섬세하고 정교한 마무리가 눈에 띄었다. 가령 매니큐어를 칠해 반짝거리는 손톱부터 빨갛게 칠한 입술 뒤로 언뜻 보이는 하얀 치아와 눈동자에 그려넣은 홍채에 이르기까지, 어디 하나 흠잡을 데가 없었다.

"누구시죠?"

방 안쪽에서 누군가의 목소리가 들려왔다. 구석의 의자에 앉아 있는 사람의 형체가 희미하게 드러났다.

"나는 알리시아라고 해. 알리시아 그리스. 놀라게 할 생각은 없었어."

사람의 형체가 의자에서 일어나 천천히 그녀에게 다가왔다. 어둠을 벗어나 열린 문으로 새어들어오는 희미한 빛 속에 모습이 드러났다. 알리시아는 그 여자아이의 얼굴을 금세 알아볼 수 있었다. 발스의 사무실 한쪽 벽을 가득 메운 사진의 주인공이었다.

"아주 예쁜 인형들을 모아놓았구나."

"그런데 좋아하는 사람이 아무도 없어요. 아빠는 저 인형들이 흡혈귀 같다고 하세요. 저 인형들을 본 사람들은 대부분 무섭다고 해요."

"나는 오히려 그래서 마음에 들어."

메르세데스는 낯선 여자를 찬찬히 살펴보았다. 왠지 그녀가 자기 인형들과 닮은 듯한 느낌이 들었다. 장식장에 있던 인형 중 하나가 어린 시절에 굳어버리지 않고 계속 자라서 살과 뼈와 그림자를 가진 여자로 변해버리기라도 한 것 같았다. 알리시아는 그녀에게 미소를 지으며 악수를 청했다.

"메르세데스, 맞지?"

여자아이는 고개를 끄덕이면서 알리시아의 손을 잡았다. 그녀의 차가우면서도 상대를 꿰뚫어보는 듯 예리한 눈빛에 왠지 마음이 놓이면서 신뢰감마저 들었다. 서른 살이 채 되지 않은 듯했지만, 자기 인형들과 마찬가지로 자세히 볼수록 나이를 가늠하기가 어려웠다. 몸은 호리호리한 편이었고, 아빠와 이레네 부인이 절대로 허락하지 않을 거라는 사실을 몰랐다면 자기 혼자서 몰래 입어 보고 싶던 옷차림을 하고 있었다. 그녀에게서는 말로 표현할 수 없을 정도로 묘한 분위기가 풍겨나왔다. 발스의 딸은 그런 분위기가 남자들로 하여금 넋을 잃고 어린아이처럼 굴거나 옆을 지나갈 때 노인처럼 입맛을 다시게 만든다는 것을 알고 있었다. 메르세데스는 알리시아가 경찰관과 함께 집안으로 들어오는 모습을 본 터였다. 높은 자리에 있는 누군가가 아버지의 행방을 찾기 위한 책임자로 그 여자를 점찍었다는 것이 이해하기 어렵기도 했지만, 희망을 불어넣어주기도 했다.

"아빠 때문에 오신 거죠?"

알리시아는 고개를 끄덕였다.

"그렇게 말을 높이지 않아도 돼. 너보다 나이가 훨씬 많은 것도 아닌데."

메르세데스는 어깨를 으쓱했다.

"저는 어릴 때부터 사람을 만나면 무조건 존대를 하라고 배웠거든요."

"나도 어릴 때 좋은 집안 출신인 것처럼 행동하라고 배웠지. 그런데 지금 내 꼴을 보렴."

메르세데스는 당황한 듯 겸연쩍게 웃었다. 알리시아가 보기에 그녀는 평소에 잘 웃지 않는 듯했다. 그녀가 웃는 모습은 어른의 몸에 숨은 아이처럼, 혹은 유리심장을 지닌 하인과 인형이 바글거리는 동화 속 세계에서 거의 평생을 살아온 어른처럼 그녀가 세상을 바라보는 방식과 다르지 않았다.

"경찰이신가요?"

"뭐 그런 셈이지."

"그런데 경찰처럼 보이지 않아요."

"사람은 겉으로 보이는 게 다가 아냐."

메르세데스는 그녀의 말을 곰곰이 생각했다.

"정말 그런 것 같네요."

"우리 앉아서 이야기할까?" 알리시아가 물었다.

"네, 그러시죠……"

메르세데스는 서둘러 한쪽 구석에 있던 의자 두 개를 가져와 문에서 빛이 새어드는 곳에 놓았다. 알리시아는 조심스럽게 자리에 앉았다. 순간 일그러지는 그녀의 얼굴을 보고 메르세데스가 옆에서 팔을 붙잡아주었다. 알리시아는 이마에 식은땀이 번들거리는 채 희미한 미소를 지어 보였다. 메르세데스는 잠시 망설였지만, 주머니에 있던 손수건을 꺼내 그 이마에 맺힌 땀을 닦아주었다. 그런데 피부가 어찌나 곱고 흰지 손가락으로 쓰다듬어보고 싶은 마음이 들었다. 메르세데스는 그런 생각을 떨쳐버리려고 했지만 자기도 모르게 얼굴이 빨개진 것을 느꼈다.

"이제 괜찮으세요?" 메르세데스가 근심어린 표정으로 물었다.

알리시아는 고개를 끄덕였다.

"어디 불편하세요?"

"오래전에 입은 부상 때문에 그래. 아주 어렸을 때였지. 지금도 비가 오거나 날이 습하면 통증이 심해져."

"사고를 당하신 거예요?"

"그런 셈이지."

"힘드시겠어요."

"흔히 있는 일이니까. 그건 그렇고, 몇 가지 물어볼 게 있는데 괜찮을까?"

메르세데스는 불안한 눈빛으로 그녀를 바라보았다.

"아빠에 관한 일인가요?"

알리시아는 고개를 끄덕였다.

"아빠를 찾으실 거예요?"

"그럴 생각이야."

메르세데스는 간절한 눈빛으로 그녀를 쳐다보았다.

"경찰은 절대로 아빠를 못 찾을 거예요. 그러니까 당신이 꼭 찾아야 된다고요."

"왜 그런 말을 하는 거지?"

발스의 딸이 고개를 떨어뜨렸다.

"제가 보기에 아빠는 자기를 찾지 말기를 바라는 눈치였어요."

"왜 그런 생각이 들었니?"

메르세데스는 여전히 고개를 숙이고 있었다.

"나도 잘 모르겠어요……"

"조금 전에 마리아나 씨를 만나고 왔는데, 아버지가 떠나시던 날 아침에 네가 그런 말을 했다더구나. 왠지 아버지가 다시는 돌아올 것 같지 않은 느낌이 든다고……"

"맞아요."

"그럼 혹시 그날 밤에 아버지가 네게 뭔가 말씀을 하셨니? 앞으로 영원히 못 볼 수도 있다는 암시 같은 거."

"그건 모르겠어요."

"가면무도회날 밤에 아버지와 이야기를 했니?"

"아빠를 보러 사무실로 올라갔어요. 무도회 내내 얼굴을 한 번도 비치지 않으셔서요. 그때 아빠는 비센테 씨와 함께 있었어요."

"경호원 비센테 카르모나 말이지?"

"네, 맞아요. 그런데 아빠 표정이 평소와 달리 침울했어요. 좀 이상한 생각이 들었죠."

"왜 그런지 말씀은 없으셨어?"

"네. 아빠는 늘 제가 듣고 싶어하는 말만 하시거든요."

알리시아는 웃었다.

"이 세상 아버지들은 다 그래."

"당신 아버지도 그러세요?"

알리시아가 말없이 웃기만 하자 메르세데스도 더이상 물어보지 않았다.

"참, 내가 사무실에 들어갔을 때 아빠는 어떤 책을 읽고 계셨던 것 같아요."

"혹시 표지가 검은색이었니?"

그 말을 듣자 메르세데스는 놀란 표정을 지었다.

“그런 것 같아요. 무슨 책이냐고 여쭤봤더니, 나 같은 여자아이가 읽을 책은 아니라고 했어요. 왠지 보여주기를 꺼려하시는 눈치였어요. 어쩌면 금서였는지도 몰라요.”

“아버지 서재에 금서도 있어?”

메르세데스는 다시 수줍은 듯이 시선을 모로 깔고 고개를 끄덕였다.

“교육성 집무실에 자물쇠가 채워진 벽장이 있는데, 거기 있어요. 아빠는 내가 아는 줄 전혀 모르세요.”

“내가 아버지께 알려드릴 일은 없으니까 걱정하지 마. 그런데 아버지가 너를 데리고 집무실에 자주 가시니?”

메르세데스는 고개를 저었다.

“딱 두 번 가봤어요.”

“그럼 시내에는?”

“마드리드에요?”

“그래. 마드리드에.”

“필요한 것은 여기 모두 있어요.” 메르세데스는 약간 머뭇거리며 대답했다.

“언제 기회가 되면 나랑 같이 시내에 갈 수도 있을 거야. 산책하거나, 아니면 영화 보러 말이지. 영화 좋아하니?”

메르세데스는 입술을 깨물었다.

“한 번도 영화관에 가본 적이 없어요. 하지만 재미있을 것 같네요. 아, 그러니까 당신과 함께 가면 말이죠.”

알리시아는 환한 미소를 지으며 그녀와 손바닥을 마주쳤다.

“캐리 그랜트*가 나오는 영화를 보러 가자.”

“하지만 그 사람이 누군지도 모르는데요.”

“아주 완벽한 남자란다.”

“왜죠?”

“그런 사람은 현실에 존재하지 않으니까.”

메르세데스는 다시 웃었지만, 뭔가에 억눌린 듯 서글픈 웃음이었다.

“그날 밤 아버지가 또 무슨 말을 했는지, 기억 안 나?”

“특별히 기억나는 건 없어요. 그냥 나를 사랑한다고 하셨어요. 그리고 앞으로 어떤 일이 있어도 나를 영원히 사랑할 거라고도 하셨고요.”

“또다른 말은 없으셨어?”

“그날따라 유난히 불안해하시는 것 같았어요. 아빠는 내게 잘 자라는 인사를 한 뒤 비센테 씨와 계속 이야기를 나누셨어요.”

“무슨 이야기를 하는지는 들었니?” 알리시아가 물었다.

“문 뒤에서 남의 이야기를 엿듣는 건 옳지 않아요……”

“의미 있는 대화는 그런 식으로 듣게 되는 법이지.” 알리시아가 떠보듯이 말했다.

메르세데스는 장난스러운 미소를 씩 지어 보였다.

“아빠는 누군가가 거기 몰래 들어왔다고 여기는 것 같더라고요. 무도회가 진행되는 동안, 자기 사무실에 말이죠.”

---

* 1930년대부터 선풍적인 인기를 끈 미국의 배우.

"누구라는 말씀은 없었어?"

"네."

"그 밖에 특이한 점은 없었니?"

"무슨 목록에 관한 이야기를 하셨어요. 누군가가 목록을 가지고 있다고요. 누군지는 모르겠어요."

"어떤 종류의 목록인지는 모르고?"

"네. 잘 모르겠지만, 숫자에 관한 것 같았어요. 죄송해요. 마음 같아서는 더 도와드리고 싶지만, 엿들은 건 그게 전부라……"

"아냐. 메르세데스. 정말 큰 도움이 됐어."

"정말이요?"

알리시아는 고개를 끄덕이며 그녀의 뺨을 어루만졌다. 십 년 전 엄마가 병상에 누워 손의 뼈마디가 낚싯바늘처럼 변한 이후로 메르세데스를 그렇게 어루만져준 사람은 아무도 없었다.

"아버지가 '앞으로 어떤 일이 있어도'라고 하셨다고 했지. 무슨 뜻으로 했는지 아니?"

"그건 잘 모르겠네요……"

"전에도 그런 말씀을 하신 적이 있어?"

메르세데스는 입을 다문 채, 그녀를 빤히 쳐다보았다.

"메르세데스?"

"그 얘기는 하고 싶지 않아요."

"그 얘기라니? 그게 뭐지?"

"아빠가 그 얘기는 아무한테도 하지 말라고 하셨어요."

알리시아는 몸을 구부려 그녀의 손을 잡았다. 메르세데스는 떨고 있었다.

“나는 네가 생각하는 그런 사람이 아니야. 나한테는 말해도 돼……”

“만일 내가 말한 걸 아빠가 아시면……”

“모르실 거야.”

“맹세할 수 있어요?”

“그럼. 내 목숨을 걸고 맹세할 테니까 아무 걱정 하지 마.”

“그런 말은 하지 마세요.”

“어서 말해봐, 메르세데스. 이제부터 네가 하는 말은 우리 둘만 아는 비밀이 될 거야. 약속할게.”

메르세데스는 눈물이 그렁그렁한 눈으로 알리시아를 쳐다보았다. 알리시아는 그녀의 손을 꽉 잡아주었다.

“정확하지는 않지만 내가 일곱 살인가 여덟 살 때였을 거예요. 마드리드에 있는 다마스 네그라스 학교에서 있었던 일이에요. 매일 오후 수업이 끝나면 아빠의 경호원들이 나를 찾으러 왔어요. 여자아이들은 삼나무 정원에 옹기종기 모여 다섯시 반에 부모님이나 하인이 데리러 오기를 기다렸죠. 가끔 그 부인이 왔어요. 부인은 언제나 정문 맞은편에 서서 나를 바라보고 있었죠. 내게 미소를 보내는 때도 있었고요. 나는 그 부인이 누군지 전혀 몰랐어요. 하지만 부인은 거의 매일 같은 시간에 그 자리에 서 있었죠. 그러고는 나한테 가까이 오라고 손짓을 했어요. 그럴 때마다 나는 무서워 죽는 줄 알았어요. 그러던 어느 날 오후였어요. 시간이 됐는데도 경호원이 안 오는 거예요. 그날 마드리드 시내 한복판에서 무슨 일이 일어났던 모양이에요. 다른 여자아이들은 모두 차를 타고 집으로 갔는데 나만 혼자 남게 된 거죠. 어떻게 그런 일이 벌어졌는지 잘 모르겠어요. 그런데 앞에 있던 차 한 대가 떠나자 그 부인이 정문으로 쑥 들어오는 거예요. 그러고는 내 앞으로 다가와 무릎을 꿇더니 나를 껴안고 눈물을 터뜨렸어요. 내게 입을 맞추기도 했고요. 그 순간, 나는 겁에 질린 나머지 비명을 지르기 시작했죠. 비명소리를 듣고 수녀님들이 밖으로 달려나왔어요. 잠시 후, 경호원들도 도착했고요. 경호원 두 명이 그녀의 팔을 붙잡고 질질 끌고 갔어요. 부인은 울면서 고함을 질렀어요. 아빠의 경호원 하나가 부인 얼굴을 주먹으로 때렸던 기억이 나요. 바로 그때 부인이 핸드백 속에 숨겨둔 무언가를 꺼내들었어요. 권총이었죠. 경호원들이 떨어지자, 그녀는 다시 내게로 달려왔어요. 얼굴이 온통 피범벅이 된 채 말이에요. 부인이 나를 와락 껴안으면서 귀에 대고 말하더라고요. 얘야, 나는 너를 사랑한단다. 나를 절대로 잊으면 안 돼. 알았지?"

"그래서 어떻게 됐지?"

메르세데스는 침을 꼴깍 삼켰다.

"그때 비센테 씨가 다가오더니 그녀의 머리에 총을 쏴버렸어요. 부인은 내 앞으로 힘없이 고꾸라졌어요. 내 발밑에 피가 흥건히 고였죠. 그 장면이 지금도 눈에 선해요. 그때 어떤 수녀님이 달려와 내 팔을 붙잡고 부인의 피로 얼룩진 구두를 벗겼어요. 그러고 나서 나를 경호원에게 넘겨주었죠. 그가 비센테 씨와 함께 나를 차로 데려갔어요. 차에 시동을 걸고 전속력으로 달렸어요. 나는 현장에 남은 경호원 두 명이 부인의 시신을 어디론가 끌고 가는 모습을 유리창으로 볼 수 있었죠……"

메르세데스가 알리시아를 쳐다보았다. 알리시아는 그녀를 꼭 껴안아주었다.

"그날 밤, 아빠는 그 부인이 미친 여자라고 하시더군요. 마드리드에 있는 학교에서 어린아이들을 유괴하려다 여러 번 경찰에 체포된 적이 있다고요. 그 누구도 절대로 나를 해치지 못하도록 할 테니까 아무 걱정할 필요 없다고 했어요. 그날 일어난 일은 아무한테도 말하지 말라고도요. 앞으로 어떤 일이 있어도 말이죠. 나는 다시 학교로 돌아가지 않았어요. 대신 이레네 부인이 제 가정교사로 오면서 나머지 교육은 모두 이 집에서 받은 셈이죠……"

알리시아는 그녀가 자기 품 안에서 울도록 내버려두었다. 두려움에 떨던 아이의 마음이 가라앉으려던 찰나, 저멀리서 바르가스 차의 경적소리가 들렸다. 알리시아는 자리에서 일어섰다.

"메르세데스, 이제 가봐야겠어. 곧 다시 올게. 그리고 아까 이야기했던 것처럼, 기회가 되면 마드리드에 가서 산책도 하고 영화도 보러 가자고. 그때까지 아무 일 없이 잘 지내겠다고 약속해야 돼. 알았지?"

메르세데스는 그녀의 손을 잡고 고개를 끄덕였다.

"아빠를 찾아주실 거죠?"

"약속할게."

알리시아는 그녀의 이마에 입을 맞추고 절뚝거리면서 문으로 걸어갔다. 그녀가 나가자 메르세데스는 바닥에 주저앉아 무릎을 껴안았다. 그러고는 영원히 무너져내린 인형의 세계, 그 그림자 속으로 천천히 빠져들어갔다.

11

마드리드로 돌아가는 동안 계속 비가 내리는 가운데 차 안에는 침묵이 흘렀다. 알리시아는 깊은 생각에 잠긴 채 뿌옇게 김이 서린 차창에 머리를 기댄 채 조용히 눈을 감고 있었다. 바르가스는 곁눈질로 그녀의 눈치를 살피면서, 비야 메르세데스를 떠난 후로 이어지던 정적을 깨고 그녀를 대화로 끌어들일 수 있을지 알아보기 위해 이리저리 작은 미끼를 던졌다.

"거기서 발스 비서한테 꽤나 까다롭게 굴던데요." 그가 용기를 내 말을 꺼냈다. "좋게 말하자면 그렇죠."

"여우 같은 여자예요." 알리시아는 퉁명스럽게 대꾸했다.

"괜찮다면 날씨 이야기라도 하는 게 어떨까요?" 바르가스가 제안했다.

"비가 오네요." 알리시아가 말했다. "그것 말고 또 하고 싶은 이야기 있어요?"

"아까 거기, 정원 별채에서 무슨 일이 있었는지 말해줄 수 있나요?"

"아무 일도 없었어요."

"거기서 삼십 분이나 있었는데요. 아무튼 더는 사람들을 심하게 다그치지 않았기를 바랍니다. 첫날부터 괜한 일로 원성을 사지 않는 게 좋을 테니까요. 노파심에서 드리는 말씀입니다."

알리시아는 아무 대답도 하지 않았다.

"이보세요, 일단 우리가 힘을 합쳐야 일이 돌아갈 것 아닙니까." 바르가스가 말했다. "내가 당신의 운전사가 아닌 이상, 나와 정보를 공유해야죠."

"그러면 일이 제대로 돌아갈 일은 없겠네요. 내가 신경에 거슬리면 택시 타고 갈게요. 나는 늘 그렇게 하니까요."

바르가스는 한숨을 내쉬었다.

"나한테 신경 좀 꺼줘요. 알았어요?" 알리시아가 퉁명스럽게 대꾸했다. "안 그래도 몸이 별로 좋지 않으니까."

바르가스가 그녀를 찬찬히 살펴보았다. 그녀는 여전히 눈을 감은 채, 고통스러운 표정으로 엉덩이를 붙잡고 있었다.

"약국이라도 가볼까요?"

"뭐하려고요?"

"잘은 모르겠지만, 지금 안색이 좋지 않다고요."

"생각해줘서 고마워요."

"통증이 심한 것 같은데, 뭐라도 갖다드려요?"

알리시아는 고개를 저었다. 그녀의 목에서 거친 숨소리가 새어 나왔다.

"잠깐 차 세울 수 있을까요?" 그녀는 결국 그에게 부탁했다.

100미터쯤 앞 도로변에 있는 식당이 바르가스의 눈에 들어왔다. 십여 대의 트럭이 모여 있는 주유소 바로 옆이었다. 그는 도로에서 벗어나 식당 정문 앞에 차를 세웠다. 바르가스는 차에서 내려 반대편으로 돌아와 문을 열어주었다. 그러고는 그녀에게 손을 내밀었다.

"혼자 할 수 있어요."

그녀는 혼자 힘으로 차에서 내리려고 했지만, 두 번 모두 실패로 돌아갔다. 결국 바르가스가 겨드랑이에 손을 끼고 그녀를 밖으로 꺼내주었다. 그는 좌석에 있던 핸드백을 꺼내 그녀의 팔에 걸어주었다.

"걸을 수 있겠어요?"

알리시아는 고개를 끄덕이고는 문을 향해 걸음을 옮기기 시작했다. 바르가스가 옆에서 팔을 살짝 잡아주었지만 그녀도 이번만은 호의를 뿌리치지 않았다. 문을 열고 들어가자마자, 바르가스는 습관대로 식당 안을 빠르게 훑어보면서 입구와 출구의 위치를 확인 하고 누가 있는지를 살폈다. 한 무리의 트럭 운전사가 종이를 덮은 테이블 주변에 옹기종기 모여 있었다. 테이블 위에는 하우스 와인과 소다수 병들이 놓여 있었다. 그들 중 몇몇이 고개를 돌려 알리시아와 바르가스를 슬쩍 쳐다보았다. 하지만 바르가스와 눈이 마주치기 무섭게 그들은 스튜 그릇에 고개를 처박은 채 음식에만 집중했다. 그때 사르수엘라에 나오는 여관 주인처럼 생긴 웨이터가 커피를 쟁반 가득 받쳐들고 지나가다 한쪽을 손으로 가리켰다. 그곳은 서민들을 위한 좌석과 분리된 일종의 귀빈석이 틀림없었는데, 도로가 한눈에 내다보였다.

"곧 돌아오겠습니다." 웨이터가 말했다.

바르가스는 알리시아를 부축해서 웨이터가 가리킨 테이블로 가서 다른 손님들을 등진 자리에 앉혔다. 맞은편에 앉은 그는 초조한 눈빛으로 그녀를 바라보았다.

"정말이지 사람을 놀라게 하는군요." 그가 말했다.

"괜히 유난 떨지 말아요."

웨이터는 뜻하지 않게 귀한 손님을 맞이하게 되어 영광이라는 듯 깍듯한 태도로 환한 미소를 지으며 금세 돌아왔다.

"안녕하십니까? 신사 숙녀께서는 점심을 주문하시는지요? 오늘 제 아내가 손수 만든 스튜가 일품입니다만, 원하시는 것이면 무엇이든 주문하셔도 됩니다. 가령 비프스테이크라든지……"

"물만 조금 주세요." 알리시아가 말했다.

"당장 가져다드리겠습니다."

미네랄워터 한 병을 가지러 달려간 웨이터는 두꺼운 종이에 손으로 직접 쓴 뒤 비닐을 입힌 메뉴판 두 개를 가지고 돌아왔다. 그는 유리잔 두 개에 물을 따르는 동안 그들의 눈치를 살폈다. 보아하니 쓸데없이 앞에서 얼쩡거리는 대신 빨리 자리를 뜨는 것이 상책이라는 생각이 든 모양이었다. 그는 정중하게 인사를 하고 물러갔다.

"혹시 나중에 필요하실지도 모르니까 메뉴는 여기 두고 가겠습니다."

바르가스는 고맙다는 말을 중얼거렸다. 알리시아는 마치 사막을 건너온 사람처럼 물을 벌컥벌컥 들이켜고 있었다.

"배고프지 않아요?"

알리시아는 핸드백을 들고 자리에서 일어났다.

"화장실에 다녀올 테니까, 대신 주문해주세요."

바르가스 앞을 지나가며 그녀는 그의 어깨에 손을 얹고 희미한 미소를 지었다.

"걱정하지 말아요. 괜찮으니까……"

바르가스는 그녀가 절뚝거리며 걸어가다 화장실 문 뒤로 사라지는 모습을 지켜보았다. 스탠드바에서 그녀를 몰래 살펴보던 웨이터는 저 남자가 저런 꼴을 한 여자와 어떤 관계인지 속으로 따지고 있었을 것이다.

알리시아는 화장실 문을 닫고 빗장을 질렀다. 화장실 안은 소독제 냄새가 코를 찔렀고, 난잡한 그림과 저급한 문구로 뒤덮인 색 바랜 타일이 사방을 에워싸고 있었다. 작은 창문에는 환풍기가 달려 있는데, 날개 사이로 먼지가 뿌옇게 이는 빛이 칼 모양을 이루며 새어들어왔다. 알리시아는 세면대로 다가가 몸을 기댔다. 수도꼭지를 틀자 녹내가 나는 물이 흘러나왔다. 그녀는 떨리는 손으로 핸드백을 열어 금속케이스를 꺼냈다. 거기서 주사기와 고무마개가 달린 작은 유리병을 꺼냈다. 주삿바늘을 병에 찌르고 밀대를 당겨 원통의 절반가량을 채웠다. 주사기를 손가락으로 몇 번 튕기고 밀대를 누르자 바늘 끝에 굵고 영롱한 방울이 맺혔다. 그녀는 변기로 가서 덮개를 닫은 다음 그 위에 앉아 벽에 몸을 기대고 왼손으로 엉덩이가 드러나도록 치마를 올렸다. 손으로 허벅지 안쪽을 만지면서 깊이 숨을 들이마셨다. 그러고는 밴드스타킹 끝에서 2센티미터 위에 주삿바늘을 찌르고 주사액을 다 주입했다. 몇 초

후, 짜릿한 쾌감이 느껴졌다. 손에서 주사기가 힘없이 떨어졌다. 갑자기 정신이 몽롱해지면서 혈관을 따라 냉기가 온몸으로 퍼져 나가는 느낌이 들었다. 그녀는 벽에 기댄 채, 얼음처럼 차가운 뱀이 몸안을 이리저리 기어다니는 것 말고는 아무 생각도 하지 않고 몇 분을 보냈다. 순간적으로 의식을 잃을 것 같은 느낌이 들었다. 눈을 뜨자 난생처음 보는, 악취가 진동하고 을씨년스러운 돼지우리 같은 공간이 눈에 들어왔다. 그때 누군가 문을 두드리는 소리가 어렴풋이 들려와 정신이 번쩍 들었다.

"알리시아? 괜찮아요?"

바르가스의 목소리였다.

"네." 그녀는 간신히 입을 열었다. "지금 나가요."

잠시 후 바르가스가 자리로 돌아가는 발걸음소리가 들렸다. 알리시아는 허벅지에 흘러내린 피를 닦고 치마를 내렸다. 부서진 주사기는 집어서 케이스에 넣었다. 그러고는 세면대에서 얼굴을 씻은 다음 벽에 걸린 두루마리 화장지로 물기를 닦았다. 나가기 전에 거울에 비친 자신의 모습을 보았다. 순간 메르세데스의 인형이 언뜻 보였다. 그녀는 입술을 칠하고 옷매무새를 가다듬었다. 그녀는 심호흡을 하며 살아 있는 자들의 세계로 돌아갈 마음의 준비를 했다.

다시 테이블로 돌아간 알리시아는 바르가스 앞자리에 앉아 환한 미소를 지어 보였다. 그는 한 모금도 마시지 않은 맥주잔을 든 채, 대놓고 걱정스러운 눈길로 그녀를 바라보았다.

"비프스테이크를 주문했어요." 그가 마침내 입을 열었다. "덜

익혀달라고 했고요. 그래야 단백질이 파괴되지 않을 테니까요."

알리시아는 고개를 끄덕이며 크게 만족을 표시했다.

"뭘 주문할지 한참 망설이던 차에 별안간 당신이 육식성일 거라는 생각이 들더군요."

"나는 피가 뚝뚝 떨어지는 고기밖에 안 먹어요." 알리시아가 말했다. "가급적이면 어리고 때묻지 않은 동물의 고기를 먹죠."

바르가스는 그녀의 농담을 듣고도 웃지 않았다. 알리시아는 그의 눈에 비친 자신의 모습을 보았다.

"말해봐요."

"뭘요?"

"지금 무슨 생각을 하는지."

"내가 지금 생각하고 있는 거요?"

"내가 드라큘라의 애인 같다고 생각했겠죠."

바르가스는 인상을 찌푸렸다.

"레안드로 씨가 늘 하던 말이에요." 알리시아가 말했다. "그런 이야기라면 귀에 못이 박히도록 들어서 아무렇지도 않아요."

"그런 생각을 하지는 않았습니다."

"아까는 미안했어요."

"미안할 것 없어요."

웨이터가 억지스러운 웃음을 지으며 손에 접시 두 개를 들고 다가왔다.

"비프스테이크는 숙녀분께…… 그리고 신사분이 드실 요리는 저희 집의 특선스튜입니다. 더 필요하신 건 없습니까? 빵 조금 더 갖다드릴까요? 아니면 우리 지역 협동조합에서 만든 와인은 어떠세요?"

바르가스는 고개를 저었다. 알리시아는 감자튀김을 곁들인 비프스테이크를 보자 한숨이 나왔다.

"원하시면 조금 더 익혀드리겠습니다……" 웨이터가 말했다.

"괜찮아요. 고맙습니다."

두 사람은 이따금씩 시선과 화해의 미소를 교환하기는 했지만, 아무 말 없이 식사에만 열중했다. 알리시아는 전혀 입맛이 없었지만 애써 맛있게 먹는 척했다.

"고기맛이 좋네요. 스튜는 어때요? 요리사하고 결혼하고 싶은 마음이 들 정도인가요?"

바르가스는 숟가락을 내려놓고 의자에 등을 기대고 앉았다. 알리시아는 그가 자기의 확대된 동공과 나른한 표정을 유심히 관찰하는 것을 알고 있었다.

"얼마나 주사했어요?"

"당신이 상관할 바 아니에요."

"대체 어떤 부상이기에 그러는 거죠?"

"교양 있는 여성이라면 입에 담기 어려운 종류의 부상이에요."

"함께 일할 거라면 무슨 일인지 알아야 될 것 아닙니까."

"우리는 연인 사이가 아니잖아요. 기껏해야 이틀 동안 같이 일하는 건데 왜 그러죠? 나를 당신 어머니한테 소개시켜줄 일도 없을 텐데요."

바르가스는 웃음기가 싹 가신 얼굴로 그녀를 바라보았다.

"어렸을 때 입은 부상이에요. 전쟁 때, 폭격당하는 동안 말이죠. 수술을 맡은 의사는 완전히 바스러진 내 엉덩이를 다시 짜맞추느라 거의 스무 시간 동안 한숨도 못 잤다고요. 그분으로서는 최선을 다한 거죠. 이탈리아 공군으로부터 받은 기념품 두어 개를 아직도 엉덩이에 넣어 다니는 것 같아요."

"바르셀로나에서 말인가요?"

알리시아는 고개를 끄덕였다.

"경찰청에서 함께 일하던 동료도 바르셀로나 출신인데, 소를 넣은 올리브* 크기만한 산탄조각 하나가 대동맥에 박힌 채 십이 년을 살았다고 하더군요." 바르가스가 말했다.

"그러다 결국 돌아가셨나요?"

"아토차역 앞에 서 있다가 신문배달차량에 치이는 바람에 참변을 당했죠."

"언론에 관계된 사람은 믿어서는 안 돼요. 그들은 기회만 있으면 사람을 망쳐놓으니까요. 그럼 당신은요? 전쟁 때 어디에 있었죠?"

"이리저리 떠돌아다녔죠. 아마 톨레도에서 가장 오래 있었을 거예요."

"알카사르** 안에 있었어요, 아니면 밖에 있었나요?"

"그게 무슨 상관이죠?"

---

* 올리브 열매의 씨를 제거하고 그 자리에 앤초비나 피망 등을 넣은 것.

** 톨레도의 석조요새로, 스페인내전 당시 국민군이 공화국 군대의 포위작전에 맞서 승리를 거둔 곳이다.

"기념품은 챙겼어요?"

바르가스는 셔츠의 단추를 끄르더니 오른쪽 가슴에 난 동그란 상처를 보여주었다.

"자세히 봐도 될까요?"

바르가스는 고개를 끄덕였다. 알리시아는 몸을 앞으로 기울여 손으로 상처를 만져보았다. 스탠드바 뒤에 있던 웨이터는 닦고 있던 유리컵을 바닥에 떨어뜨리고 말았다.

"굉장하네요." 알리시아가 말했다. "지금도 아픈가요?"

바르가스는 다시 셔츠의 단추를 채우기 시작했다.

"웃을 때만 통증이 와요. 정말이에요."

"이 일만 해가지고는 아스피린을 살 형편도 안 될 텐데요."

마침내 바르가스의 얼굴에 웃음이 피어났다. 알리시아는 물잔을 들어올렸다.

"우리의 고통을 위하여 건배!"

바르가스도 유리잔을 들어올리며 건배했다. 둘은 말없이 식사에 집중했다. 바르가스는 접시를 깨끗이 비운 반면 알리시아는 고기를 깨작깨작하다 말았다. 그녀가 접시를 옆으로 치우자 바르가스는 그대로 남아 있던 감자튀김을 가져다 먹어치웠다.

"그건 그렇고 오늘 오후 계획은 어떻게 되죠?" 그가 물었다.

"내 생각으로는 당신이 경찰청 본부에 들러 살가도의 편지 사본을 입수해서 새로운 점이 없는지 확인하는 게 어떨까 싶은데요. 그리고 여유가 되면, 아리아드나출판사의 카스코스라는 사람을 만나보고요. 그 사람, 뭔가 앞뒤가 맞지 않는 점이 있는 것 같아서 말이죠."

"이왕이면 같이 가는 게 좋지 않을까요?"

"나는 나대로 할일이 있거든요. 우리에게 도움을 줄 수도 있는 옛친구를 찾아가볼 생각이에요. 그 사람은 나 혼자 만나는 게 좋겠어요. 좀 특이한 사람이라서 말이죠."

"어쨌든 당신의 친구가 되려면 그 정도는 필수조건이겠죠. 그 책에 관해서 물어보려고요?"

"네."

바르가스는 웨이터에게 계산서를 가져오라고 손짓했다.

"커피나 후식은 안 드시겠습니까?"

"차에 가면 수입담배 한 대만 얻을 수 있겠죠." 알리시아가 말했다.

"설마 되도록 빨리 내게서 달아나려는 책략은 아니겠죠?"

알리시아는 고개를 저었다.

"일곱시에 히혼 카페*에서 만나 '정보를 공유'하죠."

바르가스가 정색을 하고 그녀를 바라보자 알리시아는 엄숙하게 손을 들어올리며 말했다.

"약속할게요."

"그 약속 지키는 게 좋을 겁니다. 그럼 어디서 내려드릴까요?"

"파세오 데 레콜레토스에 내려주세요. 어차피 가는 길이니까."

---

* 마드리드의 중심대로인 파세오 데 레콜레토스에 위치한 카페로, 수많은 문인과 예술가가 드나든 것으로 유명하다.

12

알리시아 그리스가 마드리드에 도착한 그해, 그녀의 멘토이자 꼭두각시 조종자인 레안드로 몬탈보는 제정신으로 살고 싶으면 필요할 경우 스스로 자취를 감출 수 있고 또 그러고 싶은 장소가 하나쯤 있어야 한다고 가르쳐주었다. 영혼의 작은 부속물과 같아서 만약 세상이 어처구니없는 희극으로 변해버리면 언제든지 달려가 열쇠를 던져버리고 안에 틀어박힐 수 있는 최후의 피난처. 레안드로의 습성 중 가장 짜증스러운 점은 항상 옳은 말만 한다는 것이었다. 시간이 흐르면서 알리시아는 그의 주장을 사실로 받아들일 수밖에 없었다. 그래서 어쩌면 이제 자신만의 피난처를 찾아야 하는 순간이 왔다는 확신이 들었다. 세상에서 벌어지는 어처구니없는 일이 희극처럼 우스꽝스럽게 보이기는커녕 평범한 일상이 되어버렸으니 말이다. 그런데 이번만은 운명도 그녀에게 좋은 패를 주려는 듯했다. 위대한 발견이 다 그러하듯이, 그 일도 전혀 예상치 못한 상황에서 일어났다.

마드리드에서 처음 맞이한 가을 어느 날, 파세오 데 레콜레토스를 걷다가 소나기를 만난 알리시아는 가로수 사이로 고전적인 양식의 웅장한 건물을 발견했다. 박물관이 틀림없다고 여긴 그녀는 거기서 비를 피하기로 했다. 그녀는 비에 흠뻑 젖은 채 장엄한 조각상이 양옆으로 늘어선 계단을 올라갔다. 하지만 상인방上引枋에 있던 이름은 미처 보지 못했다. 행동은 굼뜨지만 눈매는 부엉이처럼 크면서도 예리한 남자가 사납게 쏟아지는 비를 구경하려고 문밖을 내다보고 있었다. 그때 그녀가 안으로 들어오는 모습이 눈에 띄었다. 남자는 마치 쥐새끼라도 들어온 것처럼 날카로운 눈초리로 알리시아를 쏘아보았다.

"안녕하세요? 여기서 뭘 전시하고 있죠?" 알리시아가 그에게 즉흥적으로 물었다.

남자는 더없이 무덤덤한 표정으로 커다란 눈을 부라리며 그녀를 샅샅이 살펴보았다.

"아가씨, 지금은 인내심을 전시하고 있어요. 그리고 가끔은 무식해서 용감한 이들에 대한 놀라움을 전시하기도 하죠. 여기는 국립도서관이에요."

가여워서 그랬는지 따분해서 그랬는지, 부엉이 눈을 가진 남자는 그녀에게 자세히 알려주었다. 지금 아가씨는 세계에서 가장 큰 도서관 중 하나에 발을 디뎠으며, 안에는 이천오백만 권 이상의 장서가 당신을 기다리고 있다고. 하지만 화장실을 이용하거나 대열람실에서 패션잡지나 뒤적거릴 생각으로 들어온 거라면 당장 발걸음을 돌려 밖으로 나가 폐렴이나 걸리는 편이 나을 거라고도 했다.

"혹시 선생님이 누구신지 여쭤봐도 될까요?" 알리시아가 물었다.

"선생님들은 이미 사라진 지 오래됐죠. 보잘것없는 이 몸이 누군지 물어본 것이라면, 본 도서관의 관장이라는 것만 말해두겠소. 내가 가장 즐기는 취미는 얼간이와 불청객을 거리로 내쫓는 거지요."

"그런데 저는 도서관 회원이 되고 싶은데요."

"나도 『데이비드 코퍼필드』* 같은 작품을 쓰고 싶었죠. 그런데 보다시피 이젠 노인이 된데다 내세울 만한 저서도 없이 여기서 이러고 있잖소. 그나저나 아가씨는 이름이 어떻게 되죠?"

"저는 알리시아 그리스라고 합니다. 선생님과 스페인을 위해서라면 뭐든지 할 수 있어요."

"내 비록 우리 후손들을 위한 고전작품을 쓰지는 못했지만 비꼬는 말이나 무례한 말은 충분히 알아들을 수 있지. 스페인은 이미 대변자가 넘쳐나니 내가 대신 뭐라고 답하지는 않겠습니다. 그런데 나를 위해서는 무슨 일을 할 수 있는지 도무지 모르겠군요. 내가 늙었다는 사실을 일깨워주는 것 말고는. 아무튼 내가 절대로 잔인한 괴물이 아닌 이상, 정말로 회원이 되고 싶은 마음이 있다면 당신을 문맹상태로 방치해둘 위인은 아니라 이 말이오. 내 이름은 베르메오 푸마레스라고 합니다."

"이렇게 만나뵙게 되니 영광일 따름입니다. 아무쪼록 저를 무지의 암흑에서 건져내주시고 이 아르카디아**의 문턱을 넘어설 수 있도록 이끌어주시기를 앙망하는 바입니다."

베르메오 푸마레스는 눈썹을 치켜올리며 조금 전과는 다른 눈으로 그녀를 유심히 살펴보았다.

"보아하니 아가씨는 다른 사람의 도움 없이 혼자서도 충분히

---

* 영국 소설가 찰스 디킨스의 자전적 소설.

** 고대 그리스의 고원 지방으로, 목가적 이상향의 상징.

어려움을 극복할 수 있을 거라는 느낌이 드는군요. 게다가 당신의 무지는 불손함에 비하면 그다지 대수롭지 않은 것 같소, 그리스 양. 평소 다양한 서적을 탐독하다보니 현란한 수사를 즐기는 고약한 말버릇이 생긴 건 나도 잘 알고 있소. 그렇다고 해서 이 늙은 선생을 우롱할 필요는 없겠지요."

"제가 죽을 때까지 그런 생각은 절대 들지 않을 겁니다."

"알겠소. 말하는 것만 봐도 그 사람이 어떤지 알 수 있는 법이니까요. 알리시아 양, 나는 당신이 마음에 드는군요. 겉으로 봐서는 내 말이 믿기지 않겠지만. 자, 어서 들어와요. 저기 안내대로 가면 푸리라는 직원이 있을 겁니다. 내가 도서관 출입증을 만들어 주라고 했다고 전하세요."

"베풀어주신 은혜에 어떻게 감사를 드려야 할지요?"

"틈나는 대로 들러서 좋은 책을 많이 읽도록 해요. 나나 다른 사람들이 읽으라고 한 책보다는 당신이 원하는 책을 골라 읽어야 합니다. 내가 조금 과시적이기는 해도 현학자는 아니니까 말이오."

"일러주신 대로 하겠습니다."

그날 오후, 국립도서관 출입증을 발급받은 알리시아는 열람실에서 앉아 수세기 동안 인류의 지혜가 만들어낸 보물들을 마음껏 꺼내보았다. 그날을 시작으로 그녀는 도서관 대열람실에서 그런 오후를 수없이 보낼 터였다. 책을 읽다 고개를 들면 부엉이 같은 베르메오 푸마레스 씨의 눈과 마주치는 일이 여러 번이었다. 그는 열람실을 돌아다니며 사람들이 무슨 책을 읽고 있는지 보는 것이 취미였다. 그러다 책상에서 졸거나 속닥거리는 이가 있으면 인정

사정 봐주지 않고 내쫓아버렸다. 그가 입버릇처럼 말했듯이, 도서관에서 졸거나 쓸데없는 잡담을 나누는 이들한테는 바깥세상이 더 어울리기 때문이다.

알리시아가 한 해 내내 도서관을 드나들면서 열심히 책을 읽는 모습을 눈여겨보던 베르메오 푸마레스는 어느 날 자기를 따라오라고 했다. 그를 따라 도착한 곳은 웅장한 도서관 건물의 뒤편이었다. 그는 '인가 없이 출입금지'라는 팻말이 붙은 문을 열면서 도서관에서 가장 귀한 서적들이 저 안에 보관되어 있다고 했다. 연구 목적으로 특별출입 인가증을 발급받을 만큼 저명한 학자와 연구자만이 거기에 드나들 수 있었다.

"속세에서 무슨 일을 하는 사람인지 본인 입으로 밝힌 적은 없지만, 그동안 내가 쭉 지켜본 바에 따르면 당신한테서는 연구자의 분위기가 풍겨나오더군요. 그렇다고 새로운 페니실린을 개발한다든지 이타의 수석사제*의 작품에서 유실된 시를 발굴한다는 뜻은 아니지만."

"영 빗나가지는 않으셨네요."

"난 살면서 빗나간 길을 간 적이 단 한 번도 없어요. 사랑하는 우리나라의 문제는 길이지, 길을 따라가는 사람들이 아니에요."

"제 경우 그 길은 하느님의 길이 아니라 총통 각하께서 국가안보기구라 여기시는 길입니다."

베르메오 푸마레스는 천천히 고개를 끄덕였다.

---

* 스페인 중세의 사제문학을 대표하는 작가 후안 루이스.

"알리시아 양, 당신은 정말 도깨비상자 같은 사람이로군요. 안에 무엇이 있을지 몰라 함부로 열지 못하는 그런 상자 말이오."

"현명한 판단입니다."

푸마레스는 그녀의 이름이 적힌 출입 인가증을 건네주었다.

"어쨌든 떠나기 전에 당신에게 연구자 카드를 꼭 만들어주고 싶었어요. 원할 땐 언제든지 이곳에 올 수 있도록 말이오."

"떠나신다니요?"

푸마레스의 표정이 갑자기 굳어졌다.

"마우리시오 발스 장관의 비서로부터 내가 면직됐다는 통보를 받았습니다. 정부의 결정을 소급 적용하면 내가 도서관장직으로 일한 마지막날은 어제 수요일이 되는 셈이죠. 장관님이 그런 결정을 내리신 데에는 여러 가지 요인이 작용했을 걸로 보이더군요. 우선 현정권이 내세우는 신성한 원칙들에—그게 무엇이든—내가 그다지 열성적인 태도를 보이지 않았던 것이 가장 주된 원인이었을 거요. 또다른 원인 중 하나는 정권 내 어느 실력자의 처남이 국립도서관 관장직에 관심을 표했다는 거요. 도서관장이라는 직함이 레알 마드리드 축구장의 특별석에 초대받는 것만큼이나 대단하다고 믿는 멍청이가 있는 모양입니다."

"그만두신다니 유감입니다, 베르메오 관장님. 정말로요."

"그렇게 생각할 필요 없어요. 우리나라 역사상 적합한 인물이, 적어도 구제불능의 무능한 인간이 아닌 그 누구도 문화기관의 수장이 된 적은 거의 없으니까요. 그런 불상사가 일어나는 것을 막기 위해 많은 전문인력이 배치되어 있을 뿐만 아니라 엄격히 관리

감독하고 있죠. 능력주의와 지중해성 풍토는 어쩔 수 없이 공존하기 어려우니까요. 그건 우리가 세계 최고의 올리브유를 얻은 대신 치른 대가라는 생각이 들어요. 비록 십사 개월이라는 짧은 세월이기는 하지만, 경험 많은 사서가 스페인 국립도서관을 이끌었다는 사실은 전혀 예상치 못한 일대 사건이었죠. 사실 그 자리를 채울 친구나 친척이 수없이 많은 상황이었는데도, 우리 운명을 걸머진 뛰어난 지도자들이 우리나라를 위해 내놓은 해결책이었으니까요. 아무튼 앞으로 알리시아, 당신이 그리울 거라는 말씀을 하고 싶군요. 당신과 비밀에 싸여 있는 당신의 존재, 당신의 비꼬는 말투도 말입니다."

"저도 마찬가지예요."

"나는 이제 아름다운 내 고향 톨레도로 돌아갈 겁니다. 지금쯤 어떤 모습으로 변해 있을지 모르겠지만. 낙향해서 도시 전경이 내려다보이는 언덕의 조용한 별장에 방 하나를 얻어 만년을 보낼까 생각중이죠. 타호강가에 가서 소변도 보고, 세르반테스와 그 적들의 책을 다시 읽어보려고 해요. 그들은 대부분 톨레도에서 멀리 떨어지지 않은 곳에 살았죠. 금과 시가 넘쳐나던 시대였지만, 안타깝게도 그들은 표류하던 배의 방향을 바로잡지 못했어요."

"혹시 제가 도와드릴 일은 없을까요? 제가 시인은 아니지만, 꿈쩍 않는 것을 능히 뒤흔들 글솜씨가 있거든요. 관장님도 아마 놀라실 거예요."

푸마레스는 한동안 그녀를 빤히 바라보았다.

"놀라기보다 오히려 겁이 날 것 같군요. 나는 멍청이하고 있을 때만 거만하게 구니까. 게다가 본인은 모르겠지만, 알리시아 양은 이미 나를 많이 도와주었어요. 그럼 당신의 앞날에 행운이 함께하길 빌겠소, 알리시아 양."

"관장님도요."

베르메오 푸마레스는 만면에 미소를 머금었다. 그가 그렇게 환하게 웃는 모습을 본 건 그때가 처음이자 마지막이었다. 그녀의 손을 꽉 잡고 악수를 하던 그가 목소리를 낮추며 말했다.

"알리시아 양. 한 가지 물어보고 싶은 게 있어요. 그냥 궁금해서 그러는데, 세계의 위대한 시인이나 지식, 또 모범이 될 만한 이상에 대한 애정은 그렇다 치고, 당신이 이곳에 오는 진짜 이유가 뭐죠?"

그녀는 어깨를 으쓱했다.

"기억 때문이에요."

도서관장은 궁금하다는 듯이 눈썹을 치켜올렸다.

"어린 시절의 기억 때문이죠. 제가 죽을 뻔했을 때 꿈에서 본 게 있거든요. 아주 오래전 일이기는 하지만요. 책으로 만들어진 대성당이에요……"

"어디서요?"

"바르셀로나였어요. 전쟁중에요."

도서관장은 빙긋이 미소 지으며 천천히 고개를 끄덕였다.

"꿈에서 봤다고 했는데, 확실합니까?"

"거의 확실해요."

"확실성은 우리의 마음을 든든하게 해주죠. 하지만 우리 인간은 의심을 통해서만 배우는 법입니다. 한 가지 더 말하자면, 언젠가 당신이 가지 말아야 할 곳을 뒤지고 다니고 탁한 연못의 바닥을 휘저어야 할 때가 올 겁니다. 나는 잘 알고 있어요. 당신처럼 눈에 그림자가 드리워진 사람들이 이곳을 드나드는 것을 보았기 때문입니다. 그런 사람은 당신이 처음도 아니고 마지막도 아니에요. 하여간 그날이 오면, 꼭 오겠지만, 부디 내 말을 기억하기 바랍니다. 이곳에는 보기보다 많은 것이 숨겨져 있고, 나처럼 잠깐 있다가 사라지는 사람도 있지만 언젠가 당신에게 도움이 될 수도 있는 누군가가 여기에 있다는 것을 말입니다."

푸마레스는 책으로 가득찬 아치형 회랑 끝의 검은 문을 손으로 가리켰다.

"저 문을 열고 들어가면 국립도서관 지하실로 내려가는 계단이 나와요. 각 층마다 복도가 끝없이 이어져 있는데, 대부분 16세기 이전에 인쇄된 수백만 권의 책이 들어차 있죠. 전쟁 동안에만 오십만 권의 책이 늘어났어요. 잿더미로 변하지 않도록 미리 손을 써서 여기로 옮겨놓은 거지요. 그게 전부가 아닙니다. 아마 파세오 데 레콜레토스 전당*의 흡혈귀 전설은 한 번도 들어본 적이 없을 거예요."

"네. 없어요."

"그렇지만 분명 내 말에 호기심이 생길 거예요. 적어도 그 말이

---

* 파세오 데 레콜레토스에 위치한 국립도서관의 정식 명칭은 '국립 도서관 및 박물관 전당'이다.

풍기는 대중소설 같은 분위기 때문에라도."

"전혀 아니라는 말은 않겠어요. 그런데 진심으로 하는 말씀이세요?"

푸마레스는 그녀에게 눈을 찡긋했다.

"이미 말했다시피, 이래 봬도 나는 아이러니를 이해할 줄 안다오. 그 문제는 당신에게 맡길 테니까 잘 궁리하도록 해봐요. 그리고 이곳이나 이와 비슷한 곳이라면 어디든 계속 찾아가기를 바랍니다."

"선생님의 안녕을 위해서 꼭 그렇게 하겠습니다."

"내가 아니라, 침체에 빠진 세상의 안녕을 위해서라고 하는 것이 더 낫겠죠. 그럼 몸조심해요, 알리시아 양. 내가 놓친 길을 알리시아 양은 꼭 찾아내기를 기대하겠소."

그 말을 끝으로 베르메오 푸마레스 씨는 마지막으로 연구자들의 복도와 국립도서관의 대열람실을 가로질러 계속 걸음을 옮겼다. 그러는 동안 한 번도 뒤를 돌아보지 않고 파세오 데 레콜레토스에 발을 내딛은 그는 망각 속으로 걸어가기 시작했다. 이미 무수히 많은 사람이 좌초한 유서 깊은 스페인의 암울한 현실 속으로 또 한 명이 빠져들어가고 있었다.

그로부터 몇 달 후, 결국 호기심이 신중함을 압도한 날이 오고야 말았다. 마침내 알리시아는 국립도서관 아래 숨겨진 지하실의 비밀을 파헤치기 위해서 그 검은색 문을 가로질러 어둠을 뚫고 들어가기로 결심했다.

13

전설은 보편적인 진실을 설명하기 위해 꾸며낸 거짓말이다. 특히 거짓과 허상으로 물든 곳에서 그런 이야기가 더 많이 생기는 경향이 있다. 흡혈귀와 그 전설을 찾기 위해 처음으로 혼자 국립도서관 지하로 내려가 어둠 속을 헤매고 다닌 날, 알리시아가 발견한 것은 셀 수 없이 많은 책이 거미줄과 메아리 사이에서 숨죽이며 기다리고 있는 거대한 지하도시뿐이었다.

우리가 사는 동안 꿈속을 거닐면서 잃어버린 기억을 손으로 어루만질 수 있는 경우는 극히 드물다. 그곳을 돌아다니는 동안 그녀는 귀를 찢을 듯한 비행기의 굉음과 땅을 뒤흔드는 폭격소리가 다시 들릴까봐 몇 번이나 어둠 속에서 걸음을 멈추었다. 두 시간에 걸쳐 층층마다 돌아다녔지만 사람은 그림자도 보이지 않았다. 단지 종이를 좋아하는 미식가 벌레 두 마리가 간식거리를 찾아 실러 시선집의 책등을 타고 올라가고 있을 뿐이었다. 두번째로 그곳을 찾아갔을 때는 카야오광장의 철물점에서 산 손전등을 들고 들어갔지만 작은 벌레 친구들조차 만나지 못했다. 하지만 한 시간 반의 탐험을 마치고 밖으로 나가는 길에 문에 핀으로 꽂아놓은 쪽지를 발견했다.

귀여운 손전등을 들고 왔군요.
그런데 옷은 안 갈아입나요?
그러면 이 나라에서 이상한 사람 취급을 당할 텐데요.

다음날, 알리시아는 그 철물점에 다시 들러 건전지 한 통과 똑같은 손전등을 하나 더 샀다. 어제 놀림받은 상의를 당당하게 걸치고 제일 밑층의 가장 깊숙한 곳으로 들어가 브론테 자매 소설을 모아놓은 곳 옆에 앉았다. 그건 파트로나토 리바스 고아원에 있을 때부터 가장 좋아하던 소설이었다. 그녀는 히혼 카페에서 산 소금에 절인 등심 샌드위치와 맥주를 꺼내 먹기 시작했다. 다 먹자 식곤증이 몰려와 꾸벅꾸벅 졸았다.

어둠 속에서 희미하게 들리는 발걸음소리에 잠이 깼다. 마치 깃털로 먼지를 가볍게 쓰는 듯한 소리였다. 눈을 뜨자, 반대편 복도에서 책들 사이로 스며드는 한 줄기 노란 빛이 어렴풋이 보였다. 거품처럼 뿌옇게 일던 빛은 해파리처럼 천천히 움직였다. 알리시아는 자리에서 일어나 옷깃에 묻은 빵부스러기를 털어냈다. 잠시 후, 어두운 형체가 복도 모퉁이를 돌아서더니 그녀가 있는 곳으로 점점 더 빨리 다가오고 있었다. 제일 먼저 눈에 띈 것은 어둠에 길들여진 파란 눈동자였다. 살갗은 아직 읽지 않은 책의 종이처럼 창백했고, 가는 생머리는 뒤로 빗어넘겼다.

"당신에게 주려고 손전등을 가져왔어요." 알리시아가 말했다. "건전지도요."

---

* 서사시 『아이네이스』를 쓴 고대 로마의 시인. 단테는 베르길리우스가 『아이네이스』에서 지옥을 묘사한 점에 착안해 『신곡』에서 그를 안내자로 선택했다.

"자상하기도 하셔라."

목소리는 걸걸했지만, 이상할 정도로 고음이었다.

"제 이름은 알리시아 그리스예요. 당신이 베르길리우스죠."

"정확히 맞혔어요."

"그냥 확인차 물어보는 건데, 당신은 흡혈귀인가요?"

베르길리우스는 어리둥절한 표정을 지으며 웃었다. 알리시아는 그가 웃을 때 곰치 같다는 생각이 들었다.

"내가 정말로 흡혈귀라면 당신 샌드위치에서 나는 마늘냄새 때문에 이미 죽었겠죠."

"그러면 당신은 사람의 피를 마시지 않는다는 거군요."

"나는 그보다 트리나랑후스*를 더 좋아하죠. 지금 생각나는 대로 물어보는 겁니까? 아니면 미리 써가지고 온 건가요?"

"아무래도 내가 놀림감이 된 것 같군요."

"안 그런 사람이 누가 있겠어요? 그것이 우리 삶의 본질인데요. 그건 그렇고, 내가 뭘 도와드리면 되죠?"

"베르메오 푸마레스 씨가 당신에 대해서 말해줬어요."

"그럴 거라고 생각했죠. 학자다운 유머로군요."

"언제가 때가 되면 당신이 나를 도와줄 거라고 하더군요."

"때가 왔나요?"

"아직은 잘 모르겠어요."

"그렇다면 아직 때가 되지 않은 거로군요. 그 손전등 한번 볼

---

* 스페인의 무탄산 오렌지음료.

수 있을까요?"

"당신 거니까 가지세요."

베르길리우스는 손전등을 받아들고 이리저리 살펴보았다.

"여기서 일한 지 몇 년이나 됐죠?" 알리시아가 물었다.

"삼십오 년쯤 될 겁니다. 아버지와 함께 시작했으니까요."

"그럼 당신 아버지도 깊은 땅속에서 사셨나요?"

"우리 가족을 갑각류 정도로 여기는 것 같네요."

"그래서 흡혈귀 사서 전설이 시작된 건가요?"

베르길리우스는 껄껄 웃었다. 그의 웃음에서 사포를 문지르는 듯한 소리가 났다.

"그런 전설은 없어요." 그가 단언하듯 말했다.

"그럼 푸마레스 씨가 나를 놀리려고 그런 이야기를 꾸며냈다는 말인가요?"

"엄밀히 말하면 그가 지어낸 이야기는 아니에요. 훌리안 카락스의 소설에서 인용한 거죠."

"그런 이름은 한 번도 들어본 적이 없는데요."

"대부분 몰라요. 안타까운 일이죠. 참 재미있는 소설인데. 파리의 국립도서관 지하에 숨어살면서 자기 손에 죽은 사람의 피로 소설을 쓰고 그것으로 사탄을 몰아낼 수 있다고 믿는 악마 같은 살인자 이야기죠. 아주 재미있어요. 나중에 그 책을 찾게 되면 빌려드리죠. 그런데 당신은 경찰입니까? 아니면 그와 비슷한 일을 하고 있나요?"

"그와 비슷한 데서 일하고 있어요."

그해 동안, 레안드로가 떠맡긴 온갖 위험하고 지저분한 일을 처리하느라 바쁜 와중에도 알리시아는 틈나는 대로 지하세계로 가서 베르길리우스를 만났다. 시간이 흐르면서 베르길리우스는 그 도시에서 하나밖에 없는 그녀의 진정한 친구가 되었다. 그는 그녀에게 빌려줄 책을 미리 준비해두었는데, 언제나 그녀의 마음에 쏙 들었다.

"이봐요, 알리시아. 오해하지는 말고 들어요. 혹시 시간 되면 밤에 나하고 영화 보러 가지 않을래요?"

"성자들이 나오거나 교훈적인 영화만 아니라면 언제든지 괜찮아요."

"언젠가 인간정신의 승리를 담은 대서사시를 보러 가자고 당신에게 제안하게 된다면, 지금 당장 미겔 데 세르반테스의 불멸의 정신이 나를 내리치기를."

"아멘." 그녀가 마무리했다.

어쩌다 일이 없는 날이면 알리시아는 그와 함께 그란 비아의 영화관에 가서 마지막 회차 영화를 보곤 했다. 베르길리우스는 특히 테크니컬러와 성서와 로마인의 이야기를 좋아했다. 환한 태양과 검투사들의 근육질 몸매를 거침없이 즐길 수 있기 때문이었다. 어느 날 밤 〈쿼바디스〉를 보고 그가 이스파니아호텔까지 바래다주던 중에 알리시아는 그란 비아의 어느 서점 진열창 앞에서 걸음을 멈추었다. 그는 말없이 그녀를 바라보았다.

"알리시아, 만약 당신이 남자라면 사회적 통념에 어긋나는 동거생활을 하자고 청할 것 같아요."

알리시아가 손을 내밀자, 베르길리우스는 거기 입을 맞추었다.

"베르길리우스, 참 멋진 말이에요."

그는 미소를 지었지만, 눈에는 헤아릴 길 없는 슬픔이 서려 있었다.

"누구든 책을 많이 읽으면 그런 능력이 생기죠. 책을 통해 이 세상의 모든 시와 운명의 장난을 죄다 알게 되니까요."

토요일 오후면 알리시아는 때때로 트리나랑후스 몇 병을 사서 도서관으로 갔다. 그때마다 베르길리우스는 그 이름을 한 번도 들어본 적이 없을 뿐만 아니라, 불행한 생애의 기록이 납골당 같은 지하 가장 아래층에 봉인되어 있는 무명의 작가들에 관한 이야기를 들려주곤 했다.

"알리시아, 물론 내가 참견할 바는 아니지만 당신의 엉덩이 말이에요…… 어떻게 된 거죠?"

"전쟁 때문이에요."

"이야기해봐요."

"그 문제라면 별로 말하고 싶지 않아요."

"물론 그렇겠죠. 하지만 그래서 이야기해보란 겁니다. 그러고 나면 속이 후련해질 테니까요."

알리시아는 여태껏 아무한테도 그 이야기를 털어놓은 적이 없었다. 무솔리니의 공군이 국민군을 지원하기 위해 바르셀로나를 무자비하게 폭격하던 그날 밤, 낯선 사람이 어떻게 자신의 목숨을 구해주었는지 말이다. 자기 입에서 나오는 이야기를 들으면서 그녀는 여태껏 아무것도 잊지 않았다는 사실에, 그리고 아직도 공기 중에 떠도는 황냄새와 살이 타는 냄새를 느낄 수 있다는 사실에 깜짝 놀랐다.

"그럼 그 남자가 누군지 전혀 모른다는 거예요?"

"우리 부모님의 친구라더군요. 엄마 아빠를 정말로 사랑했답니다."

베르길리우스가 손수건을 내밀 때까지 그녀는 자기가 울고 있는 줄도 까맣게 몰랐다. 그런 자신이 부끄러워 화가 났지만 울음을 멈출 수가 없었다.

"당신이 우는 모습은 처음 보는군요."

"당신뿐만 아니라, 아무도 본 적이 없어요. 다시는 이런 일이 없을 거예요."

비야 메르세데스에 찾아간 날 오후, 알리시아는 바르가스를 경찰청 본부로 보내 분위기를 살피라고 한 뒤 다시 국립도서관에 갔다. 그녀의 얼굴이 눈에 익어서인지 아무도 도서관 출입증을 보여달라고 하지 않았다. 그녀는 열람실을 가로질러 연구자 전용 구역으로 향했다. 알리시아가 회랑 끝 검은색 문으로 조심스럽게 걸음을 옮기는 동안, 수많은 학자는 책상에 앉아 저마다 생각에 잠겨 있었다. 시간이 흐르면서 그녀는 베르길리우스의 습성을 파악할 수 있었다. 오후 이른 시간이라면 지하 3층에서 그날 오전 학자들이 본 고서를 정리하고 있을 때였다. 거기로 가자 그의 모습이 보였다. 그는 그녀가 선물한 손전등을 든 채, 라디오에서 흘러나오는 노랫가락을 휘파람으로 따라 부르면서 파리한 몸을 살랑살랑 흔들고 있었다. 그녀는 일생에 한 번 볼까 한 장면 앞에서 그 자체로 전설이 될 만하다는 생각이 들었다.

"베르길리우스 씨, 트로피컬 리듬이 아주 멋지네요."

"클라베* 리듬은 마음속 깊이 파고드는 점이 매력이죠. 그건 그렇고 오늘은 웬일로 이렇게 빨리 나왔어요? 아니면 내가 날짜를 착각했나요?"

"오늘은 반쯤 공식적인 업무로 들른 거예요."

"설마 내가 체포되는 건 아니겠죠."

"그럼요. 하지만 당신의 지식이 국익을 위해 잠시 압수된 상태예요."

"그렇다면 내가 뭘 도와줘야 하는지 말해봐요."

"한 가지만 빠르게 한번 훑어봐주면 좋겠는데요."

알리시아는 발스의 책상에서 찾은 책을 꺼내 그에게 건네주었다. 베르길리우스는 책을 받아들면서 손전등을 켰다. 그런데 책표지의 나선형 계단 그림을 보자마자, 그는 알리시아를 뚫어지게 쳐다보았다.

"이게 뭔지 전혀 감이 안 잡히나요?"

"당신한테 보여주면 분명히 알 수 있을 거라고 생각했죠."

---

* 라틴음악에서 필수적인 타악기. 나무막대 두 개를 서로 부딪치며 소리를 낸다.

혹시라도 복도에 다른 누군가가 있을까 두려운지 베르길리우스는 주변을 둘러보았다. 그러고는 그녀에게 머리로 신호를 했다.

"내 사무실로 가는 게 좋겠어요."

사무실이라고 해야 제일 아래층 복도 구석에 처박힌 골방에 지나지 않았다. 그곳은 층층마다 산더미처럼 쌓인 책의 무게에 못 이겨 벽에서 불거져나온 것처럼 보이는 방이었다. 안에는 책과 바인더, 붓이 담긴 컵과 바늘부터 확대경, 돋보기, 물감 튜브에 이르기까지 희한한 물건이 벽을 가득 채우고 있었다. 알리시아는 베르길리우스가 망가진 책을 수선하기 위해 이따금씩 응급수술을 하는 곳이 바로 여기구나 짐작했다. 그 방에서 가장 중요한 물건은 작은 냉장고였다. 베르길리우스가 냉장고 문을 열자 그 안에 빼곡히 들어찬 트리나랑후스가 보였다. 그는 두 병을 꺼내 책상 위에 올려놓고 돋보기안경을 썼다. 그러고는 그 책을 빨간 벨벳패드 위에 올려놓은 다음 손에 실크장갑을 꼈다.

"그렇게 조심스럽게 다루는 걸 보면 아주 희귀한 책이 틀림없는 모양……"

"쉿." 베르길리우스가 조용히 하라고 주의를 주었다.

몇 분 동안 알리시아는 그가 빅토르 마타익스의 책을 살펴보는 모습을 조용히 관찰했다. 그는 페이지를 넘길 때마다 혀로 입술을 핥고 삽화를 손으로 부드럽게 어루만지는가 하면, 마성의 진미라도 되는 듯이 판화를 천천히 음미했다.

"베르길리우스, 그러고 있으니까 답답해 미치겠어요. 제발 무슨 말이라도 좀 해보라고요."

그가 고개를 돌리자, 얼음처럼 푸른 눈이 시계수리용 확대경을 통해 더 커 보였다.

"이 책을 어디서 찾아냈는지는 말해주지 않겠죠?" 그가 마침내 입을 열었다.

"맞아요."

"이 정도면 수집가들이 군침을 흘릴 만한 책이네요. 원한다면 값을 후하게 쳐줄 사람을 소개시켜드리죠. 하지만 이건 정부뿐 아니라 교회에서도 금서로 지정한 책이라 각별히 조심해야 돼요."

"그런 책이라면 수백 권도 더 되잖아요. 혹시 이 책과 관련해 내가 전혀 상상하지 못한 점은 없나요?"

베르길리우스는 확대경을 빼고 트리나랑후스를 단번에 반병이나 들이켰다.

"미안하군요. 내가 너무 감격해서 말이죠." 그가 속내를 털어놓았다. "이십 년 만에 처음으로 이런 귀한 물건을 만나서……"

베르길리우스는 여기저기 구멍이 숭숭 난 의자에 기댔다. 순간 그의 눈에서 번뜩하며 빛이 났다. 알리시아는 베르메오 푸마레스가 예측한 바로 그날이 왔음을 직감했다.

14

"내가 아는 한." 베르길리우스가 이야기했다. "1931년에서 1938년 사이에 『영혼의 미로』 시리즈 중 여덟 권이 바르셀로나에서 출간되었습니다. 작가인 빅토르 마타익스에 대해서는 말씀드릴 수 있는 게 별로 없어요. 이따금씩 아동서적 삽화가로 일했다는 것과 '바리도와 에스코비아스'라는 삼류 출판사에서 필명으로 소설 몇 권을 출판했다는 것 말고는요. 그가 남아메리카에서 돈을 긁어모은 바르셀로나 출신의 기업가와 당시 파랄렐로 극장가에서 배우로 비교적 잘나가던 여자 사이에서 태어난 서자라는 소문이 돌기도 했죠. 그런데 그 아버지가 아들은 물론이고 배우와도 연을 끊었대요. 마타익스는 무대 디자이너로도 일했고, 이괄라다*에 있던 완구 제조업체의 카탈로그도 제작했답니다. 1931년에는 '아리아드나와 물에 잠긴 대성당'이라는 제목으로 『영혼의 미로』 1권을 펴냈어요. 내 기억이 틀리지 않는다면, 오르베출판사에서 나왔을 겁니다."

"'미로의 입구'라는 표현과 관련해 특별히 짚이는 건 없나요?"

베르길리우스는 고개를 옆으로 기울였다.

"글쎄요. 이 경우 미로는 도시를 말하는 겁니다."

"바르셀로나."

"또다른 바르셀로나죠. 책에 등장하는 바르셀로나 말입니다."

"그렇다면 일종의 지옥을 말하는 거군요."

"뭐라고 하든지 간에요."

"그럼 입구는 뭐죠?"

베르길리우스는 생각에 잠긴 표정으로 어깨를 으쓱했다.

---

* 바르셀로나의 한 자치시.

"어떤 도시든 입구가 많이 있죠. 잘 모르겠네요. 잠시 생각해봐도 될까요?"

알리시아는 고개를 끄덕였다.

"그럼 아리아드나는요? 그건 누구죠?"

"책을 읽어보세요. 읽어볼 가치가 충분히 있으니까요."

"미리 좀 알려주세요."

"아리아드나는 어린 여자아이예요. 시리즈의 모든 소설에 나오는 주인공이죠. 마타익스의 큰딸이기도 합니다. 어쩌면 아이를 위해 그 소설을 쓴 것인지도 모르죠. 결국 아리아드나는 자기 딸을 반영한 인물이에요. 마타익스는 『이상한 나라의 앨리스』에서도 영감을 얻은 듯해요. 자기 딸이 가장 좋아하던 책이었으니까요. 어때요? 흥미롭지 않아요?"

"내가 감격에 겨워 떠는 게 안 보이세요?"

"그렇게 나오면 아무도 당신을 참아내지 못할 거예요."

"베르길리우스, 당신은 나를 잘 참아주잖아요. 그래서 당신을 그토록 좋아하는 거고요. 계속해봐요."

"나더러 또 어떤 십자가를 지란 말이에요? 독신인데다, 르 퍼뉴의 카밀라*보다 더 암담한 처지인데 말이죠."

"그 책 이야기요, 베르길리우스. 그 책……"

"그러니까 아리아드나는 그의 앨리스였던 셈이죠. 그리고 마

* 아일랜드 작가 조지프 토머스 셰리든 르 퍼뉴가 쓴 고딕미스터리 『카밀라』에 등장하는 흡혈귀.

타익스는 이상한 나라 대신 공포가 지배하는 바르셀로나, 지옥이 나 다름없는 악몽의 도시를 만들어낸 겁니다. 책이 나올수록 배경은 점점 더 무시무시해졌어요. 사실 아리아드나와 그녀가 모험을 펼치는 동안 우연히 마주친 엉뚱한 인물들만큼, 아니 그들보다 더 그 배경이 중요한 역할을 하죠. 이 소설의 진정한 주인공인 셈입니다. 시리즈의 마지막 권으로 알려진 책은 내전이 한창일 때 '아리아드나와 지옥기계들'이라는 제목으로 출간되었는데, 포위된 도시가 결국 적군에게 침공당하는 과정을 다루고 있어요. 그 이후에 벌어진 대학살극은 콘스탄티노플 함락이 〈로럴과 하디〉* 코미디처럼 보일 정도로 처참해요."

"좀전에 마지막 권으로 알려진 책이라고 했나요?"

"내전 후 마타익스가 종적을 감추었을 때, 일부에서는 그가 시리즈의 마지막인 9권을 마무리짓고 있었을 걸로 추정해요. 사실 오래전부터 사정에 밝은 장서가들이 그 원고를 발견하는 사람에게 거액을 주겠다고 약속했지만, 내가 아는 바로는 아직도 찾지 못했죠."

"그런데 마타익스는 어떻게 사라진 거죠?"

베르길리우스는 어깨를 으쓱했다.

"전쟁 직후의 바르셀로나. 자취를 감추기에 그보다 더 좋은 곳이 어디 있겠어요?"

---

* 20세기 초 슬랩스틱코미디로 유명세를 떨친 스탠 로럴과 올리버 하디의 영화. 우리나라에서는 〈홀쭉이와 뚱뚱이〉로 알려졌다.

"그 시리즈의 책을 더 찾을 수 있을까요?"

베르길리우스는 고개를 저으며 남은 트리나랑후스를 단숨에 비웠다.

"아주 어려울 겁니다. 십 년, 아니면 십이 년 전쯤 누군가 세비야의 세르반테스 서점 지하실의 상자 바닥에서 『영혼의 미로』 두어 권을 발견했다는 소식을 들은 적이 있어요. 아주 비싼 가격에 팔렸다고 하더군요. 요즘 그런 책을 찾으려면 비크*의 코스타 고서점이나 바르셀로나 시내의 오래된 서점을 둘러보는 수밖에 없을 겁니다. 어쩌면 구스타보 바르셀로 씨나, 운이 좋으면 셈페레한테 있을지도 모르죠. 하지만 나라면 큰 기대는 하지 않을 겁니다."

"'셈페레와 아들' 서점 말인가요?"

베르길리우스는 놀란 표정으로 그녀를 바라보았다.

"거기를 알아요?"

"들어서 알고 있죠." 알리시아가 대답했다.

"나라면 바르셀로 씨한테 먼저 가볼 겁니다. 그는 아주 희귀한 도서를 전문으로 하는데다 최고 수준의 장서가들과 교유하고 있으니까요. 만약 코스타 서점에 그 책이 있다면, 바르셀로 씨도 알고 있을 거예요."

"바르셀로라는 분을 찾아간다고 해도 나와 이야기를 하려 들까요?"

"거의 은퇴한 상태인 걸로 알고 있지만 예쁜 아가씨가 오면 언

---

* 바르셀로나의 한 지역.

제든지 시간을 낼 겁니다. 무슨 말인지 알잖아요."

"예쁘게 차려입고 가란 말이겠죠."

"나도 가서 그 장면을 봐야 하는데, 그러지 못해 안타깝네요. 그건 그렇고 대체 무슨 일로 그러는지 말해주지 않을 건가요?"

"아직 잘 모르겠어요, 베르길리우스."

"부탁 하나 들어줄 수 있어요?"

"당연히 들어드려야죠."

"지금 하는 일이 다 끝나면, 그러니까 일이 끝나고 무사히 빠져나와서도 여전히 이 책을 가지고 있다면 꼭 내게 갖다주세요. 단 몇 시간만이라도 이 책과 단둘이 보내고 싶으니까요."

"무사히 빠져나오지 못할 이유가 뭐죠?"

"혹시 알아요? 마타익스의 『영혼의 미로』 시리즈에 속한 책들에 공통점이 있다면, 그걸 건드린 사람이 좋지 않은 결말을 맞이한다는 것이거든요."

"당신이 만들어낸 또다른 전설인가요?"

"아뇨. 이건 사실입니다."

19세기 말, 문학 카페와 유령들의 살롱이라는 섬은 세상으로부터 완전히 유리되었다. 그후로 그 섬은 시간이 흘러도 변함없이 역사의 물결을 따라 상상 속 마드리드의 대로를 이리저리 떠돌아다닌다. 그리고 보통은 국립도서관 근처 히혼 카페의 깃발이 흔들리는 곳에 멈춰 있는 것을 발견할 수 있다. 정신과 예술적 감각에 갈증을 느끼는 조난자들을 구조하기 위해 떠다니는 거대한 모래시계처럼 거기서 기다리고 있는 것이다. 어쨌든 그곳에 가면 가장 똑똑한 이라도 커피 한 잔 가격으로 기억의 거울 속에 비친 자신의 모습을 볼 수 있고, 잠시나마 자신이 영원히 살 것이라는 믿음을 가질 수 있을 테니까 말이다.

해가 질 무렵, 알리시아는 대로를 건너 히혼 카페의 문으로 걸어갔다. 바르가스는 창가에 앉아 수입담배를 음미하면서 지나가는 사람들을 경찰관의 눈으로 지켜보고 있었다. 그녀가 안으로 들어오는 것을 보자, 그는 눈을 크게 뜨면서 손짓을 했다. 알리시아는 자리에 앉자마자 지나가던 웨이터를 불러 밀크커피를 주문했다. 따뜻한 커피를 마시면 도서관 지하에서 뼛속까지 파고든 한기를 물리칠 수 있을 것 같았다.

"오래 기다렸어요?" 알리시아가 물었다.

"평생 동안이요." 바르가스가 대답했다. "오후에 뭐 좀 알아낸 게 있나요?"

"뭐, 보기에 따라서는요. 당신은 어때요?"

"그런대로요. 당신을 내려주고 나서 파블로 카스코스 부엔디아라는 사람을 만나러 곧장 발스의 출판사에 갔죠. 당신의 말이 맞았어요. 무언가 앞뒤가 맞지 않는 것이 있어요."

"그래서요?"

"카스코스를 만나보니까 참 멍청하더군요. 그런 주제에 웬 거만을 그렇게 떠는지."

"멍청한 사람일수록 더 기세등등하게 나오는 법이죠." 알리시아가 말했다.

"만나자마자 그 카스코스라는 친구가 회사 사무실로 호화스러운 관광을 시켜주더라고요. 그러더니 마우리시오 씨의 훌륭한 성품과 모범적인 삶에 대해 열변을 토하기 시작하는 거예요. 꼭 자기 인생이 거기에 좌우되기라도 할 것처럼 말이죠."

"잘못짚은 건 아닐 거예요. 발스 같은 이들은 늘 하인과 아첨꾼을 구름떼처럼 몰고 다니니까요."

"정말이지 거기에는 그런 부류의 인간만 우글거리더라고요. 그런데 카스코스는 좀 불안해 보였어요. 뭔가 냄새를 맡았는지 계속 질문을 퍼부어대더군요."

"발스가 왜 집으로 불렀는지 말하던가요?"

"처음에는 입을 딱 닫으려고 해서 좀 몰아세웠죠."

"저한테 뭐라고 하실 입장이 아니네요."

"풋내기나 기회주의자한테는 내가 한마디하는 게 직방이죠. 정말이에요."

"계속하세요."

"우선 수첩 좀 보고요. 생각보다 사연이 꽤나 복잡하더라고요." 바르가스가 계속 말했다. "아, 여기 있네요. 잘 들어보세요. 젊은 시절, 파블리토* 씨는 베아트리스** 아길라르라는 처녀와 약혼을 했더군요. 그런데 이 베아트리스라는 아가씨는 가엾은 청년

* '파블로(Pablo)'의 애칭.

** '베아(Bea)'의 정식 이름.

이 군복무를 하는 중에 그를 버리고 모성의 길을 따라 '셈페레와 아들'이라는 바르셀로나의 중고서점 주인의 아들 다니엘 셈페레와 결혼을 했어요. 그곳은 세바스티안 살가도가 가장 좋아하던 서점이기도 했죠. 출소하자마자 여러 차례 들른 것을 보면, 지난 이십 년 동안 새로 나온 문학작품을 알아보려고 했던 게 분명해요. 서류철에 있던 보고서에도 나오잖아요. 살가도가 죽던 날, 서점 직원 두 명이—그중 하나가 바로 다니엘 셈페레였어요—서점에서 노르테 기차역까지 그를 따라왔다고."

그 순간 알리시아의 눈이 번쩍 빛났다.

"계속하세요."

"그럼 카스코스의 이야기로 돌아가봅시다. 사실 사랑하는 여자로부터 버림을 받았으니 카스코스로서는 억울할 만도 하죠. 하여간 카스코스 소위는 자신의 애인, 사랑스러운 베아트리스와 연락이 완전히 끊어졌던 모양입니다. 그래서 파블리토가 분통을 터뜨리는 겁니다. 올바른 세상이라면 베아트리스처럼 아름다웠고 아름다운 여인은 다니엘 셈페레같이 보잘것없는 남자가 아니라 자기와 인연을 맺을 거라고요."

"돼지 목에 진주목걸이나 다를 바가 없다는 말이군요." 알리시아가 말했다.

"그녀를 전혀 모르는 상태에서 카스코스와 삼십 분을 보내고 나니 베아트리스에게 다행이라는 생각이 들더군요. 여기까지가 배경입니다. 그럼 1957년 중반으로 건너뛰어보죠. 그 무렵 카스코스는 이력서와 가족 추천서를 들고 스페인에 있는 기업의 절반

가랑을 찾아다녔답니다. 그러던 어느 날, 뜻밖에도 마우리시오 발스 씨가 1947년 설립한 아리아드나출판사로부터 면접을 보러 오라는 연락을 받았대요. 물론 발스 씨는 지금도 여전히 그 출판사의 대주주이자 회장이죠. 그 자리에서 그는 영업부 내 아라곤, 카탈루냐, 발레아레스제도 지역 총책임자 자리를 제안받았어요. 높은 연봉에 승진 가능성도 높은 편이었죠. 파블로 카스코스는 흔쾌히 그 제안을 받아들이고 일하기 시작했어요. 그로부터 몇 달이 지난 어느 날, 마우리시오 발스 씨가 그의 사무실로 불쑥 찾아와 오르체르 레스토랑*에서 식사를 하고 싶다고 초대했답니다."

"와, 대단하네요!"

"사실 카스코스로서는 출판사 회장이자 스페인 문화계에서 가장 유명한 인사가 마리아나의 말마따나 중간급 간부를, 더군다나 한 번도 만난 적 없는 직원을 식사에 초대한다는 것이 이상했겠죠. 게다가 영광스러운 파쇼를 상징할 뿐만 아니라, 어쩌면 지하에 무솔리니의 미라가 묻혀 있을지도 모르는 레스토랑으로 데려간다니 얼마나 놀랐겠어요. 애피타이저를 먹는 동안 발스는 카스코스의 장점과 영업부에서의 뛰어난 업무능력 등등 사람들한테 들은 이야기를 늘어놓더랍니다."

"카스코스는 그 말을 믿었다고 하나요?"

"꼭 그렇지는 않아요. 그가 좀 우둔하기는 해도 바보는 아니니까요. 수상한 냄새가 났는지, 그 회사에서 자기가 맡은 일이 상상

* 마드리드 시내에 있는 고급 레스토랑.

했던 것과 다른 종류일지도 모른다는 생각이 들기 시작하더랍니다. 발스는 커피가 나올 때까지 혼자서 연극을 했대요. 둘이 어느 정도 가까워졌다는 느낌이 들자 그가 회사에서 미래가 밝다는 둥, 앞으로 그에게 영업부 부장을 맡길 생각이라는 둥 비행기를 태우더랍니다. 바로 그때, 발스가 뜻밖의 이야기를 꺼내더래요."

"간단히 부탁할 일이 있다고 했겠죠."

"맞아요. 자기는 예전부터 서점을 늘 사랑했다는 이야기를 꺼내더래요. 서점은 문학이라는 경이로운 세계를 떠받쳐주는 버팀목이자 성역이라는 거죠. 특히나 셈페레 서점에 각별한 애정이 있다는 말도 덧붙이더랍니다."

"그 애정이 어디에서 비롯된 것인지 발스가 말했답니까?"

"그런 것까지 밝히지는 않았다고 해요. 그런데 꼭 집어서 셈페레 가족, 특히 서점 주인의 아내, 그러니까 다니엘의 모친인 고故 이사벨라의 옛친구에게 관심을 보이더랍니다."

"그럼 발스가 이사벨라 셈페레와 아는 사이였다는 건가요?"

"카스코스가 보기에 이사벨라뿐만 아니라 그녀의 친한 친구와도 잘 아는 사이 같더랍니다. 누군지 짐작이 가는 데 없어요? 다비드 마르틴이라는 사람이래요."

"빙고."

"참 묘하죠? 마리아나 씨가 그 옛날 발스와 몬주익 교도소 후임 소장이 나눈 대화 중에서 가까스로 기억해낸 신기한 이름이니까요."

"계속하세요."

"그러더니 발스가 그에게 구체적인 요구사항을 내놓더랍니다. 만약 카스코스가 자신의 고유한 매력과 재능, 그리고 과거 베아트리스에 대한 헌신적인 사랑을 잘 끌어내서 그녀와 다시 연락을 주고받게 된다면 그 고마움을 영원히 잊지 않겠노라고 말이에요. 결국 끊어진 다리를 다시 세우라는 얘기죠."

"그녀를 유혹하라는 건가요?"

"말하자면 그렇습니다."

"무슨 이유 때문인가요?"

"그 다비드 마르틴이라는 자가 살아 있는지, 그리고 그 당시 셈페레 가족과 연락을 하고 있는지 알아보려는 속셈이죠."

"그렇게 궁금하면 발스가 셈페레 가족에게 직접 물어보면 되잖아요?"

"카스코스도 그렇게 물었답니다."

"장관이 뭐라고 했죠?"

"발스 얘기로는 워낙 민감하고 개인적인 문제라서 그럴 수가 없다는 거예요. 그리고 그 모든 것과 무관한 어떤 이유로 우선 그 마르틴이라는 자가 막후에서 움직인다는 의혹이 근거가 있는지 타진해보는 편이 나을 것 같다고 했답니다."

"그래서 어떻게 됐죠?"

"뻔뻔스럽게도 카스코스는 온갖 미사여구를 동원해 옛 연인에게 편지를 쓰기 시작했다고 해요."

"답장은 받았답니까?"

"짓궂기는요. 무슨 치정극이 머리에 떠오르는 모양인데……"

"바르가스, 본론에서 벗어나지 말아요."

"미안합니다. 하던 이야기를 계속하면, 처음에는 아무 답장도 없더래요. 그사이 베아트리스는 한 남자의 아내이자 엄마가 되어 있었거든요. 그러니 그런 삼류 바람둥이의 유혹에 신경쓸 이유가 없었겠죠. 하지만 카스코스도 순순히 물러서지 않았어요. 오히려 억울하게 빼앗긴 여인을 되찾을 수 있는 절호의 기회로 여기기 시작한 거죠."

"다니엘과 베아트리스의 결혼생활에 먹구름이 끼기 시작했나요?"

"그거야 모르죠. 다만 두 사람이 너무 젊은데다, 식을 올리기도 전에 아이가 생기는 바람에 서둘러 결혼을 했다는 건…… 관계가 취약해질 수 있는 최상의 조건이죠. 그렇게 몇 주가 흘렀는데도 베아는 아무 답장도 하지 않았답니다. 그런데도 발스는 계속 밀어붙이더래요. 카스코스가 점점 초초해지기 시작하던 무렵 발스가 최후통첩이나 다름없는 요구를 했어요. 카스코스는 어쩔 수 없이 베아트리스에게 마지막으로 편지를 보내 리츠호텔 스위트룸에서 은밀하게 만나자고 했답니다."

"베아트리스가 나왔대요?"

"아뇨. 대신 다니엘이 나왔더랍니다."

"남편이요?"

"그렇죠."

"그렇다면 베아트리스가 남편한테 편지 이야기를 했다는 건가요?"

"아니면 그가 우연히 그 편지를 봤을지도 모르고요…… 어느 쪽이든 매한가지죠. 문제는 다니엘 셈페레가 리츠호텔에 나타났다는 점이니까요. 하여간 카스코스가 향수를 뿌린 가운 차림에 슬리퍼를 신고 샴페인잔을 손에 든 채 문을 열자, 다니엘이 무지막지하게 그를 두들겨팼답니다. 나중에 얼굴도 못 알아볼 정도로 말이죠."

"다니엘이라는 자 참 마음에 드는군요."

"성급한 판단은 자제하시죠. 카스코스는 아직도 얼굴이 욱신거릴 정도로 심하게 맞았어요. 그때 우연히 방 앞을 지나가던 사복형사가 끼어들지 않았더라면 그는 다니엘의 손에 죽었을 거라고 하더군요."

"뭐라고요?"

"그런데 그 마지막 장면이 왠지 수상쩍더라고요. 아무리 봐도 진짜 경찰이 아니라 다니엘 셈페레와 한패거리인 것 같거든요."

"그래서요?"

"그래서 얼굴이 엉망이 된 카스코스는 잔뜩 풀이 죽은 채 마드리드로 돌아갔죠. 그런데 무엇보다 발스한테 가서 무슨 말을 해야 할지 생각하니 앞이 캄캄해지고 두렵기까지 하더랍니다."

"발스는 뭐라고 했대요?"

"아무 말 없이 그냥 듣기만 하더래요. 그러더니 그 사건은 물론, 자기가 그런 일을 시킨 것도 절대 입 밖에 내서는 안 된다고 다짐을 받았답니다."

"그렇게 그 일은 일단락된 건가요?"

"그렇게 되는 듯했죠. 그러다가 발스가 종적을 감추기 며칠 전, 갑자기 그에게 전화를 걸어 할말이 있으니 자기 집으로 찾아오라고 했답니다. 구체적인 이유는 밝히지 않았지만 아마 셈페레 가족, 그러니까 이사벨라, 다비드 마르틴이라는 자와 관련된 것이었겠죠."

"불러놓고 정작 발스 본인은 나타나지 않은 거군요."

"지금까지 확인된 건 여기까집니다." 바르가스가 이야기를 마무리했다.

"다비드 마르틴에 대해서 알려진 건 뭐가 있죠? 그동안 그 사람에 관해 알아낸 게 있나요?"

"아직은 별로 없어요. 하지만 내가 알아낸 것만으로도 적지 않은 수확이라고 할 수 있어요. 그는 사람들의 뇌리에서 잊힌 작가입니다. 주목할 것은 그가 1939년에서 1941년까지 몬주익 교도소에 수감되어 있었다는 사실이에요."

"그렇다면 발스와 살가도가 거기에 있던 시기와 겹치는군요." 알리시아가 정확하게 지적했다.

"사람들 말마따나 감방 동기인 셈이죠."

"그럼 1941년에 출소한 뒤에 다비드 마르틴은 어떻게 됐죠?"

"그 이후 기록은 존재하지 않아요. 경찰 보고서에는 탈옥 시도 중 실종 및 사망으로 기재되어 있더라고요."

"그러니까 그 말은……"

"아마 재판 없이 즉결처형된 후 구덩이나 공동묘지에 묻힌 것 같아요."

"발스의 명령으로요?"

"그럴 가능성이 높습니다. 그 당시에 그런 명령을 내릴 수 있는 사람은 발스밖에 없으니까요."

알리시아는 그때까지 들은 이야기를 곰곰이 따져보았다.

"그런데 발스는 자기가 처형한 사람을 왜 찾으려고 한 거죠?"

"죽어서도 완전히 죽지 않는 사람들이 가끔 있는 법이죠. 엘시드*도 그랬잖아요."

"그렇다면 발스는 마르틴이 계속 살아 있는 것으로 여긴다고 가정해보죠……" 알리시아가 말했다.

"그러면 앞뒤가 딱 들어맞을 겁니다."

"살아남아서 복수의 칼을 갈고 있다고 말이죠. 어둠 속에서 살가도를 움직여 복수할 순간을 기다리고 있을지도 모른다고요."

"감방에서 만난 동지들끼리는 쉽게 잊지 못하는 법이니까요." 바르가스가 말했다.

"남은 문제는 마르틴과 셈페레 가족이 어떤 관계인지를 밝히는 거로군요."

"발스가 경찰 수사를 막고 대신 카스코스를 이용하려고 한 걸 보면 뭔가 있는 게 분명해요."

"그럼 그 뭔가가 모든 문제를 푸는 열쇠가 되겠군요."

"이 정도면 우리 호흡이 꽤 잘 맞는 것 같지 않아요?"

알리시아는 바르가스가 고양이처럼 입꼬리를 살짝 들어올리며

* 11세기에 이슬람으로부터 이베리아반도를 지키기 위해 활약한 스페인의 영웅.

웃는 모습을 주의깊게 바라보았다.

"더 없어요?"

"그 정도면 충분하지 않아요?"

"어서 말해봐요."

바르가스는 담배에 불을 붙이고 한 모금 깊이 빨아들인 뒤, 손가락 사이로 소용돌이치며 피어오르는 연기를 찬찬히 살폈다.

"그러고 나서 당신이 친구를 만나는 동안, 그리고 이후 당신이 승리의 월계관을 쓰도록 나 혼자서 문제를 해결한 다음, 죄수 세바스티안 살가도의 편지를 가지러 경찰청 본부에 들른 김에 필적 감정사인 시헤스라는 친구를 찾아가 의견을 구했어요. 걱정 마세요. 무슨 일 때문인지 말하지도 않았고, 그 친구도 묻지 않았으니까요. 종이 네 장을 순서에 상관없이 그에게 보여주었죠. 그는 한참을 살펴보더니 악센트 부호와 최소한 글자 열네 개와 이음줄에 오른손잡이에게서는 볼 수 없는 많은 특징이 있다고 하더군요. 나는 잘 모르지만 글을 쓸 때 펜의 각도와 종이에 잉크가 번지는 정도, 압력, 뭐 그런 것들이죠."

"거기서 뭘 알아냈죠?"

"발스에게 협박편지를 쓴 사람은 왼손잡이라는 거죠."

"그래서요?"

"그래서 그해 1월에 갑자기 세바스틴 살가도가 석방되고 난 뒤 바르셀로나 경찰이 작성한 사찰 보고서를 보면, 그 친구가 재소중에 왼손을 잃어서 자기瓷器로 된 의수를 달고 다닌다는 내용이 나와요. 이런 표현이 어떨지 모르겠지만, 누군가가 심문 과정에서 아주 심하게 손을 봐준 모양이죠."

알리시아는 무슨 말을 하려는 듯 했지만, 돌연 멍한 표정을 지으며 잠자코 있었다. 그러더니 얼굴이 창백해지기 시작했다. 바르가스는 그녀의 이마가 식은땀으로 번들거리는 것을 보았다.

"어쨌든 우리 외팔이 살가도는 그 편지를 썼을 리가 없다는 얘기죠. 내 말 듣고 있어요? 괜찮아요?"

알리시아는 자리에서 벌떡 일어나더니 외투를 걸쳤다.

"알리시아?"

알리시아는 테이블에서 살가도의 것으로 추정되는 편지가 든 파일을 들고 바르가스를 멍하게 쳐다보았다.

"알리시아?"

알리시아가 출구로 걸어나가자 바르가스는 당황한 표정으로 그녀의 뒷모습을 빤히 쳐다보았다.

15

거리로 나가자마자 통증이 더 심해졌다. 바르가스한테 그런 모습을 보이기는 싫었다. 바르가스뿐만 아니라 그 누구한테도 보여주고 싶지 않았다. 이번에는 증세가 심상치 않았다. 빌어먹을 마드리드의 추위. 점심때 주사한 약으로 일단 시간을 벌었지만, 그 이상의 효과는 없었다. 엉덩이에 찌르는 듯한 통증이 느껴져 견디려고 숨을 천천히 쉬었다. 그러곤 한 걸음 한 걸음 조심하면서 걸었다. 아직 시벨레스광장에 이르지도 못했는데, 마치 전류가 뼈를 녹이는 듯이 고통스러운 경련이 지나갈 때까지 가로등을 붙잡고 서 있어야만 했다. 지나가는 사람들의 흘끔거리는 시선이 느껴졌다.

"아가씨, 괜찮아요?"

그녀는 누군지 쳐다보지도 않고 고개만 끄덕였다. 한숨을 돌린 그녀는 택시를 잡아 이스파니아호텔로 가자고 했다. 운전사는 무언가 불안한 눈빛으로 그녀를 살펴보았지만 아무 말도 하지 않았다. 해가 지면서 그란 비아의 가로등 불빛은 벌써 동굴 같은 회사를 떠나 집으로 돌아가는 사람들과 갈 곳 없이 떠도는 사람들의 잿빛 물결을 골고루 비춰주고 있었다. 알리시아는 차창에 머리를 댄 채 눈을 감았다.

이스파니아호텔 앞에 도착하자, 알리시아는 택시 운전사에게 내릴 수 있도록 도와달라고 부탁했다. 그에게 팁을 두둑이 준 뒤 그녀는 손으로 벽을 짚으면서 로비를 향해 걸어갔다. 안내데스크에 있던 마우라가 들어오는 그녀를 보자마자 자리에서 벌떡 일어나 옆으로 달려왔다. 마우라는 걱정스러운 표정으로 그녀의 허리를 붙잡고 엘리베이터까지 부축해주었다.

"통증이 다시 도진 거예요?" 그가 물었다.

"좀 있으면 괜찮아질 거예요. 날씨 때문에……"

"안색이 영 안 좋아요. 의사를 부를까요?"

"그럴 필요 없어요. 방에 올라가면 약이 있으니까요."

마우라는 그녀가 썩 미덥지 못했지만 고개를 끄덕였다. 알리시아는 그의 팔을 툭툭 쳤다.

"마우라 씨, 당신은 아주 좋은 친구예요. 앞으로 많이 그리울 거예요."

"어디 다른 데로 가시려고요?"

알리시아는 엘리베이터에 타면서 미소와 함께 손을 흔들어 그에게 인사를 건넸다.

"그런데 손님이 온 것 같던데요……" 문이 닫히려고 하는 순간 마우라가 말했다.

그녀는 벽을 짚고 절뚝거리며 어둠에 잠긴 긴 복도를 지나 방으로 걸어갔다. 복도 양옆으로 수십 개의 빈방 문이 꼭꼭 닫혀 있었다. 그런 날 밤이면 알리시아는 그 층에 사는 사람이 자기밖에 없을 거라는 생각이 들곤 했다. 그러면서도 누군가가 늘 자기를 엿보고 있다는 느낌을 지울 수 없었다. 어둠 속에서 걸음을 멈추면, 거기서 늘 살고 있는 이들의 숨결이 목덜미에 와닿거나 손가락으로 얼굴을 어루만지는 느낌이 들 때가 종종 있었다. 복도 끝에 있는 자기 방에 도착하자 그녀는 잠시 멈춰 서서 가쁜 숨을 몰아쉬었다.

문을 연 그녀는 굳이 불을 켜지 않았다. 그란 비아에 있는 영화관과 극장의 네온사인이 깜박거릴 때마다 어두운 방안으로 테크니컬러의 뿌연 불빛이 퍼져나갔다. 문에서 등을 돌린 채 안락의자에 앉아 있는 사람의 형체가 어렴풋이 보였다. 손에서는 담배가 타고 있었고, 푸르스름한 연기가 아라베스크 무늬를 이루며 소용돌이치듯 위로 올라가고 있었다.

“오늘 늦은 오후에라도 나를 찾아올 줄 알았어.” 레안드로가 말했다.

비틀거리며 걷던 알리시아는 기진맥진한 채 침대 위에 풀썩 쓰러지고 말았다. 레안드로는 고개를 돌리더니 절레절레 흔들며 한숨을 내쉬었다.

“그거 갖다줄까?”

“아무것도 필요 없어요.”

“그동안의 잘못을 속죄하겠다는 거야, 아니면 쓸데없이 고통을 즐기겠다는 거야?”

레안드로는 자리에서 일어나 그녀에게 다가갔다.

“자, 어디 좀 보자고.”

그는 허리를 숙이더니 의사처럼 냉정하게 그녀의 엉덩이를 만져보았다.

“마지막으로 주사한 게 언제지?”

“오늘 낮에요. 10밀리그램 했어요.”

“그 정도 가지고는 턱도 없다고. 자네도 잘 알겠지만.”

“어쩌면 20밀리그램이었는지도 모르겠어요.”

레안드로는 고개를 저으며 무슨 말인가를 중얼거렸다. 그는 곧장 화장실로 가서 캐비닛을 열고 안에서 금속케이스를 찾아낸 다음 다시 알리시아 옆으로 왔다. 그는 침대 모서리에 걸터앉아 케이스를 열고 주사 놓을 준비를 했다.

“알리시아, 잘 알겠지만 자네가 이럴 때마다 늘 마음에 걸려.”

“어쨌거나 제 문제예요.”

"하지만 이런 식으로 자학한다면, 그건 내 문제이기도 해. 돌아누워봐."

알리시아는 눈을 감고 돌아누웠다. 레안드로는 그녀의 치마를 허리께까지 들어올린 뒤 호크를 풀고 보철장치를 떼어냈다. 알리시아의 입에서 고통스러운 신음소리가 흘러나왔다. 그녀는 눈을 질끈 감고 가쁜 숨을 몰아쉬었다.

"자네보다 보는 내 마음이 더 아프다고." 레안드로가 말했다.

그는 그녀의 허벅지를 꽉 잡고 침대에서 움직이지 못하게 했다. 그가 엉덩이의 상처 부위에 주삿바늘을 찌르자 알리시아는 온몸을 부르르 떨었다. 그녀는 끔찍한 고통을 이기지 못해 신음소리를 내듯 울부짖었다. 그리고 잠시 동안 온몸이 강철케이블처럼 팽팽하게 긴장되었다. 천천히 주삿바늘을 뺀 레안드로는 주사기를 침대 위에 던져놓았다. 그는 알리시아의 다리를 꽉 붙잡았던 손에 힘을 풀고 그녀의 몸을 돌려 똑바로 눕혔다. 그는 치마를 내리고 그녀의 머리를 들어 베개 위에 살포시 눕혀주었다. 알리시아의 이마에 땀이 송골송골 맺혀 있었다. 그는 손수건을 꺼내 이마의 땀을 닦아주었다. 그녀는 멍한 눈으로 그를 쳐다보았다.

"지금 몇시죠?" 그녀가 더듬거리며 물었다.

레안드로는 그녀의 뺨을 부드럽게 어루만지며 말했다.

"아직은 일어나기에 일러. 조금 더 쉬어야 해."

16

알리시아가 잠에서 깨어보니 방안은 어둠에 잠겨 있었다. 침대 옆 안락의자에 앉아 있는 레안드로의 모습이 희미하게 보였다. 그는 손에 든 빅토르 마타익스의 책을 읽고 있었다. 알리시아는 자기가 잠든 사이 그가 자기 주머니와 핸드백, 그리고 어쩌면 서랍까지 다 뒤졌을 거라는 생각이 들었다.

"좀 좋아졌어?" 레안드로는 여전히 책에서 눈을 떼지 않은 채 물었다.

"네." 알리시아가 대답했다.

잠에서 깨고 나면 이상할 정도로 정신이 맑고, 얼어붙은 젤라틴이 혈관 속을 미끄러지듯 돌아다니는 느낌이 들었다. 레안드로가 담요로 몸을 덮어준 터였다. 그녀는 이리저리 더듬거려본 뒤에야 자기가 아직도 외출복을 입고 있다는 것을 알아차렸다. 몸을 일으켜 침대 머리판에 기대고 앉았다. 통증은 추위에 묻혀 아주 희미하게 느껴질 뿐이었다. 레안드로가 몸을 숙여 잔을 건넸다. 두 모금 들이켜보니 물맛은 아니었다.

"이게 뭐죠?"

"쭉 마셔."

알리시아가 잔을 들이켜자 레안드로는 책을 덮고 탁자 위에 놓았다.

"알리시아, 나는 도무지 자네의 문학적 취향을 이해할 수 없어."

"그건 발스의 사무실 책상 서랍에 숨겨져 있던 책이에요."

"그럼 이 책이 우리 일과 무슨 관계라도 있다는 건가?"

"지금으로서는 어떤 가능성도 배제할 수 없죠."

"말하는 투가 꼭 힐 데 파르테라 같군. 새로 만난 동료는 어때?"

"바르가스요? 유능한 것 같더군요."

"믿을 만한 사람이야?"

알리시아는 어깨를 으쓱했다.

"자기 그림자조차 믿지 못하는 사람이 그렇게 유보적인 걸 보면, 자네 입장이 정권 쪽으로 기울었다고 봐도 될지 모르겠군."

"좋을 대로 생각하세요." 그녀가 대꾸했다.

"우리는 아직 냉전중인가?"

알리시아는 한숨을 내쉬며 고개를 저었다.

"이건 의례적인 방문이 아니야, 알리시아. 나는 할일이 많아. 더구나 팔라세호텔에서 나와의 만찬을 기다리는 사람도 있다고. 나한테 해줄 이야기 없어?"

알리시아는 그날 하루 동안 있었던 일을 간략하게 정리해서 보고한 다음, 평소대로 레안드로가 사건의 개요를 혼자서 조용히 소화하도록 내버려두었다. 레안드로는 자리에서 일어나 창가로 갔다. 알리시아는 그란 비아의 불빛을 받으며 꼼짝 않고 서 있는 그의 실루엣을 지켜보았다. 가는 팔과 다리에 비해 상체가 엄청나게 큰 탓인지, 그의 모습은 거미줄에 매달린 거미 같은 인상을 풍겼다. 알리시아는 그의 사색을 방해하지 않았다. 그녀는 레안드로가 천천히 시간을 들여 사건을 재구성하고 유추하기를 좋아한다는 것을 알고 있었다. 그는 하나하나의 정보를 천천히 음미하면서 어떻게 하면 가장 결정적인 결과를 도출할 수 있을지 골똘히 궁리하곤 했다.

"이 책을 찾아서 가져간다고 발스의 비서한테 알리지 않은 것 같은데." 그가 마침내 입을 열었다.

"네. 내가 이 책을 가지고 있는 것을 아는 사람은 바르가스밖에 없어요."

"문제가 거기서 끝난다면 정말 좋을 텐데 말이야. 혹시 바르가스가 자기 상관들에게 책 이야기를 하지 않도록 설득할 수 있겠어?"

"네. 적어도 며칠 동안은 가능할 거예요."

레안드로는 약간 짜증난 표정으로 한숨을 쉬었다. 그는 창가를 떠나 천천히 의자로 돌아왔다. 그리고 자리에 앉아 다리를 꼬더니 검시관 같은 눈초리로 알리시아를 뜯어보았다.

"바예호 박사를 찾아가면 좋을 텐데."

"그건 이미 끝난 이야기잖아요."

"이 나라 최고의 전문가라니까."

"싫어요."

"내가 대신 예약해줄 테니까, 부담 갖지 말고 한 번만 가봐."

"싫어요."

"이왕 그렇게 한 마디로 딱 자를 거라면, '싫어요'만 외치지 말고 다른 말도 좀 해보라고."

"좋아요." 알리시아가 대답했다.

레안드로는 탁자 위에 있던 책을 다시 들더니 혼자서 미소를 지으며 훑어보기 시작했다.

"재미있어요?"

레안드로는 천천히 고개를 저었다.

"아니. 사실은 온몸에 소름이 돋는 기분이야. 딱 자네를 위해 만들어진 책이라고 생각하던 참이었어."

레안드로는 책을 빠르게 훑어보다가도 가끔 이곳저곳에 시선을 멈추며 믿을 수 없다는 표정을 짓기도 했다. 마침내 그는 책을 돌려주며 그녀를 쳐다보았다. 그의 눈빛은 꼭 예수회 수사 같았다. 상대방이 마음속으로 죄를 짓기도 전에 그것을 알아채고는 눈 깜짝할 사이에 보속하는 그런 눈빛.

"팔라세호텔에서 중요한 만찬이 있다고 하지 않았나요? 음식이 다 식어버렸겠네요." 알리시아가 넌지시 말했다.

레안드로는 수사처럼 고개를 끄덕였다.

"일어나지 말고 푹 쉬어. 그리고 화장실 캐비닛에 100밀리짜리 앰풀 열 개 갖다놓았어."

알리시아는 분노가 치밀었지만 입술을 깨물며 침묵을 지켰다. 레안드로는 고개를 끄덕이며 문으로 향했다. 방을 나서기 전, 그가 우뚝 멈춰 서더니 검지로 그녀를 가리켰다.

"어리석은 짓은 하지 마." 그가 경고하듯 말했다.

알리시아는 기도하듯 두 손을 모으고 조용히 미소 지었다.

17

레안드로에게서, 모든 곳을 따라다니며 지시를 내리는 그 영향력에서 벗어나자 알리시아는 방문을 걸어잠그고 곧장 화장실로 들어가 샤워기를 틀었다. 그러곤 거의 사십 분 동안 바늘처럼 쏟아져내리는 뜨거운 물줄기와 뿌옇게 서린 김에 몸을 맡겼다. 그녀는 불도 켜지 않고 화장실 창문으로 새어들어오는 희미한 불빛 속에서 몸에 달라붙은 고된 하루가 물줄기에 씻겨내려가도록 가만히 서 있었다. 이스파니아호텔의 보일러는 지옥 어느 곳에 묻혀 있는지 수도관이 계속 달그락거렸다. 벽 너머로 새어나오는 금속성의 소리는 마치 최면을 거는 음악소리처럼 들렸다. 살갗이 벗겨지려는 듯 얼얼해지자 그녀는 수도꼭지를 잠그고 샤워기에서 물방울 떨어지는 소리와 그란 비아를 달리는 차 소리를 들으며 그대로 이 분 동안 서 있었다.

잠시 후, 그녀는 타월을 몸에 두르고 화이트와인을 잔에 넘치도록 가득 채웠다. 그러곤 그날 오전 힐 데 파르테라가 건네준 문서와 세바스티안 살가도 혹은 고인이 된 다비드 마르틴이 발스 장관에게 보낸 편지를 들고 침대에 누웠다.

그녀는 먼저 문서부터 펴들고, 그날 하루 동안 알아낸 사실과 경찰청 본부의 공식 수사 기록을 일일이 대조하면서 읽었다. 대부분의 경찰 보고서가 그렇듯이 거기에도 별로 중요하지 않은 내용만 언급되고 흥미로운 부분은 아예 누락되어 있었다. 마드리드 예술협회에서 벌어진 발스 장관 암살 미수 사건에 관한 조서는 일관성이 없고 부풀려진 추측 장르의 가히 걸작이라 할 만했다. 관객석에 있던 어떤 이가 자기 목숨을 노리려고 했다는 발스의 진술을 아무 근거도 없이 반박하는 내용만 담겨 있었으니까 말이다. 그나마 주목할 만한 것은 암살 미수로 추정되는 사건의 증인으로 추정되는 한 사람이 복면을 쓰거나 얼굴의 일부를 가린 채 추정컨대 무대 뒤에 숨어 있던 용의자로 추정되는 어떤 인물을 보았다는 언급이었다. 알리시아의 입에서 지루한 한숨이 새어나왔다.

"쾌걸 조로만 찾으면 되겠네." 그녀는 혼자서 중얼거렸다.

어설프게 급조한 티가 나는 기록을 대충 넘겨보는 것도 지루해지자, 그녀는 서류철을 집어던지고 편지를 훑어보기 시작했다.

편지를 세어보니 열두 통가량 되었다. 그런데 모두 누렇게 변한 종이에 삐뚤삐뚤한 글씨로 쓰여 있는데다 분량 또한 길어봐야 두 문단을 넘지 않았다. 닳은 펜촉으로 쓴 탓인지, 잉크가 일정하게 흘러나오지 않아 어떤 글자는 번져 있는 반면 어떤 글자는 종이에 긁힌 자국만 남은 경우도 있었다. 그리고 필체를 보면 글자가 서로 이어지지 않아서 한 글자씩 또박또박 쓴 듯한 느낌을 주었다. 편지마다 '진실'과 '죽음의 아이들', 그리고 '미로의 입구에서' 등 같은 내용이 되풀이되었다. 오랜 세월 동안 그런 메시지를 받은 발스가 결국 행동에 나설 수밖에 없게 된 데에는 분명 그럴 만한 까닭이 있었을 것이다.

"그게 뭘까?" 알리시아는 속삭이듯 말했다.

해답은 대부분 과거에 있었다. 그건 레안드로에게서 배운 첫번째 교훈이었다. 과거 바르셀로나에서 비밀경찰 고위관리의 장례식에 참석하고—그의 말에 따르면 교육의 일환으로 그녀의 의사와 상관없이 데려간 것이었다—나오는 길에 레안드로가 했던 말이다. 누구든 살다보면 어느 시점부터 자신의 미래가 반드시 과거에 존재한다는 것이 주장의 요체였다.

"그거야 당연한 것 아닌가요?" 그때 알리시아는 반문했다.

"반드시 과거에 있기 마련인 열쇠를 사람들이 현재나 미래에서 찾으려고 얼마나 애쓰는지 알면 자네도 놀랄 거야."

레안드로는 교훈적 아포리즘을 즐겨 사용했다. 장례식장에서 알리시아는 그가 고인에 대해서, 아니면 자신의 경험담을 말하는 것인 줄 알았다. 음험한 정권에서 승승장구하던 저명인사들처럼, 자신을 권력의 언저리로 휩쓸리게 만든 어둠의 파도에 대해서 말하는 줄로만 알았다. 그의 표현대로 선택받은 자들, 즉 탁한 물 위에 늘 거품처럼 떠 있는 자들에 대해서 말이다. 다시 말해 어머니 뱃속이 아니라 하수구에서 솟아난 피의 강물처럼 불모지나 다름없는 저 거리를 쓸고 다니는 부패의 망토 아래서 이 세상에 태어난 듯한 유명인사 무리에 대해서 말이다. 알리시아는 그것이 자기가 발스의 사무실에서 가져온 책에서 가져온 이미지임을 깨달았다. 하수구에서 솟아나 서서히 거리에 넘쳐흐르는 피의 강물. 미로.

알리시아는 편지를 바닥에 떨어뜨리고 눈을 감았다. 약기운이 혈관에 퍼지면서 온몸에 한기가 들 때마다 마음속 어두운 방문이 열리곤 했다. 그건 극심한 통증을 달래기 위해 치러야 하는 대가였다. 레안드로는 그 점을 잘 알았다. 그는 그녀가 고통도 의식도 존재하지 않는 얼어붙은 그 망토 아래 숨어 있으면 눈으로 어둠을 꿰뚫어볼 수 있고 남들이 상상조차 할 수 없는 것을 듣고 느낄 수 있을 뿐만 아니라, 사람들이 뒤에 꼭꼭 감추어놓은 비밀도 캐낼 수 있다는 것을 알았다. 또한 레안드로는 알리시아가 검은 물속에 들어가 전리품을 손에 들고 나타날 때마다 자기 육체와 영혼의 일부를 거기에 남겨두고 온다는 것도 잘 알았다. 그녀가 그를 미워하는 것도 바로 그런 이유 때문이었다. 그녀는 그를 떠올릴 때마다 자신을 만든 존재와 그의 비참하고 불행한 삶을 속속들이 아는 자만이 느낄 수 있는 분노를 느꼈다.

알리시아는 자리에서 벌떡 일어나 화장실로 갔다. 거울이 달린 작은 캐비닛 문을 열자 레안드로가 가지런히 정리해둔 앰플이 보였다. 그가 준 상이었다. 그녀는 두 손으로 약병을 잡고 세면대에 힘껏 내던져버렸다. 깨진 유리 사이로 흘러나온 투명한 액체가 곧장 배수구로 사라졌다.

"개자식." 그녀가 중얼거렸다.

잠시 후 전화벨이 울렸다. 벨이 계속 울리는 가운데, 알리시아는 화장실 거울에 비친 자신의 모습을 한동안 바라보았다. 그녀는 그 전화가 오기를 기다리고 있었다. 방으로 돌아가 수화기를 들었다. 그러곤 말없이 듣기만 했다.

"발스의 차가 발견됐어." 레안드로의 목소리였다.

그녀는 아무 말도 하지 않았다.

"바르셀로나에서 찾았군요." 그녀가 마침내 입을 열었다.

"그래." 레안드로가 말했다.

"그런데 발스는 흔적도 없이 사라졌겠죠."

"경호원도 마찬가지야."

알리시아는 침대에 걸터앉은 채 유리창에 피처럼 흘러내리는 불빛을 멍하니 쳐다보았다.

"알리시아? 내 말 듣고 있어?"

"내일 아침 첫차를 타고 갈게요. 아마 아토차역에서 일곱시에 출발할 거예요."

수화기에서 레안드로의 한숨소리가 흘러나왔다. 팔라세호텔 스위트룸 침대에 누워 있는 그의 모습이 눈앞에 떠올랐다.

"알리시아, 그게 최선의 방법인지 확신이 서지 않는군."

"그럼 경찰 손에 맡기고 싶으세요?"

"잘 알겠지만, 혼자 바르셀로나에 보내려니까 걱정이 돼서 그러는 거야. 자네한테 좋을 리가 없잖아."

"아무 일도 없을 거예요."

"어디 묵을 거지?"

"어디겠어요?"

"아비뇽 거리의 아파트겠지……" 레안드로는 한숨을 내쉬었다. "좀 좋은 호텔로 가는 게 어때?"

"거기가 우리집이니까요."

"자네 집은 여기 있잖아."

알리시아는 최근 몇 년 동안 갇혀 지내던 방안을 쭉 둘러보았다. 관처럼 답답한 이곳이 집이라고 생각하는 이는 레안드로밖에 없었다.

"바르가스도 알고 있나요?"

"그건 경찰청 본부에서 나온 정보야. 아무리 늦어도 내일 아침이면 알게 되겠지."

"다른 건 없어요?"

레안드로는 숨을 깊게 들이쉬었다.

"어떤 일이 있어도 내게 매일 연락을 주면 좋겠는데."

"알았어요."

"잊으면 안 돼."

"알았다고 했잖아요. 안녕히 주무세요."

그녀가 전화를 끊으려던 찰나, 수화기에서 레안드로의 목소리가 흘러나왔다. 그녀는 다시 수화기를 귀에 갖다댔다.

"알리시아?"

"네."

"조심해야 돼."

18

그녀는 언젠가 바르셀로나로 돌아가리라는 것을 진작 알고 있었다. 하필 레안드로를 위한 마지막 임무로 그렇게 되었다는 사실은 아이러니를 더했고, 그녀의 멘토 또한 그 점을 놓치지 않았을 것이다. 그녀는 그가 스위트룸에서 생각에 잠긴 채 이리저리 서성이다가도 전화기를 힐끔거리는 모습을 상상했다. 수화기를 들고 그녀에게 다시 전화를 걸어 마드리드에 남아 있으라고 지시를 내리고 싶은 유혹에 시달리는 모습. 레안드로는 어떤 경우든 자기 꼭두각시가 스스로 줄을 끊으려고 하는 것을 달가워하지 않았다. 과거에 그런 일이 없지는 않았다. 그럴 때마다 꼭두각시는 자기 일이 해피엔딩을 좋아하는 사람들을 위한 직업은 아니라는 사실을 뼈저리게 깨닫곤 했다. 하지만 알리시아는 처음부터 달랐다. 그녀는 그가 가장 아끼는 부하였다. 다시 말해 그가 남긴 최고의 걸작이었다.

그녀는 잔에 다시 화이트와인을 따르고 침대에 누워서 전화가 오기를 기다렸다. 그럴 바에는 차라리 전화선을 뽑아버리고 싶은 충동이 일기도 했다. 예전에 그렇게 했던 적이 있었다. 그러자 그의 부하 두 명이 문 앞에 나타나더니 그녀를 복도 끝으로 데리고 갔다. 거기에는 낯선 레안드로가, 침착한 표정은 온데간데없이 불안에 사로잡힌 레안드로가 그녀를 기다리고 있었다. 그때 레안드로는 의심과 반가움이 뒤섞인 표정으로 그녀를 바라보았다. 와락 껴안을지, 아니면 부하들에게 그 자리에서 개머리판으로 그녀를 흠씬 두들겨패라고 명령을 내릴지 머뭇거리는 눈치였다. '두 번 다시는 그런 짓 하지 마.' 그때 그가 말했다. 그 일이 있은 지도 벌써 이 년이나 지났다.

늦은 밤까지 기다렸지만 레안드로의 전화는 끝내 오지 않았다. 그녀를 새장에서 풀어줄 만큼, 그는 발스를 찾아 정부의 고위인사들을 기쁘게 해주고 싶은 마음이 큰 듯했다. 그날 밤 두 사람 모두 쉽게 잠을 이루지 못하리라는 생각이 들자 알리시아는 레안드로가 이 세상에서 자신을 절대 찾을 수 없는 유일한 곳, 즉 책 속으로 숨어들어가기로 마음먹었다. 그녀는 발스의 사무실에서 찾아낸 검은색 책을 집어들었다. 그러곤 빅토르 마타익스의 정신세계 속으로 들어갈 준비를 하고 책장을 펼쳤다.

첫 문단을 다 읽기도 전에 그녀는 자기 손에 들고 있는 책이 수사증거라는 사실을 까맣게 잊어버리고 말았다. 말의 향기에 매료된 그녀는 이내 책 속의 세계로 빠져들었다. 그러곤 마법에 걸린 바르셀로나의 깊은 세계로 내려가는 아리아드나의 모험담에, 거기서 배어나오는 이미지와 리듬의 물길에 휩쓸리고 말았다. 문장은 물론 문단 하나도 음악적 리듬과 운율에 맞춰 쓴 것 같았다. 보석 세공사처럼 섬세한 손길이 말의 매듭을 이어나갔다. 다채로운 음향과 색조로 이루어진 이야기를 읽는 동안 눈앞으로 어둠의 극장이 펼쳐지는 듯했다. 그녀는 한 문장 한 문장을 음미하면서, 그리고 결말에 도달해버릴까봐 두려워하면서 두 시간 동안 쉬지 않고 책을 읽었다. 마지막 페이지를 넘기는 순간 삽화가 나타났다. 무대 위로 커튼이 내려오면서 글이 그림자처럼 희미한 먼지로 변해 사라지는 그림이었다. 알리시아는 책을 덮고 가슴에 꼭 껴안은 채 어둠 속에 누웠다. 하지만 미로 속에서 모험하는 아리아드나의 모습이 여전히 눈앞에 어른거렸다.

이야기의 마법에 걸린 채 그녀는 눈을 감고 잠을 청했다. 사무실에서 발스가 서랍 뒤쪽에 책을 숨기고 열쇠로 잠그는 모습이 떠올랐다. 종적을 감추기 전에 숨길 것이 많았겠지만, 발스는 결국 그 책을 고른 듯했다. 피로가 온몸에 천천히 밀려오기 시작했다. 그녀는 타월을 벗고 알몸으로 이불 속에 미끄러지듯 들어갔다. 몸을 잔뜩 웅크리고 모로 누운 채, 두 손을 모아 사타구니에 찔러넣었다. 그날이 오랜 세월 동안 감옥과도 같던 그 방에서 보내는 마지막 밤일지도 모른다는 생각이 들었다. 그녀는 자신이 사라질 것을 이미 눈치채기라도 한 듯 건물 여기저기서 수군거리고 아쉬워하는 소리가 나기를 기다리면서 귀를 기울이고 꼼짝도 않고 누워 있었다.

그녀는 동이 트기 직전에 자리에서 일어났다. 하지만 꼭 필요한 물건만 가방에 챙겨넣고 나머지 것을 정리해서 얼굴도 모르는 다른 투숙객에게 남겨두기에도 시간이 빠듯했다. 그녀는 벽에 쌓여 있는 자그마한 책의 도시를 바라보며 서글픈 미소를 지었다. 그녀의 손때가 묻은 저 친구들은 마우라가 알아서 처리해줄 것이다.

아침해가 뜨자마자 그녀는 로비를 가로질러 걸었다. 이스파니아호텔의 불행한 영혼들에게 작별인사를 건넬 생각은 전혀 없었다. 정문으로 걸어가는데 등뒤에서 마우라의 목소리가 들렸다.

"그 말이 사실이었군요." 호텔 수위인 마우라가 말했다. "떠날 거라고 하더니."

알리시아는 걸음을 멈추고 뒤를 돌아보았다. 마우라는 오랜 세월 동안 이 호텔에서 동고동락해온 대걸레를 짚고 선 채 그녀를 바라보고 있었다. 그는 울지 않으려고 애써 미소를 지으려 했지만, 헤아릴 길 없는 슬픔이 눈에 서려 있었다.

"마우라, 이제 집에 가려고요."

마우라는 연신 고개를 끄덕였다.

"잘 생각했어요."

"책은 다 놓고 갈게요. 이젠 마우라 씨 거예요."

"잘 간직할게요."

"그리고 옷도 알아서 처분해주세요. 이 건물 안에 입겠다는 사람이 있을지도 모르니까요."

"적십자에 갖다줄래요. 여긴 자기들 필요할 때만 알랑거리는 자들이 너무 많거든요. 더구나 남의 일에 시도 때도 없이 나서는 건방진 발렌수엘라하고 마주치기도 싫고요."

알리시아는 그 자그마한 남자에게 다가가 그를 꼭 안아주었다.

"마우라, 그동안 정말 고마웠어요." 그녀는 그의 귀에 대고 속삭였다. "앞으로 당신이 그리울 거예요."

마우라는 손에 들고 있던 대걸레를 놓고 떨리는 손으로 그녀를 감싸안았다.

"집에 가거들랑 우리는 빨리 잊어요." 그가 갈라진 목소리로 말했다.

그녀가 작별의 입맞춤을 하려고 하자, 보수적인 신사 마우라는 수심 가득한 얼굴로 그녀에게 손을 내밀었다. 알리시아는 그의 손을 잡고 악수를 했다.

"바르가스라는 사람이 전화로 나를 찾을지도 몰라요……"

"걱정하지 말아요. 대충 둘러대고 끊어버릴 테니까. 그럼 잘 가요."

호텔 정문 앞에서 기다리던 택시에 탄 그녀는 운전사에게 아토차역으로 가자고 했다. 하늘은 납빛 구름으로 뒤덮였고 차창에는 성에꽃이 하얗게 피어 있었다. 전날 밤, 아니면 일주일 내내 한숨도 못 잔 것처럼 초췌한 얼굴에 입에 문 담배 하나로 간신히 세상을 붙들고 있는 듯한 택시 운전사는 출발할 생각은 않고 백미러로 그녀를 보고만 있었다.

"편도예요? 아니면 갔다 돌아올 겁니까?" 그가 물었다.

"잘 모르겠어요." 알리시아가 대답했다.

역에 도착하자, 그녀는 레안드로가 먼저 와 있다는 것을 알아차렸다. 그는 매표소 옆 카페에 앉아 찻숟가락을 만지작거리면서 신문을 읽고 있었다. 거기서 몇 미터 떨어진 기둥 옆에는 경호원 두 명이 따로따로 서 있었다. 그녀를 보자 레안드로는 신문을 접으면서 아버지 같은 미소를 지었다.

"일찍 일어난다고 해가 빨리 뜨는 건 아니에요." 알리시아가 말했다.

"알리시아, 자네 입에서 경구가 나오다니 별일을 다 보겠군. 앉아. 아침은 먹었나?"

그녀는 고개를 저으며 자리에 앉았다. 600킬로미터 떨어진 곳으로 가는 마당에 굳이 그의 마음을 언짢게 만들고 싶지는 않았다.

"인간이라면 누구나 가진 습관이 있지. 아침을 먹는 것, 친구를 사귀는 것. 알리시아, 이 두 가지만 잘해도 아주 좋을 거라고."

"레안드로 씨, 당신은 친구가 많은가요?"

알리시아는 그 순간 그의 눈에서 날카로운 빛이 번뜩이는 것을 보았다. 일종의 경고신호였다. 그녀는 고개를 숙였다. 레안드로가 주문한 밀크커피와 페이스트리를 웨이터가 가져오자 고분고분

받아들고 그의 눈치를 보면서 커피를 몇 모금 마셨다.

레안드로는 외투 주머니에서 봉투를 꺼내 그녀에게 건넸다.

"혼자 갈 수 있도록 일등칸 표를 예약했어. 마음에 들었으면 좋겠군. 여비도 조금 넣어두었어. 나머지는 오늘 내로 이스파노은행 계좌에 입금시키도록 할게. 돈이 더 필요하면 언제든 알려줘."

"고맙습니다."

알리시아는 페이스트리를 조금씩 먹었지만, 퍼석하게 마른데다 거칠거칠해서 삼키기가 힘들었다. 하지만 레안드로가 시선을 떼지 않았다. 그녀는 벽에 걸린 시계를 흘끔 올려다보았다.

"십 분 남았어." 그가 말했다. "서두를 거 없다고."

승객들이 플랫폼으로 줄지어 가기 시작했다. 알리시아는 손을 둘 데가 없어 찻잔을 감싸쥐었다. 둘 사이에 잠시 어색한 침묵이 흘렀다.

"여기까지 작별인사하러 나와주셔서 고마워요." 그녀가 먼저 입을 열었다.

"지금 우리 작별인사를 나누는 거야?"

알리시아는 고개를 저었다. 그들은 몇 분 동안 말없이 자리에 앉아 있었다. 알리시아는 자기도 모르게 있는 힘껏 찻잔을 쥐었다. 곧 산산조각이 날 것 같다고 생각한 순간, 자리에서 일어난 레안드로가 외투의 단추를 잠그고 차분하게 목도리를 둘렀다. 그는 가죽장갑을 끼고 부드러운 미소를 지으며 그녀의 뺨에 입을 맞추기 위해 허리를 숙였다. 그의 입술은 차가웠고, 입에서는 박하향이 났다. 알리시아는 그 자리에 꼼짝도 않고 앉아 있었다. 숨쉬기조차 힘들었다.

"매일 내게 전화해줘. 잊지 말고 꼭 연락해야 돼. 당장 오늘밤에 도착하면 곧바로 전화하라고. 그래야 자네가 별 탈 없이 잘 있는지 알 테니까."

그녀는 아무 말도 하지 않았다.

"알리시아?"

"매일, 잊지 말고." 그녀는 그의 말을 따라했다.

"그렇게 빈정거릴 것까진 없잖아."

"미안해요."

"통증은 좀 어때?"

"괜찮아요. 많이 좋아졌어요. 지금은 거뜬해요."

레안드로는 외투 주머니에서 알약 한 통을 꺼내 그녀에게 건네주었다.

"자네가 아무 약도 먹고 싶어하지 않는다는 건 나도 잘 알고 있어. 그렇지만 이 약을 한번 먹어보면 내게 고마워할 거야. 물론 주사제만큼 세지는 않아. 딱 한 알씩이야. 그리고 빈속에, 특히 술하고 같이는 절대 먹으면 안 돼."

알리시아는 약병을 받아 핸드백 속에 집어넣었다. 이제 와서 그와 언쟁을 하고 싶지는 않았다.

"고맙습니다."

레안드로는 고개를 끄덕였다. 그러곤 경호원들의 호위를 받으며 출구로 나갔다.

기차는 아치형 천장 아래에서 기다리고 있었다. 플랫폼에서 스무 살도 안 되어 보이는 역무원이 차표를 보여달라고 했다. 그러곤 곧장 제일 앞쪽에 있는 일등칸으로 그녀를 안내했다. 객차는 텅 비어 있었다. 그녀가 다리를 조금 저는 것을 알아차린 그는 그녀를 부축해서 계단을 올라가 객실까지 데려다주었다. 그리고 가방을 짐칸에 올려놓은 뒤, 창문 커튼도 걷어주었다. 그것도 모자라 뽀얗게 김이 서린 유리창을 옷소매로 문질러 닦았다. 습한 새벽공기 속에서 거울처럼 반짝이는 플랫폼으로 승객들이 밀려들고 있었다. 알리시아가 팁을 건네자 역무원은 꾸벅 인사를 하면서 객실 문을 닫고 나갔다.

알리시아는 자리에 풀썩 주저앉으며 기차역에 켜진 전등을 멍하니 바라보았다. 잠시 후, 기차가 덜커덩거리는 소리와 함께 천천히 움직이기 시작했다. 그녀는 부드럽게 흔들거리는 기차의 리듬에 몸을 맡긴 채 안개에 잠긴 마드리드의 상공 위로 아침해가 떠오르는 모습을 상상했다. 바로 그 순간, 그의 모습이 눈에 띄었다. 바르가스가 열차를 따라잡으려고 플랫폼을 따라 달려오고 있었다. 그의 손가락이 기차에 거의 닿을락 말락 한 순간, 애쓴 보람도 없이 결국 놓치고 말았다. 그때 그의 눈이 무표정한 얼굴로 창밖을 내다보던 그녀와 마주쳤다. 마침내 쫓아가기를 포기한 바르가스는 손을 무릎에 짚은 채 가쁜 숨을 몰아쉬며 입가에 쓴 미소를 지었다.

도시가 저멀리 사라져가는 동안, 기차는 끝없이 펼쳐진 평원 속으로 들어갔다. 알리시아는 어둠의 장막 너머로 바르셀로나가 이미 바람 속에서 자신의 냄새를 맡았을 것이라는 느낌이 들었다.

그녀는 검은 장미처럼 활짝 펼쳐진 바르셀로나의 모습을 떠올렸다. 그러자 피할 수 없는 운명을 맞이하는 이들처럼 잠시 마음이 차분해졌다. 어쩌면 그저 피곤해서 그럴지도 모른다는 생각이 들었다. 하지만 이제는 아무래도 상관없었다. 눈을 감자, 곧 잠 속으로 빠져들었다. 그사이 기차는 어둠을 열어젖히며 영혼의 미로를 향해 달려가고 있었다.

거울의 도시

1959년 12월
바르셀로나

1

추위. 살을 에는 듯 뼛속 깊이 파고드는 추위. 근육이 뒤틀리고 내장이 아릴 정도로 습한 추위. 추위. 정신을 차리고 나서 가장 먼저 든 생각은 바로 그것뿐이다.

사방이 칠흑같이 어두운 가운데, 위쪽의 작은 틈으로 가는 빛이 새어들어오고 있다. 반짝거리는 먼지처럼 어둠에 달라붙어 그가 있는 공간의 경계를 가늠하게 해주는 한 줄기 희미한 빛. 동공이 확장되면서 작은 방 크기의 공간이 어렴풋이 보인다. 벽은 아무 장식 없는 돌로 되어 있다. 벽으로 스며든 습기가 마치 벽을 타고 흘러내리는 검은 눈물처럼 어둠 속에서 반짝거린다. 바닥은 바위로 되어 있는데, 물은 아닌 듯한 무언가가 흥건하게 고여 있다. 방안에서는 악취가 진동을 한다. 바로 앞에는 굵고 녹슨 창살이 열을 지어 서 있고, 그 너머에는 어둠 속으로 올라가는 계단이 보인다.

그는 감방에 갇혀 있다.

발스는 자리에서 일어서려고 해보지만, 다리가 후들후들 떨린다. 간신히 한 걸음 내딛어보지만 이내 무릎이 꺾이며 옆으로 쓰러지고 만다. 얼굴이 바닥에 부딪히자 입에서 욕설이 튀어나온다. 잠시 한숨을 돌리기로 한다. 그는 몇 분 동안 풀죽은 모습으로 꼼짝도 않고 있다. 쓰러질 때 바닥을 뒤덮은 끈적끈적한 것이 얼굴에 묻었는데, 쇳내와 더불어 약간 달차근한 냄새가 난다. 흙이라도 삼킨 것처럼 입안이 바싹 마른데다 입술은 터서 갈라졌다. 오른손으로 입술을 만져보려고 하지만, 팔꿈치 아래 아무것도 없는 것처럼 어떤 감각도 느껴지지 않는다.

그는 왼손을 짚고 간신히 자리에서 일어나 앉는다. 오른손을 얼굴 앞으로 들어올려 공기를 노랗게 물들이는 희미한 빛에 비추어 살펴본다. 손이 떨린다. 떨리는 것이 보이지만 아무 감각이 없다. 주먹을 쥐었다 펴보려고 해도 근육이 전혀 반응하지 않는다. 그는 자기의 두 손가락, 검지와 중지가 사라진 것을 이제야 알아차린다. 손가락이 있던 자리에는 거무죽죽한 얼룩만 남아 있다. 너덜너덜하게 찢겨나간 살갗과 살조각. 비명이라도 지르고 싶은 심정이지만 목소리가 심하게 갈라진 탓에 끙끙 앓는 신음소리밖에 나오지 않는다. 그는 뒤로 벌렁 누우면서 눈을 감는다. 코를 찌르는 악취를 맡지 않으려고 입으로 숨을 쉬기 시작한다. 그 순간 불현듯 어린 시절의 기억이 떠오른다. 그 옛날 부모님이 세고비아 근교에 소유했던 별장에서 보낸 여름, 죽음을 맞이하기 위해 스스로 지하실로 숨어들어간 늙은 개. 집안을 가득 채웠던 구역질나는 악취가 악몽처럼 떠오른다. 그때도 지금처럼 목이 따끔거릴 정도로 지독했다. 하지만 여기 냄새가 훨씬 더 독한지 아무 생각도 할 수 없을 지경이다. 그는 잠시 후—몇 분, 아니 몇 시간 뒤—피로를 이기지 못한 채 자는 것도 아니고 그렇다고 깨어 있는 것도 아닌 수마에 사로잡히고 만다.

꿈속에서 그는 승객이라고는 자기밖에 없는 기차를 타고 여행을 한다. 시커먼 증기구름을 탄 기관차가 핏빛으로 물든 하늘 아래 대성당처럼 생긴 공장과 첨탑, 그리고 다리와 지붕이 현실적으로는 불가능한 각도로 뒤엉킨 미로 같은 성채를 향해 미친듯이 달리고 있다. 끝이 없는 듯한 터널에 들어가기 직전, 창밖으로 고개를 내민 발스는 두 개의 거대한 천사 조각상이 날개를 활짝 펼치고 입술 사이로 날카로운 이를 드러낸 채 입구를 지키고 있는 것을 본다. 입구 위쪽에는 낡은 표지판이 붙어 있다.

바르셀로나

기차는 요란한 굉음을 토하며 터널 안으로 달려들어간다. 터널을 빠져나오자, 몬주익산의 실루엣이 눈앞에 솟아난다. 그리고 언덕 꼭대기로 진홍빛 오라에 휩싸인 성이 자태를 드러내고 있다. 발스는 갑자기 온몸이 굳어버리는 느낌이 든다. 오랜 세월 동안 비바람에 시달린 나무처럼 등이 굽은 검표원이 통로를 따라 걸어오다가 그의 객실 앞에 멈춰 선다. 제복에는 '살가도'라고 쓰인 명찰이 달려 있다.

"소장님, 이제 곧 내리실 역입니다……"

기차는 그가 또렷하게 기억하는 구불구불 이어진 길로 올라가다 교도소 경내로 들어선다. 기차가 어두운 회랑 앞에 서자, 그는 천천히 내린다. 다시 출발한 기차는 어둠 속으로 사라진다. 주변을 둘러보는 순간 발스는 자신이 교도소 감방에 갇혔다는 것을 깨닫는다. 창살 반대편에서 검은 사람의 형체가 그를 유심히 관찰하고 있다. 발스는 그에게 설명하려고 애를 쓴다. 무언가 잘못된 것 같군요. 나는 여기에 갇힐 사람이 아닙니다. 나는 이 교도소 소장이란 말이오. 하지만 막상 말을 하려니 입이 떨어지지 않는다.

한참 뒤 온몸에 전류가 흐르는 듯한 고통과 함께 그는 꿈에서 깨어난다.

고기 썩는 냄새, 어둠, 추위는 여전하지만 이젠 별로 신경이 쓰이지 않는다. 그가 생각할 수 있는 유일한 것은 바로 통증이다. 살면서 한 번도 느껴보지 못한 고통. 상상조차 할 수 없을 정도의 고통. 오른손에 불이 붙은 듯하다. 마치 모닥불 속에 손을 집어넣고 빼지 못하는 느낌이다. 그는 왼손으로 있는 힘껏 오른팔을 붙잡는다. 두 손가락이 있어야 할 자리에 남은 거무죽죽한 두 개의 얼룩에서 피가 섞인 끈적끈적한 고름이 흘러나오는 것이 어둠 속에서도 보인다. 그는 소리 죽여 비명을 지른다.

통증 덕분에 기억이 또렷해진다.

지금까지 무슨 일이 있었는지 하나둘씩 머릿속에 떠오르기 시작한다. 노을이 질 무렵 저멀리 바르셀로나의 모습이 어렴풋이 보이던 순간이 되살아난다. 발스는 자동차 유리창으로 축제 행사의 커다란 배경처럼 솟아오르는 도시를 본다. 그러곤 자기가 그곳을 얼마나 증오하는지 떠올려본다. 충직한 경호원 비센테는 도로에만 집중하며 말없이 차를 몰고 있다. 내심 두려운지는 몰라도 겉으로는 전혀 드러나지 않는다. 차가 거리와 대로를 지나는 동안, 그는 안개처럼 공중에 날리는 눈발을 맞으며 꽁꽁 싸맨 채 총총걸음으로 걸어가는 사람들을 지켜본다. 그들은 큰길을 따라 도시의 높은 곳을 향해 줄지어가다가 갑자기 발비드레라 언덕으로 올라가는 구불구불한 길로 접어든다. 발스는 건물 정면이 허공에 떠 있는 듯한 그 기이한 모습의 성을 알고 있다. 발아래로 바르셀로나가 멀어지며 어둠으로 변해 바닷속에 녹아든다. 케이블카가 황금빛 뱀처럼 산비탈을 타고 올라가며 산 위에 솟아 있는 모더니즘 스타일의 웅장한 빌라들의 윤곽을 드러낸다. 저기, 무성한 나무들 사이로 오래된 저택의 실루엣이 언뜻 보인다. 발스는 침을 꼴깍 삼킨다. 비센테를 힐끗 보자 그가 고개를 끄덕인다. 이제 곧 모두 끝날 것이다. 발스는 손에 쥔 리볼버의 공이치기를 뒤로 당긴다.

그들이 저택의 문 앞에 도착했을 때, 날은 이미 어두워졌다. 철문이 열려 있다. 차는 잡초가 무성히 돋아난 정원으로 들어가 담쟁이덩굴로 뒤덮인 메마른 분수대를 돌아간다. 비센테는 현관문으로 이어지는 계단 맞은편에 차를 세운다. 그가 엔진을 끄고 리볼버를 뽑아든다. 비센테는 여타 권총 대신 오로지 리볼버만 사용한다. 리볼버는 절대 먹통이 되지 않는다고 그는 말한다.

"몇시지?" 발스가 가느다란 목소리로 묻는다.

비센테가 미처 대답할 틈도 없다. 모든 것이 너무도 빠르게 일어난다. 비센테가 자동차 열쇠를 채 빼지도 못했을 때 발스는 반대쪽 차창에 어른거리는 사람의 형체를 발견한다. 누군가가 차에 접근하는 것은 전혀 알아차리지 못했다. 비센테는 아무 말도 하지 않고 발스를 밀치면서 총을 쏜다. 머리에서 불과 몇 센티미터밖에 떨어지지 않은 유리창이 박살난다. 발스는 유리창 파편이 소나기처럼 얼굴로 쏟아져내리는 것을 느낀다. 총성이 울려퍼지자 귀가 먹먹해진다. 날카로운 총알소리 때문에 고막이 터질 지경이다. 차 안에 떠다니던 화약연기가 걷히기도 전에 운전석 문이 벌컥 열린다. 비센테가 손에 총을 쥔 채 뒤를 돌아보지만 다시 쏠 기회는 없다. 그 직전 무언가가 목을 관통했기 때문이다. 그가 두 손으로 목을 움켜잡는다. 검은 피가 그의 손가락을 타고 흘러내린다. 잠시 두 사람의 시선이 마주친다. 비센테는 도저히 믿을 수 없다는 눈빛으로 발스를 바라본다. 그 직후, 비센테는 핸들 위로 풀썩 쓰러지고 만다. 경적소리가 울리기 시작한다. 발스가 그를 붙잡으려고 하지만, 비센테의 몸은 비스듬히 기울어져 절반이 이미 차 밖으로 매달린 상태다. 발스는 두 손으로 리볼버를 꼭 쥔 채, 열린 운전석 문 너머의 어둠을 향해 총을 겨눈다. 그 순간, 등뒤에서 누군가의 숨결이 느껴진다. 그가 총을 쏘기 위해 몸을 돌리는 그때 얼음처럼 차갑고 날카로운 무언가가 그의 손을 내리친다. 차가운 금속이 뼈를 내리치는 느낌과 함께 눈앞이 뿌예지고 구역질이 올라온다. 리볼버가 그의 무릎 위로 떨어지면서, 팔에서는 피가 주르르 흘러내린다. 어두운 그림자가 피 묻은 칼을 한 손에 든 채 천천히 다가온다. 칼날에서 피가 뚝뚝 떨어지고 있다. 그림자는 차문을 열려고 손잡이를 당긴다. 하지만 첫번째 충격으로 잠금장치가 고장났는지 문이 열리지 않는다. 두 손이 발스의 목을 잡더니 그를 확 잡아당긴다. 결국 열린 창문 틈으로 끌려나온 발스는 자갈길을 따라 깨진 대리석계단으로 질질 끌려간다. 점점 가까이 다가오는 가벼운 발소리가 들린다. 그러곤 착란상태에 빠진 그가 천사라고 생각한 것, 나중에는 죽음의 사신으로 여긴 것의 정체를 달빛이 드러내준다. 발스는 그 눈빛을 마주보고서야 자신의 실수를 깨닫는다.

"이 개자식아, 왜 실실 웃고 그래?" 목소리가 묻는다.

발스는 미소 짓는다.

"정말 많이 닮았군……" 그가 중얼거리듯 말한다.

발스는 눈을 감고 최후의 일격을 기다린다. 하지만 그 순간은 끝내 오지 않는다. 그의 천사가 얼굴에 침을 뱉는 것이 느껴진다. 발소리가 멀어져간다. 신인지 악마인지 모르겠지만, 그를 가엽게 여긴 모양이다. 어느 순간 그는 의식을 잃는다.

이 모든 일이 몇 시간 전에 일어났는지, 며칠, 혹은 몇 주 전에 일어난 건지 알 수 없다. 감방 안에서는 시간이라는 것이 더이상 존재하지 않는다. 이제는 추위와 고통, 그리고 어둠만이 있을 뿐이다. 갑자기 분노가 치밀어오르면서 온몸에 경련이 인다. 그는 간신히 창살까지 기어가서 손이 얼얼해질 정도로 차디찬 쇠막대를 두들긴다. 그가 여전히 쇠창살을 붙잡고 있을 때 갑자기 위에서 한 줄기 빛이 쏟아져내려온다. 그 덕분에 감방으로 내려오는 층계가 모습을 드러낸다. 발소리가 들리자, 발스는 한 가닥 희망을 걸고 위를 쳐다본다. 발스는 애원하듯이 쇠창살 밖으로 손을 내민다. 그의 간수가 어둠 속에서 꼼짝도 않고 그를 지켜보고 있다. 얼굴을 무언가로 가린 채다. 그래서인지 그란 비아의 쇼윈도에 서 있는 마네킹의 차가운 표정이 떠오른다.

"마르틴? 당신이오?" 발스가 묻는다.

하지만 아무 대답도 돌아오지 않는다. 간수는 잠자코 그를 지켜보고만 있다. 발스는 자기도 게임의 규칙을 이해하고 있다는 것을 보여주기라도 하듯 고개를 끄덕인다.

"물 좀 주시오." 그는 신음하듯 말한다.

남자는 한참 동안 아무런 반응도 보이지 않는다. 마침내 발스는 모든 것이 상상에서 비롯된 것이라고 여긴다. 즉 자신을 산 채로 갉아먹는 고통과 염증으로 인한 착란상태에서 허깨비를 보았을 뿐이라고. 그런데 바로 그때 남자가 몇 걸음 다가온다. 발스는 굽실굽실하면서 미소를 짓는다.

"물 좀 주세요." 그는 빌다시피 한다.

얼굴에 오줌이 튀자, 베인 자리가 불에 덴 듯이 화끈거린다. 발스는 울부짖으며 황급히 뒷걸음질친다. 몸을 질질 끌고 물러서다 벽에 등이 부딪히자 그는 새우처럼 잔뜩 웅크린다. 남자는 계단 위로 사라지고, 육중한 문이 닫히는 소리와 함께 빛도 사라지고 만다.

바로 그 순간, 그는 그 감방에 또다른 이가 있다는 것을 알아차린다. 그의 충직한 경호원 비센테가 구석의 벽에 몸을 기댄 채 앉아 있다. 하지만 미동도 없다. 다리의 윤곽과 두 손만 보일 뿐이다. 손바닥과 손가락은 온통 자줏빛인데다 퉁퉁 부어 있다.

"비센테?"

발스는 몸을 질질 끌며 그가 있는 곳으로 간다. 하지만 악취가 코를 찔러 더이상 다가가지 못하고, 얼른 반대쪽 구석으로 피해 몸을 웅크린다. 그리고 냄새를 맡지 않으려고 무릎을 껴안고 얼굴을 다리 사이에 파묻는다. 발스는 자기 딸 메르세데스의 모습을 떠올려보려고 애를 쓴다. 정원과 인형의 집에서, 그리고 자기만의 기차를 타고 즐겁게 노는 아이의 모습이 눈앞을 스치고 지나간다. 그는 어린 시절 자신의 눈을 빤히 쳐다보던 아이의 눈동자를 떠올린다. 자신의 모든 것을 너그럽게 감싸주고, 늘 어둠이던 곳을 환히 밝혀주던 아이의 눈빛.

잠시 후 추위, 통증, 피로가 그의 온몸에 밀려온다. 다시 정신이 희미해져간다. 어쩌면 이대로 죽을지도 몰라. 그는 차라리 그렇게 되기를 내심 바라고 있다.

2

페르민 로메로 데 토레스는 깜짝 놀라며 잠에서 깼다. 심장이 기관총처럼 발딱발딱 뛰어서 마치 바그너소프라노*가 가슴속에

* 오케스트라의 음향을 압도할 정도로 성량이 강력하고 풍부한 소프라노.

들어앉아 있는 느낌이었다. 눈을 뜨자 벨벳 같은 어둠의 장막이 앞에 펼쳐져 있었다. 그는 우선 마음을 가라앉히려고 했다. 자명종 시곗바늘을 보는 순간 설마 했던 일이 사실로 확인되었다. 아직 자정도 되지 않았다. 불면증이 폭주열차처럼 그를 덮칠 때까지 한 시간가량 선잠이 들었던 모양이다. 옆에는 모르페우스*의 품에 안긴 베르나르다가 행복한 미소를 지으며 송아지처럼 코를 골고 있었다.

"페르민, 당신 곧 아빠가 될 것 같아."

임신을 하자 그녀는 그 어느 때보다도 매력적인 여인으로 변했다. 한창 물이 오른 미모는 물론이거니와 당장이라도 깨물고 싶을 만큼 아름다운 몸의 곡선도 살아났다. 그는 평소처럼 '심야 급행 서비스'로 일을 치를까도 생각해보았지만, 천사처럼 평화로운 표정을 짓고 있는 그녀를 감히 깨울 엄두가 나지 않았다. 만약 자고 있는 그녀를 함부로 깨웠다가는 둘 중에 하나가 될 것이다. 작은 모공에서 배어나오는 호르몬이 수소폭탄처럼 터지면서 야생 호랑이로 돌변한 그녀에게 갈기갈기 찢기거나, 아니면 강한 욕망의 불꽃이 금세 시들면서 온갖 두려움에—그녀의 아랫도리에 접근하려는 모든 시도가 태아를 위험에 빠뜨릴 수 있다는 두려움을 포함해서—사로잡히거나. 페르민은 그녀를 탓하지 않았다. 이미 베르나르다는 결혼식을 올리기 직전에 가진 첫아이를 잃은 경험이 있었기 때문이다. 그때 그녀가 겪은 슬픔이 너무도 컸던 나머

* 그리스신화에 나오는 꿈의 신.

지 페르민은 영원히 그녀를 잃어버릴까봐 두려웠다. 의사가 약속한 대로, 시간이 흐른 뒤 베르나르다는 다시 아이를 가졌고 활기를 되찾았다. 하지만 이제 그녀는 또다시 아이를 잃을지 모른다는 두려움에 빠지고 말았다. 심지어 숨쉬기조차 무서워하는 것처럼 보일 때도 있었다.

"여보, 의사가 아무 일도 없을 거라고 했잖아."

"워낙 뻔뻔스러운 인간이니까 그런 말을 하는 거지. 당신처럼."

현명한 남자라면 화산과 혁명, 그리고 임신한 여인을 절대 건드리지 않는 법이다. 페르민은 조용히 부부 침실을 나와 까치발을 하고 식당으로 갔다. 그들은 신혼여행에서 돌아온 직후 코스타 거리의 허름한 아파트에 보금자리를 마련했다. 그는 끓어오르는 슬픔과 욕정을 삼켜보려고 수구스를 찾았지만 찬장을 대충 훑어보니 하나도 남아 있지 않았다. 페르민은 영혼이 슬리퍼 위로 툭 떨어지는 느낌이 들었다. 심각한 상황이었다. 그 순간, 그는 프란시아역 중앙홀에 자정까지 먹을거리와 담배를 파는 떠돌이 노점상이 있다는 사실이 떠올랐다. 맹인 디에고라는 상인이 여러 가지 사탕을 골고루 갖추어놓고 걸쭉한 음담패설을 늘어놓는 것으로 유명했다. 레몬맛 수구스를 떠올리자 벌써 입안에 침이 고이기 시작했다. 일분일초가 아까운 그는 잠옷을 벗어던지고 시베리아의 추운 밤에도 홍역에 걸린 것처럼 온몸에서 열을 내는 외투를 껴입었다. 그런 뒤 본능을 채우고 불면증을 쫓기 위해 거리로 뛰쳐나갔다.

라발 지구는 불면증 환자들의 천국이다. 잠들지 않는 라발에서는 모든 것을 잊을 수 있기 때문이다. 그곳에서는 아무리 깊은 슬픔을 그림자처럼 끌고 다니더라도 몇 발짝만 걸어가면 인생이라는 게임에서 자기보다 훨씬 더 안 좋은 패를 받은 이가 있다는 사실을 알려주는 사람이나 사건과 마주치기 마련이었다. 운명이 엇갈리던 그날 밤, 소변과 가스등, 암갈색의 메아리를 머금은 누르스름한 대기가 복잡하게 얽힌 좁은 골목길을 마법의 주문처럼, 보기에 따라서는 경고처럼 떠다니고 있었다.

페르민은 주교의 공상처럼 어두컴컴하고 뒤틀린 골목길에 활기를 불어넣는 룸펜들의 고함소리와 악취, 여기저기 널린 토사물과 소변 사이로 걸어갔다. 그러다 마침내 콜럼버스 동상에 도착했다. 지중해의 음식에 남몰래 경의를 표하려는 듯 갈매기들은 작당해서 동상을 똥으로 하얗게 물들여놓았다. 페르민은 산꼭대기에 우뚝 서서 도시를 굽어보는 몬주익성의 을씨년스러운 모습을 보지 않기 위해서 뒤도 돌아보지 않고 곧장 프란시아역으로 걸어갔다.

미국 선원들이 재밋거리와 음탕한 여자들과 문화교류를 할 기회를 찾아 항구 주변을 어슬렁거리고 있었다. 그런 여자들은 그들에게 스페인어의 기초어휘는 물론 해안지역에서 유용하게 써먹을 수 있는 서너 가지 속임수를 기꺼이 가르쳐주었다. 문득 로시이토가 생각났다. 젊은 날, 숱한 밤 혼란에 빠져 있던 그에게 유일한 위안이 되었을 뿐만 아니라 풍만한 가슴으로 외로움을 달래주던 순결한 영혼의 로시이토. 그녀가 레우스* 출신의 성공한 사업

* 카탈루냐의 한 도시.

가인 구혼자와 그의 부인 자격으로 함께 세계여행을 떠나면서—지난해 그녀는 그의 요구로 현역에서 은퇴했다—어쩌면 난생처음 행운의 여신이 자기에게 미소를 지은 것인지도 모른다고 뿌듯해하는 모습이 떠올랐다.

페르민은 로시이토와 그녀처럼 아름다운 마음씨를 가진 사람들을 생각하면서—이들은 늘 멸종위기에 놓인 희귀종이다—역에 도착했다. 마침 맹인 디에고가 하루 장사를 마치고 떠날 채비를 하고 있었다. 페르민은 그에게 달려갔다.

"아, 페르민이구먼. 지금이면 마누라를 찝쩍거릴 시간일 텐데 어쩐 일인가?" 디에고가 말했다. "혹시 수구스가 다 떨어졌나?"

"하나도 없다네."

"레몬맛, 파인애플맛, 딸기맛이 있는데 뭐로 할 텐가?"

"레몬맛으로 다섯 갑."

"한 갑은 덤으로 얹어줄게."

페르민은 값을 치르고 팁까지 주었다. 디에고는 동전을 세어보지도 않고 전차 차장처럼 허리띠에 차고 다니는 가죽주머니에 넣었다. 그나저나 맹인 디에고는 사람들이 자기를 속이는지 아닌지 어떻게 알까? 페르민은 도저히 이해할 수 없었지만, 디에고는 정확히 알고 있었다. 심지어 옆에서 누가 와도 금방 알아차릴 만큼 감각이 발달해 있었다. 보병학교 생도의 불운을 타고난 그는 선천적으로 앞이 안 보였다. 프린세사 거리의 창문도 없는 어느 여인숙 방에서 혼자 살았는데, 그를 흥겹게 만드는 축구경기 중계와 뉴스를 전해주는 트랜지스터라디오가 최고의 벗이었다.

"기차 보러 왔지, 안 그래?"

"오래된 습관이니까." 페르민이 말했다.

페르민은 빈대조차 기다리지 않는 여인숙 방으로 걸어가는 맹인 디에고의 뒷모습을 지켜보았다. 그는 침대에서 장미향수 냄새를 풍기며 곤히 잠든 베르나르다를 생각했다. 집으로 발걸음을 돌리려는 찰나, 거대한 역사 안에 들어가볼 생각이 들었다. 1941년 어느 날 밤, 바르셀로나에 돌아오기 위해 들어섰던 증기와 쇠의 대성당 안으로 말이다. 예전부터 페르민은 운명이라는 것이 순진한 사람들을 등뒤에서, 가능하다면 팬티도 벗은 상태일 때 덮치고 싶어하지만 가끔은 티타임 겸 기차역에서 똬리를 트는 것도 좋아한다고 생각했다. 그곳은 비극과 로맨스는 물론 도주와 귀환, 배신과 부재가 시작되고 끝나는 장소다. 사람들 말마따나, 인생은 대부분 실수로 엉뚱한 기차를 타는—때로는 자의에 상관없이 타기도 한다—기차역이나 마찬가지다.

커피잔만큼 얕은 그런 생각은 보통 한밤중, 그러니까 침대에서 뒤척인 탓에 몸은 지쳐도 머리는 여전히 팽이같이 팽팽 돌아갈 때 떠올랐다. 페르민은 개똥철학을 나무벤치가 주는 소박한 안락과 바꾸기로 마음먹고 기차역의 둥근 지붕 안으로 들어갔다. 영리한 건축가가 그 천장을 통해 분명한 메시지를 던지는 것처럼 보였다. 바르셀로나에서 미래는 구부러진 모습으로 태어난다는 메시지를 말이다.

페르민은 나무벤치에 앉아 수구스 한 개를 꺼내먹었다. 달콤한 열반에 이른 그는 어둠 속으로 자취를 감출 때까지 달아나는 철길을 황홀한 눈빛으로 바라보았다. 얼마 뒤 갑자기 발아래 땅이 흔들리더니 어둠의 장막을 뚫는 기관차의 강한 불빛이 눈에 들어왔다. 이 분 뒤, 기차가 거대한 증기구름을 타고 역으로 진입했다.

짙은 바다안개가 플랫폼으로 꾸역꾸역 몰려들자 긴 여행을 마친 승객들이 열차에서 내려 유령처럼 떠다녔다. 행복한 표정을 짓고 있는 사람은 별로 없었다. 지나가는 사람들의 우아한 옷차림과 지친 얼굴을 주의깊게 관찰하던 페르민은 저들이 어떤 피치 못할 사정으로 이 도시에 왔을지 머릿속으로 하나씩 그려보았다. 전기작가라도 된 듯 그는 이름 없는 군중의 삶을 즉석에서 재구성하는 일에 깊이 빠져들기 시작했다. 그녀를 발견한 것은 바로 그 순간이었다.

그녀는 하얀 증기의 베일에 싸인 채 열차에서 내렸다. 페르민은 자신이 가장 사랑하는 마를레네 디트리히*가 카피톨극장의 조조영화에서 화려한 흑백의 20세기를 배경으로 베를린이나 파리, 혹은 실제로 존재한 적 없는 어느 도시의 기차역에서 바로 그런 모습으로 나타나는 장면을 수없이 봐왔다. 눈앞의 그녀는 아직 서른 살도 되지 않아 보였지만 소녀나 처녀, 혹은 그와 비슷한 뜻으로 통하는 어떤 용어도 적합하지 않았고, 그래서 여인이라고 부르는 편이 나을 듯했다. 약간 절뚝거리면서 걷는 모습 때문인지 연

* 독일 출신 배우이자 가수. 주로 팜파탈 이미지의 배역을 맡았다.

약해 보이는 그 여인은 호기심을 자극했다.

그녀의 날카로운 얼굴과 분위기에서는 빛과 그림자가 동시에 배어나왔다. 만일 친구 다니엘에게 그녀의 모습을 말로 설명해야 했다면, 옛날 몬주익 교도소 동기인 다비드 마르틴의 소설에 가끔 등장하는 유령 같은 심야의 천사 하나와 닮았다고 했을 것이다. 특히 무시무시한 『저주받은 자들의 도시』 시리즈에서 점잖지 못한 이야기의 주인공으로 나오는 클로에, 말로 표현하기 어려운 그 인물을 닮았다고. 밤잠을 설쳐가면서 그 시리즈를 읽은 덕분에 그는 독약의 제조방법과 범죄자들의 정신세계에 요동치는 격한 열정, 다양한 여성의 속옷을 만들고 입는 기술 등에 관해 폭넓은 지식을 얻게 되었다. 그는 속으로 중얼거렸다. 어쩌면 내 기력과 생식샘이 완전히 말라버리기 전에 다시 그 격정적인 고딕소설을 다시 펼쳐야 할 때인지도 모르겠어.

페르민이 다가오는 그녀를 빤히 쳐다보던 중, 두 사람은 우연히 서로 눈빛을 교환했다. 눈 깜짝할 사이에 벌어진 일이었다. 그는 그녀가 그냥 지나치도록 재빨리 고개를 숙여 시선을 피했다. 페르민은 얼굴을 외투에 묻고 고개를 돌렸다. 승객들은 출구 쪽으로 점점 멀어져가고 있었다. 그 여인 또한 군중 속으로 자취를 감추었다. 그는 거의 몸을 떨면서 그 자리에서 꼼짝도 하지 않았다. 그러던 차에 역장이 다가왔다.

"오늘 열차운행은 모두 끝났습니다. 그리고 여기서 주무시면 안 돼요……"

페르민은 고개를 끄덕이고는 다리를 질질 끌면서 자리를 떠났다. 중앙홀에 이르렀을 때, 주변을 둘러보았지만 그녀의 흔적은 어디에도 없었다. 그는 서둘러 거리로 나갔다. 차가운 바람이 얼굴을 스치고 지나가자, 그는 다시 냉엄한 현실로 돌아왔다.

"알리시아?" 그는 바람에게 물었다. "혹시 너니?"

페르민의 입에서 한숨이 새어나왔다. 그는 절대 그럴 리 없다고 중얼거리면서 어둠에 잠긴 거리로 걸어들어갔다. 조금 전에 마주친 그 눈은 전쟁중 온 세상이 불바다가 된 까마득한 그날 밤 헤어졌던 그 아이의 눈이 아니었다. 그가 구하려고 했던 그 아이, 알리시아는 그날 밤 수많은 다른 이들과 함께 죽은 것이 틀림없었다. 운명이 아무리 그의 숙적이라고는 해도 그런 얄궂은 유머감각을 가지고 있을 리 없었다.

'어쩌면 조금 전에 본 건 죽은 자들의 세계에서 내려온 유령인지도 몰라. 무고한 어린아이를 죽게 내버려둔 자는 결코 후손을 얻을 자격이 없다는 점을 알려주려고. 신부님들이 늘 말했듯이, 우리 인간은 전지전능하신 하느님의 뜻을 절대 헤아릴 수 없는 법이니까.' 그는 생각했다.

"이 일은 분명 과학적으로 설명할 수 있을 거야." 그는 큰 소리로 혼잣말을 했다. "아침의 발기처럼 말이지."

페르민은 이처럼 경험적 원칙에 매달렸다. 그래서 어떤 일도 우연하게 일어나지 않는다고, 그러니 조만간 자기가 그 미스터리를 밝히거나 미스터리가 자기 앞에 분명히 정체를 드러낼 것이라고 확신했다. 그리고 한꺼번에 수구스 두 개를 씹어먹으면서 베르나르다가 기다리고 있을 따뜻한 침대로 돌아가기 위해 걸음을 재촉했다.

3

알리시아가 출구로 가는 동안, 승강장 입구 앞 벤치에 앉아 곁눈질로 자기를 흘끔거리던 남자의 모습이 눈에 띄었다. 작은 키에 체구가 왜소한 그 남자는 코가 유난히 커서 마치 고야의 그림* 속 인물 같았다. 그리고 자기 몸에 비해 너무 큰 외투를 입고 있어서 껍데기를 지고 다니는 달팽이처럼 보였다. 추위를 막기 위해—아니면 또다른 목적으로—신문지를 두툼하게 접어서 옷 안에 껴입은 것이 분명했다. 전쟁이 끝나고 몇 년이 지나고부터는 저렇게 하고 다니는 사람은 한 번도 본 적이 없었다.

그가 전쟁이 끝난 지 이십 년이 지난 지금도 여전히 역사가 스페인을 기억하고 망각의 늪에서 이 나라를 건져올릴 수 있기를 바라면서 대도시의 그늘진 곳을 이리저리 떠돌아다니는 가난뱅이 중 한 명일 뿐이라 여기고 그 얼굴을 뇌리에서 깨끗이 지워버리는 것이 가장 속 편할 터였다. 그리고 운명과 마주하기 전에 바르셀로나가 자신에게 몇 시간이라도 여유를 주리라고 믿으면 그만이었다. 그녀는 그 남자가 자기를 알아보지 못하게 해달라고 지옥의 악마에게 기도하면서 그의 옆을 지나쳐 뒤도 돌아보지 않은 채 곧

* 강렬한 명암과 내면세계의 대담한 표현이 특징이다.

장 출구로 향했다. 그날 밤 이후로 벌써 이십 년이 지났다. 그때만 해도 그녀는 아직 어린아이에 불과했다.

역 밖으로 나온 그녀는 택시를 타고 운전사에게 아비뇽 거리 12번지로 가자고 했다. 주소를 말하는 순간, 목소리가 가늘게 떨렸다. 택시는 케이블의 파란 불꽃으로 짙은 안개를 비추며 지나가는 전차를 이리저리 피해가면서 파세오 데 이사벨 세군다를 거쳐 비아 라예타나 쪽으로 향했다. 알리시아는 차창을 통해 바르셀로나의 음산한 모습을 훑어보았다. 아치문과 탑, 구시가지 안으로 파고드는 골목길, 저 높은 곳에서 희미하게 반짝거리는 몬주익성의 불빛. 고향, 우중충한 고향. 그녀는 속으로 중얼거렸다.

새벽시간이라서 그런지 도로에는 차가 거의 없었다. 십 분 뒤 택시가 목적지에 도착했다. 운전사는 아비뇽 거리 12번지 대문 바로 앞에 그녀를 내려주고 택시비의 두 배나 되는 팁에 감사를 표한 뒤 길을 따라 항구로 내려갔다. 알리시아는 옛날 동네 특유의 냄새, 비가 내려도 씻겨내려가지 않는 오래된 바르셀로나의 냄새를 싣고 불어오는 차가운 바닷바람에 몸을 맡기고 걸었다. 그녀는 자기도 모르게 미소 짓고 있었다. 시간이 흐르면 나쁜 추억조차 아름답게 변장하는 법이다.

그녀의 옛날 집은 오래된 그란 카페 맞은편, 페르난도 거리 교차로에서 몇 걸음 떨어진 곳에 있었다. 그녀가 열쇠를 찾느라 외투 주머니를 뒤적거리고 있을 때 현관문 열리는 소리가 났다. 고개를 들자 아파트 관리인인 헤수사의 미소 띤 얼굴이 보였다.

"맙소사, 이게 누구야?" 그녀가 잔뜩 들뜬 목소리로 말했다.

미처 대답도 듣기 전에 헤수사는 특유의 보아뱀 같은 완력으로 알리시아를 와락 껴안으며 아니스향이 풀풀 나는 입으로 얼굴에 키스세례를 퍼부었다.

"어디 한번 자세히 봐요." 헤수사가 그녀를 놓아주며 말했다.

"너무 말랐다는 말씀은 마세요."

"그런 건 남자들이나 하는 말이죠. 그런데 이번만은 그들이 옳다고 해야겠네요."

"헤수사 아주머니가 얼마나 보고 싶었는지 모르실 거예요."

"이젠 얼굴색 하나 변하지 않고 입에 발린 말을 하는군요. 생각할수록 밉지만 그래도 뽀뽀 한번 더 해줄 테니까 이리 와요. 그렇게 오랫동안 찾아오지도 않고, 전화 한 통은커녕 편지 한 줄 없었다니……"

헤수사 라보르데타는 전쟁으로 남편을 잃은 여자였는데, 그런 여인들 특유의 강인한 정신과 결단력으로 어떤 시련이 닥쳐도 충분히 이겨낼 사람이었다. 그녀는 십오 년째 아파트 관리인으로 일하고 있었다. 현관 복도 끝에 있는 방 두 칸짜리 작은 아파트에서 늘 멜로드라마 연속극에 다이얼이 맞춰져 있는 라디오와 거리에서 주워온 강아지 한 마리를 벗삼아 살았다. 다 죽어가는 강아지에게 그녀는 나폴레옹이라는 이름을 붙여주었지만, 녀석은 이른아침 오줌을 눌 때 길모퉁이 하나 제대로 차지하지 못하고 대부분의 경우 현관 우편함 아래에 일을 보곤 했다. 박봉에 시달리던 그녀는 여러 동네 사람들의 낡은 옷을 수선하고 꿰매주면서 생계비에 보탰다. 남 얘기를 좋아하던 사람들은—그 당시에는 대부분이 그랬다—헤수사가 딱 달라붙는 바지를 입은 선원들보다 아니스술을 더 좋아한다고 수군거렸다. 그리고 그녀가 가끔 술을 과하게 마시면 좁은 집안에 틀어박혀 울면서 소리를 지르고, 불쌍한 나폴레옹도 겁에 질려 함께 울부짖는다는 소문이 돌기도 했다.

"추위가 고약한데 그렇게 서 있지 말고, 어서 들어와요."

알리시아는 그녀를 따라서 안으로 들어갔다.

"레안드로 씨가 아침에 전화했어요. 당신이 오늘 올 거라고요."

"레안드로 씨는 언제나 속이 깊다니까요."

"신사 중에 신사죠." 레안드로 이야기만 나오면 입에 침이 마르게 칭찬하는 헤수사가 말했다. "말도 어찌 그렇게 점잖게 하는지……"

그 건물에는 엘리베이터가 없었다. 그나마 있는 계단도 건축가가 무슨 생각으로 만들었는지 불편하기 이를 데 없었다. 헤수사가 앞장서자 알리시아는 있는 힘을 다해 가방을 질질 끌며 계단을 한 칸씩 올라갔다.

"전화받고 곧장 환기를 했어요. 방안도 조금 정리를 했고요. 도저히 그냥 놔둘 수가 없어서요. 페르난디토가 도와줘서 힘들지 않았으니까 너무 신경쓰지 말아요. 당신이 온다는 소식을 듣자마자 자기도 일손을 거들겠다고 나를 들볶지 뭐예요……"

페르난디토는 헤수사 부인의 조카였다. 성자조차 이용하고 싶은 마음이 들 정도로 순수한 페르난디토는 만성적인 사춘기 열병을 앓고 있었다. 하늘은 그에게 시골뜨기 같은 외모를 줌으로써 균형을 맞추려고 했던 모양이다. 그는 어머니와 함께 옆 아파트에 살면서 식료품점 배달원으로 일하고 있었다. 하지만 노력과 재능의 대부분은 알리시아에게 바치는 훌륭한 사랑의 시를 쓰는 데 할애되었다. 페르난디토는 알리시아에게서 동백꽃을 든 여인*과 백설공주의 악독한 계모 여왕이 하나로 합쳐진—하지만 보다 음란한—모습을 보았다. 삼 년 전 알리시아가 바르셀로나를 떠나기 직전에 페르난디토는 그녀에게 영원히 변치 않을 사랑을 고백했다. 사정이 허락한다면 결혼해서 최소한 다섯 명의 자녀를 둘 것이라고 큰소리치는가 하면, 작별키스만 해주면 그 대가로 자신의 육체와 영혼, 그 밖에 가진 것을 모두 그녀에게 바치겠노라고 약속했다.

"페르난디토, 우리는 나이가 열 살이나 차이가 나. 그런 생각을 하면 못써." 그날 알리시아는 그의 눈물을 닦아주며 말했다.

"알리시아, 왜 저를 사랑하지 않는 거죠? 제가 남자답지 않아서 그런 거예요?"

"페르난디토, 너는 스페인의 무적함대를 모두 침몰시킬 만큼 남자다워. 그렇지만 네 나이에 맞는 여자친구를 찾아보는 게 좋을 것 같아. 이삼년만 지나면 내 말이 옳다는 것을 알게 될 거야. 지금 네게 줄 수 있는 건 우정밖에 없어."

페르난디토의 자존심은 재능보다 투지로 똘똘 뭉친 권투선수

* 알렉상드르 뒤마의 소설 『춘희』의 주인공 마르그리트 고티에.

지망생과 비슷했다. 그는 몇 대를 맞았든 대수롭지 않게 여겼다. 오히려 더 맞을 각오를 하고 다시 덤벼들었다.

"알리시아, 나만큼 당신을 사랑하는 사람은 아무도 없을 거예요. 아무도요."

알리시아가 마드리드행 기차를 타던 그날, 라디오에서 늘 볼레로를 들은 탓에 멜로드라마적 기질이 풍부하던 페르난디토는 멋진 정장 차림에 반짝거리는 구두를 신고 어린 카를리토스 가르델* 같은 분위기를 풍기면서 역에 나와 그녀를 기다리고 있었다. 한 달 월급을 다 털어서 산 듯한 빨간 장미 한 다발을 손에 든 채, 자신의 사랑이 담긴 편지를 무슨 일이 있어도 꼭 그녀에게 전해주려고 마음먹은 참이었다. 사실 그 편지에는 채털리 부인조차 얼굴을 붉힐 격정적인 내용이 담겨 있었지만, 알리시아는 그저 눈물만 보일 뿐이었고 그것도 가엾은 페르난디토가 바라던 식은 아니었다. 알리시아가 열차에 올라타 카사노바 지망생으로부터 벗어나려던 찰나, 페르난디토는 사춘기 시절부터 마음속에 차곡차곡 쌓아둔 넉살과 용기를 발휘해서 그녀에게 엄청난 키스를 퍼부었다. 열다섯 살짜리만이 할 수 있는 그 키스는 비록 잠깐이라 해도 이 세상에 아직 희망이 있다고 느끼게 만들었다.

"알리시아, 당신 때문에 제 인생은 끝장났어요." 그가 흐느끼면서 말했다. "나는 눈물로 세월을 보내다 죽을 거라고요. 실제로 그런 일이 종종 일어난다고 들었어요. 눈물샘이 마르면 결국 대동

---

* 프랑스 태생의 아르헨티나 탱고 가수이자 영화배우.

맥이 터져버린대요. 며칠 전에 라디오에서 들었단 말이에요. 언젠가 당신에게 제 부고장이 날아갈 거예요. 그러면 나에 대한 기억이 평생 당신을 따라다니면서 괴롭히겠죠."

"페르난디토, 네 눈물 한 방울에는 더 많은 삶이 담겨 있어. 설령 내가 백 살까지 산다고 해도 결코 경험하지 못할 그런 삶 말이야."

"어느 책에 나오는 말 같은데요."

"페르난디토, 이 세상 어느 책이 감히 너한테 이래라저래라 하겠니. 생물학에 관한 전문서적이 아니라면 말이야."

"어서 가요. 거짓과 얼음장처럼 차가운 마음과 함께 떠나라고요. 하지만 이 세상에 홀로인 것처럼 외로운 날이 오면 제가 그리워질 거예요."

알리시아는 그의 이마에 입을 맞추었다. 입술에 키스를 할 수도 있었지만, 그건 그를 죽이는 꼴이나 마찬가지였다.

"그래, 벌써 네가 그리워지는구나. 건강하게 잘 지내, 페르난디토. 그리고 아무쪼록 나를 잊도록 해봐."

그들은 마침내 꼭대기층에 도착했다. 옛집의 문을 마주하자 알리시아는 정신이 번쩍 들었다. 헤수사가 문을 열고 불을 켰다.

"걱정하지 말아요." 헤수사가 그녀의 마음을 훤히 읽기라도 한 듯이 말했다. "그 아이한테 아주 예쁜 여자친구가 생겼거든요. 그래서 이제는 정신차리고 열심히 살고 있어요. 자, 어서 들어와요."

알리시아는 가방을 바닥에 내려놓고 집안으로 들어갔다. 헤수사는 문 앞에 서서 기다렸다. 현관 꽃병에 싱싱한 꽃이 한아름 꽂혀 있었고 집안에서는 상큼한 향기가 풍겼다. 그녀는 마치 그 집에 처음 들어온 사람처럼 방과 복도를 천천히 둘러보았다.

등뒤에서 헤수사가 식탁 위에 열쇠를 올려놓는 소리가 들려 그녀는 부엌으로 갔다. 헤수사는 입가에 엷은 미소를 머금고 그녀를 쳐다보고 있었다.

"이제 삼 년이 지났다는 게 믿어지지 않죠?"

"삼십 년도 더 된 것 같아요." 알리시아가 대답했다.

"얼마 동안 머물 거예요?"

"아직은 잘 모르겠어요."

헤수사는 고개를 끄덕였다.

"그건 그렇고, 먼길 오느라 피곤할 텐데 좀 쉬도록 해요. 그리고 부엌을 보면 저녁으로 먹을 것이 있을 거예요. 페르난디토가 찬장을 가득 채워놓았거든요. 필요한 게 있으면 언제든지 내게 연락해요."

"헤수사 아주머니, 정말 고마워요."

헤수사는 눈길을 돌리며 말했다.

"당신이 집으로 돌아와서 기뻐요."

"저도 그래요."

헤수사는 문을 닫고 나갔다. 계단을 따라 아래로 멀어져가는 발소리가 들렸다. 알리시아는 거리를 내려다보기 위해 커튼을 젖히고 창문을 열었다. 그녀의 발아래로 바르셀로나 구시가지의 건물 옥상이 망망대해처럼 펼쳐져 있었다. 그리고 저멀리 대성당들과 산타마리아 델 마르 성당의 탑들이 우뚝 솟아 있었다. 아비뇽 거리의 전경을 살펴보던 중 길 건너 라 마누알 알파르가테라*의 어두운 입구로 몸을 숨기는 자가 눈에 띄었다. 누구인지 잘 보이지는 않았지만, 담배를 피우고 있었다. 담배연기가 은빛 나선을 그리며 건물 정면 위로 올라가고 있었다. 한동안 그곳에서 눈을 떼지 않던 알리시아는 곧 단념했다. 자기를 노리는 그림자가 주변에 어른거린다고 상상하기에는 너무 일렀다. 그런 상상은 나중에라도 충분히 할 수 있을 것이다.

그녀는 창문을 닫았다. 전혀 입맛이 없었지만 식탁에 앉아 치즈와 말린 과일을 빵에 조금 얹어 먹었다. 빨간 리본이 달린 화이트와인 한 병이 식탁 위에 놓여 있었다. 그녀는 코르크마개를 땄다. 그녀가 화이트와인이라면 사족을 못 쓴다는 사실을 아직도 기억하는 페르난디토의 세심한 배려가 느껴졌다. 그녀는 잔에 와인을 따라 눈을 감고 천천히 음미했다.

"아무쪼록 독이 들어 있지 않기를." 그녀가 혼잣말을 했다. "페르난디토, 네 건강을 위해 건배!"

맛이 아주 좋은 와인이었다. 그녀는 한 잔 더 따라서 거실의 안락의자로 갔다. 라디오를 켜보니 여전히 작동하고 있었다. 그녀는 페네데스 빈티지를 음미하면서 천천히 마셨다. 라디오 뉴스에서는 혹시 청취자들이 잊기라도 했을까봐 스페인이 전 세계 사람들

* 끈을 발목에 매어 신는 에스파드리유와 샌들로 유명한 제화점.

의 선망의 대상이자 희망의 빛이라는 등의 선전을 쉴새없이 떠들어대고 있었다. 그런 방송에 진절머리가 난 알리시아는 라디오를 끄고 짐부터 풀기로 했다. 그녀는 여행가방을 부엌 한가운데로 끌고 와서 바닥에서 열었다. 가방 안을 살펴보다 다시 쓰고 입을 생각도 없는 과거 삶의 물건과 옷가지를 왜 그렇게 많이 챙겨왔는지 의아한 생각이 들었다. 당장 가방을 덮고 헤수사 아주머니에 부탁해 다음날 애덕회愛德會*에 기부해버리고 싶은 생각이 들었다. 그녀가 가방에서 꺼낸 것은 리볼버와 총알 두 상자밖에 없었다. 그 총은 그녀가 이 년 차 되던 해 레안드로에게서 받은 선물이었다. 그런데 알리시아는 왠지 그 총에 밝히기 곤란한 내력이 숨겨져 있을 것 같은 예감이 들었다.

'이건 뭐죠? 위대한 대장님의 총인가요?'

'원한다면, 숙녀용 권총을 줄 수도 있어. 상아손잡이에 금으로 도금된, 총열이 두 개 달린 걸로 말이야.'

'푸들을 쏘는 것 말고 이걸로 뭘 하라는 거죠?'

'아무도 자네에게 총을 쏘지 못하도록 만드는 거지.'

결국 알리시아는 레안드로가 무언가를 줄 때마다 늘 그랬듯이, 그 무겁기만 한 권총을 받았다. 그것은 말로 표현할 수 없는 것을 의례적인 냉소와 침묵으로 마무리지음으로써 그녀가 거울에 자신의 모습을 비추어보고 삶의 목적을 위해 한번 더 스스로를 기만하는 복종과 가식의 암묵적 합의였다. 그녀는 손에 총을 들고 무

---

* 1634년 프랑스에서 설립된 여자 수도회.

게를 가늠해본 다음 탄창을 옆으로 열어젖혔다. 실탄이 한 발도 장전되어 있지 않아 탄약상자를 열어 바닥에 쏟아붓고 여섯 발의 총알을 약실에 천천히 집어넣었다. 그녀는 자리에서 일어나 한쪽 벽을 다 차지한, 책으로 가득한 책장으로 걸어갔다. 헤수사의 먼지떨이가 지나간 곳에는 삼 년 동안 이어진 부재의 흔적이 티끌 하나 남아 있지 않았다. 그녀는 『파우스트 박사』 프랑스어 번역본 바로 옆에 꽂혀 있던 가죽장정의 성경을 꺼내 펼쳤다. 안쪽이 모두 칼로 도려내 비어 있는 상태라 개인화기를 넣어두기에 안성맞춤이었다. 그녀는 리볼버를 성경 안에 넣고 다시 책장에 꽂아두었다.

'아멘.' 그녀는 속으로 중얼거렸다.

여행가방을 닫고 침실로 갔다. 최근에 다린 향긋한 침대시트가 그녀를 반겼다. 오랜 시간 동안 기차를 탄데다 방금 마신 와인 때문에 취기가 오르자 피로가 온몸에 밀려왔다. 그녀는 눈을 감고 도시가 귀에 대고 속삭이는 소리를 들었다.

그날 밤, 알리시아는 또다시 포화가 퍼붓는 꿈을 꾸었다. 꿈속에서 그녀는 귀청이 터질 듯 요란한 폭격소리를 피해 라발 지구의 옥상 위를 뛰어다니고 있었다. 그사이, 주변 건물들은 시커먼 연기와 함께 시뻘건 불덩어리로 변하며 폭삭 무너져내리기 시작했다. 벌떼처럼 몰려온 전투기들이 저공비행하면서 좁은 골목길을 통해 대피소로 달아나던 사람들을 향해 기관총을 소사했다. 아르코 델 테아트로 거리의 옥상 처마 너머로 내려다보니 한 여자와 네 아이가 공포에 질린 채 람블라스 거리 쪽으로 달아나고 있었다. 바로 그 순간, 미사일이 섬광을 일으키며 골목길을 휩쓸고 지나가자 그들의 몸이 갈가리 찢어지면서 순식간에 피와 내장의 웅덩이로 변하고 말았다. 그녀는 눈을 질끈 감았다. 바로 그때 어디선가 폭발이 일어났다. 소리를 듣기 전에 먼저 몸으로 느껴졌다. 마치 어둠 속에서 기차가 덮쳐온 같았다. 무언가가 옆구리를 뚫고 지나가는 듯한 통증이 느껴졌다. 그리고 시뻘건 불길이 일면서 몸이 공중으로 튀어올라 건물 채광창으로 떨어졌다. 그녀는 시뻘겋게 달아오른 유릿조각에 둘러싸인 채 허공 속으로 빠져들어갔다.

몇 초 후, 추락하던 그녀의 몸을 무언가가 붙잡아주었다. 커다란 건물 꼭대기에 매달린 나무난간 옆으로 떨어진 것이었다. 그녀는 안간힘을 다해 난간 가장자리로 기어갔다. 아래를 내려다보자 어둠 속에서 나선형으로 된 구조물의 윤곽이 어렴풋하게 보였다. 그녀는 눈을 비비고 구름에 반사된 불그스레한 빛의 도움을 받아 어둠 속을 자세히 들여다보았다. 발아래로 무수히 많은 책과 현실에 있을 수 없는 건축양식으로 지어진 성채가 펼쳐져 있었다. 잠시 후, 미로의 계단을 통해 다가오는 발소리가 들리더니 머리숱이 적은 남자의 형체가 언뜻 보였다. 그 남자는 바로 옆에 꿇어앉아 그녀의 몸을 뒤덮은 상처를 살펴보았다. 그리고 그녀를 안아올린 채 터널과 계단, 다리를 지나 그 건물의 제일 아래로 내려갔다. 그는 그녀를 침대에 누이고 상처 부위를 치료하기 시작했다. 폭탄이 비 오듯 쏟아지는 가운데, 그는 그녀가 절대로 죽음의 문턱을 넘어서지 못하도록 안간힘을 다해 붙잡고 있었다. 시뻘건 불빛이 저 위의 둥근 지붕을 통해 새어들어왔다. 그 불빛 덕분에 그녀는 그곳의 모습을 가물가물하게나마 볼 수 있었다. 이제껏 본 것 중 가장 놀랍고 경이로운 건물이었다. 그곳은 책으로 이루어진 성당으로, 결코 존재한 적이 없던 궁전 속에 꼭꼭 숨겨져 있었다. 오로지 꿈속에서만 다시 찾을 수 있는 장소였다. 왜냐하면 그와 같은 곳은 저 너머에, 다시 말해 그녀의 엄마 루시아가 기다리는 세계, 그녀의 영혼이 오랜 세월 동안 갇혀 있는 그곳에 속할 수밖에 없었기 때문이다.

새벽녘, 머리숱이 적은 남자는 다시 그녀를 안아들고 피와 화염으로 뒤덮인 바르셀로나의 거리를 달려 아동보호소에 도착했다. 하지만 재를 뒤집어쓴 의사는 그들을 보더니 고개를 저으며 입속말을 웅얼거렸다.

"그 인형은 망가져서 이제 못 쓰겠는데요." 그가 등을 돌리며 말했다.

바로 그때 알리시아는 자기 몸을 물끄러미 보았다. 이미 꿈속에서 여러 번 그랬듯, 그녀의 몸은 온통 시커멓게 그을리고 연기를 풀풀 날리면서 다 끊어진 줄에 매달린 나무꼭두각시로 변해 있었다. 눈 없는 간호사들이 벽에서 튀어나오더니 선한 사마리아인의 손에서 그 인형을 낚아채 창고로 질질 끌고 갔다. 창고 안에는 그녀와 같은 수백, 수천 개의 인형 조각과 부스러기가 산더미처럼 쌓여 있었다. 간호사들은 그 인형을 더미 위에 휙 집어던지고는 웃으며 가버렸다.

4

강철처럼 차가운 겨울 해가 떠오르자 알리시아는 잠에서 깼다. 두 눈을 뜨고 그날이 바르셀로나에서 자유롭게 보낼 수 있는 첫날이자 마지막날이 될 거라고 생각했다. 아마도 그날 밤 바르가스가 바르셀로나에 모습을 드러낼 것이었다. 그녀는 제일 먼저 근처 페르난도 거리에 있는 구스타보 바르셀로의 서점에 들르기로 했다. 그 서점 주인이 매력적인 젊은 여성을 유난히 좋아한다던 베르길리우스의 말이 떠올라 예쁘게 차려입기로 했다. 옛날에 쓰던 옷장문을 열자 안에 있는 옷이 모두 세탁은 물론 다림질까지 되어 있는 것을 알 수 있었다. 그녀가 온다는 소식을 듣고 헤수사 아주머니가 해둔 것이다. 옷에서는 라벤더향이 은은하게 풍겼다. 그녀는 낡고 초라한 옷을 손끝으로 어루만져보았다. 이번 임무에 아주 잘 어울리는 옷이라는 것을 촉감으로 알 수 있었다. 그녀는 자기가 없는 사이 아파트에 보일러가 새로 설치된 것을 기념으로 집안에 뿌옇게 김이 서릴 때까지 샤워를 즐겼다.

알리시아는 윈저호텔의 로고가 아직도 선명히 남아 있는 타월을 몸에 두른 채, 부엌으로 가서 라디오를 켜고 카운트 베이시 오케스트라*가 나오는 방송에 다이얼을 맞췄다. 저런 사운드를 만들어낼 수 있는 문명이라면 분명히 미래가 있을 것이다. 다시 침실로 돌아간 그녀는 타월을 벗고, 자기 보상을 위해 라 페를라 그리

* 미국의 전설적인 재즈 뮤지션인 윌리엄 '카운트' 베이시가 이끈 빅밴드.

스*에서 산 뒤에 솔기가 있는 스타킹을 신었다. 그러곤 굽이 낮은 구두를—레안드로가 봤다면 분명 눈살을 찌푸렸을 것이다—신고, 한 번도 입어본 적은 없지만 자신의 몸매를 완벽하게 드러내줄 검은 모직드레스를 입었다. 그리고 피처럼 붉은 립스틱을 입술에 바르면서 느긋하게 화장을 했다. 마지막 포인트로 빨간색 코트를 입고 준비를 마쳤다. 그리고 과거 바르셀로나에 살 때 늘 그랬던 것처럼 그란 카페에서 아침을 먹기 위해 내려갔다.

베테랑 웨이터이자 사람의 얼굴을 한 번 보면 절대 잊지 않는 걸로 동네에서 유명한 미켈은 그녀가 문에 들어서자마 단번에 알아보고 카운터 뒤에서 손을 흔들며 인사를 건넸다. 삼 년 전에 마지막으로 봤다는 것이 믿어지지 않을 정도였다. 알리시아는 창가 테이블에 앉아, 아침시간이라 텅 빈 카페 안을 천천히 둘러보았다. 따로 주문을 할 필요는 없었다. 미켈이 쟁반을 들고 와 그녀가 늘 먹던 아침식사, 즉 밀크커피와 딸기잼과 버터 바른 토스트 두 쪽, 그리고 아직 잉크냄새가 가시지 않은 〈라 방과르디아〉**를 테이블 위에 내려놓았다.

"미켈 씨, 잊지 않으셨군요."

"여기서 만나는 게 참 오랜만이기는 하지만 그리 많은 세월이 지난 건 아니니까요, 알리시아 양. 아무튼 잘 오셨어요."

알리시아는 신문을 훑어보면서 느긋하게 아침을 먹었다. 전에

---

* 고급 여성의류와 액세서리를 판매하는 상점.

** 카탈루냐 지역의 대표 일간지.

도 입술에 묻은 딸기잼을 핥아먹으면서 〈라 방과르디아〉라는 거울에 비친 바르셀로나 사회의 변화무쌍한 현실을 살펴보는 것으로 반시간가량을 보내곤 했다. 세상 모든 시간이 다 제 것 같았다. 그렇게 여유를 부리며 하루를 시작하는 것이 얼마나 즐거운지 그동안 까맣게 잊고 지냈다.

식사를 마친 뒤 그녀는 카운터로 다가갔다. 미켈은 뿌연 아침 햇살 속에서 와인잔을 닦고 있었다.

"얼마죠, 미켈 씨?"

"장부에 달아둘게요. 내일도 이 시간에 올 거죠?"

"특별한 일이 없으면요."

"오늘 참 멋져 보이네요. 무슨 중요한 행사라도 있나요?"

"그보다 훨씬 좋은 일이에요. 책을 만나러 가는 길이라고요."

5

햇빛이 가루처럼 떨어져 산책하고 싶은 마음이 절로 나는 바르셀로나의 전형적인 겨울 아침이 그녀를 맞이했다. 구스타보 바르셀로의 서점은 레알광장 아치문 바로 맞은편에 있었다. 그란 카페에서는 도보로 이삼 분 거리였다. 알리시아는 빗자루와 호스로 거리를 청소하는 청소부들에게 둘러싸인 채 서점으로 걸어갔다. 페르난도 거리 인도 양편으로 큰 상점이 즐비하게 늘어서 있었는데, 평범한 가게라기보다 무슨 성지에 온 것 같은 느낌이었다. 금은방 분위기를 풍기는 제과점과 오페라 무대를 그대로 옮겨놓은 듯한 양복점, 박물관처럼 생겼지만 호기심에 한번 들어가보는 곳이 아니라 눌러앉아 살고 싶어지는 바르셀로의 서점. 문턱을 넘으려던 알리시아는 잠시 걸음을 멈추고 쇼윈도 너머로 아름답게 진열된 책장과 유리장식장을 천천히 둘러보았다. 안으로 들어선 그녀는 발판 사다리를 딛고 선반 제일 위칸 먼지를 털어내던 파란 작업복 차림의 점원을 주시했다. 알리시아는 그를 못 본 척하고 서점 안으로 들어갔다.

"어서 오세요!" 점원이 인사를 건넸다.

알리시아는 그를 돌아보며 얼어붙은 마음까지 녹일 만한 미소를 보냈다.

서둘러 사다리에서 내려온 청년은 걸레를 어깨에 걸치면서 카운터 뒤로 가서 섰다.

"무엇을 도와드릴까요, 부인?"

"아가씨예요." 알리시아는 태연하게 장갑을 벗으면서 그의 말을 고쳐주었다.

청년은 넋을 잃은 듯 고개를 끄덕였다. 그렇게 단순한 수작이 통할 때마다 그녀는 매번 놀랐다. 이 세상에 사는 착한 남자들의 어리석음을 신께서 축복하시길.

"구스타보 바르셀로 선생을 만날 수 있을까요?"

"지금 바르셀로 씨는 여기 안 계시는데요……"

"그럼 언제쯤 오실지 아세요?"

"글쎄요…… 사실 바르셀로 씨는 손님과 약속이 없으면 서점에 딱히 나오지 않거든요. 서점 책임자인 펠리페 씨는 어느 수집품의 가격을 매기려고 페드랄베스*에 가셨어요. 아마 정오쯤 돌아오실 거예요."

"이름이 뭐죠?"

"베니토라고 합니다."

"베니토 씨, 조금 전부터 지켜봤는데 빈틈없는 사람 같더군요. 그래서 당신이라면 나를 도와줄 수 있겠다는 생각이 들었어요."

"뭔지 말해보세요."

"워낙 민감한 문제라서 한시바삐 바르셀로 씨를 만나뵙고 말씀을 나누고 싶어요. 사실 가까운 친척 중에 대단한 수집가가 있는데, 최근에 아주 귀한 물건을 손에 넣은 모양이에요. 그것을 팔 생각인데, 바르셀로 씨가 중개와 상담을 맡아주셨으면 하더군요. 물론 거래가 익명으로 이루어진다는 조건으로요."

"무슨 말씀인지 알겠어요." 청년이 더듬거리며 말했다.

"문제의 물건은 빅토르 마타익스라는 사람이 쓴 『영혼의 미로』 시리즈 중 한 권인데, 아주 양호한 상태예요."

그녀의 말을 듣자 청년의 눈이 휘둥그레졌다.

"지금 마타익스라고 하셨어요?"

알리시아는 고개를 끄덕였다.

"들어본 적이 있나요?"

"잠시만 기다려주신다면, 지금 당장 바르셀로 씨가 어디 계신

---

* 바르셀로나의 한 구역.

지 찾아보겠습니다."

알리시아가 부드러운 미소를 지어 보이자 점원은 서점 뒷방으로 재빨리 사라졌다. 잠시 후 전화기 다이얼 돌리는 소리가 들리더니 다급하면서도 숨죽인 청년의 목소리가 커튼 뒤에서 새어나왔다.

"구스타보 사장님, 죄송합니다만…… 네, 잘 알고 있죠. 지금 이 시간에는…… 아뇨, 아직 퇴근 안…… 네, 사장님. 네. 그런데 사장님, 부탁입니다만…… 아뇨. 부탁드릴…… 물론 전 제 일을 좋아하죠…… 아닙니다. 그런데 사장님…… 저 잠시만요, 정말 잠깐이면…… 아, 감사합니다."

청년은 잠시 숨을 돌리고 다시 주인과 설전에 가까운 대화를 이어나가기 시작했다.

"여기 어떤 여자분이 와 계신데요, 빅토르 마타익스의 책을 팔려고 한답니다. 상태는 아주 양호하고요."

긴 침묵이 흘렀다.

"아뇨. 지어낸 이야기가 아니라니까요. 네? 아뇨. 누군지는 저도 모르죠. 아니에요. 처음 보는 분이에요. 잘 모르겠어요. 젊고, 아주 우아한 분인데…… 물론이죠. 그러니까 제 말은…… 아뇨. 제 눈에 모든 여자들이 그렇게…… 네, 사장님. 지금 당장, 네……"

청년은 만면에 미소를 머금고 뒷방에서 나왔다.

"구스타보 씨가 언제쯤 만나면 좋겠느냐고 물어보십니다."

"오늘 오후 이른 시간이 어떨까요?" 알리시아가 제안했다.

청년은 고개를 끄덕이면서 다시 뒷방으로 사라졌다.

"오늘 오후가 어떻겠냐고 하는데요. 네. 그건 저도 잘 모르겠어요. 그분한테 한번 물어보죠 뭐…… 아, 그럼 가만히 있을게요…… 저야 사장님이 시키는 대로 하죠. 네, 사장님. 지금 당장이요. 걱정하지 마세요. 네, 사장님. 사장님도요."

점원은 다소 홀가분한 얼굴로 그녀 앞에 나타났다.

"이야기는 잘됐어요?" 알리시아가 물었다.

"아주 잘됐어요. 초면에 여러 가지로 실례가 많았습니다. 구스타보 씨는 좀 별스러운 데가 있어서 그렇지 성자 같은 분이에요."

"그렇군요."

"괜찮으시다면, 오늘 오후 시르쿨로 에쿠에스트레 클럽*에서 만나뵙자고 하시는데요. 사장님이 거기서 점심약속이 있거든요. 그래서 오후 내내 거기 계실 겁니다. 어딘지 아세요? 발메스 거리하고 디아고날대로가 만나는 곳에 있는 카사 페레스 사마니요인데."

"어디인지 알아요. 구스타보 씨를 만나면 당신한테 큰 도움을 받았다고 말씀드릴게요."

"고맙습니다."

알리시아가 떠날 채비를 하자, 청년은 그녀와 조금이라도 더 있고 싶은지 카운터를 돌아나와 문 앞까지 배웅해주겠다고 했다.

"세상에 별 희한한 일도 다 있죠?" 그는 흥분한 듯 대뜸 말했다. "오랫동안 『영혼의 미로』 시리즈는 단 한 권도 사람들 눈에 띄

---

* 저명인사들이 모이는 바르셀로나의 클럽.

지 않았어요. 그런데 이번달에만 마타익스 때문에 서점을 찾은 사람이 둘이나 된다니……"

알리시아는 걸음을 멈췄다.

"아, 그래요? 그럼 다른 한 사람은 누구죠?"

필요 이상으로 말을 했다는 듯 베니토의 표정이 갑자기 굳어졌다. 알리시아는 그의 팔에 손을 얹고 부드럽게 붙잡았다.

"걱정하지 말아요. 이건 우리 둘 사이의 이야기일 뿐이니까요. 그저 궁금해서 물어본 거예요."

점원은 여전히 미심쩍어하는 눈치였다. 알리시아는 몸을 앞으로 약간 기울였다.

"마드리드에서 온 분인데, 경찰 같았어요. 나를 보더니 신분증 같은 것을 내밀더라고요." 베니토가 말했다.

"혹시 이름을 밝히던가요?"

베니토는 어깨를 으쓱했다.

"기억이 안 나요…… 생각나는 거라고는 얼굴에 칼자국이 있다는 것밖에 없어요."

알리시아가 미소를 짓자 베니토는 더 당황했다.

"오른쪽 뺨이던가요? 상처 위치가."

청년은 안색이 백지장처럼 창백해졌다.

"혹시 로마나라고 하지 않던가요?" 알리시아가 물었다. "리카르도 로마나."

"그럴지도 몰라요…… 확실치는 않지만요. 하지만……"

"고마워요, 베니토 씨. 당신은 정말 멋진 사람이에요."

알리시아가 거리를 걸어가고 있는데, 점원이 문밖으로 고개를 내밀고 그녀를 불렀다.

"잠깐만요. 아직 이름을 알려주지 않으셨는데요……"

알리시아는 뒤를 돌아보며, 하루 온종일 베니토의 뇌리에서 사라지지 않을 미소를 보냈다.

6

바르셀로의 서점을 나온 알리시아는 옛날에 자주 다니던 길을 걷고 싶어졌다. 그래서 고딕 지구*의 꼬불꼬불한 골목길을 따라 천천히 걸으면서 그날의 두번째 목적지로 향했다. 그녀는 리카르도 로마나와 그의 미심쩍은 실종에 대해 골똘히 생각하면서 느릿느릿 걸었다. 사실 벌써부터 그의 자취와 맞닥뜨렸다는 것이 딱히 놀랍지는 않았다. 시간이 흐르면서 그녀는 자기와 로마나가 종종 같은 길을 가면서 서로의 뒤를 바짝 쫓았다는 것을 알게 되었다. 하지만 열에 아홉은 그녀가 먼저 목적지에 도착했다. 이번 경우에 주목할 만한 점이 있다면 불과 몇 주 전에 로마나가 빅토르 마타익스의 책에 관해 물어보러 왔다는 것이었다. 이번 임무를 부여받던 날 발스에게 온 익명의 편지에 관해 로마나가 독자적으로 수사를 시작했다던 힐 데 파르테라의 말이 떠올랐다. 로마나는 이런저

* 바르셀로나 구시가지의 중심이자 역사지구.

런 특성이 있지만, 절대 멍청하지는 않았다. 로마나의 등장이 꼭 나쁜 소식이라고 할 수만은 없었다. 로마나가 독자적인 수사를 통해 『영혼의 미로』라는 책에 도달했다면, 그녀의 입장에서도 자기 직감이 틀리지 않았다는 증거로 삼을 수 있으니까 말이다. 하지만 조만간 그와 부딪힐 수밖에 없다는 사실은 좋지 못한 소식이었다. 예전에도 그와 마주쳐서 좋게 끝난 적이 거의 없었기 때문이다.

조직 내에 떠도는 소문에 따르면 로마나는 불행한 운명을 맞이한 바르셀로나 비밀경찰 소속 형사 푸메로의 부하였고, 레안드로가 오랜 세월 동안 모집한 요원 중—그나마 몇 명 되지도 않았다—가장 무시무시한 인물이었다. 레안드로 밑에서 일하는 동안 알리시아는 리카르도 로마나와 여러 차례 마찰을 빚었다. 가장 최근의 갈등은 이 년 전이었다. 자기가 몇 달 동안이나 답을 찾지 못하고 매달린 사건을 알리시아가 해결하자 로마나는 그녀에게 앙심을 품었다. 어느 날 밤 술에 잔뜩 취한 그가 이스파니아호텔까지 따라와서는, 언젠가 그녀를 지켜주는 레안드로가 물러나면 적당한 때와 장소를 골라 그녀를 천장에 매단 다음 자기 연장통을 이용해 천천히 해치우겠다고 협박했다.

"이봐. 넌 레안드로가 가지고 노는 고급 매춘부일 뿐이라고. 그의 첫 여자도, 마지막 여자도 아니야. 나는 그가 너한테 싫증이 날 때만을 기다리고 있어. 장담하건대 그때가 오면 우리는, 특히 너는 정말 황홀한 시간을 보낼 거야. 네 몸뚱이가 쇠몽둥이맛을 보게 될 테니까……"

그날 밤, 로마나는 결국 자존심에 큰 상처를 입고 말았다. 팔뼈가 이중으로 골절되고 뺨을 열여덟 바늘 꿰매는 중상을 입은 그는 보름간 병가를 냈다. 그 사건으로 인해 알리시아도 톡톡한 대가를 치렀다. 그가 복수를 하러 찾아오면 최악의 사태가 일어날 것이라는 불길한 예감에 사로잡힌 채 침대 옆 테이블에 리볼버를 올려놓고 어두운 방문을 응시하면서 보름간을 뜬눈으로 지새웠다.

그녀는 로마나 생각은 떨쳐버리고 바르셀로나의 거리에서 맞이하는 첫날 아침을 즐기기로 했다. 따스한 햇살을 받으며 산책을 계속하던 그녀는 한 걸음 한 걸음 조심해서 걷다가 엉덩이에 미세한 통증이 느껴지면 쇼윈도 앞에 멈춰 섰다. 세월이 흐르면서 그녀는 전조를 읽어 불가피한 사태를 모면하는—적어도 늦추는—방법을 찾아냈다. 통증과 알리시아는 서로를 너무도 잘 알기 때문에 게임의 규칙을 지키면서도 상대방의 약점을 교묘히 공격하는 숙적이었다. 그렇다 하더라도 몸에 매단 보철장치 없이 하는 그 첫 산책은 그녀도 익히 아는 대가를 상쇄하고도 남을 만큼 각별했다. 후회는 나중에 해도 충분했다.

아직 열시가 채 되지 않았을 무렵 그녀는 푸에르타 델 앙헬 대로를 따라 걷고 있었다. 산타아나 거리의 모퉁이를 돌아서자 오래된 '셈페레와 아들' 서점의 쇼윈도가 언뜻 보였다. 그 맞은편에는 자그마한 카페가 있었다. 알리시아는 카페 안으로 들어가 창가 테이블에 앉았다. 잠시 휴식을 취하는 것이 좋을 듯싶었다.

"뭐로 드릴까요, 손님?" 적어도 이십 년 동안 한 번도 그곳을 떠나지 않은 듯이 보이는 웨이터가 물었다.

"에스프레소 주세요. 물 한 잔도요."

"수돗물로 드릴까요? 아니면 미네랄워터로 드릴까요?"

"뭐가 좋을까요?"

"손님의 혈액 속에 칼슘이 얼마큼 있느냐에 달려 있겠죠."

"그럼 미네랄워터로 주세요. 상온에서 보관한 걸로요."

"곧 갖다드리겠습니다."

그녀가 커피 두 잔을 마시며 삼십 분을 보내는 동안 서점에는 손님은커녕 멈춰 서서 쇼윈도를 구경하는 사람도 하나 없었다. 거미줄이 망각의 속도로 '셈페레와 아들' 서점의 회계장부를 뒤덮고 있을 것이 틀림없었다. 그녀는 당장이라도 길을 건너 텅 빈 서점 안으로 들어가 닥치는 대로 책을 사고 싶은 마음이 굴뚝같았지만, 적절한 때가 아니라는 것을 알고 있었다. 당장 그녀가 해야 하는 일은 차분하게 지켜보는 것뿐이었다. 다시 삼십 분이 흘렀지만 아무 일도 일어나지 않았다. 그냥 자리를 떠야 하나 고민하던 순간, 그가 알리시아의 눈에 들어왔다. 그는 무엇에 홀린 사람처럼 멍한 표정으로 입가에 엷은 미소를 머금고 걷고 있었다. 세상이야 어떻게 돌아가든 아예 관심도 없다는 듯 평온한 모습이었다. 그녀는 그의 사진도 한번 본 적이 없었지만 그가 서점 문 앞으로 다가가기 전부터 누구인지 알 수 있었다.

다니엘이었다.

알리시아는 자기도 모르게 미소를 지었다. 다니엘 셈페레가 서점으로 들어가려던 순간, 문이 벌컥 열리면서 스무 살도 채 안 돼

보이는 여자가 나와 그를 맞이했다. 청초한 아름다움을 지닌 여인이었다. 라디오 연속극 작가들이 그녀를 봤다면 내면에서 우러나온 아름다움이라고 했을 것이다. 다시 말해 마음씨 고운 천사들의 이야기에 흠뻑 젖어 쉽게 사랑에 빠지는 바보들이 보면 긴 탄식을 내뱉을 만큼 아름다운 여인이었다. 더구나 괜찮은 집안의 소녀처럼 순수하면서도 정숙한 분위기를 풍겼다. 그래서인지 옷 안에 숨겨진 자신의 몸매가 아름다울지도 모른다고 생각하면서도 감히 인정하지는 못하는 듯한 차림을 하고 있었다. 그간 말로만 듣던 베아트리스, 난장이들의 나라에서 순수함의 향기를 풍기는 백설공주 같군. 알리시아는 속으로 그렇게 중얼거렸다.

베아트리스는 까치발을 하고 남편의 입술에 입을 맞췄다. 잠시 스치듯 입술을 포갠 정숙한 키스였다. 알리시아는 베아트리스가 키스를 할 때 눈을 지그시 감은 채, 정식으로 결혼한 젊은 남편이 허리를 감싸도록 몸을 맡기는 스타일의 여자임을 알아차렸다. 다니엘은 여전히 학생인 것처럼 키스를 했다. 비교적 이른 나이에 결혼을 한 탓인지 그는 이런 상황에서 여자를 어떻게 안고 손을 어디에 두는지, 입술은 어떻게 하는지도 몰랐다. 그에게 그런 지식을 가르쳐준 사람이 아무도 없었던 게 분명했다. 그 순간, 알리시아의 얼굴에서 미소가 사라지고 이유를 알 수 없는 심술이 속에서 끓어올랐다.

"화이트와인 한 잔 주실래요?" 그녀는 웨이터에게 주문했다.

거리 맞은편에서는 다니엘 셈페레가 아내와 작별인사를 마치고 서점 안으로 들어가고 있었다. 고상한 스타일이지만 싸구려 옷을 입은 베아트리스는 푸에르타 델 앙헬 대로 방향으로 걸어가다 이내 인파 속으로 사라졌다. 그사이 알리시아는 그 여인의 허리와 엉덩이가 살랑살랑 흔들리는 모습을 자세히 살펴보았다.

"저런. 공주님, 나라면 그렇게 입지는 않았을 텐데." 그녀가 낮은 목소리로 중얼거렸다.

"뭐라고 하셨죠, 손님?"

알리시아가 고개를 돌리는 순간, 화이트와인을 들고 오던 웨이터와 눈이 마주쳤다. 그는 불안하면서도 넋 나간 표정으로 그녀를 바라보고 있었다.

"이름이 뭐라고 했죠?" 알리시아가 그에게 물었다.

"저요?"

알리시아는 카페를 쭉 둘러보았다. 분명히 둘밖에 없었다.

"여기에 또 누가 있나요?"

"전 마르셀리노라고 합니다."

"마르셀리노 씨, 옆에 잠시 앉으시겠어요? 나 혼자 마시는 게 싫어서 그래요. 아니에요, 그냥 해본 말이에요. 하지만 혼자 마시는 걸 그다지 좋아하지는 않아요."

웨이터는 침을 꼴깍 삼켰다.

"괜찮으시다면, 제가 한 잔 살게요." 알리시아가 말했다. "맥주 드시겠어요?"

마르셀리노는 뻣뻣한 모습으로 그녀를 바라보았다.

"마르셀리노 씨, 안 잡아먹을 테니까 여기 앉으세요."

청년은 고개를 끄덕이고 그녀의 맞은편에 앉았다. 알리시아는 그를 보고 생긋 웃었다.

"마르셀리노 씨, 애인 있어요?"

웨이터는 고개를 저었다.

"하긴 여자들은 자기가 얼마나 소중한 것을 놓치고 있는지 잘 모르니까요. 그런데 궁금한 게 하나 있어요. 이 바에 정문 말고 출구가 또 있어요?"

"네?"

"그러니까 골목으로 이어진 뒷문이 있느냐는 거죠. 아니면 옆길로 난 계단이라든지……"

"안마당으로 이어진 문이 하나 있기는 해요. 거기로 나가면 베르트레얀스 거리가 나오죠. 그런 걸 왜 물어보시는 거죠?"

"어떤 자가 나를 미행하고 있어요. 그래서 혹시나 해서 물어본 거예요."

마르셀리노는 깜짝 놀라며 거리를 내다보았다.

"그럼 경찰을 부를까요?"

알리시아는 웨이터의 손 위에 자기 손을 포갰다. 그러자 웨이터는 소금기둥으로 변한 듯 온몸이 뻣뻣하게 굳어버렸다.

"그럴 것까지는 없어요. 그렇게 심각한 일은 아니니까요. 그래서 말인데, 당신에게 폐가 되지 않는다면 조용히 뒷문으로 나가고 싶군요."

마르셀리노는 고개를 끄덕였다.

"정말 천사 같은 분이시군요. 얼마죠?"

"서비스로 하겠습니다."

"정말로요?"

마르셀리노는 고개를 끄덕였다.

"아까 말씀드린 대로, 이 세상에는 좋은 남자를 몰라보는 여자가 너무 많아요…… 그런데 여기 전화 있나요?"

"카운터 뒤에 있어요."

"전화 한 통 써도 될까요? 장거리전화를 걸어야 되는데, 통화료는 꼭 낼게요. 알았죠?"

"마음껏 쓰셔도 됩니다."

카운터로 간 알리시아는 벽에 붙어 있는 옛날 전화기를 발견했다. 마르셀리노는 테이블에 꼼짝없이 눌러앉은 채 그녀를 빤히 바라보았다. 그녀는 그에게 손짓을 하면서 다이얼을 돌렸다.

"바르가스 씨 좀 바꿔주시겠어요?"

"그리스 씨군요. 맞죠?" 수화기에서 빈정거리는 목소리가 흘러나왔다. "경감님이 이 전화가 오기만을 기다리고 계셨다고요. 곧 바꿔드리겠습니다."

책상 위에 수화기가 놓이고 바르가스를 부르는 소리가 들렸다.

"바르가스 씨, 이네스 양이……" 한 경찰관이 그렇게 말하는 사이 다른 누군가가 〈초록빛 눈동자〉*의 후렴구를 부르는 소리가 들렸다.

"바르가스입니다. 어떻게 지내세요? 지금 사르다나 춤**이라도

---

* 쿠바의 작곡가 닐로 메넨데스와 아돌포 우트레라가 만든 볼레로 곡.

** 카탈루냐 지방의 민속무용.

추고 있나요?"

"이네스 양은 또 누구예요?"

"당신이지 누구겠어요. 우리끼리는 모두 별명으로 부르거든요. 나는 돈 후안이고요……"*

"참 재미있는 분들이로군요."

"당신은 잘 모르겠지만, 여기에는 재능이 넘치는 사람들만 모여 있죠. 그건 그렇고, 하실 말씀이 있나요?"

"저를 보고 싶어하실 것 같아서요."

"당신보다 더 괜찮은 여자들한테도 많이 차였지만, 그럭저럭 잘살고 있어요."

"잘 견뎌내셨다니 정말 다행이군요. 그런데 당신이 이미 여기로 오는 길일 줄 알았어요."

"내 뜻대로 할 수만 있다면 당신은 은퇴할 때까지 거기서 혼자 지낼 겁니다."

"당신 상관들은 뭐라고 해요?"

"지금 차를 타고 밤낮없이 달리면 내일쯤 거기 도착해서 당신을 만날 수 있을 거라더군요."

"자동차 이야기가 나왔으니 말인데, 발스의 차에 관해 새로 들어온 소식은 없나요?"

"새로운 소식은 없어요. 그의 차가 버려진 채로 발견됐는데……

---

* 돈 후안은 중세 설화에 나오는 바람둥이 귀족이고, 이네스는 그가 농락한 젊은 수녀다.

잠깐만요. 수첩 좀 보고요. 아, 발비드레라의 라스 아과스 국도변이네요. 거기도 바르셀로나인가요?"

"정확히 말해 바르셀로나 위쪽이에요."

"위쪽이라고요? 하늘 위 말인가요?"

"그런 셈이죠. 그럼 차에서 발스나 비센테의 흔적은 나왔나요?"

"조수석에 핏방울이 튀어 있더랍니다. 폭력이 발생했다는 증거죠. 그런데 두 사람은 종적도 없이 사라졌어요."

"그리고요?"

"그게 전부입니다. 그런데 내게 무슨 할말이 있나요?"

"당신이 보고 싶다고요." 알리시아가 말했다.

"바르셀로나로 돌아가더니 어떻게 된 거 아니에요? 지금 어디죠? 모레네타 성모상*을 보러 가는 길인가요?"

"이제 그러려던 참이었죠. 지금은 '셈페레와 아들' 서점의 쇼윈도를 구경하고 있어요."

"생각보단 건설적으로 지내는군요. 그건 그렇고 혹시 레안드로 씨와 이야기 나눠봤어요?"

"아뇨. 왜요?"

"오늘 오전 내내 나를 들볶으면서 당신 소식을 묻더라고요. 부탁인데, 그 사람한테 연락해서 딱 한 마디만 해줘요. 즐거운 크리스마스 보내라고. 안 그러면 사람 숨도 못 쉬게 만들 거라고요."

알리시아는 한숨을 쉬었다.

---

* 몬세라트산에 있는 성모자상. 카탈루냐의 수호성인이다.

"그렇게 하죠. 그런데 대신 좀 알아봐줘야 할 것이 있어요."

"그 일 덕분에 내 인생에 새로운 활력이 생길 것 같군요."

"아주 민감한 사안이에요." 알리시아가 말했다.

"그런 일이 바로 내 전문분야죠."

"경찰청 본부 내 인맥을 동원해서 로마나가 자취를 감추기 전에 어떤 일에 연루되어 있었는지 조심스럽게 알아봐주세요."

"로마나? 실종된 게 그자예요? 나쁜 놈 같으니."

"그를 아세요?"

"들어서 알고 있어요. 그 친구를 좋게 말하는 사람은 하나도 없어요. 하여간 어떻게 하면 좋을지 궁리해볼게요."

"그게 다예요."

이번에는 바르가스가 한숨을 내쉬었다.

"내일 오전이면 거기 도착할 수 있을 것 같아요. 괜찮다면 함께 아침식사를 하면서 당신 친구 로마나에 관해 조사한 바를 이야기해보죠. 물론 뭐라도 알아낸 게 있다면 말이지만. 그 대신 내가 도착할 때까지 엉뚱한 사건에 휘말리지 않도록 얌전하게 있어야 돼요."

"그럴게요."

7

마르셀리노는 멀리서 계속 그녀를 관찰하면서도, 미지의 추적자를 찾는 데 병적으로 집착한 나머지 거리를 힐끗힐끗 쳐다보았다. 알리시아는 그에게 슬쩍 윙크하고는 집게손가락으로 신호를 보냈다.

"한 통만 더하면 돼요……"

그녀는 호텔 스위트룸 직통 전화번호의 다이얼을 돌리고 기다렸다. 벨소리가 한 번 울리기도 전에 저편에서 전화를 받았다. 전화기 옆에 앉아 연락이 오기만을 기다리고 있었던 게 틀림없다고 알리시아는 생각했다.

"저예요." 그녀가 나직한 목소리로 말했다.

"알리시아, 알리시아, 알리시아……" 레안드로는 감미로운 목소리로 노래하듯 말했다. "그렇게 나를 피하면 섭섭하지. 자네도 잘 알잖아."

"안 그래도 바로 전화하려고 했어요. 미행을 붙일 필요까지는 없잖아요."

"그건 또 무슨 소리야?"

"그럼 사람을 시켜 나를 따라붙인 게 아니란 말이에요?"

"만일 그랬더라면, 첫날 아침부터 자네한테 걸릴 만큼 변변찮은 자를 보냈을 리는 없잖아. 누구지?"

"아직 모르겠어요. 나는 여태껏 당신이 보낸 사람인 줄 알았으니까요."

"아냐. 바르셀로나 지방경찰청의 우리 친구들이 보낸 게 아닐까."

"저한테 그런 놈을 붙인 게 사실이라면 지방경찰청에 그만큼 인재가 없다는 거겠죠."

"하긴 요즘엔 유능한 인재를 찾기가 쉽지 않지. 말해 뭐하겠어? 전화 한 통 해서 자네를 가만히 내버려두라고 할까?"

알리시아는 잠시 생각에 잠겼다.

"그건 좋은 방법이 아닐 것 같아요. 그보다 제게 좋은 생각이 있어요."

"너무 심하게 다루지는 마. 누구한테서 지시를 받고 움직이는지 모르겠지만, 어수룩한 풋내기일 거야."

"내가 그렇게 만만한가요?"

"오히려 정반대지. 내 생각으로는, 그 누구도 선뜻 그 임무를 맡으려고 하지 않았을 것 같아."

"그럼 제가 그렇게 좋은 인상을 남기지 못했단 말인가요?"

"늘 말했다시피, 언행에 각별히 조심하는 것이 중요해. 그러지 않으면 이렇게 되는 거라고. 바르가스와는 통화했어?"

"네."

"그럼 차에 관해서는 다 알고 있겠군. 지금 지내는 집은 괜찮아?"

"그럼요. 헤수사 부인이 집안을 말끔하게 정리해두셨더군요. 심지어는 제가 첫영성체 때 입었던 드레스도 다려놓았더라고요. 세세한 데까지 신경써주셔서 고맙습니다."

"하나라도 부족한 게 없으면 했어."

"그래서 바르가스를 여기 보내려는 거예요?"

"자기가 가겠다고 나선 모양이더군. 아니면 힐 데 파르테라가 가라고 했든지. 전에도 말했지만, 그들은 우리를 믿지 않거든."

"왜 그러는 걸까요?"

"오늘은 뭘 할 계획이지?"

"조금 전에 서점에 갔다 왔어요. 오후에는 빅토르 마타익스에 관해서 정보를 알려줄 수도 있는 사람과 만나기로 했고요."

"그럼 지금도 그 책에 관해서 알아보고……"

"단서에서 배제하기 위해서라도요."

"내가 아는 사람인가? 오늘 오후에 만나기로 했다던 그 사람 말이야."

"그건 잘 모르겠네요. 서점 주인이에요. 구스타보 바르셀로라고 하는데, 들어보셨어요?"

쉽게 알아차릴 수 없을 만큼 짧은 침묵이 흘렀지만, 알리시아는 레안드로가 잠시 머뭇거리고 있다는 것을 눈치챘다.

"못 들어본 것 같은데. 뭔가 알아내면 곧바로 연락해. 별 소득이 없더라도 전화하라고."

알리시아가 레안드로에게 날카로운 대답을 하려고 궁리하던 중 전화를 끊는 소리가 들렸다. 그녀는 카운터 위에 음료와 전화 두 통 값으로 동전 몇 닢을 올려놓고 마르셀리노에게 작별의 키스를 날려보냈다.

"오늘 있었던 일은 나하고 마르셀리노 씨, 둘만 아는 거예요. 아셨죠?"

웨이터는 알았다는 뜻으로 고개를 끄덕이고는 안마당으로 이어지는 뒷문까지 알리시아를 배웅했다. 그녀는 거기서 여러 건물 사이로 미로처럼 복잡하게 얽힌 통로를 따라 바르셀로나의 구시가지에서 흔히 보이는 음침한 골목길로 빠져나왔다. 그곳은 신학생 궁둥이 사이의 골만큼 좁은 골목이었다.

그 골목길은 카누다 거리에서 산타아나 거리로 이어지는 오르막길이었다. 길을 따라가다 모퉁이를 돌아선 알리시아는 눈앞에 펼쳐진 장면을 살펴보기 위해 걸음을 멈추었다. 어느 부인이 한 손으로 쇼핑카트를 밀면서 다른 손으로는 발이 땅에 달라붙은 듯 꼼짝도 않으려는 남자아이를 억지로 끌고 가고 있었다. 그리고 정장 차림에 스카프를 맨 젊은 남자가 구두상점 쇼윈도 앞에 선 채, 뒤에 솔기가 있는 스타킹을 신고 깔깔거리며 앞을 지나가는 어여쁜 여자들을 곁눈질로 흘끔거리고 있었다. 경찰관 한 명은 의심스러운 눈초리를 던지며 거리 한복판을 느릿느릿 걷고 있었다. 바로 거기서 알리시아는 어느 현관 벽에 딱 달라붙어 있는 땅딸막한 남자의 실루엣을 언뜻 보았다. 외모는 너무나 평범해서 거의 눈에 띄지도 않을 정도였다. 그는 담배를 피우면서 카페 문을 초조하게 살피고 가끔 시계를 힐끗 보기도 했다. 사람을 잘못 고른 것 같지는 않네. 알리시아는 생각했다. 그는 너무 보잘것없이 생겨서 심지어 권태조차 못 알아보고 그냥 지나칠 것만 같았다. 알리시아는 그가 있는 곳으로 천천히 다가갔다. 몇 센티미터 앞에 이르렀을 때 그녀는 입을 동그랗게 오므려 그의 창백한 목덜미에 입김을 불었다.

남자는 깜짝 놀라며 펄쩍 뛰다가 하마터면 넘어질 뻔했다. 그가 몸을 돌려 알리시아를 보자 안 그래도 창백한 얼굴이 하얗게 질렸다.

"이름이 어떻게 되지?" 알리시아가 물었다.

그가 뭐라고 말했지만, 한 마디도 알아들을 수 없었다. 그는 이리저리 두리번거리다 마침내 알리시아의 눈을 쳐다보았다.

"만일 달아나면 송곳으로 배를 확 찔러버릴 거야. 알아들었어?"

"네." 남자가 대답했다.

"농담이야." 알리시아가 미소를 지으며 말했다. "어떻게 그런 몹쓸 짓을 하겠어."

누구한테 빌린 듯 허름한 외투를 입고 있던 남자는 궁지에 몰린 쥐처럼 안절부절못했다. 참으로 용감한 스파이를 골라 보냈군. 알리시아는 그의 옷깃을 잡고 조용히 구석으로 끌고 갔다.

"이름이 뭐지?"

"로비라." 그가 웅얼거리듯 말했다.

"어젯밤 라 마누알 알파르가테라 문 앞에서 서성거리던 게 너였지?"

"그걸 어떻게 알았죠?"

"절대로 가로등을 등지고 담배를 피우지 마."

로비라는 고개를 끄덕이며 나지막이 욕을 내뱉었다.

"로비라, 경찰에서 일한 지 얼마나 됐지?"

"내일이면 딱 두 달째예요. 그런데 당신한테 발각된 게 들통이 나면……"

"들통날 일은 없어."

"정말이요?"

"물론이지. 로비라, 너와 나는 앞으로 서로 돕게 될 테니까. 어떻게 하면 되는지 알아?"

"당신이라는 사람은 도저히 못 따라잡겠네요."

"그래, 바로 그거야. 그리고 앞으로 알리시아라고 불러. 어차피 이젠 같은 편이니까."

알리시아는 로비라의 외투 주머니를 뒤져 담배 한 갑을 꺼냈다. 싸구려 바에서 파는 담배였는데, 카라히요*와 아주 잘 어울렸다. 그녀는 한 개비에 불을 붙여 그의 입에 물려주었다. 그가 두 모금 빠는 동안 그녀는 부드러운 미소를 지어 보였다.

"이제 좀 안심이 돼?"

그는 고개를 끄덕였다.

"그런데 로비라, 왜 하필이면 너한테 나를 미행하도록 시킨 거지?"

남자는 잠시 머뭇거렸다.

"기분 나쁘게 생각은 마세요. 아무도 이 일을 맡으려고 하지 않아서요."

"왜 그랬지?"

로비라는 어깨를 으쓱했다.

"이봐, 겁먹지 마. 솔직하게 털어놓으라고."

"들리는 말로는 당신하고 얽히면 인생 종친다고 하더군요. 한마디로 재수없는 여자라고요."

"그랬구나. 그런데도 너는 겁이 안 나던 모양이지?"

"나보다 재수없는 사람은 찾기 어려울걸요. 게다가 나는 선택

* 커피에 술을 섞어 만든 음료.

의 기회가 없었죠."

"그럼 네가 맡은 임무가 정확히 뭐지?"

"멀리서 당신을 미행하면서 어디 있는지, 그리고 뭘 하는지 보고하는 거예요. 물론 당신이 눈치채지 못하게 말이죠. 이미 보셨다시피, 이런 일은 내게 어울리지 않는다고 수차례 말했지만 아무 소용이 없었어요."

"그런데 왜 경찰에 들어온 거야?"

"원래는 인쇄업 쪽으로 가려고 했는데, 장인이 여기 경찰청 경감이라서 이렇게 된 거예요."

"아, 그렇게 된 거로군. 그러면 부인께서도 제복 입은 남자를 좋아하시겠네. 그렇지 않아?"

알리시아는 엄마처럼 로비라의 어깨에 손을 얹으며 말했다.

"로비라. 남자라면 용기를 내야 할 때가 있어. 이런 상스러운 표현이 괜찮을지 모르겠지만, 서서 오줌 누기 위해 태어났다는 것을 만천하에 당당하게 알려야 할 때가 있다고. 네가 스스로 생각하는 것보다 훨씬 더 많은 능력이 있다는 걸 알 수 있도록 네 능력을 증명할 기회를 줄게. 나와 경찰청에, 그리고 네 장인과 부인에게 진정한 네 모습을 보여주는 거지. 집안에 마초가 있다는 걸 알면 부인은 달뜬 몸을 가라앉히려고 아로마스 데 몬세라트를 마셔야 할걸."

로비라는 머리가 어질어질해지는 것을 느끼며 그녀를 빤히 쳐다봤다.

"지금 이 시간부터 너는 내가 지시하는 대로 따르는 거야. 단

100미터 이상 떨어져 있고 내 눈에 띄지 않도록 최선을 다해야 돼. 그리고 내가 어디 있었고 무엇을 했는지 상관들이 물어보면, 내가 시킨 대로 말하도록 해."

"하지만…… 그게 합법적인 걸까요?"

"로비라, 너는 경찰이야. 네가 합법적이라고 하면 그게 뭐든 합법적인 거라고."

"저는 잘 모르겠어요……"

"무슨 소리야? 넌 잘 알고 있어. 너는 아주 유능한 경찰이라고. 자신감이 부족한 게 문제지만."

로비라는 얼이 빠진 것처럼 눈을 여러 번 깜빡거렸다.

"만약에 제가 거부한다면요?"

"어리석게 굴지 마. 이제 막 친구가 된 참인데. 만약 네가 거부한다면 나도 어쩔 수 없지. 네 장인, 경감이라고 했지? 장인한테 찾아가서 네가 산타테레사 수녀원 학교 담을 타고 올라가서는 정원에서 노는 여학생들을 보면서 자위를 하더라고 말하는 수밖에."

"그렇게는 못할걸요."

알리시아는 그의 눈을 빤히 쳐다보았다.

"로비라. 넌 내가 무슨 짓을 할 수 있는지 상상도 못할 거야."

남자는 신음소리를 토했다.

"정말 악랄한 사람이로군요."

알리시아는 입술을 꽉 깨물며 험악한 표정을 지었다.

"마음만 먹으면 정말 악랄한 것이 뭔지 당장 보여줄 수도 있어. 일단 내일 아침 일찍 그란 카페 맞은편에서 나를 기다려. 그러면 내일 할일을 알려줄 테니까. 알았어?"

그녀와 대화하는 동안, 로비라는 몇 센티미터 줄어든 것 같았다. 그는 애원하는 눈빛으로 그녀를 쳐다보았다.

"지금 다 농담이죠? 제가 초짜라고 비웃는 거잖아요……"

알리시아는 최대한 레안드로처럼 싸늘한 눈빛으로 그를 노려보았다. 그녀는 천천히 고개를 저었다.

"농담하는 거 아니야. 이건 명령이라고. 나를 실망시키지 마. 우리 조국 스페인과 나는 너를 믿고 있으니까."

8

20세기 초, 아직 돈에서 향긋한 냄새가 풍기고 엄청난 부가 상속될 뿐 아니라 보란듯이 전시되기 시작하던 무렵, 위대한 장인들의 꿈과 한 재력가의 허영심의 불안한 동거로 태어난 모더니즘양식 건축물이 하늘에서 떨어져 바르셀로나의 벨에포크와 어울리지 않는 가장 외진 곳에 영원히 자리잡았다.

소위 카사 페레스 사마니요는 지난 반세기 동안 마치 신기루처럼, 혹은 경고신호로서 발메스 거리와 디아고날대로가 만나는 귀퉁이를 차지하고 있었다. 그 건물은 원래 대부분의 귀족가문이 궁전같이 으리으리한 저택을 버리고 떠나던 무렵 주거용으로 세워진 것이다. 풍요의 찬가 같은 분위기를 풍기던 그 건물은 외관이 파리의 산호초처럼 화려했고 프랑스창에서 내비치는 불빛이 거리를 구릿빛으로 물들이면서 사람들에게 웅장한 계단과 살롱, 크리스털 샹들리에를 과시했다. 알리시아는 그 건물을 볼 때마다 투명한 유리 너머로 생각지도 못한 이국적인 생명체를 볼 수 있는 거대한 수족관이 떠올랐다.

벌써 오래전부터 이 화려한 화석에는 그 어떤 가족도 살지 않았다. 대신 그곳은 최근 바르셀로나 시르쿨로 에쿠에스트레 클럽이 들어섰다. 그 클럽은 유력자들이 가난한 이들의 몸에서 풍기는 땀냄새를 피하기 위해 모든 대도시에서 우후죽순으로 생겨난 배타적이고 고상한 협회 중 하나였다. 사실 그들의 훌륭한 조상이 그 많은 재산을 모을 수 있었던 것도 다 가난한 노동자들 덕분인데 말이다. 레안드로는 그러한 상황을 꿰뚫어보듯 이런 말을 자주 했다. 일단 먹고사는 문제만 해결되면 인간은 제일 먼저 자기가 주변 사람들과 다를 뿐만 아니라 더 우월하다고 느낄 만한 이유와 방법을 찾으려고 애를 쓴다는 것이다. 시르쿨로 에쿠에스트레 클럽은 바로 그런 목적을 위해 만들어진 것처럼 보였다. 알리시아는 오래전 레안드로가 마드리드로 떠나지 않았더라면 고급 목재로 정교하게 설계된 그 살롱이야말로 그를 위한 완벽한 무대가 되었을 거라는 생각이 들었다. 레안드로는 그곳에서 지내면서 능수능란하게 비밀업무를 처리했을 것이다.

귀밑까지 오는 제복 차림의 수위가 정문을 지키고 있다가 그녀가 다가오자 육중한 철문을 열어주었다. 로비 안쪽에 불을 밝힌 스탠드가 하나 세워져 있었고, 그 뒤로 정장 차림의 남자가 보였다. 얼굴에 주름이 자글자글한 남자는 그녀를 위아래로 두어 번 훑어보더니 온화한 미소를 지었다.

"안녕하세요?" 알리시아가 말했다. "여기서 구스타보 바르셀로 씨와 만나기로 약속했어요."

수위는 스탠드에 올려둔 노트를 내려다보면서 잠시 살피는 척했다. 그렇게 함으로써 별것 아닌 일에 엄숙한 분위기를 연출하려는 듯했다.

"성함이 어떻게……"

"베로니카 라라스."

"그럼 저를 따라오시죠……"

안내직원이 저택의 호화로운 실내를 따라 그녀를 안내했다. 걸어가는 동안 클럽의 회원들은 대화를 뚝 그치고 놀란 눈으로 그녀를 쳐다보았다. 일부는 아연실색하기도 했다. 모든 면에서 그곳은 여자 손님을 받는 데 익숙한 장소가 아니었다. 몇몇 귀족은 그녀의 등장을 전통적인 남성의 영역에 대한 모욕으로 받아들이는 것 같았다. 알리시아는 그들의 관심에 그저 정중한 미소로 답했다. 마침내 도서열람실에 도착했다. 커다란 창문으로 디아고날대로가 내려다보였다. 거기서 한 신사가 화려한 안락의자에 앉아 어항만큼 커다란 잔으로 브랜디를 음미하고 있었다. 멋진 콧수염을 길러 위엄 있는 인상을 풍기는 신사는 스리피스 정장 차림에 댄디 구두를 신고 있었다. 안내직원은 그로부터 2미터 앞에서 걸음을 멈추더니 소심한 미소를 지어 보였다.

"구스타보 씨? 손님이 기다리시던 분이 오셨는데요……"

바르셀로나 서적상 협회 명예회장이자 영원한 여성성과 그것의 가장 고상한 표현을 연구하는 학자인 구스타보 바르셀로 씨는 자리에서 일어나 정중하면서도 따뜻하게 고개를 숙이며 그녀를 맞이했다.

"제가 바로 구스타보 바르셀로올시다."

알리시아는 그에게 손을 내밀었다. 구스타보 바르셀로는 교황이라도 만난 것처럼 그녀의 손에 입을 맞추었다. 그러면서 일부러 꾸물거리며 그 틈을 최대한 이용해 장갑의 사이즈까지 알아낼 정도로 꼼꼼하게 그녀를 살펴보았다.

"베로니카 라라스예요." 알리시아가 자기를 소개했다. "이렇게 만나뵙게 되어 영광입니다."

"그럼 수집가라던 친척분 성도 라라스인가요?"

아마 알리시아가 서점을 나서자마자 점원인 베니토가 바르셀로에게 연락을 해서 그녀와 나눈 이야기를 세세한 것까지 모두 알려준 모양이었다.

"아니에요. 라라스는 결혼 후에 얻은 성이랍니다."

"아, 그렇군요. 무엇보다 조심하는 게 중요하죠. 충분히 이해합니다. 우선 자리에 앉으시죠."

알리시아는 바르셀로의 맞은편 의자에 앉아 그곳의 장식에서 배어나오는 귀족적이고 배타적인 분위기를 천천히 감상했다.

"신흥부호들의 성역이자 가문의 명맥을 유지하기 위해 자식을 이들과 결혼시킨 몰락한 귀족들의 안식처에 오신 것을 환영합니다." 바르셀로가 그녀의 시선을 좇으면서 말했다.

"이곳의 정회원은 아니시죠?"

"오랜 세월 동안 내 정신건강을 위해서라도 이런 곳의 회원이 될 생각은 없었습니다. 하지만 세월이 흐르면서 나도 어쩔 수 없이 도시의 현실에 굴복하고 시류에 편승하면서 살게 되었죠."

"하지만 이점도 많을 것 같은데요."

"그건 그렇죠. 우선 여기 오면 자기들이 이해도 못하고 필요도 없는 물건에 상속받은 재산을 탕진하려는 사람들을 만날 수 있어요. 이 나라의 엘리트라고 자칭하는 자들에 대해 품고 있던 로맨틱한 환상에서 깨어날 수도 있고요. 그리고 여기 브랜디는 일품입니다. 게다가 사회고고학을 연구하려면 여기만큼 좋은 곳도 없습니다. 바르셀로나에 사는 사람만 해도 백만 명이 넘지만, 결정적인 순간이 다가왔을 때 모든 문을 열 수 있는 열쇠를 가진 이는 사백 명도 채 되지 않을 거예요. 바르셀로나는 모든 문이 꼭꼭 닫혀 있는 도시입니다. 따라서 문제는 누가 열쇠를 가지고 있는지, 그가 누구에게 문을 열어줄지, 그리고 당신이 문의 어느 쪽에 서 있을지에 달려 있다고 해도 과언이 아니죠. 이런 말을 해봐야 라라스 양한테는 모두 쓸데없는 이야기로 들리겠습니다만. 늙은 책방 주인의 설교 말고 무엇을 알려드리면 될까요?"

알리시아는 고개를 저었다.

"알겠습니다. 본론으로 곧장 들어갈까요?"

"괜찮으시다면."

"그러는 편이 나도 좋습니다. 책은 가져오셨나요?"

알리시아는 핸드백을 열고 실크스카프로 싼 『아리아드나와 주홍왕자』를 꺼내 그에게 건네주었다. 바르셀로는 두 손으로 책을 받았다. 손끝으로 표지를 만지자마자, 두 눈이 반짝거리면서 입가에 만족한 미소가 번졌다.

"『영혼의 미로』라……" 그가 중얼거렸다. "이 책을 어떻게 구했는지 밝히시지는 않겠죠."

"책 주인이 그 문제는 비밀로 해두기를 원하는 것 같아서요."

"이해합니다. 실례지만 잠깐만 살펴보고요……"

구스타보 씨는 책을 펼치더니 천천히 책장을 넘겼다. 그러곤 두 번 다시 맛볼 수 없는 진미를 즐기는 식도락가의 표정을 지으며 그 내용을 음미했다. 알리시아는 늙은 서점 주인이 책 읽는 데에 정신이 팔린 나머지 자신의 존재를 잊어먹었다는 생각이 들기 시작했다. 바로 그때, 그가 책에서 눈을 떼면서 의아한 눈길을 보냈다.

"라라스 양, 초면에 이런 말씀을 드리기가 송구합니다만, 어떤 분이, 그러니까 이번 일을 당신에게 위임한 그 수집가가 이런 책을 왜 팔려고 하는지 나로서는 도통 이해할 수가 없군요……"

"구매자를 찾기가 어려울까요?"

"천만에요. 제게 전화번호를 알려주시면 이십 분 내로 적어도 다섯 명 정도는 소개시켜드릴 수 있으니까요. 제 수수료 10퍼센트를 제외하더라도 높은 가격을 부를 사람이 그 정도는 될 겁니다. 그런데 제가 말씀드린 문제는 그게 아니에요."

"그럼 뭐가 문제인지 말씀해주시겠어요, 구스타보 씨?"

바르셀로는 남은 브랜디를 비웠다.

"문제는 말이죠, 정말로 이 책을 파실 의향이 있느냐는 겁니다.

라라스 양……" 바르셀로는 비꼬는 듯이 가짜 이름을 강하게 발음했다.

알리시아가 겸연쩍은 미소를 지어 보이자 바르셀로는 고개를 끄덕이며 말했다.

"내 말에 대답할 필요도 없고, 굳이 실명을 밝히지 않아도 됩니다."

"제 이름은 알리시아예요."

"『영혼의 미로』 시리즈에서 주인공으로 나오는 아리아드나라는 이름이 또다른 알리시아, 즉 루이스 캐럴의 앨리스와 그 신기한 나라에—물론 이 경우에는 바르셀로나가 되겠지만—바치는 헌사라는 걸 아셨습니까?"

알리시아는 짐짓 놀란 척 가볍게 고개를 저었다.

"시리즈 첫번째 책에서 아리아드나는 발비드레라의 오래된 저택 다락방에서 마법의 책을 발견합니다. 저택에 함께 살던 그녀의 부모는 폭풍우가 몰아치던 어느 날 밤 돌연 종적을 감추었죠. 어둠에서 유령을 내쫓으면 부모를 찾을 수 있을지 모른다고 믿던 그녀는 자기도 모르게 현실의 바르셀로나와 그 이면, 즉 도시의 저주받은 반영 사이에 난 문을 열고 말아요. 수많은 거울로 이루어진 도시…… 발아래 바닥이 갈라지면서 아리아드나는 끝없이 이어진 나선형 계단을 통해 깊은 어둠 속으로 떨어져 또다른 바르셀로나, 영혼의 미로에 이르게 됩니다. 그곳에서 그녀는 주홍왕자가 만든 지옥의 원을 떠돌아다니는 형벌을 받게 되죠. 거기서 수많은 불행한 영혼을 만난 그녀는 사라진 부모를 찾아 그들을 구하려고 하죠……"

"그럼 아리아드나는 부모를 만나 그 영혼들을 구하게 되나요?"

"안타깝게도 그러지는 못합니다. 하지만 그녀는 쉽게 포기하지 않아요. 그 나름대로 용감한 주인공이니까요. 그렇지만 그녀는 주홍왕자와 불장난을 저지르면서 어둡고 왜곡된 자기 자신의 반영으로 변해가죠. 말하자면, 추락한 천사라고나 할까요……"

"교훈적인 이야기 같네요."

"네. 그런데 알리시아 양, 당신이 하려는 일이 바로 그겁니까? 문제를 찾아서 지옥으로 내려가는 것 말이에요."

"제가 문제를 찾을 이유가 뭐 있겠어요?"

"이유를 말씀드리죠. 오전에 얼간이 베니토한테서 이미 이야기를 들으셨겠지만, 얼마 전에 백정처럼 생긴 비밀경찰이 서점에 와서 당신과 비슷한 걸 물어봤어요. 그래서 당신과 그가 서로 아는 사이일 거라는 직감이 들었죠……"

"지금 말씀하신 사람은 리카르도 로마나예요. 엉뚱한 방향으로 빗나가진 않으셨네요."

"알리시아 양, 내 생각은 절대 엉뚱한 방향으로 흘러가지 않아요. 내가 접어든 길이 문제라면 또 모를까."

"로마나가 정확히 뭘 물어보던가요?"

"최근에 빅토르 마타익스의 책을 구한 사람이 있는지 물어보더군요. 경매를 통해서나 개인적으로 구매했든, 아니면 국제시장에서 구했든지 간에 말입니다."

"그럼 빅토르 마타익스에 관해서는 아무것도 물어보지 않던가요?"

"내가 보기에 로마나 씨는 그다지 책을 잘 아는 것 같지 않더군요. 하지만 마타익스에 대해서라면 웬만한 건 다 아는 느낌이었습니다."

"그래서 뭐라고 하셨죠?"

"1939년에 불타지 않고 살아남은 『영혼의 미로』를 칠 년 동안 죄다 사모은 수집가의 주소를 알려주었습니다."

"시장에 나와 있는 마타익스의 책을 한 사람이 모두 사모았다고요?"

바르셀로는 고개를 끄덕였다.

"당신이 가진 책만 빼고요."

"그 수집가는 누구죠?"

"그건 나도 모릅니다."

"방금 로마나에게 주소를 알려주셨다고 했잖아요."

"그에게 준 것은 그 수집가의 변호사 주소예요. 변호사가 그를 대신해서 모든 업무를 도맡아 하지요. 브리앙스, 페르난도 브리앙스라는 사람이에요."

"그럼 구스타보 씨, 브리앙스 변호사와 만나신 적은 있나요?"

"기껏해야 한두 번 이야기를 나누었을 뿐입니다. 그것도 전화로요. 믿을 만한 사람이죠."

"마타익스 책과 관련된 일이었나요?"

바르셀로는 고개를 끄덕였다.

"구스타보 씨, 빅토르 마타익스에 관해 말씀해주시겠어요?"

"사실 말씀드릴 게 별로 없습니다. 제가 아는 것이라고는 그가 종종 삽화가로 일했고, 『영혼의 미로』 시리즈를 쓰기 전에는 바리도와 에스코비야스라는 두 건달과 함께 소설 몇 권을 냈다는 정도죠. 그리고 발비드레라와 파브라 천문대 사이의 라스 아과스 국도변에 있는 집에서 칩거생활을 했습니다. 아내가 희귀병을 앓고 있어서 홀로 내버려둘 수도 없었고, 또 그렇게 하려고 하지도 않았으니까요. 그러다 국민군이 바르셀로나에 입성한 직후인 1939년 갑자기 모습을 감추었죠. 제가 알고 있는 건 이 정도입니다."

"그분에 관해서 좀더 알려면 어디를 찾아가는 게 좋을까요?"

"어려울 겁니다. 당신에게 도움을 줄 수 있는 사람이라면 빌라후아나, 세르히오 빌라후아나밖에 없을 거예요. 생전의 마타익스를 알던 신문기자이자 작가죠. 우리 서점의 단골손님인데, 이 문제에 관해 가장 많은 걸 아는 사람입니다. 언젠가 그에게 마타익스를 비롯해 전쟁 후 물거품처럼 사라진 바르셀로나의 저주받은 작가 세대에 관해 책을 쓸 생각이라는 말을 들은 적이 있으니까요……"

"그렇다면 마타익스 같은 작가들이 더 있다는 말씀이세요?"

"저주받은 작가들 말입니까? 이 지역 특산물인 셈이죠. 알리올리*처럼."

"어디로 가면 빌라후아나 씨를 만날 수 있죠?"

"〈라 방과르디아〉 편집국에 물어보면 될 겁니다. 괜찮으시다면

---

* 마늘과 올리브유로 만든 소스.

한 가지 조언을 드리리다. 그 사람을 찾아갈 생각이라면, 비밀스러운 수집가보다 좀더 그럴싸한 이야기를 준비해가는 것이 좋을 것 같군요. 빌라후아나는 그렇게 만만한 사람이 아니니까."

"가서 뭐라고 하는 게 좋을까요?"

"그를 유혹해보시죠."

알리시아의 얼굴에 교활한 미소가 스치고 지나갔다.

"책으로 말입니다. 만약 그가 지금도 마타익스에게 관심이 있다면, 이 책을 보고 싶어 못 견딜 거예요. 요즘 세상에 마타익스의 책을 구한다는 것은 요직에 있는 인사 중에서 정직한 사람을 찾는 것만큼이나 어려운 일이니까."

"구스타보 씨, 고맙습니다. 제게 큰 도움이 됐어요. 그런데 오늘 나눈 대화를 비밀로 해주실 수 있겠습니까?"

"걱정하지 말아요. 비밀을 지키는 게 제가 젊음을 유지하는 비결이니까. 그것하고 비싼 브랜디 덕을 보고 있죠."

알리시아는 책을 다시 스카프로 싼 뒤 핸드백에 집어넣었다. 그러고 나서 마치 주변에 아무도 없는 것처럼 립스틱을 꺼내 미소 짓는 입술에 발랐다. 바르셀로는 넋을 잃은 듯이—하지만 약간 불안한 눈빛으로—그 모습을 지켜봤다.

"어때요?" 알리시아가 물었다.

"아주 멋지군요."

그녀는 자리에서 일어나 외투를 입었다.

"알리시아 양, 당신은 누구죠?"

"추락한 천사예요." 그녀는 손을 내밀고 그에게 윙크를 하면서 대답했다.

"그렇다면 제대로 찾아오신 겁니다."

구스타보 바르셀로는 악수를 한 뒤, 정문 쪽으로 멀어져가는 그녀를 바라보았다. 그는 다시 안락의자로 돌아와 거의 빈 브랜디 잔을 들고 생각에 잠겼다. 잠시 후, 커다란 유리창 앞을 지나가는 그녀의 모습이 보였다. 바르셀로나 상공을 뒤덮은 구름이 저녁노을에 불그레하게 물들어가고 있었다. 그리고 디아고날대로의 보도를 지나가는 행인들과 빨갛게 타오르는 금속눈물처럼 반짝이는 자동차들이 실루엣으로 보였다. 바르셀로는 길을 따라 멀어져가는 알리시아가 도시의 어둠 속으로 사라질 때까지 빨간 외투에서 눈을 떼지 않았다.

9

그날 저녁, 알리시아는 바르셀로를 고급 브랜디와 의혹에 맡겨둔 채 람블라 데 카탈루냐를 따라 집으로 걸어가면서 벌써 불이 환하게 켜진 화려한 상점을 다시 구경했다. 그 옛날 저런 커다란 상점들과 그곳을 자주 드나들던 훌륭한 멋쟁이 손님들을 시기와 의심의 눈초리로 빤히 쳐다보던 시절이 떠올랐다.

거기에 물건을 훔치러 들어갔던 때도 기억났다. 뭔가를 훔치면 지배인과 손님들이 등뒤에서 고함을 질렀다. 그들에게 쫓기는 것을 알았을 때는 혈관이 타오르는 것 같았지만, 한편으로는 신성한 권리에 의해 소유한다고 믿는 물건을 그 손에서 빼앗는 것으로 복수와 정의의 달콤한 맛을 보기도 했다. 그러다 결국 비아 라예타나에 있던 경찰청 건물의 어둡고 축축한 지하실에 갇힌 날도 떠올랐다. 창문도 없는 그 지하방에는 바닥에 고정된 철제테이블 하나와 의자 두 개만 있었다. 방 한가운데에 하수구가 있고 바닥은 내내 축축했다. 안에서는 똥과 피, 세제 냄새가 진동했다. 그녀를 붙잡은 경찰관 두 명은 수갑으로 그녀의 손과 발을 채워 의자에 매놓은 채 몇 시간 동안 내버려두었다. 자기들이 무슨 짓을 할지 그녀로 하여금 마음껏 상상할 기회를 주려는 속셈 같았다.

"이렇게 어린 계집애를 잡아온 걸 알면 푸메로가 얼마나 기뻐할까. 그라면 너를 완전히 새로운 사람으로 만들어놓을 거야."

알리시아는 전에도 푸메로에 대해 들어본 적이 있었다. 거리에는 푸메로에 관한 이야기와 경찰서 지하에 있는 것과 같은 지하감옥에서 최후를 맞이한 불쌍한 이들이 그에게 어떤 고초를 겪었는지 파다하게 소문이 떠돌아다녔다. 그녀는 부들부들 떨고 있었다. 하지만 추위 때문인지, 아니면 두려움 때문인지 알 수 없었다. 그로부터 몇 시간 후 철문이 벌컥 열리면서 목소리와 발소리가 들려와 눈을 감았다. 허벅지 사이로 새어나온 오줌이 다리를 흘러내리는 것이 느껴졌다.

"눈 떠." 누군가의 목소리가 들렸다.

중키에 시골 공증인처럼 생긴 남자가 눈에 눈물이 그렁그렁 맺힌 그녀를 보며 따뜻한 미소를 짓고 있었다. 방에는 그 남자 외에 아무도 없었다. 말끔한 정장 차림에 레몬 오드콜로뉴 향기를 짙게 풍기던 남자는 한동안 말없이 그녀를 빤히 바라보았다. 그러곤 천천히 테이블을 돌아 그녀의 등뒤로 갔다. 공포에 질린 알리시아는 신음소리를 내지 않으려고 입술을 꽉 깨물었다. 바로 그때 남자가 그녀의 어깨에 손을 얹고 왼쪽 귀에 입술을 갖다댔다.

"알리시아, 겁내지 마."

그녀는 의자에 묶인 채 몸을 격렬하게 흔들었다. 남자의 손이 등을 타고 내려가더니, 손목을 강하게 죄던 수갑이 불현듯 약간 헐거워진 느낌이 들었다. 몇 초가 지난 뒤 그녀는 남자가 수갑을 풀어주었다는 것을 알아차렸다. 팔다리로 피가 제대로 돌기 시작하면서 통증이 느껴졌다. 남자는 그녀의 팔을 잡고 테이블 위에 살며시 올려놓았다. 그리고 바로 옆자리에 앉아 손목을 주물러주었다.

"내 이름은 레안드로야." 그가 말했다. "이제 좀 괜찮지?"

알리시아는 고개를 끄덕였다. 레안드로는 미소를 지으며 그녀의 손을 놓아주었다.

"발목에 묶인 족쇄도 풀어줄게. 풀고 나면 좀 얼얼할 거야. 하지만 어리석은 짓을 해서는 절대 안 돼."

알리시아는 고개를 끄덕였다.

"아무도 너를 해치지 않아." 레안드로가 그녀의 발목에서 수갑을 풀어주며 말했다.

수갑이 다 풀리자 알리시아는 자리에서 일어나 숨을 곳을 찾아 구석으로 달려갔다. 남자는 의자 아래 흥건히 괴어 있던 오줌을 보았다.

"알리시아, 미안하구나."

"뭘 원하죠?"

"같이 이야기 좀 하자꾸나. 그뿐이야."

"무슨 이야기를 하자는 거죠?"

"최근 이 년 동안 너를 부려먹은 남자, 발타사르 루아노에 대해서 말이야."

"나는 그 사람한테 빚진 게 전혀 없어요."

"그건 알고 있어. 나는 그저 루아노가 네 친구들과 함께 경찰에 체포되었다는 소식을 알려주고 싶었을 뿐이야."

알리시아는 그를 의심의 눈초리로 바라보았다.

"그를 어떻게 할 건가요?"

레안드로는 어깨를 으쓱했다.

"루아노는 이제 끝났어. 오랜 시간 동안 심문한 끝에 다 불었으니까. 곧 교수형에 처해질 거야. 이젠 죽을 날만 기다리는 신세가 됐어. 너한테는 좋은 소식이지."

알리시아는 침을 꿀꺽 삼켰다.

"그럼 나머지는요?"

"나머지라고 해봐야 애들이고, 소년원이나 교도소에 가겠지. 그러는 편이 그 아이들한테 좋을지도 몰라. 거리로 돌아가봐야 얼마 못 가 다시 범죄의 소굴로 빠지고 말 테니까."

"저는 어떻게 되는 거죠?"

"하기 나름이지."

"뭘 하기 나름이라는 거예요?"

"네가 어떻게 하느냐에 달려 있다는 말이야."

"무슨 말인지 모르겠어요."

"앞으로 나를 위해 일해주면 좋겠는데."

알리시아는 조용히 그를 살펴보았다. 레안드로는 의자에 앉으며 미소 띤 얼굴로 그녀를 바라보았다.

"알리시아, 사실은 오래전부터 너를 관찰하고 있었어. 네게 소질이 있는 것 같아서."

"무슨 소질이요?"

"뭔가를 배우는 소질 말이다."

"뭘 배운다는 거죠?"

"살아남는 것, 그리고 네 재능을 활용해 루아노처럼 하찮은 도둑의 주머니나 채워주는 것보다 훨씬 더 중요한 일을 하는 것."

"당신은 누구죠?"

"나는 레안드로라고 해."

"그럼 경찰인가요?"

"그런 셈이지. 어려워하지 말고 그냥 친구처럼 생각해다오."

"나는 친구가 없어요."

"사람들은 모두 친구가 있어. 친구를 찾을 줄 아느냐가 문제지. 네게 하고 싶은 말은 앞으로 딱 일 년 동안만 나와 함께 일해달라는 거야. 내 제안을 받아들이면 좋은 집도 얻고, 봉급도 받게 될 거야. 그리고 네가 원하면 언제든지 떠날 수 있어."

"지금 떠나고 싶다면요?"

레안드로는 손으로 문을 가리켰다.

"네가 원한다면, 나가도 돼. 다시 거리로 돌아가도 된다고."

알리시아는 문을 빤히 쳐다보았다. 그러자 레안드로는 자리에서 일어나 문을 열었다. 그러곤 다시 자리로 돌아와 그녀가 나갈 수 있도록 길을 터주었다.

"네가 저 문으로 나가겠다면 아무도 너를 붙잡지 않을 테니까 걱정할 것 없어, 알리시아. 하지만 네게 준 기회는 앞으로도 계속 여기에 남아 있을 거야."

그녀는 문 쪽으로 몇 걸음 다가갔다. 레안드로는 그녀를 붙잡으려는 시늉조차 하지 않았다.

"당신과 함께 있겠다면요?"

"나를 믿어보기로 결정한다면 제일 먼저 뜨거운 물에 목욕을 시키고 새 옷을 입힌 다음, 라스 시에테 푸에르타스 레스토랑*에서 함께 근사한 저녁을 먹을 거야. 거기 가본 적 있어?"

"아뇨."

"거긴 아로스 네그로**가 일품이지."

알리시아는 굶주린 배가 꼬르륵거리는 것을 느꼈다.

"그러고 나서는 뭘 하죠?"

"그런 다음에는 네가 살 새집으로 가야지. 앞으로 넌 욕실 딸린 방에서 혼자 살면서 침대에서 깨끗한 이불을 덮고 자게 될 거야. 내일 아침 느긋하게 너를 데리러 갈 거야. 그런 다음 내 사무실에

---

* 1836년에 문을 연 바르셀로나의 상징적인 레스토랑.

** 오징어 먹물 파에야.

같이 가서 내가 뭘 하는지 설명해주도록 하지."

"왜 지금 말해주지 않는 거죠?"

"굳이 말하자면, 여러 가지 문제를 해결하는 것이 내가 하는 일이야. 가령 발타사르 루아노 같은 범죄자는 물론, 그보다 훨씬 더 흉악한 놈들이 그 누구에게도 피해를 주지 못하도록 사전에 막는 것도 포함되지. 하지만 가장 중요한 일은 뛰어난 사람, 그러니까 너처럼 자신이 뛰어난 것을 모르는 사람을 발굴해서 좋은 일을 할 수 있도록 재능을 발전시켜주는 거야."

"좋은 일을 할 수 있도록." 알리시아는 냉정하게 그의 말을 따라했다.

"세상은 지금까지 네가 보아왔던 것처럼 부도덕하지 않아. 세상은 그저 그것을 만드는 이들을 비춰주는 거울이니까. 사실 세상은 지금 살아가는 우리 모두가 만들어가는 것일 뿐, 그 이상도 이하도 아니야. 따라서 너나 나처럼 어떤 재능을 타고난 사람들이라면 타인들의 행복을 위해 그걸 제대로 사용할 책임이 있어. 내가 맡은 역할은 다른 이들이 가진 재능을 파악하고, 때가 되면 적절한 결정을 내릴 수 있도록 그들을 올바른 길로 인도하는 것이지."

"나는 아무 재능도 없어요. 나 같은 애가 무슨 소질이……"

"무슨 소리야? 너는 재능이 있어. 내 말을 믿어줘. 그리고 무엇보다 너 자신을 믿도록 해. 알리시아, 네가 원하기만 하면 오늘 넌 네 삶의 첫날을 맞이할 거야. 그리고 내게 기회를 준다면, 여태 빼앗겼던 그 삶을 꼭 네게 되돌려줄게."

레안드로가 따뜻한 미소를 지어 보이자, 알리시아는 혼란스러우면서도 가슴 한편이 아리며 그를 꼭 안고 싶은 마음이 들었다. 남자가 그녀에게 손을 내밀었다. 알리시아는 천천히 방을 가로질러 그에게 다가갔다. 그녀는 낯선 남자의 손을 잡고, 그의 눈을 쳐다보았다.

"알리시아, 고마워. 맹세컨대 절대 후회하지 않을 거야."

아득한 기억 속에 남아 있던 그 말의 메아리가 서서히 잦아들었다. 통증이 발톱을 드러내기 시작하자 알리시아는 더 천천히 걷기로 했다. 시르쿨로 에쿠에스트레 클럽에서 나온 후로 누군가 계속 자기를 뒤쫓고 있다는 것을 알고 있었다. 그가 저멀리서 그녀의 실루엣을 훑으며 기회를 노리는 것이 느껴졌다. 로세욘 거리의 신호등 앞에 도착했을 때 그녀는 걸음을 멈추고 고개를 약간 돌려 무심한 표정으로 뒤를 훑어보았다. 거리를 산책하거나 제복을 뽐내기 위해서 나온 수십 명의 행인이 눈에 띄었다. 그녀는 자기를 미행하는 자가 가엾은 로비라이기를 내심 바랐다. 하지만 30미터 거리를 유지하면서 건물 현관이나 행인들 뒤에 능숙하게 몸을 숨기는 것을 보면 로마나일지도 모른다는 생각이 머리를 떠나지 않았다. 로마나라면 그녀의 동태를 주의깊게 살피는 한편, 그녀에게 복수하기 위해 오랫동안 외투 주머니 속에 넣고 다니던 나이프를 어루만지면서 뒤를 쫓고 있을 것이었다. 한 블록 건너가자 마우리 제과점의 커다란 유리창이 보였다. 거기에는 괜찮은 집안 마님들의 가을 우울증을 달래주도록 보기 좋게 진열된 맛있는 빵과 과자로 가득차 있었다. 다시 뒤를 확인한 그녀는 거기에 잠시 몸을 숨기기로 했다.

조금 딱딱하면서도 청순한 외모의 젊은 여자가 그녀를 창가 테이블로 안내했다. 알리시아의 눈에 마우리 제과점은 특정한 연령과 지위의 부인들이 향긋한 캐모마일차와 죄에 가까울 만큼 달콤한 과자를 즐기기 위해 은밀하게 모여드는 고급 설탕의 소굴처럼 보였다. 그날 오후 그곳으로 모여든 단골들은 그녀의 진단이 사실임을 확인시켜주었다. 선택받은 소수의 틈에 끼고 싶었던 알리시아는 밀크커피와 들어올 때 눈여겨봤던 마시니케이크*를—자기가 그녀의 것이라고 주장하고 있었다—주문했다. 기다리는 동안, 그녀는 갖가지 보석과 모다스 산타에우랄리아**에서 만든 화려한 옷으로 치장하고 테이블에 앉아 있던 귀부인들이 보내는 시선에 희미한 미소로 답했다. 알리시아는 그들이 나직한 목소리로 무슨 말을 하는지 입술 모양으로 읽었다. 그녀의 출현이 그들 눈에 상당히 거슬렸던 모양이었다. '할 수만 있다면 내 살갗을 갈가리 찢어 가면을 만들고도 남을 여자들이군.' 그녀는 생각했다.

케이크가 오자마자 알리시아는 걸신들린 듯이 절반을 꿀꺽 삼켰다. 곧장 혈당치가 상승하는 것이 느껴졌다. 그녀는 아토차역에

---

* 부드러운 빵에 생크림과 설탕과 노른자를 섞어 만드는 예마크림을 얹어 만든 케이크.

** 바르셀로나에 있는 고급 의상점.

서 헤어질 때 레안드로가 건네준 약병을 꺼내 뚜껑을 열었다. 한 알을 꺼내 손바닥 위에 올려놓고 잠시 살펴본 뒤, 입으로 가져갔다. 엉덩이의 통증이 심해져 더는 미적거릴 수가 없었다. 그녀는 밀크커피를 한입에 쭉 들이마시고 알약을 삼켰다. 그러곤 다른 이유보다 위장을 보호하기 위해 남은 케이크를 다 먹었다. 그녀는 지나가는 사람을 살펴보고 약효가 나타나기를 기다리면서 삼십 분 동안 그 자리에 앉아 있었다. 서서히 온몸이 나른해지면서 통증도 어둠의 장막 뒤로 사라지자 그녀는 자리에서 일어나 계산을 했다.

제과점 밖으로 나온 그녀는 택시를 잡고 운전사에게 주소를 알려주었다. 입이 근지러웠던지 운전사는 묻지도 않은 말을 혼자서 수다스럽게 주워섬겼다. 알리시아는 그저 고개만 살짝 끄덕였다. 약기운이 몸 전체로 퍼지면서 피가 얼어붙는 느낌이었다. 마치 수채화 물감이 도화지 위로 번져나가듯이, 도시의 불빛이 물의 장막 속으로 사라지는 것처럼 보였다. 주변을 지나가는 자동차 소리도 아득하게만 들렸다.

"괜찮으세요?" 차가 아비뇽 거리의 아파트 현관 앞에 서자 택시 운전사가 그녀에게 물었다.

그녀는 고개를 끄덕이며 잔돈을 거슬러받지도 않고 차에서 내렸다. 그녀의 상태가 못 미더웠던지 운전사는 그녀가 현관문 열쇠를 돌릴 때까지 떠나지 않고 기다렸다. 알리시아는 층계를 올라가는 동안 헤수사나 다른 이웃들과 마주치지 않게 해달라고 속으로 빌었다. 누군가를 만나면 계단에 서서 반갑다고 인사를 나누어야 할 테니까. 그녀는 빠른 발걸음으로 올라가기 시작했다. 어둠 속에서 현기증이 날 만큼 끝없이 이어진 계단을 올라간 끝에 마침내 문 앞에 도착했다. 그녀는 기적적으로 열쇠를 찾아서 안으로 들어갔다.

집으로 들어가자마자, 그녀는 다시 약병을 집어들고 떨리는 손으로 알약 두 개를 꺼냈다. 핸드백을 바닥에 내던지고는 곧장 식탁으로 향했다. 페르난디토가 선물한 화이트와인은 여전히 식탁 위에 놓여 있었다. 그녀는 잔이 넘칠 때까지 와인을 따른 다음, 한 손으로 테이블을 짚어 균형을 잡고 알약 두 개와 와인을 한꺼번에 삼켰다. 그러곤 레안드로의 건강을 기원하고 그의 당부를 떠올리며 빈 잔을 들었다. 특히 술하고 같이는 절대 안 돼.

그녀는 옷을 여기저기에 벗으며 복도를 따라 침실로 비틀비틀 걸어갔다. 방안에 들어가자마자 불도 켜지 않고 침대 위에 풀썩 쓰러졌다. 힘이 다 빠진 터라 간신히 이불을 끌어 덮고 눈을 감았다. 저멀리서 대성당의 종소리가 희미하게 울려퍼졌다.

10

얼굴이 없는 낯선 사람이 꿈속에 나타났다. 방 천장에서 물처럼 뚝뚝 떨어진 그림자에서 갈라져나온 듯 검은 형체만 어른거렸다. 알리시아는 그가 침대 발치에 꼼짝도 않고 서서 자기를 말없이 지켜보는 줄로만 알았다. 하지만 알고 보니 검은 형체는 침대 끄트머리에 걸터앉아 그녀의 이불을 천천히 끌어내리고 있었다. 몸에 한기가 느껴졌다. 낯선 남자는 느릿느릿 검은 장갑을 벗었다. 그는 얼음장처럼 차가운 손가락으로 맨살이 드러난 그녀의 배를 만지더니, 오른쪽 엉덩이 여기저기에 난 상처를 찾았다. 손으로 흉하게 주름진 흉터를 만져보던 낯선 남자는 그녀의 몸에 입술을 갖다댔다. 울퉁불퉁한 흉터에 따뜻한 혀가 닿자 울컥 구역질이 올라왔다. 복도를 따라 멀어져가는 발소리를 듣고서야 비로소 그녀는 집안에 자기 말고 또 누군가가 있다는 것을 깨달았다.

그녀는 어둠 속에서 스위치를 더듬어 찾아 침대 옆 테이블의 램프를 켰다. 갑자기 주변이 환해지자, 눈이 부셔서 손으로 눈을 가렸다. 이번에는 부엌에서 발걸음소리가 들리더니 이내 문 닫히는 소리가 났다. 다시 눈을 뜨자, 침대 위에 누워 있는 자신의 알몸이 보였다. 이불은 바닥에 떨어져 있었다. 그녀는 머리를 감싸며 천천히 몸을 일으켰다. 현기증이 밀려오면서 순간 정신을 잃을지도 모른다는 생각이 들었다.

"헤수사 아주머니예요?" 그녀가 떨리는 목소리로 물었다.

그녀는 바닥에 떨어진 이불을 집어 몸에 둘렀다. 그러곤 손으로 벽을 더듬으면서 어두운 복도를 따라 천천히 걸어갔다. 불과 몇 시간 전에 복도에 벗어둔 옷이 흔적도 없이 사라졌다. 식당은 단단한 어둠 속에 잠겨 있었고, 창문으로 새어들어온 푸르스름한 빛에 가구와 책장의 윤곽이 어렴풋하게 보였다. 스위치를 찾은 그녀는 천장에 달린 전등을 켰다. 차츰 불빛에 눈이 익숙해졌다. 앞에 보이는 것이 무엇인지 알아차리는 순간, 두려움이 밀려오면서 정신이 번쩍 들었다. 그리고 초점이 맞지 않는 렌즈를 벗어던진 것처럼 갑자기 눈앞의 장면이 선명히 들어왔다.

그녀의 옷이 식탁 위에 놓여 있었고, 빨간 외투는 의자에 걸쳐져 있었다. 옷은 마치 전문가의 손길이 닿은 것처럼 식탁 위에 가지런히 개어진 채 포개어져 있었다. 스타킹은 재봉선이 한쪽으로 가도록 섬세하게 펴놓았고, 속옷도 마치 란제리상점 진열대처럼 가지런히 정리해두었다. 다시 구역질이 올라왔다. 그녀는 책장에 가서 성경을 꺼냈다. 책을 펴고 거기 숨겨둔 총을 꺼냈다. 그 순간 속 빈 책이 손에서 미끄러져 바닥으로 떨어졌다. 하지만 굳이 주우려고 하지 않았다. 그녀는 두 손으로 리볼버를 단단히 쥔 채 공이치기를 뒤로 당겼다.

바로 그때, 의자 등받이에 걸려 있던 핸드백이 눈에 띄었다. 안으로 들어오면서 분명 바닥에 내던졌던 기억이 떠올랐다. 그녀는 그쪽으로 다가갔다. 핸드백은 닫혀 있었다. 그것을 여는 순간 등골이 오싹해졌다. 그녀는 스스로에게 욕설을 퍼부으며 핸드백을 다시 바닥에 내팽개쳤다. 마타익스의 책이 감쪽같이 사라진 것이다.

알리시아는 소파 한 귀퉁이에서 웅크린 채 두 손에 리볼버를 들고 문을 노려보면서 밤을 지새웠다. 정처 없이 떠다니는 배처럼 낡은 건물은 어둠 속에서 을씨년스러운 신음소리를 냈다. 눈꺼풀이 절로 감기려고 할 무렵 새벽이 밝아왔다. 그녀는 자리에서 일어나 유리창에 비친 자신의 모습을 물끄러미 쳐다보았다. 저멀리

보랏빛 망토가 하늘 위로 펼쳐지면서 도시의 지붕과 탑 사이로 그림자의 행렬이 이어졌다. 알리시아는 창밖을 내다보았다. 그란 카페가 벌써 거리 위로 빛을 흩뿌리고 있었다. 바르셀로나는 그녀에게 겨우 하루 쉴 틈을 준 것이었다.

'귀향 환영인사로군.' 그녀는 속으로 중얼거렸다.

11

바르가스는 그란 카페의 테이블에 앉아 그녀를 기다리고 있었다. 그는 김이 모락모락 나는 잔을 어루만지면서 그녀를 만나면 휴전의 제의로 어떤 미소를 지을지 연습했다. 알리시아는 현관을 나서자마자 카페의 커다란 유리창에 이중으로 반사된 그의 모습을 보았다. 바르가스는 그녀가 전날 앉았던 바로 그 자리를 차지하고 푸짐했을 아침식사에서 남은 음식과 신문 두어 부에 둘러싸여 있었다. 거리를 건넌 알리시아는 문을 열기 전에 깊이 숨을 들이마셨다. 그녀가 들어오는 모습을 보자 바르가스는 자리에서 일어나 쭈뼛거리며 손을 흔들었다. 알리시아도 그에게 손을 흔들며 테이블로 다가갔다. 그러면서 미켈에게 손짓으로 전날 먹었던 대로 달라고 했다. 웨이터는 고개를 끄덕였다.

"오느라 고생 많았죠?" 알리시아가 말했다.

"아주 먼길이네요."

바르가스는 그녀가 자리에 앉을 때까지 기다렸다가 자기도 앉았다. 두 사람은 말없이 서로의 눈을 쳐다보았다. 그는 미간을 찌푸리면서 고개를 갸웃거렸다.

"왜 그래요?" 알리시아가 물었다.

"당신을 만나면 우선 욕부터 할 줄 알았거든요. 아니면 평소 스타일대로 욕보다 더 심한 말을 하든지."

알리시아는 어깨를 으쓱했다.

"내가 좀더 멍청하다면, 당신이 나를 다시 만나서 반가워한다고 생각했을 겁니다." 그가 덧붙여 말했다.

그녀의 얼굴에 희미한 미소가 떠올랐다.

"너무 오버하지 말아요."

"알리시아, 무섭게 왜 이러는 거예요? 혹시 무슨 일 있었어요?"

미켈이 토스트와 밀크커피가 담긴 쟁반을 들고 조심스럽게 다가왔다. 그녀가 고개를 끄덕이자, 웨이터는 재빨리 돌아서서 카운터 뒤로 사라졌다. 알리시아는 입맛이 없었지만 토스트 하나를 집어들어 한입 베어물었다. 바르가스는 걱정스러운 눈으로 그녀를 바라보았다.

"무슨 일이죠?" 그가 결국 조바심을 참지 못하고 물었다.

알리시아는 전날과 간밤에 겪은 일을 간추려 말해주기 시작했다. 이야기가 진행될수록 바르가스의 표정이 어두워졌다. 아파트 문이 다시 열리기를 기다리면서 손에 리볼버를 쥔 채 뜬눈으로 밤을 지새웠다는 이야기가 끝나자, 바르가스가 나직한 목소리로 수군거렸다.

"그런데 이해가 안 되는 점이 있어요. 당신 말대로라면, 자고 있는데 누가 집안에 들어와서 그 책을 가져갔다는 거잖아요."

"어떤 점이 이해가 안 된다는 거죠?"

"그가 남자라는 것을 어떻게 알았죠?"

"그냥 알죠."

"그렇다면 잠을 잔 게 아니네요."

"약기운에 취해 있었다니까요. 방금 말한 대로요."

"나한테 하지 않은 이야기 있어요?"

"당신과 관련이 없는 거예요."

"그자가 당신에게 무슨 짓이라도 했어요?"

"아뇨."

바르가스는 못 미더운 듯이 그녀를 쳐다보았다.

"기다리는 사이 당신 친구 미켈 씨가 저 위에 있는 자기들 다락방을 빌려주겠다고 제안하더군요. 당신 집이 훤히 보이는 위치죠. 조금 있다가 저 친구한테 내 짐을 거기 올려달라고 하고, 보름 치 집세를 미리 낼 생각이에요."

"바르가스, 굳이 여기 머물 필요 없어요. 대신 괜찮은 호텔로 가요. 그 정도는 레안드로가 부담할 테니까."

"그러든지, 아니면 당신 소파에서 자든지 할 테니까 당신이 알아서 선택하세요."

알리시아는 한숨을 내쉬었지만, 그와 또다시 말다툼할 여력이 없었다.

"총을 가지고 있다는 말은 전에 한 번도 안 했잖아요." 바르가스가 말했다.

"그런 건 물어보지도 않았으니까요."

"쏠 줄 알아요?"

알리시아는 그의 눈을 빤히 쳐다보았다.

"안 그래도 당신이 뜨개질이나 재단을 할 사람이 아니라는 것쯤은 알고 있었어요." 그가 말했다. "부탁인데 늘 총을 가지고 다니겠어요? 집안에서나 밖에서나."

"그렇게 하죠. 그건 그렇고 로마나에 대해서 좀 알아낸 게 있어요?"

"내무성 쪽 사람들은 다들 입을 열지 않더군요. 내 느낌으로는 정말 아무것도 모르는 것 같았어요. 경찰청에서 나오는 이야기는 당신도 이미 들었을 겁니다. 그는 일 년 전쯤 발스의 익명편지 사건 수사를 돕기 위해 파견되었죠. 독자적으로 무언가를 수사해서 힐 데 파르테라에게 보고하고 있었던 걸로 추정됩니다. 그러다 어느 순간부터 연락이 두절된 거죠. 지도에서 완전히 사라져버린 겁니다. 그런데 당신은 그와 얽힌 내력이라도 있나요?"

"아무것도 없어요."

바르가스는 이맛살을 찌푸렸다.

"혹시 어젯밤 당신 아파트에 침입해서 책을 훔쳐가고, 또 내게 말해주지 않는 무슨 짓을 한 자가 로마나라고 생각하지 않아요?"

"그건 당신 생각이죠."

바르가스는 곁눈질로 그녀를 살폈다.

"그리고 그 약 말이에요, 상처 때문에 먹는 거예요?"

"아뇨. 재미삼아 먹는 거예요. 바르가스, 올해 나이가 몇 살이죠?"

그는 깜짝 놀란 듯 두 눈을 치켜떴다.

"아마 당신보다 두 배는 더 먹었을걸요. 물론 나이 따윈 생각하고 싶지 않지만. 그런데 그건 왜 묻는 거죠?"

"혹시 아버지 노릇을 하려는 건 아니겠죠? 그렇죠?"

"꿈 깨요."

"정말 아쉽네요."

"괜히 여린 척하지 말아요. 당신한테 안 어울리니까."

"그건 레안드로가 자주 하는 말이에요."

"그럴 만도 하죠. 자, 감상적인 막간극이 끝났으면 오늘 계획이 뭔지 알려주는 게 어떨까요?"

남은 커피를 다 마신 알리시아는 미켈에게 한 잔 더 갖다달라고 손짓했다.

"카페인이나 담배 말고 우리 몸에 탄수화물과 단백질 같은 것이 필요하다는 것쯤은 알고 있죠?"

"나중에 카사 레오폴도 레스토랑에 가서 함께 점심을 먹도록 할 테니까 걱정 마세요. 물론 돈은 당신이 내는 걸로 하고요."

"정말 다행이로군요. 그럼 그전에는 뭘 할 건가요?"

"그전에는 내 전담 스파이를 만나러 갈 거예요. 로비라라고 착한 친구죠."

"로비라?"

알리시아는 전날 그와 만나게 된 경위를 간략하게 알려주었다.

"지금도 저 밖에서 돌아다니고 있을 거예요. 온몸이 꽁꽁 얼어붙었겠는데요."

"얼어붙으라고 하죠." 바르가스가 말했다. "당신 제자에게 오늘 임무를 알려주고 나면요?"

"원래 페르난도 브리앙스라는 변호사를 찾아갈 생각이었어요."

바르가스는 마지못해 고개를 끄덕였다.

"그 사람은 또 누구죠?"

"브리앙스는 몇 년에 걸쳐 빅토르 마타익스의 소설을 죄다 사들인 어느 수집가의 대리인이에요."

"지금도 그 책에 매달리고 있군요. 아, 내 말을 오해하지는 말아요. 하지만 발스가 마드리드를 떠날 때 탄 차에 관해서 경찰청에서 조사한 내용을 확인하는 것이 더 바람직하지 않을까요? 가령 우리가 맡은 사건과 직접적으로 관련이 있는 일을 찾는다면."

"그건 나중에 알아봐도 늦지 않을 거예요."

"뭐라고요? 알리시아, 미안한데 발스 장관을 찾아내는 게 우리 임무 아닌가요? 그것도 그가 살아 있을 가능성이 있는 동안에."

"하지만 지금 자동차 문제에 매달리는 건 시간낭비에 불과하다고요." 알리시아가 단호하게 말했다.

"나 말인가요? 아니면 당신 얘기인가요?"

"발스에게 그렇다는 말이에요. 하지만 그렇게 해야 직성이 풀린다면, 좋아요. 당신이 이겼어요. 당신 생각대로 해보죠."

"고맙군요."

12

약속한 대로 로비라는 길거리에서 기다리고 있었다. 그는 자신의 기구한 팔자를 탓하는 표정으로 추위에 벌벌 떨고 있었다. 풋내기 스파이는 전날에 비해 몸집이 10센티미터가량 오그라든 것 같았다. 불안한 듯 죽상을 하고 있는 걸 보면 최근 위궤양에 걸린 게 틀림없었다. 바르가스는 알리시아가 알려주기도 전에 이미 그를 알아보았다.

"저 친구가 에이스 스파이인가요?"

"네, 바로 저 사람이에요."

로비라는 점점 다가오는 발소리를 듣고 고개를 들었다. 바르가스를 보자 그는 침을 꼴깍 삼키며 담뱃갑을 찾으려고 떨리는 손으로 주머니를 뒤적거렸다. 알리시아와 바르가스는 로비라의 양옆을 둘러쌌다.

"당신 혼자 오는 줄 알았어요." 로비라가 더듬거리며 말했다.

"로비라, 넌 정말 로맨틱하구나."

그의 입에서 신경질적인 웃음이 터져나왔다. 알리시아는 그 입에서 담배를 빼내 멀리 집어던졌다.

"이봐요……" 로비라가 대들려고 했다.

바르가스가 그를 향해 가볍게 몸을 구부리자 로비라는 안 그래도 움츠리고 있던 몸을 한층 더 움츠렸다.

"이 숙녀분이 뭔가 물어볼 때만 대답하라고. 알았어?"

로비라는 고개를 끄덕였다.

"로비라, 오늘은 네게 행운의 날이 될 거야." 알리시아가 말했다. "이젠 추운 데서 벌벌 떨 필요도 없어. 오늘은 극장으로 가. 카피톨극장의 조조영화는 열시부터 상영하는데, 오늘은 치타 시리즈를 할 거야. 네가 좋아할 만한 영화야."

"오스카상을 받기도 했고." 바르가스가 옆에서 거들었다.*

"실례합니다만, 알리시아 양. 폐가 되지 않는다면 여기 계신 동료분이 내 목을 분지르기 전에 당신의 배려에 미리 감사드리면서, 제 사정을 조금 살펴주실 수 있는지 여쭙고 싶습니다. 그렇다고 무리한 부탁을 드리려는 건 아니에요. 다만 오늘 극장에 가라는 지시만은 거두어주십사 하고요. 가고 싶은 마음이야 굴뚝같지만, 본부에서 이 사실을 알아차리면 경을 칠 거라고요. 차라리 당신을 따라다니도록 해주세요. 멀찌감치 떨어져 있을 테니까요. 괜찮으시다면, 미리 행선지만 알려주세요. 그러면 당신 근처에 얼씬도 안 할게요. 아예 눈에 띄지도 않겠다고 약속드립니다. 하루 일과가 끝나면 당신이 어디에 있었고, 뭘 했는지 상부에 보고해야 해요. 그렇게 하지 않으면 그들은 나를 페피토리아**로 만들어버릴 거라고요. 그들이 어떤 인간들인지 당신은 몰라요. 못 믿겠다면 저분한테 한번 물어보시라고요……"

바르가스는 가엾은 청년을 동정하듯이 바라보았다. 어떤 경찰서에 가든 그처럼 너무 소심해서 적응을 못하는 이가 있는 듯했

* 치타는 영화 〈타잔〉에서 주인공을 따라다니는 침팬지의 이름으로, 오스카상을 수상한 이력은 없다.

** 새에서 먹을 수 있는 모든 부위로 만든 요리.

다. 모든 이가 구두에 묻은 흙을 털 뿐만 아니라 청소부도 함부로 대하는 발깔개 같은 존재 말이다.

"당신이 들른 장소 중에서 보고해도 되는 곳과 안 되는 곳을 미리 알려주세요. 그렇게 하면 누이 좋고 매부 좋잖아요. 이렇게 무릎 꿇고 빌 테니까 좀 봐주시라고요……"

알리시아가 입을 열기도 전에 바르가스는 검지로 로비라를 가리키며 말하기 시작했다.

"이봐요, 애송이 청년. 당신을 보니까 찰리 채플린이 떠오르는군. 당신 참 마음에 들어. 내가 제안을 하지. 우리를 멀리 떨어져서 따라오도록 해요. 다시 말해 리오하에서 페뇬* 사이만큼 멀리 떨어져서. 만에 하나 200미터 이내로 들어온 것이 보이거나 냄새가 나거나 기척이라도 느껴지면 곧장 나와 육체의 대화를 나눠야 할 거요. 두들겨맞아 퉁퉁 부은 얼굴로 본부에 들어가면 별로 좋을 것 없겠지."

로비라는 잠시 숨이 콱 막히는 듯했다.

"이제 됐습니까? 아니면 지금 이 자리에서 시범을 보여줘야 하나?" 바르가스가 대화에 쐐기를 박았다.

"200미터요? 되고말고요. 기왕이면 좀 더해서 250미터 떨어져서 따라가겠습니다. 아무튼 널리 양해해주시니 뭐라 감사해야 할지 모르겠네요. 전혀 걱정하실 것 없어요. 이 로비라가 약속

* 리오하는 스페인 북부에 위치한 자치주, 페뇬은 과거 스페인 제국이 아프리카 북부에 세운 요새다.

을……"

"자, 어서 가요. 보기만 해도 짜증이 나니까." 바르가스가 최대한 험악한 투로 말했다.

로비라는 그에게 꾸벅 인사를 하고 쏜살같이 달아났다. 바르가스는 군중 사이로 사라지는 그의 모습을 바라보며 미소 지었다.

"당신도 마음이 참 여리네요." 알리시아가 중얼거리듯 말했다.

"그럼 당신은 작은 천사겠군요. 참, 리나레스에게 전화 한 통 걸겠습니다. 오늘 오전에 그 자동차를 볼 수 있을지 물어보려고요."

"리나레스가 누구죠?"

"좋은 친구죠. 함께 경찰생활을 시작했는데, 지금도 좋은 친구예요. 경찰에서 일한 지 이십 년이 지나서도 이런 말을 할 수 있는 상대가 몇이나 될까요?"

다시 그란 카페로 들어가자 미켈이 전화기를 내주었다. 바르가스는 비아 라예타나의 경찰청 본부에 전화를 걸어 리나레스라는 친구와 동료애, 음담패설, 사나이들의 진한 우정 등에 관한 이야기를 주거니 받거니 했다. 하지만 그 대화는 모두 마우리시오 발스와 그의 운전사이자 경호원인 비센테가 마드리드에서 바르셀로나로 타고 온 것으로 추정되는 자동차가 있는 곳에 가서 이것저것 살펴보고 확인해도 좋다는 허락을 받기 위한 목적이었다. 동료를 구슬리기 위해 알맹이도 없이 겉만 번지르르한 말을 운율에 맞춰 능수능란하게 늘어놓는 바르가스의 재주를 음미하던 알리시아는 마치 살롱 희극 한 편을 듣는 기분이 들었다.

"다 잘 해결됐어요." 그가 전화를 끊으며 말했다.

"정말이요? 그 리나레스라는 친구가 나도 같이 가는지 궁금해할 거라고 생각하지 않아요?"

"그 생각도 했죠. 그래서 말을 안 꺼낸 겁니다."

"그럼 그 친구에게 나를 뭐라고 소개할 거예요?"

"연인 사이라고 할까요. 아직은 잘 모르겠지만, 곧 좋은 생각이 떠오르겠죠."

그들은 시청 맞은편에서 택시를 탔지만, 마침 이른아침 출근시간이라 비아 라예타나에 나온 차들이 거북이걸음으로 기어가기 시작했다. 바르가스는 생각에 잠긴 채 아침 안개를 뚫고 나타난 선박처럼 거대한 건물들의 행렬을 응시하고 있었다. 택시 운전사는 이따금씩 거울을 통해 두 사람을 훔쳐보았다. 아마 서로 영 어울리지 않는 남녀의 정체가 무엇인지 몹시도 궁금한 모양이었다. 하지만 라디오에서 축구리그의 우승 향방이 이미 가려진 것인지, 아니면 아직 더 두고 봐야 되는지를 놓고 열띤 논쟁이 펼쳐지자 불안해하던 그의 얼굴에 이내 화색이 돌았다.

13

사람들은 그곳을 눈물의 박물관이라고 불렀다. 거대한 전시관 건물은 동물원과 해변 사이의 무인지대에 우뚝 솟아 있었다. 그 주변으로 공장과 창고 등이 바다를 등진 채 마치 요새처럼 옹기종기 모여 있었다. 그리고 공중에 매달린 둥근 성처럼 보이는 커다란 수도탑*이 위에서 그 건물을 굽어보고 있었다. 눈물의 박물관은 1888년 세계박람회를 위해 지은 전시관으로, 이후 철거된 대부분의 건물들과 달리 유일하게 보존되어 있지만, 폐허나 다름없는 유적이었다. 수년간 방치된 끝에 결국 시정부에 의해 경찰청본부 소관으로 넘어간 이 전시관은 창고 겸 현대판 카타콤으로 사용되고 있었다. 그 안에는 수십 년에 걸쳐 수집된 수사 보고서, 증거품목, 장물, 압수물, 무기 및 모든 종류의 범죄도구, 메모장, 그리고 칠십 년 이상 바르셀로나에서 일어난 각종 범죄와 그 처벌의 과정에서 먼지를 뽀얗게 뒤집어쓰고 나온 소중한 물건이 산더미처럼 쌓여 있어 끝이 없는 과학수사의 보관소를 방불케 했다.

그 건물은 부근의 프란시아역과 마찬가지로 천장이 궁륭으로 되어 있었다. 얇은 지붕 틈새로 새어들어온 날카로운 빛줄기가 어둠을 뚫고서 엔산체 지구**의 대부분 건물보다 높은 수백 미터 길이의 복잡한 통로로 퍼져나갔다. 비현실적인 무대장치처럼 마치 허공에 매달린 것 같은 복잡한 층계와 다리가 19세기 말 이후 바르셀로나의 은밀한 역사를 알려주는 각종 문서와 물건이 보관된 위층으로 이어졌다. 이제 골동품이 된 마차와 승용차부터 온갖 무기와 독약에 이르기까지 범죄에 사용된 모든 물건이 칠십 년 동안 어둠 속에 갇혀 있었다. 그리고 미제 사건 목록에 포함된 미술작품이 얼마나 많은지 미술관 몇 개를 열어도 남을 정도였다. 산

* 도시에 수도를 공급하기 위해 1880년 건설된 탑. 지금은 전망대로 이용된다.

** 바르셀로나의 제2지구이자 도시의 중심부.

헤르바시오 지구의 어느 저택 지하실에서 발견된 여러 구의 박제 시신 소장품은 전문가들 사이에서 아주 유명했다. 그 저택의 소유주는 중남미에서 한몫 잡은 사업가였는데, 쿠바에서 부귀영화를 누리는 동안 노예를 사냥해 죽이는 취미가 생긴 것으로 알려졌다. 유럽으로 돌아온 그는 파랄렐로대로의 살롱과 카페에 드나들던 룸펜들이 실종된 영구 미제 사건에 자신의 흔적을 남기기도 했다.

한쪽 통로는 벽면 전체에 유리병이 가득했고, 누르스름한 포르말린에 그 병들의 영구 세입자인 다양한 동물 사체가 둥둥 떠 있었다. 그 건물은 또한 여러 종류의 단도와 송곳, 그리고 가장 경험이 풍부한 도살자들도 머리칼이 곤두설 만큼 무시무시한 절단도구 등이 즐비한 무기보관소도 갖추고 있었다. 거기서 가장 유명한 곳은 최고위 당국자의 허가 없이는 아무도 들어갈 수 없는 전시관으로, 종교계 및 오컬트단체의 범죄와 관련된 수사 문서 및 자료 등을 보관하고 있었다. 들리는 말에 따르면 그 기록보관소에는 이른바 포니엔테 거리 여성 흡혈귀 사건과 관련된 바르셀로나의 상류계급 인사들에 대한 흥미진진한 진상 보고서, 프린세사 거리 부근의 어느 아파트에서 행해진 신토 베르다게르 신부의 엑소시즘 사건—이 사건은 한 번도 세상에 드러난 적이 없고 앞으로도 드러날 가능성은 없을 것이다—관련 편지와 청구서 등이 보관되어 있다고 했다.

이처럼 참사의 대규모 상설전시실로 이용되는 곳에서는 늘 불길한 기운이 흘러나오는 법이라 방문객은 그 안에 갇혀 영원히 전시품의 일부가 되지 않도록 한시라도 빨리 떠나고 싶은 마음이 들기 마련이다. 눈물의 박물관도 예외는 아니었다. 경찰 기록에는 공식 명칭인 '제13구역'이라고 되어 있지만, 그곳의 악명과 내부에 계속해서 축적되는 소름끼치는 불행 때문에 익히 알려진 지금의 별명이 붙었다.

택시가 제13구역 정문 앞에서 서자, 경비원으로 보이는 남자가 열쇠 꾸러미를 허리춤에 찬 채 입구에서 그들을 기다리고 있었다. 그는 사토장이 대회에서 상을 휩쓸 것 같은 얼굴이었다.

"플로렌시오라는 자일 거예요." 바르가스가 택시 문을 열기 전에 나직한 목소리로 말했다. "얘기는 내가 할 테니까 기다려요."

"알아서 하세요." 알리시아가 말했다.

택시에서 내리자, 바르가스는 경비원에게 악수를 청했다.

"안녕하세요? 경찰청 본부에서 나온 후안 마누엘 바르가스예요. 몇 분 전에 리나레스와 통화했는데, 내가 이리 온다고 당신한테 미리 연락하겠다고 하더군요."

플로렌시오는 고개를 끄덕였다.

"일행이 있다는 말은 리나레스 경감님한테 못 들었는데요."

"여기는 내 조카 마르가리타예요. 내가 바르셀로나에 머무는 동안 비서 겸 가이드 노릇을 해주기로 해서 같이 온 거예요. 말 안 하던가요?"

플로렌시오는 고개를 저으며 알리시아를 쳐다보았다.

"마르가리타, 인사드려야지. 이분은 플로렌시오 씨란다. 그렇죠? 제13구역 전체를 책임지고 있는 분이셔."

알리시아는 몇 걸음 앞으로 나서 쭈뼛거리며 그에게 손을 내밀었다. 플로렌시오는 미간을 찌푸렸지만 아무 말도 하지 않았다.

"들어오시죠."

경비원은 그들을 정문 현관으로 데려가 안으로 들어가게 했다.

"이곳에서 근무하신 지 오래되었나요, 플로렌시오 씨?" 바르가스가 물었다.

"한 이 년쯤 됐을 겁니다. 그전에는 보관소에서 십 년 동안 근무했고요."

바르가스가 혼란스러운 얼굴로 그를 바라보았다.

"시체보관소에서요." 플로렌시오가 말했다. "지금 찾고 계신 건 9전시실에 있으니까 저를 따라오세요. 확인하실 물건은 미리 준비해두었습니다."

겉에서는 버려진 낡은 기차역처럼 보였는데, 안으로 들어가보니 거대한 대성당이 무한대로 펼쳐진 듯한 모양새였다. 전선에 화환처럼 매달린 전구가 짙은 어둠을 금빛으로 물들이고 있었다. 플로렌시오는 두 사람을 데리고 모든 종류의 기구와 상자, 트렁크로 가득찬 복도를 따라 걸어갔다. 알리시아는 온갖 박제동물부터 일렬로 늘어선 마네킹 부대에 이르기까지 그곳에 수집된 모든 물건을 걸어가면서 빠르게 훑어보았다. 가구, 자전거, 무기, 그림, 성상聖像은 물론 축제에 나오는 자동인형처럼 을씨년스러운 것이 가득한 구역도 있었다.

플로렌시오는 알리시아가 그곳의 독특한 분위기에 압도된 채 넋을 잃은 표정으로 바라보고 있다는 것을 알아차린 듯했다. 그는 그녀에게 다가가 서커스 천막같이 생긴 것을 가리켰다.

"아마 두 분은 여기 어떤 물건들이 오는지 상상도 못하실 겁니다. 나도 가끔 믿어지지 않을 때가 있으니까요."

그물처럼 복잡하게 얽힌 통로 깊이 들어가자, 짐승들이 내는 것처럼 이상하게 웅얼거리는 소리가 공기 중에 맴돌고 있었다. 알리시아는 잠시 동안 열대 조류와 고양잇과 동물이 우글거리는 정글을 탐험하는 듯한 느낌이었다. 당혹스러워하는 그들의 표정을 보고 즐거워하던 플로렌시오는 어린아이처럼 웃음을 터뜨리고 말았다.

"아니에요. 두 분 머리가 이상해진 게 아니니까 걱정 마세요. 물론 여기 있다보면 자기도 모르는 사이에 정신을 잃기가 십상이지만." 그가 설명했다. "지금 들리는 소리는 바로 뒤편 동물원에서 나는 겁니다. 여기에 있으면 코끼리, 사자, 앵무새 등 온갖 동물의 소리가 다 들린다니까요. 어디 그뿐인 줄 아세요? 밤만 되면 표범들이 울부짖기 시작하는데, 정말이지 머리카락이 쭈뼛쭈뼛 곤두서게 무섭다고요. 하지만 그 정도는 애교예요. 가장 끔찍한 건 원숭이거든요. 소란을 피우지 않을 뿐이지 사람하고 똑같으니까 말이죠. 이리로 오세요. 거의 다 와 가요……"

자동차는 얇은 방수시트로 덮여 있어서 윤곽을 알아볼 수 있었다. 플로렌시오는 능숙한 솜씨로 시트를 걷어 둘둘 말았다. 그는 미리 자동차 양쪽에 스포트라이트를 얹은 삼각대를 설치해두었다. 라이트를 전선에 달린 확장코드에 연결하자 두 줄기의 강한 노란 불빛이 뿜어져나오면서 자동차가 금속조각처럼 반짝거렸다. 손수 준비한 무대장치가 만족스러운지 플로렌시오는 흐뭇한 표정을 지으며 자동차의 네 문을 모두 열었다. 그러곤 살짝 고개를 숙인 뒤, 몇 걸음 뒤로 물러섰다.

"자, 보시죠." 그가 말했다.

"혹시 감식 보고서를 가지고 계신가요?" 바르가스가 물었다.

플로렌시오는 고개를 끄덕였다.

"네. 사무실에 있습니다. 지금 바로 가져오겠습니다."

플로렌시오는 마치 공중에 몇 센티미터 떠다니는 것처럼 가벼운 발걸음으로 보고서를 가지러 갔다.

"당신은 조수석을 살펴봐요." 바르가스가 말했다.

"네, 삼촌."

알리시아가 제일 먼저 알아차린 것은 냄새였다. 그녀가 고개를 들어 바르가스를 쳐다보자, 그도 고개를 끄덕였다.

"화약냄새네요." 그가 말했다.

바르가스는 조수석 여기저기에 말라붙어 있는 거무스름한 핏자국을 가리켰다.

"총상치고는 혈흔이 그다지 많지 않네요." 알리시아가 말했다. "어쩌면 총알이 스치고 지나간 건지도……"

바르가스는 천천히 고개를 저었다.

"차 안에 사격을 했다면 관통상을 입었을 겁니다. 그렇다면 탄환이 차체나 좌석 어딘가에 박혀 있을 거예요. 혈흔이 많지 않다는 건 어쩌면 총상 외에 다른 부상일 수도 있다는 얘기죠. 가령 칼에 찔렸든지, 아니면 몽둥이 같은 것으로 구타를 당했든지 말입니다."

바르가스는 좌석 등받이에 뚫린 작고 동그란 구멍을 손으로 만져보았다.

"탄 자국이군요." 그가 중얼거렸다. "이건 차 안에서 밖을 향해 총을 쏜 흔적이에요."

알리시아는 좌석에서 나와 유리창 손잡이를 찾았다. 손잡이를 돌리자 유리파편들이 일직선을 유지하며 살짝 틈새 위로 올라왔다. 산산조각난 파편들이 창 아래 바닥에 흩어져 있었다.

"보여요?"

그들은 몇 분 동안 말없이 위에서 아래로 자동차를 조사하기 시작했다. 바르셀로나 경찰이 이미 안팎을 샅샅이 뒤진 뒤라서 그들의 관심을 끌 만한 단서는 아무것도 남아 있지 않았다. 기껏해야 오래된 전국 도로지도 한 다발과 겉장이 떨어져나간 스프링노트 한 권만 사물함에 들어 있을 뿐이었다. 알리시아는 그 노트를 넘겨보았다.

"뭐 있어요?" 바르가스가 물었다.

"빈 노트예요." 감식 보고서를 들고 조용히 돌아온 플로렌시오가 어둠 속에서 그들의 동태를 엿보고 있었다.

"정말 깨끗하죠?" 플로렌시오가 그들에게 말했다.

"차를 여기 끌고 왔을 때, 안에는 아무것도 없었나요?"

플로렌시오는 두 사람에게 감식 보고서를 건넸다.

"여기 왔을 때 그대로예요. 그후로 일절 손을 대지 않았으니까."

바르가스는 보고서를 받아 목록에 기재된 품목을 쭉 훑어보기 시작했다.

"보통 이렇게 하나요?" 알리시아가 물었다.

"무슨 말씀이죠?" 플로렌시오가 조심스럽게 되물었다.

"평소에도 여기서는 자동차를 수색하지 않는지, 그걸 물어본 거예요."

"그건 사건 나름이에요. 통상적으로는 현장에서 일차감식을 하고 여기서 한번 더 정밀검사를 하죠."

"그럼 이번에도 여기서 조사를 했나요?"

"아뇨. 제가 알기로는 안 했어요."

"이 보고서에는 자동차가 라스 아과스 국도에서 발견되었다고 나와 있어요. 거기는 평소 차량통행이 많은 편인가요?" 바르가스가 물었다.

"아니에요. 산기슭을 따라 수 킬로미터 이어지는 비포장도로예요." 플로렌시오가 말했다. "거기 가보면 물은커녕 제대로 된 도로도 없다고요.*"

플로렌시오는 바르가스에게 설명하면서 알리시아를 보며 눈을 찡긋했다. 그녀도 그의 농담을 듣고 미소 지었다.

"수사관들은 저 자동차가 사후에 그 장소에 버려진 걸로 보고 있어요. 다시 말해 실제 사건은 다른 곳에서 일어났다는 거죠." 플로렌시오가 덧붙여 말했다.

"왜 그렇게 생각하죠?"

"타이어 홈에서 가는 자갈조각이 나왔어요. 석회석이었습니다.

---

* '라스 아과스(Las Aguas)'라는 명칭은 '물'을 의미한다.

라스 아과스 국도에 깔린 돌과는 다른 종류예요."

"그게 무슨 뜻이죠?"

"담당 수사관들에게 물어보면, 그런 자갈이 있는 곳은 수십 군데도 넘을 거라고 할 거예요."

"만일 당신에게 물어본다면 뭐라고 답하실 건가요, 플로렌시오 씨?" 알리시아가 물었다.

"조경이 잘된 곳이에요. 공원 같은 곳 말이죠. 아니면 개인 주택의 안마당일 수도 있고요."

바르가스는 보고서를 가리켰다.

"두 분이 이 사건을 이미 해결한 걸로 보이는군요." 바르가스가 끼어들며 말했다. "무리한 부탁이 아니라면, 보고서 사본을 얻을 수 있을까요?"

"그게 사본이니까 가져가세요. 제가 더 도와드릴 일 있나요?"

"그럼 택시를 불러 주시면 좋겠는데요……"

14

택시에 타자, 바르가스는 유리창에 시선을 고정시킨 채 좀처럼 입을 떼지 않았다. 그의 불쾌한 기분이 독처럼 공기 중에 퍼져나가고 있었다. 알리시아가 그의 무릎을 살짝 쳤다.

"그러지 말고 얼굴 좀 펴요. 카사 레오폴도 레스토랑 가야죠."

"저들은 우리가 시간을 허비하게 만들고 있어요." 바르가스가 중얼거렸다.

“그래서 놀란 거예요?”

그는 성난 얼굴로 그녀를 노려보았다. 알리시아는 조용히 미소 지었다.

“바르셀로나에 오신 것을 환영합니다.”

“뭐가 그리도 즐거운지 모르겠군요.”

알리시아는 핸드백을 열어 발스의 자동차에서 발견한 노트를 꺼냈다. 바르가스는 한숨을 쉬었다.

“설마 내가 아는 그건 아니겠죠?”

“이제 구미가 당기세요?”

“물론 사건의 증거물을 빼돌리는 건 그 자체로 중대한 부정행위지만, 그 문제는 일단 접어두죠. 내가 보기에 그건 그저 백지로 된 노트인데요.”

알리시아는 노트 옆에 달린 철제스프링 사이로 손톱을 집어넣어 그 안에 걸린 종잇조각 두 개를 빼냈다.

“그건 뭐죠?”

“노트에서 종이를 뜯어내고 남은 조각이에요.” 그녀가 말했다.

“아주 중요한 자료가 분명하군요.”

알리시아는 택시 유리창에 대고 노트의 첫 페이지를 펼쳤다. 햇빛이 비치면서 종이에 남은 글씨 자국이 어렴풋하게 보였다. 바르가스는 몸을 숙이더니 눈을 찡그리며 종이를 보았다.

“숫자예요?”

알리시아는 고개를 끄덕였다.

"두 단으로 나누어져 있어요. 첫번째는 일련의 숫자와 문자로 이루어져 있고요, 두번째 단에는 숫자밖에 없네요. 그리고 숫자는 모두 다섯에서 일곱 자리고요. 잘 보세요."

"알겠어요. 그리고요?"

"숫자가 일련번호처럼 연이어져 있어요. 사만삼백으로 시작해서 사만사백칠 혹은 팔로 끝나네요."

그 순간, 그의 눈에서 번뜩하며 빛이 났다. 하지만 얼굴에는 여전히 의혹의 그림자가 드리워져 있었다.

"그런 숫자들이라면 뭐든 될 수 있겠군요." 그가 말했다.

"발스의 딸인 메르세데스한테 들은 말인데, 아버지가 사라지기 전날 밤 경호원에게 무슨 목록에 관해 말하는 걸 들었다고 하더군요. 숫자가 적힌 목록이라던데……"

"글쎄요, 알리시아. 별거 아닐 수도 있을 것 같은데요."

"그럴지도 모르죠." 알리시아도 그의 의견에 동의했다. "아직도 배 안 고파요?"

바르가스는 결국 졌다는 듯이 마지못해 미소 지었다.

"당신이 한턱낸다면야 마다할 이유가 없겠죠."

눈물의 박물관 방문과 노트 백지의 눌린 자국에서 생각지도 못한 실마리를 찾아낼 수도 있다는 가능성이 아주 희박할지라도 알리시아에게 활기를 불러일으켰다. 새로운 흔적을 찾아낼 때마다 마음속으로 짜릿한 쾌감이 느껴졌다. 레안드로의 말에 따르면, 그것은 미래에서 풍겨오는 향기였다. 마음속에서 샘솟는 의욕을 식욕으로 착각한 알리시아는 카자크 기병처럼 저돌적으로 카사 레오폴도 레스토랑의 메뉴를 살펴본 뒤 두 명분을 주문하고 두 가지 요리를 더 시켰다. 바르가스는 아무 말도 하지 않고 그녀가 하는 대로 내버려두었다. 정작 진수성찬이 테이블 위로 쉴새없이 올라오자 알리시아는 거의 손도 대지 못했다. 바르가스는 못마땅한 듯 혼잣말을 중얼거리더니 자기 몫은 물론 나머지 음식까지 얼른 해치웠다.

"우리는 레스토랑에 와서도 손발이 척척 잘 맞는군요." 그는 고소한 향이 풍기는 소꼬리 스튜를 다 비우면서 말했다. "당신이 주문하면, 내가 다 먹어치우니 말이에요."

알리시아는 새처럼 깨작깨작 먹으면서 미소 지었다.

"분위기를 깨고 싶지는 않지만, 너무 기대하지 말아요." 바르가스가 말했다. "그 숫자는 운전사가 적어둔 부품교체 기록일 수도 있고, 아니면 우리가 알 수 없는 그 무엇일 수도 있으니까요."

"부품교체라고 하기에는 숫자가 너무 많잖아요. 그건 그렇고 소꼬리는 어때요?"

"맛이 일품이네요. 1949년 봄에 코르도바에서 먹었던 것처럼 말이죠. 나는 아직도 그때 먹었던 그 맛을 잊을 수가 없어요."

"그때 혼자였어요? 아니면 누구랑 같이 있었나요?"

"알리시아, 지금 나를 조사하는 거예요?"

"그냥 궁금해서 물어본 것뿐이에요. 가족은 있나요?"

"가족도 없는 사람이 누가 있어요."

"나는 없어요." 그녀는 한마디로 잘라 말했다.

"미안해요, 나는 그저……"

"미안해할 것 없어요. 레안드로가 나에 대해 아무 말도 안 해주던가요?"

그녀의 질문을 받자 바르가스는 놀란 표정을 지었다.

"그가 무슨 말이든 했을 텐데요. 아니면 당신이 뭔가 물어봤을 거고요."

"나는 아무것도 물어보지 않았어요. 레안드로 씨도 별말 없었고요."

알리시아의 입가에 냉소가 감돌았다.

"여긴 우리 둘밖에 없으니까, 어서 말해봐요. 레안드로가 나에 대해 뭐라고 했는지."

"이봐요, 알리시아. 당신 둘 사이에 무슨 꿍꿍이속이 있든, 그건 나하고 상관없는 일이라고요."

"저런! 그렇다면 레안드로가 당신은 도저히 받아들일 수 없는 말까지 한 거로군요."

바르가스는 잔뜩 화난 얼굴로 그녀를 노려보았다.

"당신이 고아라고 하더군요. 전쟁 때 부모를 모두 잃었다고."

"그리고요?"

"그때 입은 부상으로 만성통증에 시달리고 있다는 말도 했어요. 그게 당신 성격에 영향을 준다고 하더군요."

"내 성격이라."

"이런 이야기는 이제 그만하죠."

"그리고요?"

"늘 혼자 있기를 좋아하고, 사람들과 감정적 유대를 맺는 데 어려움을 겪는다고요."

알리시아는 마지못해 피식 웃었다.

"그런 말을 했다고요? 정말로 그런 표현을 썼어요?"

"정확히 기억이 안 나요. 이쯤에서 다른 이야기를 하는 게 어떨까요?"

"좋아요. 그럼 이제 내 감정적 유대에 대해서 이야기해보죠."

바르가스는 눈을 희번덕거렸다.

"당신도 내가 사람들과 감정적 유대를 맺는 데 문제를 겪는다고 생각해요?"

"잘 모르겠어요. 내가 상관할 문제도 아니고."

"레안드로라면 그런 상투적인 표현을 동원하지 않았을 거예요. 그건 패션잡지의 고민상담 코너에나 나올 법한 표현이라고요."

"그렇다면 내가 지어낸 표현이겠죠. 나도 패션잡지 몇 권을 구독하고 있으니까."

"그가 정확히 뭐라고 했죠?"

"알리시아, 대체 왜 그러는 거예요?"

"내가 뭘 어쨌다고 그래요?"

"왜 스스로 고통을 짊어지려고 하는 거죠?"

"그렇게 보여요? 내가 순교자 같아요?"

말없이 그녀를 바라보던 바르가스는 마침내 고개를 저었다.

"레안드로가 뭐라고 했죠? 사실대로 말해주면 더이상 물어보지 않겠다고 약속할게요."

바르가스는 어떻게 하는 것이 좋을지 잠시 궁리한 끝에 입을 열었다.

"당신은 자신을 사랑하지 않는다더군요. 그래서 아무도 당신을 좋아할 수도 없을뿐더러, 여태껏 당신을 좋아한 사람도 없다고 생각한답니다. 당신이 세상을 용서하지 못하는 것도 바로 그런 이유 때문이라고요."

알리시아는 고개를 숙이고 억지웃음을 지었다. 그녀의 눈동자가 초점을 잃고 멍해진 것을 알아차린 바르가스는 목을 가다듬고 말을 계속했다.

"당신이 내 가족 이야기를 듣고 싶어하는 줄 알았어요."

알리시아는 어깨를 으쓱했다.

"부모님은 모두 시골 촌구석에서……"

"당신에게 아내와 아이들이 있는지 알고 싶었어요." 그녀가 그의 말을 자르고 나섰다.

바르가스는 넋 나간 사람처럼 멍한 눈으로 그녀를 바라보았다.

"없어요." 그는 잠시 머뭇거리다 조용히 말했다.

"기분 나쁘게 만들 생각은 없었어요. 미안해요."

바르가스는 마지못해 웃으며 말했다.

"괜찮으니까 걱정하지 마세요. 당신은요?"

"아내와 아이들이 있냐고요?" 알리시아가 물었다.

"아니면 누구든지요."

"안타깝지만 아무도 없어요." 그녀가 대답했다.

바르가스는 와인잔을 치켜들며 건배를 제안했다.

"외로운 영혼들을 위하여!"

잔을 들어올린 알리시아는 그의 시선을 피하면서 가볍게 잔을 부딪쳤다.

"레안드로는 우둔한 사람이군요." 잠시 후, 바르가스가 입을 뗐다.

알리시아는 천천히 고개를 저었다.

"아니에요. 단지 매정할 뿐이에요."

두 사람은 식사를 마칠 때까지 아무 말도 하지 않았다.

15

발스는 어둠 속에서 눈을 뜬다. 비센테의 시신은 그사이 사라지고 없다. 발스가 잠든 사이 마르틴이 치운 모양이었다. 이게 다 그자의 소행이 분명했다. 제정신이 박힌 이라면 산 사람을 시체와 함께 가두어놓는다는 생각조차 못했을 테니까. 시신이 있던 곳 주변으로 끈적끈적한 얼룩이 있다. 발스 주변에는 낡았지만 잘 말린 옷이 포개져 있고, 물통이 하나 놓여 있다. 물에서 악취가 풍기고 비릿한 쇠맛이 난다. 그러나 먼저 입술을 축인 다음 간신히 한 모금 마시자 평생 먹어본 음식 중 최고의 진미처럼 느껴진다. 그는 절대 가실 것 같지 않던 갈증이 가실 때까지 물을 벌컥벌컥 마신다. 그러자 배와 목이 싸하게 쓰려온다. 그는 피로 얼룩진 더러운 누더기옷을 벗어던지고 쌓인 옷 중 하나를 집어 갈아입는다. 옷에서 먼지와 소독약 냄새가 난다. 오른손의 통증은 가라앉았지만,

대신 욱신거리는 느낌이 든다. 처음에는 감히 손을 살펴볼 엄두도 나지 않았다. 살며시 아래를 내려다보자 타르통에 담그기라도 한 것처럼 시커먼 얼룩이 손목까지 번져 있다. 그는 상처가 곪아가는 냄새를 맡을 수 있을 뿐만 아니라, 자신의 육신이 산 채로 썩어가는 것을 느낄 수 있다.

"그건 괴저증세야." 어둠 속에서 목소리가 들려온다.

가슴이 덜컥 내려앉은 발스는 소리가 나는 쪽으로 몸을 돌린다. 간수가 계단 아래쪽에 앉아 그를 감시하고 있다. 발스는 그가 언제부터 거기에 있었는지 궁금하다.

"그 손은 잃게 될 거야. 잘못하면 목숨을 잃을 수도 있고. 다 너한테 달렸어."

"제발 도와주세요. 원하는 건 뭐든지 드릴게요."

간수는 무표정한 얼굴로 그를 빤히 쳐다본다.

"내가 여기에 온 지 얼마나 됐죠?"

"얼마 안 됐어."

"그럼 당신은 마르틴을 위해 일하는 겁니까? 그는 지금 어디 있어요? 왜 나를 만나러 오지 않는 거죠?"

간수는 자리에서 일어난다. 계단 위쪽에서 새어들어오는 한 줄기 빛이 그의 얼굴을 희미하게 비춘다. 얼굴을 반쯤 가린 자기磁器로 만든 가면이 또렷이 보인다. 피부색으로 된 가면이다. 그는 눈을 깜박거리지 않고 계속 뜨고 있다. 간수는 발스가 자기 모습을 더 잘 볼 수 있도록 쇠창살 가까이 다가온다.

"기억 못할걸. 그렇지?"

발스는 천천히 고개를 끄덕인다.

"언젠가 기억이 나겠지. 시간은 충분하니까."

간수가 몸을 돌려 다시 계단으로 올라가려는 순간, 발스는 애원하듯이 쇠창살 사이로 왼손을 뻗는다. 간수가 걸음을 멈춘다.

"제발 부탁이에요." 발스가 애처롭게 사정한다. "의사가 필요해요."

간수는 외투 주머니에서 종이에 싼 꾸러미를 꺼내 감옥 안으로 휙 집어던진다.

"모두 네 선택에 달려 있으니까 알아서 결정해. 무사히 살아서 나가고 싶은지, 아니면 너 때문에 많은 무고한 이들이 이 안에서 썩으며 죽어갔던 것처럼 너도 조금씩 썩어 문드러지고 싶은지 말이야."

그는 양초에 불을 붙여 벽감처럼 움푹 파인 곳에 넣어두고 나간다.

"부탁이에요. 제발 그냥 가지 말아요……"

발소리가 점점 희미해지면서 문 닫히는 소리가 들린다. 발스는 무릎을 꿇고 갈색 종이로 둘둘 말린 꾸러미를 집어들어 왼손으로 푼다. 처음에는 무엇인지 제대로 보이지 않는다. 하지만 그것을 들고 촛불에 비추어보는 순간, 물건이 정체를 드러낸다.

그것은 목수용 톱이다.

16

미로의 모태인 바르셀로나. 그 중심부의 가장 어두컴컴한 곳에는 좁다란 골목길이 복잡하게 얽히고 이어지면서 현재와 미래의 유적으로 이루어진 암초를 형성하고 있다. 대담한 여행자와 이런저런 사정으로 길을 잃은 영혼은 어떤 축복받은 지도 제작자가 분명한 설명도 없이 라발이라고 명명한 바로 그 지역에 발을 디디는 순간 영원히 그곳에 갇히게 된다. 카사 레오폴도 레스토랑에서 나오자 선술집과 사창가, 그리고 법의 감시를 피해 물건을 파는 장사꾼이 벅적거리는 장터가 늘어선 그물 모양 골목길이 음산한 광채 속에서 그들을 맞이했다.

음식을 너무 많이 먹은 탓인지 바르가스가 가볍게 딸꾹질을 하기 시작했다. 심호흡도 하고 주먹으로 가슴을 두드리기도 했지만 딸꾹질은 쉽게 멎지 않았다.

"식탐을 내면 그런 일이 일어나요." 알리시아가 단정적으로 말했다.

"알고 보니 참 대단한 사람이군요. 억지로 먹이고 나서는 놀리기까지 하다니."

풍만한 몸매에 독수리 같은 눈매를 지닌 밤거리의 여자가 어느 건물 입구에서 서서—철저히 장삿속이겠지만—그들을 지켜보고 있었다. 그 뒤로 여러 음악과 아름답게 뒤섞여 태어난 카탈루냐 룸바가 트랜지스터라디오에서 나와 울려퍼지고 있었다.

"멋쟁이 아저씨, 비쩍 마른 당신 애인과 정말 여자다운 나하고 잠시 쉬다 가실래요?" 밤거리의 여자가 유혹했다.

바르가스는 살짝 당황한 듯 고개를 저으며 걸음을 재촉했다. 알리시아는 미소를 띠고 그를 따라가면서 여자와 시선을 교환했다. 입구에 선 채 먹잇감이 사라지는 것을 지켜보던 여자는 어깨를 으쓱하면서 알리시아를 위아래로 훑어보았다. 눈앞에 있는 여자 같은 스타일이 요즘 멋쟁이 신사들 사이에서 인기인지 궁금한 눈치였다.

"이 동네는 재앙이나 다름없군요." 바르가스가 말했다.

"당신 혼자서 난장판을 해쳐나가게 잠시 피해줄까요?" 알리시아가 말했다. "눈 깜짝할 사이에 딸꾹질을 멎게 해줄 여자하고 방금 친구가 된 것 같은데."

"더이상 자극하지 말아요. 지금 폭발 직전이니까요."

"디저트 먹을래요?"

"돋보기 좀 줘봐요. 이왕이면 큰 걸로요."

"그 숫자에는 별 관심이 없는 줄 알았는데."

"사람은 자기가 믿고 싶은 것보다 믿을 수 있는 것을 믿기 마련이죠. 바보라면 그 반대고요."

"소화가 안 되면 철학적으로 변하는 줄 몰랐네요."

"알리시아, 당신이 모르는 게 더 많다고요."

"그래서 나날이 새로운 걸 배우고 있어요."

알리시아는 그의 팔짱을 꼈다.

"너무 기대하지는 말아요." 바르가스가 타이르듯 말했다.

"그 말은 아까도 했잖아요."

"그건 인생을 살아가는 누구에나 해줄 수 있는 최선의 조언이니까요."

"참으로 서글픈 생각이네요, 바르가스."

바르가스는 그녀를 바라보았다. 알리시아는 그가 진지하다는 것을 눈빛으로 알 수 있었다. 그녀의 입가에서 미소가 사라졌다. 알리시아는 엉겁결에 발끝으로 서서 그의 뺨에 입을 맞추었다. 그건 사랑과 우정으로 가득한 순수한 입맞춤, 아무것도 바라지도 요구하지도 않는 입맞춤이었다.

"이러지 말아요." 바르가스는 다시 걸음을 옮기면서 말했다.

알리시아는 건물 현관에 있는 매춘부가 자기를 계속 눈으로 좇고 있다는 것을 알아차렸다. 알리시아는 그녀와 잠시 눈이 마주쳤다. 닳고 닳은 여자는 혼잣말로 뭐라고 중얼거리면서 쓴웃음을 지었다.

17

오후 하늘에 구름이 낮게 드리워져 있었다. 구름 사이로 새어 들어온 빛에 온 세상이 녹색으로 물들면서 라발 지구는 마치 저수지 물속에 잠긴 마을처럼 보였다. 그들은 오스피탈 거리를 따라 람블라스 거리로 걸어갔다. 거기부터 알리시아는 인파를 헤치고 레알광장까지 바르가스를 안내했다.

"어디로 가는 겁니까?" 그가 물었다.

"당신이 말한 돋보기를 찾으러 가는 거예요."

그들은 광장을 가로질러 그곳을 둘러싼 아치형 통로를 향했다. 알리시아는 어느 가게 쇼윈도 앞에서 걸음을 멈추었다. 그 안에는 분노의 순간에 얼어붙은 채 유리눈으로 영원을 응시하는 야생동물들의 작은 정글이 언뜻 보였다. 바르가스는 고개를 들어 문 위에 붙어 있는 팻말을 쳐다보았다. 조금 아래 유리가 끼워진 문에는 다음과 같은 글자들이 새겨져 있었다.

박물관
L. 솔레르 푸홀 부인
전화번호 404451

"여기는 뭐하는 곳이죠?"

"사람들은 야수박물관이라고 하지만, 실은 박제업소예요."

가게 안으로 들어가자마자 바르가스는 다양한 박제동물을 보고 내심 놀랐다. 호랑이, 새, 늑대, 영장류, 그리고 온갖 종류의 이국적 종이 급조된 자연과학박물관에 가득 들어차 있었다. 오대륙의 이국적 동물을 연구하는 학자들이 이 박물관을 봤다면 기뻐서 어쩔 줄 몰라하거나 몸서리를 칠 것 같았다. 유리진열장 사이를 천천히 돌아다니던 바르가스는 뛰어난 박제기술에 감탄을 금치 못했다.

"이제 딸꾹질이 완전히 멎었네요." 알리시아가 말했다.

등뒤에서 발소리가 들렸다. 뒤를 돌아보자 깡마른 젊은 여자가 두 손을 가슴에 모으고 그들을 지켜보고 있었다. 그 얼굴 생김새와 눈동자를 보자 바르가스는 왠지 사마귀가 떠올랐다.

"안녕하세요? 무엇을 도와드릴까요?"

"안녕하세요. 가능하다면 마티아스 씨를 만나고 싶은데요." 알리시아가 말했다.

안 그래도 수상쩍다는 시선을 보내던 사마귀 여인의 눈이 의혹으로 가득찼다.

"무슨 일로……?"

"기술적인 문제로 상담을 할까 해서요."

"성함을 여쭤봐도 될까요?"

"알리시아 그리스예요."

사마귀 여인은 눈을 치켜뜨고 찬찬히 그들을 훑어보더니, 뭔가 못마땅한 듯 콧살을 찌푸렸다. 그러곤 가게 뒷방으로 느릿느릿 걸어갔다.

"당신 덕분에 바르셀로나가 나를 얼마나 따뜻하게 맞이해주는지 하나씩 깨닫고 있어요." 바르가스가 말했다. "아예 여기로 이사올까봐요."

"박제된 자랑거리라면 마드리드에 많이 있지 않아요?"

"그러면 얼마나 좋겠어요. 거기 있는 것들은 다 살아 움직인다고요. 그런데 마티아스라는 사람은 누구죠? 옛 애인이라도 되나요?"

"그보다는 내 애인이 되기를 바랐던 남자죠."

"헤비급인가요?"

"페더급에 가까울걸요. 마티아스는 여기서 일하는 기술자 중 한 명이에요. 이 집에는 바르셀로나에서 가장 좋은 확대경이 있죠. 게다가 마티아스는 눈이 기가 막히게 좋아요."

"그럼 괴물같이 생긴 저 여자는 누구죠?"

"세라피나일 거예요. 오래전에 마티아스와 약혼했으니까, 지금은 그의 아내가 되었겠죠."

"언젠가 그가 공포의 박물관의 대미를 장식하려고 그 여자도 박제해서 저 진열장, 사자 바로 옆에 올려놓을지도 모르겠군요."

"알리시아!" 마티아스의 들뜬 목소리가 들렸다.

박제 기술자는 그들을 따뜻한 미소로 맞아주었다. 작은 몸집에 예민해 보이는 그는 하얀 가운을 걸쳤고 둥근 안경 때문에 눈이 커져서 우스꽝스러운 인상이었다.

"이게 얼마 만이야!" 그는 그녀와의 재회에 잔뜩 들뜬 표정으로 말했다. "이제 바르셀로나를 영영 뜬 줄 알았어. 언제 돌아온 거야?"

세라피나는 가게 뒷방 커튼 뒤에 몸을 반쯤 숨긴 채 못마땅한 표정을 지으며 타르처럼 검은 눈으로 그들을 엿보고 있었다.

"마티아스, 여기는 내 동료인 후안 마누엘 바르가스 씨야."

마티아스는 악수를 하면서 그를 찬찬히 뜯어보았다.

"마티아스 씨, 정말 놀라운 박제품을 전시해두셨네요."

"대부분 이 박물관의 설립자인 솔레르 씨 작품이에요. 제 스승님이죠."

"마티아스는 아주 겸손한 분이에요." 알리시아가 끼어들며 말했다. "바르가스 씨에게 황소 이야기도 들려줘."

하지만 마티아스는 조용히 고개를 저었다.

"설마 투우장에 나온 소도 박제했단 말인가요?" 바르가스가 물었다.

"이 사람에게 불가능한 작업은 없어요." 알리시아가 다시 끼어들었다. "몇 년 전에 유명한 투우사가 마티아스를 찾아와서 그날 오후 라 모누멘탈*에서 싸운 황소를 박제해달라고 부탁했어요. 무게가 500킬로그램도 넘게 나갔죠. 당시 그가 사랑에 빠진 영화배우에게 선물로 주려고 말이죠⋯⋯ 마티아스, 그 배우가 에이바 가드너**였던가?"

"우리 남자들은 사랑하는 여자를 위해서라면 뭐든 주고 싶어하니까요. 안 그런가요?" 그런데 마티아스는 왠지 그 이야기를 입 밖에 내기 꺼려하는 눈치였다.

세라피나가 자신의 초소에서 위협적으로 헛기침을 하자, 마티아스의 얼굴에서 웃음기가 싹 가시면서 몸이 뻣뻣하게 굳었다.

"그럼 무엇을 도와드릴까요? 혹시 영원히 남겨두고 싶은 반려동물이라도 있나요? 반려동물이 아니면 사냥에서 잡은 기억할 만한 동물이라도?"

"사실은 오늘 부탁이 있어서 왔어. 그런데 좀 이상한 거야." 알리시아가 입을 열었다.

---

* 바르셀로나에 있는 투우장.

** 1950년대와 60년대에 할리우드를 대표하던 배우.

"여기서는 이상한 일이 흔하지. 몇 달 전에는 그 유명한 살바도르 달리가 문을 열고 들어오더니 개미 이십만 마리를 박제해줄 수 있겠느냐고 묻더라고. 정말이야, 농담이 아니라니까. 그건 좀 어려울 것 같다고 했더니, 우리 세라피나의 초상화를 그려 벌레와 추기경들의 제단화에 넣을 거라고 하더라니까. 천재의 기행이지. 여기에 있다보면 지루할 새가 없다고……"

알리시아는 핸드백에서 노트의 종이를 꺼내 폈다.

"당신 확대경으로 이 종이에 남아 있는 글자 자국의 의미를 해독해줄 수 있는지 물어보려고."

마티아스는 조심스럽게 종이를 집어 빛에 비춰보았다.

"알리시아는 늘 미스터리한 일을 가지고 오는군. 안 그래? 우선 작업실로 가서 가능한지 한번 봅시다."

박제사의 작업실 겸 실험실은 기이한 물건이 가득한 연금술사의 작은 동굴 같았다. 렌즈가 달린 복잡한 장비와 투광등이 금속 케이블로 천장에 매달려 있었다. 벽면에는 헤아릴 수 없이 많은 유리병과 화학용액이 든 유리진열장이 즐비했다. 황토색의 커다란 신체해부도가 옆쪽 벽에 걸려 있었는데, 온갖 생물체의 내장, 골격, 근육조직 등이 훤히 보였다. 널찍한 대리석판 두 개가 작업실 한복판을 차지해 마치 다른 세계에서 온 종들의 표본을 연구하는 수술실 같아 보였다. 그 옆에는 자주색 천으로 덮인 작은 철제 테이블이 있었는데, 바르가스가 본 것 중에서 가장 황당무계한 수술도구들이 그 위에 놓여 있었다.

"냄새는 너무 신경쓰지 마세요." 마티아스가 미리 경고했다.

“몇 분만 지나면 익숙해져서 느끼지도 못할 테니까요.”

알리시아는 그 말이 믿어지지 않았지만 대놓고 반박하고 싶지도 않았다. 그녀는 그가 권한 테이블 옆자리에 앉았다. 그러고는 옛 구혼자의 눈에 애절한 그리움이 서리는 것을 알아차리고 그를 보며 따뜻하게 미소 지었다.

“세라피나는 여기 절대 안 들어와. 송장냄새가 난대. 그런데 나는 여기만 들어오면 마음이 그렇게 편할 수가 없어. 누구든 여기 있으면 어떤 착각이나 거짓 없이 사물을 있는 그대로 볼 수 있으니까.”

마티아스는 종이를 들어 유리판 위에 펼쳐놓았다. 그는 대리석판 옆에 있던 조광기를 이용해서 주변의 조도를 최대한 낮춘 다음 천장에 매달린 투광등 두 개를 켰다. 그리고 도르래에 매달린 막대기를 잡아당기자 금속팔에 연결된 렌즈 세트가 아래로 내려왔다.

“너는 한마디 작별인사도 없이 떠났지.” 그가 종이에서 눈을 떼지 않고 말했다. “그래서 관리인 헤수사를 통해서 네 행방을 알아내야 했어.”

“그땐 급해서 인사할 겨를도 없었어.”

“알고 있어.” 마티아스는 유리판을 투광등과 확대경 사이에 놓았다. 빛이 비치자 종이에 남은 글씨 자국이 윤곽을 드러냈다.

“숫자군.” 그가 말했다.

마티아스는 확대경의 각도를 조절하고 신중하게 그 종이를 다시 살펴보았다.

"조영제*를 발라도 되는데, 그러면 틀림없이 종이가 상할 거야. 자칫 숫자가 일부 사라질 수도 있고……" 그가 말했다.

바르가스는 구석에 있는 테이블로 가서 빈 종이 두 장과 연필 하나를 집어들었다.

"좀 써도 될까요?" 그가 물었다.

"물론이죠. 마음대로 쓰세요."

바르가스는 테이블로 다가가 확대경에 시선을 고정하고 숫자를 베끼기 시작했다.

"일련번호 같군요." 마티아스가 말했다.

"왜 그렇게 생각해?" 알리시아가 물었다.

"숫자들이 서로 연관되어 있으니까. 먼저 왼쪽 단 처음 세 자리를 살펴보면, 급수를 이루고 있는 것 같아. 나머지 숫자들도 수열이고 말이야. 그리고 끝의 두 자리는 서너 숫자마다 한 번씩 바뀌고 있어."

마티아스는 냉소적인 눈빛으로 두 사람을 바라보았다.

"무슨 일을 하는지 물어봐야 소용없을 것 같은데. 그렇죠?"

"저는 그저 지시받은 일을 할 뿐이에요." 바르가스가 계속 숫자를 베끼면서 대답했다.

마티아스는 고개를 끄덕이며 알리시아를 쳐다보았다.

"결혼할 때 너한테 청첩장을 보내고 싶었는데, 어디 있는지 알 수가 있어야지."

* 엑스레이 촬영 때 음영을 명확히 나타내기 위해 주입하는 물질.

"미안해, 마티아스."

"신경쓸 것 없어. 시간이 약이니까. 안 그래?"

"그렇다고 하더라."

"그건 그렇고, 너는 어때? 잘 지내고 있어?"

"행복하게 잘살고 있어."

마티아스는 빙긋 웃었다.

"알리시아는 예나 지금이나 여전하군."

"안타깝게도 변한 게 없어. 그런데 내가 여기 와서 세라피나 기분이 상하지나 않았는지 모르겠네."

마티아스는 한숨을 내쉬었다.

"글쎄. 세라피나는 당신이 누군지 대충 눈치챘을 거야. 그래봐야 오늘 저녁 먹을 때 잔소리 몇 마디 듣는 것밖에 없을 테니까, 걱정할 것 없어. 저래 봬도 마음씨는 참 고운데, 잘 모르는 사람한테는 좀 쌀쌀맞아 보일 거야."

"어쨌거나 잘 어울리는 사람을 만나서 다행이네."

마티아스가 말없이 그녀의 눈을 바라보았다. 바르가스는 두 사람이 조용히 나누는 대화에 끼어들지 않고 마치 초대받은 석상처럼 숨소리도 내지 않은 채 종이에 숫자를 베껴적고 있었다. 마티아스가 갑자기 몸을 돌려 바르가스의 등을 두드렸다.

"다 했어요?"

"아직 하는 중입니다."

"어쩌면 이 종이를 셀로판지에 붙여서 프로젝터로 비춰볼 수도 있을 것 같군요."

"곧 다 될 것 같네요." 바르가스가 말했다.

알리시아는 자리에서 일어나 박물관에 온 것처럼 방안을 이리저리 서성거리며 각종 도구와 장비를 살펴보았다. 마티아스는 고개를 숙인 채 그녀의 동태를 조심스럽게 살폈다.

"두 분은 오래전부터 아는 사인가요?" 마티아스가 물었다.

"며칠 전에 만났죠. 어떤 행정적인 업무를 함께 처리하는 중이에요. 그뿐입니다." 바르가스가 대답했다.

"진짜 괴짜예요. 그렇죠?"

"네?"

"알리시아 말이에요."

"네, 자기만의 방식이 있는 사람이긴 하죠."

"아직도 보철장치를 하고 있나요?"

"보철장치요?"

"그거 내가 손수 만들어준 거예요. 맞춤으로 말이죠. 내 입으로 말하기는 좀 그렇지만, 내 일생일대의 걸작이에요. 고래뼈와 텅스텐테이프를 이용해서 만든 건데, 일종의 외골격 역할을 해주는 셈이죠. 워낙 얇고 가벼운데다 유연하기까지 해서 거의 제2의 피부처럼 느껴진다니까요. 그런데 오늘은 착용하지 않았네요. 나는 움직이는 모습만 봐도 금방 알 수 있죠. 앞으로는 항상 착용해야 된다고 알려주세요. 본인을 위해서 말입니다."

바르가스는 마티아스가 무슨 뜻으로 한 말인지 다 이해했다는 듯이 고개를 끄덕이면서, 마지막 숫자까지 다 옮겨적었다.

"마티아스 씨, 고맙습니다. 정말 큰 도움이 되었습니다."

"원 별말씀을 다 하시는군요."

바르가스가 자리에서 일어나 목청을 가다듬자, 알리시아가 그를 돌아보았다. 두 사람은 서로 눈빛을 교환했다. 바르가스가 고개를 끄덕이자 알리시아는 마티아스에게 다가가 미소를 지어 보였다. 바르가스가 보기에 그 미소는 날카로운 비수로 변해 마티아스의 가슴에 꽂히는 것 같았다.

"자, 다시 만나는 날까지 또 몇 년이 지나는 일은 없었으면 좋겠군." 마티아스가 긴장된 목소리로 말했다.

"나도 그래."

알리시아는 그를 포옹하면서 귀에 대고 무슨 말인가를 속삭였다. 마티아스는 알리시아의 허리에 팔을 두르지 않고 아래로 늘어뜨린 채 고개를 끄덕였다. 잠시 후, 그녀는 아무 말 없이 출입구를 향해 걸어갔다. 그대로 가만히 서 있던 마티아스는 그녀가 나가는 소리가 들리고 나서야 몸을 돌렸다. 바르가스가 손을 내밀자, 그는 악수를 했다.

"바르가스 씨. 아무쪼록 알리시아를 잘 보살펴주세요. 그녀는 제 한몸도 제대로 건사하지 못하니까 말입니다."

"그렇게 하겠습니다."

마티아스는 힘없이 웃으며 고개를 끄덕였다. 얼핏 보기에는 젊은 것 같았지만, 눈을 가만히 들여다보면 슬픔과 회한으로 지치고 늙은 영혼이 드러났다.

바르가스는 어둠 속에서 동물들이 노려보고 있는 전시실을 가로지르다 세라피나와 마주쳤다. 그녀는 눈이 분노로 이글거리고 입술은 파르르 떨리고 있었다.

"다시는 저 여자를 여기 데려오지 말아요." 그녀가 경고했다.

바르가스가 밖으로 나가보니 알리시아는 광장 분수대 가장자리에 몸을 기댄 채 아파서 얼굴을 잔뜩 찌푸리고 오른쪽 엉덩이를 문지르고 있었다. 그는 그녀에게 다가가 옆에 앉았다.

"집에 가서 좀 쉬는 게 어떻습니까? 다른 일은 내일 하면 되잖아요."

그가 알리시아를 보는 순간, 담배를 권하는 것 말고는 달리 할 일이 없었다. 두 사람은 조용히 담배를 나눠 피웠다.

"제가 나쁜 사람 같죠?" 그녀가 마침내 입을 열었다.

바르가스는 자리에서 일어나 손을 내밀었다.

"자, 이제 나한테 기대요."

알리시아는 바르가스의 팔을 잡은 채 절뚝거리며 걸었다. 10에서 15미터에 한 번씩은 고통이 잦아들도록 걸음을 멈추어야 했다. 그들은 가까스로 그녀의 아파트 현관에 도착했다. 그녀는 핸드백에서 열쇠를 꺼내다 바닥에 떨어뜨리고 말았다. 바르가스는 열쇠를 주워 문을 열고 그녀를 안으로 들여보내주었다. 알리시아는 벽에 기댄 채 신음소리를 냈다. 바르가스는 층계를 쭉 둘러본 뒤 아무 말 없이 그녀를 번쩍 안아들고 올라가기 시작했다.

꼭대기층에 도착했을 때, 알리시아의 얼굴은 고통과 분노의 눈물로 뒤범벅이 되어 있었다. 바르가스는 그녀를 안고 침실로 가서 조심스럽게 침대 위에 뉘었다. 그러곤 구두를 벗긴 다음 이불을 덮어주었다. 침대 옆 테이블 위에 알약통이 놓여 있었다.

"한 알이에요, 아니면 두 알인가요?" 그가 물었다.

"두 알이에요."

"확실해요?"

그는 알약 두 개를 건넨 뒤, 서랍장 위에 있던 물병에서 물을 한 잔 따랐다. 알리시아는 알약을 삼키고 가쁜 숨을 몰아쉬었다. 바르가스는 그녀의 손을 잡고 통증이 가라앉기만을 기다렸다. 그녀는 눈물로 얼룩진 얼굴에 벌게진 눈으로 그를 쳐다보았다.

"제발 나를 혼자 내버려두지 말아요."

"아무데도 안 갈 테니 걱정 말아요."

알리시아는 애써 미소를 지으려고 했다. 그는 불을 껐다.

"편히 쉬어요."

어둠 속에서 그녀의 손을 꼭 잡고 있던 바르가스는 그녀가 눈물을 삼키고 고통으로 부들부들 떠는 소리를 들었다. 삼십 분이 지나자, 손에 힘이 서서히 풀리면서 알리시아는 착란과 꿈 사이의 상태로 빠져드는 듯했다. 알 수 없는 말을 몇 마디 중얼거리더니 결국 천천히 잠이 들었든지, 아니면 의식을 잃었다. 창문으로 새어들어온 어스름한 저녁빛 덕분에 그녀의 얼굴이 베개 위에서 윤곽을 드러냈다. 문득 꼭 죽은 사람처럼 보인다는 생각이 들어 바르가스는 손목의 맥을 짚어봤다. 그녀가 엉덩이의 상처가 아파서 그렇게 눈물을 흘린 건지, 아니면 마음의 상처로 인해 고통스러워하는 건지 궁금했다.

잠시 후, 피로가 한꺼번에 몰려와서 그는 소파에 누우려고 부엌으로 나갔다. 눈을 감자 공기 중에 맴도는 알리시아의 향기가 느껴졌다.

"당신, 나쁜 사람은 아닌 것 같아." 그는 자기도 모르게 낮은 목소리로 중얼거리고 있는 것을 깨달았다. "하지만 가끔 두려울 때가 있어."

18

자정이 지날 무렵 바르가스는 눈을 번쩍 떴다. 알리시아가 바로 옆 의자에 앉아 담요를 뒤집어쓴 채 어둠 속에서 그를 뚫어지게 바라보고 있었다.

"무슨 뱀파이어처럼 보이는군요." 바르가스는 겨우 입을 열었다. "언제부터 그러고 있었던 거죠?"

"조금 전부터요."

"내가 코를 곤다고 미리 알려줄 걸 그랬군요."

"괜찮아요. 그 약만 먹으면 지진이 나도 모르고 자니까요."

바르가스는 자리에서 일어나 얼굴을 비볐다.

"이런 말을 해서 미안하지만, 이 소파는 정말 형편없네요."

"내가 가구 보는 눈이 없어서요. 쿠션을 새로 사려고 하는데, 어떤 색깔이 좋아요?"

"당신에게는 거미나 해골 그림이 있는 검은색이 어울릴 것 같은데."

"저녁 먹었어요?"

"저녁은 물론, 간식까지 일주일 치를 다 먹었어요. 몸은 좀 어때요?"

알리시아는 어깨를 으쓱했다.

"추한 꼴을 보여서 부끄럽네요."

"뭐가 창피하다고 그래요. 통증은 어떤가요?"

"좋아요. 한결 가뿐해졌어요."

"가서 좀더 자는 게 어때요?"

"레안드로에게 전화해야 돼요."

"이 시간에요?"

"레안드로는 잠을 안 자니까요."

"안 그래도 방금 뱀파이어 이야기를 꺼냈는데……"

"지금 연락을 안 하면 큰일날 거예요."

"그럼 잠시 자리를 피해줄까요?"

"아뇨." 알리시아는 잠시 뜸을 들이다 말했다.

바르가스는 고개를 끄덕였다.

"길 건너 호화로운 내 방에 가서 샤워하고 옷을 갈아입은 다음 올게요."

"그럴 필요 없어요, 바르가스. 나 때문에 지금까지 잠도 못 자고 고생했잖아요. 그러니까 가서 잠깐이라도 눈을 붙여요. 내일도 힘든 하루가 될 것 같으니까. 그럼 내일 아침에 만나서 식사 같이 하죠."

그는 영 못 미덥다는 듯이 그녀를 바라보았다. 알리시아는 그에게 미소를 지어 보였다.

"아무 일 없을 테니까 걱정 마세요. 약속할게요."

"리볼버는 가지고 있어요?"

"새로 산 곰인형처럼 꼭 안고 잘게요."

"당신 곰인형 가지고 논 적 없죠. 꼬마악마인형이라면 모를까……"

알리시아는 굳은 의지를 무너뜨리고 굳게 닫혔던 마음의 문을 열고도 남을 미소를 지어 보였다. 바르가스는 고개를 숙였다.

"알았어요. 그럼 어둠의 왕자에게 전화해서 당신의 비밀이야기를 들려줘요." 그가 문으로 가면서 말했다. "아무도 못 들어오게 문 잘 잠그고요."

"바르가스?"

그는 문턱 위에서 걸음을 멈추었다.

"고마워요."

"별것도 아닌 일에 고맙다는 말은 이제 그만해요."

그녀는 바르가스의 발소리가 계단으로 사라질 때까지 기다리다 수화기를 들었다. 다이얼을 돌리기 전에 숨을 깊이 들이쉬고 눈을 감았다. 스위트룸 직통번호로 전화를 걸었지만 아무도 받지 않았다. 알리시아가 듣기로 레안드로는 팔라세호텔의 다른 객실도 이용하고 있었는데, 무엇 때문에 그러는지 굳이 물어보고 싶지는 않았다. 그녀는 안내데스크로 전화를 걸었다. 야간교환수는 알리시아의 목소리를 잘 알고 있었기 때문에 굳이 신분을 밝힐 필요도 없었다.

"잠깐만 기다리세요, 그리스 양. 몬탈보 씨를 바꿔드릴게요."

새벽이었지만 교환수의 목소리는 어김없이 낭랑했다.

대기음이 한 번 들리자마자 누군가 수화기를 들었다. 알리시아는 발아래 넵투노광장과 동이 트기 전 검은 구름으로 뒤덮인 마드리드의 하늘을 바라보면서 팔라세호텔의 어딘가 어두운 곳에 앉아 있을 레안드로의 모습을 떠올렸다.

"알리시아." 그가 천천히 말했다. 목소리에서는 아무런 감정도 느낄 수 없었다. "오늘은 전화를 안 하는 줄 알았어."

"미안해요. 통증이 도져서."

"저런, 안됐군. 지금은 좀 괜찮아?"

"거뜬해요."

"바르가스와 같이 있나?"

"혼자예요."

"그 친구하고는 잘 맞아?"

"네. 아무 문제 없어요."

"그와 같이 움직이는 게 거북하다면, 내가 어떻게 손을 써서라도……"

"그럴 필요 없어요. 그가 가까이 있는 편이 좋아요. 언제 무슨 일이 일어날지 모르니까 말이죠."

잠시 침묵이 흘렀다. 레안드로가 아무 말도 하지 않을 때면 숨소리는 물론 아무 소리도 들리지 않았다.

"자네 완전히 딴사람이 되었군, 이런 말 어떨지 모르겠지만. 어쨌든 둘이서 그럭저럭 잘해내고 있다니까 다행이야. 나는 애당초 두 사람이 서로 맞지 않을 거라고 생각했거든. 특히나 그 친구 이력을 감안하면……"

"이력이라뇨?"

"아무것도 아니야. 대수롭지 않은 일이니까."

"그렇게 말하면 진짜 신경쓰인다고요."

"그가 자기 가족에 대해서 말하지 않았어?"

"개인적인 이야기는 일절 하지 않아요."

"그렇다면 내가 굳이……"

"그의 가족이 뭐요?"

레안드로의 침묵이 다시 시작되었다. 미소를 띠고 입술을 핥는 레안드로의 모습이 눈에 선했다.

"바르가스는 삼 년 전에 교통사고로 아내와 딸을 잃었어. 취한 상태에서 운전을 하다 사고가 난 거지. 죽은 딸은 자네와 비슷한 나이였어. 그사이 그는 정말 힘든 시기를 보냈지. 하마터면 경찰에서도 쫓겨날 뻔했으니까."

알리시아는 아무 말도 하지 않았다. 수화기에서는 레안드로의 숨소리만 들렸다.

"정말 그 친구가 아무 말도 안 했어?"

"네."

"괜히 과거를 들추고 싶지 않았나보군. 아무튼 아무 문제도 없으면 좋으련만."

"도대체 무슨 문제가 일어난다는 거죠?"

"알리시아. 알다시피 내가 자네 사생활에 간섭한 적은 없지만, 가끔 자네 취향이나 특이한 성향을 이해하기 어려울 때가 있어."

"무슨 소린지 하나도 모르겠네요."

"알리시아, 자네는 내가 무슨 말을 하는지 정확히 알고 있어."

그녀는 입술을 깨물고 목구멍까지 차오른 말을 삼켜버렸다.

"아무 문제도 없을 거예요." 그녀가 마침내 말을 꺼냈다.

"그래야지. 그럼 오늘 준비한 이야기를 어서 해봐."

알리시아는 숨을 깊이 들이마시고 손톱이 살에 박힐 정도로 주먹을 꽉 쥐었다. 이야기를 시작하자, 레안드로를 대할 때 늘 그랬듯이 목소리는 상냥하고 부드럽게 변했다.

알리시아는 그와 마지막으로 대화를 나눈 후에 벌어진 사건들을 몇 분에 걸쳐 간략하게 정리해서 알려주었다. 이야기에는 아무런 특징도 세부적인 내용도 없었다. 그녀는 자신이 취한 조치를 나열했을 뿐, 그렇게 하게 된 동기나 직감은 일절 언급하지 않았다. 의도적으로 밝히지 않았던 사실 중 가장 중요한 것은 전날 밤 집에서 빅토르 마타익스의 책을 도난당한 사건이었다. 레안드로는 늘 그랬던 것처럼 한 번도 끼어들지 않고 차분하게 그녀의 말을 들었다. 이야기를 마치고 알리시아는 레안드로가 자신의 말을 되새기는 동안 이어지는 침묵을 음미하면서 잠자코 있었다.

"왜 모두 이야기하지 않았다는 느낌이 드는 거지?"

"그걸 내가 어떻게 알아요. 아무튼 중요한 건 모두 알려드렸다고요."

"결론적으로 도주에 사용되었을 것으로 추정되는 자동차를 수색한 결과, 치명적이지 않은 수준의 폭력이 행해진 흔적과 본 사건과 아무런 연관성도 없을 가능성이 높은 숫자 목록 외에 어떤 결정적인 단서도 발견되지 않았다는 거로군. 반면 지금 우리는 자네 고집대로 마타익스라는 사람의 책을 좇고 있는데, 그래봐야 마우리시오 발스를 찾는 데 도움이 되기는커녕 괜히 서지학적 미스터리 속으로만 떠돌게 될까 걱정이라고."

"경찰의 공식 수사에서 새로 나온 건 없나요?" 알리시아는 은근슬쩍 화제를 돌리려고 물었다.

"중요한 소식은 없어. 그런 게 나올 리도 없고. 하지만 우리가 파티에 초대받았다는 사실을 곱지 않게 보는 사람이 있다는 것만 말해두지. 물론 비공식적인 초대지만."

"그래서 제가 감시받고 있는 거예요?"

"그런 이유도 있고, 또 당연한 얘기지만 우리가 장관님을 무사히 발견해서 색색의 리본으로 휘감은 채 경찰에 인계하는 날, 경찰 친구들이 모든 영예와 메달을 독차지해도 우리가 기뻐해줄 거라고 믿지 않기 때문이지."

"그러니까 장관님을 찾는다면 말이죠."

"괜히 자신 없는 척하는 거야, 아니면 나한테 뭔가를 숨기고 있는 거야?"

"내 말은 스스로 몸을 숨긴 사람은 찾기 어렵다는 것뿐이에요."

"물론 그럴 수도 있겠지. 하지만 장관님이나 경찰청 본부 동료들의 바람은 잠시 제쳐두고, 우리한테 유리한 쪽으로 해석해보자고. 내가 바르가스에게 언행을 신중히 하라고 권한 것도 바로 그런 이유 때문이야. 조직에 대한 충성심은 습관과 같아서 하루아침에 바뀌지 않으니까 말이야."

"바르가스는 믿을 만한 사람이에요."

"자기 자신도 믿지 않는 여자가 그렇게 말하니 할말이 없군. 내가 무슨 말을 하려는 건지 잘 알잖아."

"걱정하지 마세요. 최대한 조심할 테니까요. 또 하실 말씀 있어요?"

"연락해."

잘 자라고 인사하려던 순간, 알리시아는 레안드로가 이미—몇 번이나 그랬듯이—전화를 끊었다는 것을 알아차렸다.

19

촛불이 촛농 위에 뜬 채 희미한 푸른색 불꽃으로 사그라지고 있다. 발스는 전혀 감각이 느껴지지 않는 손을 불이 비치는 곳에 가까이 가져간다. 살갗은 거무스레한 자줏빛이다. 손가락은 퉁퉁 부어올랐고, 끈적끈적하고 심한 악취를 풍기는 액체가 흘러나오는 손톱은 이미 빠지려고 한다. 손가락을 움직여 보려고 하지만 말을 듣지 않는다. 손은 그의 몸뚱이에 붙어 있는 죽은 살덩어리에 지나지 않는다. 거기서 여러 개의 검은 줄이 팔을 타고 올라가는 것이 보인다. 이제 혈관 속에서 피가 썩어가고 있는 느낌이 들자, 정신이 아득해지면서 열에 들뜨고 어지러운 잠 속으로 빠져든다. 그는 이제 몇 시간만 지나면 몸의 감각이 완전히 마비되리라는 것을, 괴저로 인해 마약에 취한 것처럼 몽롱한 상태로 죽으리라는 것을 알고 있다. 그의 몸은 이제 다시 햇빛을 보지 못할 썩은 고깃덩어리에 불과하다.

간수가 놓아두고 간 톱은 여전히 거기 있다. 그는 그 톱을 어떻게 써야 할지 여러 번 생각했다. 더이상 자기 것이 아닌 손가락 위에 톱을 놓고 눌러보기도 했다. 처음에는 통증이 느껴졌지만, 지금은 아무 느낌도 없다. 다만 구역질이 올라올 뿐이다. 그사이 고함을 지르고 신음하느라, 또 살려달라고 애원하느라 목이 바짝 말라 있다. 그는 이따금씩 자기를 보러 오는 이가 있다는 것을 알고 있다. 잠들어 있을 때, 그리고 의식이 혼미한 상태일 때. 그를 찾아오는 이는 주로 가면을 쓴 남자, 간수다. 어떨 때는 칼에 손을 찔려 의식을 잃어버리기 직전, 차문 옆에서 봤던 천사가 찾아오기도 한다.

무언가 잘못된 것이 분명하다. 그가 계산하고 추정하던 과정 어딘가에서 착오가 있었던 듯하다. 마르틴은 거기에 없거나, 아니면 모습을 드러내고 싶어하지 않는다. 발스는 이 모든 것이 다비드 마르틴의 작품이라는 것을 알고 있고, 또 그렇게 믿어야 한다. 누군가에게 이런 짓을 할 수 있는 자는 병적인 정신상태의 다비드 마르틴, 그밖에 없다.

"다비드 마르틴에게 미안하다고 전해줘요. 용서를 빈다고……"

그는 간수 앞에서 천 번도 넘게 사정했다.

하지만 아무 대답도 듣지 못한다. 마르틴은 단 한 번이라도 친히 감옥으로 내려와 그의 얼굴에 침을 뱉기보다, 1센티미터씩 살이 썩어들어가 그가 결국 거기서 죽도록 내버려둘 위인이다.

어느 순간, 그는 다시 의식을 잃는다.

발스는 자기 소변에 흠뻑 젖은 채 잠에서 깬다. 순간 지금 거기가 1942년 몬주익성이라는 생각이 든다. 패혈증이 그나마 남아있던 이성마저 앗아간 모양이다. 그는 웃는다. '교도소를 시찰하다 감방 안에서 잠이 든 모양이로군.' 그는 생각한다. 바로 그때, 자기 것이 아닌 손이 팔 끝에 매달려 있는 것을 알아차리고 공포에 사로잡힌다. 전쟁 때와 교도소 소장으로 있을 때 시체를 워낙 많이 본 터라 누가 알려주지 않아도 그것이 죽은 사람의 손이라는 것을 쉽게 알 수 있다. 그는 손이 떨어지도록 바닥을 긴다. 하지만 그것은 계속 그를 따라온다. 벽에 팔을 부딪쳐도 손은 떨어지지 않는다. 톱을 집어든 그는 자기도 모르는 사이 비명을 지르면서 손목 위를 자르기 시작한다. 살은 축축한 진흙처럼 톱날이 잘 먹는다. 그런데 톱날이 뼈에 닿는 순간, 속에서 울컥 구역질이 치민다. 그는 멈추지 않는다. 있는 힘을 다해 톱질을 한다. 톱날에 뼈가 바스러지면서 소름끼치는 소리를 내지만, 귀를 찢는 그의 비명소리에 묻혀버린다. 그의 발아래로 검붉은 피가 웅덩이처럼 고이기 시작한다. 발스는 그의 몸과 손을 이어주는 것이 기껏 살조각에 불과하다는 사실을 깨닫는다. 잠시 후, 거대한 통증의 파도가 밀려온다. 그러자 어린 시절, 부모님 집 지하실에서 피복이 벗겨진지도 모르고 전구가 매달린 전선을 손으로 건드렸던 기억이 난다. 그는 힘없이 뒤로 쓰러진다. 목구멍으로 무언가가 넘어오는 것이 느껴진다. 숨을 쉴 수가 없다. 토사물이 목에 걸려 숨이 막힌다. 죽는 건 시간문제로군. 그는 속으로 중얼거린다. 메르세데스의 모습을 떠올린다. 그리고 딸아이의 얼굴이 머릿속에서 사라지지 않도록 안간힘을 쓴다.

발스는 감방 문이 열리고 간수가 자기 옆에 무릎을 꿇고 앉는 것을 간신히 알아챈다. 그는 뜨거운 타르가 든 양동이를 들고 있다. 그가 발스의 손을 잡더니 양동이 안에 담근다. 손이 타들어가는 것 같다. 간수는 가만히 그의 눈을 바라본다.

"이제 기억나?" 그가 묻는다.

발스는 고개를 끄덕인다.

간수는 그의 팔에 바늘을 꽂는다. 혈관 속으로 얼음처럼 차가운 액체가 밀려들어오면서 세상이 온통 파랗게 보인다. 간수가 두 번째 주사를 놓자 마음이 평온해지면서 의식 없는 깊은 잠이 몰려온다.

20

알리시아는 윙윙거리는 바람이 창틈으로 새어들어오면서 유리창이 흔들거리는 소리에 잠이 깼다. 테이블 위에 놓인 시계는 새벽 다섯시 이 분 전을 가리키고 있었다. 입에서 한숨이 흘러나왔다. 뒤늦게 자기가 한숨을 쉬었다는 것을 깨달았다. 집안에 깔린 어둠.

그녀는 레안드로와 통화를 마친 뒤 몇 시간이나마 자기 전에 부엌과 복도에 불을 켜두었던 것이 떠올랐다. 하지만 아파트는 푸르스름한 어둠 속에 잠겨 있었다. 그녀는 손을 더듬거리며 탁상 스탠드의 스위치를 찾아서 눌렀다. 그런데 불이 켜지지 않았다. 그때 부엌에서 발소리가 들리고 문이 천천히 열리는 소리가 나는 것 같았다. 갑자기 온몸에 한기가 들었다. 그녀는 밤새 이불 속에 넣어둔 리볼버를 꺼내들고 안전장치를 풀었다.

"바르가스?" 그녀가 잠긴 목소리로 말했다. "당신이에요?"

그 목소리가 아파트에 메아리를 일으켰지만, 아무 대답도 없었다. 그녀는 이불을 젖히고 벌떡 일어나 복도로 나갔다. 맨발에 닿는 바닥이 얼음장처럼 차가웠다. 부엌 문턱으로 스며든 희미한 빛 때문에 복도는 검은 액자처럼 보였다. 그녀는 총을 들고 복도를 천천히 걸어갔다. 총을 든 손이 부들부들 떨렸다. 부엌에 이르자 왼손으로 벽을 더듬거리며 스위치를 켰다. 그런데 불이 들어오지 않았다. 집 전체에 전기가 들어오지 않았다. 그녀는 어둠이 깔린 거실을 쭉 둘러본 다음, 가구의 모서리와 캄캄한 구석을 주의깊게 살펴보았다. 공기 중에 시큼한 냄새가 떠돌았다. 담배 냄새 같은데. 그녀는 생각했다. 어쩌면 헤수사가 테이블 위의 꽃병에 꽂아놓은 꽃에서 나는 냄새 같기도 했다. 이미 시든 꽃잎이 하나둘씩 떨어지기 시작한 상태였다. 아무런 움직임도 포착되지 않자, 그녀는 부엌 찬장으로 다가가 맨 위 서랍을 열었다. 레안드로의 지시를 받고 마드리드로 떠나기 전부터 그곳에 있었을 양초 한 상자와 성냥을 찾아냈다. 그녀는 양초에 불을 붙인 뒤 손에 들고 천천히 걸어갔다. 한 손에는 양초를, 다른 손에는 리볼버를 든 채였다. 현관으로 간 그녀는 문이 제대로 닫혀 있는지 확인했다. 손에 식칼을 든 채 옷장 안, 혹은 문 뒤에 숨어 밀랍인형처럼 미소 짓는 얼굴로 미동도 않고 그녀를 기다리는 로마나의 모습이 떠올랐다. 그녀는 그 모습을 떨쳐버리려고 머리를 세차게 흔들었다.

집안 구석구석을 다 돌아다녀봤지만 외부에서 침입한 흔적은 전혀 없었다. 그녀는 부엌에서 의자 하나를 가져와 현관문이 열리지 않도록 막아놓았다. 그러곤 양초를 테이블 위에 올려놓은 다음, 거리가 내다보이는 창가로 갔다. 동네는 여전히 어둠 속에 잠겨 있었다. 지붕과 비둘기집이 새벽을 알리는 푸르스름한 빛을 배경으로 톱니처럼 보였다. 그녀는 유리창에 얼굴을 바싹 갖다댄 채, 거리를 오가는 검은 그림자를 살펴보았다. 마누알 알파르가테라의 아치현관 아래에서 한 줄기 빛이 새어나오고 있었다. 담뱃불이었다. 알리시아는 그곳에 있는 자가 그 이른새벽부터 감시근무를 서는 불쌍한 로비라라고 믿고 싶었다. 다시 부엌으로 간 그녀는 찬장에서 양초 두 개를 더 꺼냈다. 바르가스를 만나러 그란 카페로 내려가기에는 너무 이른 시간이었다. 그렇다고 다시 눈을 붙일 수 없다는 것도 잘 알았다.

그녀는 가장 아끼는 책을 모아둔 책장으로 갔다. 대부분 전에 읽었던 책으로, 여러 번 읽은 것도 있었다. 그중에서 알리시아가 가장 좋아하는 책은 『제인 에어』인데, 사 년 전에 읽은 뒤로 한 번도 펼치지 못했다. 그녀는 책장에서 그 책을 꺼내 겉표지를 어루만졌다. 책을 펼치자 얼굴 위로 미소가 피어올랐다. 어린 악마가 책더미 위에 앉아 있는 스탬프가 속표지에 찍혀 있었기 때문이다. 그 장서인*은 레안드로가 지휘하는 팀에 들어간 첫해 동료들로부터 받은 선물이었다. 그때까지만 해도 그들 눈에 그녀는 좀 알쏭달쏭하기는 해도 순진한 소녀로 보였다. 다시 말해 그녀는 대장이 변덕이 나서 뽑아온 아이일 뿐, 아직 선배들 사이에서 질투와 시샘, 적개심을 불러일으키지 않았다.

돌이켜보면 그 시기는 와인과 독장미의 나날이었다. 그 무렵 리카르도 로마나는 자기 마음대로 그녀를 자신의 제자로 삼으려고 했다. 그는 금요일마다 그녀에게 꽃을 보내 영화관이나 댄스홀에 초대했다. 하지만 알리시아는 갖은 핑계를 대며 그의 초대를 모두 거절했다. 그 시절 로마나는 그녀가 모르는 줄 알고 계속 곁눈질로 흘끔거리다가 넌지시 음흉한 속내를 내비치거나 사무실의 나이 많은 동료들조차 얼굴을 못 들 만큼 낯뜨거운 표현으로 사탕발림을 했다. '시작이 좋지 않으면 끝은 더 안 좋은 법이지.' 당시에 그녀는 그렇게 생각하곤 했다. 결과적으로 생각이 짧았던 셈이다.

그녀는 머릿속에서 로마나의 얼굴을 지우려고 책을 들고 화장실로 갔다. 그녀는 머리를 묶고 욕조에 따뜻한 물을 받았다. 양초

* 소유자를 표시하기 위해 책에 찍는 도장.

두 개에 불을 붙이고 욕조 머리맡에 놓은 다음, 김이 나는 뜨거운 물속에 몸을 담갔다. 뼛속까지 파고든 한기가 빠져나가기를 기다리면서 눈을 감았다. 잠시 후 계단에서 발소리가 들리는 것 같았다. 혹시 밤사이 내가 무사한지 확인하려고 바르가스가 올라오는 걸까? 아니면 아까처럼 환청을 들었나? 약기운으로 정신이 혼미해진 상태에서 잠이 깨면 언제나 헛것이 보였다. 마치 그녀가 꿀 수조차 없는 꿈이 의식의 틈을 비집고 올라오려는 것처럼. 그녀는 눈을 뜨고 몸을 일으켜 욕조 가장자리에 턱을 괴고 앉았다. 누군가의 목소리가 공기를 뚫고 울렸다. 바르가스의 목소리는 아닌 게 분명했다. 그녀는 욕조 옆 욕실의자 위에 올려둔 리볼버를 잡으려고 팔을 뻗었다. 그러곤 잠근 수도꼭지에서 물방울이 떨어지는 소리에 귀를 기울였다. 그렇게 몇 초 동안 기다리자 목소리도 잠잠해졌다. 어쩌면 애당초 목소리가 없었는지도 모른다. 잠시 후 계단을 내려가며 점점 멀어지는 발소리가 들렸다. 혹시 집에서 나와 출근하는 아파트 주민일지도 몰라. 그녀는 생각했다.

그녀는 리볼버를 다시 욕실의자 위에 올려놓고 담배에 불을 붙였다. 손가락 사이로 아라베스크 무늬를 그리며 올라가는 연기를 유심히 지켜보았다. 그녀는 다시 욕조에 다리를 뻗고 누운 채, 유리창 너머 도시 상공을 지나가는 푸르스름한 구름을 쳐다보았다. 그녀는 책을 집어 첫 문단으로 돌아갔다. 페이지가 넘어가면서 그녀를 사로잡고 있던 불안감도 점차 사라져갔다. 시간이 어떻게 가는지도 몰랐다. 『제인 에어』를 읽을 때마다 눈앞에 펼쳐지는 언어의 숲속에 들어서면 천하의 레안드로도 그녀를 찾아낼 수 없었다.

알리시아는 미소를 지으며 마치 고향에 돌아간 기분으로 소설을 읽었다. 하루종일, 아니 평생 거기에 머물 수만 있다면 얼마나 좋을까.

욕조에서 나온 그녀는 거울 앞에 선 채 몸을 타고 올라오는 김을 지켜보았다. 오른쪽 엉덩이의 상처 부위에 퍼진 검은 얼룩이 마치 살갗 아래 뿌리를 내린 독초 같았다. 손가락 끝으로 상처를 만지자 가벼운 통증이 느껴졌다. 경고신호였다. 그녀는 머리를 풀고 장미향 크림을 팔, 다리, 배에 발랐다. 그 크림은 사춘기적 사랑의 열병에 빠진 페르난디토가 생일선물로 준 것인데, '페셰 오리지넬'*이라는 특이한 이름이 붙어 있었다. 침실로 가는 도중에 갑자기 전기가 들어왔다. 조금 전 스위치를 올린 전등이 한꺼번에 켜졌다. 놀란 가슴을 쓸어내려봐도 심장은 여전히 빠르게 뛰었다. 그녀는 투덜거리면서 전등을 하나씩 껐다.

그녀는 옷장 앞에 맨몸으로 서서 천천히 입을 옷을 골랐다. 바르셀로나는 다른 건 몰라도 저속한 취향만은 용납하지 않는다. 그녀는 헤수사 아주머니가 세탁하고 향수를 뿌린 속옷을 입었다. 요즘 마드리드의 젊은 여자들은 설마 속에 저런 옷을 걸치고 다닐까 하는 표정으로 성호를 그으며 옷을 개는 아주머니의 모습이 떠올라 슬쩍 웃음이 나왔다. 그다음으로 레안드로가 사준 속이 비치는 얇은 스타킹을 신었다. 사실 그 스타킹은 그녀가 프린시페 데 베르가라 거리에서 세련된 아가씨 역할을 맡기로 했을 때, 또는 레

* péché originel, '원죄'라는 뜻의 프랑스어.

안드로가 꾸민 작전에 투입되어 리츠호텔 라운지로 가기로 했을 때 그를 졸라서 산 것이다.

"평범한 스타킹을 신어도 되잖아?" 레안드로는 가격표를 보고 화가 나서 투덜거렸다.

"평범한 걸 원하시면 다른 사람을 보내세요."

레안드로의 주머니를 털어 비싼 옷과 책을 사는 것은 그녀가 일을 하면서 얻은 몇 안 되는 즐거움 중 하나였다. 다시는 운명을 시험하고 싶지 않았던 알리시아는 보철장치를 착용하고 나가기로 했다. 더구나 그날은 평소보다 하나 더 위의 호크까지 채운 뒤 거울 앞에서 몸을 돌려 장치가 제대로 착용되었는지 확인했다. 거울 속에 비친 자신의 모습에서 왠지 사악한 인형, 혹은 음산한 아름다움을 지닌 꼭두각시 분위기가 풍겼다. 그녀는 그런 모습에 결코 익숙해지지 않았다. 레안드로의 말이 근본적으로 옳을 뿐만 아니라, 거울이 진실을 보여주었다고 인정하는 것이나 다름없기 때문이었다.

"다만 너를 움직이는 줄이 없을 뿐이야." 그녀는 혼잣말로 중얼거렸다.

그녀는 그날 입을 제복으로 정장 스타일의 자주색 드레스와 람블라 데 카탈루냐의 고급 제화점에서—그곳의 여자 종업원은 그녀를 자기라고 불렀다—한 달 치 월급과 맞먹는 돈을 주고 산 이탈리아제 구두를 골랐다. 그러곤 배역의 특징을 선명히 드러내기 위해 공들여 화장을 했다. 마지막으로 그녀는 반짝거리는 짙은 자줏빛 립스틱을 입술에 발랐다. 레안드로라면 그런 립스틱을 절대 허락하지 않았을 것이다. 그녀는 바르가스를 만났을 때 얼굴에서 조금이라도 나약한 기색을 들키고 싶지 않았다. 그녀는 수수한 모습을 하고 있으면 언제든지 세심한 관찰의 대상이 된다는 걸 수년간의 경험을 통해 배웠다. 밖으로 나서기 전 마지막으로 현관 거울에 자신의 모습을 비춰보면서 흡족한 표정을 지었다. '너 자신의 마음도 찢어놓겠군. 네게 마음이라는 게 있다면 말이지만.' 그녀는 생각했다.

알리시아가 길을 건너 그란 카페 문을 향해 가고 있을 때 날이 밝아지기 시작했다. 안으로 들어가려는 순간, 길모퉁이에 자리잡은 로비라의 모습이 눈에 띄었다. 그는 목도리를 코밑까지 칭칭 감은 채 손을 비비고 있었다. 그에게 가서 하루종일 기분을 잡치게 만들까 하다가 그냥 내버려두기로 했다. 로비라는 저멀리서 그녀에게 인사를 건넨 뒤 어디론가 잽싸게 몸을 숨겼다. 카페 안으로 들어서자 바르가스가 그의 전용 좌석이 되어버린 듯한 곳에 앉아서 이미 기다리고 있었다. 그는 커다란 잔에 든 커피를 곁들여 토마토가 든 거대한 등심 샌드위치를 걸신들린 듯이 먹고 있었다. 그러면서도 마티아스의 도움을 받아 가까스로 건진 숫자의 목록을 틈틈이 살펴보았다. 그녀가 도착하는 소리에 바르가스는 고개를 들더니 그녀를 위아래로 훑어보았다. 알리시아는 말없이 자리에 앉았다.

"아주 좋은 향기가 나는군요." 바르가스가 그녀에게 인사를 건넸다. "크림케이크에서 나는 향 같은데요."

말을 마치기가 무섭게 그는 다시 샌드위치를 입에 넣으면서 숫자들을 살펴보았다.

"지금 이 시간에 어떻게 그런 음식을 먹을 수 있죠?" 알리시아가 물었다.

바르가스는 어깨를 으쓱하더니, 거대한 샌드위치 한 조각을 그녀에게 건넸다. 알리시아가 고개를 돌리자 바르가스는 샌드위치를 다시 한입 크게 베어물었다.

"여기서는 샌드위치를 엔트레파네스*라고 부른다는 걸 알고 있었어요?" 바르가스가 물었다. "이름이 재미있지 않아요?"

"배꼽을 쥐고 웃을 정도로 재미있네요."

"아, 그리고 병은 암포야스**라고 하더군요. 그래서 그 말을 들을 때마다 발에 생기는 물집이 떠오르더라고요."

"바르셀로나에 이틀 있더니 벌써 다국어에 능통한 사람이 되셨군요."

바르가스는 그녀를 보며 상어 같은 미소를 지었다.

"어젯밤처럼 부드러운 모습이 사라져서 참 다행이군요. 그만큼 몸이 좋아졌다는 거겠죠. 밖에서 추위에 벌벌 떨고 있는 지미니 크리켓*** 봤어요?"

"로비라예요."

"당신이 그를 그렇게 아끼는 줄 까맣게 몰랐군요."

미켈이 토스트와 버터, 김이 모락모락 올라오는 커피포트를 쟁

---

* entrepanes, '빵 사이'라는 뜻.

** ampollas, '앰풀'과 '물집' 두 가지 뜻으로 쓰이는 단어.

*** 『피노키오의 모험』에서 피노키오를 따라다니는 귀뚜라미.

반에 얹어 들고 눈치를 보며 테이블로 다가왔다. 오전 일곱시 반이었다. 카페에 손님이라고는 둘밖에 없었다. 조심성 많은 사람답게 미켈은 테이블 위에 음식을 올려놓은 뒤 카운터의 가장 먼 쪽으로 물러나 이것저것 바쁜 척을 했다. 알리시아가 잔에 커피를 따르는 사이, 바르가스는 다시 숫자 목록으로 눈을 돌려 하나하나씩 꼼꼼히 살펴보기 시작했다. 마치 숫자들의 의미가 저절로 드러나기를 바라는 것만 같았다.

"그렇게 차려입으니 옷맵시가 나는데요." 바르가스가 말했다. "어디 좋은 데라도 가나봐요?"

알리시아는 침을 꼴깍 삼키고 목청을 가다듬었다. 그러자 그가 고개를 들었다.

"어젯밤 일 말인데요……" 그녀는 말문을 열었다.

"네?"

"사과드리고 싶었어요. 감사의 말씀도 전하고 싶었고."

"미안해할 것 없어요. 더구나 나한테 고마울 게 뭐 있어요." 바르가스가 대답했다.

그의 심각한 표정 위로 부끄러워하는 기색이 떠올랐다. 알리시아는 그를 보며 희미하게 웃었다.

"당신은 참 좋은 사람이에요."

바르가스는 시선을 떨구었다.

"별말을 다 하는군요."

그녀는 입맛이 없었지만 억지로 토스트를 한입 베어물었다. 바르가스는 그런 그녀를 지켜보고 있었다.

"왜 그래요?"

"아무것도 아니에요. 그냥 당신이 식사하는 걸 보니까 기분이 좋아져서요."

알리시아는 다시 한번 토스트를 베어물고 미소를 지었다.

"오늘 일정은 어떻게 되죠?"

"어제는 자동차 문제에 집중했으니까, 오늘은 브리앙스 변호사를 찾아가볼까 해요."

"좋으실 대로. 그런데 가서 어떻게 할 생각이에요?"

"아직 어려서 세상물정을 모르는 상속자로 행세할 생각이었어요. 그래서 우연히 손에 넣은 빅토르 마타익스의 책을 팔고 싶다고 하는 거죠. 구스타보 바르셀로 씨 말에 따르면, 그 변호사는 시장에 나온 마타익스의 책이라면 죄다 사들이려고 하는 어느 수집가의 대리인이라고 하더군요."

"그러니까 철없는 어린 여자 행세를 한다는 거군요. 승산이 충분히 있어요. 그럼 나는 뭘 하면 되는 거죠? 당신 시중을 드는 하인 역할?"

"생각해봤는데, 내 남편 역할은 어떨까 싶어요. 나이는 들었지만 나를 아주 사랑하는 충직한 남편 말이에요."

"놀랍군요. 캣우먼과 늙은 선장이라. 올해의 커플로 뽑히겠는데요. 변호사가 속아넘어갈 것 같지 않아요. 그 사람이 로스쿨에서 꼴찌로 졸업했다고 해도 말이죠."

"내 생각도 그래요. 오히려 의심을 불러일으켜서 헛발을 내딛게 만드는 것이 의도니까요."

"무슨 말인지 알았어요. 그럼 어떻게 할 건가요? 그의 뒤를 밟나요?"

"바르가스, 내 마음을 훤히 읽는 모양이네요."

그들이 카페를 나와 길을 나섰을 때, 구름 사이로 모습을 드러낸 햇빛이 지붕 위로 눈부시게 쏟아져내리고 있었다. 바르가스는 주말여행을 온 지방 신학생처럼 차분한 표정으로 아비뇽 거리 양편으로 늘어선 건물들의 정면과 모퉁이를 살펴보면서 걸었다. 잠시 후 그는 알리시아가 몇 미터에 한 번씩 고개를 슬쩍 돌려 어깨너머로 뒤를 살피는 것을 알아차렸다. 왜 그러는지 물어보려던 찰나 우연히 그녀의 시선을 따라가보니 그자의 모습이 눈에 띄었다. 로비라였다. 로비라는 50미터 떨어진 어느 건물의 현관 안으로 몸을 숨기려고 했지만 허사였다.

"당장 저 녀석한테 가서 단단히 주의를 주고 와야겠어요." 바르가스가 중얼거리며 말했다.

알리시아가 그의 팔을 붙들었다.

"아니에요. 그냥 놔두는 게 좋을 것 같아요."

알리시아는 멀리서 그를 향해 미소 지으며 손을 흔들어주었다. 로비라는 양편을 번갈아보면서 잠시 머뭇거렸지만, 자신이 발각된 것을 알고는 겁먹은 표정으로 인사를 했다.

"정말 쓸모없는 녀석이로군." 바르가스가 내뱉듯 말했다.

"그래도 저런 사람이 더 나아요. 적어도 우리 편에 설 사람이니까요. 자기에게 어느 쪽이 더 유리한지 안다면 말이죠."

"당신이 그렇다면 그런 거겠죠."

바르가스는 로비라에게 손짓으로 더 뒤로 물러나서 약속한 거리를 지키라고 했다. 그러자 로비라도 고개를 끄덕이면서 알았다는 표시로 엄지를 치켜들었다.

"저 친구 좀 봐요. 영화에서 저러는 걸 본 모양이에요." 바르가스가 말했다.

"요즘 사람들은 거기, 영화관에서 삶을 배우지 않나요?"

"하긴 세상이 그렇게 변했죠."

그들은 로비라를 뒤로한 채 가던 길을 갔다.

"나는 저 멍청이가 우리 뒤를 따라오도록 내버려두는 게 영 찝찝하다고요." 바르가스가 말했다. "당신이 왜 저런 놈을 두둔하는지 모르겠어요. 본부에 들어가서 무슨 말을 할지도 모르는데."

"솔직히 말하면 좀 불쌍하다는 생각이 들어요."

"두어 번만 쥐어박으면 끝날 텐데. 보기 싫으면 잠시 자리를 피해도 돼요. 나 혼자서 놈을 잡아다 흠씬 두들겨패줄 테니까요."

"바르가스, 단백질을 너무 섭취한 모양이네요. 단백질을 많이 먹으면 성격이 변한다고 하더라고요."

21

옷이 날개라고 하듯이, 사무실과 주소지가 훌륭한 변호사를 만들기도 하고 망치기도 한다. 많은 변호사가 파세오 데 그라시아를 위시한 세련된 거리에 위치한 으리으리한 건물의 호화스러운 사무실에 자리잡은 바르셀로나에서 페르난도 브리앙스는 오히려 훨씬 허름한 곳을 선택했다. 이는 당시 법조계의 관례에 비추어볼 때 매우 파격적인 일이었다.

알리시아와 바르가스는 저멀리 메르세 거리와 아비뇽 거리의 교차로에 있는 그 건물을 보았다. 족히 백 년은 되었을 그 건물은 얼핏 보기에 한쪽으로 기울어진 듯했다. 1층에는 간단한 안주와 술을 파는 바가 있었는데, 한물간 투우사들과 월급 탄 어부들의 은신처 같은 분위기를 풍겼다. 팽이처럼 생긴 몸매에 더부룩한 콧수염을 기른 바의 주인이 세제 냄새를 풍기며 김이 모락모락 나는 물 양동이와 대걸레를 들고 밖으로 나와 있었다. 그는 유행가를 휘파람으로 불면서 입술 사이에 문 이쑤시개로 곡예를 부렸다. 그리고 항구로 이르는 좁은 골목길이 대부분 그렇듯이 흥건히 고인 오줌은 물론 토사물, 쓰레기가 쌓여 구질구질한 보도를 걸레로 천천히 닦아내고 있었다.

건물 입구 양옆에는 상자와 먼지투성이 가구 같은 것이 지저분하게 쌓여 있었다. 굵은 땀방울을 흘리는 젊은이 세 명이 한숨을 돌리면서 모르타델라*가 삐져나온 긴 샌드위치를 먹어치우기 위해 잠시 일손을 멈추었다.

"브리앙스 변호사 사무실이 여기 있습니까?" 바르가스는 오전

---

* 베이컨과 잘 다진 돼지고기, 소고기로 만든 커다란 소시지.

청소를 잠시 멈추고 그들을 살펴보고 있는 바의 주인에게 물었다.

"꼭대기층이에요." 그는 검지로 저 위를 가리키며 말했다. "그런데 지금 이사하고 있는 중인데요."

알리시아가 옆으로 지나가자, 바의 주인이 누런 이를 드러내며 웃었다.

"밀크커피하고 마들렌 하나 드릴까요, 예쁜 아가씨? 물론 공짜입니다."

"다음에 올게요. 그 수북한 콧수염부터 깎으시면요." 알리시아가 지체 없이 대답했다.

그러자 세 명의 청년이 박장대소를 하면서 그를 골렸다. 바의 주인은 대수롭지 않게 받아넘겼다. 바르가스는 그녀를 따라 계단으로 향했다. 계단은 건축디자인이라기보다 뱃속 창자처럼 나선형을 이루고 있었다.

"엘리베이터 있어요?" 바르가스가 한 청년에게 물었다.

"설령 있다고 해도 여태 한 번도 본 적이 없어요."

그들은 하는 수 없이 6층까지 걸어서 올라갔다. 마지막 층계참에 다다르자 상자와 서류함, 옷걸이와 의자, 그리고 엔칸테스 벼룩시장에서 몇 푼 안 주고 산 듯한 목가풍의 그림이 가득했다. 알리시아는 사무실 안을 들여다보았다. 그야말로 난장판이었다. 제자리에 있는 것은 하나도 없고 죄다 꽉 찬 상자 속에 억지로 처박아놓았거나 어디로 옮기는 중이었다. 바르가스가 벨을 눌렀지만 아무 소리도 나지 않았다. 그는 손마디로 문을 두드렸다.

"계세요?"

금발로 염색한 머리를 곱슬곱슬하게 파마한 여자가 복도로 나왔다. 마치 헬멧처럼 풍성한 머리의 여자는 꽃무늬 옷을 입고 그것과 어울리는 립스틱을 바른 모습이었다.

"안녕하세요?" 알리시아가 말했다. "여기가 브리앙스 변호사님 사무실인가요?"

여자는 놀란 표정으로 그들을 바라보며 몇 걸음 다가섰다.

"네. 아뇨, 이제는 아니에요. 지금 이사하고 있으니까요. 무엇을 도와드릴까요?"

"변호사님과 말씀을 나누고 싶습니다만."

"약속을 하셨나요?"

"그렇진 않습니다. 그런데 브리앙스 씨는 계신가요?"

"보통 좀 늦게 오시는 편이에요. 항상 느긋하세요. 저 아래 바에서 기다리고 계시면……"

"괜찮으시다면, 여기서 기다리고 싶습니다. 여기까지 다시 올라올 생각을 하니까 아득해서요."

비서는 한숨을 쉬며 고개를 끄덕였다.

"좋으실 대로 하세요. 그런데 보다시피 안이 워낙 엉망이라서……"

"그건 괜찮으니까 신경쓰지 마세요." 바르가스가 끼어들었다. "아무튼 방해가 되지 않도록 하겠습니다."

알리시아의 부드러운 미소와 특히 바르가스의 표정을 보자 의심하던 비서의 마음도 점차 누그러졌다.

"저를 따라오세요."

비서는 길게 이어진 복도로 그들을 안내했다. 복도 양편의 방은 이삿짐상자로 가득차 있었다. 짐을 옮기느라 공중에 부옇게 떠다니는 먼지 때문에 코가 간질간질했다. 난파선의 잔해 같은 복도 끝에 이르자 널찍한 방이 나타났다. 마치 최후의 보루처럼 한구석에 버티고 선 방이었다.

"괜찮으시다면 여기서……" 비서가 말했다.

그 방은 사실 브리앙스가 쓰던 사무실의 일부였다. 책장 선반과 서류더미가 아슬아슬하게 벽에 세워져 있었다. 가장 눈에 띄는 것은 화재에서 구해낸 듯한 고급 원목책상이었다. 그 뒤로 유리장식장이 하나 서 있었는데, 안에는 아란사디* 법률전서가 아무렇게나 꽂혀 있었다.

알리시아와 바르가스는 프랑스창 옆에 있는 간이의자에 앉았다. 창밖 발코니에서는 길 건너편 대성당의 둥근 지붕 위에 자리잡은 자비의 성모상이 보였다.

"저기 계신 성모님한테 우리에게 자비를 베풀어달라고 청해주세요. 제 기도는 도무지 귀담아듣지 않으셔서 말이죠." 비서가 말했다. "누구시라고 할까요?"

"하이메 발카르셀과 그의 아내가 왔다고 전해주세요." 알리시아는 바르가스가 눈을 깜박거릴 틈도 주지 않고 불쑥 말했다.

비서는 재빨리 고개를 끄덕이면서도 장난기 가득한 눈빛으로 바르가스를 슥 훑어보았다. 나이차를 극복하고 저렇게 젊은 여자

* 스페인의 대표적인 법률서적 출판사.

를 아내로 맞아들인 것에 대해 축하의 말을 건네고 싶은 것은 물론, 바르가스처럼 멋진 남자라면 그런 가벼운 죄 따위는 쉽게 용서할 수 있다는 것을 알려주고 싶어하는 눈치였다.

"저는 푸리라고 해요. 변호사님은 금방 오실 거예요. 기다리시는 동안 뭐라도 내올까요? 저 아래 바의 주인인 마리아노가 아침마다 마들렌과 보온병에 넣은 밀크커피를 여기까지 갖다주거든요. 원하시면……"

"그렇다면 기꺼이 먹겠습니다." 바르가스가 말했다.

푸리는 환하게 웃었다.

"지금 당장 갖다드리죠."

그들은 그녀가 엉덩이를 살랑살랑 흔들면서 나가는 모습을 지켜보았다. 물론 바르가스는 그 도발적인 행동을 놓치지 않았다.

"맙소사, 마리아노와 마들렌이라니!" 알리시아가 나직이 중얼거렸다.

"누구나 잘하는 게 하나씩은 있는 법이죠."

"아침에 그렇게 많이 먹고도 아직 배가 고파요?"

"아직도 가슴속에서 뜨거운 피가 끓는 이들이 있다고요."

"푸리 양이 당신의 잠든 야성을 깨운 건지도 모르겠네요."

바르가스가 뭐라고 대꾸하기도 전에 푸리 양이 마들렌이 잔뜩 든 접시와 김이 모락모락 나는 밀크커피를 커다란 잔에 들고 돌아왔다. 그는 그녀에게서 잔을 덥석 받아들었다.

"제대로 대접을 해드리지 못해 죄송합니다. 사실 다 상자 안에 들어 있어서……"

"그런 말씀 마세요. 오히려 저희가 고맙죠."

"왜 이사를 가시는 거죠?" 알리시아가 물었다.

"건물주가 임대료를 올려달라고 해서요…… 돈만 밝히는 자예요. 차라리 이 건물이 통째로 비면 좋겠어요. 그러면 쥐들만 우글거릴 테니까요."

"그러게요." 바르가스가 그녀의 말에 맞장구를 쳤다. "그럼 어디로 가실 계획인가요?"

"어떻게 될지 저도 잘 모르겠어요. 이 부근 우체국 뒤편 건물에 들어가기로 구두로 계약을 했다고 들었어요. 그런데 우리가 들어가기 전에 내부를 수리해준다고 약속해놓고 차일피일 미루고 있어서 아직 한 달은 더 기다려야 할 것 같아요. 짐은 일단 푸에블로 누에보에 있는 변호사님 친척 보관창고에 모두 맡겨놓기로 했어요."

"그럼 그동안에는 어디서 일하시려고요?"

푸리가 한숨을 내쉬었다.

"변호사님 고모가 얼마 전에 돌아가셨는데, 사리아의 마요프레거리에 아파트를 한 채 갖고 계셨어요. 지금 봐서는 거기로 갈 것 같아요. 보시다시피, 우리는 형편 되는 대로 지내는 편이라……"

알리시아와 바르가스는 이미 문을 닫은 브리앙스 사무실을 눈으로 쭉 둘러보았다. 파산한 분위기가 물씬 풍겼다. 대학교 졸업사진을 모방한 듯한 사진을 넣은 액자에 알리시아의 시선이 멈추었다. 사진 한가운데에 젊은 시절의 브리앙스 변호사로 추정되는 사람이 있고, 누더기를 걸치고 목까지 족쇄를 찬 비참한 몰골의 죄수들이 그 주위를 둘러싸고 있었다. 사진 아래에는 이런 문구가 적혀 있었다.

페르난도 브리앙스
좌절한 이들의 변호사

알리시아는 자리에서 일어나 그 사진을 보러 갔다. 푸리도 미소를 띤 채 고개를 저으며 그녀를 따라갔다.

"저기 변호사님이 계세요. 바르셀로나 법원의 성자…… 젊은 시절 로스쿨 동료들이 그분을 놀리려고 붙인 별명이래요. 변호사님은 예나 지금이나 조금도 달라진 것이 없어요. 저 사진만 해도 그래요. 여기를 찾는 의뢰인들이 모두 구경할 만한 재미있는 사진이라고 생각하시는 것 같더라고요……"

"그럼 변호사님을 찾는 의뢰인 중에 그런 사람은 없나요? 뭐랄까……"

"잘나가는 사람들 말인가요?"

"수임료를 낼 수 있는 사람들이라고 하죠."

"있기는 있어요. 그런데 페르난도 씨는 거리를 떠도는 가난하고 불쌍한 이들을 만나기만 하면 무엇 하나라도 도와주려고 사무실로 데려오세요…… 정말 천사 같은 분이라서 이 꼴이 났죠."

"걱정 마세요. 우리는 돈을 낼 능력이 있으니까요."

"그렇게 말씀해주시니 고맙네요. 마들렌은 어떤가요?"

"맛이 기가 막힙니다."

푸리의 마음이 흡족할 만큼 바르가스가 왕성한 식욕과 미감을 뽐내는 사이, 사무실 입구에서 누가 어디에 부딪히는 요란한 소리가 들렸다. 그러고는 무언가에 계속 발이 걸리는지 비틀거리면서 큰 소리로 욕설을 내뱉었다. 푸리는 놀라서 눈을 희번덕거렸다.

"변호사님이 곧 오실 거예요."

페르난도 브리앙스는 공립학교 선생 같은 인상에 아주 낡은 옷을 걸치고 있었다. 넥타이는 색이 바랜데다 몇 주째 고쳐 매지 않은 듯했고, 구두 밑창은 자갈처럼 반질반질했다. 호리호리한 몸매에 신경질적인 분위기가 풍겼다. 나이가 들어 머리는 하얗게 세었지만 숱은 여전히 많은 편이었고, 전쟁 전에 유행하던 검은색 뿔테안경 뒤로 감추어진 눈은 날카로운 빛을 발하고 있었다. 비서 푸리가 봉쇄수녀원의 수습수녀 같은 인상이라면, 브리앙스는 전형적인 바르셀로나 변호사의 풍모였다. 알리시아는 그가 변호사치고 환경이 초라한 편이지만 세월을 거스르는 듯 여전히 젊고 활기찬 분위기를 간직하고 있다는 생각이 들었다. 이제 나이를 먹었으니 예의바르고 점잖게 행동해야 한다고 아무도 알려주지 않은 것처럼 말이다.

"무엇을 도와드릴까요?" 브리앙스가 말을 꺼냈다.

그는 책상 모서리에 걸터앉아 호기심 반 의구심 반으로 그들을 살펴보았다. 약자만 보면 마음이 약해지는 사람이라지만 빈틈이 없어 보였다. 바르가스가 알리시아를 가리키며 먼저 입을 열었다.

"제 아내가 변호사님께 찾아온 이유를 설명드릴까 하는데요, 괜찮으시겠습니까? 집안에서 일어나는 일은 아내가 모두 알아서 처리하고 있어요."

"편한 대로 하세요."

"페르난도 변호사님, 제가 메모를 할까요?" 문턱에서 상황을 지켜보고 있던 푸리가 나서며 물었다.

"그럴 필요 없어요. 나가서 이삿짐센터 사람들이나 잘 지켜보고 있어요. 그 사람들이 상자로 골목을 막아서 트럭이 들어올 수도 없겠더라고요."

푸리는 실망한 표정으로 고개를 끄덕이고는 밖으로 나갔다.

"어디까지 했더라……" 브리앙스가 다시 대화로 돌아왔다. "집 안에서 일어나는 일을 책임지시는 부인께 여쭤봐야겠군요……"

날카로운 그의 목소리를 듣자, 알리시아는 혹시 시르쿨로 에쿠에스트레 클럽에서 만난 서적상 구스타보 바르셀로 씨가 브리앙스에게 그녀가 찾아갈 수도 있다고 미리 귀띔해주었을지 모른다는 생각이 들었다.

"브리앙스 변호사님." 그녀가 말을 시작했다. "제 남편 하이메의 고모 한 분이 얼마 전에 세상을 떠나셨는데, 저희에게 미술 소장품과 장서를 유산으로 남기셨어요. 특히 장서 중에 아주 가치 있는 책이 많답니다."

"저런, 큰일을 겪으셨군요. 삼가 애도의 뜻을 전합니다. 그럼 유언 집행 과정에서 도움이 필요하신 건가요? 아니면……"

"변호사님을 찾아뵌 것은 다름이 아니라 말씀드린 장서 중에 빅토르 마타익스라는 작가의 책이 한 권 발견되었기 때문이랍니다. 1930년대 바르셀로나에서 발간된 연작소설 중 한 권이죠."

"『영혼의 미로』 시리즈요." 브리앙스가 제목을 짚었다.

"맞아요. 그런데 변호사님이 이 작가의 작품이라면 뭐든 사들이는 수집가의 대리인이시라고 들었습니다. 그래서 만나뵙고 이야기를 나누면 좋을 것 같아서 실례를 무릅쓰고……"

"무슨 말씀인지 알겠습니다." 브리앙스는 책상 모서리에서 일어나 안락의자로 가면서 말했다.

"혹시 그분과의 만남을 주선해주실 수 있나요? 아니면 저희가 직접 찾아뵐 수 있도록 주소라도 좀……"

브리앙스는 알리시아의 제안을 수긍하는 것이 아니라 스스로에게 답하듯 고개를 끄덕였다.

"유감스럽지만 부인의 청은 들어드릴 수 없군요."

"네?"

"제 의뢰인의 주소를 알려드릴 수도 없고, 직접 만나게 해드릴 수도 없습니다."

알리시아는 그를 회유하기 위해 미소를 지었다.

"왜 안 되는지 이유를 여쭤봐도 될까요?"

"저는 그 사람을 만나본 적이 없어요."

"죄송합니다만, 무슨 말씀인지요?"

브리앙스는 의자 등받이에 몸을 기댄 채 가슴 앞에 두 손을 모으고 엄지를 비볐다.

"의뢰인과는 비서를 통해 편지로만 소식을 주고받는 관계예요. 여태껏 본 적도 없을뿐더러, 이름조차 모르는 사이입니다. 몇몇 수집가의 경우처럼 그도 자기 이름을 드러내고 싶어하지 않습니다."

"자기 변호사한테도요?"

브리앙스는 차가운 미소를 지으며 어깨를 으쓱했다.

"그가 수수료를 내는 한 상관없다는 말씀이시죠?" 바르가스가 불쑥 물었다.

"말씀대로 비서를 통해 편지로 왕래를 한다면, 적어도 편지를 보낼 주소는 가지고 계실 게 아니에요?" 알리시아가 넌지시 그를 떠보았다.

"모두 그의 사서함으로 보냅니다. 물론 사서함 번호는 기밀사항이라 알려드릴 수가 없네요. 그렇다고 그분의 비서 이름을 알려드릴 수도 없고요. 본인들이 밝히기 싫어하는 개인정보를 제가 함부로 누설할 수는 없는 법이니까 말입니다. 단순한 형식적 절차에 불과하지만, 변호사로서 그걸 지켜야 할 의무가 있다는 점을 이해해주시기 바랍니다."

"충분히 이해합니다. 그런데 좋은 기회가 생긴다 해도 말씀대로 직접 연락할 방도가 없다면 의뢰인은 원하는 책을 어떻게 손에 넣을 수 있죠?"

"부인, 아, 발카르셀 부인이라고 하셨나요? 제 말을 믿어주세요. 만일 당신이 소유한 책을 제 의뢰인이 손에 넣고 싶어한다면 그분이 제게 먼저 통보할 겁니다. 저는 중개인에 불과한 셈이죠."

알리시아와 바르가스는 서로의 얼굴을 쳐다보았다.

"저런." 바르가스가 나서며 말했다. "그렇다면 우리가 잘못 알고 왔네요, 여보."

자리에서 일어난 브리앙스는 작별의 뜻이 분명한 정중한 미소를 지으며 책상을 돌아나와 손을 내밀었다.

"도움을 드리지 못해서 안타깝군요. 더구나 사무실 꼴이 이래서 죄송하다는 말씀을 드려야겠네요. 마침 오늘이 이삿날이라서 손님이 오실 줄은 전혀 몰랐거든요……"

그들은 악수를 하고 브리앙스의 안내를 받아 밖으로 나갔다. 앞으로 가는 도중에 변호사는 장애물을 피해 폴짝 뛰기도 하고 그들을 위해 잡동사니를 치워주기도 했다.

"괜찮으시다면 제삼자로서 조언 하나 드리겠습니다. 제가 두 분의 입장이라면 괜찮은 중고서점 주인에게 소문을 내달라고 도움을 청할 것 같습니다. 마타익스의 책 진품을 가지고 계신다면, 사려는 이들이 나타날 거예요."

"혹시 추천해주실 만한 곳이 있나요?"

"레알광장 옆의 바르셀로 서점하고 산타아나 거리에 있는 '셈페레와 아들', 그리고 비크에 있는 코스타 서점이에요. 지금 말씀드린 세 군데 중에 하나를 선택하시는 것이 가장 좋을 겁니다."

"그렇게 하겠습니다. 정말 감사합니다."

"천만에요."

알리시아는 1층 현관에 내려갈 때까지 한 마디도 하지 않았다. 바르가스는 일정한 거리를 유지하면서 그녀의 뒤를 따라갔다. 현관에 도착하자 알리시아는 걸음을 멈추고 이삿짐센터 일꾼들이 수북이 쌓아놓은 상자 중 하나를 유심히 살펴보기 시작했다.

"이제 어떻게 하죠?" 바르가스가 물었다.

"일단은 기다릴 거예요."

"뭘요?"

"브리앙스가 움직일 때까지요."

알리시아는 닫힌 상자 옆에 무릎을 꿇고 앉은 뒤 현관을 힐끗 쳐다보았다. 아무도 없는 것을 확인한 그녀는 그 상자에 붙은 라벨을 떼어내 주머니에 집어넣었다.

"그걸 갖고 뭐하려고 그러죠?" 바르가스가 물었다.

알리시아는 아무 대답도 하지 않고 거리로 나갔다. 바르가스가 따라나서려는 순간, 놀랍게도 그녀는 길모퉁이의 바 쪽으로 걸어갔다. 아침 마들렌의 장인이자 바 주인 마리아노는 여전히 보도를 걸레질하고 있었다. 그녀가 바 안으로 들어가자, 바르가스보다 더 놀란 듯한 마리아노는 재빨리 대걸레를 벽에 기대놓고 허리춤에 매어놓은 행주로 손을 닦으며 공손하게 그녀의 뒤를 쫓아갔다. 바르가스는 한숨을 쉬며 그들을 뒤따라갔다.

"밀크커피와 마들렌 드릴까요, 아가씨?" 마리아노가 그녀에게 물었다.

"화이트와인 한 잔 주세요."

"이 시간에요?"

"여기서는 몇시부터 화이트와인을 팔죠?"

"아가씨께는 하루 이십사 시간 내내 팔아야죠. 부드러운 페네데스산으로 드릴까요?"

알리시아는 고개를 끄덕였다. 바르가스는 바로 옆의 스툴에 앉았다.

"어때요? 계획대로 될 것 같아요?" 바르가스가 물었다.

"한번 해보는 거죠 뭐. 그런다고 손해볼 건 없으니까요."

마리아노는 화이트와인과 함께 서비스로 올리브 한 접시도 가져왔다.

"신사분은 맥주 어떠세요?"

바르가스는 고개를 저었다. 그는 와인을 음미하며 마시는 알리시아를 쳐다보았다. 와인잔에 부드럽게 닿는 입술의 기하학적 형태와 와인을 넘길 때 실룩이는 창백한 목의 모양이 왠지 그를 기분좋게 만들었다. 알리시아는 자기를 뚫어지게 쳐다보는 그의 시선을 알아차리고 눈썹을 치켜올렸다.

"왜 그래요?"

"아무것도 아니에요."

알리시아가 잔을 들었다.

"눈에 거슬리세요?"

"아니에요."

알리시아가 잔을 비우는 순간, 바의 유리창 앞을 빠르게 지나치는 브리앙스 변호사의 모습이 보였다. 알리시아와 바르가스는 서로 눈빛을 교환했다. 그들은 카운터 위에 동전을 놓은 뒤 말없이 바를 빠져나왔다.

22

용의자든 일반시민이든 누군가의 뒤를 따라가거나 추적하는데 바르가스를 따를 자가 없다는 것은 경찰청 내에서도 모르는 사람이 없었다. 그 비결이 무엇인지 질문을 받을 때마다 바르가스는 신중함보다 시야의 원리를 제대로 적용하는 것이 중요하다고 했다. 그의 주장에 따르면 문제의 핵심은 쫓는 사람이 무엇을 보거나 추측할 수 있는지가 아니라, 쫓기는 사람의 시야에 무엇이 있는지를 파악하는 것이라고 했다. 그런 능력과 튼튼한 다리만 있으면 못할 것이 없다는 주장이었다. 브리앙스 변호사의 뒤를 쫓자마자 바르가스는 알리시아가 그런 원칙을 이미 철저하게 체득하고 있을 뿐만 아니라 고난이도의 기술로 한 단계 더 발전시켰음을 깨달았다. 그녀의 행동은 감탄이 절로 나올 만큼 완벽했다. 좁은 골목길과 막다른 길, 샛길이 거미줄처럼 복잡하게 얽힌 구시가지의 짜임새를 손바닥 들여다보듯 훤히 꿰고 있는 덕분에 그녀는 들키지 않고 브리앙스가 가는 길과 평행하게 가거나 그의 뒤를 쫓아갈 수 있었다.

전날에 비해 훨씬 더 자신감 있게 걷는 알리시아의 모습을 보면서, 바르가스는 마티아스가 말한 보철장치를 그녀가 착용하고 있다는 것을 어렴풋이 짐작할 수 있었다. 엉덩이가 움직이는 방식이 전날과 다를 뿐만 아니라 자세도 훨씬 꼿꼿했다. 알리시아는 미로처럼 얽히고설킨 골목길로 그를 이끌면서 간혹 걸음을 우뚝 멈추거나 사각지대에 몸을 숨겨 브리앙스가 눈치채지 못하도록 뒤를 쫓았다. 거의 이십 분 동안 그들은 항구에서 도심까지 오르막으로 이어지는 촘촘하게 얽힌 골목길과 통로를 따라 변호사의 뒤를 밟았다. 브리앙스는 한두 차례 교차로에서 걸음을 멈추고 미행당하고 있는 건 아닌지 확인하기 위해 뒤를 돌아보기도 했다.

브리앙스가 저지른 실수가 있다면 엉뚱한 방향만 쳐다봤다는 것뿐이다. 마침내 브리앙스는 카누다 거리를 돌아 람블라스 거리로 향했다. 그러곤 이미 산책로를 가득 메운 군중 속으로 자취를 감추었다. 그때 알리시아가 잠시 걸음을 멈추더니 바르가스를 팔로 가로막았다.

"지하철로 가고 있어요." 그녀가 중얼거렸다.

람블라스 거리를 메운 인파에 뒤섞인 알리시아와 바르가스는 서로 10미터가량 떨어진 채 카날레타스 분수대 옆의 지하철 입구까지 브리앙스를 따라갔다. 변호사는 지하철 계단을 뛰어내려가더니 복잡한 터널 속으로 들어갔다. 아베니다 데 라 루스*라고 불리는 곳으로 이어진 터널이었다.

말이 좋아 빛의 대로지, 어둠과 슬픔이 넘쳐 을씨년스러운 분위기마저 풍기는 그곳은 바르셀로나 지하에 가스등을 세워 화려한 도시를 건설하고자 했던 어느 몽상가에 의해 설계되었다. 하지만 그 당찬 포부는 결국 빛을 보지 못한 채 물거품이 되고 말았다. 지하철 터널에서 뿜어내는 매캐한 석탄과 전기 냄새가 진동하는 미완성의 카타콤으로 변해버린 아베니다 데 라 루스는 저 위의 세상과 햇빛을 피하려는 이들의 피난처로 전락했다. 바르가스는 초라한 상점과 불빛이 어두한 카페 옆으로 길게 늘어선 인조 대리석 기둥을 쭉 훑어본 뒤, 알리시아를 향해 고개를 돌렸다.

---

* 바르셀로나의 건축가 자우머 사바테 퀵살이 설계한 유럽 최초의 지하쇼핑몰. '아베니다 데 라 루스(Avenida de la Luz)'는 '빛의 대로'라는 뜻이다.

"뱀파이어들이 사는 도시예요?" 그가 물었다.

"그런 셈이죠."

브리앙스가 대로 한가운데를 따라 안으로 이동했다. 알리시아와 바르가스는 양옆으로 늘어선 기둥에 몸을 숨기며 그를 뒤쫓았다. 변호사는 양편에 즐비한 상점은 거들떠보지도 않은 채 대로의 거의 끝까지 걸어갔다.

"어쩌면 햇빛 알레르기가 있는지도 모르겠네요." 바르가스가 말했다.

브리앙스는 카탈루냐 공영철도 매표소를 지나 지하대로의 막다른 곳을 향해 걸어갔다. 바로 그때 그의 목적지가 분명하게 드러났다.

그의 발길이 향하는 곳에 아베니다 데 라 루스 영화관이 어렴풋이 모습을 드러냈다. 기이한 지하 바르셀로나에 좌초된 음산한 신기루 같은 모양새였다. 내전이 끝난 직후부터 그 영화관은 번쩍거리는 놀이공원 조명과 재개봉을 알리는 낡은 포스터로 실직한 회사원, 수업을 빼먹은 학생, 하찮은 매춘 알선업자 등 지하도를 오가는 이들에게 조조영화를 보라고 유혹했다. 브리앙스는 매표소로 가서 입장권을 샀다.

"설마 변호사가 지금 이 시간에 영화를 보러 왔을까요?" 바르가스가 말했다.

극장 안내인이 문을 열어주자, 브리앙스는 문턱을 넘어 상영 프로그램이 붙은 차양 아래로 사라졌다. 그 주에는 〈제3의 사나이〉와 〈이방인〉* 동시 상영을 하고 있었다. 테두리에 깜박거리는 전등이 달린 포스터에서 오슨 웰스가 표독해 보이는 얼굴에 아리송한 미소를 띠고 그들을 내려다보고 있었다.

"그래도 취향이 훌륭하군요." 알리시아가 대답했다.

입구에 쳐놓은 벨벳커튼을 통과하자, 낡은 영화관에서나 맡을 수 있는 형언할 수 없는 슬픔의 냄새가 그들의 몸을 휘감았다. 영사기 불빛이 수십 년 동안 영화관 안을 떠돈 듯한 뿌연 먼지를 가르며 지나가고 있었다. 빈 좌석이 스크린 앞까지 쭉 이어져 있었다. 스크린에서는 배신자 해리 라임**이 환상적인 분위기를 풍기는 빈의 하수구 터널을 따라 어디론가 달아나고 있었다. 으스스한 그 장면을 보자 알리시아는 빅토르 마타익스의 책에서 읽었던 장면들이 떠올랐다.

"브리앙스는 어디 있죠?" 바르가스가 그녀의 귀에 대고 속삭였다.

그녀는 관람석 앞쪽을 가리켰다. 브리앙스는 앞에서 네번째 열의 한 의자에 앉아 있었다. 관객이라고는 통틀어 서너 명밖에 없었다. 두 사람은 측면 통로를 따라 천천히 내려갔다. 통로 옆으로 좌석들이 지하철 객차처럼 벽을 등지고 나란히 이어졌다. 중간쯤에 이르자, 알리시아는 한 열로 들어가 가운데 자리에 앉았다. 바르가스도 그 옆에 자리를 잡았다.

"이 영화 봤어요?"

---

* 〈제3의 사나이〉는 1949년 캐럴 리드 감독이 그레이엄 그린의 동명소설을 원작으로 만든 스릴러영화, 〈이방인〉은 1948년 오슨 웰스가 감독한 스릴러영화다.

** 〈제3의 사나이〉에서 오슨 웰스가 배역을 맡은 등장인물.

알리시아는 고개를 끄덕였다. 적어도 여섯 번은 본 터라 대사나 장면을 거의 외울 정도였다.

"무슨 내용이죠?"

"페니실린에 관한 영화예요. 이제 조용히 해요."

그들이 예상했던 것보다 오래 기다리지는 않았다. 영화가 끝나기도 전에 알리시아는 측면 통로를 내려오는 검은 그림자를 어깨 너머로 보았다. 그녀는 영화에 정신이 팔려 있던 바르가스를 팔꿈치로 살짝 쳤다. 낯선 남자는 검은색 외투 차림에 한 손에 모자를 들고 있었다. 알리시아는 주먹을 꽉 쥐었다. 검은 그림자는 변호사가 앉아 있는 열에 이르자 걸음을 멈추더니 느긋하게 스크린을 쳐다보았다. 그러곤 하나 뒤의 열로 들어가 브리앙스의 대각선 뒤쪽 자리에 앉았다.

"드디어 움직이기 시작했군." 바르가스가 중얼거렸다.

브리앙스는 전혀 낌새를 채지 못했는지 이삼 분 동안 아무런 내색도 하지 않았다. 낯선 이도 마찬가지로 그에게 말을 걸 기미가 보이지 않았다. 바르가스는 회의적인 얼굴로 알리시아를 쳐다보았다. 그녀도 단순히 우연히 일치일지 모른다는 생각이 들기 시작했다. 영화를 보러 와서 근시인 탓에 앞쪽 열에 앉으려고 했던 것 외에는 아무런 연관성도 없는 생면부지의 두 남자. 그런데 바로 그 순간, 악당 해리 라임의 질긴 목숨을 앗아간 총소리가 극장 안에 울려퍼지자 낯선 남자가 앞으로 몸을 숙였다. 브리앙스가 몸을 살짝 돌렸지만, 그의 말은 사운드트랙에 묻혀버렸다. 알리시아로서는 브리앙스가 낯선 이에게 몇 마디와 함께 종이쪽지를 건넸다는 것밖에 알 수 없었다. 잠시 후, 두 사람은 서로를 모른 척하고 의자 등받이에 몸을 기댄 채 계속 영화를 보았다.

"내가 조금만 젊었더라도 당장 저 호모놈들을 풍속사범으로 체포했을 거요." 바르가스가 말했다.

"당신이 자랑스러워하는 구석기시대 스페인의 황금기를 못 본 게 아쉽네요." 알리시아가 비꼬듯 대답했다.

영사기가 웅장한 엔딩 장면으로 스크린을 가득 채우자 낯선 남자는 자리에서 일어나 측면 통로로 천천히 걸어갔다. 절망에 빠진 여자 주인공이 빈의 옛 공동묘지의 황량한 길을 걸어가는 동안 그는 모자를 쓰고 출구로 빠져나갔다. 알리시아와 바르가스는 그가 수상한 낌새를 알아차리지 못하도록 고개를 돌리지 않은 채 영사기의 뿌연 불빛 속에 비친 검은 실루엣에 시선을 고정시키고 있었다. 모자챙이 그의 얼굴에 그림자를 드리웠지만, 마네킹처럼 유난히 반짝거리는 상아 같은 피부까지 감추지는 못했다. 알리시아는 온몸에 오싹 전율이 일었다. 바르가스는 낯선 남자가 입구의 벨벳 커튼 뒤로 사라질 때까지 기다린 뒤 그녀 쪽으로 몸을 기울이며 말했다.

"내가 잘못 본 게 아니라면, 저 사람 가면 쓰고 있었죠?"

"그런 것 같아요." 알리시아가 말했다. "자, 저 사람이 사라지기 전에 우리도 어서 나가요……"

바로 그 순간, 그들이 미처 일어설 틈도 없이 실내에 불이 환하게 켜지고 엔딩크레딧이 스크린에서 사라졌다. 브리앙스가 자리에서 일어나 측면 통로 쪽으로 걸어가고 있었다. 몇 초 후면 앞을 지나치다 자리에 앉아 있는 그들을 볼지도 몰랐다.

"이제 어떡하죠?" 바르가스가 머리를 숙이고 중얼거렸다.

알리시아는 그의 목덜미를 잡고 얼굴을 끌어당겼다.

"나를 안아요." 그녀가 속삭이듯 말했다.

그는 실습하는 학생처럼 진지하게 그녀를 팔로 안았다. 알리시아가 그를 꽉 끌어안자 그들의 입술이 거의 닿을 듯 가까워졌다. 두 사람은 서로를 꽉 껴안은 채 은밀히 키스를 나누는 척했다. 당시만 해도 그런 모습은 동네 영화관 뒷좌석이나 깊은 밤 어두운 현관에서나 볼 수 있었다. 바르가스는 눈을 감았다. 브리앙스가 밖으로 나가자 알리시아는 그를 가볍게 밀쳐냈다.

"어서 가요."

영화관을 빠져나오자 왔을 때와 똑같이 지하통로 가운데를 걸어가는 브리앙스의 실루엣이 보였다. 그런데 마네킹 얼굴의 낯선 남자는 흔적조차 찾을 수 없었다. 알리시아는 20미터 앞에 있는 계단을 눈여겨보았다. 그곳으로 올라가면 발메스 거리와 펠라요 거리가 만나는 교차로가 나온다. 그들은 그 방향으로 걸음을 재촉했다. 갑자기 오른쪽 다리에 바늘로 찌르는 듯한 통증이 느껴지면서 그녀는 숨이 턱 막혔다. 바르가스가 그녀의 팔을 붙들었다.

"더 빨리는 못 걷겠어요." 알리시아가 힘겹게 입을 열었다. "먼저 가요. 빨리요."

바르가스가 전속력으로 계단을 뛰어올라가는 사이 그녀는 벽에 몸을 기댄 채 가쁜 숨을 고르고 있었다. 햇빛이 환하게 비치는 거리로 올라갔을 때, 바르가스의 눈앞으로 넓은 발메스 거리가 펼쳐졌다. 그는 당황스러운 표정으로 주변을 둘러보았다. 바르셀로나는 처음이라서 어디가 어딘지 도무지 알 도리가 없었다. 그 무렵 시내에는 교통이 매우 혼잡했다. 바르셀로나 시내도로는 자동차, 버스, 전차로 넘쳐나고 있었다. 행인들은 뿌연 햇빛이 쏟아지는 보도를 따라 어디론가 몰려가고 있었다. 바르가스는 지나가는 행인들에게 밀리면서도 꼿꼿하게 손차양을 한 채 사거리를 쭉 훑어보았다. 검은 외투에 모자를 쓴 수많은 사람이 사방팔방으로 지나가고 있었다. 이래서야 그 남자를 못 찾을 것 같았다.

그 순간, 얼굴의 독특한 살결이 남자의 위치를 드러냈다. 이미 길을 건너간 그는 베르가라 거리의 모퉁이에 주차된 자동차로 걸어가고 있었다. 바르가스는 자동차 사이를 헤치고 길을 건너가려고 했지만, 달려오던 자동차들이 미친듯이 경적을 울려대 하는 수 없이 다시 보도로 돌아왔다. 길 건너편에서 남자가 차에 탔다. 바르가스는 차종이 무엇인지 확인했다. 메르세데스벤츠로, 나온 지 십오 년에서 이십 년 된 모델이었다. 신호등이 초록불로 바뀌자 자동차는 달아나기 시작했다. 그래도 뒤를 열심히 쫓은 덕분에 차가 시야에서 완전히 사라질 때까지 충분히 눈에 익혀둘 수 있었다. 지하철역 입구로 돌아오는 길에 마주친 지역 경찰관이 못마땅한 표정으로 그를 노려보고 있었다. 아마 바르가스가 빨간불인데도 길을 건너려고 도로로 뛰어든 것을 본 모양이었다. 바르가스는 고분고분하게 고개를 끄덕이며 손을 들어 사과했다. 알리시아가 기대에 찬 눈빛으로 보도에서 기다리고 있었다.

"좀 어때요?" 바르가스가 물었다.

그녀는 그의 질문을 무시한 채 초조하게 머리를 흔들었다.

"간신히 그 남자가 차에 타는 것까지 봤어요. 메르세데스벤츠였어요." 바르가스가 말했다.

"번호판은요?"

그는 고개를 끄덕였다.

23

그들은 누리아 바에 들어가 창가 자리에 앉았다. 알리시아는 화이트와인을 주문했다. 그날 들어 두번째였다. 그녀는 담배에 불을 붙인 뒤 람블라스 거리에 북적거리는 수많은 인파를 멍하니 바라보았다. 마치 세상에서 가장 큰 수족관을 보고 있는 듯했다. 바르가스는 떨리는 손으로 잔을 들어올려 입술에 갖다대는 그녀를 지켜보았다.

"또 잔소리하려고 그러죠?" 알리시아는 유리창에서 눈을 떼지 않은 채 물었다.

"당신의 건강을 위해서 건배."

"아직 가면 쓴 그 남자에 대해서 한 마디도 안 했어요. 나하고 같은 생각을 하고 있나요?"

그는 의심스러운 듯이 어깨를 으쓱했다.

"마드리드 예술협회에서 일어난 발스 암살 미수 사건 수사 보고서에 얼굴을 가린 남자가 나오던데……" 알리시아가 말했다.

"동일인물일 가능성도 있어요." 바르가스가 말했다. "전화 좀 걸고 올게요."

혼자 남게 되자, 알리시아는 고통의 한숨을 내쉬며 엉덩이에 손을 갖다댔다. 알약을 반 알이라도 먹을까 생각했지만 이내 포기했다. 바르가스가 바 안쪽에서 전화를 거는 틈을 타 남은 술을 단숨에 비운 그녀는 웨이터를 불러 또 한 잔을 가져오고 첫 잔은 치워달라고 했다. 십오 분 후 바르가스가 손에 작은 수첩을 들고 자리로 돌아왔다. 눈에서 번뜩하고 빛이 나는 걸 보면 새로운 소식을 알아낸 것이 틀림없었다.

"운이 따라주네요. 그 차는 메트로바르나 유한회사 명의로 되어 있답니다. 부동산 투자 회사라고 하는데…… 적어도 등기부에는 그렇게 되어 있답니다. 본사는 여기 바르셀로나에 있다고 하네요. 그라시아대로 6번지예요."

"거기라면 여기서 코앞이에요. 조금 뒤에 몸 괜찮아지면 곧장 거기로 가요."

"이 일은 나한테 맡기고 당신은 집으로 가서 좀 쉬는 게 어때요? 나중에 들러서 새로 알아낸 것을 다 알려줄 테니까요."

"정말로요?"

"그럼요. 그렇게 합시다."

그들이 람블라스 거리로 나왔을 때 하늘은 이미 맑게 개어 있었다. 그리고 이따금씩 바르셀로나의 겨울에 마법을 걸어 모든 일이 잘 풀릴 거라고 순진한 사람들을 현혹하는 짙은 푸른색으로 빛나고 있었다.

"집으로 곧장 가요, 알았죠? 중간에 딴 데 새지 말고요. 내가 다 아니까." 바르가스가 신신당부했다.

"분부대로 하죠. 하지만 혼자서 사건을 해결하진 마세요." 알리시아가 말했다.

"마음 푹 놓으세요."

그녀는 자리에 앉아 바르가스가 카탈루냐광장으로 가는 모습을 지켜보았다. 그녀가 오래전에 터득한 사실이 하나 있었다. 통증이 극심한 것처럼 과장하고 『춘희』에 나오듯이 안색이 파리하게 변하기만 하면 다정하고 어린애 같은 남자의 마음을 멋대로 주무를 수 있다는 것이었다. 그러면 어떤 남자든 여자를 보호하고 이끌어주어야 한다는 의무감을 느끼기 마련이었다. 이는 실제로 이 세상 모든 남자에게 적용되는 원칙이지만, 레안드로 몬탈보만은 예외였다. 그는 그녀가 써먹는 대부분의 수법을 가르쳐준 장본인일 뿐만 아니라 그녀가 혼자 힘으로 체득한 것도 금세 알아차릴 만큼 눈치가 빨랐다. 바르가스를 떼어놓는 데 성공했다는 확신이 들자마자 알리시아는 계획을 바꾸었다. 집에는 조금 이따 가도 전혀 문제될 것이 없었다. 우선은 남의 눈에 띄지 않는 곳에서 사태를 관망할 시간이 필요했다. 그리고 무엇보다 혼자서 자기만의 방식대로 하고 싶은 것이 있었다.

메트로바르나 본사는 널리 알려진 모더니즘양식 건물의 꼭대기층에 있었다. 카사 로카모라라는 이름으로 잘 알려진 그 건물의 정면은 황토색 돌로 덮여 있고 위로는 망사르드지붕*과 커다란 성루로 장식되어 환상적인 성 같은 분위기를 풍겼다. 오로지 바르셀로나의 거리에서만 볼 수 있는 정교한 세공기술과 웅대한 멜로드라마적 요소를 단적으로 보여주는 건물이었다. 바르가스는 길모퉁이에 서서 발코니와 회랑, 비잔틴양식의 기하학적 구조가 어우러져 장관을 이루는 건물을 구경했다. 거리에서는 수채화가가 길모퉁이에 이젤을 펼쳐놓고 그 건물을 보면서 인상주의 스타일의 작품을 마무리하고 있었다. 바르가스가 옆에 있는 것을 알아차린 화가는 그에게 예의바른 미소를 지어 보였다.

"아주 멋진 그림이군요." 바르가스가 그에게 찬사를 보냈다.

"가진 능력만큼 그릴 뿐이에요. 경찰이신가요?"

"그렇게 티가 납니까?"

화가는 그를 보며 씁쓸한 미소를 지었다. 바르가스는 손으로 그림을 가리키며 물었다.

"파시는 겁니까?"

"삼십 분 안에는 팔겠죠. 저 건물에 관심이 있습니까?"

"볼수록 흥미가 당기는군요. 안으로 들어가려면 입장료를 내야 되나요?" 바르가스가 물었다.

"괜히 저들에게 엉뚱한 생각을 품게 하지 마세요."

바르가스는 쥘 베른의 상상 속에서 나온 듯한 엘리베이터를 타고 회사까지 올라갔다. 문에 달린 무거운 금색 현판에는 다음과

---

* 경사가 완만하다 급히 꺾이는 지붕.

같은 글자가 새겨져 있었다.

메트로바르나 부동산 투자 및 관리 유한회사

바르가스는 초인종을 눌렀다. 차임벨소리가 메아리를 일으키며 밖으로 흘러나왔다. 바로 문이 열리면서 호화로운 현관을 배경으로 우아한 몸매와 지나칠 정도로 세련된 차림의 안내직원이 나타났다. 이처럼 자신의 풍부한 자산과 위세를 미리 계획적으로 보여주는 회사도 있는 법이다.

"안녕하세요?" 바르가스는 신분을 밝히면서 사무적인 말투로 인사를 건넸다. "경찰청에서 나온 바르가스라고 합니다. 사장님과 말씀을 나누고 싶습니다만."

안내직원은 놀란 표정으로 그를 살펴보았다. 그녀가 평소 맞이하는 손님들은 그보다 훨씬 더 세련된 사람들이었을 것이다.

"산치스 사장님 말씀이십니까?"

바르가스는 고개만 끄덕이고 현관홀 안으로 들어섰다. 벽에는 벨벳으로 만든 파란색 태피스트리가 덮여 있고, 바르셀로나의 상징적인 건물과 파사드를 그린 수채화가 군데군데 걸려 있었다. 그 그림들이 조금 전 거리에서 만난 화가의 스타일이라는 것을 눈치챈 바르가스는 터져나오려는 웃음을 꾹 참았다.

"무슨 일 때문인지 여쭤봐도 될까요, 형사님?" 안내직원이 그의 등에 대고 물었다.

"경감입니다." 바르가스는 뒤도 안 돌아보고 그녀의 말을 바로 잡았다.

안내직원은 가볍게 헛기침을 했지만, 원하던 답을 듣지 못하자 한숨을 쉬었다.

"산치스 사장님은 지금 회의중입니다. 원하시면……"

바르가스는 몸을 돌려 그녀를 차갑게 쏘아보았다.

"지금 가서 말씀드리겠습니다, 경감님."

바르가스는 무덤덤하게 고개를 끄덕였다. 안내직원은 자기를 도와줄 사람을 찾아 서둘러 그곳을 빠져나갔다. 곧이어 수군거리는 소리와 문이 열리고 닫히는 소리, 그리고 복도를 오가는 분주한 발걸음 소리가 들렸다. 잠시 후, 그녀가 부드러운 미소를 지으며 돌아와 그를 안으로 안내했다.

"사장님이 회의실에서 뵙기를 원하시는데, 괜찮으시겠어요?"

길게 이어진 복도 양옆으로 으리으리한 사무실이 여러 개 있었다. 안에서는 스리피스 정장을 말쑥하게 차려입은 변호사들이 전문가답게 엄숙한 표정으로 업무를 처리하고 있었다. 조각상과 그림, 최고급 카펫으로 장식된 복도를 따라가자 널찍한 방이 나타났다. 회의실 안쪽으로 유리창 달린 발코니가 있어 그라시아대로 전체가 훤히 내려다보였다. 화려한 회의용 테이블이 한복판을 차지했고, 그 주변으로 팔걸이의자와 유리장식장을 둘러놓았다. 벽 테두리는 고급 원목몰딩으로 장식되어 있었다.

"산치스 사장님은 곧 오실 겁니다. 기다리시는 동안 뭐라도 내올까요? 커피는 어떠세요?"

바르가스는 고개를 저었다. 그러자 안내직원은 그를 혼자 남겨 둔 채 재빨리 자리를 피했다.

바르가스는 회의실 안을 구석구석 살펴보았다. 메트로바르나의 사무실에서는 돈냄새가 났다. 발아래 있는 카펫만 해도 그의 몇 년 치 연봉을 모아도 못 살 정도로 비싸 보였다. 바르가스는 래커칠을 한 참나무테이블을 손으로 어루만지면서 한 바퀴 둘러보았다. 사치와 허영의 냄새가 콧속으로 스며들었다. 회의실의 형태와 디자인에서는 돈의 연금술을 행하는 조직답게 배타적이고 억압적인 분위기가 풍겨나왔다. 그런 곳을 찾은 사람은 자기가 안에 있는 것 같지만 실제로는 언제나 밖에, 은행 창구의 유리막 건너편에 있다는 것을 깨닫게 된다.

회의실은 다양한 크기의 초상으로 장식되어 있었다. 대부분 사진이었지만, 유화와 지난 수십 년간 이름을 떨친 일류 초상화가들의 서명이 들어간 목탄화도 있었다. 바르가스는 벽에 걸린 초상을 꼼꼼히 살펴보았다. 모든 액자에 같은 인물이 등장했다. 은발에 귀족적인 용모를 지닌 신사가 차가운 눈빛으로 은은한 미소를 짓고 카메라 렌즈나 이젤을 응시하고 있었다. 그림의 주인공은 포즈를 취하고 함께 모델이 될 사람을 고르는 방법을 잘 알고 있었다. 바르가스는 한 사진을 가까이에서 살펴보기 위해 몸을 숙였다. 그 사진에서 차가운 눈빛의 신사는 사냥복을 입고 평생의 친구처럼 환하게 미소 짓는 한 무리의 실력자와 함께 지금보다 젊어 보이는 프랑코 장군 옆에 서 있었다. 사냥에 참석한 인물들의 면면을 살펴보던 중 유독 한 사람에게 시선이 꽂혔다. 두번째 줄에 선 그는 눈에 띄려고 애쓰는 듯 함박웃음을 짓고 있었다.

"발스로군." 그는 나직한 목소리로 중얼거렸다.

그때 등뒤에서 문이 열렸다. 몸을 돌리자, 몸매가 호리호리해서 약해 보이는데다 아기처럼 숱이 별로 없는 금발의 중년 남자가 문 앞에 서 있었다. 남자는 나무랄 데 없는 알파카 모직 맞춤정장을 입고 있었는데, 차분하면서도 날카로운 회색 눈과 잘 어울렸다. 사장이 그에게 상냥한 미소를 지으며 손을 내밀었다.

"안녕하십니까? 이 회사 대표인 이그나시오 산치스라고 합니다. 마리아 루이사한테 저와 이야기를 나누고 싶다고 하셨다더군요. 기다리게 해서 죄송합니다. 지금 정기 주주총회 준비 때문에 일이 산더미라서요. 뭘 도와드릴까요, 경감님?"

프로다운 세련된 분위기와 고상한 품격이 느껴지는 언행이었다. 산치스는 따뜻하면서도 위엄이 느껴지는 눈빛으로 바르가스를 찬찬히 뜯어보았다. 바르가스는 산치스가 인사말을 마치기도 전에 자기 구두의 상표가 무엇이며 싸구려 양복은 얼마나 오래 입은 것인지 이미 다 파악했을 거라고 확신했다.

"여기 있는 이분은 어째 낯이 익군요." 바르가스는 회의실에 걸린 유화 하나를 가리키며 말했다.

"아, 그분은 미겔 앙헬 우바크 씨예요." 산치스는 아무것도 모르고 천진난만하게 물어보는 그가 안쓰럽다는 눈빛으로 미소를 지어 보였다. "우리 회사를 창립한 분이죠."

"우바크은행을 세운 그분이란 말입니까?" 바르가스가 물었다.

"화약은행가 말이죠?"

산치스는 의례적으로 가벼운 미소를 지어 보였지만, 눈빛이 싸늘하게 변했다.

"미겔 앙헬 씨는 그 별명을 그다지 달가워하지 않았죠. 이런 말씀이 어떨지 모르겠지만, 그건 그분에 대한 올바른 평가라고 할 수 없습니다."

"그런데 제가 듣기로는 총통 각하가 자기를 도와준 보답으로 그 별명을 직접 붙여줬다고 하던데요." 바르가스가 생각을 주저 없이 말했다.

"그건 사실이 아닙니다." 산치스가 곧장 대답했다. "내전기간 동안 빨갱이 언론이 그런 딱지를 붙인 거예요. 우바크은행은 여타 기업과 더불어 민족해방전쟁에 자금을 댔죠. 그런 위대한 분 덕택에 오늘날의 스페인이 존재할 수 있는 겁니다."

"어쨌든 그 대가로 분명히……" 바르가스가 중얼거렸다.

산치스는 정중한 자세를 잃지 않은 채 그의 말을 무시했다.

"그럼 미겔 앙헬 씨와 이 회사는 어떤 관계죠?" 바르가스가 물었다.

산치스는 헛기침을 하더니 마치 학생을 가르치는 듯한 투로 대답했다.

"1948년 미겔 앙헬 씨가 세상을 뜨고 난 뒤, 우바크은행은 세 회사로 나뉘었습니다. 그중 하나가 바로 카탈루냐 저당 및 산업은행인데, 팔 년 전 이스파노아메리카 신용은행에 흡수되었죠. 바로 그 무렵 은행의 재무제표에 남아 있던 부동산 투자 종목을 관리하기 위해 메트로바르나가 창립된 겁니다."

산치스는 이미 여러 번 암송해본 것처럼 회사의 연혁을 줄줄 읊었다. 시계를 흘끔거리면서 전문가다운 무심한 표정으로 관광객들에게 설명을 하는 박물관 가이드 같은 느낌이었다.

"물론 우리 회사의 내력 따위에는 별 관심이 없으실 텐데요." 그가 말했다. "뭘 도와드리면 될까요, 경감님?"

"사소한 문제입니다. 어쩌면 전혀 중요하지 않은 일일 수도 있을 겁니다, 산치스 씨. 하지만 잘 아시다시피 이런 일에는 통상적인 절차라는 것이 있으니까요. 아무튼 모든 것을 다 확인해야 합니다."

"물론 그러셔야죠. 어서 말씀해보세요."

바르가스는 주머니에서 수첩을 꺼내 펼쳐들며 몇 줄 읽는 척을 했다.

"혹시 번호판이 B-74325로 된 자동차가 메트로바르나 소유인지 확인해주실 수 있습니까?"

산치스는 당황한 표정으로 그를 쳐다보았다.

"솔직히 잘 모르겠습니다만…… 물어봐야 할 것……"

"회사 소유의 차량이 여럿 있을 걸로 생각되는데요. 틀렸나요?"

"아뇨. 맞는 말씀입니다. 네다섯 대 정도 되는 걸로 알고 있습니다만……"

"그중에 메르세데스벤츠 있죠? 검은색이요. 나온 지 십오 년에서 이십 년 정도 된 모델이고요."

산치스의 눈가에 불안한 그림자가 스치고 지나갔다.

“네…… 그건 발렌틴이 모는 차예요. 한데 무슨 일이라도 생겼습니까?”

“발렌틴이라고 하셨습니까?”

“발렌틴 모르가도라고, 우리 회사 운전기사예요.”

“사장님의 개인 운전사입니까?”

“네, 오래전부터…… 그런데 그건 왜 물어보시는……?”

“모르가도 씨는 지금 회사 내에 있습니까?”

“없을 겁니다. 오늘 아침 일찍 빅토리아를 병원에……”

“빅토리아요?”

“빅토리아는 제 아내입니다.”

“그럼 부인의 결혼 전 성은……?”

“우바크. 빅토리아 우바크예요.”

바르가스는 놀라서 눈썹을 치켜올렸다. 산치스는 약간 짜증스러운 표정으로 고개를 끄덕였다.

“네. 제 아내는 미겔 앙헬의 딸입니다.”

바르가스는 돈 많은 여자와 결혼해서 회사 대표 자리에 오른 것이 부럽다는 표시로 그에게 눈을 찡긋했다.

“경감님, 대체 무슨 일 때문에 이러시는지 설명을……”

바르가스는 여유 있고 친근한 미소를 띠었다.

“말씀드린 바와 같이 별일 아닙니다. 오늘 오전 발메스 거리에서 일어난 뺑소니 사고를 조사하고 있습니다. 용의자의 차량이 사고를 낸 뒤 그대로 달아났거든요. 걱정하지는 마세요. 사장님의 차가 그랬다는 건 아니니까요. 그런데 두 목격자에 따르면 사고 당시 검은색 메르세데스벤츠 한 대가 현장 부근 사거리에 주차하고 있었다고 합니다. 그들이 증언한 차종과 번호판이 이 회사 소유의 차량과 일치하는 것으로 밝혀졌어요. 검은색 메르세데스벤츠를 몰던……"

"발렌틴입니다."

"아, 그렇죠. 두 목격자의 증언에 따르면 사고가 일어난 순간, 메르세데스벤츠의 운전자가 차 안에 있었다고 합니다. 그래서 뺑소니범을 찾는 데 중요한 무언가를 목격했는지 물어보려고 그의 행방을 수소문하는 중이에요. 간단히 말해, 수사 협조를 요청하려는 거죠……"

산치스는 그의 이야기를 듣는 동안 내내 불안한 표정을 숨기지 못했다. 하지만 자기 차와 운전사가 사고에 연루되지 않았다는 사실을 알고 난 뒤에는 안도하는 기색이 역력했다.

"끔찍한 사고군요. 사망자가 발생했습니까?"

"안타깝지만 그 사고로 한 명이 사망했습니다. 나이가 지긋한 부인인데, 사고 직후 클리니코병원으로 후송 도중에 사망했어요."

"안됐군요. 어쨌든 수사에 조금이라도 도움이 된다면 뭐든 가리지 않고……"

"발렌틴 씨와 잠시 이야기만 나누면 됩니다."

"그 정도야 당연히 도와드려야죠."

"혹시 오늘 오전에 모르가도 씨가 병원에 들른 다음 사장님 부인을 어디 다른 데로 모시고 갔는지 알고 계신가요?"

"그건 잘 모르겠네요. 아마 다른 데 들르지는 않았을 겁니다.

어제 빅토리아한테 오늘 정오에 손님들이 집으로 찾아온다는 말을 들었으니까요…… 물론 발렌틴은 심부름을 하러 나갔을지도 모릅니다. 간혹 오전에 아내나 저한테 특별한 일이 없으면, 사무실 우편물이나 문서를 수발하는 일을 맡거든요."

바르가스는 주머니에서 명함을 꺼내 그에게 건네주었다.

"모르가도 씨께 들어오는 대로 저한테 연락을 달라고 전해주시겠습니까?"

"걱정 마세요. 지금 당장 그의 행방을 알아내서 소식을 전하라고 지시하겠습니다."

"어쩌면 만나도 별 도움은 되지 않을지 모릅니다. 하지만 우리도 정해진 절차에 따라 수사해야 하니까요."

"당연한 말씀입니다."

"한 가지 더 있습니다. 혹시 모르가도 씨 신체에 어떤 특징이 있나요?"

산치스는 고개를 끄덕였다.

"네. 발렌틴은 전쟁 때 부상을 당했어요. 박격포 포탄이 터지는 바람에 얼굴이 흉하게 문드러졌죠."

"이 회사에서 일한 지는 오래됐나요?"

"적어도 십 년은 됐을 겁니다. 그전부터 제 처가에서 일해왔고 집안의 신뢰를 받는 사람이죠. 그 점은 제가 보장할 수 있습니다."

"목격자 중 한 명의 증언에 따르면 그가 얼굴의 일부를 가리는 가면을 쓰고 있었다고 하는데, 그게 사실입니까? 저는 그 사람이 모르가도 씨가 맞는지만 확인하면 됩니다."

"그렇습니다. 발렌틴은 인공보형물로 아래턱과 왼쪽 눈을 가리고 다니니까요."

"이렇게 귀중한 시간을 내주셔서 감사합니다, 산치스 사장님. 회의 때문에 바쁘신데 방해해서 죄송스럽군요."

"천만에요. 신경쓰실 것 없습니다. 나라의 치안을 위해 애쓰시는 분에게 협력하는 것은 스페인 국민으로서 너무나도 당연하고 영광스러운 일이니까요."

산치스는 출구까지 그를 배웅하며 정교하게 세공된 커다란 나무문 앞을 지나갔다. 그 문 뒤로 그라시아대로가 내다보이는 거대한 서재가 자리잡고 있었다. 바르가스는 잠시 걸음을 멈추고 안을 들여다보았다. 서재는 건물 한쪽 면을 다 차지한 듯한 베르사유풍 회랑 속으로 길게 뻗어 있었다. 바닥과 천장은 반질반질 윤이 나는 나무로 덮여 있어서 두 개의 거울이 서로 마주보는 형국이었다. 그래서 서가에 빼곡히 쌓인 책들이 무한하게 늘어나는 듯한 착각을 불러일으켰다.

"정말 놀랍군요." 바르가스가 감탄했다. "혹시 장서 수집을 하십니까?"

"변변치는 못하지만 그렇습니다." 산치스가 대답했다. "여기 있는 책은 대부분 우바크 재단의 장서예요. 하지만 책은 제 유일한 취미이자 금융계로부터 벗어날 수 있는 도피처죠."

"무슨 말씀인지 알겠습니다. 사장님에 비하면 아무것도 아니지만, 저 역시 그러니까요." 바르가스가 대담하게 말했다. "희귀본과 유일본을 지명수배하는 것이 제 취미거든요. 그럴 때마다 아내는 직업병이 도져서 그런 거라고 나무랍니다."

산치스는 여전히 공손하고 차분한 표정을 지으면서 고개를 끄덕였다. 하지만 이제 지겨운지 눈에서는 바르가스로부터 한시라도 빨리 벗어나고 싶어하는 기색이 역력했다.

"그럼 산치스 씨도 희귀본에 관심이 많으신가요?"

"제가 소장한 책은 대부분 18세기와 19세기 스페인, 프랑스, 이탈리아에서 발간된 것들입니다. 그렇지만 훌륭한 독일 문학과 철학, 그리고 영국시 선집도 가지고 있어요." 산치스가 설명했다. "일부 사람들 사이에서는 이 정도도 상당히 희귀한 것으로 여겨질 겁니다."

산치스는 그의 팔을 부드러우면서도 단단히 붙잡고 다시 복도를 통해 출구 쪽으로 안내했다.

"부럽네요, 산치스 사장님. 저도 그럴 수만 있다면…… 하지만 능력이 부족해서 그저 평범한 책들로 만족하고 있습니다."

"세상에는 오만한 무지가 있을 뿐, 평범한 책이라는 건 없죠."

"맞는 말씀이에요. 제가 아는 중고서점 주인한테 지금은 사람들의 뇌리에서 잊힌 어느 작가의 연작소설을 구해달라고 부탁하면서 그런 말을 했거든요. 어쩌면 사장님도 그 작가 이름을 들어본 적이 있을지도 모릅니다. 마타익스. 빅토르 마타익스라고 하는 작가예요."

산치스는 무표정한 얼굴로 그를 바라보면서 고개를 저었다.

"아쉽지만, 그런 이름은 한 번도 들어본 적이 없습니다."

"다들 그렇게 얘기하더군요. 평생을 글쓰기에 바쳤는데 결국 아무도 그가 쓴 글을 기억하지 못하다니……"

"문학은 무정한 애인과도 같아서, 모든 걸 너무 쉽게 잊어버리죠." 산치스가 문을 열며 말했다.

"정의도 마찬가지죠. 하지만 사장님이나 저처럼 언제나 정의와 문학의 기억을 되살려내는 사람이 있으니 참 다행스러운 일입니다……"

"삶이라는 게 그렇죠. 너무 빨리 우리의 존재를 잊어버리니까 말입니다. 자, 제가 더 도와드릴 일이 없으면……"

"없습니다. 도와주셔서 다시 감사드립니다, 산치스 사장님."

24

바르가스가 건물 밖으로 나왔을 때, 수채화가는 도구를 챙기면서 낡은 마도로스파이프에 불을 붙이고 있었다. 바르가스는 멀리서 미소를 지으며 그에게 다가갔다.

"여어, 우리 메그레 경감* 아니신가." 화가가 소리쳤다.

"제 이름은 바르가스예요."

"나는 달마우요." 화가는 자기를 소개했다.

"달마우 선생, 어때요? 그림은 다 그리셨어요?"

"그림이라는 건 결코 끝나는 법이 없어요. 어느 순간에 멈추고

* 프랑스의 소설가 조르주 심농이 쓴 전설적인 추리소설 시리즈의 주인공.

미완성으로 남겨두어야 하는지를 아는 게 가장 중요하지. 아직도 내 그림에 관심이 있어요?"

거리의 화가는 캔버스에 덮인 천을 걷어 그에게 수채화를 보여주었다.

"마치 꿈의 세계가 밖으로 나온 것 같아요."

"10두로*에 당신이 생각하는 적절한 팁을 보태면 그 꿈은 당신 것이 될 거요."

바르가스가 지갑을 꺼내자, 파이프에서 타오르는 불씨처럼 거리화가의 눈이 반짝거렸다. 바르가스는 그에게 100페세타짜리 지폐를 건넸다.

"이건 너무 많은데."

바르가스는 천천히 고개를 저었다.

"제가 오늘 선생의 후원자 노릇을 한 걸로 치죠."

화가는 수채화를 갈색 종이로 포장해 노끈으로 묶었다.

"이렇게 그림을 그려서 생활이 됩니까?" 바르가스가 물었다.

"그림엽서가 등장하면서 심한 타격을 입었죠. 하지만 아직 이런 그림의 진가를 알아주는 사람도 있다오."

"산치스 씨 같은 분이요?"

화가는 눈썹을 치켜올리며 수상쩍은 듯이 바르가스를 훑어보았다.

"어쩐지 수상한 냄새가 나더라니. 당신 혹시 나를 궁지에 빠뜨

---

* 유로화를 채택하기 전 스페인에서 통용되던 화폐 단위. 1두로는 5페세타다.

릴 속셈은 아니겠지?"

"산치스 씨는 오래전부터 선생의 고객이었나요?"

"그런 지 몇 년 됐어요."

"그럼 그에게 그림을 많이 파셨어요?"

"꽤나 많이 팔았죠."

"선생의 스타일을 좋아하는 모양이죠?"

"내가 불쌍해 보여서 그랬겠죠. 아주 마음씨가 너그러운 분이지. 금융계에서 일하는 사람치고 말이오."

"어쩌면 마음에 찔리는 데가 있어서 그런지도 모르죠."

"그 사람만 그런 건 아니잖소. 이 나라에 어디 그런 자들이 하나둘일까."

"지금 제 얘기 하시는 거예요?"

달마우는 작은 소리로 욕을 내뱉으며 이젤을 접었다.

"벌써 가시게요? 산치스 씨에 대해서 뭔가 말씀해주실 줄 알았는데."

"이보시오, 원하면 돈을 돌려드리지. 그리고 그림은 가져가도 좋소. 경찰서 지하감옥에나 걸어두시구려."

"별말씀을요. 선생이 버신 돈인데 도로 돌려주실 이유가 없죠."

거리의 화가는 잠시 머뭇거렸다.

"산치스에 대해서 뭘 알고 싶은 거요?" 그가 물었다.

"특별한 건 없어요. 그냥 궁금해서요."

"며칠 전에 다른 경찰관이 와서 똑같은 말을 하더군. 당신네 경찰은 모두 똑같아요."

"다른 경찰관이요?"

"그래. 정말 아무것도 모르는 것처럼 구는구려."

"그 경찰관은 어떻게 생겼던가요? 한 장 더 드릴 테니까 좀 알려주세요."

"말하고 자시고 할 것도 없어요. 당신 같은 불한당이지. 다만 그 사람은 얼굴에 흉터가 있더군요."

"혹시 이름이 뭐라고 하던가요?"

"모르죠. 통성명을 할 정도로 친해지지는 않았으니까."

"그게 언제쯤이죠?"

"아마 이삼 주 전일 겁니다."

"여기에서요?"

"그렇소. 바로 여기서 만났죠. 여기가 내 작업실이니까. 그럼 이제 가봐도 되겠소?"

"저를 무서워하지 않으셔도 돼요."

"내가 겁날 게 뭐 있겠어. 당신네한테는 이미 이골이 났지. 괜찮다면 이제 바깥바람 좀 쐬고 싶소만."

"혹시 어디 갇혔던 적이 있습니까?"

거리의 화가는 경멸하듯 조용히 웃었다.

"모델로*였습니까?"

"1939년부터 1943년까지 몬주익에 있었소. 그때 당신들한테 안 당해본 일이 없지."

---

* 바르셀로나 엔산체 지구에 있는 교도소.

바르가스가 돈을 줄 생각으로 지갑을 꺼냈지만, 그는 거절했다. 조금 전 받은 돈도 꺼내 땅바닥에 던져버렸다. 그러곤 접은 이젤과 그림물감통을 들고는 다리를 절뚝거리면서 자리를 떠났다. 바르가스는 그가 그라시아대로 저멀리로 사라지는 모습을 지켜보았다. 그러다 땅에 떨어진 돈을 주운 뒤, 그림을 팔에 낀 채 반대방향으로 걸어가기 시작했다.

이그나시오 산치스는 회의실 창가로 다가가 길모퉁이에서 화가와 이야기를 나누는 바르가스를 유심히 지켜보았다. 몇 분 뒤, 바르가스는 화가한테서 산 듯한 그림을 들고 카탈루냐광장으로 걸어갔다. 산치스는 그가 인파 속으로 사라질 때까지 기다렸다 복도로 나가 안내데스크로 갔다.

"마리아 루이사, 잠시 나갔다 올게. 혹시 그사이에 마드리드 지사의 로르카한테 연락이 오면 후안호한테 연결해줘."

"알겠습니다, 산치스 사장님."

그는 엘리베이터를 기다리지 않고 곧장 계단으로 내려갔다. 거리로 나가자 산들바람이 이마를 스쳐지나갔다. 그는 그제야 이마에 땀이 송골송골 맺혀 있는 것을 알았다. 그는 카스페 거리의 라디오 바르셀로나 방송국 옆에 있는 카페로 들어가 코르타도*를 주문했다. 커피가 준비되는 사이, 그는 구석에 있는 공중전화에 가

* 에스프레소에 우유를 넣은 음료.

서 외우고 있던 번호를 돌렸다.

"브리앙스입니다." 수화기에서 목소리가 흘러나왔다.

"방금 바르가스라는 경찰관이 여기 왔었어요."

긴 침묵이 흘렀다.

"사무실에서 전화하시는 겁니까?" 브리앙스가 물었다.

"물론 아니죠." 산치스가 대답했다.

"그 사람들이라면 오늘 오전에 여기도 다녀갔어요. 그 남자하고 젊은 여자가 함께 왔죠. 마타익스의 책을 팔고 싶다더군요."

"누군지 아세요?"

"남자는 보나마나 경찰일 겁니다. 그 여자는 왠지 거슬리더군요. 두 사람이 나가자마자 당신이 일러준 대로 했어요. 알려준 번호로 전화를 걸어 모르가도에게 늘 만나던 곳으로 나오라는 신호로 바로 끊었죠. 한 시간 전쯤 만나고 왔습니다. 그가 당신에게 소식을 전했을 텐데요."

"예상치 못한 일이 일어나는 바람에 모르가도는 집으로 돌아가야 했어요." 산치스가 말했다.

"경찰이 뭘 물어보던가요?"

"모르가도에 대해 꼬치꼬치 캐물어보더군요. 뺑소니 사고가 일어났느니 뭐니 헛소리를 하면서 말이죠. 당신 뒤를 밟은 게 틀림없어요."

수화기에서 변호사의 한숨소리가 새어나왔다.

"그들이 그 목록을 가지고 있을까요?"

"그건 잘 모르겠어요. 하지만 이런 상황에서 위험을 감수할 수는 없어요."

"그럼 어떻게 하면 되겠습니까?" 브리앙스가 물었다.

"추후 연락이 있을 때까지 모르가도와 만나거나 전화로 연락하지 마세요. 필요한 경우 내가 당신에게 연락을 할 테니까요. 그리고 사무실로 돌아가서 아무 일도 없던 것처럼 행동하세요." 산치스가 지시를 내렸다. "내가 당신이라면 한동안 도시를 떠나 있을 겁니다."

산치스는 전화를 끊고 창백한 얼굴로 카운터 앞을 지나갔다.

"사장님, 여기 코르타도 나왔습니다." 웨이터가 말했다.

산치스는 자기가 뭐하러 거기에 왔는지도 모르는 사람처럼 멍한 얼굴로 웨이터를 바라보고는 곧장 카페를 나왔다.

25

여태껏 사람이 죽는 모습을 너무 많이 봐온 마우리시오 발스는 죽음 너머에 무언가가 있다고 믿지 않았다. 항생제와 수면제, 그리고 절망적인 악몽의 연옥에서 살아나온 그는 눈을 뜬다. 처참하기 짝이 없는 감방의 모습이 가장 먼저 눈에 들어온다. 입고 있던 옷은 어디론가 사라졌고 벌거벗은 몸에 담요를 둘둘 말고 있다. 눈앞으로 팔을 들어올리지만 손은 온데간데없고 잘린 부위는 타르로 지져놓아 시커멓다. 그는 그것이 누구의 몸뚱이인지 알아내려는 듯이 오랫동안 그 부위를 바라본다. 기억이 조금씩 돌아오면서 여러 모습과 소리가 물방울처럼 뚝뚝 떨어진다. 잠시 후, 통증을 제외하고 모든 것이 기억난다. 어쩌면 자비로운 하느님이 계실지도 몰라. 그는 혼잣말로 중얼거린다.

"뭐가 재미있다고 웃지?" 어둠 속에서 목소리가 들려온다.

착란상태에 빠졌을 때 천사인 줄로만 알았던 여자가 쇠창살 뒤에서 그를 유심히 관찰하고 있다. 그녀의 눈빛에서는 일말의 동정심이나 감정조차 찾아볼 수 없다.

"왜 나를 죽게 내버려두지 않는 거요?"

"누구 좋으라고."

발스는 고개를 끄덕인다. 지금 누구와 이야기를 하고 있는지도 분명치 않다. 그런데 저 여자는 왠지 낯이 익은 듯하다.

"마르틴은 어디 있죠? 왜 여기 오지 않는 겁니까?"

여자는 경멸과 슬픔이 뒤섞인 눈빛으로 그를 바라본다.

"다비드 마르틴은 너를 기다리고 있어."

"어디서요?"

"지옥에서."

"지옥이라뇨. 난 그런 거 믿지 않아요."

"인내심을 갖고 기다려봐. 그럼 믿게 될 테니까."

여자는 어둠 속으로 사라져 계단을 올라가기 시작한다.

"잠깐만요. 가지 말아요. 제발 부탁이에요."

그녀는 걸음을 멈춘다.

"제발 가지 말아요. 나를 여기 혼자 내버려두지 말라고요."

"거기 깨끗한 옷 갖다놓았으니까, 어서 입어." 말을 마친 그녀는 어두운 계단 속으로 자취를 감춘다.

발스는 철문이 닫히는 소리를 듣는다. 감방 구석에 놓인 봉지 속에 옷이 들어 있다. 낡고 너무 커서 헐렁한데다 퀴퀴한 먼지 냄새가 나지만 깨끗한 편이다. 그는 담요를 벗어던지고 희미한 어둠 속에서 자신의 알몸을 본다. 한때 두꺼운 지방층이 있었던 살갗 아래 앙상한 뼈와 힘줄만이 드러나 보인다. 그는 옷을 입는다. 한 손으로 옷을 입고 다섯 손가락만으로 셔츠와 바지의 단추를 채우기가 그리 쉽지만은 않다. 가장 반가운 것은 한기로부터 발을 가릴 수 있는 양말과 신발이다. 봉지 밑바닥에 무언가 더 있다. 책이다. 그는 검은색 가죽과 표지에 주홍색으로 새겨진 나선형의 계단을 바로 알아본다. 그는 무릎 위에 책을 올려놓고 펼친다.

영혼의 미로 III
아리아드나와 어둠의 극장

글·그림 빅토르 마타익스

책장을 넘기던 발스는 첫번째 삽화에 눈길이 멈춘다. 폐허로 변해 뼈대만 남은 낡은 극장의 무대 위에 하얀 드레스를 입고 힘없는 눈빛을 한 소녀가 서 있는 그림이다. 촛불의 희미한 빛 속에서 그는 그녀가 누구인지 한눈에 알아본다.

"아리아드나……" 그는 중얼거린다.

그는 눈을 감고 한 손으로 쇠창살을 움켜쥔다.
어쩌면 지옥이 있는지도 모른다.

26

벨벳처럼 부드러운 햇빛이 거리를 순결한 빛으로 물들이고 있었다. 시내를 분주하게 오가는 군중 속을 거니는 동안, 알리시아는 『아리아드나와 주홍왕자』 끝부분에서 읽었던 장면을 곰곰이 더듬어보았다. 그 장면에서 아리아드나는 남쪽의 대규모 공동묘지인 죽은 자들의 도시 성문에서 가면과 시든 꽃을 파는 행상과 마주쳤다. 그녀는 기관사도 승객도 없는 유령전차를 타고 거기 도착했다. 전차 정면에는 다음과 같은 표지판이 붙어 있었다.

운명

행상은 앞을 못 보는 장님이었지만 아리아드나가 다가오는 소리를 듣고 가면을 사고 싶은지 물었다. 수레에 놓고 파는 가면들은 공동묘지에 사는 불행한 영혼들의 시신으로 만든 것이라고 설명했다. 그래서 그 가면을 쓰면 운명의 여신들을 속여서 하루 더 살 수 있다고. 하지만 아리아드나는 자기가 어떤 운명을 타고났는지 모를뿐더러, 주홍왕자가 다스리는 유령의 세계 같은 바르셀로나에 떨어졌을 때 자신의 운명을 잃어버린 것 같다고 털어놓았다.

그녀의 말을 듣고 가면장수는 빙긋이 미소 지으면서 이렇게 대답했다.

대부분 인간은 절대로 자신의 진정한 운명을 알지 못합니다. 우리는 그저 운명에 짓눌린 채 살아갈 뿐이니까요. 고개를 들어 길 저편으로 멀어져가는 운명의 뒷모습을 볼 때면 이미 늦은 뒤죠. 나머지 길은 몽상가들이 '성숙'이라고 부르는 좁은 도랑을 따라 제 힘으로 걸어가야 합니다. 희망이란 아직 때가 오지 않았다고 애써 믿으려는 시도에 지나지 않아요. 그리고 희망은 진정한 운명이 다가올 때 그것을 눈으로 확인할 수 있다는 믿음, 또 진정한 자신이 될 기회가 영영 사라지기 전에 그것을 붙잡을 수 있다는 믿음에 불과합니다. 사실 그 기회를 놓치면 우리는 마땅히 되어야 했지만 끝내 되지 못한 것을 그리워하며 평생을 공허함 속에서 살아가야 하는 겁니다.

알리시아는 마치 살갗에 새겨진 것처럼 그 말을 기억했다. 자기가 익히 알고 있는 것이 세상에서 가장 놀랍고 무서운 법이다. 그날 정오 '셈페레와 아들' 중고서점의 문손잡이를 잡는 순간, 알리시아는 자신이 살아보지 못한 삶의 존재를 직감했다. 그러자 너무 늦은 건 아닐까 하는 의문이 들었다.

안으로 들어가자 문에 매달린 종이 땡그랑거렸다. 그리고 주인의 손길을 기다리는 수많은 책의 향기와 그곳을 마치 꿈속의 한 장면처럼 보이게 하는 뿌연 불빛이 그녀를 반겼다. 끝없이 이어진 연한 빛깔의 나무책장부터 쇼윈도를 통해 스며든 햇빛 속에서 떠다니는 먼지까지, 모든 것이 기억 속 모습 그대로였다. 그녀만 빼고 모든 것이 말이다.

그녀는 마치 잃어버린 기억의 세계로 돌아온 것처럼 서점 안으로 걸음을 옮겼다. 만약 자기가 가진 모든 것을 앗아가버린 전쟁만 일어나지 않았더라도, 그 전쟁이 몸을 만신창이로 만들어 저주받은 땅의 거리로 내팽개치지만 않았더라도 이곳이 자신의 운명이 될 수도 있었으리라는 생각이 잠시 들었다. 벗어날 길 없는 세상에서 자신을 또하나의 꼭두각시로 만들어버린 전쟁. 그녀는 '셈페레와 아들' 서점에서 어렴풋이 본 환영이 빼앗긴 자신의 삶이라는 것을 깨달았다.

자기를 계속 쳐다보는 어린 남자아이의 시선이 느껴져 그녀는 몽상에서 깨어났다. 기껏해야 두세 살밖에 안 돼 보이는 아이는 서점 카운터 근처 작은 나무펜스 옆에 앉아 있었다. 금빛으로 세공한 듯 반짝거리는 고운 금발의 아이는 펜스 모서리를 잡고 일어나 알리시아를 빤히 쳐다보았다. 마치 낯선 외국인이라도 되는 듯이 찬찬히 살피는 시선이었다. 알리시아는 자기도 모르게 아이에게 진심어린 미소를 지었다. 꼬마는 고무로 만든 악어인형을 가지고 놀면서 그녀가 자기에게 왜 미소를 짓는지 곰곰이 생각하는 눈치였다. 그러곤 뛰어난 곡예 솜씨를 선보이며 인형을 그녀에게 휙 집어던졌다. 악어인형은 포물선을 그리며 그녀의 발아래 떨어졌다. 알리시아가 인형을 주우려고 무릎을 꿇는 순간 누군가의 고함소리가 들렸다.

"훌리안, 제발! 그러면 안 된다고……"

카운터를 돌아나오는 발걸음 소리에 알리시아는 자리에서 일어섰다. 눈앞에 그녀의 모습이 보였다. 베아트리스였다. 그녀는 멍청이들이나 남 일에 참견하기 좋아하는 이들이 떠들어대던 것만큼 아름다운 외모를 지니고 있었다. 그런 자들이 그녀에게서 외모 말고 다른 이야깃거리를 찾아내지 못하리라는 것은 쉽게 예상할 수 있는 바였다. 그녀는 스무 살이 되기도 전에 엄마가 된 여인답게 생기가 넘치면서도 조숙한 여성상을 보여주었다. 동시에 실제보다 갑절이나 나이를 먹은 여자처럼 날카로우면서도 꼬치꼬치 캐는 듯한 눈빛이었다. 여자끼리는 서로를 알아보는 법이다. 알리시아가 훌리안의 장난감을 건네주며 눈이 마주치고 손이 스친 찰나, 두 사람은 시간을 뛰어넘어 일종의 거울을 마주한 듯한 느낌을 받았다.

알리시아는 그 어린 여자를 바라보며 생각에 잠겼다. 또다른 삶에서는 나도 저렇게 차분하고 천사 같은 분위기를 풍기는 여인이 되었을지 몰라. 그랬다면 동네에서 나 때문에 애를 태우며 한숨짓는 이도 많았을 테고, 패션광고에 나오는 가장 이상적인 아내의 본보기가 되었겠지. 순결의 화신과 같은 베아트리스도 낯선 여인을 가만히 쳐다보았다. 거울에 비친 자신의 어두운 반영 같은 여인, 그렇게 될 수도, 또 될 용기도 없는 또다른 베아.

"아이가 버릇이 없어서…… 죄송합니다." 베아가 먼저 말을 꺼냈다. "다른 사람들도 자기만큼 악어를 좋아해야 된다고 고집을 부리지 뭐예요. 저 나이의 아이들이라면 보통 강아지나 곰 인형을 좋아하기 마련인데, 저 녀석은 그렇지 않아서……"

다 날려버린 기분이 들더라고요."

"그럼 여기 출신이에요?"

"네. 그런데 최근 몇 년 동안 타지에서 살았죠."

"파리에서요?"

"파리요? 아니에요."

"옷 때문에 물어본 거예요. 분위기도 그렇고요. 어딘지 파리 여인 같은 분위기가 풍기세요."

알리시아는 훌리안과 서로 눈빛을 교환했다. 여전히 넋을 잃고 그녀를 쳐다보던 아이는 그녀가 파리 출신이라는 아이디어가 엄마가 아니라 자기 머리에서 나온 것이라는 듯이 고개를 끄덕였다.

"파리에 가보셨어요?" 알리시아가 물었다.

"아뇨. 책에서 봤을 뿐이에요. 하지만 내년 결혼기념일은 거기에서 맞이할 생각이에요."

"멋진 남편이시군요."

"아뇨, 그이는 아직 아무것도 모르고 있답니다."

베아는 신경질적으로 웃었다. 저 여자의 눈빛만 보면 자꾸 쓸데없는 말을 하게 돼. 베아는 속으로 중얼거렸다.

알리시아는 다 알고 있다는 듯이 그녀에게 윙크했다.

"그럼 더 잘됐군요. 정말 중요한 일은 남자들 손에 맡기면 안 되는 법이니까 말이죠."

"우리 서점에는 처음 오신 건가요?" 베아는 화제를 바꾸려고 물었다.

"그렇지는 않아요. 어릴 적에 부모님과 함께 자주 들르곤 했어요. 엄마가 처음으로 책을 사주신 곳도 바로 여기였죠…… 그게 벌써 먼 옛날이네요. 전쟁 전이니까요. 그래도 여기에 좋은 추억이 많이 남아 있어요. 그래서 사라진 제 서재를 다시 꾸리려면 여기서 시작하는 게 가장 바람직할 거라고 생각했죠."

그녀가 거래에 대한 암시를 내비치자 베아는 가슴이 두근거렸다. 사실 오랜 시간 동안 서점의 판매실적이 너무 부진했던 터라 그녀의 목소리는 마치 천상에서 울려퍼지는 음악처럼 들렸다.

"필요하신 게 있다면 뭐든지 말씀만 하세요. 혹시 원하시는 책이 여기 없다고 해도 며칠, 아니 몇 시간 내로 구해드릴 테니까요."

"그렇게 말씀해주시니 고맙습니다. 혹시 여기 주인이세요?"

"저는 베아라고 해요. 여기는 시아버님 서점이지만, 가족이 모두 함께……"

"그럼 부군께서도 여기서 일하시나요? 참 좋겠다……"

"글쎄요. 정말 그런지 저는 잘 모르겠네요." 베아가 농담조로 말을 받았다. "결혼하셨나요?"

"아뇨."

베아는 침을 꼴깍 삼켰다. 또다시 말실수를 하고 말았다. 장차 고객이 될 수도 있는 사람에게 특별한 이유 없이 벌써 두 번이나 개인적인 질문을 던졌다. 알리시아는 그녀의 마음을 읽고 미소 지었다.

"걱정하지 마세요, 베아 부인. 저는 알리시아라고 해요."

베아는 그녀가 내미는 손을 잡고 흔들었다. 옆에서 하나도 빠짐없이 그 장면을 지켜보던 훌리안은 어떻게 될까 궁금했는지 자기도 손을 들어올렸다. 알리시아가 아이와 악수를 나누자 베아의 얼굴에 미소가 피어올랐다.

"아이와 잘 지내시는 걸 보니 자녀를 가지셔야겠네요."

입에서 느닷없이 튀어나온 말에 베아는 혀를 깨물었다.

'베아. 제발 그 입 좀 다물어.'

알리시아라는 여자는 다행히 책으로 가득찬 책장을 보는 데만 정신이 팔려 아무것도 못 들은 눈치였다. 그녀는 손을 들어 책을 실제로 만지지는 않고 어루만지는 시늉을 했다. 베아는 그녀가 등을 돌린 틈을 타서 다시 찬찬히 그녀를 뜯어보기 시작했다.

"전집을 구입하시는 경우에는 특별가로 드리고 있어요……"

"아예 여기 눌러살면 좋겠는데, 그래도 될까요?" 알리시아가 물었다.

베아는 다시 웃었지만, 이번에는 왠지 찜찜한 기분이 가시지 않았다. 그녀는 서점 열쇠를 건네주고도 남을 만큼 낯선 여자에게 푹 빠진 아들을 바라보았다.

"스타인벡……" 베아는 그녀가 중얼거리는 소리를 들었다.

"그의 소설 여러 편이 포함된 새로운 시리즈도 있어요. 안 그래도 방금 도착했는데……"

알리시아는 그중 한 권을 펼쳐들고 되는대로 몇 줄 읽었다.

"왠지 악보를 읽는 느낌이네." 알리시아가 속삭이듯 말했다.

베아는 그녀가 책 읽는 재미에 빠져 자기와 아이를 잊은 채 혼잣말을 하는 거라고 생각했다. 베아는 그녀가 혼자서 서점 안을 마음대로 돌아다니도록 내버려두었다. 알리시아는 여기저기서 책을 골라 카운터 위에 올려놓았다. 십오 분이 지나자 엄청나게 많은 책이 수북이 쌓였다.

"원하시면 댁으로 배달도 해드려요……"

"걱정 마세요, 베아 부인. 오늘 오후에 사람을 보내 모두 가지고 갈 테니까요. 그런데 이 책은 지금 가져갈게요. 카드에 이런 글이 쓰여 있는데, 보고 나니 사야겠다는 생각이 들었어요. 페르민 추천도서. 후아니토* 스타인벡이라는 망나니가 쓴 『분노의 포도』. 이 책은 고질적인 어리석음의 증세를 완화시켜준다. 세간에 널리 퍼진 우둔함의 규범에 지나치게 집착하면 뇌에 변비증상이 발생하는데, 이 책은 이때 형성되는 수막 제거에 특효인 말들의 교향곡이다."

베아는 눈을 휘둥그레 뜨고 표지에서 카드를 떼어냈다.

"죄송합니다. 추천카드는 최근에 페르민이 생각해낸 아이디어 중 하나예요. 손님들이 보기 전에 모두 찾아서 떼어내려고 했는데, 그분이 계속 여기저기 몰래 붙여놓는 바람에……"

알리시아는 웃었다. 유리처럼 차가운 웃음이었다.

"페르민이라는 분은 여기 직원인가요?"

베아는 고개를 끄덕였다.

"그런 셈이죠. 자칭 '셈페레와 아들' 서점의 문학 담당 고문이자 도서 목록 탐정이에요."

"정말 괴짜인 모양이군요."

---

* '후아니토(Juanito)'는 '존(John)'의 스페인어식 이름인 '후안(Juan)'의 애칭이다.

"어떤 사람인지 아마 짐작도 못하실 거예요. 페르민 아저씨 정말 특이한 사람이지, 훌리안?"

그 말을 듣고 아이는 박수를 쳤다.

"둘이 서로 피장파장이에요." 베아가 말했다. "둘 중에서 누가 더 애 같은지 모르겠다니까요……"

베아는 쌓인 책의 가격을 보면서 장부에 적기 시작했다. 알리시아는 그녀를 유심히 관찰했다. 그 능숙한 손놀림이 그 집안에서 계산을 책임지는 사람이 누군지 분명하게 보여주었다.

"할인까지 적용하면 모두……"

"그러지 마세요. 책 사는 데 돈을 쓰는 건 제 즐거움이에요. 그런데 할인을 하면 즐거움을 그만큼 제하는 거나 마찬가지니까요."

"정말이요?"

"그렇고말고요."

알리시아가 책값을 건네자, 베아는 그날 오후에 가져갈 수 있도록 책을 포장하기 시작했다.

"소중한 보물을 듬뿍 가져가시네요." 베아가 말했다.

"앞으로 더 많은 책을 사가고 싶어요."

"그럼 기다리고 있을 테니 언제든지 찾아주세요."

알리시아가 다시 손을 내밀자 베아는 그녀와 악수를 나누었다.

"만나서 반가웠어요. 조만간 다시 뵙도록 하죠."

베아는 흐뭇한 표정을 지으며 고개를 끄덕였지만, 알리시아의 마지막 한마디가 왠지 마음에 걸렸다.

"물론이죠. 저희 도움이 필요하시면 언제든지……"

알리시아는 자기를 멍하니 쳐다보고 있던 훌리안에게 손키스를 날렸다. 베아와 훌리안은 고양이처럼 날렵하게 장갑을 끼고 또각또각 하이힐소리를 내며 문으로 걸어가는 그녀의 모습을 지켜보았다. 알리시아가 막 나가려던 찰나 다니엘이 안으로 들어왔다. 남편이 입을 헤벌린 채 미소를 지으며 알리시아를 위해 문을 열어주는 모습을 보는 순간, 베아는 당장 그의 뺨을 올려붙이고 싶은 마음이 들었다. 베아는 눈을 부릅뜬 채 한숨을 쉬었다. 옆에 있던 훌리안은 신이 날 때—페르민 아저씨의 이야기를 듣거나 따뜻한 물에 목욕을 할 때—늘 그랬듯이 시끄러운 소리를 냈다.

"모두 한통속이야." 베아가 혼잣말로 중얼거렸다.

서점 안으로 들어온 다니엘은 자기를 쏘아보는 베아의 차가운 눈초리와 마주쳤다.

"저 여자 누구지?" 그가 물었다.

27

알리시아는 푸에르타 델 앙헬 대로 모퉁이까지 쉬지 않고 걸어갔다. 거리를 메운 인파 속에 섞이고 나서야 카사 호르바 백화점의 쇼윈도 앞에 멈춰 얼굴에 흘러내린 눈물을 훔쳤다. '어쩌겠어. 이게 내 인생인데.' 그녀는 유리창에 비친 자신을 물끄러미 바라보면서 속에서 분노의 불길이 타오르도록 두었다.

"바보 멍청이." 그녀는 입속말로 중얼거렸다.

그녀는 오래전 가장 좋아하던 길을 따라 집으로 걸음을 옮기며 이천 년이라는 긴 시간이 쌓인 거리를 단 이십 분 만에 지나갔다. 푸에르타 델 앙헬을 따라 대성당 쪽으로 걸어가다, 로마 성벽 유적*에 인접한 파하 거리의 굽이진 길을 돌아 유대인 지구인 칼을 통해 아비뇽 거리로 내려갔다. 그녀는 옛날부터 전차나 자동차가 다니지 않는 길을 더 좋아했다. 기계와 그 신봉자들이 끝내 침투하지 못한 바르셀로나 구시가지 한복판에 갈 때마다 알리시아는 시간이 원형으로 흐른다고 믿고 싶었다. 햇빛이 감히 고개를 들이밀지 못하는 좁은 골목길의 미로 밖으로 나가지 않는다면 절대 늙지도 않을뿐더러 숨겨진 시간으로 돌아갈 수 있다고, 버리지 말았어야 할 길을 되찾을 수도 있을 거라고 믿고 싶었다. 어쩌면 그녀의 운명을 결정지을 순간은 아직 지나가지 않았을 수도 있었다. 어쩌면 계속 살아가야 할 이유가 아직 남아 있을지도 모를 일이었다.

전쟁이 일어나기 전, 어린 알리시아는 부모님의 손을 잡고 그 길을 여러 번 걸었다. 엄마와 함께 '셈페레와 아들' 서점 쇼윈도 앞을 지나가다 유리창 안쪽에서 자기를 유심히 쳐다보던 슬픈 표정의 남자아이를 보려고 잠시 그 앞에 멈춰 섰던 기억이 났다. 혹시 그 아이가 다니엘이었을까? 그녀는 엄마가 처음으로 책을 사준 그날이 떠올랐다. 태어나서 처음 읽은 그 책은 구스타보 아돌포 베케르**의 서정시와 전설 선집이었다. 자정 무렵 오르간 연주

---

* 바르셀로나 해변지역에 남아 있는 고대 로마의 성벽.

자인 마에세 페레스가 자기 방문 앞을 유령처럼 어슬렁거릴지도 모른다는 생각에 뜬눈으로 지새운 수많은 밤도 떠올랐다. 1001개의 이야기가 자기를 만나려고 기다리고 있을 마법의 서점에 얼마나 가고 싶어했는지도 기억났다. 잃어버린 또다른 삶을 살았다면 알리시아는 자기가 지금 저 계산대 안쪽에 있었을지도 모른다는 생각이 들었다. 손님들에게 책을 건네주고 장부에 제목과 가격을 적고, 다니엘과 함께 파리 여행을 갈 꿈에 젖은 채.

집이 가까워질수록, 유리창도 없는 영혼의 어두운 방으로 그녀를 질질 끌고 들어가는 어둑한 분노의 감정이 다시 솟아오르기 시작했다. 잠시 걸음을 멈춘 그녀는 거기서 발걸음을 돌려 동화에나 나올 법한 순결한 베아트리스와 환하게 미소 짓는 그녀의 귀여운 아기 천사를 만나러 다시 서점으로 가는 상상을 했다. 그러곤 베아의 목을 움켜쥔 채 벽으로 밀어붙여 벨벳처럼 보드라운 그녀의 살갗에 손톱을 찔러넣은 다음, 자신의 눈에 숨겨진 어두운 심연을 베아가 똑똑히 볼 수 있도록 자신의 얼굴을 그 순백의 영혼의 얼굴에 바싹 대는 모습을 상상했다. 레안드로가 늘 말했듯이 알리시아는 그런 부류의 사람들, 즉 평범한 사람들 틈에 절대 낄 수 없었기 때문에 축복받은 그들의 달콤한 행복은 어떤 맛인지 보기 위해 베아의 입술을 핥는 모습도 상상했다.

** 스페인 낭만주의 시인.

그녀는 집에서 몇 미터 떨어지지 않은 아비뇽 거리와 페르난도 거리의 교차로에서 걸음을 멈추고 고개를 숙였다. 수치심이 불쑥 고개를 쳐들었다. 마음 한구석에서 자기를 비웃는 레안드로의 목소리가 들리는 것 같았다. '오, 알리시아. 자네는 어둠의 자식이야. 그러니까 언젠가 왕자님이 집에 돌아오기를 기다리고 사랑스러운 아이들을 돌보면서 행복에 겨워하는 가정의 공주님이 될 수 있을 거라고는 꿈도 꾸지 마. 그래봐야 마음만 상할 뿐이니까. 지금 이 모습이 자네와 나의 본모습이야. 우리 같은 사람은 거울을 덜 볼수록 좋다고.'

"알리시아 양, 괜찮아요?"

눈을 뜨자 앞에 낯익은 얼굴, 과거의 편린이 나타났다.

"페르난디토 아냐?"

한때 그녀를 흠모했던 페르난디토의 입가로 행복한 미소가 피어올랐다. 세월은 뜨거운 가슴과 두근거리는 마음을 가진 소년의 모습을 앗아가버렸다. 이제 그는 멋진 청년으로 변해 있었다. 하지만 그간 많은 세월이 흘렀어도 그는 작별인사를 하려고 프란시아역에 나왔던 날처럼 넋을 잃은 눈길로 그녀를 바라보았다.

"알리시아 양을 다시 만나서 얼마나 기쁜지 몰라요. 그런데 하나도 안 변했네요. 아니, 예전보다 훨씬 더 아름다워졌어요."

"그건 네가 나를 잘 봐줘서 그런 거야, 페르난디토. 너야말로 정말 많이 변했구나."

"다들 그런 말을 해요." 청년은 자신의 변한 모습이 만족스러운 듯 자신 있게 말했다.

"근육도 많이 붙었고 말이야." 알리시아가 말했다. "그런데 페르난디토*라고 불러도 될지 모르겠네. 이제는 페르난도 씨라고 해야 될 것 같은데."

페르난디토는 얼굴이 빨개지면서 눈을 내리떴다.

"알리시아 양이 좋으실 대로 부르세요."

그녀는 허리를 숙이고 수염이 까슬까슬하게 돋은 그의 뺨에 입을 맞추었다. 페르난디토는 놀라서 온몸이 얼어붙는 듯했지만 잠시 후 그녀를 와락 껴안았다.

"다시 돌아와서 얼마나 기쁜지 몰라요. 그동안 얼마나 보고 싶었는데요."

"어디 가서 뭐라도 좀 마실까……?" 알리시아가 불쑥 말했다. "지금도 밀크셰이크 좋아하니?"

"요즘에는 럼 카라히요를 주로 마셔요."

"테스토스테론의 효과란 대단하구나……"

페르난디토는 웃음을 터뜨렸다. 최근에 근육이 붙고 턱수염도 거뭇거뭇 난데다 목소리도 굵어졌지만 그는 여전히 어린아이처럼 웃었다. 알리시아는 그의 팔을 잡고 그란 카페로 끌고 가서 쿠바산 최고급 럼주를 넣은 카라히요와 알레야 화이트와인 한 잔을 주문했다. 그들은 서로 떨어져 지냈던 시간을 위해 건배했다. 오랜만에 알리시아를 만나 들뜬데다 독한 럼주까지 마셔 몽롱하게

---

* '페르난디토(Fernandito)'는 '페르난도(Fernando)'의 애칭으로, 어릴 때나 친구 사이에서 주로 부른다.

취한 페르난디토는 동네 식료품점에서 아르바이트로 배달을 하고 있고 성당에서 교리문답 교육을 받던 중 알게 된 칸델라라는 여자와 사귀고 있다는 등 그사이 있었던 일을 미주알고주알 이야기했다.

"듣던 중 반가운 소식이네." 알리시아가 말했다. "결혼은 언제 할 거야?"

"결혼이요? 그건 헤수사 아주머니의 바람일 뿐이죠. 키스도 얼마 전에 간신히 한걸요. 그 아이는 결혼식에 신부님이 안 계시면 죄를 짓는 거래요."

"그런데 신부님이 계시면 재미가 없잖아."

"내 말이 그 말이에요. 더군다나 지금 식료품점에서 받는 돈 가지고는 저축하기도 어려운데 무슨 수로 결혼식을 올리겠어요. 사십팔 개월 할부로 베스파*까지 샀단 말이에요……"

"베스파 샀니?"

"너무 근사해요. 한번 중고로 나온 걸 되판 물건이기는 하지만 다시 칠하니까 새것 같아요. 언젠가 시간 나시면 제가 꼭 태워드릴게요. 베스파 때문에 상당히 부담스러운데, 앞으로도 한동안 더 고생할 것 같아요. 아버지가 중병에 걸리셔서 라 세다** 공장을 그만두셨거든요. 그뒤로 우리집 형편도 어려워졌고요. 모든 게 공장에서 나오는 산성가스 때문이에요. 그런 데서 일하시다보니 폐가

---

* 이탈리아의 스쿠터 브랜드.

** 바르셀로나에 본사를 둔 레이온 생산업체.

못쓰게 된 거죠."

"사정이 그렇다니 안타깝구나, 페르난디토."

"사는 게 다 그렇죠. 문제는 지금 내가 버는 돈이 우리집의 유일한 수입이라는 거예요. 그래서 더 좋은 일자리를 찾지 않으면 안 되는 상황이에요……"

"뭘 하면 좋겠니?"

그는 알 수 없는 미소를 지으며 그녀를 바라보았다.

"내가 항상 원했던 게 뭔지 아세요? 바로 당신과 함께 일하는 거예요."

"그렇지만 넌 내가 무슨 일을 하는지 모르잖니, 페르난디토."

"저는 보기만큼 멍청하지 않아요, 알리시아 양."

"난 한 번도 그렇게 생각해본 적 없어."

"늘 상상에 빠져 살고 조금 순진하다고 생각하겠죠. 네, 그래요. 그리고 당신이 피부로 느끼지 못한 것은 내가 뭐라고 말할 수 있겠어요? 그렇지만 당신이 비밀스러운 사건이나 음모와 관련된 일을 하고 있다는 것쯤은 나도 안다고요."

그녀는 조용히 미소 지었다.

"그렇게 말할 수도 있겠구나."

"그렇다고 제가 그런 얘기를 여기저기 떠벌리고 다니는 건 아니에요. 아셨죠? 이래 봬도 입이 무겁다고요."

알리시아는 그의 눈을 똑바로 쳐다보았다. 페르난디토는 침을 꿀꺽 삼켰다. 그 어두운 심연을 들여다볼 때마다 그는 가슴이 두근거렸다.

“너 정말로 나하고 일하고 싶니?” 그녀가 마침내 물었다.

페르난디토의 눈이 휘둥그레졌다.

“그럴 수만 있다면 더 바랄 게 없겠죠.”

“칸델리타*와 결혼하는 건?”

“짓궂게 그러지 마세요. 알리시아 양, 어쩔 때 보면 당신은 너무 심술궂다고요.”

알리시아는 그의 비난을 순순히 수긍하면서 고개를 끄덕였다.

“저기, 제가 아직 헛된 희망을 품고 있다고는 생각하지 않으면 좋겠어요. 물론 앞으로 누구를 만나더라도 당신만큼 사랑하지는 못할 거예요. 그렇지만 그건 제 문제예요. 당신이 나를 결코 사랑하지 않으리라는 건 이미 오래전부터 알고 있었으니까요.”

“페르난디토……”

“제 말 아직 안 끝났어요. 이왕 용기를 내서 솔직하게 말씀드린 이상, 숨김없이 털어놓을게요. 다시는 당신에게 지금처럼 용기 있게 제 솔직한 심정을 밝힐 수가 없을 것 같아서요.”

그녀는 그의 마음을 이해한다는 듯이 고개를 끄덕였다.

“제가 하려는 말은, 사실 제 문제도 아니에요. 하지만 이런 말한다고 화내지는 마세요. 어차피 저는 어리석고 멍청하니까, 당신이 저를 사랑하지 않아도 괜찮다는 말을 하고 싶었어요. 하지만 당신은 언젠가 꼭 좋은 사람을 만나서 사랑해야 된다고요. 인생이라는 게 워낙 짧고 험해서 그렇게…… 계속 혼자 살 수만은 없으

* ‘칸델라(Candela)’의 애칭.

니까요."

알리시아는 고개를 숙였다.

"페르난디토, 사랑할 사람은 우리가 고르는 게 아니야. 어쩌면 그저 내가 그 누구도 사랑할 줄 모르고, 다른 이의 사랑을 받아들일 줄 모르는 것일 수도 있어."

"그럴 리 없어요. 함께 다니는 덩치 큰 경찰이 애인 아닌가요?"

"바르가스? 아냐. 그 사람은 직장 동료야. 내 생각에는 좋은 친구이기도 하고."

"어쩌면 나도 그렇게 될 수 있겠네요."

"친구, 혹은 직장 동료?"

"둘 다요. 당신만 괜찮다면."

알리시아는 한동안 침묵을 지켰다. 페르난디토는 그녀를 숭배의 눈길로 지켜보며 잠자코 기다렸다.

"위험할 수도 있을 텐데, 그래도 괜찮아?" 알리시아가 물었다.

"병을 잔뜩 들고 이 동네 계단을 오르락내리락하는 것보다 더 위험한가요?"

그녀는 고개를 끄덕였다.

"당신을 알게 된 후로 당신이 위험한 인물이라는 건 알았어요. 제가 바라는 건 한 번만이라도 기회를 달라는 거예요. 일단 시켜보고 시원치 않으면 자르면 되잖아요. 제 사정 봐주지 않아도 괜찮으니까. 어때요?"

페르난디토가 손을 내밀었다. 알리시아는 그의 손을 잡고 악수 대신 숙녀에게 하듯이 입을 맞추었다. 그러곤 그 손을 자기 뺨에 갖다댔다. 그는 잘 익은 복숭아처럼 낯빛이 발그스레해졌다.

"좋아. 그럼 딱 일주일만 시험해보자. 며칠 해보고 네가 아니다 싶으면 없던 일로 하고."

"진심이에요?"

알리시아는 고개를 끄덕였다.

"고마워요. 절대로 실망시키지 않을게요. 정말로요."

"알고 있어, 페르난디토. 그건 조금도 의심하지 않아."

"그럼 총을 가지고 다녀야 되나요? 아버지가 민병대 시절 쓰던 소총을 아직도 가지고 계시는데……"

"조심해서 행동하기만 하면 괜찮을 거야."

"어떤 임무를 맡게 되나요?"

"내 눈이 되는 거지."

"무엇이든 말씀만 하세요."

"지금 식료품점에서 한 달에 얼마 받지?"

"입에 제대로 풀칠도 못할 정도죠."

"그럼 지금 급료의 네 배를 기본급으로 해서 주급으로 줄게. 거기에 인센티브와 보너스도 지급할 거야. 베스파 할부금은 내가 내줄 테니까 그렇게 알아. 우선 여기서부터 시작해보자. 어때, 괜찮은 것 같니?"

페르난디토는 넋 빠진 표정으로 고개를 끄덕였다.

"아시겠지만, 당신을 위해서 일할 수만 있다면 돈 따윈 중요하지 않아요. 오히려 내가 돈을 내도 모자랄 판인데요."

알리시아는 고개를 저었다.

"페르난디토, 돈도 못 받고 일을 하는 시대는 끝났어. 자본주의 세계에 온 걸 환영해."

"사람들은 그게 아주 나쁜 거라고 하지 않나요?"

"나쁘다 못해 악랄하지. 하지만 너도 곧 그 매력에 빠지게 될 거야."

"일은 언제부터 시작하죠?"

"지금 당장."

28

바르가스는 마치 위궤양에 걸리기라도 한 것처럼 배를 움켜잡았다.

"그 아이한테 뭐라고 했다고요?"

"페르난디토라고 해요. 그리고 이제 더이상 어린애가 아니에요. 당신만큼 건장하다고요. 더구나 베스파도 몰고 다니는걸요."

"맙소사! 나를 애먹인 것도 모자라 이제 순진한 영혼들마저 당신 계략에 끌어들이려는 거예요?"

"바로 그거예요. 우리 임무를 제대로 완수하려면 순진한 사람이 필요하다고요."

"그런 거라면 로비라만 있어도 충분하잖아요. 그런데 로비라 그 자식이 오전 내내 내 뒤를 밟더라고요. 원래는 당신을 따라다니라는 지시를 받지 않았나요?"

"겉으로는 어수룩해 보여도 그렇게까지 멍청한 친구는 아닌가 보네요."

"그런데 페르난디토는 뭐하는 친구예요? 혹시 바토리 백작부인*처럼 젊은이의 피로 목욕하려는 건 아니겠죠?"

"당신은 나날이 지식이 느는군요. 하지만 틀렸어요. 페르난디토는 한 방울의 피도 흘리지 않을 거예요. 땀이라면 또 모를까."

"눈물도 흘리겠죠. 그 친구가 애처로운 눈빛으로 당신 바라보는 걸 내가 못 봤을 줄 알아요?"

"언제 그를 봤죠?"

"이 아래 카페에서 당신이 한창 최면을 걸고 있더군요. 마치 여왕 코브라가 어린 토끼를 보는 것 같았어요."

"로비라만 나를 염탐하는 줄 알았는데, 그게 아니었네요."

"메트로바르나에서 돌아오는 길에 우연히 본 거예요."

알리시아는 아무 일 아니라는 듯이 들릴락 말락 한 소리로 중얼거리면서 고급 크리스털잔에 화이트와인을 따랐다. 그녀는 와인을 한 모금 마시고 테이블에 양팔로 기댔다.

"페르난디토 문제는 잠시 제쳐두고, 일이 어떻게 됐는지 말해 보세요."

바르가스는 숨을 몰아쉬고 소파에 털썩 주저앉았다.

"어디부터 시작할까요?"

---

* 16세기 헝가리의 귀족. 젊음과 미모를 유지하기 위해 수백 명의 젊은 여성을 납치해 살해한 후 그 피로 목욕을 한 것으로 전해져 '피의 백작부인'이라는 별명으로 불린다.

"처음부터 말해봐요."

바르가스는 메트로바르나에 갔던 일과 거기서 느낀 인상을 간단하게 정리해서 말했다. 알리시아는 말없이 들으면서 와인잔을 들고 이리저리 서성이다가 가끔씩 고개를 끄덕였다. 그의 보고가 끝나자 그녀는 창가로 다가가 와인을 쭉 들이켠 다음 뒤를 돌아보았다. 그녀의 표정을 보자 바르가스에게 불안감이 엄습해왔다.

"바르가스, 곰곰이 생각해봤는데요……"

"신이시여, 제발 자비를 베풀어주소서."

"처가 덕을 본 산치스 씨, 그의 운전사, 마타익스의 책들, 브리앙스 변호사, 그리고 셈페레 가족 등에 대해 오늘 알아낸 것을 종합해보면……"

"그리고 눈에 띄지 않게 돌아다니는 사람, 당신의 옛 동료 로마나도 잊으면 안 돼요."

"잊을 리가 있겠어요. 사실 당신과 나의 힘만으로는 모든 단서를 추적하기가 불가능해요. 더구나 올가미가 점점 더 조여들고 있기도 하고요."

"우리 목에요?"

"내 말이 무슨 뜻인지 이미 잘 알잖아요. 방금 언급한 그 실마리들은 어떤 식으로든 서로 얽혀 있어요. 그러니까 그것들을 더 세게 잡아당길수록 문제 해결의 입구를 찾는 데 한 걸음 더 다가가는 셈이죠."

"당신이 비유적인 표현을 쓸 때마다 나는 도무지 이해를 못하겠어요."

"우리는 누군가 실수하기만을 기다리고 있는 거라고요. 그게 전부예요."

"당신은 언제나 사건을 그런 식으로 해결합니까? 상대의 헛발질을 통해서."

"한 번에 정확하게 적중할 거라고 확신하기보다 다른 이들이 실수를 저지르도록 유도하는 편이 더 효과적이니까요."

"그런데 우리가 실수하면 어떻게 하죠?"

"더 좋은 방법이 있으면 말해보세요."

바르가스는 이제 그만하자는 표시로 손을 들었다.

"그럼 페르난디토라는 친구가 앞으로 하게 될 일은 뭐죠?"

"우리가 갈 수 없는 곳에서 우리 눈이 되어줄 거예요. 그 아이를 아는 이도 없을뿐더러, 그를 기다리는 사람도 없으니까요."

"당신 점점 레안드로 씨처럼 변해가는군요."

"바르가스, 그 말은 못 들은 걸로 할게요."

"좋으실 대로. 그 애송이를 어떻게 희생시킬 계획이에요?"

"페르난디토는 제일 먼저 산치스의 뒤를 밟을 겁니다. 분업은 생산성을 증대시키는 법이죠."

"그를 함정에 빠뜨릴 생각이로군요. 그럼 나는 뭘 하면 되죠?"

"지금 고민중이에요."

"어떻게 하면 다시 나를 따돌릴 수 있을지 궁리하고 있군요."

"엉뚱한 소리 하지 말아요. 내가 언제 당신을 따돌렸다고 그래요?"

바르가스는 투덜거렸다.

"그럼 내 역할을 고민하는 사이에 또 뭘 할 생각이죠?" 그가 물었다.

"셈페레 가족에게 충분한 시간을 두고 주의를 기울일 생각이에요." 알리시아가 대답했다.

바로 그 순간, 아파트 문 뒤에서 무거운 물건이 바닥에 떨어지는 요란한 소리가 들렸다. 잠시 후 초인종이 울렸다.

"누구 올 사람 있어요?" 바르가스가 물었다.

"문 좀 열어주시겠어요?"

바르가스는 마지못해 자리에서 일어나 문으로 갔다. 얼굴이 벌겋게 상기된 페르난디토가 숨을 헐떡거리며 문 앞에 서 있었다.

"안녕하세요?" 그가 말했다. "알리시아 양 책을 가져왔어요."

분위기가 어색해지지 않도록 페르난디토가 손을 내밀었지만, 바르가스는 아예 못 본 체했다.

"알리시아, 심부름하는 아이가 왔어요."

"심술부리지 말고, 들어오라고 하세요."

알리시아는 자리에서 일어나 문으로 갔다.

"어서 들어와, 페르난디토. 그 사람 말은 신경쓰지 마."

그녀를 보자 그의 얼굴이 환해졌다. 그는 상자를 들고 집안으로 들어왔다.

"실례합니다, 책은 어디에 둘까요?"

"여기, 책장 앞에."

페르난디토는 책장 앞에 책을 놓은 뒤 숨을 깊이 들이쉬면서 이마에 흐르는 땀을 닦았다.

"저렇게 무거운 걸 여기까지 들고 왔니?"

그는 어깨를 으쓱했다.

"아뇨, 스쿠터에 싣고 왔죠. 그런데 이 아파트에는 엘리베이터가 없어서……"

"페르난디토, 정말 대단한 정성이구나." 바르가스가 말했다. "그 용기를 가상히 여겨 메달이라도 주고 싶지만, 준비해둔 게 없어서……"

페르난디토는 빈정거리는 바르가스의 말을 무시한 채, 알리시아에게 온 신경을 기울였다.

"별로 힘들지 않았어요, 알리시아 양. 식료품 배달하는 데 이미 이골이 난걸요."

"그래서 힘이 그렇게 세진 거구나. 바르가스, 뭐해요? 빨리 돈을 주세요."

"뭐라고요?"

"활동비를 선금으로 지급하기로 했어요. 휘발유값도요."

"그걸 내가 내야 되나요?"

"경비로 처리하세요. 회계관리는 당신 책임이잖아요. 제발 그런 표정 짓지 말아요."

"내 표정이 어때서요?"

"꼭 요로감염증에 걸린 사람처럼 오만상을 찌푸리고 있다니까요. 자, 어서 지갑부터 꺼내요."

"저, 무슨 문제가 있다면……" 바르가스의 표정에서 뭔가 심상치 않은 낌새를 눈치채고 초조해진 페르난디토가 그들의 대화에 끼어들었다.

“아무 문제도 없어.” 알리시아가 잘라 말했다. “경감님?”

바르가스는 끙하고 앓는 소리를 내며 지갑을 꺼냈다. 그는 지폐 두 장을 꺼내 페르난디토에게 건넸다.

“더요.” 알리시아가 속삭이듯 말했다.

“뭘요?”

“최소한 지금 준 것의 두 배는 주셔야죠.”

바르가스는 지폐 두 장을 더 꺼내 그에게 주었다. 태어나서 그렇게 많은 돈은 본 적도 없을 페르난디토는 어안이 벙벙한 얼굴로 돈을 받았다.

“과자 사먹느라 몽땅 써버리면 안 돼.” 바르가스가 중얼거렸다.

“절대로 후회는 하지 않으실 거예요, 알리시아 양. 정말 고맙습니다.”

“이봐. 돈을 주는 건 나라고, 이 녀석아.” 바르가스가 말했다.

“페르난디토, 부탁 하나 들어줄 수 있어?” 알리시아가 물었다.

“무엇이든 말씀만 하세요.”

“아래 내려가서 담배 한 갑만 사다줘.”

“미국 담배로요?”

“넌 최고야.”

페르난디토는 재빨리 계단을 내려갔다. 발걸음소리로 판단하건대 뛰다시피 가는 모양이었다.

“저 복사服事 녀석이 사라지니 속이 다 시원하군요.”

“질투하고 있군요.” 알리시아가 말했다.

"죽을 만큼이요."

"그 그림은 뭐죠?" 알리시아는 바르가스가 가지고 온 그림을 가리키며 물었다.

"당신 소파 위에 걸어두면 어울릴 것 같아서요."

"당신의 새로운 친구, 그러니까 산치스 씨가 가장 좋아하는 화가가 그린 거예요?"

바르가스는 고개를 끄덕였다.

"우리가 찾고 있는 장서 수집가가 산치스일까요?" 알리시아가 물었다.

바르가스는 어깨를 으쓱했다.

"그럼 운전사는요……?"

"모르가도예요. 그 사람 정보를 보내달라고 본부에 전화했어요. 내일쯤이면 소식이 오겠죠."

"지금 무슨 생각을 하고 있죠, 바르가스?"

"좋든 싫든 당신의 생각이 옳을지도 모른다는 생각을 하고 있었어요. 올가미가, 그게 아니면 뭐든 간에 점점 더 조여들고 있다고 말이죠."

"완전히 확신하는 것 같지는 않은데요."

"네, 그래요. 무언가 앞뒤가 맞지 않는 것이 있어요."

"뭐가요?"

"일의 윤곽이 드러나면 분명히 알게 되겠죠. 하지만 우리가 잘못된 각도에서 사건을 바라보고 있다는 느낌을 지울 수가 없어요. 이유는 묻지 말아요. 그런 직감이 든다는 것뿐이니까요."

"나도 그래요." 알리시아가 맞장구를 쳤다.

"그럼 레안드로에게 그 얘기를 할 건가요?"

"그에게 무언가는 알려줘야 해요."

"가능하다면 페르난디토는 〈노도〉*에서 제외시켜요."

"그 아이를 포함시킬 생각은 없어요."

잠시 후, 페르난디토가 계단을 급히 올라오는 소리가 들렸다.

"어서 문 열어요. 그리고 되도록 저 아이에게 좀더 잘 대해주세요. 그가 앞으로 사회에서 쓸모 있는 인재가 되려면 견실한 남자 롤모델이 필요하니까요."

바르가스는 머리를 절레절레 흔들며 문을 열었다. 페르난디토가 손에 담배를 든 채 초조하게 기다리고 있었다.

"어서 들어와, 꼬마야. 클레오파트라여왕님이 기다리고 계신다."

페르난디토는 그녀에게 담배를 건네러 단걸음에 달려갔다. 알리시아는 웃음 띤 얼굴로 담뱃갑을 열더니 한 개비를 꺼내 입에 물었다. 페르난디토가 재빨리 라이터를 꺼냈다.

"페르난디토, 너 담배 피우니?"

"아뇨, 안 피워요…… 손전등 대신 들고 다니는 거예요. 이 동네 계단은 절반 이상이 너무 어두워서 앞이 하나도 안 보이거든요."

"바르가스, 봤죠? 이래도 페르난디토한테 형사가 될 소질이 없다고 생각해요?"

---

* No-Do, 'Noticiarios y Documentales(뉴스 및 다큐멘터리)'의 약어로, 프랑코 정권 당시 영화가 상영되기 전 방영되던 체제 홍보 프로그램.

"어린 말로* 나셨군."

"페르난디토, 저 사람 말은 신경쓰지 마. 누구나 나이가 들면 성질이 까탈스러워지는 법이거든. 그건 흰머리에 있는 키니네 때문이야."

"케라틴이겠죠." 바르가스가 웃으며 그녀의 말을 고쳐주었다.**

알리시아는 바르가스의 말을 무시하라고 페르난디토에게 눈짓을 했다.

"페르난디토, 부탁 하나만 더 해도 될까?"

"물론이죠."

"이번 건 좀 까다로운데, 네가 맡을 첫 임무야."

"어서 말해보세요."

"지금 그라시아대로 6번지로 가봐."

바르가스는 깜짝 놀란 표정으로 그녀를 보았다. 알리시아는 그에게 곁눈질로 아무 말도 하지 말라는 신호를 보냈다.

"거기에 메트로바르나라는 회사가 있어."

"그 회사라면 저도 알아요."

"아, 그러니?"

"이 동네에 있는 건물 태반이 그 회사 소유거든요. 그들 수법이라는 게 뻔해요. 우선 건물을 사들이고 거기 살던 노인네들한테 몇 푼 쥐여주고 내쫓아버려요. 그런 다음에 가격을 열 배로 올려

---

* 미국의 추리작가 레이먼드 챈들러의 탐정소설 시리즈 주인공.

** 키니네는 기나나무 껍질에서 얻을 수 있는 알칼로이드, 케라틴은 모발을 구성하는 단백질이다.

서 되파는 식이죠."

"정말 영악한 자들이구나. 우리가 알아본 바에 따르면 그 회사 대표는 이그나시오 산치스라는 자야. 네가 할 일은 그가 회사에서 나오면 그림자처럼 뒤를 따라다니는 거야. 그가 어디를 가고 무엇을 하는지, 또 누구하고 이야기를 나누는지, 내게 알려주고…… 그게 전부야. 베스파로 잘해낼 수 있지?"

"이래 봬도 제 베스파는 도로의 여왕이라고요. 일단 제가 베스파를 타고 도로에만 나가면 그 유명한 누볼라리*도 달아나지 못한다니까요."

"내일 이 시간에 여기 와서 알아낸 것을 내게 말해주면 돼. 궁금한 점?"

바르가스가 손을 들었다.

"페르난디토에게 물어본 거예요."

"다 분명하게 알아들었어요, 알리시아 양."

"그럼 가봐. 음모의 세계에 온 것을 환영해, 페르난디토."

"알리시아 양을 실망시키는 일은 절대로 없을 거예요. 경감님도요."

페르난디토는 추리와 탐색이라는 세계에서 맞이할 전도유망한 장래를 향해 서둘러 뛰어갔다. 바르가스는 헤벌어진 입을 다물지 못한 채, 고양이 같은 표정으로 담배를 즐기는 알리시아를 멍하니 바라보았다.

---

* 이탈리아의 전설적인 카레이서.

"정신나갔어요?"

그녀는 그의 말을 못 들은 체했다. 그녀는 창밖을 내다보면서 바다에서 밀려오는 구름의 장막을 쳐다보았다. 석양으로 붉게 물든 구름떼 안에 거미줄처럼 얽힌 짙은 검은 띠들이 어지럽게 소용돌이치고 있었다. 그러다 조명탄이 터지기라도 한 것처럼 구름 사이로 번쩍 번갯불이 일었다.

"폭풍이 몰려오나보군요." 그녀의 등뒤에서 바르가스가 중얼거리며 말했다.

"배고파요." 알리시아가 몸을 돌리며 말했다.

그는 아연실색했다.

"당신 입에서 그런 말이 나오다니 놀랍네요."

"모든 것에는 처음이라는 게 있기 마련이죠. 저녁 사줄래요?"

"돈이 있어야 사주든 말든 하죠. 방금 당신을 흠모하는 꼬마한테 가진 돈을 다 줬잖아요. 내일 은행에 가서 더 찾아야겠어요."

"그럼 타파스라도 먹어요."

"어디로 갈까요?"

"혹시 바르셀로네타라는 동네 아세요?"

"보통의 바르셀로나에 대해서라면 이미 충분히 알고 있다고요."

"그럼 맛있는 봄바* 먹으러 갈래요?"

"뭐라고요?"

"매콤한 음식이에요. 폭탄이 아니라고요."

* '폭탄'이라는 뜻으로, 스페인에서 가장 인기 있는 타파스 중 하나.

"왜 당신이 또 함정을 꾸미는 것 같은 느낌이 들까요?"

29

그들은 번개가 하늘을 가르는 가운데 항구 쪽으로 내려갔다. 죽 늘어선 돛대가 바다에서 세차게 불어오는 바람에 맞서 싸우고 있었다. 공기에서 매캐한 전기 냄새가 났다.

"비가 한바탕 쏟아질 것 같군요." 바르가스가 말했다.

그들은 선착장 맞은편에 늘어선 창고를 따라 걸었다. 말이 창고지 옛날 시장처럼 커다란 동굴 같은 건물들이었다.

"옛날에 아버지가 여기 창고에서 일하셨어요." 알리시아가 말했다.

바르가스는 그녀가 계속 말을 할 줄 알고 잠자코 있었다.

"나는 당신이 처음부터 고아인 줄 알았어요." 그가 마침내 입을 열었다.

"태어났을 때부터 고아는 아니었어요."

"그럼 당신이 몇 살 때 돌아가신 거죠? 부모님 말이에요."

알리시아는 외투 단추를 목까지 채우고 걸음을 재촉했다.

"서둘러 가지 않으면 비에 쫄딱 젖겠어요." 그녀가 말했다.

그들이 바르셀로네타에 이르렀을 때 빗방울이 떨어지기 시작했다. 드문드문 내리는 굵은 빗방울은 마치 물로 된 총알처럼 보도에 부딪쳐 사방으로 흩어지고, 선착장 옆 대로를 미끄러지듯 지나는 전차 위로 기관총을 쏘듯이 떨어졌다. 바르가스는 갑 위로 좁은 골목길이 그물처럼 어지럽게 뒤엉킨 구역을 바라보았다. 거대한 공동묘지처럼 보였다.

"섬 같군요." 그가 말했다.

"완전히 헛짚지는 않았네요. 지금 그곳은 어민들이 살아요."

"전에는 뭐였죠?"

"역사강의를 듣고 싶어요?"

"봄바를 먹기 전에 식욕을 돋우는 셈 치죠……"

"몇 세기 전만 해도 여기서 보이는 것이라고는 바다밖에 없었대요." 알리시아가 설명했다. "그런데 시간이 흐르면서 방파제를 세우기 시작한 모양이에요. 그러자 바다에서 떠내려온 퇴적물이 제방 앞에 쌓이면서 결국 작은 섬처럼 육지가 생긴 거죠."

"그런 걸 다 어떻게 알아요?"

"책에서 읽었죠. 언제 시간 나면 한번 읽어보세요. 왕위계승전쟁이 벌어졌을 때 펠리페 5세의 군대가 시우다델라 요새를 짓기 위해 리베라 지구 대부분을 완전히 쑥대밭으로 만들었죠. 전쟁이 끝난 뒤 집을 잃은 이들이 여기 와서 살게 되었대요."

"그래서 당신네 바르셀로나 사람들이 그토록 군주제를 지지하는 거군요."

"그렇기도 하지만, 반골기질 때문이기도 하죠. 혈액순환에 도움이 되거든요."

댓줄기처럼 퍼붓기 시작한 비는 그들이 좁은 골목길에 도착할 때까지 이어졌다. 항구의 선술집과 길가의 바가 뒤섞인 듯한 건물 정면이 눈앞에 나타났다. 아무리 봐도 건축디자인 콩쿠르에서 상을 받았을 것 같지는 않지만 그 건물에서 새어나오는 냄새를 맡자 그의 뱃속에서 꼬르륵 소리가 났다. '라 봄베타'라고 쓰인 간판이 눈에 띄었다.

한창 카드게임에 열중하던 동네 사람들은 알리시아와 바르가스가 들어오는 것을 보자 눈을 치켜떴다. 바르가스는 바 안에 발을 딛는 순간 자기 정체가 탄로났음을 직감했다. 카운터에서 그들을 지켜보던 험악한 인상의 웨이터는 동네 단골들에게서 멀찌감치 떨어진 구석자리를 손으로 가리켰다.

"알리시아, 당신에게 어울리는 가게는 아닌 것 같은데요."

"여기는 분위기를 즐기기 위해서가 아니라 봄바를 먹으러 오는 곳이에요."

"그런데 왠지 다른 목적도 있을 것 같네요."

"글쎄요, 가까이 있으니까요."

"뭐가요?"

알리시아는 주머니에서 종이쪽지를 꺼내 탁자 위에 올려놓았다. 그것은 알리시아가 그날 오전 브리앙스 변호사 사무실의 이삿짐상자에서 떼어낸 라벨이었다.

"브리앙스가 자신의 모든 서류와 기록을 임시로 보관해둔 창고가요."

바르가스의 눈이 휘둥그레졌다.

"까다롭게 굴지 말아요, 바르가스. 설마 모든 것을 거저 받아먹으려던 건 아니겠죠?"

"법을 위반하는 일이 없기를 바라는 거예요."

그때 껄렁껄렁한 웨이터가 앞으로 오더니 의심스러운 눈빛으로 그들을 훑어보았다.

"봄바 네 개하고 맥주 두 잔 주세요." 알리시아는 바르가스에게서 눈을 떼지 않은 채 주문했다.

"에스트레야*하고 생맥주 중에서 뭘로 드려요?"

"에스트레야로 주세요."

"파 암 토마케트**는요?"

"바게트 두 조각 주세요. 토스트로요."

웨이터는 고개를 끄덕이더니 지체 없이 가버렸다.

"나는 카탈루냐 사람들이 왜 빵에 토마토를 발라먹는지 예전부터 궁금했어요." 바르가스가 말했다.

"나는 다른 지방에서는 왜 그렇게 먹지 않는지 궁금했죠."

"주거침입 말고, 또 어떤 깜짝 놀랄 일을 꾸미고 있는 거죠?"

"정확히 말하면 그곳은 주거가 아니라 창고죠. 더군다나 사람 대신 생쥐와 거미만 득실거릴 거고요."

"그렇다면 마다할 까닭이 뭐 있겠습니까? 당신의 그 악마 같은 머릿속에 또 어떤 생각이 떠돌고 있죠?"

"당신이 예전에 만났던 얼간이, 카스코스에 대해 생각하고 있었어요. 아리아드나출판사에서 일하는 발스의 부하요."

---

* 스페인에서 가장 오래된 맥주 브랜드인 에스트레야 담.

** 바게트에 토마토를 바르고 올리브유와 소금을 친 카탈루냐 지방의 대표적인 요리.

"애인에게 버림받은 사람이죠."

"파블로 카스코스 부엔디아." 알리시아가 중얼거리며 말했다. "베아트리스 아길라르의 옛 약혼자. 그 사람 생각이 머리에서 떠나지를 않아요. 좀 이상하지 않아요?"

"이번 사건에서 이상하지 않은 게 하나라도 있나요?"

"권력 실세인 장관이 바르셀로나 중고서점 주인의 가족사를 몰래 파헤친다니……"

"그건 이미 결론이 난 이야기잖아요. 그들이 다비드 마르틴에 대해 뭐라도 알고 있을지 모른다고 판단해서 그런 거라고요. 사실 발스는 자신에 대한 협박과 암살 음모의 배후에 다비드 마르틴이 있는 것으로 봤으니까요." 바르가스가 자신의 생각을 밝혔다.

"그렇죠. 그런데 다비드 마르틴이 셈페레 가족과 어떤 관계일까요? 그들은 이번 사건의 전말과 무슨 연관이 있는 걸까요?" 알리시아는 질문을 던진 뒤 잠시 생각에 잠겼다. "거기에 뭔가가 있어요. 바로 그곳에, 그리고 그 가족에게요."

"그래서 나한테 알리지도 않고 '셈페레와 아들' 서점에 찾아간 거예요?"

"그건 읽을 만한 책이 필요해서 간 거예요."

"그런 거라면 『TBO』* 같은 게 나았을 텐데요. 셈페레 가족에게 너무 성급하게 접근하면 오히려 위험할 수도 있어요."

"서점 주인 가족이 무서워요?"

* 인기 만화잡지.

"그보다는 우리가 사건의 윤곽을 미처 파악하기도 전에 비밀이 드러날까봐 걱정이 돼서 그런 거예요."

"위험을 무릅쓰더라도 해볼 만하잖아요."

"당신이 일방적으로 그렇게 결정한 거죠."

"베아트리스 아길라르와는 왠지 죽이 잘 맞았어요." 알리시아가 말했다. "아주 매력적인 여자더군요. 아마 당신도 만나보면 첫눈에 반할걸요."

"알리시아……"

그녀는 장난스러운 미소를 지어 보였다. 때마침 맥주와 봄바가 나와 두 사람의 대화가 중단되었다. 바르가스는 큰 공처럼 생긴 음식을 신기한 듯이 바라보았다. 감자에 매콤한 고기로 속을 채우고 튀김옷을 입혀 튀긴 요리였다.

"이거, 어떻게 먹는 거죠?"

알리시아는 봄바를 포크로 찍어 한입 베어물었다. 거리에는 폭풍우가 사납게 몰아치고 있었다. 웨이터가 문으로 다가가 굵은 빗줄기가 떨어지는 밖을 내다보았다. 바르가스는 봄바를 허겁지겁 먹는 알리시아를 지켜보았다. 그녀의 모습에서 전에는 미처 알아차리지 못했던 무언가가 느껴졌다.

"해만 지면 어김없이 다시 살아나는군요."

알리시아는 맥주를 쭉 들이켠 다음, 그의 눈을 똑바로 쳐다보았다.

"나는 야행성동물이거든요."

"더 말 안 해도 알아요."

30

폭풍우가 지나가자, 짙은 안개가 바르셀로네타 거리를 뒤덮으며 가로등 불빛에 반짝였다. 거리로 나갔을 때는 빗방울이 머리 위로 한두 방울씩 떨어지고 있었다. 소리쳐 울부짖는 듯하던 폭풍우의 메아리도 저멀리 사라지고 있었다. 알리시아가 그날 아침 브리앙스 변호사 사무실의 이삿짐상자에서 떼어낸 종이에는 어느 주소가 적혀 있었다. 브리앙스가 수십 년간 모아놓은 각종 문서와 기록, 가구와 기타 집기류를 보관할 창고의 주소였다. 창고는 바포르 바르시노, 즉 내전 이후 방치되어 있던 옛 보일러와 기관차 공장 터에 있었다. 춥고 황량한 골목길을 따라 이 분 정도 걸어가자 옛 공장의 정문이 나왔다. 드문드문 땅속에 묻혀 잘 보이지는 않았지만 기차선로가 공장 안으로 이어졌다. 입구에는 '바포르 바르시노'라고 쓰인 거대한 석조정문이 서 있었다. 그 너머로 낡은 창고와 공장 건물이 폐허처럼 을씨년스럽게 서 있었는데, 마치 증기기관시대에 탄생한 놀라운 발명품들의 공동묘지 같은 분위기가 풍겼다.

"여기가 분명해요?" 바르가스가 물었다.

알리시아는 고개를 끄덕이곤 앞장서서 안으로 걸어들어갔다. 그들은 커다란 물웅덩이 속에 버려진 증기기관차 옆으로 걸었다. 시커먼 물 위에 손수레와 수도관, 갈매기가 둥지를 지어놓은 보일러 껍데기가 떠 있었다. 갈매기들은 꼼짝도 않은 채 저녁 어스름 속에서 눈을 반짝이며 그들이 지나가는 모습을 지켜보고 있었다.

일렬로 늘어선 전봇대에는 전깃줄이 복잡하게 얽혀 있었는데, 거기 매달린 몇 안 되는 전등에서 희미한 불빛이 새어나왔다. 공장 건물에는 숫자가 표시된 나무표지판이 하나씩 붙어 있었다.

"우리가 찾는 건물은 3동이에요." 알리시아가 말했다.

바르가스는 주변을 빙 둘러보았다. 어둠 속에서 배고픈 고양이 두어 마리의 울음소리가 들려왔다. 공기 중에서 석탄과 황 냄새가 났다. 그들은 버려진 경비실을 지나갔다.

"이 부근에 경비원이 지키고 있지 않을까요?"

"내가 보기에 브리앙스 변호사는 돈이 적게 드는 방법을 택했을 것 같아요." 알리시아가 대답했다.

"좌절한 이들의 변호사." 바르가스가 그 말을 떠올렸다. "세월이 흘러도 사람은 쉽게 변하지 않는 법……"

그들은 3이라는 숫자가 표시된 공장 건물로 다가갔다. 최근에 다녀간 이삿짐센터 트럭의 바퀴자국이 진흙 위에 희미하게 남아 있었다. 바로 앞 나무문에는 빗장쇠가 출입을 막고 있었다. 정면 철판에는 작은 문이 하나 있는데, 열지 못하도록 쇠사슬을 꽁꽁 두르고 주먹만한 맹꽁이자물쇠를 채워놓았다.

"힘으로 열 수 있을까요?" 알리시아가 물었다.

"설마 나보고 저걸 물어뜯어 열라는 건 아니겠죠?" 바르가스가 따지듯이 말했다.

"글쎄요. 어떻게든 해보세요."

바르가스는 리볼버를 꺼내더니 곧장 자물통 구멍에 총구를 들이댔다.

"옆으로 물러나요." 그가 명령하듯 말했다.

알리시아는 두 손으로 귀를 막았다. 총소리가 메아리를 일으키며 건물 사이로 울려퍼졌다. 바르가스가 구멍에서 총구를 빼내자 자물통은 쇠사슬과 함께 바닥으로 스르르 떨어져내렸다. 그러자 그가 문을 발로 차서 열었다.

건물 안에는 어둠이 구석구석 거미줄처럼 복잡하게 얽혀 있고 그 사이로 궁전 1001개의 유적들이 어렴풋이 보였다. 둥근 천장에서 내려온 전선에는 알전구가 여기저기 매달려 있었다. 배선을 따라가던 바르가스는 벽에 붙어 있는 배전함을 발견하고 주전원 스위치를 눌렀다. 그러자 전구에서 누르스름한 희미한 불빛이 깜박거리며 천천히 연이어 들어오기 시작했다. 마치 유령의 집 같은 분위기였다. 벌레들이 떼지어 날갯짓을 하는 것처럼 웅 하는 전기 소리가 났다.

그들은 건물을 가로지르는 통로를 따라 안으로 들어갔다. 철제 펜스로 구분된 개인 창고가 양쪽에 죽 늘어서 있고 입구마다 표지판이 하나씩 붙어 있었다. 거기에는 창고 번호와 보관기간 만료일자, 그리고 소유자의 성이나 사업체명이 기재되어 있었다. 각각의 보관창고에는 저마다 다른 세계가 담겨 있었다. 첫번째 개인 보관창고에는 수백 대의 낡은 타자기와 계산기, 금전등록기가 성곽처럼 둘러싸여 있었다. 그다음 창고에는 십자고상과 성상, 고해소와 설교대가 산더미처럼 쌓여 있었다.

"이 정도면 수도원 하나를 짓고도 남겠는걸요." 알리시아가 말했다.

"지금도 늦지 않았어요……"

앞쪽으로 걸어가자 해체된 회전목마가 나타났고, 그 뒤로 이동식 놀이공원의 망가진 잔해가 희미하게 보였다. 통로 맞은편에는 19세기에 유행하던 관과 장례용품이 한가득 있었는데, 그중에는 사방이 유리로 되어 있고 내부의 실크침상에는 어느 훌륭한 고인의 흔적이 아직 남아 있는 닫집도 눈에 띄었다.

"맙소사…… 다 어디서 온 거죠?" 바르가스가 중얼거리듯 말했다.

"대부분 파산한 재력가, 전쟁 전에 몰락해버린 가문, 시대의 블랙홀 속으로 빨려들어간 기업한테서 나온 것들이죠……"

"그럼 이것들이 여기 있다는 걸 기억하는 이가 아직 있나요?"

"누군가는 계속 임대료를 내니까 여기에 보관되어 있죠."

"그 말을 들으니까 머리카락이 쭈뼛 곤두서네요."

"바르가스, 바르셀로나는 유령의 집이나 마찬가지예요. 물론 당신 같은 관광객은 절대로 내막을 들여다보려고 하지 않겠지만. 보세요, 여기 있네요."

알리시아는 어느 칸 앞에 멈춰 서서 손으로 표지판을 가리켰다.

브리앙스-요라크 가문

번호: 28887-BC-56. 9-62

"정말로 여기를 뒤져볼 거예요?"

"바르가스, 나는 당신이 그렇게 까다로운 사람인지 몰랐어요.

걱정 말아요. 내가 다 책임질 테니까."

"네, 분부대로 합죠. 그런데 정확히 뭘 찾는 거예요?"

"나도 몰라요. 어쩌면 여기 발스, 살가도, 다비드 마르틴, 셈페레 가족, 브리앙스, 그리고 당신이 가진 해독 불가능한 숫자들, 마타익스의 책, 또 산치스와 얼굴 없는 운전사를 하나로 연결시켜주는 단서가 있을지도 모르죠. 그 단서만 나오면 발스를 찾는 건 시간문제라고요."

"과연 그 단서가 여기 있을까요?"

"찾을 때까지는 아무도 모르죠."

브리앙스의 개인 창고에는 동네 철물점에 가면 쉽게 살 수 있는 평범한 자물쇠가 채워져 있었다. 바르가스가 리볼버 손잡이로 다섯 번 내리치자 자물쇠가 열렸다. 알리시아는 조금도 지체하지 않고 안으로 들어갔다.

"왠지 시체 썩는 냄새가 나는 것 같네요." 바르가스가 말했다.

"바닷바람 냄새예요. 마드리드에서 오래 살아서 후각을 완전히 잃어버린 모양이네요."

바르가스는 투덜거리면서 그녀를 따라 안으로 들어갔다. 캔버스천에 덮인 나무상자가 수북이 쌓여 있고 그 사이로 통로가 나 있었다. 통로를 따라가보니 안마당 같은 공간이 나타났다. 거기에는 토네이도라도 불어닥쳤는지 여러 세대에 걸친 브리앙스 가문의 유물이 어지럽게 흩어져 있었다.

"변호사는 가문의 천덕꾸러기였던 모양이죠. 내가 골동품에는 문외한이지만, 여기에 거액의 물건이 적어도 한두 개는 있는 것 같군요." 바르가스가 말했다.

"당신이 투철한 법적 정의감을 발휘해서 브리앙스 할머니의 은재떨이를 챙기고 싶은 유혹을 이겨내면 좋겠네요……"

바르가스는 셀 수 없이 많은 물건이 뒤죽박죽 쌓인 곳을 가리켰다. 그곳에는 식기세트, 거울, 의자, 서적, 조각상, 큰 궤짝, 옷장, 콘솔테이블, 서랍장, 자전거, 장난감, 스키장비, 구두, 여행가방, 그림, 화병 등이 카타콤을 연상시키는 모자이크를 이루고 있었다.

"몇 세기 물건부터 시작할까요?"

"브리앙스의 문서부터요. 우리가 찾는 건 중간 크기의 골판지 상자예요. 찾는 게 그리 어렵지는 않을 거예요. 이삿짐센터 직원들이 문에서 가장 가까운 곳에 변호사의 물건을 놓고 갔을 가능성이 높으니까요. 그리고 먼지가 쌓이지 않은 상자부터 골라내면 좋을 것 같아요. 오른쪽, 왼쪽 상자들 중에서 어느 쪽을 보실래요? 멍청한 질문이었나요?"

그들이 태어나기도 전부터 거기에 있었을 법한 잡동사니 사이를 잠시 이리저리 돌아다닌 끝에 그들은 피라미드처럼 쌓아올린 상자더미를 찾아냈다. 그 상자들에는 알리시아가 뜯어낸 것과 똑같은 라벨이 붙어 있었다. 바르가스가 앞으로 나서서 상자를 일렬로 늘어놓는 동안, 알리시아는 그것을 하나씩 열어 내용물을 일일이 확인했다.

"당신이 찾던 게 이건가요?" 바르가스가 물었다.

"아직은 잘 모르겠어요."

"완벽한 계획이로군요." 바르가스가 중얼거렸다.

문서와 기록이 들어 있는 상자, 책과 사무용품으로 차 있는 상자를 나누는 데만 삼십 분이 걸렸다. 천장에 매달린 전구의 불빛이 너무 희미해서 문서를 제대로 검토하기가 어려웠다. 바르가스는 불을 밝힐 만한 것을 찾으러 갔다. 잠시 후, 그는 오래된 구리 촛대와 아직 한 번도 쓴 적이 없는 듯한 굵은 양초를 한 다발 들고 왔다.

"그거 혹시 다이너마이트 아니죠?" 알리시아가 물었다.

바르가스는 라이터를 켜고 양초 몇 센티미터 앞까지 가져갔다가 그녀에게 라이터를 내밀었다.

"한번 해보겠습니까?"

불을 붙이자, 촛불에서 불빛이 거품처럼 끓어오르며 퍼져나갔다. 알리시아는 상자에 꽂혀 있는 서류철의 등을 하나씩 살펴보기 시작했다. 그녀를 지켜보는 바르가스의 얼굴에 초조한 빛이 역력했다.

"이제 어떻게 하죠?"

"서류철이 날짜별로 정리되어 있네요. 1934년 1월부터 나는 날짜순으로 찾아볼 테니까, 당신은 이름별로 확인해보세요. 가장 최근 것부터 시작하면 중간에서 만날 거예요."

"뭘 찾으라는 거죠?"

"산치스, 메트로바르나…… 브리앙스와 관련이 있는 것이라면 무엇이든요……"

"알았어요." 바르가스가 그녀의 말을 끊고 대답했다.

거의 이십 분 동안 그들은 상자에 있던 서류를 말없이 살펴보면서 가끔 눈빛을 교환하거나 머리를 흔들기도 했다.

"여기에는 산치스나 메트로바르나에 관한 내용이 전혀 없네요." 바르가스가 말했다. "벌써 오 년 치나 뒤져봤는데, 아무것도 나오지 않는군요."

"계속 찾아봐요. 혹시 저당은행 관련 서류에 있을지도 몰라요."

"은행에 관한 건 하나도 없어요. 여기 나오는 의뢰인은 죄다 평범한 사람들이에요. 법률 전문용어로 하자면……"

"계속 찾기나 해요."

바르가스는 고개를 끄덕인 뒤, 다시 서류와 사건 기록의 바다에 빠져들기 시작했다. 그사이 촛불은 굵은 눈물방울을 흘리며 타오르고 있었다. 그러던 어느 순간 그는 알리시아가 더이상 서류를 뒤적이지 않고 말없이 가만히 있는 것을 눈치챘다. 그는 눈을 들어 그녀를 쳐다보았다. 그녀는 꼼짝도 않은 채 어느 상자에서 꺼낸 서류철더미를 빤히 쳐다보고 있었다.

"왜 그래요?" 바르가스가 물었다.

알리시아는 그에게 두꺼운 서류철을 보여주었다.

"이사벨라 히스페르트……" 그녀가 말했다.

"그럼 '셈페레와 아들'……?"

그녀는 고개를 끄덕거렸다. 그녀는 '몬주익 39-45'라고 쓰인 또다른 서류철도 보여주었다. 바르가스는 그 곁으로 다가가 상자 옆에 무릎을 꿇고 앉았다. 그러곤 곧장 서류들을 훑어보더니 상자에서 다른 문서들도 꺼냈다.

"발렌틴 모르가도……"

"산치스의 운전사예요."

"셈페레/마르틴……"

"어디 좀 봐요."

알리시아는 서류철을 펼쳤다.

"이 사람이 우리가 찾던 다비드 마르틴일까요?"

"그런 것 같기는 한데……"

바르가스가 갑자기 말을 멈췄다.

"알리시아?"

다비드 마르틴 관련 기록을 살펴보던 알리시아는 자기를 부르는 소리에 고개를 들었다.

"이것 좀 봐요." 바르가스가 말했다.

그가 건넨 서류철은 두께가 최소한 손마디 두 개는 될 듯싶었다. 사건 기록의 제목을 보는 순간, 그녀는 등골이 오싹해졌다.

"빅토르 마타익스……" 그녀는 절로 나오는 미소를 억누를 수 없었다.

"이 정도면 충분할 것 같은데요." 바르가스가 말했다.

알리시아가 상자를 닫으려는 순간, 바닥에 떨어진 누런색 봉투가 눈에 띄었다. 그녀는 그 봉투를 주워 촛불에 비춰 살펴보았다. 봉투는 A4 크기였고 밀랍으로 봉인되어 있었다. 그녀는 봉투에 허옇게 앉은 먼지를 입으로 불어내고 펜으로 쓴 글씨—그것이 봉투에 적혀 있던 유일한 글씨였다—를 읽었다.

"이건 다 가지고 갈 거예요." 알리시아가 말했다. "우선 상자부터 닫고 원래 상태에 가깝게 해놓아야 돼요. 몇 주까지는 아니더라도, 며칠은 지나야 브리앙스가 새 사무실을 얻고 문서와 기록 일부가 사라졌다는 것을 알아차리겠지만요……"

바르가스는 고개를 끄덕였다. 바닥에 있던 첫 상자를 들어올리려는 순간, 그는 갑자기 행동을 멈추고 뒤를 돌아보았다. 알리시아가 그를 쳐다보았다. 그녀도 소리를 들었다. 발소리였다. 먼지로 뒤덮인 바닥을 밟는 소리가 메아리를 일으켰다. 알리시아는 촛불을 훅 불어 껐다. 바르가스는 리볼버를 꺼냈다. 문턱에 사람의 그림자가 어른거렸다. 닳아 해진 제복을 입은 남자가 손전등과 곤봉을 들고 그들을 지켜보고 있었다. 곤봉이 부들부들 떨리는 것을 보니, 가엾은 남자는 창고 안을 돌아다니는 생쥐보다 더 겁을 먹은 것이 틀림없었다.

"여기서 뭣들 하는 거요?" 경비원이 더듬거리며 말했다. "일곱 시가 지나면 아무도 들어올 수 없단……"

알리시아는 천천히 자리에서 일어나 그를 보며 미소 지었다. 그녀의 표정에 그의 피를 얼어붙게 만드는 무언가가 있는 듯했다. 경비원은 갑자기 뒷걸음질치며 위협적으로 곤봉을 이리저리 휘둘렀다. 바르가스가 그의 관자놀이에 총구를 갖다댔다.

"그 몽둥이를 좌약으로 쓰지 않을 거라면 당장 내려놓으시지."

곤봉을 바닥에 떨군 경비원은 그 자리에 얼어붙은 듯 꼼짝도 하지 못했다.

"당신들 누구요?" 그가 간신히 물었다.

"이 가문의 친구들이에요." 알리시아가 말했다. "깜박하고 물건을 좀 놓고 갔거든요. 이 건물에 당신 말고 또 누가 있나요?"

"나 혼자 여기 있는 건물을 다 지키고 있어요. 설마 나를 죽이지는 않겠죠? 내겐 처자식이 있어요. 지갑에 가족사진도 가지고 다닌다고요……"

바르가스는 그의 주머니에서 지갑을 꺼냈다. 그러곤 돈을 꺼내 바닥에 내던진 다음 지갑은 자기 외투 주머니 속에 집어넣었다.

"이름이 어떻게 되죠?" 알리시아가 물었다.

"바르톨로메라고 해요."

"아주 좋네요. 아주 남자다운 이름이에요."

경비원은 여전히 떨고 있었다.

"이봐요, 바르톨로메. 이렇게 하죠. 우리는 이제 집으로 갈 거예요. 당신도 그렇게 할 거고요. 내일 아침 여기 출근하기 전에 자물쇠 두 개를 사서 입구하고 이 창고의 것을 갈아주세요. 오늘 우리를 본 것은 깨끗이 잊도록 하고요. 어때요, 받아들일 수 있겠어요?"

바르가스가 공이치기를 뒤로 당기자, 바르톨로메는 침을 꼴깍 삼켰다.

"괜찮은 것 같아요."

"혹시라도 갑자기 양심의 가책을 느끼거나 이 일에 대해서 질문을 받으면 두 가지 사실을 명심하세요. 당신이 받는 월급을 감안하면 그렇게까지 할 필요가 없다는 점, 당신의 처자식한테는 당신이 꼭 필요하다는 점."

바르톨로메는 고개를 끄덕였다. 바르가스는 방아쇠에서 손을 떼면서 리볼버를 집어넣었다.

"자, 그럼 어서 집으로 돌아가서 따뜻한 코냑 한 잔 드세요. 바닥의 돈은 가져가시고요."

"네, 부인."

바르톨로메는 무릎을 꿇고 지갑에 들어 있던 얼마 안 되는 돈을 주웠다.

"곤봉도 가져가야죠."

남자는 곤봉을 주워 허리춤에 찼다.

"이제 가도 되나요?"

"붙잡을 사람 없으니까 어서 가세요."

바르톨로메는 잠시 망설이다 출구 쪽으로 뒷걸음질치기 시작했다. 그의 모습이 어둠 속으로 사라지기 직전, 알리시아가 그를 불렀다.

"바르톨로메?"

경비원은 걸음을 멈추었다.

"우리가 당신 지갑을 가지고 있다는 점을 명심하세요. 당신이 어디 사는지도 당연히 알고 있죠. 우리가 집으로 찾아가는 일은 없도록 해주세요. 옆에 있는 내 동료는 성미가 여간 급하지 않아서 말이죠. 그럼 조심해서 가세요."

이윽고 허겁지겁 도망치는 그의 발걸음소리가 들렸다.

31

미켈은 방금 내린 커피가 담긴 보온병 두 개와 길모퉁이 친구의 빵집에 부탁해서 갓 구워낸 페이스트리를 쟁반에 받쳐들고 그녀의 아파트로 올라갔다. 페이스트리는 향기가 기가 막혔다. 두 사람은 브리앙스의 상자에서 빼내온 서류철을 나눈 뒤, 바닥에 서로 마주보고 앉았다. 알리시아는 페이스트리 세 개를 연달아 먹어치우고 커다란 잔에 커피를 따라 한 모금씩 마시기 시작했다. 그러는 동안 서류철에서 단 한 번도 눈을 떼지 않았다. 잠시 후 살짝 고개를 들자 바르가스가 당황한 표정으로 자기를 바라보고 있다는 것을 알아차렸다.

"왜 그래요?" 그녀가 물었다.

그는 치마를 가리켰다. 알리시아는 소파에 기대앉아 자기도 모르게 치마를 걷어올린 참이었다.

"어린애처럼 굴지 말아요. 처음 보는 것도 아닐 텐데. 그러지 말고 당장 해야 할 일에 집중하세요."

바르가스는 아무 대답도 하지 않았지만, 스타킹의 솔기를 보지 않으려고 자세를 고쳐 앉았다. 사실은 그것 때문에 좌절한 이들의 변호사가 쓴 흥미진진한 변론서와 판결 기록에 집중할 수가 없었다.

그들이 카페인과 설탕의 힘을 빌려 말없이 새벽을 맞이하는 사이, 인물들로 이루어진 풍경이 문서에서 서서히 드러나기 시작했다. 알리시아는 아예 스케치북을 갖다놓고 지도 비슷한 것을 그리면서 메모, 날짜, 이름을 적어놓거나 화살표와 동그라미를 치기도 했다. 바르가스는 가끔 중요한 내용을 발견할 때마다 그녀에게 알려주었다. 굳이 말은 할 필요가 없었다. 그녀가 힐끗 쳐다보고 고개만 끄덕이면 그만이었다. 알리시아는 평범한 사람들보다 두뇌 회전이 백배 빠르기라도 한 것처럼, 사건들 사이의 연결고리와 관계를 찾아내고 입증하는 데 천부적인 소질이 있는 듯했다. 바르가스는 알리시아의 사고를 지배하는 두뇌작용이 어떤 것인지 서서히 깨닫기 시작했다. 그것에 대해 의문을 제기하거나 그 내적 논리를 이해하려고 하기보다 그는 단지 여과기 역할을 하면서 그녀에게 새로운 자료와 정보를 제공하기만 했다. 그러면 그녀는 그 정보를 이용해 차츰차츰 자기만의 지도를 만들어갔다.

"당신은 어떤지 모르겠지만 나는 더이상 못 버티겠군요." 일을 시작한 지 두 시간 반 만에 바르가스가 결국 입을 열었다.

그는 자기가 맡은 서류철을 모두 훑어보았다. 피와 맞바꾼 카페인도 이제 효과가 다 떨어졌는지 눈이 서서히 풀리는 듯했다.

"이제 그만하고 가서 주무세요." 알리시아가 말했다. "너무 늦었네요."

"당신은요?"

"나는 아직 잠이 안 와서 괜찮아요."

"어떻게 그럴 수가 있죠?"

"아시다시피, 밤과 나는 천생연분이니까요."

"그럼 소파에서 잠깐 눈을 붙여도 괜찮을까요?"

"좋을 대로 하세요. 그런데 중간에 내가 시끄러운 소리를 낼지도 몰라요."

"시립관악대가 와서 연주해도 안 깰 테니까 걱정 말아요."

그는 대성당에서 들려오는 종소리에 잠이 깼다. 눈을 게슴츠레 뜨자, 공기 중에 떠다니는 짙은 안개가 어렴풋이 보이고 커피와 미국 담배 냄새가 콧속으로 스며들었다. 지붕 위로 보이는 하늘은 와인 빛깔이었다. 알리시아는 담배를 입에 문 채 여전히 바닥에 앉아 있었다. 아예 치마와 블라우스를 다 벗고 슬립, 혹은 검은색 네글리제만 걸쳐 보는 사람 마음이 뒤숭숭해지는 모습이었다. 화장실까지 기다시피 간 바르가스는 세면대 수도꼭지에 머리를 갖다댔다. 그러곤 거울을 보던 중 화장실 문에 걸린 파란색 실크가운이 눈에 띄었다. 그는 가운을 알리시아에게 집어던졌다.

"그걸로 좀 가려봐요."

그녀는 날아오는 가운을 손으로 잡았다. 그러곤 기지개를 켜면서 일어나더니 가운을 걸쳤다.

"소방관이 우리를 구하러 오기 전에 창문부터 열어야겠어요." 바르가스가 경고하듯 말했다.

시원한 공기가 거실로 밀려들어오자 뿌연 담배연기가 저주에 걸린 유령처럼 소용돌이치며 밖으로 빠져나갔다. 바르가스는 보온병 두 개에 남은 커피와 설탕가루만 남은 페이스트리 접시, 담배꽁초가 수북이 쌓인 재떨이 두 개를 지켜보았다.

"이렇게까지 한 보람이 있었다고 말해줘요." 바르가스가 절박

한 목소리로 말했다.

치열한 전투의 흔적 말고도 알리시아는 스케치북에 열두어 장의 그림을 남겨놓았다. 그녀는 종이를 하나씩 집어 원 모양이 되도록 테이프로 벽에 붙였다. 바르가스는 거기로 다가갔다. 그녀는 만족한 고양이처럼 입술을 핥았다.

바르가스는 커피가 남았는지 확인하려고 보온병을 흔들어보았다. 반 잔 정도가 남아 있었다. 그는 알리시아의 다이어그램 앞에 의자를 놓고 고개를 끄덕였다.

"어떤 놀라운 발견을 했는지 말해봐요."

그녀는 가운 앞섶을 여미고 머리를 뒤로 묶었다.

"자세히 설명드릴까요, 아니면 간략하게 정리해서 말할까요?"

"우선 개요부터 들어봅시다."

알리시아는 학교 선생님 같은 포즈를 취하고 벽 앞에 섰다. 정확히 말하면 밤 습관이 수상쩍은 빅토리아시대 게이샤의 풍모를 지닌 선생 같았다.

"1939년에서 1944년, 몬주익성." 그녀의 설명이 시작되었다. "마우리시오 발스는 정권과 가깝던 부유한 자본가의 딸이자 상속자인 엘레나 사르미엔토와 결혼한 뒤 교도소장이 됩니다. 발스의 장인은 내전 당시 국민군측에 상당한 규모의 자금을 지원한 은행가, 기업인, 귀족으로 이루어진 결사체, 소위 '프랑코의 십자군'에 속한 사람이었죠. 그들 중에는 당신이 어제 찾아간 투자회사 메트로바르나의 모기업인 저당은행 창립자이자 대주주인 미겔 앙헬 우바크 씨도 있습니다."

"거기에 그런 내용이 있어요?"

"브리앙스 변호사의 변론서에 그렇게 나와 있어요."

"계속해요."

"발스가 몬주익 교도소장으로 재임하는 동안, 다음 인물들이 서로 비슷한 시기에 복역하며 페르난도 브리앙스의 변호를 받았습니다. 먼저, 세바스티안 살가도. 그는 오랜 세월 동안 발스에게 협박편지를 보낸 것으로 추정되는 용의자이고, 장관의 사면으로 출소하는 혜택을 입었죠. 출소한 뒤 바깥세상에서 육 개월가량 더 산 것으로 나와 있습니다. 두번째로 공화군 상사 출신인 발렌틴 모르가도가 있어요. 그는 교도소에서 보여준 영웅적인 행동으로 1945년 단행된 대사면 대상에 포함되었다고 합니다. 브리앙스의 변론 기록에 따르면, 교도소 외벽 재건축 공사중에 사고가 발생했는데 모르가도가 경비교도대 대위의 목숨을 구했다고 해요. 그는 양심의 가책을 느낀 어느 귀족단체가 후원하는 사면 및 사회복귀 프로그램을 신청한 덕분에 교도소에서 나오자마자 우바크 가문의 차고 인부로 고용이 됐다가, 세월이 흐르면서 운전사가 되었답니다. 은행가 우바크가 사망한 뒤 모르가도는 그의 딸 빅토리아를 위해 일하게 됐죠. 그녀는 이후 메트로바르나의 대표이사이자 당신의 친구인 산치스와 결혼하게 됩니다."

"그게 다예요?"

"이제 겨우 시작에 불과한걸요. 세번째 인물은 다비드 마르틴이에요. 저주받은 작가인데, 전쟁 전에 일련의 엽기적인 범죄를 저지른 혐의로 기소된 바 있어요. 마르틴은 1930년에 가까스로 경찰의 추적을 따돌리고 프랑스로 건너간 것으로 보입니다.

그는 신분을 숨긴 채 바르셀로나로 돌아오려고 했는데, 그 이유가 분명치 않아요. 하지만 1939년 스페인 국경을 넘어 피레네 산맥의 소도시 푸이그세르다에 도착한 직후 결국 체포되고 말았습니다."

"그 시기 몬주익 교도소에 수감되어 있었던 것 말고, 다비드 마르틴은 이번 사건과 무슨 관계가 있죠?"

"여기서부터 문제가 아주 흥미진진해져요. 마르틴은 방금 언급한 재소자들 중에서 브리앙스에게 직접 변호를 의뢰하지 않은 유일한 사람이에요. 이사벨라 히스페르트의 요청으로 브리앙스가 그의 변호를 맡게 되었죠."

"그 사람은 '셈페레와 아들' 서점의……"

"네, 다니엘 셈페레의 어머니죠. 히스페르트는 결혼 전 성이에요. 그녀는 1939년 내전이 끝난 직후 콜레라로 사망한 것으로 추정되고 있어요."

"추정이요?"

"브리앙스의 비망록에는 이사벨라 셈페레가 살해된 것으로 의심할 만한 정황이 있다고 나오더군요. 구체적으로 말하자면, 독살된 거라고요."

"설마……"

"맞아요. 마우리시오 발스에 의해서 말이죠. 병적인 집착 혹은 일방적인 애정이 빚어낸 결과죠. 어쨌든 브리앙스는 그렇게 추측하고 있어요. 물론 그 사실을 증명할 수도 없고 그럴 엄두도 내지 못하지만."

"그럼 마르틴은요?"

"사실 다비드 마르틴은 발스의 또다른 병적 집착의 대상이었답니다. 브리앙스의 비망록에 따르면요."

"장관에게 집착의 대상이 또 있었다는 겁니까?"

"발스가 교도소에 갇힌 그에게 강제로 작품을 쓰도록 시켰던 것 같아요. 장차 자기 이름으로 출판할 생각이었던 모양이에요. 허영심 때문이든, 문학적 명성에 대한 갈망 때문이든, 아니면 무엇이든 간에 말이죠. 브리앙스의 기록에 따르면 불행하게도 다비드 마르틴은 건강이 악화된 상태라 점점 정신이 이상해졌다고 해요. 무슨 목소리가 계속 귀에 들린다거나, 자기가 만들어낸 악마적인 인물인 코렐리라는 자와 연락을 주고받는다고 했답니다. 감방에서 계속 헛소리를 늘어놓는데다 발스가 그를 몬주익성의 탑 꼭대기에 있는 독방에 가두어놓는 바람에 재소자들 사이에서는 '천국의 수인'이라는 별명으로 불렸다더군요."

"알리시아, 당신이 아주 좋아할 만한 이야기처럼 들리기 시작하는군요."

"1941년, 자신의 계획이 수포로 돌아가리라는 것을 알아차린 발스는 하수인 두 명을 시켜 다비드 마르틴을 구엘공원 부근의 저택으로 데려가 살해하도록 했답니다. 그런데 그 순간 예상치도 못한 일이 벌어지고 만 거예요. 마르틴이 살아서 탈출한 겁니다."

"그럼 다비드 마르틴이 아직 살아 있다는 거예요?"

"그건 모르죠. 브리앙스도 모르고요."

"하지만 브리앙스는 살아 있을 거라고 여기는 거죠."

"그리고 아마 발스도……"

"……계속 협박편지를 보내고 자기를 암살하려고 했던 자가 다비드 마르틴이라고 생각하는 거군요. 자기에게 복수하기 위해서 그랬다고 말이죠."

"그게 바로 제가 세운 가설이에요." 알리시아가 동의했다. "추측일 뿐이지만."

"아직 남았나요?"

"마지막으로 가장 근사한 걸 남겨놓았어요." 그녀가 미소 지으며 말했다.

"어서 말해봐요."

"네번째 인물, 『영혼의 미로』 시리즈의 작가 빅토르 마타익스. 당신과 내가 발스의 책상에서 발견한 책이 바로 그 시리즈죠. 그리고 딸인 메르세데스는 발스가 실종되던 날 밤, 지상에서 증발되기 전에 마지막으로 그 책을 봤다고 했고요."

"마타익스와 나머지 셋의 관계는?"

"마타익스는 다비드 마르틴의 친구이자 오랜 동료였던 것 같아요. 30년대에 두 사람 다 '바리도와 에스코비야스'라는 출판사에서 월급을 받고 필명으로 연재소설을 썼죠. 브리앙스는 다비드 마르틴이 발스에게 당한 것처럼 마타익스도 같은 계획의 희생양이 됐을 수 있다는 점을 암시하고 있어요. 어쩌면 발스는 문단에서 이름을 떨치고 명성을 얻을 목적으로 유령작가들을 모아 작품세계를 구축하려고 했던 건지도 몰라요. 한 가지 분명한 사실은 발스가 정권의 옥지기라는 한직으로 밀려난 것에 상당히 분개하고 있었다는 점이에요. 정략결혼으로 얻은 자리가 고작 교도소장이라니 그럴 만도 하죠. 더 높은 자리를 열망했을 텐데."

"그렇다면 숨겨진 내막이 더 있겠군요. 마타익스는 어떻게 되었죠?"

"마타익스는 1941년 모델로에서 몬주익 교도소로 이감되었어요. 믿거나 말거나 공식 보고서에는 그가 일 년 뒤 독방에서 자살한 것으로 나와요. 아마 총살한 다음 아무 기록도 남기지 않고 공동묘지에 묻어버렸을 가능성이 높아요."

"그러면 이 경우 병적인 집착은……"

알리시아는 어깨를 으쓱했다.

"브리앙스의 비망록에는 이 문제에 대해서 아무런 추정도 나오지 않아요. 그런데 여기서 우리가 주목해야 될 것은 마우리시오 발스가 1947년에 출판사를 설립한 뒤, 『영혼의 미로』 시리즈에 나오는 주인공을 따라 아리아드나라고 이름을 지었다는 점이에요……"

바르가스는 한숨을 내쉬고 알리시아가 방금까지 말한 내용을 정리하려는 듯 눈을 비볐다.

"우연의 일치라고 보기에는 너무나 많은 것이 얽혀 있군요." 그가 마침내 입을 열었다.

"제 생각도 그래요." 알리시아가 맞장구쳤다.

"자, 그럼 한번 따져보죠. 만약 그들 사이에 실제로 연관성이 존재하고, 우리, 아니 당신이 사흘 만에 모든 연결고리를 다 밝혀냈다고 칩시다. 그렇다면 경찰과 국가 고위기관이 몇 주에 걸쳐 샅샅이 뒤졌는데도 왜 수사는 제자리걸음을 면치 못하고 있는 걸까요?"

알리시아는 아랫입술을 깨물었다.

"저도 그게 신경이 쓰여요."

"혹시 저들이 발스를 찾지 않으려고 하는 거라면?"

그녀는 그의 질문을 받고 잠시 생각에 잠겼다.

"지금 그런 여유를 부릴 상황은 아닐 거예요. 발스처럼 주요 인사가 실종됐는데 그냥 보고만 있을 수는 없을 테니까요."

"그래서요?"

"어쩌면 그가 어디 있는지 알고 싶을 뿐일지도 몰라요. 그리고 어쩌면 그의 실종을 야기한 진정한 동기가 공개적으로 알려지기를 바라지 않을 수도 있죠."

바르가스는 머리를 세차게 흔들고 눈을 비볐다.

"그렇다면 당신 생각에는 발스로부터 박해를 받은 세 명의 옛 죄수 모르가도, 살가도, 마르틴이 그에게 자신의 복수를, 그리고 세상을 떠난 동료 빅토르 마타익스의 복수를 할 계획을 꾸몄다는 겁니까? 정말로 그렇게 생각하는 거예요?"

알리시아는 어깨를 으쓱했다.

"어쩌면 운전사 모르가도는 이번 사건과 관련이 없을지도 몰라요. 오히려 그의 고용주인 산치스가 연관되었을 가능성이 있죠."

"아무려니 산치스가 그런 짓을 하겠어요? 그는 우리나라 갑부 중 한 사람의 상속자와 결혼한 정권측 인사인걸요······ 제2의 발스가 될 수도 있는 인물이잖아요. 그런 사람이 뭐가 아쉬워서 이런 사건에 끼어들었겠어요?"

"글쎄요. 그건 잘 모르겠네요."

"발스의 승용차에서 발견한 숫자 목록은 어때요?"

"무엇이든 될 수 있을 것 같아요. 어쩌면 이번 사건과 관련이 없을 수도 있고요. 우연의 일치겠죠. 당신이 했던 말인데, 기억나요?"

"또 우연의 일치라고요? 경찰에 몸담은 지 이십 년 동안 우연의 일치를 마주한 건 사실대로 말하는 사람을 만난 횟수보다 더 적다고요."

"잘 모르겠어요, 바르가스. 그 숫자들이 뭘 의미하는지."

"지금 당신이 한 설명에서 도무지 앞뒤가 맞지 않는 것이 있는데, 그게 뭔지 알아요?"

알리시아는 그의 마음을 훤히 읽고 있다는 듯 다시 고개를 끄덕였다.

"발스." 그녀가 말했다.

"맞아요. 발스." 바르가스가 고개를 끄덕이며 말했다. "몬주익에 있던 시절 그가 저지른 추악한 짓과 이사벨라 히스페르트를 독살한 거라든지, 다비드 마르틴과 마타익스, 또 누가 더 있는지 모르겠지만 아무튼 그들을 살해했거나 그럴 시도를 했다든지, 그런 온갖 만행을 굳이 언급하지 않더라도 지금 우리가 이야기하는 인물은 그저 저급한 백정이자 정권의 중간급 인사들과 연줄이 있는 교도소장에 불과합니다. 그런 사람은 이 세상에 수천 명도 더 있다고요. 매일 거리에서 마주치고 있어요. 고위직 친구나 지인과 인맥을 맺고 있지만, 결국은 아첨꾼에 불과한 자들. 힘있는 자들에게 굽실거리며 출세를 염원하는 인물들이요. 그런 인간이 도대체 무슨 수로 단 몇 년 만에 정권의 변방에서 최고위직으로 올라갈 수 있었던 걸까요?"

"좋은 질문이에요. 그렇죠?" 알리시아가 말했다.

"당신의 뛰어난 머리로 어서 해답을 찾아보도록 해요. 그러면 우리가 놓친 퍼즐조각을 발견해 모든 것이 일목요연하게 밝혀질 테니까요."

"안 도와주시려고요?"

"우선 돕는 게 좋을지 생각 좀 해보고요. 왠지 이 사건의 열쇠를 발견하는 것이 가만히 있는 것보다 훨씬 더 위험할 것 같은 직감이 들어서 말이죠. 몇 년 후에 연금이나 받고 퇴직해서 로페 데 베가의 희곡을 처음부터 끝까지 읽는 것이 내 꿈이거든요."

알리시아는 맥이 빠져 소파에 주저앉았다. 바르가스는 차가운 커피를 쭉 마시고 한숨을 쉬었다. 그는 창가로 가서 깊게 숨을 들이마셨다. 저멀리서 대성당의 종소리가 다시 울려퍼졌다. 바르가스는 비둘기집과 종탑 사이로 햇빛이 눈부시게 내리쬐이는 풍경을 지켜보았다.

"부탁이 하나 있어요." 그가 입을 열었다. "일단 이번에 발견한 것에 대해서 레안드로는 물론 그 누구한테도 절대 입 밖에 내지 않으면 좋겠어요."

"내가 정신이 나가지 않은 이상, 그럴 일은 없을 테니까 안심하세요." 알리시아가 그의 말을 자르고 나섰다.

바르가스는 창문을 닫고 그녀에게 다가갔다. 그녀의 얼굴에 피곤한 기색이 역력하게 나타나기 시작했다.

"이제 당신은 관에 들어가서 쉬어야 될 시간 아닌가요?" 그가 물었다. "자, 어서 가서 눈 좀 붙여요."

그는 그녀의 팔을 잡고 침실까지 데려다주었다. 담요를 들춘 다음, 안으로 들어가라고 손짓했다. 알리시아는 가운을 벗고 안으로 들어갔다. 그는 그녀의 턱까지 이불을 덮어준 뒤 미소를 지으며 그녀를 바라보았다.

"옛날이야기 하나 들려주지 않을래요?"

"어서 자기나 해요."

바르가스는 허리를 숙여 바닥에 떨어진 가운을 주운 뒤 문으로 향했다.

"저들이 우리를 함정에 빠뜨린 것 같지는 않아요?"

그가 그녀의 말을 곰곰이 따져보았다.

"왜 그런 말을 하죠?"

"잘 모르겠어요."

"함정은 파놓은 사람이 빠지는 법이죠. 하지만 지금 내가 확실히 아는 건 당신이 쉬어야 한다는 사실뿐이에요."

바르가스는 천천히 문을 닫았다.

"밖에 계실 거죠?"

그는 고개를 끄덕였다.

"좋은 아침입니다, 알리시아." 그는 침실 문을 닫으면서 말했다.

32

발스는 시간감각을 완전히 잃어버렸다. 감방에 며칠, 아니 몇 주나 있었는지조차 모른다. 아득한 먼 옛날 같은 그날 오후 비센테가 모는 차를 타고 발비드레라 국도에 간 후로 햇빛을 본 적이 없다. 손이 욱신거려 문지르려고 해보지만 그곳에 손은 없다. 이미 사라진 손가락이 저리고 손마디에 찌르는 듯한 통증이 느껴진다. 마치 누군가가 뼛속 깊이 쇠못을 박아넣는 느낌이다. 며칠 전, 아니 몇 시간 전부터 옆구리가 쑤신다. 놋쇠통에 오줌을 누지만 어두워서 색깔을 분간할 수 없다. 하지만 평소보다 짙은 색깔, 핏빛일 것 같다. 그 여자는 다시 나타나지 않았고, 마르틴 또한 여전히 모습을 드러내지 않는다. 전혀 알 수가 없는 노릇이다. 그가 원하던 바가 이게 아니란 말인가? 감방에서 썩어가는 그의 모습을 지켜보는 것 말이다.

이름도, 얼굴도 없는 간수는 하루에 한 번씩 온다. 아니, 그런 것 같다. 발스는 그가 올 때마다 하루하루 날짜를 세기 시작했다. 간수가 그에게 물과 먹을 것을 가져다준다. 음식이라고 해봐야 매일 같다. 빵과 역겨운 냄새가 나는 우유, 어쩌다 한 번씩 소금에 절인 다랑어 같은 마른 고기가 나오는데 이가 흔들려서 씹기가 어렵다. 이가 벌써 두 개나 빠졌다. 가끔 혀로 잇몸을 핥을 때마다 피맛이 느껴지고 이가 흔들린다.

"의사 좀 불러주세요." 그는 음식을 들고 온 간수에게 말한다.

하지만 간수는 아무 대답도 하지 않는다. 그를 거들떠보는 시늉도 하지 않는다.

"내가 여기 온 지 얼마나 됐죠?" 발스가 묻는다.

간수는 아예 들은 체도 하지 않는다.

"그녀한테 내가 이야기하고 싶어한다고 전해줘요. 사실대로 말하고 싶다고요."

한번은 잠에서 깨보니 감방에 다른 사람이 있다. 간수다. 그는 손에 빛나는 무언가를 들고 있다. 어쩌면 칼인지도 모른다. 발스는 방어하는 자세를 취하지 않는다. 엉덩이가 따끔하더니 차가운 느낌이 든다. 그저 주사를 한번 더 맞았을 뿐이다.

"나를 언제까지 살려둘 생각인가요?"

간수는 자리에서 일어나 문으로 걸어간다. 발스가 그의 다리를 붙잡는다. 복부를 걷어차이자 숨을 쉴 수가 없다. 그러고서 몇 시간째 몸을 잔뜩 웅크린 채 고통에 신음한다.

그날 밤, 발스의 꿈에 어린 시절의 딸 메르세데스가 꿈에 나타난다. 그들은 소모사과스의 집 정원에 있다. 그는 하인과 이야기하는 데 정신이 팔린 나머지 딸을 잊어버린다. 딸을 찾아나선 그는 인형의 집으로 이어진 발자국을 발견한다. 발스는 어두운 건물 안으로 들어가 딸을 부른다. 그런데 아이는 온데간데없고 옷과 핏자국만 보인다.

고양이 같은 표정으로 입맛을 다시고 있는 인형들이 메르세데스를 잡아먹은 것이다.

33

바르가스가 다시 눈을 떴을 때, 한낮의 햇빛이 창문으로 쏟아져들어오고 있었다. 틀림없이 알리시아가 어느 골동품가게에서 건졌을 진기한 19세기풍 벽시계의 시침이 어느덧 열두시를 가리키고 있었다. 그는 거실에서 또각거리는 하이힐소리를 듣고 눈을 비볐다.

"왜 더 일찍 안 깨웠어요?"

"당신이 코고는 소리가 듣기 좋아서요. 집에서 새끼곰을 키우는 줄 알았다니까요."

바르가스는 자리에서 일어나 소파 가장자리에 걸터앉았다. 그는 허리에 손을 갖다대고 마사지를 했다. 허리를 사탕 만드는 기계 속으로 밀어넣은 것처럼 고통스러웠다.

"당신한테 꼭 해주고 싶은 말이 있는데, 절대 늙지 말아요. 좋은 게 하나도 없으니까."

"저도 그런 생각이 들더라고요." 알리시아가 대답했다.

바르가스가 자리에서 일어나자 모든 관절이 쑤시면서 뚝뚝 소리가 났다. 알리시아는 옷장 거울 앞에 서서 짙은 자줏빛 립스틱을 바르고 있었다. 그녀는 허리에 벨트가 달린 검은색 울코트를 입고 종아리에 솔기가 있는 검은색 스타킹에 현기증이 날 정도로 굽이 높은 하이힐을 신었다.

"어디 갈 데 있어요?"

그녀는 패션쇼에서 하는 것처럼 제자리에서 한 바퀴 빙 돈 다음, 미소 짓는 얼굴로 그를 바라보았다.

"저 오늘 예뻐요?"

"누구 죽이러 갈 생각이에요?"

"오늘 세르히오 빌라후아나와 약속이 있어요. 중고서점 주인인 바르셀로가 알려준 〈라 방과르디아〉 기자 말이에요."

"아, 빅토르 마타익스 전문가라는 사람이요?"

"그 밖에 다른 것도 많이 알고 있을 거예요."

"그 사람을 어떻게 끌어들인 건지 물어봐도 돼요?"

"나한테 마타익스의 책이 한 권 있는데, 꼭 보여주고 싶다고 했거든요."

"있었는데……라고 해야 정확한 표현이겠죠. 그 책은 이미 도난당해서 지금 당신 수중에 없다는 점을 명심해요."

"그건 사소한 문제고요. 당신이 전에 말했듯이, 세월이 흘러도 사람은 쉽게 변하지 않는 법. 더구나 나는 늘 정신을 똑바로 차리고 있다고요."

"맙소사……"

마지막으로 알리시아는 베일이 얼굴의 절반을 가리는 모자를 쓰고 거울에 자신의 모습을 비춰보았다.

"그게 무슨 옷이죠?"

"발렌시아가 옷이에요."

"그 뜻이 아니고요."

"나도 알아요. 곧 돌아올게요." 그녀가 문으로 향하며 말했다.

"화장실 좀 사용해도 될까요?"

"욕조에 머리카락을 떨어뜨리지 않는다면요."

빌라후아나와의 만남을 성사시키는 과정은 바르가스에게 이야기한 것만큼 쉽지는 않았다. 알리시아는 우선 빈틈없는 편집국 비서와 실랑이를 벌여야만 했다. 그녀에게 문전박대를 당할 뻔했지만, 여러 가지 핑계를 댄 끝에 간신히 빌라후아나와 통화가 이루어졌다. 하지만 설명을 듣고 그가 보인 반응은 주교의 다과회에 참석한 수학자보다 더 회의적이었다.

"당신이 마타익스의 책을 가지고 있다는 겁니까? 『영혼의 미로』 시리즈를요?"

"네. 『아리아드나와 주홍왕자』예요."

"그 책이라면 이제 세 부밖에 없는 걸로 알고 있는데요."

"그렇다면 제가 가진 것이 네번째 책이 되겠네요."

"그리고 구스타보 바르셀로 씨가 제게 연락하라고 했다는 게 사실입니까?"

"그럼요. 바르셀로 씨가 기자님과 아주 막역한 사이라고 하던걸요."

빌라후아나는 그 말을 듣자 웃었다. 수화기 너머로 편집국 사람들이 분주하게 오가면서 떠드는 소리가 들려왔다.

"그럼 열두시에 바르셀로나 왕립문학한림원 도서관에서 기다리고 있죠." 마침내 그가 말했다. "어딘지 알죠?"

"들어서 알고 있어요."

"도서관 사무국에 가서 내가 어디 있는지 물어보세요. 책은 꼭 가지고 오시고요."

34

대성당 그림자에 가려 잘 보이지 않는 광장 한편에 석조주랑현관이 하나 서 있다. 현관 아치에는 다음과 같은 글이 새겨져 있다.

바르셀로나
왕립문학한림원

알리시아는 그런 곳이 있다는 이야기는 가끔 들었지만, 대다수 시민과 마찬가지로 중세 바르셀로나의 유물인 궁전 벽 뒤에 자리 잡은 그 기관에 대해 아는 것이 거의 없었다. 한림원이라는 것이 학문과 문학을 보호할 목적으로 도시에서 내로라하는 현인과 필경사, 문학예술 애호가가 모여 만든 기관이라는 것은 알고—아니면 직감할 수—있었다. 그들은 자신들의 기상천외한 노력을 날이 갈수록 경멸하거나 거부하는 세태를 무시한 채 18세기 말 이래로 거기서 모여왔다. 결국 한림원은 불가사의한 지식과 문학 동호회 중간쯤의 의례집단, 즉 선택받은 소수만이 참여하고 증언할 수 있는 비밀스러운 학술기관인 듯했다.

안마당으로 이어지는 문턱을 넘어설 무렵, 오래된 돌의 향기와 빠질 수 없는 신비의 오라가 느껴졌다. 마당에 난 계단을 올라가자 접견실 역할을 하는 방이 나타났다. 바로 그 순간, 지난 세기 초부터 거기서 살았던 것처럼 오래된 책같이 쭈글쭈글한 얼굴에 고리타분한 분위기를 풍기는 사람이 앞을 가로막았다. 그는 의심스러운 눈빛으로 그녀를 노려보면서, 혹시 그리스 양인지 물었다.

"네, 맞아요."

"그럴 줄 알았습니다. 빌라후아나 씨는 지금 도서관에 있어요." 그가 안쪽을 가리키며 말했다. "방문객은 안으로 들어가서 조용히 있어야 합니다."

"걱정하지 마세요. 바로 오늘 아침에 침묵서약을 했으니까요." 알리시아가 대답했다.

무섭게 생긴 수위는 그 농담에 미소조차 짓지 않았다. 그녀는 하는 수 없이 그에게 감사의 뜻을 전하고, 도서관이 어딘지 훤히 아는 것처럼 자신감 넘치는 모습으로 걸음을 내디뎠다. 이는 특히 제한구역에 몰래 들어갈 때 가장 효과적인 방법이었다. 그런 상황에서는 어디로 가면 좋은지 잘 알고 있는 사람처럼, 그래서 굳이 누구의 허가를 받거나 길을 물을 필요도 없는 사람처럼 행동해야 한다. 몰래 잠입하는 것은 누군가를 유혹하는 과정과 유사하다. 만약 상대에게 허락을 구한다면 시작하기도 전에 이미 끝난 것이나 마찬가지다.

알리시아는 조각상과 동상으로 가득찬 홀을 기웃거리고 궁전같이 화려한 복도를 거닐면서 편안한 마음으로 이리저리 돌아다녔다. 그러다 결국 책벌레처럼 생긴 상냥한 남자와 마주쳤다. 자신을 폴로니오라고 밝힌 남자는 도서관까지 그녀를 안내해주겠다고 제안했다.

"여기서 처음 뵙는 것 같은데요." 그가 먼저 말문을 열었다. 그는 페트라르카*의 작품 밖 현실의 여성과는 만나본 적이 없는 듯한 인상을 풍겼다.

"오늘 운이 좋은 줄 아세요."

그녀는 마침내 세르히오 빌라후아나를 찾았다. 한림원 도서관에 있는 오만여 권의 장서와 뮤즈에 둘러싸인 채 책상에 자리잡은 빌라후아나 기자 앞에는 여백에 글씨가 빼곡하고 군데군데 몇몇 대목을 삭제한 서류가 산더미처럼 쌓여 있었다. 그는 만년필 뚜껑을 잘근잘근 씹으면서 아직 자기 취향에 맞지 않는지 종이에 옮기지 못한 문장의 운율을 다듬느라 나직한 목소리로 중얼거리고 있었다. 빌라후아나는 지중해의 온화한 기후로 삶의 터전을 옮긴 영국의 학자처럼 사색적이고 차분한 풍모를 지닌 사람이었다. 그는 회색 양모정장과 황금색 펜촉 문양이 그려진 넥타이 차림에 사프란색 목도리를 어깨에 걸치고 있었다. 알리시아는 자신의 존재를 알리기 위해 발걸음소리를 내며 열람실 안으로 들어갔다. 깊은 생각에서 깨어난 빌라후아나는 고개를 들어 정중하면서도 날카로운 시선으로 그녀를 쳐다보았다.

"그리스 양이신가보군요." 그는 만년필 뚜껑을 닫고 정중하게 일어서면서 말했다.

---

* 이탈리아 르네상스를 대표하는 시인이자 인문학자 프란체스코 페트라르카.

"그냥 알리시아라고 부르세요."

알리시아가 악수를 청하자, 빌라후아나는 공손하면서도 조심스러운 미소를 지으며 손을 잡았다. 그는 그녀에게 자리에 앉으라고 손짓했다. 작고 날카로운 눈매로 그녀를 살펴보던 그의 표정에 의심과 호기심이 번갈아서 나타났다. 알리시아는 책상 위에 널린 종이를 손으로 가리켰다. 아직 잉크가 마르지 않은 것도 몇 장 있었다.

"제가 괜히 방해한 건 아닌가요?"

"오히려 저를 구해주신 셈입니다."

"서지 연구를 하고 계신가요?"

"한림원 입회 연설을 쓰고 있는 중입니다."

"아, 그렇군요. 축하드립니다."

"감사합니다. 그리스 양, 아니 알리시아 양에게는 난데없는 말처럼 들릴 수도 있겠지만, 사실 저는 당신과 만나길 며칠 전부터 기다리고 있었어요. 형식적인 인사치레 따윈 생략하고 곧장 본론으로 들어가도 될 것 같은데요."

"그럼 역시 바르셀로 씨가 저에 대해서 이야기를 한 건가요?"

"굳이 말씀드리자면, 아주 자세하게요. 말하자면 당신이 그분에게 깊은 인상을 준 거죠."

"그게 제 특기 중 하나거든요."

"그 점 또한 제가 확인할 수 있었습니다. 사실 경찰청에 있는 당신 옛 동료들이 당신을 만나면 안부를 전해달라더군요. 놀라지 마세요. 우리 기자들은 늘 그런 식이거든요. 누구한테든 이것저것 물어보죠. 오랜 세월에 걸쳐 몸에 밴 나쁜 습관이랄까요."

빌라후아나는 이제 미소를 거두고 그녀를 빤히 쳐다보았다.

"당신은 누구죠?" 그가 단도직입적으로 물었다.

순간적으로 그녀는 거짓말을 조금, 아니면 많이 늘어놓을까 생각했지만 그의 눈빛을 보건대 전혀 통할 것 같지가 않았다. 오히려 전략상 치명적인 실수가 될 공산이 커 보였다.

"빅토르 마타익스에 관한 진실을 밝히려는 사람이라고만 해두죠."

"최근 그 클럽에 갈수록 더 많은 추종자가 모여드는군요. 그럼 그 이유를 물어봐도 될까요?"

"그 질문에는 아무런 답변도 해드릴 수가 없을 것 같네요."

"그러니까 거짓말을 하지 않고서는 아무 대답도 할 수 없다는 말이군요."

알리시아는 고개를 끄덕였다.

"거짓말을 할 수는 없겠죠. 기자님에 대한 존중의 표시로."

빌라후아나의 얼굴에 다시 미소가 떠올랐지만 이번에는 왠지 빈정거리는 듯한 표정이었다.

"사탕발림이 거짓말보다 나을 거라고 생각하는 건가요?"

알리시아는 속눈썹을 가볍게 떨면서 가장 매력적인 표정을 지었다.

"그냥 한번 시도해본 것 가지고 나무라시면 안 되죠."

"역시 바르셀로의 말이 과장이 아니었군요. 진실을 밝힐 수가 없다면, 왜 그런지 이유라도 말해보세요."

"만약 제가 사실대로 말하면 기자님이 위험해질 수도 있기 때문이에요."

"다른 말로 하면 나를 보호하기 위해서라는 거군요."

"어떤 면에서는요."

"그러니까 나더러 감지덕지하면서 당신을 도와야 된다 이 말이네요. 결국 그런 얘긴가요?"

"이제야 말이 통하기 시작하는군요."

"나를 당신 뜻대로 움직이려면 좀더 많은 명분이 필요할 것 같습니다만. 단지 생색내기용이 아니라 말이죠. 세월이 흐르면 육신은 쇠약해지기 마련이지만, 중년에 접어들면 그 대신 분별력이 되살아나죠."

"그렇다고들 하더군요. 그럼 서로를 위해서 힘을 합치는 것이 어떻겠어요? 바르셀로 씨 말로는 기자님이 마타익스와 그 당시의 잃어버린 세대에 관한 책을 쓰고 있다고 하던데요."

"'세대'라는 말은 좀 과장된 거고요, '잃어버린'이라는 말은 더 나은 용어가 없어서 사용한 파격적인 표현에 불과합니다."

"지금 제가 말하는 건 마타익스, 다비드 마르틴, 또다른……"

빌라후아나는 눈썹을 치켜올렸다.

"다비드 마르틴에 대해서 뭘 알고 있죠?"

"제 이야기를 들으면 아마 귀가 솔깃해지실 거예요."

"예를 들면 어떤 이야기죠?"

"가령 마르틴과 마타익스, 그리고 1940년에서 1945년 사이에 몬주익 교도소에서 사라진 것으로 추정되는 몇몇 죄수에 관한 기소장의 세부내용 같은 것들이죠."

빌라후아나는 눈빛을 반짝이며 그녀를 빤히 쳐다보았다.

"혹시 브리앙스 변호사를 만났나요?"

알리시아는 고개를 끄덕거리기만 했다.

"브리앙스는 그 문제에 관해서 철저히 함구하고 있는 걸로 아는데요." 빌라후아나가 말했다.

"사실을 확인하는 방법은 여러 가지가 있죠." 알리시아가 넌지시 말했다.

"경찰청 동료들은 그런 점이 당신의 뛰어난 수완 중 하나라고 입을 모으더군요."

"질투는 비열한 감정이죠." 알리시아가 대꾸했다.

"그건 우리나라 전 국민의 취미니까요." 빌라후아나가 맞장구쳤다. 그는 자기도 모르는 사이 그녀와의 사소한 입씨름을 즐기고 있는 듯했다.

"그렇지만 저에 대해서 알아보려고 경찰에 연락을 하는 건 그다지 좋은 생각 같지는 않네요. 특히 지금 이 상황에서 말이죠. 다 기자님을 위해서 드리는 말씀이에요."

"내가 그렇게 우둔하지는 않아요. 경찰에 전화를 건 사람은 내가 아닐뿐더러 내 이름은 나오지도 않았어요. 아시다시피 스스로를 보호하기 위해 나도 최선을 다하고 있죠."

"정말 그렇다면 다행이군요. 요즘 같은 세상에서는 매사에 조심하는 수밖에 없으니까요."

"다들 당신은 믿을 수 없는 사람이라고 입을 모으더군요."

"때와 장소에 따라서는 최고의 찬사일 수도 있죠."

"아니라고 하지는 못하겠네요. 그런데 알리시아 양, 혹시 당신이 알아보려고 하는 문제가 한마디로 규정할 수 없는 우리 마우리시오 발스 장관과 이제는 깨끗이 잊혔지만 교도소장으로 지냈던 그의 과거에 무슨 연관이 있는 건 아닌가요?" 그가 단도직입적으로 물었다.

"왜 그렇게 생각하시죠?"

"방금 그 이름을 언급할 때 당신 표정을 보니 그 생각이 굳어지는군요."

알리시아가 잠시 망설이는 사이, 빌라후아나는 자신이 품었던 의혹이 사실로 확인되었다는 것처럼 고개를 주억거렸다.

"만약 그렇다면요?" 알리시아가 물었다.

"그게 사실이라면, 약간 흥미가 당기겠죠. 그럼 나와 뭘 교환할 생각입니까?"

"더없이 공정한 대가를 드려야겠죠." 알리시아가 대답했다. "기자님이 마타익스에 관해 알고 있는 것을 알려주시면, 지금 조사중인 문제가 다 해결된 뒤 제가 가진 모든 정보를 넘겨드릴게요."

"그럼 그때까지 나는 뭘 얻을 수 있죠?"

"저의 무한한 감사의 마음, 그리고 곤경에 빠진 불쌍한 여인을 돕는 것으로 옳은 일을 했다는 만족감을 얻으시겠죠."

"무슨 말인지 잘 알겠습니다. 적어도 당신 동료인 듯한 사람보다 당신 말이 더 그럴듯하다는 것을 인정하지 않을 수 없군요." 빌라후아나가 덧붙여 말했다.

"네?"

"보름 전쯤 나를 찾아온 사람을 말하는 거예요. 그런데 무슨 일이 있는지 그날 이후로는 못 봤습니다." 빌라후아나가 말했다. "당신네 경찰들은 휴식시간에 서로 정보도 나누지 않아요? 아니면 두 사람이 서로 경쟁관계인가요?"

"그 사람 이름 기억나세요? 혹시 로마나라고 하지 않던가요?"

"그런 것 같기도 하네요. 정확히 기억은 안 나지만. 아까도 말했지만, 내가 나이가 들어서요."

"인상이 어떻던가요?" 알리시아가 물었다.

"당신에 비해 매력이 별로 없는 얼굴이었던 것 같아요."

"얼굴에 상처가 있지 않던가요?"

고개를 끄덕이는 빌라후아나의 눈초리가 문득 날카로워졌다.

"당신이 낸 상처예요?"

"면도하다가 실수로 베였다고 하더군요. 사람이 워낙 조심성이 없어서요. 그건 그렇고, 로마나에게 무슨 말을 하셨죠?"

"그가 다 알고 있는 이야기밖에 안 했어요." 빌라후아나가 대답했다.

"그가 발스 이야기를 꺼내던가요?"

"드러내놓고 하지는 않았어요. 하지만 마타익스가 몬주익성에 갇혀 있던 시절하고 그와 다비드 마르틴의 우정에 대해 관심이 있는 눈치였죠. 바보가 아닌 이상 뭘 궁금해하는지 알아차릴 수 있었죠."

"그후로 다시 그와 만나거나 이야기를 나누지는 않았고요?"

빌라후아나는 고개를 끄덕였다.

"로마나는 쉽게 물러서지 않는 스타일이에요." 알리시아가 말했다. "그런데 어떻게 그를 떨쳐냈죠?"

"그가 듣고 싶어하는 이야기를 들려주었어요. 그러니까 내가 생각하기에 그가 듣고 싶어할 만한 이야기를 말이죠."

"가령 어떤……"

"특히 1941년에 체포될 때까지 빅토르 마타익스가 가족과 함께 살던 집에 관심이 많더라고요. 발비드레라 끝자락의 라스 아과스 국도변에 있는 그 집 말이에요."

"왜 하필이면 그 집이 궁금했던 걸까요?"

"그가 '미로의 입구'라는 말이 무슨 뜻인지 묻더군요. 그것이 구체적인 장소를 가리키는 말인지 알고 싶다면서." 빌라후아나가 말했다.

"그래서……"

"그래서 내가 말해줬죠. 『영혼의 미로』 시리즈에서 '미로의 입구'는 아리아드나가 또다른 바르셀로나의 지하세계로 '떨어진' 곳이자 그녀가 부모님과 함께 사는 집, 바로 마타익스 가족이 살던 집이라고 말이죠. 그래서 그에게 그곳의 주소와 약도를 알려주었어요. 등기소에서 한 시간만 알아보면 어렵지 않게 찾을 수 있는 정보지만. 어쩌면 그는 거기서 보물, 아니 그보다 훨씬 더 값진 것을 찾길 바랐을지도 몰라요. 제 말이 맞죠?"

"로마나가 자기 신분은 밝히던가요?" 알리시아가 물었다.

"경찰 배지를 보여주더군요. 영화에서 나오는 것처럼. 내가 전문가는 아니지만, 가짜 같지는 않았어요. 당신한테도 그런 배지가 있겠죠?"

그녀는 고개를 저었다.

"아쉽군요. 정권을 위해 일하는 팜파탈이라면 훌리안 카락스의 소설에서나 등장하는 인물인 줄 알았는데."

"카락스의 소설을 읽으셨어요?"

"물론이죠! 그는 바르셀로나의 모든 저주받은 소설가의 수호성인인걸요. 기회가 되면 꼭 만나봐요. 당신은 정말로 그의 소설에 등장하는 인물 같다니까요."

알리시아는 한숨을 내쉬었다.

"지금 이건 아주 중요한 문제예요, 빌라후아나 씨. 여러 명의 목숨이 걸려 있는 문제라고요."

"그중에서 한 명만 대봐요. 가능하면 이름하고 성까지. 그러면 당신 말을 좀더 진지하게 받아들일 수 있을 테니까요."

"그건 안 돼요." 알리시아가 말했다.

"그렇겠죠. 물론 나의 안전을 위해서겠고."

그녀는 고개를 끄덕였다.

"물론 기자님은 믿지 않겠지만요."

빌라후아나 기자는 깍지 낀 손을 무릎 위에 모으고 의자에 등을 기댄 채 생각에 잠겼다. 자칫 잘못하다가는 그를 놓칠 것 같았다. 그렇다면 미끼를 더 던지는 수밖에 없었다.

"발스 장관이 공식 석상에 모습을 드러내지 않은 게 얼마나 됐죠?" 그녀가 승부수를 던졌다.

빌라후아나는 깍지 낀 손을 풀었다. 그녀의 질문에 다시 흥미가 돋는 모양이었다.

"계속해봐요."

"너무 서둘지 마세요. 우선 기자님이 마타익스와 마르틴에 대해 알고 있는 바를 말해주면, 저도 제가 아는 것을 최대한 빨리 말씀드리겠다니까요. 사실 저는 알려드릴 게 굉장히 많아요. 약속할게요."

빌라후아나는 숨죽여 웃으며 천천히 고개를 끄덕였다.

"발스도 거기에 포함됩니까?"

"발스도 포함되어 있어요." 알리시아는 거짓말을 했다.

"책을 보여달라고 해봤자 소용이 없을 것 같군요."

알리시아는 가장 매력적인 미소를 지어 보였다.

"그럼 책이 있다는 것도 거짓말인가요?"

"부분적으로 그런 셈이죠. 불과 이틀 전까지만 해도 수중에 있었는데, 잃어버렸어요."

"전차에 두고 내린 것 같지는 않은데요."

알리시아는 고개를 끄덕거렸다.

"가능하다면, 당신과 맺은 협약을 수정하고 싶습니다만." 빌라후아나가 말했다. "우선 당신이 책을 어디서 찾았는지 말해주면, 나도 당신이 알고 싶은 것을 말해주는 걸로요."

알리시아가 입을 떼려는 순간, 빌라후아나는 경고의 표시로 검지를 들어올렸다.

"만약 내 신상의 안전을 한 번만 더 운운했다가는 당신의 행운을 빌며 작별을 고하는 수밖에는 없습니다. 당신이 무슨 말을 하건 우리 둘만 아는 걸로 할 테니까……"

그녀는 오랫동안 생각에 잠겼다.

"약속하실 수 있어요?"

빌라후아나는 글을 쓰던 종이 위에 손을 얹었다.

"바르셀로나 왕립문학한림원 입회 연설문에 손을 얹고 맹세하겠소."

알리시아는 고개를 끄덕였다. 그리고 도서관 안에 누가 있는지 확인하기 위해 주변을 쭉 둘러보았다. 빌라후아나는 기대에 찬 표정으로 그녀를 지켜보고 있었다.

"마우리시오 발스의 자택 개인 사무실 책상에 숨겨져 있더군요. 일주일 전에 찾아냈어요."

"거기서 뭘 했는지 말해줄 수 있어요?"

알리시아는 앞으로 몸을 숙였다.

"그의 실종 사건을 수사하고 있었어요."

빌라후아나의 눈이 타오르는 불처럼 반짝거렸다.

"이 이야기는 물론, 거기서 나온 것이면 무엇이든 내게 독점권을 주기로 맹세해요."

"기자님 입회 연설문에 손을 얹고 맹세할게요."

빌라후아나는 그녀의 눈을 뚫어지게 바라보았다. 알리시아는 눈 하나 깜짝하지 않았다. 빌라후아나는 책상 위에 있던 빈 종이를 한 움큼 쥐고 만년필과 함께 그녀에게 건네주었다.

"이거 받아요." 그가 말했다. "뭔가 적고 싶어질지도 모르니까요……"

35

"나는 삼십여 년 전에 빅토르 마타익스를 만났어요. 정확히 말하면, 1928년 가을이었죠. 그 무렵 나는 〈기업의 소리〉 편집국에서 직장생활을 시작했어요. 초년생이라 일손을 돕기도 하고 이 일 저 일 조금씩 배우기도 했죠. 그 당시 빅토르 마타익스는 여러 필명으로 연재소설을 썼는데, 바리도와 에스코비야스라는 망나니들이 운영하던 출판사에서 나왔어요. 그들은 자기들과 계약한 작가부터 잉크 및 용지 공급업체에 이르기까지 모든 이의 돈을 떼어먹는 걸로 악명이 높았죠. 마타익스 외에도 다비드 마르틴, 라디슬라오 바요나, 엔리케 마르케스 등 전쟁 전 바르셀로나에서 활동하던 배고픈 청년작가들은 대부분 그 출판사에서 작품을 발표했어요. 바리도와 에스코비야스 출판사에서 매월 선지급금을 받았지만, 그걸로는 도저히 생활을 이어갈 수 없는 상황이 잦았던 마타익스는 〈기업의 소리〉를 포함한 여러 신문에 단편소설부터 가보지도 못한 곳의 멋진 여행기에 이르기까지 이런저런 글을 연재했죠. 그때 쓴 글 중에서도 〈비잔티움의 비밀〉이 생각나는군요. 그 당시만 해도 내 눈에는 그 작품이 걸작으로 보였어요. 마타익스가 오래된 이스탄불 엽서 세트 외에는 어떤 자료도 없이 처음부터 끝까지 지어낸 이야기였어요."

"그런데 저는 신문에서 읽은 것을 모두 믿는 편이에요." 알리시아가 한숨을 쉬며 말했다.

"그럴 것 같더군요. 그런데 지금과 달리 당시 필진들은 신문에 거짓 글을 내도 나름의 운치가 있었죠. 사실 편집국에서 일하면서 마감시간 전에 들어온 광고를 욱여넣거나 발행인 친구나 친척이 청탁한 글을 억지로 실어야 할 때가 몇 번 있었어요. 그때마다 마타익스의 글을 남은 지면에 맞게 줄일 수밖에 없었어요. 어느 날 원고료를 받으러 편집국에 온 마타익스가 다가오더군요. 그런 일로 나한테 한마디하러 오는 줄 알았는데, 갑자기 악수를 청하면서 자기소개를 하더라고요. 내가 자기를 모르는 줄 알았던 모양이에요. 그러곤 피치 못할 상황에 자기 글에 가위질을 한 게 나라서 얼마나 다행인지 모른다고 고맙다는 말까지 했습니다. '빌라후아나 씨, 당신은 확실히 글을 보는 눈이 있더군요. 부디 여기서 그 안목을 잃지 않기를 바랍니다.' 이러면서 말이죠.

마타익스는 우아한 기품이 있었어요. 옷맵시 얘기가 아니에요. 물론 늘 스리피스 정장 차림에 세련된 둥근 철사테 안경을 쓰고 다녔죠. 그래서인지 마들렌만 없다뿐 프루스트 분위기가 풍겼어요. 내 말은 그의 몸가짐, 다시 말해 사람들을 대하는 태도라든지 말하는 방식이 우아했다는 겁니다. 고지식한 편집장들이 희귀종이라고 부르는 그런 부류였죠. 게다가 그는 마음이 아주 너그러운 사람이었어요. 남이 부탁하지 않아도 알아서 편의를 봐주었을 뿐만 아니라 대가를 바라지도 않았으니까요. 사실 〈라 방과르디아〉 편집국에 나를 추천해준 것도 바로 그 사람이었죠. 그가 도와준 덕분에 나는 〈기업의 소리〉에서 탈출할 수 있었어요. 그 무렵 마타익스는 신문에는 거의 글을 쓰지 않았어요. 처음부터 신문에 글 쓰는 게 별로 내키지 않는데 워낙 궁하다보니 어쩔 수 없이 했던 거죠. 바리도와 에스코비야스 출판사에서 펴낸 그의 연작소설 중에 『거울의 도시』가 있었는데, 당시 굉장한 인기를 끌었어요. 내가 볼 때는 마타익스와 다비드 마르틴, 이 두 사람이 바리도와 에스코비야스 출판사를 먹여살린 거나 다름이 없어요. 정말이지 쉴 틈 없이 글을 썼죠. 특히나 마르틴은 하루 온종일 타자기와 씨름을 하다가 그나마 남아 있던 몸과 마음의 건강을 잃고 말았죠. 반면 마타익스는 가족 덕분에 비교적 넉넉한 생활을 한 편입니다."

"유복한 가정 출신이었나요?"

"그렇지는 않아요. 하지만 뜻밖의 행운을 거머쥐게 되었죠. 보는 관점에 따라서는 아니라고 할 수도 있지만. 그는 숙부로부터 재산상속을 받았습니다. 에르네스토라는 이름의 숙부는 원래 기인으로 소문나 있었는데, 각설탕의 황제라고 불렸죠. 마타익스는 그가 가장 아끼던 조카였는데, 더 정확히 말하면 가족 중에서 그가 싫어하지 않던 유일한 사람이었다고 해요. 그 덕분에 마타익스는 결혼한 지 얼마 지나지 않아 발비드레라 끝자락 라스 아과스 국도변의 으리으리한 집으로 이사할 수 있었던 겁니다. 숙부는 그 집과 함께 쿠바에서 돌아와 설립한 해외식품 수입회사의 주식을 그에게 넘겨주었답니다."

"에르네스토 숙부는 인디아노*였던 모양이죠?"

"인디아노의 전형이라고 할 수 있죠. 그는 열일곱 살의 나이에 빈손으로 바르셀로나를 떠났답니다. 찢어지게 가난했던 탓에 어

* 아메리카대륙으로 건너가 재산을 모은 스페인 사람.

릴 때부터 소매치기를 하면서 근근이 살았죠. 과르디아 시빌이 다리몽둥이를 부러뜨리려고 그를 찾아다니던 중, 아바나행 상선에 기적적으로 숨어들어가 밀항을 했다고 해요."

"아메리카대륙에서는 그를 어떻게 대했다던가요?"

"상상 이상으로 후하게 맞아주었답니다. 그로부터 사십 년 후, 에르네스토 숙부는 하얀색 정장 차림에 스칸디나비아 출신의 아내와 함께 자기 소유 배를 타고 바르셀로나로 금의환향했어요. 아내는 자기보다 서른 살이나 어렸는데, 귀국하기 직전 주고받은 편지 몇 통으로 결혼을 결정했다고 해요. 거기에 머무는 동안 각설탕의 황제는 설탕사업과 무기거래를 하면서 자기 돈은 물론 남에게서 투자받은 엄청난 돈으로 이득을 남기기도 하고 잃은 적도 있답니다. 더구나 여인을 워낙 많이 거느리고 있던 탓에 서자들이 카리브해의 모든 섬을 가득 채울 만큼 많았다고 해요. 그리고 못된 짓을 하도 많이 저질러서 그 모습을 지켜본 신이나 정의의 사도가 있었다면 그를 만 년 동안 지옥에 가둬버렸을 거랍니다."

"신이나 정의의 사도가 있었다면 말이죠." 알리시아가 말했다.

"비록 정의가 실현된 것은 아니지만, 운명의 장난 같은 일이 일어나기는 했죠. 하느님의 뜻이라는 게 늘 그런 식이니까요. 들리는 말에 따르면 각설탕의 황제는 쿠바에서 귀국하고 얼마 지나지 않아 정신이 오락가락하기 시작했답니다. 카리브에서 마지막으로 먹은 저녁식사에 원한과 적의, 그리고 또다른 무언가를 뱃속에 품은 물라토* 요리사 여자가 독을 탔다고 하더군요. 에르네스토는 막 들어간 저택 다락방에서 자기 머리를 날려버리고 말았죠.

집안에 무언가가 살고 있다는 둥, 벽과 천장에 무언가가 기어다닌다는 둥, 집에서 뱀의 소굴 냄새가 난다는 둥, 헛소리를 늘어놓다가 말이에요…… 밤마다 무언가가 침실로 기어들어와 침대 옆에 웅크리고 앉아서 자기 영혼을 빨아먹는다는 환각에 사로잡혔던 것 같아요."

"놀랍군요." 알리시아가 대답했다. "한 편의 연극 같네요. 기자님이 각색한 건가요?"

"마타익스가 『영혼의 미로』 시리즈 중 한 권에 오페라 스타일로 써서 포함시킨 일화를 빌린 것뿐입니다."

"유감이군요."

"현실은 절대 픽션을 뛰어넘지 못해요. 적어도 뛰어난 픽션의 경우라면 말이죠."

"이 경우 현실은……"

"아마 보다 평범한 것이겠죠. 가장 믿을 만한 견해는 이미 인디아노 에르네스토의 장례식날 제기되었어요. 그의 장례식은 주교와 시장, 그리고 시의회의 요인이 모두 모인 가운데 대성당에서 성대하게 치러졌어요. 물론 에르네스토 숙부에게 돈을 빌린 이들도 다들 참석했죠. 그가 정말로 죽었는지 확인하려고 온 거죠. 그렇다면 굳이 돈을 서둘러 갚을 필요가 없을 테니까요. 그런데 내가 이야기하려고 했던 건 장례식날 사람들이 수군거리던 소문이에요. 고인 생전에 밤마다 설탕재벌의 이불 속으로 파고들어간 것

* 라틴아메리카에서 백인과 흑인 사이에서 태어난 혼혈을 이르는 말.

은 가정부의 딸뿐이었답니다. 그 아이는 당시 열일곱 살이었는데, 보통내기가 아니었다고 해요. 나중에 파랄렐로 극장가에서 도리스 라플라세라는 예명의 카바레 배우로 엄청난 부와 명성을 얻었답니다. 그런 그녀가 밤마다 에르네스토에게서 빨아먹은 것이 단지 그의 영혼만은 아니었던 셈이죠."

"그렇다면 자살이라는……?"

"자기 명을 재촉한 거죠. 모든 상황을 종합해보면, 오랜 세월 남편의 연이은 불륜과 불행한 결혼생활을 꾹 참아온 인디아노의 새 아내가—보통 북유럽 여인들이 냉정하다고 하잖아요—끝내 폭발한 것 같아요. 세례자 요한 축일* 밤, 그녀는 아나키스트들이 침입할 경우에 대비해서 남편이 침대 옆에 보관해둔 사냥용 총으로 그의 얼굴을 쏘기로 결심했답니다."

"전형적인 스토리네요."

"성자와 죄인의 삶, 바르셀로나의 대표적 장르죠. 실제로 어떤 일이 벌어졌는지 모르지만, 에르네스토 숙부가 건축을 시작했을 때부터 저주받은 흉가라는 소문이 떠돌던 그 저택은 오랜 세월 동안 텅 빈 채로 방치되어 있었어요. 마타익스가 수사나와 숙부의 집에서 신혼살림을 차렸을 무렵에도 그런 소문은 끊이지 않았다고 하더군요. 틀림없이 그 집에는 말로 설명할 수 없는 무언가가 있었어요. 언젠가 마타익스가 내게 자기 보금자리를 구경시켜주었는데, 머리털이 곤두서는 것 같더라고요. 적어도 나는 뮤지컬

---

* 6월 24일.

이나 가벼운 로맨스소설을 좋아하는 스타일이니까 더 그랬겠죠. 어디로도 이어지지 않는 계단, 거울이 붙어 있어 지나가고 있으면 누군가가 계속 따라오는 듯한 복도, 쿠바에서 얻은 첫 부인 레오노르의 얼굴을 모자이크로 장식해놓은 지하실의 풀장 바닥 등 이해할 수 없는 게 많았어요. 레오노르는 열아홉 살 때 자기가 뱀의 아이를 가졌다고 착각해 머리핀으로 심장을 찔러 스스로 목숨을 끊은 비운의 여인이죠."

"자상도 하셔라. 그런 곳으로 로마나를 보내신 거예요?"

빌라후아나는 짓궂은 미소를 지으며 고개를 끄덕였다.

"그럼 그에게 저승에서 온 악령과 흉가 이야기는 다 해주셨나요? 로마나는 미신을 잘 믿는 편이라서 그런 이야기를 들었다면 굉장히 불안해했을 텐데……"

"이런 말은 좀 그렇겠지만, 저도 그런 인상을 받았습니다. 그에게 별 호감을 느끼지 못한 터라 묻지도 않은 정보로 그의 놀라움을 망치고 싶지는 않았죠."

"기자님은 그런 게 정말 있다고 생각해요? 마법이나 저주 같은 거요."

"나는 문학을 믿을 뿐입니다. 그리고 가끔은 요리기술, 특히 맛있는 파에야와 관련이 있는 것도요. 나머지는 관점에 따라 모두 속임수거나 임시변통일 뿐이죠. 그런 점에서 당신과 내가 닮은 점이 많다는 느낌이 들어요. 그러니까, 요리가 아니라 문학에 관해서 말이죠."

"그래서 어떻게 됐어요?" 알리시아는 마타익스의 이야기를 다시 듣고 싶어서 그에게 물었다.

"나는 마타익스가 저세상의 유령 같은 것이 집에 나타난다고 하소연하는 것을 들은 적이 없어요. 마타익스라면 세간에 떠돌던 그따위 헛소문보다는 차라리 당시 이미 온 나라를 시끄러운 닭장으로 만들어버린 정치인들의 장광설을 더 귀담아들었을 거라고 생각합니다. 그는 그 무렵 열렬히 사랑했던 수사나와 막 결혼식을 올린 참이었고, 발아래로 바르셀로나 전경이 내려다보이는 작업실에 틀어박혀 밤낮없이 일했지요. 수사나는 몸이 가녀리고 허약한 여자였어요. 살빛이 투명하리만큼 창백했고 안으면 몸이 부스러질 것만 같았죠. 그녀는 쉽게 지쳐서 종종 하루종일 침대에 누워 있어야 했어요. 너무 약해서 일어날 힘조차 없었던 거죠. 마타익스는 그녀의 건강 때문에 늘 걱정이 태산이었어요. 하지만 그녀를 미친듯이 사랑했고, 그녀도 그를 마음속 깊이 사랑했던 것 같아요. 나는 마타익스 부부를 두어 번 찾아갔었죠. 물론 아까도 말했듯이 내 눈에는 그 집이 을씨년스러웠지만, 그럼에도 불구하고 두 사람은 아주 행복해 보이더군요. 적어도 처음에는 그랬죠. 마타익스는 시내에 나올 때, 그의 표현을 빌리자면 시내에 내려올 때 〈라 방과르디아〉 본사에 들렀다가 나하고 점심을 먹거나 커피를 마시는 경우가 종종 있었어요. 그럴 때면 그는 언제나 작업중인 소설에 관해 이야기하면서 그중 몇 장을 내게 보여주곤 했어요. 의견을 묻기 위해서였죠. 물론 내가 뭐라고 해도 크게 신경쓰지 않는 눈치였지만 말이에요. 말하자면 마타익스는 나를 모르모트 취급한 셈이죠. 그 당시만 해도 마타익스는 여전히 돈을 목적으로 글을 쓰는 작가였어요. 한 글자당 정해진 액수를 받고 수많은 필명으로 글을 썼죠. 사실 필명이 몇 개였는지는 나도 잘 모를 정도였습니다. 수사나는 지속적으로 진료를 받고 약을 먹어야 되는 상태였는데, 마타익스는 그녀를 최고의 전문가한테만 데려갔어요. 설령 그렇게 무리해서 일하다 자신이 건강을 잃는다고 해도 그는 크게 신경쓰지 않았을 겁니다. 수사나는 아이를 갖는 게 꿈이었어요. 하지만 의사들은 그것이 생각처럼 쉽지도 않을뿐더러 자칫 잘못하면 비싼 대가를 치르게 될지도 모른다고 이미 일러둔 터였죠."

"그런데 기적이 일어난 거로군요."

"네. 여러 번의 유산을 하면서 오랫동안 마음고생을 한 끝에 수사나는 결국 1931년에 임신을 했어요. 마타익스는 까딱하면 아이는 물론 아내마저 잃을지도 모른다는 생각에 잠시도 마음을 놓을 수가 없었죠. 다행히 이번에는 모든 것이 잘 해결되었습니다. 그전부터 수사나는 어릴 때 세상을 떠난 자기 여동생의 이름을 붙일 수 있도록 딸이 태어나기를 원했어요."

"아리아드나."

"아이를 가지려고 오랫동안 애쓰던 중에 수사나는 마타익스에게 그때까지 썼던 것과는 전혀 다른 작품을 써보라고 당부했어요. 말 그대로, 그녀가 꿈꾸던 여자아이만을 위한 책을 말이죠. 수사나는 꿈속에서 그 여자아이를 만나 이야기를 나누었다고 말하곤 했죠."

"그것이 『영혼의 미로』 시리즈의 유래가 된 건가요?"

"그런 셈이죠. 그때 마타익스는 신비한 바르셀로나에서 아리아드나가 벌이는 모험담으로 시리즈의 1화분을 쓰기 시작했습니다. 그런데 내가 보기에 그는 아리아드나뿐만 아니라 자기 자신을 위해서 그 작품을 쓴 것 같아요. 어떤 면에서 『영혼의 미로』 시리즈는 일종의 경고처럼 보였으니까요."

"무엇에 대한 경고였을까요?"

"앞으로 닥쳐올 것에 대한 경고죠. 그 당시 당신은 아직 어린 나이였을 겁니다. 하지만 내전이 발발하기 전부터 이미 상황은 돌이킬 수 없는 지경에 이르렀어요. 이미 파국의 냄새가 떠돌고 있었죠. 공기 중에 말이에요……"

"기자님 책에 붙일 만한 좋은 제목이군요."

빌라후아나는 조용히 미소 지었다.

"장차 무슨 일이 벌어질지 마타익스가 예상했다고 보세요?"

"마타익스뿐만 아니라 다들 마찬가지였죠. 장님이 아니고서야 못 볼 수가 없었으니까요. 그는 갈수록 심각해지던 상황에 대해 종종 이야기했어요. 그리고 언젠가는 조만간 나라를 뜰 생각이라는 말도 했던 것 같습니다. 하지만 아내 수사나는 바르셀로나를 떠나려고 하지 않았죠. 만약 바르셀로나를 떠나면 영원히 아이를 못 가질 것으로 생각하는 눈치였어요. 그러다 결국 시기를 놓쳤죠."

"다비드 마르틴에 대해서도 말해주세요. 그분과 아는 사이였나요?"

빌라후아나는 두 눈을 희번덕거렸다.

"마르틴 말입니까? 조금 아는 사이죠. 실제로 만난 적은 두어 번 정도였을 거예요. 언젠가 카날레타스 바에 모였을 때, 마타익스가 그를 소개하더군요. 마타익스와 마르틴은 어릴 적부터 아주 친한 사이였어요. 그러니까 마르틴의 정신이 오락가락해지기 전부터 말입니다. 하지만 마타익스는 그를 여전히 소중한 친구로 여기고 있었어요. 그렇지만 솔직히 말해서 그는 내가 만난 이들 중에서 가장 이상한 사람이었던 것 같아요."

"어떤 의미에서 그렇다는 거죠?"

빌라후아나는 대답하기 전에 잠시 머뭇거렸다.

"다비드 마르틴은 정말 영민한 사람이었어요. 어쩌면 스스로 감당할 수 없을 만큼 똑똑했던 건지도 모르죠. 하지만 내가 봤을 때 그는 완전히 가버린 상태였어요."

"가버리다니요?"

"정신이 나갔다는 겁니다. 완전히 돌았어요."

"왜 그런 말을 하는 거예요?"

"그냥 직감이라고 합시다. 마르틴은 목소리를 들었다고 해요…… 뮤즈의 목소리를 말하는 건 아닙니다."

"그럼 그가 정신분열증이었다는 말인가요?"

"어쩌면 그럴지도 모르죠. 마타익스가 그 친구 문제로 노심초사했다는 건 분명히 말씀드릴 수 있습니다. 자나깨나 마르틴 걱정이었죠. 마타익스는 원래 그런 사람이었어요. 자기 빼고 모든 사람을 걱정했습니다. 그러다 마르틴이 어떤 사건에 연루되었던 모양이에요. 그후로 둘은 거의 만나지 않았다고 해요. 마르틴도 사람들을 피하고 다녔고요."

"그 사람을 도와줄 가족도 없었어요?"

"그 친구 주변에는 아무도 없었어요. 어쩌다 가까워진 사람도 없지는 않았지만, 조금 지나면 멀어지더라고요. 현실세계와의 연결고리라고 해봐야 이사벨라라는 문하생밖에 없었죠. 마타익스에 따르면, 이사벨라는 그를 살아 있게 해주고 그 자신으로부터 그를 보호하려고 애쓰는 유일한 사람이었어요. 마타익스는 그의 두뇌야말로 진정 유일한 악마라고 입버릇처럼 되뇌곤 했죠. 마르틴은 자신의 두뇌에 의해 산 채로 뜯어먹히고 있다고요."

"진정 유일한 악마요? 그럼 다른 악마도 존재했다는 건가요?"

빌라후아나는 어깨를 으쓱했다.

"어떻게 설명해야 할지 모르겠군요. 말하면 당신이 웃을 것 같은데."

"어서 말해보세요."

"이런 일이 있었다고 해요. 마타익스에게 들은 얘기인데, 언젠가 다비드 마르틴이 정체불명의 출판사와 계약을 했다고 하더랍니다. 무슨 경전을 쓰기로 했다는데, 새로운 종교를 위한 성경인 것 같더군요. 그런 표정 짓지 말아요. 마타익스에 따르면, 마르틴은 저세상의 지령이라든가 뭔가를 받기 위해 이따금씩 안드레아스 코렐리라는 인물과 만났다고 하더군요."

"그렇다면 마타익스는 코렐리라는 사람의 존재를 미심쩍게 여겼겠군요."

"미심쩍게 여긴 정도가 아니에요. 마타익스는 코렐리를 치아요정과 동화의 나라 중간쯤의 인물로 봤습니다. 오죽 답답했으면 출판계에 그런 인물이 있는지 알아봐달라고 내게 부탁하더군요. 나는 그의 부탁을 들어주었죠. 그래서 그를 찾으려고 백방으로 수소문하고 다녔어요."

"그래서요?"

"내가 찾은 코렐리는 바로크 작곡가밖에 없었습니다. 아르칸젤로 코렐리*라고, 들어봤을 거예요."

"그럼 마르틴이 같이 일했다는, 아니 일한다고 상상하던 코렐리라는 자는 대체 누구죠?"

"마르틴은 그를 다른 부류의 아르칸젤로로 여긴 것 같아요. 저 세상의 존재 말입니다."

빌라후아나는 양쪽 집게손가락을 뿔처럼 이마 양옆에 대면서 조롱하듯이 웃었다.

"악마요?"

"꼬리하고 발굽이 달린 악마죠. 저주받은 책을 쓰도록 마르틴을 유혹해 파우스트의 계약을 맺기 위해서 비싼 옷을 차려입고 지옥에서 도착한 메피스토펠레스요. 그 책이 세상을 불구덩이 속으로 빠뜨릴 새로운 종교의 밑바탕이 되길 바랐겠죠. 아까 말했던 것처럼, 완전히 돌았던 거예요. 그는 그렇게 끝나고 말았죠."

"몬주익 교도소에서 말인가요?"

"그건 조금 뒤의 일입니다. 1930년대 초반에 다비드 마르틴은 착란증세와 짓궂은 악마와 맺은 수상한 협정 때문에 도망치듯 바

---

* 이탈리아의 작곡가.

르셀로나를 빠져나가야 했어요. 그때 경찰이 영영 미제로 남은 연쇄범죄의 용의자로 그를 기소한 참이었죠. 그는 구사일생으로 나라를 빠져나갔어요. 그런데 정신이 온전하고서야 어찌 전쟁중에 스페인으로 돌아올 생각을 했겠어요. 하지만 그는 피레네산맥을 건넌 지 얼마 지나지 않아 푸이그세르다에서 체포되어 결국 몬주익 교도소에 갇히고 말았죠. 다른 이들처럼 말이에요. 그후 마타익스도 같은 운명을 겪었어요. 마타익스와 마르틴은 몇 년 동안 만나지 못하다가 거기서 재회하게 된 겁니다…… 정말 슬픈 결말이에요."

"마르틴이 왜 돌아왔는지 아세요? 아무리 정신이 온전하지 못하다고 해도 바르셀로나로 돌아오면 언젠가 체포된다는 것쯤은 알았을 텐데……"

빌라후아나는 어깨를 으쓱했다.

"그렇다면 우리는 살면서 왜 엄청난 바보짓을 하는 거죠?"

"그거야 사랑이나 돈, 아니면 분노 때문……"

"당신은 알고 보면 아주 낭만적인 사람이에요. 역시 제 짐작이 맞았군요."

"그럼 사랑 때문인가요?"

"그럴지도 모르죠. 그게 아니라면 나라가 반으로 갈라져 서로 다른 색의 천쪼가리를 내세워 죽고 죽이는 곳에서 대체 무엇을 찾으려고 했겠습니까……"

"혹시 이사벨라라는 여인을 찾으러 온 건 아닐까요?"

"나는 잘 모르겠어요. 사라진 퍼즐조각을 아직 찾지 못한 터라……"

"이사벨라라면 그 직후 서점 주인 셈페레와 결혼했다는 여자 아닌가요?"

빌라후아나는 놀란 눈으로 그녀를 바라보았다.

"그걸 당신이 어떻게 알죠?"

"제게도 말하자면 정보원이 있으니까요."

"나와 정보를 공유하면 좋을 것 같군요."

"최대한 빨리 그렇게 하죠. 약속할게요. 이사벨라가 그 여자 맞아요?"

"네, 바로 그 여자입니다. 원래 이름은 이사벨라 히스페르트, 지금도 산타마리아 델 마르 뒤에 있는 식료품점 딸이죠. 결혼하고 이사벨라 데 셈페레로 이름이 바뀌었지만."

"이사벨라가 다비드 마르틴을 사랑했다고 보세요?"

"그녀는 마르틴이 아니라 셈페레와 결혼했다는 사실을 잊으셨나요?"

"그걸로는 아무것도 증명할 수 없어요." 알리시아가 대꾸했다.

"그렇겠죠."

"혹시 그녀, 이사벨라는 만나보셨어요?"

빌라후아나는 고개를 끄덕거렸다.

"결혼식에 갔으니까요."

"행복해 보이던가요?"

"어떤 신부든 결혼식날만은 행복하죠."

이번에는 그녀가 짓궂은 웃음을 흘렸다.

"그녀는 어땠나요?"

빌라후아나는 고개를 숙였다.

"그녀와는 한두 번밖에 말해본 적이 없어요."

"그런데도 기자님은 깊은 인상을 받은 거군요."

"네. 이사벨라는 강한 인상을 남겼죠."

"그래서요?"

"그래서 그녀는 이런 고약한 세상을 그래도 살 만한 곳으로 만들어주는 몇 안 되는 사람 중 하나인 것 같더군요."

"장례식에도 가셨어요?"

빌라후아나는 천천히 고개를 끄덕였다.

"그녀가 콜레라로 세상을 떠난 게 사실인가요?"

빌라후아나의 눈빛에 그림자가 드리워졌다.

"사람들이 그러더군요."

"하지만 기자님은 그 말을 믿지 않는군요."

빌라후아나는 고개를 끄덕였다.

"이제 슬슬 나머지 이야기도 해주시는 게 어때요?"

"솔직히 말하면 아주 슬픈 이야기예요. 깡그리 잊고 싶을 정도로요."

"그걸 책으로 쓰는 일을 그렇게 오랜 세월 동안 붙잡고 있는 것도 그래서인가요? 완성한다고 해도 절대 출판할 수 없으리라는 것을 기자님도 분명히 잘 알고 있을 텐데 말이죠. 적어도 이 나라에서는……"

빌라후아나는 서글픈 미소를 지었다.

"다비드 마르틴을 마지막으로 만난 날, 그가 내게 뭐라고 한 줄 아세요? 그날 밤, 빅토르가 『영혼의 미로』 첫 권을 탈고한 것을 축하하기 위해서 마타익스, 마르틴, 그리고 나, 이렇게 셋이서 엘삼파네트에서 거하게 술판을 벌였죠."

알리시아는 고개를 저었다.

"왜 대화가 문인들과 알코올이라는 오래된 주제로 샜는지 모르겠군요. 평소 마르틴은 말술을 마시고도 정신이 말짱했어요. 그날 밤, 그는 내게 평생 잊지 못할 말을 하더군요. '우리는 기억하기 위해 술을 마시고, 잊기 위해서 글을 쓰는 걸세.'"

"보기만큼 정신이 나가지는 않은 모양이네요."

빌라후아나는 말없이 고개를 끄덕였지만, 그의 얼굴에는 만감이 교차하고 있었다.

"이제 기자님이 그렇게 오랜 세월 동안 무엇을 잊으려고 애썼는지 말해주세요." 알리시아가 말했다.

"내가 미리 주의를 주지 않았다고 나중에 잡아떼면 안 돼요." 그가 말했다.

『잊힌 자들:
빅토르 마타익스와 바르셀로나의 잃어버린 세대의 종말』
발췌
세르히오 빌라후아나 지음
(바르셀로나: 데스티노출판사, 1989)

1933년 빅토르 마타익스가 자신의 친구이자 동료 다비드 마르틴의 불행한 삶에서 영감을 받아 썼을 『잉크와 유황』 첫 문단—아이러니가 넘치면서도 쾌활한 글이다—은 이렇게 시작된다.

작가라는 칭호를 받을 만한 이라면 굳이 스스로 괴테가 되지 않더라도 언젠가 자신이 메피스토펠레스와 마주치게 되리라는 것을 알고 있다. 선량한 작가들은, 정말로 그런 이들이 있다면, 메피스토펠레스에게 자신의 영혼을 바치려 할 것이다. 나머지는 자기 앞을 가로막는 순진한 인간들의 영혼을 그에게 팔아먹을 것이다.

작가라는 호칭이 아깝지 않을뿐더러 스스로의 노력으로 그 수준에 도달한 마타익스는 1937년 가을의 어느 날, 자신의 메피스토펠레스와 마주쳤다.

문학으로 먹고산다는 것이 그때까지만 해도 이미 외줄타기처럼 아슬아슬한 것이었다면, 전쟁의 발발은 마타익스가 목적의식과 생계수단을 얻던 취약한 출판산업을 뿌리째 뽑아버리고 말았다. 사람들은 계속해서 글을 쓰고 책을 냈지만 당시 가장 지배적인 장르는 피와 함성으로 얼룩진 대의를 내세우며 쓴 프로파간다, 팸플릿, 송덕문이었다. 몇 달 후, 다른 작가들과 마찬가지로 마타익스도 다른 이들의 자선과 운에 기대어—그 당시에는 그나마도 희박했다—하루하루를 버티는 것 외에 달리 뾰족한 수가 없었다.

그가 『영혼의 미로』 시리즈의 원고를 맡긴 마지막 출판업자는 레벨스와 바덴스라는 이름의 빈틈없는 두 신사였다. 엄청난 대식가이자 고급 요리 및 향토식품 전문가인 바덴스는 암푸르단에 있던 자기 농가로 잠시 피신해 토마토를 재배하고 송로버섯의 비밀을 연구하면서 시대의 광기가 누그러지기를 기다리고 있었다. 타고난 낙천주의자 바덴스는 동족끼리 총부리를 겨누는 상황이 역겹기는 했지만, 두어 달만 지나면 모두 해결되리라 믿었다. 그러고 나면 스페인은 혼란스럽고 기괴한 본래의 모습으로 되돌아가서 언제나 문학과 미식을 즐길 여유와 사업이 융성할 기회가 넘칠 것이라고 말이다. 반면 권력투쟁과 현실정치에 상당한 식견이 있던 레벨스는 바르셀로나에 남아 사무실을 지켰다. 물론 하는 일은 거의 없다시피 했지만 말이다. 출판사에서도 문학은 입지가 상당히 불투명해졌고 연설문이나 팸플릿, 당시 영웅들을 칭송하는 서사시를 찍어내는 데 총력을 기울였다. 사실 그 영웅들이라는 것도 공화파 내부의 권력투쟁과 그 진영에 영향을 미치던 수면 아래 내란의 위협 때문에 매주 뒤바뀌는 경우가 비일비재했다. 계속해서 먹음직한 토마토와 채소를 상자째 보내주던 바덴스와 달리, 레벨스는 그다지 낙관적이지 못했다. 그래서 그는 전쟁이 한동안 계속되다가 결국 최악의 상황에 이를지도 모른다고 예상했다.

그렇지만 바덴스와 레벨스는 자신들의 은행 계좌에서 돈을 인출해 적으나마 마타익스에게 계속 급료를 지불했다. 앞으로 쓸 작품에 대한 선급금이었다. 마타익스는 내키지 않았지만 마지못해 그 돈을 받았다. 레벨스는 그의 만류에도 불구하고 계속 급료를 주겠다고 우겼다. 두 사람의 언쟁이 결국 양심의 가책과 아직 배를 쫄쫄 곯아보지 못한 자가 내뱉는 헛소리로—레벨스의 말을 빌리면 그랬다—이어지면 레벨스는 얄궂게 웃으며 그를 안심시켰다. '이 보시오, 빅토르. 우리 걱정은 할 것 없어요. 우리가 주는 돈은 당신이 언젠가 작품으로 보상하도록 할 테니까.'

두 발행인이 도와준 덕분에 마타익스의 식구들은 그나마 입에 풀칠이라도 할 수 있었다. 당시에는 그 정도만 해도 아주 복받은 처지였다. 대부분의 동료 문인들은 워낙 위태로운 상황에 처해 있어서 앞날이 불안하기 짝이 없었다. 낭만적인 열정에 이끌려 공화국 의용군에 자원입대한 이들도 있었다. '우리는 더러운 소굴에 숨어 사는 파시스트 생쥐들을 한 마리도 남기지 않고 모두 쓸어버릴 것이다.' 그들은 그렇게 노래를 불렀다. 그런 이들 중에는 의용군에 가담하기 꺼려하는 마타익스를 비난까지 하는 이들도 여럿이었다. 그때는 많은 이가 도시의 벽을 뒤덮은 선전 포스터를 자신의 신념과 도덕적 의식으로 여기던 시대였다. '자유를 위해 투쟁하지 않으려는 자는 자유를 누릴 자격이 없다.' 그들은 이렇게 말하곤 했다. 그들의 주장에 공감하던 마타익스는 양심의 가책으로 늘 괴로워했다. 과연 산자락의 큰집에 사는 수사나와 어린 딸 아리아드나를 버리고 소위 국민군에 맞서 싸우기 위해 전선으로 떠나야 하는 걸까? '그들이 말하는 조국이 뭔지 모르겠어. 하지만 내가 생각하는 조국은 아닌 게 분명해.' 작별인사를 나누기 위해 역에서 만난 친구가 그에게 말했다. '그렇다고 네가 생각하는 조국도 아니야. 비록 네가 그것을 지키기 위해 싸우러 나갈 용기가 없다손 치더라도 말이야.' 마타익스는 집으로 돌아가는 길에 자신이 부끄러워 견딜 수가 없었다. 집에 도착하자 수사나가 그를 껴안더니 몸을 부르르 떨면서 울음을 터뜨리기 시작했다. '우리를 버리고 떠나지 말아줘.' 그녀가 애원하듯 말했다. '당신의 조국은 아리아드나와 나니까.'

전쟁이 계속되면서 마타익스는 더이상 글을 쓸 수 없었다. 그는 유리창 너머의 지평선을 멍하니 바라보며 몇 시간이고 타자기 앞에 앉아 있곤 했다. 곧 그는 기회를 모색하러—그는 속으로 그렇게 중얼거렸다—아니면 자기 자신으로부터 달아나기 위해 매일같이 시내에 내려갔다. 그가 알던 사람들은 대부분 전쟁의 그림자 아래 커져가던 혼란스러운 속박과 예속의 암시장에서 구걸하다시피 하면서 살았다. 굶주린 동료 문인들 사이에서는 마타익스가 레벨스와 바덴스로부터 대가 없는 급료를 받고 있다는 소문이 파다하게 떠돌았다. 그의 오랜 친구 마르틴이 이미 그에게 경고도 했다. '질투심은 우리 작가들을 갉아먹는 병이에요. 우리를 산 채로 썩게 만드니까. 망각이 인정사정없이 우리를 끝장낼 때까지 말입니다.' 그로부터 몇 달이 지나자, 지인들마저 그를 아예 외면해 버렸다. 멀리서 그가 다가오는 모습만 봐도 어떤 이들은 아예 길을 건너가버리거나 자기들끼리 수군거리며 그를 비웃었다. 다른 이들은 고개를 푹 숙이고 그의 곁을 지나쳤다.

전쟁이 일어나고 처음 몇 달 동안, 바르셀로나는 공포와 내분으로 도시 전체가 묘한 가사상태에 빠져버렸다. 쿠데타 이후 처음 며칠 동안 바르셀로나에서 파시스트들의 반란은 실패로 돌아갔다. 그래서 전쟁을 남 일 보듯 하면서, 능력도 수치심도 없는 일부 장군의 흔한 엄포에 지나지 않는다고 여기는 사람들이 생겨나기 시작했다. 그런 이들은 나라가 몇 주 안에 평소의 무질서상태로 돌아갈 것이라고 했다.

마타익스는 더이상 그렇게 생각하지 않았다. 그러자 두려움에 사로잡혔다. 그는 내전이라는 것이 하나의 전쟁이 아니라 크고 작은 싸움이 어지럽게 뒤엉킨 상태라는 것을 알고 있었다. 내전의 공식적인 기록은 늘 승리자나 패배자의 편에 섰던 역사가들의 펜끝에서 나온 것이다. 하지만 그건 두 진영 사이에 끼어 있던 사람들, 직접 가담하지 않은 이들과는 아무 상관 없는 이야기다. 마르틴은 스페인에서 적은 무시당할 뿐이지만 남의 말에 휩쓸리지 않고 주관이 뚜렷한 사람은 증오의 대상이 된다고 입버릇처럼 말했다. 그 당시, 마타익스는 그를 믿지 않았다. 오히려 스페인에서 결코 용서받지 못할 죄는 어느 편도 들지 않는 것, 어느 당파에도 가담하려 하지 않는 것이라는 생각이 들기 시작했다. 양떼가 있는 곳에는 굶주린 늑대 무리가 나타나기 마련이다. 뜻하지 않게 그런 사실을 깨달은 마타익스는 공기 중에 떠도는 비릿한 피냄새를 맡기 시작했다. 시간이 지나면 죽은 자들을 숨기고 없는 이야기를 지어낼 여유는 충분할 터였다. 지금은 당장 칼을 빼들고 서슴없이 악랄한 짓을 저지를 때였다. 전쟁은 이 세상 모든 것을 더럽히지만, 그 기억을 깨끗이 없애버린다.

모든 것이 한 번에 뒤바뀔 1937년 운명의 그날, 마타익스는 레벨스를 만나러 시내로 내려갔다. 둘이 만날 때면 늘 그랬듯이 그날도 레벨스는 디아고날대로의 오르베출판사 부근에 있는 벨로드로모 바에서 그에게 점심을 사주었다. 그리고 마타익스의 식구들이 앞으로 보름 정도 더 버틸 돈이 든 봉투를 탁자 아래로 슬쩍 건네주었다. 그날 마타익스는 처음으로 돈 받기를 거절했다. 마타익스는 전쟁이 발발하고 교도소에 갇히기까지의 시기를 소설화한 『어둠의 기억』에서—끝내 출판되지는 못했다—그 장면을 상세하게 기술해놓았다. 죽음의 신일 수도 있고 아닐 수도 있는 전지적 화자의 시점으로 쓰인 이 작품에서 마타익스는 한 명의 인물로 등장한다. 그 장면은 다음과 같다.

정면이 유리로 장식된 거대한 벨로드로모 바는 문타네르 거리의 멋진 경사로가 디아고날대로 바로 앞에서 끝나는 곳에 있었다. 수족관 비슷한 조명과 대성당을 연상시키는 천장이 특징인 벨로드로모 바는 세상이 아무리 시끄러워도 삶은 계속될 것이라고, 내일, 그리고 모레도 태양이 떠오를 것이라고 믿으려는 이들이 치커리 커피*를 마시며 마음을 달래는 휴식의 공간이었다. 레벨스는 항상 바 안이 한눈에 들어올 뿐만 아니라 누가 들어오고 나가는지 확인할 수 있는 구석진 자리에 앉았다.

"안 됩니다, 레벨스 씨. 이제 더는 당신의 배려를 받을 수 없어요."

"이건 배려가 아니라, 투자입니다. 나는 말할 것도 없고 바덴스도 앞으로 십 년, 이십 년 후면 당신이 유럽에서 가장 인기 있는 작가가 될 거라고 굳게 믿고 있어요. 만약 우리 예측이 틀리면 나는 수도원에 들어가고 바덴스는 송로버섯 대신 모르타델라를 먹기로 했다니까요. 이렇게 철판 달팽이 요리에 손을 얹고 맹세할 테니까 믿어줘요."

"우스갯소리로 어물쩍 넘기려고 하지 마시죠."

"그러지 말고, 이 돈 받아요. 어서."

"안 됩니다."

"길 가는 사람들한테 물어봐요. 이렇게 테이블 아래로 돈을 건네는데도 안 받는 사람이 당신 말고 또 누가 있는지."

"당신의 수정구슬에는 뭐라고 나오죠?"

"이봐요, 빅토르. 나는 선금을 준 대가로 당신 원고를 기꺼이 받고 싶어요. 하지만 당신도 알다시피, 지금 당장은 책을 펴낼 수가 없는 형편이에요."

"그럼 좀 기다리면 되겠죠."

"앞으로 몇 년이 걸릴지도 몰라요. 이 나라에는 끝장을 볼 때까

---

* 치커리 뿌리로 만든 커피의 대용품.

지 서로 죽고 죽여야 직성이 풀리는 인간이 꽤나 많다고요. 한번 정신이 나가면 무슨 짓이든 할 수 있는 사람들이에요. 그런 경우가 흔하고요. 가령 자기 발에 총을 쏴서 이웃 사람을 절름발이로 만들 수 있다고 믿으면, 행동에 옮기고도 남을 인간들이라니까요. 이번 전쟁은 생각보다 더 오래갈 겁니다. 내 말 믿어요."

"정말 그렇다면 살아서 그런 험한 꼴을 보느니 어서 굶어죽는 편이 낫겠지요."

"정말 대단하군요. 내가 감동의 눈물을 흘려도 이해해주세요. 당신은 아내와 딸이 굶어죽기를 원하는 겁니까?"

마타익스는 눈을 감았다. 그러자 비참한 불행 속으로 빠져들어가는 듯했다.

"그런 말 마세요."

"그럼 당신도 터무니없는 말을 하지 말라고요. 어서 이 돈부터 받아요."

"나중에 모두 돌려드리겠습니다. 한 푼도 빠짐없이요."

"당연히 그러실 테죠. 자, 우선 뭐라도 좀 들어요. 아직 한입도 안 먹었잖아요. 그리고 그 빵은 집에 가져가요. 우리 사무실에 들르고요. 암푸르단에서 바덴스가 당신한테 보낸 채소가 한가득 있으니까요. 지금 우리 사무실은 채소가게 같다고요. 그러니 와서 필요한 게 있으면 아무거나 들고 가요."

"지금 가시게요?"

"가서 처리할 일이 좀 있어서요. 자, 그럼 몸조심해요, 빅토르. 그리고 틈날 때마다 글을 쓰도록 해요. 언젠가 다시 책을 펴낼 날이 오고야 말 테니까. 빅토르, 당신 덕으로 우리도 부자가 될 거니까 두고 봅시다."

레벨스가 자리를 뜨자 마타익스는 홀로 남았다. 마타익스는 그가 단지 돈을 주기 위해 나왔다는 것을 알고 있었다. 그래서 일단 임무를 무사히 마치면 곧장 자리를 피하려고 했다는 것도 잘 알고 있었다. 그런 도움이 없으면 식구 하나 제대로 먹여살리지 못하는 자기 모습에 마타익스가 굴욕감과 수치심을 느끼지 않도록 말이다. 마타익스는 마저 음식을 먹고 남은 빵을 주머니에 쑤셔넣기 시작했다. 바로 그 순간, 그림자가 테이블 위로 드리워졌다. 고개를 들자 누더기나 다름없는 정장을 걸치고 법정이나 등기소에 쌓인 것과 같은 종류의 서류철을 손에 든 청년이 앞에 서 있었다. 그를 데리러 온 정치국 위원이라고 보기에는 몸이 너무 왜소하고 행색 또한 너무 초라했다.

"잠시 앉아도 되겠습니까?"

마타익스는 고개를 끄덕였다.

"저는 브리앙스라고 합니다. 페르난도 브리앙스. 그렇게 보이지는 않겠지만, 변호사예요."

"빅토르 마타익스라고 합니다. 저도 그렇게 보이지는 않겠지만 작가입니다."

"시절이 참 어수선하죠? 난다 긴다 하던 사람은 어느 날 갑자기 이름도 없이 사라져버리고, 불과 이틀 전까지만 해도 별 볼일 없던 이가 갑자기 장안을 떠들썩하게 하니 말입니다."

"보아하니 변호사이자 철학자시군요."

"그런데도 괜찮은 가격으로 고용할 수 있죠." 브리앙스가 고개를 끄덕이며 말했다.

"웬만하면 당신을 고용해서 내 자존심을 지키고 싶은데, 그럴 만한 자금이 없을 것 같군요."

"걱정하지 마세요. 이미 의뢰인이 있으니까요."

"그럼 이 이야기에서 내가 맡을 역할은 뭡니까?" 마타익스가 물었다.

"돈벌이가 되는 일에 선발된 운좋은 예술가 역할이에요."

"아, 그래요? 그럼 당신의 의뢰인이 누구인지 말해주실 수 있습니까?"

"자신의 사생활을 철저하게 지키려는 사람이죠."

"안 그런 사람이 누가 있죠?"

"사생활 자체가 없는 사람이요."

"철학자 브리앙스 씨는 잠시 물러나시고, 변호사 브리앙스 씨 나오세요." 마타익스가 그의 말을 자르고 나섰다. "당신이나 당신 의뢰인을 어떻게 도와드리면 될까요?"

"제 의뢰인은 엄청난 재산과 권력을 가진 유력자예요. 흔히들 모든 것을 다 가진 사람이라고 하죠."

"그런 사람일수록 더 많이 가지려고 하죠."

"지금 이 경우, 더 많이에 당신 역할도 포함됩니다." 브리앙스가 말했다.

"전란중에 소설가 나부랭이가 무슨 역할을 할 수 있단 말이죠? 독자들도 소설을 읽기는커녕 서로 죽고 죽이려고만 하는 세상인데요.”

“혹시 전기傳記를 써볼 생각을 해본 적은 없어요?” 변호사가 물었다.

“네. 저는 소설을 쓰는 사람이니까요.”

“전기보다 더 허구적인 장르는 없다고 주장하는 사람도 있습니다만.”

“자서전을 제외한다면 그럴 수도 있겠죠.” 마타익스도 그의 말에 동의했다.

“그렇고말고요. 당신은 소설가니까, 결국 따지고 보면 이야기는 그저 이야기일 뿐이라는 사실을 받아들일 겁니다.”

“나는 소설가니까 선금만 받습니다. 가급적 현금으로 말이죠.”

“그 문제는 앞으로 논의하게 될 겁니다. 그런데 엄밀히 따지면 한 사람의 연대기도 어차피 말, 언어로 이루어져 있는 게 아닐까요?”

마타익스는 한숨을 쉬었다.

“이 세상 모든 것이 말과 언어로 이루어져 있죠.” 그가 대답했다. “심지어 변호사들이 늘어놓는 궤변도 마찬가지고요.”

“작가가 언어로 일하는 사람이 아니라면 무엇이겠습니까?” 브리앙스가 말했다.

“사람들이 더이상 머리를 쓰지 않고 똥구멍으로만 생각하는 시대에는—실례합니다, 더 좋은 표현이 생각나지 않아서 그만—앞날이 깜깜한 직업이죠.”

“거봐요, 당신은 빈정거릴 때조차 아주 멋들어진 표현을 쓰는군요."

"웬만하면 이제 본론으로 들어가는 게 어떨까요, 브리앙스 씨?"

"내 의뢰인도 그보다 더 멋진 표현을 쓰지는 못했을 겁니다."

"이왕 빈정거리는 분위기라면 한마디하죠. 당신 의뢰인이 정말 그렇게 대단한 인물이라면, 당신 같은 무명의 변호사가 그런 사람의 법적 대리인이 되기에는 좀 무리가 있지 않나요? 아, 기분 나쁘게 듣지는 마십시오."

"천만에요. 사실 그 말이 전적으로 옳으니까요. 실은 제3자를 통해서 그분의 법적 대리인 역할을 맡고 있습니다."

"더 자세히 설명해보세요." 마타익스가 말했다.

"의뢰인을 대리하는 유명 로펌으로부터 부탁받은 일이죠."

"정말 운이 좋군요. 그런데 그 정도 수준의 로펌에서 왜 직접 변호사를 보내지 않는 거죠?"

"그들은 현재 국민군 점령지역에 있거든요. 물론 엄밀히 말하면 그렇다는 겁니다. 그리고 의뢰인은 지금 스위스에 체류중인 것 같고요."

"네?"

"제 의뢰인과 그의 변호사들은 프랑코 장군의 후원과 보호를 받고 있습니다." 브리앙스가 설명했다.

마타익스는 불안한 눈빛으로 주위를 둘러보았다. 그들을 엿듣거나 주시하는 이는 아무도 없는 것 같았다. 때가 때이니만큼 조심하는 것이 상책이었다. 낮말은 새가 듣고 밤말은 쥐가 듣는다고 하지 않던가.

“설마, 농담이겠죠.” 마타익스가 목소리를 낮추며 말했다.

“절대 아닙니다.”

“당장 일어나서 나가주세요. 오늘 당신을 만나지도 않았고, 아무 말도 못 들은 걸로 할 테니까요.”

“정말이에요, 마타익스 씨. 당신의 입장은 충분히 이해합니다만, 그럴 수는 없어요.”

“왜 안 된다는 겁니까?”

“만약 여기서 빈손으로 나가면, 내일 제 목숨이 붙어 있기 어려울 거예요. 당신과 당신 가족도 마찬가지고요.”

두 사람 사이에 오랜 침묵이 흘렀다. 마타익스는 서글픈 눈빛으로 자기를 쳐다보던 브리앙스 변호사의 멱살을 잡았다.

“당신 지금 사실대로 말하고 있는 거지……” 마타익스는 브리앙스보다 자기 자신에게 중얼거렸다.

브리앙스가 고개를 끄덕이자 마타익스는 그의 멱살을 놓았다.

“왜 하필 나를 고른 거죠?”

“의뢰인의 부인이 당신의 열렬한 독자예요. 당신이 글 쓰는 방식을 몹시 마음에 들어하더군요. 특히 사랑 이야기를 말이죠. 다른 작품은 그 정도로 좋아하지 않는 것 같아요.”

마타익스는 두 손으로 얼굴을 감쌌다.

“그나마 위안이라면, 보수가 두둑하다는 점입니다.” 브리앙스가 덧붙여 말했다.

마타익스는 손가락 사이로 브리앙스의 얼굴을 쳐다보았다.

“그럼 당신한테는 얼마나 줍니까?”

"먹고살게는 해준다더군요. 빚도 갚아주고요. 액수가 적지 않은데 말입니다. 하지만 당신이 승낙할 경우에만 해당되는 얘기죠."

"하지 않겠다면?"

브리앙스는 어깨를 으쓱했다.

"요즘 바르셀로나에서는 살인청부업자가 헐값이라는 얘기를 들었어요."

"그런 협박이 사실인지 내가…… 그리고 당신이 어떻게 안단 말입니까?"

브리앙스는 고개를 숙였다.

"나도 그들한테 그렇게 물었죠. 그랬더니 후시드라는 내 사무실 동료의 왼쪽 귀를 잘라 소포로 보내더군요. 요구사항에 답이 늦어지면 하루에 하나씩 소포상자를 보내겠다고 하더라고요. 이미 말했듯이, 바르셀로나에서는 살인청부업자를 싼값에 구할 수 있어요."

"의뢰인 이름이 뭡니까?" 마타익스가 물었다.

"그건 나도 몰라요."

"그럼 대체 아는 게 뭐예요?"

"그를 위해 일하는 사람들은 농담이나 하면서 빈둥거리지 않는다는 것 정도죠."

"그는 뭐하는 사람입니까?"

"은행가로 알고 있어요. 주요 인사라고 해요. 내가 알기로, 아니 추측하건대, 프랑코 장군의 군대에 자금을 댄 몇 안 되는 은행가인 것 같아요. 내가 알기로, 아니 이해한 바에 따르면 그는 허영심이 강해서 역사가 자신을 어떻게 판단할지 아주 민감한 사람이죠. 그리고 당신의 작품을 아주 좋아한다는 그의 아내가 남편의 위대한 업적과 스페인과 전 세계의 이익에 기여한 공로를 후대에 남기려면 반드시 전기를 펴내야 한다고 설득한 모양입니다."

"망할 자식들은 죄다 전기를 내려고 하죠. 전기는 가장 믿을 수 없는 장르입니다." 마타익스가 말했다.

"그 문제에 대해서는 나도 왈가왈부하지 않겠습니다, 마타익스 씨. 그나저나 좋은 소식도 있는데 한번 들어보시겠습니까?"

"목숨을 부지한다는 얘긴가요?"

"그의 제안을 받아들이면 당신 명의의 스위스 국립은행 계좌에 10만 페세타가 입금될 겁니다. 작품이 출판되면 10만 페세타를 더 받게 될 거고요."

마타익스는 어리둥절한 표정으로 그를 바라보았다.

"그럼 방금 말한 조건을 한번 곰곰이 따져보세요. 그동안 절차를 간단히 설명해드리죠. 우선 계약서에 동의하고 서명을 하면, 당신은 우리 사무실에서 격주로 사례금을 받게 됩니다. 사례금은 작품을 집필하는 동안 계속 지급되는데, 어떤 경우라도 당신이 받을 보수의 총액이 줄어들지는 않을 거예요. 그리고 의뢰인의 전기 초안이 있는 듯한데, 그 문서 또한 나를 통해 받게 될 겁니다."

"그럼 나 말고 또다른 사람이 있었다는 말이에요?"

브리앙스는 한번 더 어깨를 으쓱했다.

"그 사람은 어떻게 됐습니까?" 마타익스가 물었다. "그를 상자에 나눠 담아 당신한테 보내기라도 했어요?"

"그 사람에 대해서는 전혀 아는 바가 없습니다. 다만 의뢰인의 부인이 별로 마음에 들어하지 않은 것 같아요. 문체가 우아하지도 않은데다 재치 있게 글을 풀어나가는 솜씨도 없다고 본 거겠죠."

"그런 걸 어떻게 농담처럼 이야기할 수 있는지 당신이 이해되지 않습니다."

"달리는 지하철 앞으로 뛰어드는 것보다야 그게 나으니까요. 듣기로 그 문서는 초고 수준이라고 하더군요. 그래도 작업을 하는 데 기초자료가 될 거예요. 당신이 할 일은 곧 전달받을 그 문서를 토대로 훌륭한 전기를 쓰는 겁니다. 그 작업에 일 년의 시간이 주어질 거예요. 이후 의뢰인이 전체적으로 검토해 메모를 보낼 겁니다. 그다음 육 개월 동안 당신은 메모를 검토하면서 그가 요구한 수정사항을 본문에 충실히 반영한 뒤 글을 다듬어 출판 가능한 원고로 만들어야 합니다. 마지막으로 한마디하자면, 책에 당신 이름은 넣지 않는 것이 좋을 겁니다. 그 책을 쓴 사람이 당신이라는 것을 굳이 알릴 필요는 없을 테니까요. 사실 당신과 내가 입을 다무는 것이 이번 거래에서 가장 중요한 요건이에요."

"그건 왜죠?"

"애초에 말씀드렸어야 했는데, 사실 그 책은 자서전으로 출판될 겁니다. 당신이 1인칭으로 대필을 하면 의뢰인이 그 책에 서명을 하게 됩니다."

"그럼 제목도 미리 정해놓았겠군요."

"일단 가제는 『나, ××××××: 스페인 재계인사의 회고록』으로 정했어요. 하지만 더 좋은 제목이 있으면 바꿀 수도 있을 겁니다."

그 순간 마타익스는 브리앙스는 물론 자신조차 예상치 못한 행동을 했다. 갑자기 웃음을 터뜨리기 시작한 것이다. 어찌나 많이 웃었던지 눈물이 찔끔 나올 정도였다. 바 안에 있던 손님들은 곁눈질로 두 사람을 힐끔거렸다. 한 치 앞을 내다볼 수 없을 정도로 불안한 시국에 어떻게 저런 웃음이 나오는지 이해가 안 간다는 눈치였다. 웃음이 잦아들자, 마타익스는 숨을 깊게 들이마시고 브리앙스를 쳐다보았다.

"그럼 승낙한 거라고 봐도 되겠습니까?" 변호사는 기대에 찬 표정으로 그에게 물었다.

"그렇지 않다면요?"

"그럼 내일이나 모레 당신과 나는 거리에서 머리에 총을 맞을 겁니다. 그리고 당신의 가족은 물론 내 가족도 조만간 같은 운명을 맞겠지요."

"어디에 서명하면 됩니까?"

그후 며칠 동안, 마타익스는 이런저런 생각과 후회로 엎치락뒤치락하느라 잠을 이룰 수가 없었다. 더이상 견딜 수가 없던 그는 결국 발행인을 만나러 오르베출판사로 갔다. 레벨스의 말은 거짓이 아니었다. 문을 열자마자, 암푸르단 채소밭의 향기가 확 풍겨 나왔다. 바덴스가 피난처에서 보낸 채소상자가 복도를 따라 책더미와 물품 대금 청구서 사이에 줄지어 있었다. 레벨스는 그의 이야기를 귀기울여 들으면서, 두 손으로 만지작거리던 탐스러운 토마토의 향기를 맡았다.

"어떤 것 같아요?" 이야기를 마친 마타익스가 물었다.

"대단하죠. 냄새만 맡아도 식욕이 당기는 토마토네요." 레벨스가 말했다.

"아뇨. 그것 말고 제가 처한 딜레마 말입니다." 마타익스가 되물었다.

레벨스는 토마토를 책상 위에 올려놓았다.

"이야기를 들어보니 제안을 받아들이는 수밖에 없었겠군요." 레벨스가 말했다.

"내가 듣고 싶은 말이 무엇인지 알고 그대로 말하는 거군요."

"내가 그렇게 말한 것은 무엇보다 당신이 살아 있는 모습을 보고 싶기 때문이에요. 언젠가 되찾을 날이 오겠지만, 아무튼 우리가 당신에게 적지 않은 돈을 투자했으니까 말입니다. 그들이 말한 서류더미는 받았어요?"

"일부만 받았어요."

"그런데요……"

"보기만 해도 뱃속에 있는 것이 다 올라올 지경입니다."

"그럼 셰익스피어의 소네트라도 들어 있을 줄 알았어요?"

"내가 뭘 기대했는지조차 모르겠어요."

"어쨌든 그 사람이 누구인지 추론은 시작할 수 있었을 테죠. 그리고 지금쯤 어느 정도 윤곽이 잡혔을 거고요."

"짚이는 인물은 있습니다." 마타익스가 말했다.

레벨스는 기대에 가득찬 눈빛으로 그를 바라보았다.

"어서 말해봐요……"

“문서에서 읽은 바로는 우바크인 것 같아요.”

“미겔 앙헬 우바크? 이런! 화약은행가, 그 사람 말이에요?”

“본인은 그 별명이 그다지 마음에 들지 않는 것 같더군요.”

“빌어먹을! 그렇게 불리는 게 싫다면 애초에 전쟁이 아니라 사회복지기금 같은 데 후원을 했어야지.”

“그에 관해 뭘 알고 있죠? 당신은 각계각층의 사람들을 두루 알잖아요.” 마타익스가 물었다.

“주요 인사들에 관해서만 알 뿐이죠.” 레벨스가 대답했다.

“하기야 당신은 그저 그런 이들이나 하찮은 인간들 따윈 아예 관심이 없죠.”

레벨스는 한 편의 스릴러물 같은 이야기에 푹 빠진 나머지 마타익스가 빈정거리든 말든 무시하고 넘어갔다. 그는 사무실 문밖으로 고개를 내밀고 라우라 프랑코니를 불렀다. 그녀는 그의 심복 같은 사람이었다.

“라우라, 괜찮으면 잠시 이리 와봐요……”

그녀를 기다리는 동안 레벨스는 불안한 듯 사무실 안을 이리저리 서성거렸다. 잠시 후 양파와 파가 든 상자를 피해 라우라 프랑코니가 문 앞에 모습을 드러냈다. 그녀는 마타익스를 보자 미소를 지으며 다가가 볼에 키스를 해주었다. 몸집이 작고 성격이 활달한 라우라는 출판사가 원활하게 굴러가게 만드는 브레인 중 하나였다.

“우리가 회사에 청과물가게를 차렸는데 어때요?” 그녀가 물었다. “주키니 몇 개 드릴까요?”

“여기 계신 마타익스 씨가 얼마 전 전쟁의 신들과 계약을 맺으셨다는군요." 레벨스가 말했다.

마타익스는 한숨을 쉬었다.

"차라리 창밖을 내다보면서 확성기에 대고 소리를 지르지그래요?" 마타익스가 따지듯이 말했다.

라우라 프랑코니는 문을 닫고 걱정스러운 눈빛으로 그를 쳐다보았다.

"그녀에게 말해보세요." 레벨스가 말했다.

마타익스는 며칠 전에 벌어진 사건을 간략하게 정리해서 이야기했다. 하지만 라우라는 그 정도만 듣고도 어떤 상황인지 충분히 짐작했다. 이야기가 끝나자 그녀는 말없이 걱정스러운 표정으로 그의 어깨에 손을 얹었다.

"그건 그렇고, 우바크라는 망할 자식은 그 엉터리 책을 펴낼 출판사를 찾았답니까?" 레벨스가 물었다.

라우라가 사나운 눈초리로 그를 노려보았다.

"그저 돈 벌 기회를 말한 것뿐이에요." 레벨스가 덧붙여 말했다. "이런 시국에 당신이 왜 그렇게 까다롭게 구는지 모르겠군요."

"도움이 될 만한 조언을 해주면 고맙겠어요." 마타익스는 자기가 거기에 찾아온 이유를 그들에게 상기시켜주었다.

라우라는 그의 손을 꽉 잡으며 눈을 빤히 보았다.

"일단 그 돈을 받으세요. 그리고 그 허풍쟁이가 원하는 대로 글을 써준 다음 영원히 이 나라를 떠나요. 제가 추천하자면, 아르헨티나로 가세요. 땅이 넓고 스테이크는 둘이 먹다 하나가 죽어도 모를 만큼 맛있으니까요."

마타익스는 레벨스의 눈치를 살폈다.

"전적으로 동감입니다." 레벨스가 말했다. "내가 하고 싶은 말을 라우라가 다 해버렸네요."

"가족을 먼 곳으로 데려가지 않고 여기서 버틸 수 있는 방법은 없을까요?"

"마타익스 씨. 지금 당신은 어떤 길을 택하더라도 위험에 빠질 공산이 큽니다. 만약 전쟁에서 우바크의 도당이 승리하면—현재로서는 그럴 가능성이 크죠—작업을 마치는 순간 당신은 그들에게 불편한 존재가 될 테고, 당신이 사라지기를 바라는 자도 없지 않을 겁니다. 반대로 공화파가 승리할 경우, 당신이 프랑코에게 돈줄을 댄 자에게 협력했다는 사실이 밝혀지면 비밀경찰의 지하 감옥에 갇혀 공짜로 숙식을 제공받겠죠."

"끝내주는군요."

"당신이 이 나라를 떠나기로 결정한다면 우리가 도와드릴 수 있어요. 바덴스가 어느 해운사와 연줄이 있으니 당신과 식구들이 며칠 내로 마르세유에 도착할 수 있게 해드릴 수 있습니다. 하지만 거기서부터는 모든 것이 당신에게 달려 있어요. 나라면 라우라 양이 말한 것처럼 아메리카로 떠날 겁니다. 북아메리카든, 남아메리카든 별 상관 없어요. 중요한 건 여기서 아주 멀리 떨어진 곳으로 가야 한다는 겁니다."

"나중에 놀러갈게요." 라우라가 다짐하듯 말했다. "물론 나라가 계속 이런 꼴이라면 우리 모두 당신 집에 눌러앉게 될지도 모르겠지만……"

"당신이 전리품으로 얻은 20만 페세타로 실컷 즐길 바비큐에 곁들일 토마토와 야채도 가져가죠." 레벨스가 말했다.

마타익스는 한숨을 쉬었다.

"아내는 바르셀로나를 떠나려고 하지 않아요."

"아직 부인에게 아무것도 말하지 않은 모양이군요." 레벨스가 말했다.

마타익스는 고개를 끄덕였다. 레벨스와 라우라 프랑코니는 서로 눈빛을 교환했다.

"사실은 나도 떠나고 싶지 않아요." 마타익스가 말했다. "싫든 좋든 여기가 내 집이니까요. 내 몸속에는 바르셀로나의 피가 흐르고 있다고요."

"말라리아 경우도 마찬가지지만, 그런 것이 꼭 몸에 좋다고 볼 수는 없어요." 레벨스가 말했다.

"바르셀로나에 맞서는 백신 같은 게 있을까요?"

"당신 마음은 충분히 이해할 수 있어요. 나라도 그런 생각을 할 테니까요. 물론 주머니가 넉넉한 상태로 세계 방방곡곡을 돌아다닐 수 있다면 마다하지 않을 겁니다. 지금 당장 결정할 필요는 없어요. 앞으로 생각할 시간이 일 년, 아니 일 년 반이나 남아 있잖아요. 당신이 그들에게 원고를 넘기기 전까지, 그리고 전쟁이 계속되는 동안에는 모든 것이 보류될 겁니다. 평소 우리한테 하던 대로 하세요. 절대 마감시한을 지키지 말고, 또 행방도 알리지 말고……"

라우라는 응원의 표시로 그의 어깨를 두드렸다. 레벨스는 암푸르단에서 보내온 놀라운 야생식물 표본을 집어 그에게 건넸다.

"토마토 하나 드실래요?"

지금까지 남아 있는 『어둠의 기억』의 원고는 일부에 불과하지만, 모든 정황으로 보아 마타익스는 결국 상황에 굴복한 것으로 보인다. 그가 1939년을 훌쩍 넘긴 시점까지 미겔 앙헬 우바크 자서전의 원고를 그들에게 넘겼다는 증거는 없다. 전쟁이 막바지로 치닫고 프랑코 군대가 바르셀로나에 위풍당당하게 입성할 때도 마타익스는 여전히 그들로부터 요청받은 사항을 수정하고 원고를 다듬고 있었다. 수정을 요구한 것은 대부분 우바크의 아내, 페데리카였던 것으로 짐작된다. 파시즘을 향한 그녀의 열정은 탁월한 예술적, 문학적 감수성과 결합되어 있었다. 그들에게 최종 원고를 넘기고 난 후 마타익스는 레벨스와 라우라의 조언대로 사례금을 가지고 가족과 함께 나라를 떠날까 고민했을지 모르지만 결국 주변의 충고를 무시하고 남기로 결심했다. 차일피일 미루다 마침내 그런 결정을 내린 가장 큰 이유는 그의 아내가 둘째 딸을 임신했기 때문이었을 것이다.

그 무렵, 우바크는 이미 전쟁중 국민군의 자금줄 역할을 한 공로로 정권 최고위층 중에서도 가장 많은 찬사와 지지를 받으며 고국 스페인으로 금의환향한 터였다. 그때는 보복의 시대인 동시에 논공행상의 시기였다. 스페인에서 삶의 모든 영역이 급격하게 재편되던 시대이기도 했다. 망각과 가난의 늪에 묻혀버리거나 국내에서 망명자와 다름없는 처지에 놓인 이들이 있는가 하면, 프랑코의 추종자 중에서는 승승장구해서 권력과 명예를 거머쥐는 이들도 있었다. 사회 전역에서 숙청의 피바람이 불어닥치지 않은 곳은 단 한 군데도 없었다. 스페인 반도에 깊게 뿌리내린 전통이나 다름없던 변절 또한 예술의 경지에 이르렀다. 전쟁으로 인해 수많은 사람들이 목숨을 잃었지만, 그보다 더 많은 이들이 저주받은 존재로 전락해 세상에서 영원히 잊히고 말았다. 마타익스를 우습게 보고 무시하던 옛 지인과 동료 여럿이 이제는 그의 앞에 다시 나타나 도움과 추천과 자비를 간절히 호소했다. 대부분 조만간 감옥에 갇혀 얼마 남지 않은 생명의 불꽃이 꺼질 때까지 바깥세상을 보지 못할 처지였다. 즉결처형을 당한 이들도 몇몇 있었고, 병고나 비탄을 이기지 못해 죽거나 스스로 목숨을 끊은 이들도 적지 않았다.

충분히 예상되던 일이지만, 그들 중 특별한 능력도 없으면서 가장 뻔뻔스러운 자들은 잽싸게 저들 편에 달라붙었다. 그들은 정권의 하수인이자 종복으로서 자신의 능력으로는 도저히 다다를 수 없는 자리에 올라갔다. 정치는 종종 평범하고 실패한 예술가들의 피난처가 된다. 그런 이들은 정계에서 성공해 얻은 권력으로 힘을 과시하거나, 특히 스스로의 노력과 재능으로 그들이 꿈도 꾸지 못할 성취를 이룬 자들에게 앙갚음을 한다. 그러면서 그들은 신성하고 엄숙한 태도로 자신의 모든 행동이 조국을 위한 것이라고 선언한다.

1941년 여름, 수사나와 빅토르 마타익스의 둘째 딸인 소니아가 태어난 지 보름 뒤 전혀 예상치 못한 일이 일어났다. 어느 화창

한 일요일, 마타익스 가족이 라스 아과스 국도변의 집에서 편안한 휴식을 즐기고 있을 때였다. 갑자기 차들이 줄지어 집으로 몰려오는 소리가 들렸다. 선두차량에서 정장 차림의 남자 네 명이 총을 들고 내렸다. 마타익스는 최악의 사태가 일어난 것은 아닐지 겁이 덜컥 났다. 그때 뒤에 있는 두번째 차량이 눈에 들어왔다. 프랑코 장군이 타고 다니는 것과 비슷하게 생긴 메르세데스였다. 수려한 외모에 몸가짐이 나무랄 데 없는 신사가 마치 여왕의 대관식에라도 가는 듯 화려한 드레스에 보석을 주렁주렁 단 금발의 귀부인을 대동하고 차에서 내렸다. 미겔 앙헬 우바크와 그의 아내 페데리카였다.

마타익스는 책을 쓰기 위해서 일 년 반이라는 세월을 바쳤지만—물론 그 책 덕분에 그녀의 목숨을 살릴 수 있었다—그 사실을 아내에게 털어놓지 않았다. 우바크 부부의 모습을 보자 그는 눈앞이 아찔하고 땅이 무너지는 것만 같았다. 수사나는 어리둥절한 표정으로 정원을 가로질러오는 저 귀족 부부가 누구인지 물었다. 길게만 느껴졌던 그날 오후 내내 그를 대신해서 말하게 될 사람은 페데리카 부인이었다. 미겔 앙헬이 마타익스의 서재에 들어가 브랜디와 선물로 가져온 쿠바산 시가를 즐기면서 남자들만의 이야기를 나누는 동안, 페데리카 부인은 둘째 딸을 막 출산하고 몸이 약해져 두 발로 일어서기조차 힘든 가엾은 평민 여인의 좋은 말벗이 되어주었다. 그렇지만 자기 입에 대지도 않을 차와 강아지에게도 주지 않을 마른 쿠키를 준비하기 위해 수사나가 자리에서 일어나 주방으로 가는 것은 그냥 내버려두었다. 그녀는 어린 두 딸 아리아드나와 소니아 곁에 앉은 채, 수사나가 절뚝거리며 움직이는 모습을 지켜보았다. 불가사의하게도 두 여자아이는 그녀가 평생 본 가장 아름다운 존재들이었다. 사랑스럽기 이를 데 없는, 그리고 빛과 생명으로 가득찬 두 아이가 어떻게 저런 가난뱅이 부모에게서 태어날 수가 있었을까? 물론 마타익스는 어느 정도 재능이 있었지만, 다른 예술가들처럼 하인이나 다름없는 존재였다. 더구나 그녀가 보기에 그의 작품 중에서 정말 괜찮다 싶은 것은 『사이프러스 숲속의 집』밖에 없었다. 나머지 작품은 특별히 눈에 띄는 점도 없었지만, 무엇보다 난해하고 소름끼치는 줄거리가 실망스러웠다. 더구나 자기를 만난 것이 그다지 기쁘지 않은 듯 쌀쌀맞게 구는 마타익스를 보고 마음이 상한 나머지 악수를 나누면서 속마음을 털어놓은 터였다. '정말로 좋은 건 첫번째 작품뿐이더군요.' 그녀가 말했다. 그가 옷도 제대로 입을 줄 모르고 말도 잘 못하는 촌스러운 여자와 결혼을 했다는 것이 그녀의 의구심을 사실로 확인시켜주었다. 마타익스는 시간을 때우기에 적당한 작가였지만, 결코 거장의 반열에는 오르지 못할 것이었다.

그럼에도 불구하고 페데리카 부인은 자기를 즐겁게 해주기 위해 안간힘을 쓰는 가엾은 여인과의 시간을 더없이 상냥한 미소로 견뎠다. 수사나는 자기가 부인의 삶을 감히 이해할 수 있다는 듯이 이것저것 쉴새없이 물어보았다. 하지만 부인은 그 말을 듣는 둥 마는 둥 두 아이만 바라보았다. 아리아드나는 여느 아이처럼 의심스러운 눈빛으로 부인을 힐끔힐끔 쳐다보았다. '네 엄마하고 나, 둘 중에서 누가 더 예쁜 것 같은지 말해주렴?' 부인이 묻자,

아리아드나는 엄마에게 쪼르르 달려가더니 등뒤에 숨었다.

해질녘이 다 되어서야 우바크와 마타익스는 서재에서 나왔다. 미겔 앙헬은 예고 없는 방문을 마치고 돌아가려는 참이었다. 미겔 앙헬은 마타익스와 포옹을 나누고 수사나의 손에 입을 맞추었다. '두 분은 참 멋진 부부십니다.' 그가 말했다. 마타익스와 수사나는 메르세데스 벤츠가 있는 곳까지 귀족 부부를 배웅했다. 두 사람이 지켜보는 가운데 우바크 부부가 탄 승용차는 다른 경호차량 두 대의 호위를 받으며 평화, 그리고 어쩌면 희망의 지평선을 약속하는 별이 총총한 밤하늘 아래로 사라져갔다.

그로부터 일주일 뒤, 동이 트기 직전에 두 대의 차가 다시 마타익스의 집 앞에 도착했다. 이번에는 번호판이 없는 검은색 차량이었다. 첫번째 차에서 검은색 레인코트를 걸친 남자가 내렸다. 그는 사회수사대 소속의 하비에르 푸메로라고 자신의 신분을 밝혔다. 함께 온 말쑥한 차림에 안경을 끼고 중간급 관료 같은 인상을 풍기는 헤어스타일의 남자는 차에서 내리지 않은 채 조수석에 앉아 밖을 살펴보고 있었다.

마타익스는 그들을 맞이하러 밖으로 나갔다. 푸메로는 그를 보자마자 권총으로 얼굴을 냅다 갈겼다. 그 바람에 그는 턱뼈에 금이 가면서 바닥으로 쓰러졌다. 푸메로의 부하들이 비명을 지르는 그를 차로 끌고 갔다. 푸메로는 피 묻은 손을 레인코트에 닦으며 집안으로 들어가 수사나와 두 딸을 찾기 시작했다. 그는 옷장 안에 숨어 부들부들 떨면서 울고 있는 그들을 찾아냈다. 수사나가 딸들을 뺏기지 않으려고 발버둥이를 치자, 푸메로는 그녀의 배를 발로 걷어찼다. 그는 어린 소니아를 팔에 안고 겁에 질려 우는 아리아드나의 손을 덥석 잡았다. 푸메로가 방을 떠나려는 순간, 수사나는 등뒤에서 달려들어 손톱으로 그의 얼굴을 할퀴었다. 푸메로는 얼굴색 하나 변하지 않고 아이들을 문턱에서 지켜보고 있던 부하들에게 넘겨주었다. 그러곤 뒤돌아서면서 수사나의 목을 움켜잡고는 바닥으로 내동댕이쳤다. 그는 무릎으로 그녀의 가슴을 내리누르면서 빤히 눈을 들여다보았다. 수사나는 숨도 제대로 쉬지 못한 채, 미소를 흘리면서 자기를 바라보는 낯선 남자를 살펴보았다. 그가 주머니에서 면도칼을 꺼내더니 날을 뽑았다. '당장에 네 창자를 꺼내 목걸이처럼 걸어주지.' 그가 태연하게 말했다.

푸메로는 그녀의 옷을 벗기고 칼을 놀리기 시작했다. 바로 그때, 차 안에 앉아 있던 남자, 냉정한 인상의 관료가 푸메로의 어깨에 손을 얹으며 그를 제지했다.

'시간이 없네.' 그가 말했다.

그들은 그녀를 거기에 내버려둔 채 자리를 떠났다. 수사나는 피를 흘리면서 계단을 기어내려갔다. 나무 사이로 멀어져가는 차 소리를 듣다가 그녀는 결국 정신을 잃었다.

(2권으로 이어집니다.)

지은이 **카를로스 루이스 사폰**
1964년 스페인 바르셀로나에서 태어났다. 1993년 첫 소설 『안개의 왕자』로 에데베 상을 수상했고, 『마리나』를 통해 바르셀로나가 배경인 특유의 미스터리를 처음 선보였다. 2001년 『바람의 그림자』에 이어 『천사의 게임』 『천국의 수인』 『영혼의 미로』를 연달아 발표해 '잊힌 책들의 묘지 4부작'을 완결했고, 시리즈는 전 세계 50개 언어로 출간되어 5000만 부 이상이 판매되는 대성공을 거두었다.

옮긴이 **엄지영**
한국외국어대학교 스페인어과를 졸업하고 동 대학원과 스페인 콤플루텐세대학교에서 라틴아메리카 소설을 전공했다. 옮긴 책으로 『사랑 광기 그리고 죽음의 이야기』 『이 또한 지나가리라』 『말라 온다』 『인공호흡』 『우리가 불 속에서 잃어버린 것들』 『느림의 중요성을 깨달은 달팽이』 『까떼드랄 주점에서의 대화』 『7인의 미치광이』 등이 있다.

문학동네 세계문학
영혼의 미로 1

1판 1쇄 2021년 6월 19일 | 1판 2쇄 2024년 7월 16일

지은이 카를로스 루이스 사폰 | 옮긴이 엄지영
책임편집 박아름 | 편집 송지선
디자인 김현우 이원경 | 저작권 박지영 형소진 최은진 서연주 오서영
마케팅 정민호 서지화 한민아 이민경 안남영 왕지경 정경주 김수인 김혜원 김하연 김예진
브랜딩 함유지 함근아 고보미 박민재 김희숙 박다솔 조다현 정승민 배진성
제작 강신은 김동욱 이순호 | 제작처 천광인쇄사(인쇄) 경일제책사(제본)

펴낸곳 (주)문학동네 | 펴낸이 김소영
출판등록 1993년 10월 22일 제2003-000045호
주소 10881 경기도 파주시 회동길 210
전자우편 editor@munhak.com | 대표전화 031) 955-8888 | 팩스 031) 955-8855
문의전화 031) 955-1927(마케팅) 031) 955-2646(편집)
문학동네카페 http://cafe.naver.com/mhdn
인스타그램 @munhakdongne | 트위터 @munhakdongne
북클럽문학동네 http://bookclubmunhak.com

ISBN 978-89-546-8013-4 04870
978-89-546-8012-7 (세트)

잘못된 책은 구입하신 서점에서 교환해드립니다.
기타 교환 문의 031) 955-2661, 3580

www.munhak.com